BIANCA IOSIVONI

DER letzte erste KUSS

Roman

LYX

LYX in der Bastei Lübbe AG
Dieser Titel ist auch als E-Book erschienen.

Originalausgabe

Copyright © 2017 by Bastei Lübbe AG, Köln

Textredaktion: Kristina Langenbuch Gerez
Umschlaggestaltung: www.bürosüd.de
Satz: Greiner & Reichel, Köln
Gesetzt aus der New Caledonia
Druck und Verarbeitung: CPI books GmbH, Leck – Germany
Printed in Germany

ISBN 978-3-7363-0414-7

3 5 7 6 4 2

Sie finden uns im Internet unter www.lyx-verlag.de
Bitte beachten Sie auch: www.luebbe.de und www.lesejury.de

Ein verlagsneues Buch kostet in Deutschland und Österreich jeweils überall dasselbe.
Damit die kulturelle Vielfalt erhalten und für die Leser bezahlbar bleibt, gibt es die
gesetzliche Buchpreisbindung. Ob im Internet, in der Großbuchhandlung, beim
lokalen Buchhändler, im Dorf oder in der Großstadt – überall bekommen Sie
Ihre verlagsneuen Bücher zum selben Preis.

*Für Nadine,
die mich seit Jahren nach dieser Geschichte fragt.
Jetzt hast du endlich deinen Seestern.*

Playlist

Jessie Ware – Wildest Moments
Little Mix – Down & Dirty
Charlie Puth – One Call Away
Jessie J – Nobody's Perfect
Lynyrd Skynyrd – Sweet Home Alabama
Halestorm – Bad Romance
Macklemore & Ryan Lewis feat. Ray Dalton – Can't Hold Us
Taylor Swift – 22
Demi Lovato – Fix A Heart
Imagine Dragons feat. Kendrick Lamar – Radioactive
Ryan Star – Start A Fire
Family of the Year – Hero
Jason Derulo – The Other Side
Parov Stelar – The Princess
Lily Allen – Fuck You
Christina Aguilera – Just A Fool
Ryan Star – Right Now
Rachel Platten – Stand By You
Jack Garratt – Surprise Yourself
Paloma Faith – Only Love Can Hurt Like This
Fort Lean – Easily
OneRepublic – Let's Hurt Tonight
Alex Da Kid, X Ambassadors, Elle King,
Wiz Khalifa – Not Easy
The Fray – Changing Tides
Halestorm – Here's To Us

Kapitel 1

Elle

»Wenn du nicht sofort diese verdammte Tür aufmachst, werde ich dir wehtun, Luke!«

Zum wiederholten Mal hämmerte ich so hart gegen das Holz, als wären Zombies hinter mir her und diese Wohnung meine letzte Zuflucht. Beim Gedanken daran schnaubte ich innerlich. Als ob ich in diesem Fall ausgerechnet bei Luke und den Jungs Schutz suchen würde … Sicher nicht. Schon gar nicht mit einem Kater und nach nur zwei Stunden Schlaf, weil ich unfreiwillig geweckt worden war. Das ließ mich mein Körper jetzt spüren, denn jedes Klopfen gegen die Tür hallte in meinem Kopf nach.

Trotzdem trommelte ich weiter mit den Fäusten gegen die Tür, kurz davor, dem blöden Ding einen Tritt zu verpassen. Ein orangefarbener Papierkürbis mit Gruselgesicht segelte von der Pinnwand neben mir zu Boden. Gleich würden die ersten Leute die Köpfe aus ihren Zimmern herausstrecken und fragen, warum ich einen solchen Aufstand machte. Vielleicht war das Szenario mit den wütenden Zombies doch nicht so abwegig. Nur dass ich in diesem Fall der Zombie war, der gleich jemanden fressen würde.

Schritte waren aus dem Inneren zu hören.

Na, endlich.

Wenige Sekunden später wurde die Tür geöffnet.

Ich drängte mich an Luke vorbei in die Wohnung, bevor er ein Wort sagen konnte. Dann wirbelte ich zu ihm herum.

»Hallo, Arschloch«, begrüßte ich meinen besten Freund. »Wie war das mit unserer Vereinbarung, dass du keine meiner Freundinnen flachlegst?«

»Dir auch einen guten Morgen, Sonnenschein.« Gähnend drückte Luke die Tür zu und lehnte sich dagegen. Dann musterte er mich mit halb gesenkten Lidern und zog eine Augenbraue hoch. Als wäre mein schnell zusammengestelltes Outfit aus T-Shirt, Jeans und Stiefeln etwas Besonderes.

Tatsächlich war er derjenige, der hier einen halbnackten Auftritt in schwarzen Shorts hinlegte, die so eng waren, dass sie keinen Raum für Fantasie ließen. Dazu der sonnengebräunte Oberkörper mit den trainierten Muskeln, die mir nur zu deutlich vor Augen führten, dass er sein Sportstipendium nicht nur wegen seines charmanten Lächelns bekommen hatte. Hastig riss ich meinen Blick los und richtete ihn wieder auf Lukes Gesicht.

Sein straßenköterblondes Haar war zerzaust und fiel ihm in die Augen, die trotz Müdigkeit in einem so intensiven Blau strahlten, dass ich ihn allein dafür am liebsten getreten hätte. Es sollte verboten sein, schon am frühen Morgen so gut auszusehen. Er hatte sich noch nicht rasiert, und seine Stimme klang so schwer und schläfrig, als wäre er gerade erst aufgestanden.

Seinem losen Mundwerk tat das leider keinen Abbruch. »Ich hätte nicht gedacht, dass du mich schon so schnell vermisst, Elle.«

»Das hättest du wohl gerne.«

Gerade als ich zu einer Tirade ansetzen wollte, die er so schnell nicht vergessen würde, hörte ich ein leises Maunzen. Eine dreifarbige Katze schlich in gebührendem Abstand zu

Luke in meine Richtung und blickte mich erwartungsvoll an. Sofort schmolz die Wut in mir ein bisschen.

»Hallo, Mister Cuddles.« Ich ging in die Hocke und hob die Katze hoch. Wie auf Kommando begann sie zu schnurren, und ich spürte das Rattern unter meinen Fingern in ihrem dichten Fell.

Luke schnaubte abfällig. »War ja klar. Ich bin hier der Einzige, der immer noch regelmäßig gebissen wird.«

Eigentlich mochte Mister Cuddles so gut wie jeden. Abgesehen von Luke. Offiziell waren Haustiere in unserem Wohnheim nicht erlaubt, aber die Umstände von Lukes Mitbewohner Dylan waren so besonders, dass die Wohnheimleitung Gnade walten ließ und Dylan erlaubte, seine Katze zu behalten. Wahrscheinlich weil Mrs Peterson, die Leiterin höchstpersönlich, selbst eine Schwäche für die flauschigen Tiere hatte.

»Sie hat eben eine gute Menschenkenntnis.«

Zum ersten Mal ließ ich meinen Blick durch die Wohnung wandern. Was die Aufteilung anging, war sie identisch mit der WG im Stock direkt darüber, die ich mir mit Tate und seit diesem Semester auch mit Mackenzie, einer rothaarigen Theater- und Musikwissenschaftsstudentin, teilte.

Ich verlagerte Mister Cuddles auf meinem Arm, ging am Sofa vorbei zum Fenster und zog die Rollläden hoch. Luke stöhnte gequält auf, als die ersten Sonnenstrahlen ins Zimmer fielen. Gut so. »Wo steckt Dylan?«

Seufzend rieb er sich über die Augen. »Wahrscheinlich bei der Arbeit in der Tierklinik. Schade, dass er sein Katzenvieh nicht mitnehmen kann.«

»Hör nicht auf ihn, Mister Cuddles«, murmelte ich und drückte der Katze einen Kuss auf den Kopf. »Er ist nur neidisch, weil du von allen Frauen geliebt wirst und er nicht.«

Ein Maunzen unterstrich meine Worte, dann begann die

Katze zu zappeln, und ich ließ sie wieder auf den Boden. Sie tappte zurück in Dylans Zimmer, wo sich ihr Schlafplatz befand, und ich hätte schwören können, dass sie Luke dabei einen verächtlichen Blick über die Schulter zuwarf.

Seit Dylan mit der Katze hier eingezogen war, weil sein früherer Mitbewohner ein Sauberkeitsfanatiker war und ihn hatte rausschmeißen wollen, herrschte eine Art Hassliebe zwischen Luke und Mister Cuddles. Die im Übrigen nur so hieß, weil man sie als Kätzchen für einen Kerl gehalten hatte. Den Fehler würde bei ihrem Temperament heute niemand mehr machen, und Luke bekam oft eine ganze Menge davon zu spüren. Für gewöhnlich hatte ich Mitleid mit ihm, aber nicht heute. Nicht, nachdem man mich nach einer viel zu kurzen Nacht um halb sieben aus dem Bett geworfen hatte. An einem Samstag. Und wofür?

»Okay, Casanova.« Ich stemmte die Hände in die Hüften und fixierte ihn mit dem durchdringendsten Blick, den ich um diese Uhrzeit trotz Kopfschmerzen aufbringen konnte. »Wir hatten einen Deal. Du vögelst nicht mit meinen Freunden, ich nicht mit deinen. Schon vergessen?«

Luke öffnete den Mund, um zu antworten, aber ich kam gerade erst in Fahrt.

»Rate mal, wer vor einer Stunde an meine Tür geklopft hat.«

»Offensichtlich nicht der Sensenmann«, erwiderte er trocken.

»Ha. Das hättest du wohl gern! Es war Amanda. Du erinnerst dich doch noch an Amanda, oder? Ungefähr so groß wie ich, braune Locken, blaue Augen, immer gut drauf – aber hey! Heute nicht. Denn heute hat sie sich die Augen wegen des Idioten ausgeweint, der sie flachgelegt hat und dann mitten in der Nacht verschwunden ist. Klingelt da was?«

Luke blinzelte, dann hob er langsam die Hand und deutete auf mich. »Was hast du da eigentlich an?«

»Was?« Ich sah an mir hinunter. Nachdem ich Amanda eine gefühlte Ewigkeit lang mit Taschentüchern versorgt und mir angehört hatte, was für ein Scheißtyp Luke doch war, hatte ich das erstbeste Oberteil aus dem Schrank gezogen. Den Print auf dem weißen T-Shirt nahm ich erst jetzt richtig wahr: Ein Anime-Panda starrte mit großen Kulleraugen in die Welt. Unter ihm stand der Schriftzug: *Dead cute*. Ich hob den Kopf und funkelte Luke an. »Versuch ja nicht, das Thema zu wechseln.«

»Sorry, Elle.« Sein Grinsen strafte seine Worte Lügen. »Aber in diesem Teil siehst du aus, als wärst du zwölf.«

»Wie bitte?« Ich schnappte nach Luft, zwang meine Empörung jedoch zurück. Dieser unmögliche Kerl wusste genau, welche Knöpfe er bei mir drücken musste, aber diesmal würde er damit keinen Erfolg haben. Diese Sache war ernst. »Hör auf, so zu grinsen!«, fauchte ich. »Wenigstens konnte ich ihn letzte Nacht in der Hose behalten – ganz im Gegensatz zu dir.«

»Ihn?« Luke sah an mir hinunter. Seine Mundwinkel bebten. »Gibt es da etwas, das du mir sagen möchtest?«

Ich knurrte nur.

»Schon gut, schon gut.« Beschwichtigend hob er die Hände. »Willst du einen Kaffee, oh wunderbare, beste, schönste Elle?«

»Spar dir das Süßholzraspeln, du …«

Whoa, Moment mal. Hatte er gerade das magische Wort mit K gesagt? Auf einmal war ich hellwach und vergaß sogar das dumpfe Pochen in meinem Hinterkopf.

»Du weißt genau, dass ich welchen will. Aber das heißt nicht, dass ich mit dir fertig bin.«

Sein tiefes Glucksen ging beinahe im Mahlen der Kaffeemaschine unter. Für eine Kochnische in einer Studentenbude

13

war sie bei den Jungs überraschend gut ausgestattet. Das lag vor allem an Luke, der als einziger der drei Bewohner kochen konnte – und es auch noch gern tat. Auf den Regalen stapelten sich Teller, Tassen und Töpfe, unter der Arbeitsfläche standen ein Kasten Bier und ein unendlicher Vorrat an Energydrinks, die nicht mehr in den kleinen Kühlschrank gepasst hatten. Über den beiden Kochplatten hing ein Regalbrett, auf dem diverse Gläser und kleine Dosen balancierten, angefangen bei Salz und Pfeffer bis hin zu Gewürzen, deren Namen ich nicht mal aussprechen konnte.

Luke holte Eier und Speck aus dem Kühlschrank, griff nach einer Pfanne und begann wie selbstverständlich damit, Frühstück zu machen. Ich schnaubte leise. Es gab genau drei Dinge, die jeder auf dem Campus über Lucas McAdams wusste:

Erstens: Er gehörte zu den besten Läufern im Cross-Country-Team.

Zweitens: Er war ein guter Koch, selbst wenn es sich dabei um etwas so Simples wie Rührei mit Bacon handelte.

Und drittens: Er war ein hoffnungsloser Casanova. Es grenzte an ein Wunder, dass er noch nicht das ganze College durchgevögelt hatte.

Nur noch gespielt widerstrebend setzte ich mich auf einen der Hocker an der Kochinsel und schob das Zeug, das sich darauf stapelte, beiseite. Ausgedruckte Unterlagen für eine Hausarbeit von Luke, eine auf der Wirtschaftsseite zusammengefaltete Zeitung – die gehörte eindeutig Trevor – und ein vollgepackter Stundenplan. Hm. Der war entweder ebenfalls von Trevor oder von Dylan. Da direkt darauf ein Kassenzettel lag, der hauptsächlich Katzenfutter enthielt, tippte ich auf Dylan.

Wie aus dem Nichts tauchte eine XXL-Tasse vor mir auf. Der Geruch von frisch gerösteten Bohnen drang mir in die

Nase und ich verfluchte Luke im Stillen. Ohne zu probieren, wusste ich, dass er den Kaffee genau so zubereitet hatte, wie ich ihn mochte: mit einem Schuss Milch und unendlich viel Zucker.

Lukes Augen funkelten erwartungsvoll, als ich nach der Tasse griff und einen Schluck trank. Fast hätte ich die Augen geschlossen und genießerisch geseufzt, aber diese Genugtuung wollte ich ihm nicht geben. Zumindest jetzt noch nicht, auch wenn es mir zunehmend schwerer fiel, ihm weiterhin böse zu sein.

Und endlich schien auch Luke einzulenken, denn er räusperte sich leise, während er das Rührei in der Pfanne bearbeitete. »Es tut mir leid, okay? Ich wusste nicht, dass ihr befreundet seid.«

»Waren wir noch nicht, und daraus wird jetzt wohl auch nichts mehr. Aber sie ist noch immer in unserem Literaturkurs, du Trottel«, erinnerte ich ihn und streckte mich, um an die Besteckschublade zu kommen, ohne dafür aufstehen zu müssen. Dabei wackelte der Hocker gefährlich, aber beim zweiten Versuch schaffte ich es. »Ich muss eine Hausarbeit mit ihr schreiben und das wäre wesentlich angenehmer, wenn wir Freundinnen wären. Was meinst du, wie das jetzt werden wird, hm?« Ich lehnte mich zurück und deutete mit dem Messer in der Hand auf ihn. »Wenn ich mir jetzt bei jedem unserer Treffen anhören muss, was für ein Arsch du bist, weil du den kleinen Luke nicht zurückhalten konntest, wirst du leiden. Kapiert?«

Er warf mir einen amüsierten Blick zu. »Du kannst ihn nur als klein bezeichnen, weil du ihn noch nie in Aktion erlebt hast, Schätzchen.«

»Wow, letzte Nacht hat nichts dazu beigetragen, dein Ego zu stutzen, Mr *I'm Sexy And I Know It*.«

Luke sagte nichts dazu, aber sein Grinsen war Antwort genug. Der Mistkerl bereute es kein bisschen. Kein Wunder, er hatte seinen Spaß gehabt, während ich die Konsequenzen in Form einer jammernden Verflossenen ausbaden musste. Wieder mal. Dabei hatten wir doch genau das vermeiden wollen, als wir diese Vereinbarung vor etwas mehr als zwei Jahren getroffen hatten.

Luke stellte einen Teller mit Rührei und Speck vor mich hin, dann nahm er sich seinen eigenen und setzte sich neben mich. Es war unser morgendliches Ritual, wann immer unsere Stundenpläne es zuließen. Einmal hatte ich versucht, selbst zu kochen, aber das war in einer Katastrophe geendet, und da wir sowieso keine vernünftige Kaffeemaschine in unserer Wohnung hatten – Lukes Worte, nicht meine –, fand ich mich immer wieder morgens in seiner WG ein, während Luke Kaffee und Frühstück zubereitete.

»War es sehr schlimm?« Er schaffte es tatsächlich, ein winziges bisschen reumütig zu klingen.

Ich wusste nicht, ob ich lachen oder ihn treten sollte. »Tate hat sie zumindest nicht sofort umgebracht, nachdem sie uns alle geweckt hat«, murmelte ich und schob mir eine Gabel voll Rührei in den Mund. Wenn es jemanden gab, der morgens ohne Kaffee noch schlechter gelaunt war als ich, dann war es meine beste Freundin. Erstaunlich, dass sie Amanda nicht eigenhändig rausgeworfen hatte.

»Hey.« Luke stieß mich mit der Schulter an. »Tut mir leid, Elle.«

Irgendwie war es ein Glück, dass seine Augen nicht braun waren, sonst hätte er den Hundeblick längst perfektioniert. Doch so blitzte es immer noch frech im intensiven Blau auf, was mich daran erinnerte, dass ich es hier nicht mit einem harmlosen Welpen zu tun hatte. Eher mit einem ausgewachsenen Straßenköter, der alles besprang, was nicht bei drei auf den Bäumen war.

»Schon gut«, murmelte ich. »Wenn sie sich während unserer Hausarbeit über dich beschwert, nehme ich es einfach mit dem Handy auf und spiele es dir vor. Nachts. In Dauerschleife.«

Er verschluckte sich an seinem Bissen und musste husten. »Verdammt, du bist böse.«

Ich lächelte nur und trank einen großen Schluck von meinem Kaffee. *Mmmh.* Nur bei Starbucks war der Kaffee besser als bei Luke. Sollte es mit seiner Karriere im Sportbusiness nicht klappen, könnte er immer noch mit einem eigenen Café oder einem Diner durchstarten.

Nachdenklich betrachtete ich ihn von der Seite. »Warum bist du eigentlich einfach so verschwunden?«

Nicht, dass es etwas Neues für ihn wäre. Luke hatte nicht nur den Ruf eines Playboys, sondern auch den, am Morgen danach sang- und klanglos abzuhauen. Am besten noch, bevor seine Bettpartnerin aufwachte.

»Ich musste zum Training«, erwiderte er schulterzuckend.

Ich zog eine Braue in die Höhe. »Mitten in der Nacht? An einem Samstag? Verkatert?«

»Ich laufe eben gern nachts oder frühmorgens. Außerdem bin ich nie verkatert, Süße.«

»Das glaubst auch nur du. Was war mit Patrick Benfords Hausparty letztes Jahr im November? Du warst so voll, dass Trevor und ich dich praktisch nach Hause tragen mussten.«

»Schade, dass ich mich nicht mehr erinnern kann. Aber das war *ein* Kater im ganzen Semester. Ein einziger, was man von dir nicht gerade behaupten kann.«

Dann wachte ich eben öfter verkatert auf als mein bester Freund, auch wenn er mehr trank und öfter feiern ging. Und wennschon. Wenn man bedachte, dass uns das erst zusammengeführt hatte, sollten wir beide dankbar dafür sein. Ich war es jedenfalls.

Auf meiner ersten Collegeparty hatte ich so viel unterschiedliches Zeug in mich hineingeschüttet, dass ich nicht mal mehr gerade stehen konnte. Luke kannte ich damals nur flüchtig, trotzdem hatte er mich mit Tates Hilfe zurück ins Wohnheim gebracht und ins Bett verfrachtet. Und obwohl er sicher weit Besseres zu tun gehabt hatte, war Luke die ganze Nacht über bei mir geblieben und hatte mir das Haar hochgehalten, wenn ich mich übergeben musste. Am nächsten Morgen war er losgezogen, hatte unseren Kühlschrank aufgefüllt und Tate und mir ein Katerfrühstück zubereitet.

Luke mochte sich gegenüber den Frauen, mit denen er Sex hatte, wie ein Arschloch verhalten, aber wenn man ihn zum Freund hatte, konnte man sicher sein, dass er im Zweifelsfall immer da sein würde. Und letzten Endes zählte nur das für mich.

»Übrigens weiß ich bis heute nicht, wer mich nach Benfords Party bis auf die Boxershorts ausgezogen und zugedeckt hat.«

Ich verschluckte mich beinahe an meinem Kaffee. »Trevor.«

»Bullshit.« Wieder stieß Luke mich mit der Schulter an. »Er hätte mich mit dem Gesicht nach unten auf dem Fußboden pennen lassen. Und Dylan hätte nachgetreten, wenn er in der Nähe gewesen wäre.«

»Ganz bestimmt«, erwiderte ich ironisch.

Dylan Westbrook mochte vieles sein, gewalttätig war er jedoch mit Sicherheit nicht. Der Kerl war ein Pazifist, wie er im Buche stand. Dazu hatte er einen Helferkomplex so groß wie ein Footballfeld und hätte Luke sogar dann geholfen, als er ihn noch gehasst hatte. Zum Glück waren diese Zeiten vorbei. Jetzt mussten Tate und ich auch nicht mehr darauf achten, die zwei bloß nicht allein in einem Zimmer zu lassen.

Irgendwo rumste etwas. Luke und ich sahen uns an, dann schauten wir zu der einzigen geschlossenen Zimmertür. Das Geräusch wiederholte sich nicht, dafür war ein gedämpftes Kichern zu hören. Eindeutig weiblich.

»Klingt, als hätte Trev Gesellschaft«, murmelte ich und nahm mir noch etwas vom Rührei.

Luke zog eine Grimasse. »Bin ich froh, dass ich die Nacht über nicht da war.«

»Awww … Sind dir die Ohrstöpsel ausgegangen, Liebling?«

Er kam nicht mehr dazu, etwas darauf zu erwidern, da in diesem Moment die Tür zu Trevors Zimmer aufging. Heraus kam eine hübsche rothaarige Frau in einem etwas zerknitterten schwarzen Kleid. Als sie uns bemerkte, nahmen ihre Wangen die gleiche Farbe wie ihr Haar an. Luke hob grüßend die Hand, als wäre das ein alltäglicher Anblick für ihn, und ich warf der Fremden ein Lächeln zu. Sie wirkte jung, vermutlich ein Freshman, die nichts davon ahnte, dass sie in die Höhle des Löwen spaziert war. Oder vielmehr *der* Löwen, denn Trevor war nur wenig besser als Luke, was seinen Verschleiß an Frauen betraf. Aber wenigstens war er wählerischer.

Trevor folgte ihr. Im Gegensatz zu Luke war er bereits vollständig angezogen – Jeans, legeres Hemd, blankpolierte Schuhe. In dem Aufzug wirkte er sogar mit dem dunklen Bart ganz wie der Business- und Managementstudent. Trevor begrüßte uns mit einem knappen Nicken, dann führte er seine … Freundin zur Tür, um sich dort von ihr zu verabschieden. Eines musste man ihm und Luke lassen – die Mädchen, die sie um den Finger wickelten, waren allesamt bildhübsch. Wenn ich mich nicht irrte, trat eine von Lukes alten Flammen, die noch Monate nach ihrer einzigen gemeinsamen Nacht wie eine Klette an ihm geklebt hatte, jetzt sogar bei der neuesten Staffel von *America's Next Topmodel* an. Wie hieß sie noch gleich? Lizzy?

19

Lilly? Egal. Hoffentlich flog sie beim entscheidenden Catwalk auf die Nase.

Trevor kehrte allein zurück, warf einen Blick auf unser Frühstück und steuerte die Kaffeemaschine an. »Was hat er diesmal angestellt?«

»Mit Amanda Leeroy geschlafen. Aus unserem Literaturkurs.«

Trevor betrachtete mich einen Moment lang nachdenklich. »Die Hübsche mit den Locken?«

Ich nickte. »Sie hat um halb sieben gegen unsere Tür gehämmert.«

»Autsch. Lebt sie noch?«

»Oh, *ich* habe sie am Leben gelassen. Für alles, was passiert ist, nachdem ich gegangen bin, übernehme ich keine Verantwortung.« Aber ich würde Tate ein gutes Alibi liefern.

»Ich bin überrascht, dass du Luke am Leben gelassen hast.« Trevor prostete mir mit seiner Tasse zu und trank einen Schluck von seinem Kaffee. »Du wirst doch wohl nicht weich, Elle?«

Ich betrachtete Luke einen Moment lang von der Seite und zuckte dann mit den Schultern. »Vielleicht brauche ich ihn noch. Und falls nicht, kann ich ihm später immer noch die Eier abschneiden.«

»Hey!«, protestierte er neben mir, doch seine Stimme ging im Refrain von *Down & Dirty* von Little Mix unter, der aus meinem Handy schallte.

Überrascht zog ich das Smartphone aus meiner hinteren Hosentasche und starrte auf das Display. Der Klingelton war bereits ein eindeutiges Indiz, aber das Foto meiner Schwester vertrieb jegliche Zweifel. Sadie.

Mein Magen zog sich vor Schreck zusammen. Ich drehte mich auf dem Hocker um, bis ich den Jungs den Rücken zuwandte, erst dann ging ich ran. »Wer ist tot?«

»Was?«, ertönte Sadies überraschte Stimme. Sie klang noch genauso wie früher, obwohl unser letztes Gespräch eine Ewigkeit her war. »Warum soll jemand tot sein?«

Plötzlich spürte ich etwas Warmes in meinem Rücken, und der vertraute Geruch nach Sonne und Meer stieg mir in die Nase. Lukes Stimme war dicht an meinem Ohr. »Du hast *diesen* Klingelton für deine Schwester eingestellt? Erzähl mir alles.«

Ich rammte ihm meinen Ellenbogen in die Rippen, und er zuckte zurück. Darauf, dass ich für alle meine wichtigen Kontakte einen passenden Song auswählte, musste er gar nicht erst herumreiten. Nicht, wenn ich seinen Klingelton alle paar Monate änderte, nachdem sich Luke eine neue Aktion wie heute Morgen geleistet hatte.

»Wer war das?«, fragte Sadie am anderen Ende der Leitung. Dafür, dass sie ein Jahr älter war als ich, klang sie viel zu sehr wie eine neugierige kleine Schwester.

»Niemand.« Ich räusperte mich. »Und irgendjemand muss tot sein, weil ich mir keinen anderen Grund vorstellen kann, warum du anrufst.«

Sie prustete los. Jedes andere Mitglied unserer Familie hätte bei dieser Aussage empört nach Luft geschnappt oder missbilligend die Brauen hochgezogen, wie Mom es immer zu tun pflegte, aber Sadie und ich waren schon immer auf einer Wellenlänge gewesen, ganz besonders, was den trockenen Humor anging.

»Das gilt aber auch für dich, Schwesterchen«, konterte sie. »Du hast ewig nichts mehr von dir hören lassen.«

»Ich weiß … Tut mir leid.« Sofort meldete sich mein schlechtes Gewissen, und ich biss mir auf die Unterlippe. »In den Sommerferien war ich mit Freunden unterwegs, und während des Semesters habe ich eine Million Kurse.«

Was in Anbetracht der Hausaufgaben, die wir so manches Mal aufgedrückt bekamen, nicht mal übertrieben war.

»Schon gut. Und du kannst ganz beruhigt sein: Ich rufe nicht an, weil jemand gestorben ist. Im Gegenteil.«

Ich setzte mich abrupt auf. Vergessen waren die Jungs, die jedes Wort dieses Gesprächs mit anhören konnten. »Du bist schwanger?«

»Was? Nein! Gott …« Sadie kicherte, als wäre diese Vorstellung völlig absurd. »Aber ich bin verlobt.«

Hätte ich noch meine Kaffeetasse in der Hand gehalten, hätte ich sie in dieser Sekunde fallen lassen. Sadie war *verlobt*? Bis zu diesem Moment hatte ich nicht einmal gewusst, dass sie einen Freund hatte. Und jetzt wollte sich meine gerade mal ein Jahr ältere Schwester für den Rest ihres Lebens an einen Mann binden? Waren Mom und Brianna als Beispiele dafür, wie das enden konnte, etwa nicht abschreckend genug?

»Elle …?« Sadie klang besorgt.

Ich blinzelte. »Herzlichen Glückwunsch«, brachte ich heraus und zwang etwas Fröhlichkeit in meine Stimme. Für einen Moment bereute ich es, mich nicht für Theaterwissenschaften als mein Hauptfach entschieden zu haben, sondern für Journalismus. Dann würde ich jetzt vielleicht etwas glaubhafter klingen.

»Danke.« Sie zögerte. »Die Einladung zur Verlobungsfeier hast du doch bekommen, oder? Ich habe nichts von dir gehört, aber wir würden uns wirklich sehr freuen, wenn du auch kommst.«

Ich schluckte. In einer Schublade meines Schreibtisches lag ein Umschlag mit Prägung und meiner Adresse in geschwungener Schrift auf hochwertigem Papier. Ich hatte ihn schon vor Wochen erhalten, aber nicht geöffnet, da ich ihn nur für eine von Moms formellen Einladungen zu irgendeiner Party oder Charityveranstaltung hielt. Nichts, bei dem meine Familie mich tatsächlich dabeihaben wollte. Doch jetzt wusste ich es besser.

Und obwohl ich es bereits ahnte, musste ich die nächste Frage einfach stellen. Vielleicht, weil ich eine Masochistin war. »Wo findet sie statt?«

»Bei Mom und Dad. Es wird eine Gartenparty.«

Inzwischen hämmerte mein Herz so sehr, dass es wehtat und das bisschen Rührei mit Speck, das ich gegessen hatte, lag mir schwer im Magen.

Zurück nach Hause. Konnte ich das wirklich tun? Konnte ich zurück in das Haus gehen, in dem man mich nie wieder hatte sehen wollen? Sadie wusste nichts davon, und wenn, dann kannte sie nur Moms verzerrte Version der Wahrheit. Ich hatte ihr nie gesagt, was an jenem Abend wirklich geschehen war, weil ich keinen Keil zwischen sie und unsere Eltern treiben wollte. Und erst viel später war mir klargeworden, dass mein Schweigen und die lange Abwesenheit dieselbe Wirkung auf Sadie und mich gehabt hatte. Wir telefonierten nicht mehr miteinander, erzählten uns nicht mehr alles wie früher. Ich hatte schon seit einer ganzen Weile das Gefühl, als würde sie mir entgleiten, und jetzt nicht zu ihrer Verlobungsfeier zu kommen, würde das Band zwischen uns endgültig zerreißen lassen.

»Möchtest du …«, sie hielt kurz inne, nur um mit festerer Stimme fortzufahren: »Ich würde mich riesig freuen, wenn du eine meiner Brautjungfern wärst, Elle.«

Sie klang so hoffnungsvoll, und ich war nicht kaltherzig genug, um ihr eine Absage zu erteilen. Auch wenn das unweigerlich bedeutete, nach Hause zurückzukehren und mich meiner Mutter stellen zu müssen.

»Sehr gerne«, brachte ich heiser hervor. »Und ja, natürlich komme ich zur Feier.«

»Wirklich? Oh, das ist super! Ich freue mich ja so! Dann reserviere ich zwei Plätze für dich und deinen Freund. Ich kann es gar nicht erwarten, Luke endlich kennenzulernen.«

»Luke?«, wiederholte ich verwirrt. Im selben Moment nahm ich eine Bewegung aus dem Augenwinkel wahr. Luke hatte seinen Namen gehört und sah fragend zu mir rüber.

Oh, verdammt.

Im ersten Semester hatte ich ihn als Ausrede benutzt, um Sadie nicht die Wahrheit darüber sagen zu müssen, warum ich an Thanksgiving und Weihnachten nicht mehr nach Hause kam. Ich hätte wissen müssen, dass mich diese Lüge eines Tages einholen und mir in den Hintern beißen würde.

»Oh … ähm … also … d-das ist nicht nötig«, stammelte ich. »Wir sind … nicht mehr zusammen.« Noch während ich die Worte aussprach, schlug ich mir mit der Faust lautlos gegen die Stirn. *Nicht mehr zusammen?* Echt jetzt? Etwas Besseres konnte mir nicht einfallen?

»Was? Oh nein.« Sadie klang ehrlich bestürzt. »Das tut mir so leid für dich, Elle. Aber wenn du vielleicht jemand anderen mitbringen möch…«

»Nein, schon gut. Wir sehen uns nächstes Wochenende, ja?« Besser, ich würgte sie jetzt ab, bevor sie ihr Mitleid über meine imaginäre Trennung über mir ausschütten konnte. Sadie war schon immer so verdammt empathisch gewesen.

»Na gut, aber wenn du reden willst, bin ich für dich da.« Sie klang so ehrlich, so mitfühlend, dass sich mein Magen schmerzhaft verkrampfte. »Ich freue mich schon auf nächstes Wochenende. Bis dann!«

Nachdem sie aufgelegt hatte, starrte ich so lange auf das Display, bis es dunkel wurde. Erst dann fiel mir auf, dass ich unbewusst den Atem angehalten hatte, und schnappte hastig nach Luft.

Eine Verlobung. Wusste sie überhaupt, worauf sie sich da einließ? In unserer Familie nahm man den Bund fürs Leben wörtlich. Eine Scheidung hatte es in den letzten vier Generationen nicht mehr gegeben, und damals auch nur, weil Ururgroßtante Tori den Verstand verloren hatte und weggesperrt worden war. Ein dunkler Fleck in unserem Stammbaum, über den niemand sprach. Wahrscheinlich genauso wenig wie über mich.

Ich drehte mich wieder auf dem Hocker um – und blickte geradewegs in Lukes Gesicht. Von Trevor war keine Spur mehr zu sehen. Anders als Luke hatte er sich höflich zurückgezogen, während ich telefonierte.

Fragend hob er die Brauen. »Willst du mir vielleicht irgendetwas sagen?«

»Nein.« Ich schob das Handy zurück in meine Hosentasche und griff nach meiner Gabel. Der Appetit war mir vergangen, aber das hieß nicht, dass ich mir ein Frühstück bei Luke entgehen ließ. Nicht einmal dann, wenn es nur noch lauwarm war und ich es herunterwürgen musste.

»Wir haben uns also getrennt, ja?« Lukes Mundwinkel zuckten verdächtig. »Ich wusste nicht mal, dass wir ein Paar waren.«

Ich verdrehte die Augen. »Es ist kompliziert.«

»Oh, ist das unser neuer Beziehungsstatus bei Facebook? *Es ist kompliziert*?«

Statt einer Antwort pikste ich ihm mit der Gabel in den Arm.

»Autsch.« Gespielt verzog er das Gesicht vor Schmerz und rieb sich über die Stelle. »Eindeutig kompliziert.«

Gegen meinen Willen musste ich lachen und vergaß für einen kurzen Moment sogar diesen Anruf und was er für mich bedeutete. »Als ob ich mich je auf jemanden wie dich einlassen würde.«

»Oh, insgeheim träumst du davon.« Gut gelaunt trank er seinen Kaffee aus. »Du weißt es, ich weiß es, und der Rest der Welt weiß es auch.«

»Kennt dein Ego überhaupt keine Grenzen?«

»Nein.« Er grinste. »Sollte es?«

Kapitel 2

Luke

Nachdenklich starrte ich auf die Tür, nachdem sie hinter Elle zugefallen war. Natürlich tapste ausgerechnet jetzt diese blöde Katze aus Dylans Zimmer und fauchte mich an, als wäre es meine Schuld, dass Elle weg war. Von wegen. Sie hatte die Flucht ergriffen, bevor ich sie mit irgendwelchen Fragen löchern konnte. Dabei hatte ich das nicht einmal vorgehabt. Wenn sie mich als ihren Freund ausgeben wollte – nur zu. Damit hatte ich kein Problem. Irritierend war eher die Tatsache, dass sie mich ihrer Schwester gegenüber als ihren *Exfreund* ausgegeben hatte. Wozu diese Scharade?

Trevor kam aus seinem Zimmer, die Laptoptasche umgehängt und ein paar Bücher unter den Arm geklemmt. Typisch. Dieser Kerl ging sogar an einem Samstag in die Bibliothek, um dort zu lernen.

»Bis später, Mann.«

»Hey«, rief ich, bevor er sich aus dem Staub machen konnte. »Denk an heute Abend! Maze killt uns, wenn wir nicht aufkreuzen.«

»Ich weiß.« Die Tür fiel ein zweites Mal zu, und ich blieb allein in der WG zurück.

Allein mit dieser Katze, die mich beäugte, als wollte sie mir gleich die Augen auskratzen. Ich starrte zurück. »Ich war vor dir hier, Kumpel. Gewöhn dich besser dran.«

Jetzt redete ich schon mit dem Fellvieh. Großartig.

Ohne mich eines Blickes zu würdigen, sprang Mister Cuddles aufs Sofa und streckte sich dort aus, als würde ihr die ganze Wohnung gehören. Kopfschüttelnd räumte ich das Geschirr weg. Wenigstens hatte Elle aufgegessen und ihren Kaffee ausgetrunken, sonst hätte ich mir ernste Sorgen um sie machen müssen.

Mit den Händen in Schaum und heißem Wasser sah ich zu dem Kalender über der Spüle. Mason hatte ihn uns Anfang des Semesters überlassen, nachdem seine neue Mitbewohnerin Emery damit gedroht hatte, ihm nachts wichtige Körperteile abzuschneiden, wenn er den Kalender in ihrem gemeinsamen Zimmer aufhängte. Keine Ahnung, was sie hatte. Miss Oktober sah ziemlich heiß aus in ihrem knappen Bikini.

Ich ließ meinen Blick zum Ende des Monats wandern. Noch vor Halloween stand ein wichtiger Termin an: die C-USA Championships in Charlotte, North Carolina. Das Achttausendmeterrennen würde mörderisch werden. Trotzdem kribbelte meine Haut allein beim Gedanken daran. Würde ich nicht gerade das Geschirr zum Abtropfen aufstellen, wäre ich schon längst losgerannt. Die vierzig Minuten Joggen vor dem Morgengrauen waren eindeutig zu wenig gewesen, um mich auszupowern.

Auch wenn Elle es mir nicht abkaufte, benutzte ich mein Training nicht als Ausrede, um nach einem One-Night-Stand möglichst früh die Biege zu machen. Ich ging wirklich Laufen. Dass ich dadurch dem unangenehmen Morgen danach ausweichen konnte, war nur ein positiver Nebeneffekt. Sex war einfach. Unpersönlich. Mit jemandem im selben Bett zu schlafen war dagegen viel zu … intim.

Die Tür ging erneut auf, und diese mordlüsterne Katze sprang vom Sofa und rannte auf den Neuankömmling zu.

»Wow, hey. Guten Morgen.«

Als ich mich umdrehte, hielt Dylan das dreifarbige Fellbündel im Arm, das natürlich sofort losschnurrte.

»Gott sei Dank.« Ich warf das Geschirrtuch auf die Anrichte. »Eine Minute länger, und wir wären uns an die Gurgel gegangen.«

»Ach, komm.« Amüsiert setzte Dylan die Katze auf den Boden und richtete sich auf. »Ihr braucht nur ein bisschen Zeit, um euch aneinander zu gewöhnen.«

»Du meinst, die zwei Wochen und zehn Kratzer reichen nicht?«, erwiderte ich trocken.

»Waren es nicht neun?«

»Zehn.« Ich hob den Arm, damit Dylan die lange rote Linie sehen konnte, die auf meinem Unterarm prangte.

»Autsch.« Er verzog das Gesicht. »Hast du das schon desinfiziert?«

»Danke für den Tipp, Doc.«

Er grinste. »Sag Bescheid, wenn es sich entzündet.«

Ich rollte mit den Augen, konnte mein eigenes Grinsen aber nicht unterdrücken. Es tat gut, wieder normal miteinander umgehen zu können. Nach der Sache mit seiner Ex in unserem letzten Highschooljahr, die uns beide belogen und ihren Spaß mit uns gehabt hatte, war es eigentlich ein Wunder, dass wir wieder miteinander redeten, ganz zu schweigen davon, dass Dylan jetzt auch noch in unsere WG gezogen war.

Kopfschüttelnd sah ich ihm nach, wie er mit Mister Cuddles im Schlepptau in sein Zimmer ging. Ich folgte seinem Beispiel, betrat mein eigenes Zimmer, hob eine Sporthose vom Boden auf und zog sie an. Sie hatte auf der zerfledderten Ausgabe von *Romeo und Julia* gelegen, die ich für meinen Literaturkurs lesen musste und einem älteren Semester günstig abgekauft hatte. Irgendwo musste auch noch mein Handy sein.

Ich fand es unter meinem Bett, zusammen mit den Klamotten von letzter Nacht. Der Akku war fast leer, trotzdem tippte ich eine schnelle Nachricht an Elle:

Godfreys Party heute Abend? Masons Band spielt.

Keiner von uns mochte den kleinen Mistkerl, aber Mason zuliebe würden wir geschlossen hingehen. Und wenigstens so lange bleiben, um uns das Konzert anzuhören.

Ich steckte das Handy ans Ladekabel, schnappte mir ein T-Shirt aus dem Schrank und zog meine Laufschuhe an.

Die nächsten zwei Stunden lief ich durch den Park in der Nähe vom Campus, danach folgten Dehnübungen, Kühlpacks für meine Muskeln und eine langen Dusche. Gegen Mittag hatte Elle sich noch immer nicht gemeldet, aber da ich auch nichts Gegenteiliges gehört hatte, ging ich davon aus, dass die Abendplanung stand. Trevor würde später dazustoßen, Dylan war wieder bei der Arbeit und Mason mit seiner Band schon vor Ort. Blieben also nur die Mädels und ich.

Ich klopfte ein Stockwerk über unserer WG gegen die Tür. Als sich nach einer halben Minute nichts tat, hämmerte ich erneut gegen das Holz. Diesmal lauter. Ich könnte auch einfach reingehen, da ich mir ziemlich sicher war, dass die Tür nicht abgeschlossen war, aber ich wollte kein Arsch sein. Mason hatte das einmal getan und Tate mit irgendeinem Typen halb nackt auf dem Sofa erwischt. Ein Anblick, den ich mir lieber ersparen wollte.

Endlich wurde die Tür aufgerissen, aber es war nicht Elle, die auftauchte, sondern Tate. In ihrem dunkelbraunen Haar mit den knallroten Strähnchen steckte ein Kugelschreiber, sie hatte eine Lesebrille auf der Nase und hielt ein Tablet in der Hand.

»Was?«, fauchte sie.

Ich konnte nicht anders, ich musste lachen. Wenn man Tate seit der Highschool kannte und mehr als nur eine peinliche Episode aus dieser Zeit miterlebt hatte, wirkte sie nur halb so furchterregend – wenn überhaupt.

Ihre grünen Augen verengten sich zu Schlitzen.

Oh, oh. Gefahr im Anmarsch.

»Hey, ich komme in Frieden. Wir wollten zu Godfreys Party, schon vergessen?«

»Und das konntest du nicht texten, weil ...?«

»Ich wusste, dass ihr sowieso noch nicht fertig seid.« Ich warf ihr mein charmantestes Lächeln zu und schob mich an ihr vorbei in die Wohnung. »Außerdem hab ich Elle schon heute Morgen geschrieben. Nimm's mir nicht übel, Tate, aber was ist eigentlich mit euch Kriminologie- und Managementleuten los? Trevor hängt auch schon den ganzen Tag in der Bibliothek rum.«

»Wir haben ein Leben außerhalb von Partys und den Betten anderer Leute?«, schlug sie vor und drückte die Tür hinter mir zu.

»Autsch.« Ich zog eine Grimasse und musterte sie von oben bis unten. Sie trug ein T-Shirt, das ihr zu groß war, und eine karierte Stoffhose. Eindeutig kein Partyoutfit. »Dann kommst du also nicht mit?«

»Das habe ich nicht gesagt.« Tate zog sich den Stift aus den Haaren und warf ihn zusammen mit dem Tablet auf das Sofa im Gemeinschaftswohnzimmer. »Aber ich gehe nur Maze zuliebe hin. Ich kann Godfrey nicht ausstehen.«

Was vermutlich daran lag, dass er Tate im letzten Semester ziemlich aufdringlich angemacht hatte. Es hatte ein paar deutliche Worte von Trevor und mir gebraucht, bis der Wichser kapiert hatte, was Nein bedeutete. Wobei ... dass Tate vor versammelter Mannschaft verkündet hatte, wie klein sein Schwanz wirklich war, könnte auch geholfen haben.

»Wo ist Elle?«, fragte ich, während ich mich umsah. Die Wohnung der Mädchen war wesentlich aufgeräumter als unsere, obwohl auch hier Zeug herumlag: Klamotten, Bücher, eine leere Kaffeetasse und Tates Malutensilien in der Ecke.

»Noch im Bad.«

Ich bemerkte Tates prüfenden Blick und hob fragend die Brauen.

»Ausgerechnet Amanda Leeroy?« Sie schüttelte den Kopf. »Ehrlich, Kumpel, damit hast du niemandem einen Gefallen getan.«

»Spar dir die Ansprache, Elle hat mir deswegen schon den Arsch aufgerissen.« Ächzend ließ ich mich aufs Sofa fallen und streckte die Beine aus.

»Zu Recht. Das war nicht gerade deine klügste Entscheidung.« Tate schnalzte missbilligend mit der Zunge. »Außerdem hast du wieder mal meine Chance auf ein bisschen Extrageld zerstört.«

Als Antwort auf Tates Schmollmund rollte ich nur übertrieben mit den Augen. Eine derart dämliche Wette hatte nur Mason einfallen können. Vielleicht hätte es mich wirklich aufregen sollen, aber um ehrlich zu sein, fand ich es irgendwie witzig, dass die Leute tatsächlich Geld darauf setzten, ob und wann Elle und ich miteinander im Bett landeten.

Ja klar. Als ob das je passieren würde.

Was sicher nicht an mangelnden Versuchen meinerseits lag, denn als wir uns kennengelernt hatten, war genau das mein Ziel gewesen. Wieso auch nicht? Wir waren beide neu am College, aber im Gegensatz zu mir war sie auch neu in der Stadt gewesen. Hübsch, clever und mit dieser Hammerausstrahlung, die mich sofort in ihren Bann gezogen hatte. Bis ich Elle auf ihrer ersten Collegeparty wiedergesehen und mit Tates Hilfe nach Hause gebracht hatte. Irgendwie zerstörte es die sexuelle Anziehungskraft, wenn man jemandem beim Kotzen die Haare aus dem Gesicht hielt. Oder gemeinsam am nächsten Tag bis spätabends alle Teile von *Resident Evil* anschaute und die Überlebenden im Kampf gegen die Infizierten anfeuerte. Was wir seither noch öfter bei Action- und Horrorfilmen gemacht hatten. Und bevor ich es gemerkt hatte, waren wir schon zu gut befreundet gewesen, als dass noch etwas zwischen uns hätte laufen können.

»Du willst deine zwanzig Dollar zurückhaben, was?«

»Vielleicht.« Sie gab sich keine Mühe, ihr Grinsen zu verbergen. Von Schuldgefühlen keine Spur. Doch dann wurde sie plötzlich ernst. »War heute Morgen irgendwas, als Elle bei euch war?«

Ich runzelte die Stirn. »Wieso?«

»Ich weiß nicht. Sie hat heute kaum ein Wort gesagt und wirkt irgendwie abwesend.« Sie zuckte mit den Schultern. »Wahrscheinlich hat sie einfach nur genauso wenig Lust auf diese Party wie der Rest von uns.«

»Stimmt. Aber die Musik soll gut sein, hab ich gehört.« Elles Stimme ließ mich aufsehen.

»Und der Alkohol.« Tate eilte an ihr vorbei ins Badezimmer, aber ich beachtete sie kaum. Meine ganze Aufmerksamkeit war auf Elle fokussiert.

Sie trug einen dünnen dunkelroten Pullover, der ihre linke Schulter frei ließ und locker herabfiel. Hatte ich gerade eben noch daran gedacht, dass ich sie nicht mehr heiß finden konnte? Eine glatte Lüge. Denn ihr Outfit war nicht das Einzige, was meinen Blick auf sich zog, sondern vor allem ihre Beine, die in einer hautengen Jeans steckten. Der Sommer war vielleicht vorbei, aber dieser Anblick brachte einen Mann eindeutig ins

Schwitzen. Natürlich trug sie keine High Heels dazu wie so viele andere Mädchen, sondern braune Stiefeletten mit breitem Absatz. In diesen Sachen hätte sie ebenso gut in den Hörsaal gehen können – oder auf eine Party.

Elle setzte sich neben mich aufs Sofa. Und während ich noch damit beschäftigt war, meine trockene Kehle zu befeuchten, spürte ich auf einmal ihre Finger an meinem Kinn. Sie hob es an, bis ich ihr wieder ins Gesicht sah.

»Ich bin übrigens hier oben.« In ihren dunkel geschminkten Augen glitzerte es belustigt.

Ich hatte ewig gebraucht, um herauszufinden, welche Augenfarbe sie hatte. Inzwischen wusste ich, dass es eine Mischung aus Grau und Grün war. Je nach Stimmung dominierte mal die eine, mal die andere Farbe.

»Was denn?«, erwiderte ich ohne Reue. Trotz ihrer Worte beendete ich meine Musterung ganz in Ruhe. Von Elles Gesicht mit den vollen Lippen zu der kleinen Narbe an ihrer rechten Schläfe bis hin zu ihrem Haar, das honigblond schimmerte und ihr in Wellen über die Schultern fiel. Andere Frauen wären unter meinem Blick errötet, aber nicht Elle. Unwillkürlich fragte ich mich, was es wohl brauchte, um ihr die Röte ins Gesicht zu treiben. »Darf ich nicht mal das Outfit meines Herzblatts bewundern?«

»Ich bin nicht dein Herzblatt.«

»Da habe ich heute Morgen aber was ganz anderes gehört.«

Es sollte nur ein Scherz sein, dennoch legte sich für einen flüchtigen Moment ein Schatten über ihr Gesicht. Ganz so, als hätte ich mit der Bemerkung einen Nerv getroffen.

Shit.

»Elle?«

Sie schüttelte den Kopf und stand im selben Moment auf, in dem Tate aus dem Badezimmer kam. Dann griff sie nach ihrer

Jacke. »Kommst du dann, wenn du damit fertig bist, mich mit den Augen auszuziehen?«

»Jederzeit, Baby.«

Sie hatte hoffentlich nicht gedacht, dass ich mir diese Steilvorlage entgehen ließ?

»Oh mein Gott!« Elle lachte ungläubig auf und ich kam nicht umhin, ein kleines bisschen stolz auf mich zu sein. Das Lachen stand ihr wesentlich besser als dieser grüblerische Gesichtsausdruck. »Hast du das gerade wirklich gesagt?«

Ich grinste. Meine große Klappe hatte mich öfter in Schwierigkeiten gebracht als ich zählen konnte, aber Elle wusste, wie sie mich zu nehmen hatte.

»Tust du mir einen Gefallen?« Ohne meine Antwort abzuwarten, griff sie nach meiner Hand und zog mich hoch. »Schraub das Testosteron runter, McAdams. Wenigstens bis wir auf der Party sind.«

Godfreys Party erfüllte alle Klischees, die es über Studentenpartys gab. Sie fand in einem Verbindungshaus statt, die Musik war schon von der Straße aus zu hören, die bereits komplett zugeparkt war, und auf der Veranda tummelten sich die Grüppchen, um zu rauchen, zu trinken und zu feiern. Der Erste kotzte schon hinter einen Busch.

»Hey, Mann.« Jeffrey Godfrey stand auf der Veranda und begrüßte mich per Handschlag. Er warf Elle ein breites Lächeln zu, dann musterte er Tate in ihrer hautengen Lederhose. Es überraschte mich, dass er nicht anfing, zu sabbern. »Hallo, Sexy …«

»Fick dich.« Sie stolzierte an ihm vorbei, ohne ihm einen einzigen Blick zuzuwerfen.

Grinsend folgten wir ihr hinein. Im Haus war es laut und stickig. Es roch nach Bier, Schweiß und einer viel zu süßen

Mischung aus verschiedenen Parfüms. Ich war mir ziemlich sicher, auch eine Spur Gras zu riechen. Nachdem eine von Godfreys Partys letztes Jahr von der Polizei aufgelöst worden war und in einem der oberen Schlafzimmer Koks gefunden wurde, überraschte mich nichts mehr bei dem Kerl.

Im Zimmer rechts von uns legte ein Mädchen gerade eine beeindruckende Tanzeinlage auf dem Billardtisch hin. Auf die Sofas im gegenüberliegenden Zimmer hatten sich die Jungs der Verbindung gequetscht, manche von ihnen mit einer Frau auf dem Schoß, während vor ihnen eine Schießerei über den großen Flachbildfernseher flimmerte. Verdammt, das war der aktuelle Teil von *Call of Duty*. Meine Finger zuckten. Am liebsten hätte ich alles stehen und liegen gelassen, um mitzumachen.

»Hey Leute.« Von irgendwoher tauchte Mason auf und begrüßte die Mädels mit einer kurzen Umarmung und mich per Handschlag. Obwohl er einen Auftritt vor so vielen Leuten vor sich hatte, zeigte er nicht das geringste Anzeichen von Lampenfieber. Mit den kurzgeschorenen Haaren, die er seit seiner Zeit bei der Army beibehalten hatte, dem Lippenpiercing und dem Arm voller Tattoos strahlte er mehr Selbstbewusstsein aus, als gut für ihn war. »Wo steckt der Rest der Gang?«

Elle stellte sich auf die Zehenspitzen und sah sich suchend um. Bei ihren eins sechsundsechzig halfen allerdings auch die hohen Schuhe nicht allzu viel.

»Soll ich dich hochheben, damit du etwas sehen kannst, Stöpsel?«, bot ich ihr, ganz der Gentleman, an.

»Stöpsel?!« Sie warf mir einen vernichtenden Blick zu. »Nicht jeder kann so ein Gorilla sein wie du.«

Ich lachte auf, dann wandte ich mich wieder an Mason. »Dylan muss arbeiten, aber er meint, er kennt eure Songs ja eh alle von deinem Übungsgejaule in Emerys Zimmer.«

»Und Emery hat dieses Wochenende ihr Fotoseminar drüben in Charleston«, ergänzte Elle.

Mason schnaubte. »Diese Verräter.«

»Was ist mit Trevor?«, fragte Tate in die Runde.

»Wahrscheinlich in der Bibliothek eingepennt«, erwiderte ich trocken. Dieser Typ verbrachte eindeutig zu viel Zeit dort.

»Okay.« Mason hob die Hand, als ihm jemand von der provisorisch errichteten Bühne her ein Zeichen gab. »Gleich geht's los.«

»Hals- und Beinbruch!«, rief ich ihm nach.

Mason war bereits in der Menge untergetaucht, drehte sich aber noch mal um und reckte den Daumen in die Höhe.

»Ich brauche was zu trinken«, verkündete Elle. »Sonst noch jemand?«

Tate schüttelte den Kopf. So wie ich sie kannte, würde sie sowieso gleich wie von Zauberhand einen Becher in der Hand halten, den ihr irgendeiner ihrer *Bekannten* gab.

»Ich komme mit«, verkündete ich und bahnte uns einen Weg in Richtung Küche. Bei so vielen Menschen kamen wir nur langsam voran. Unsere Kommilitonen versammelten sich im Flur, als würde es etwas umsonst geben.

Auf dem Weg in die Küche traf ich zwei Jungs vom Cross Country, grüßte Brent Michaels, den Quarterback unserer Footballmannschaft, wich einem ehemaligen One-Night-Stand aus und schaffte es irgendwie, mich vor allen Gesprächen zu drücken.

Die Küche im Verbindungshaus war so riesig wie die meiner Großtante DeeDee und nicht zu vergleichen mit der kleinen Ecke in unserer WG. Sollte ich mich je einer Bruderschaft anschließen, wäre das wohl der Hauptgrund.

Hier drinnen war es genauso überfüllt wie im restlichen Haus. Die Musik war etwas leiser, dafür hallten Stimmen und

Gelächter von den gekachelten Wänden wider. Wir fanden gleich drei gekühlte Bierfässer an der Stelle, wo sich die meisten Leute tummelten. Ich nahm zwei rote Plastikbecher vom Stapel, füllte den ersten mit Bier, bis der Schaum beinahe überquoll und gab ihn Elle. Dann goss ich mir selbst ein.

Als ich fertig war, hatte Elle ihren Becher bereits geleert. Ich runzelte die Stirn.

»Was ist?«, fragte sie, während sie ihren Becher wieder auffüllte.

»Nichts.« Ich schüttelte langsam den Kopf. »Ganz schön durstig, was?«

Sie zuckte die Schultern. »Komm runter, McAdams. Es ist nur Bier.«

Kein Scheiß. Doch als ich ihr nachsah, wie sie sich mit ihrem vollen Becher an den Leuten vorbeischlängelte, wurde ich dieses blöde Gefühl nicht los. Denn ich wusste, was sie da tat. Diesen nüchternen, beinahe gleichgültigen Gesichtsausdruck kannte ich nur zu gut, allerdings nicht von Elle, sondern von mir selbst. Und genau das machte mir Sorgen. Meine beste Freundin war nicht der Typ, der sich auf einer Party volllaufen ließ, um vor ihren Gedanken und Gefühlen wegzulaufen.

Ich schon.

Mit meinem eigenen Getränk in der Hand folgte ich ihr zurück ins Wohnzimmer. Die Jungs spielten noch immer *Call of Duty*, aber sie hatten den Ton inzwischen leiser gedreht. Auch die Musik dröhnte weniger laut und hörte plötzlich mitten im Refrain ganz auf. Dann trat Godfrey auf die Bühne. Es war ein Wunder, dass der Kerl nicht in seinem Haargel und dem schmierigen Lächeln ausrutschte. Soweit mir bekannt war, gab es niemanden, der Godfrey richtig leiden konnte, aber der Typ wusste, wie man eine Party schmiss, über die noch Wochen später geredet wurde.

Ich sah mich in der Menge um und entdeckte Tates dunklen Haarschopf mit den knallroten Strähnchen darin. Als ich näherkam, bemerkte ich auch Elle neben ihr.

»Da bist du ja endlich!«, rief Tate und wedelte mit der Hand. An ihrem Handgelenk klimperten inzwischen ein halbes Dutzend Leuchtstäbe.

Godfrey verließ die Bühne, und die Band begann mit dem ersten Song. Hazel sang sich die Seele aus dem Leib, und die Menge tobte.

Beim zweiten Lied legte Mason ein Solo an der Gitarre hin, und gleich mehrere Frauen fingen an, loszukreischen. Ich zog eine Grimasse.

»Sei kein Spielverderber.« Tate stieß mir den Ellbogen in die Rippen. Trotz des Biers in der Hand ging sie ganz in der Musik auf und tanzte begeistert mit.

Ich verzog die Lippen. Dieses Rumgehopse war nicht mein Ding, aber das Mädchen wusste eindeutig, wie man Spaß hatte. Kaum zu glauben, dass sie in der Highschool eine stille graue Maus gewesen war.

Ich sah mich nach Elle um. Normalerweise feuerte sie Mason und seine Band so leidenschaftlich an, als wären wir bei einem Footballspiel, oder tanzte zumindest mit Tate. Aber heute schien sie nicht ganz bei der Sache zu sein. Sie schaute Richtung Bühne, bewegte sich aber nicht. Dafür wanderte der Becher immer wieder an ihren Mund, bis sie ihn innerhalb kürzester Zeit ausgetrunken hatte.

Ich versuchte wirklich, mir keine Sorgen zu machen. Scheiße, ich *wollte* mir keine Sorgen machen.

Elle war ein großes Mädchen. Sie wusste, wie viel sie vertrug, und konnte dank des Selbstverteidigungskurses, den sie jedes Semester neu belegte, gut auf sich selbst aufpassen. Aber mir entgingen die kleinen Falten auf ihrer Stirn genauso wenig wie die Anspannung zwischen ihren Schulterblättern. In Gedanken schien sie meilenweit weg zu sein.

Wieder musste ich an den Anruf von heute Morgen denken. In den zwei Jahren, die wir uns nun schon kannten, hatten wir so gut wie nie über unsere Familien gesprochen. Wir tänzelten um das Thema herum, als könnte es Feuer fangen und uns verbrennen, wenn wir uns zu intensiv damit beschäftigten. Aber ich wusste, dass sie seit ihrem ersten Tag am College nicht mehr zu Hause gewesen war, genau wie Elle wusste, dass ich nicht über meine Eltern sprach.

Und jetzt hatte der Anruf ihrer Schwester sie nicht nur an ihre eigene Familie erinnert, sie wollte auch noch zurück nach Hause fahren und schien nicht besonders glücklich darüber zu sein.

Jemand rempelte mich von der Seite an und kippte mir dadurch die Hälfte meines noch fast vollen Biers über die Hand. Als ich mich umschaute, entdeckte ich Trevor direkt hinter mir. Irgendwie hatte er es doch noch auf die Party und sogar rechtzeitig zu Masons Konzert geschafft.

»Was ist los mit dir?«, brüllte er mir ins Ohr, damit ich ihn trotz der Musik verstand. »Keine Frau an deiner Seite?«

Ich tat überrascht und zeige ihm den Mittelfinger. Normalerweise machte mir mein Ruf als Player nichts aus – aber die immer gleichen Sprüche wurden langsam alt. Außerdem interessierte mich heute Abend nur eine einzige Frau, und das ausnahmsweise nicht, um sie ins Bett zu kriegen, sondern weil mir ihr Verhalten Sorgen bereitete.

Ich sah zurück zu Elle, aber sie stand nicht mehr dort, wo sie noch vor zwei Sekunden gewesen war. Was zum Teufel? Suchend sah ich mich um, konnte sie aber nirgendwo entdecken. Normalerweise genoss Elle Partys, tanzte, feierte, lachte und ging als eine der Letzten nach Hause. Aber sie lief nicht in Gedanken verloren herum und schüttete ein Bier nach dem anderen in sich hinein.

»Irgendwas stimmt nicht mit Elle.« Ich hatte es nicht bewusst laut ausgesprochen, doch dann bemerkte ich Trevors fragenden Blick. »Ich werde das Gefühl nicht los, dass sie mir aus dem Weg geht«, fügte ich erklärend hinzu.

»Ihr seid Freunde«, erwiderte Trevor schlicht. »Freunde können einem tierisch auf den Sack gehen, aber wenn sie sich wegen irgendwas Sorgen machen, liegen sie damit für gewöhnlich richtig.«

Ich folgte seinem Blick zu Tate, die am anderen Ende des Raumes mit Jackson aus dem Footballteam stand. Zwischen den beiden gab es schon seit ein paar Wochen ein ständiges On und Off, fast genauso schlimm wie bei Mason und seiner Ex oder Nicht-mehr-Ex Jenny. Niemand wusste so genau, was da eigentlich zwischen ihnen lief. Jetzt legte Jackson seinen Arm um Tates Schulter, redete auf sie ein und hielt ihr seinen Becher hin.

Ihr wievielter Drink war das bereits? Ich hatte keine Ahnung, weil ich zu sehr damit beschäftigt gewesen war, mir wegen Elle Gedanken zu machen. Aber Trevor würde sich um Tate kümmern. Das tat er immer. Vor allem dann, wenn sie seine Ritterlichkeit gar nicht wollte.

Als hätte er meine Gedanken gehört, drückte er jetzt dem nächstbesten Freshman seinen Becher in die Hand und schob sich an ein paar Hipstern vorbei zu Tate. Meistens endete es in einer Explosion, wenn die beiden Hitzköpfe aufeinandertrafen. Den Spitznamen TNT hatten sie sich mehr als verdient.

Ich zögerte kurz, folgte Trevor dann jedoch mit einem Seufzen.

»Tate«, sagte er gefährlich leise, als ich gerade bei ihnen ankam.

41

Ihre Mundwinkel verzogen sich zu einem spöttischen Lächeln. »Trevor«, erwiderte sie in der gleichen Tonlage.

»Denkst du nicht, du hattest schon genug davon?« Ohne Jackson die geringste Aufmerksamkeit zu schenken, deutete er auf den Drink in ihrer Hand.

Statt einer Antwort führte sie den Becher an die Lippen, legte den Kopf in den Nacken und trank, was auch immer darin war, auf ex aus. So schnell, dass die Leute um sie herum zu jubeln begannen. Nur Trevor wirkte so, als wollte er jemanden erwürgen.

»Lass die Nummer mit dem Ritter in strahlender Rüstung.« Tate drückte ihm den leeren Becher gegen die Brust. »Das steht dir nicht.«

»Würde ich ja, wenn du mich nicht immer dazu zwingen würdest, diese Nummer abzuziehen.«

»Wie bitte?« Sie lachte höhnisch auf. »Ich zwinge dich zu gar nichts. Höchstens dazu, dich jetzt vom Acker zu machen, bevor ich eigenhändig dafür sorge.«

Ich verschluckte mich beinahe an meinem Bier. Es war fast schon komisch, mit anzusehen, wie Jackson sich einmischen wollte – vermutlich, um Tate zu helfen – und sie ihm mit einer Handbewegung bedeutete, die Klappe zu halten. Sie sah nicht mal in seine Richtung. Ihre Augen blitzten vor Wut, während sie Trevor mit ihren Blicken aufspießte.

Der ließ sich nicht davon einschüchtern, sondern machte einen Schritt auf Tate zu. »Willst du wirklich eine Szene riskieren?«

Sie wurde blass, wich aber nicht vor ihm zurück, sondern reckte das Kinn vor. »Das wagst du nicht.«

»Ich habe dich schon mal von einer Party getragen …«

»Wenn du auch nur daran denkst …«

»Leute«, unterbrach ich sie, bevor mein Mitbewohner seine

Drohung wahr machen konnte, und wandte mich an Tate. »Hast du Elle gesehen?«

Tate nahm ihren mörderischen Blick keine Sekunde lang von Trevor. »In der Küche.«

»Danke.« Ich nickte den beiden zu. »Lasst euch am Leben.« Ich schob mich vorbei und ließ sie bei Jackson zurück, der das Spektakel stumm mitverfolgte. Ich war keine drei Schritte weit gekommen, als Tate damit begann, Trevor Beleidigungen an den Kopf zu werfen. Einige davon waren sogar mir neu.

Es dauerte eine gefühlte Ewigkeit, aus dem Wohnzimmer zu kommen, weil sich mit dem Auftritt der Band die ganze Party hier versammelt hatte. Ich hob grüßend die Hand, wenn jemand meinen Namen rief, blieb aber nicht stehen, um ein paar Worte mit der betreffenden Person zu wechseln. Schon gar nicht, als Amanda Leeroy plötzlich vor mir auftauchte.

»Luke!« Sie legte mir eine Hand auf den Arm und hinderte mich so daran, möglichst schnell an ihr vorbeizukommen.

Ich wappnete mich für das, was jetzt kam. An diesem Abend trug sie ein kurzes Kleid, das ihre langen Beine betonte, und mir fiel wieder ein, warum ich mit ihr geflirtet hatte. Ja, ich war oberflächlich, was solche Dinge anging, aber ich war schließlich weder tot noch blind.

Amandas Locken wippten auf und ab, während sie mich ein Stück zur Seite zog und sich dann mit einem strahlenden Lächeln zu mir umdrehte. Irgendwie hatte ich mit etwas Anderem gerechnet. Zum Beispiel, dass sie mir alle möglichen Geschlechtskrankheiten an den Hals wünschte. Aber Amanda schien völlig gelassen zu sein, so gar nicht wie die Furie, als die Elle sie heute früh beschrieben hatte.

»Wir hatten noch gar keine Chance zu reden«, sagte sie so laut, dass ein paar neugierige Blicke in unsere Richtung wanderten.

43

»Worüber willst du reden?« Meine Stimme war vollkommen neutral, geradezu monoton, und sie zuckte kurz zusammen, bevor sie sich wieder fing und erneut dieses Lächeln anknipste, was mir jetzt bei Weitem nicht mehr so attraktiv vorkam wie noch vor vierundzwanzig Stunden.

Und aus genau diesem Grund machte ich mich morgens aus dem Staub. Diese Diskussionen, diese Vorwürfe und anklagenden Blicke brauchte kein Mensch. Sie hatte genau gewusst, worauf sie sich bei mir einließ: auf ein paar Stunden Spaß. Nicht mehr, nicht weniger. Ich blieb ja nicht mal lange genug bei den Frauen, um Gefahr zu laufen, dass ich hinterher einschlief.

»Na ja, über letzte Nacht und ... und ...«

Lieber Gott, bitte lass sie nicht uns *sagen. Bitte lass sie nicht ...*

»... über uns.«

Ich schloss die Augen und atmete tief durch. Hätte ich gewusst, dass sie etwas mit Elle zu tun hatte, wäre ich nie mit ihr ins Bett gegangen. Die Tatsache, dass sie sich jetzt auch noch als Klette herausstellte, machte die Sache nicht besser. Und woher kam überhaupt dieser plötzliche Sinneswandel? Heute Morgen schien sie mich ja noch für das größte Arschloch auf dem Campus gehalten zu haben.

Ich seufzte innerlich. Warum mussten Frauen ständig etwas in Dinge hineininterpretieren, wo es nichts hineinzuinterpretieren gab? Man hatte keinen One-Night-Stand mit einer Person und plötzlich wurde die große Liebe daraus. Das war Bullshit. Solche Dinge passierten nur in den Büchern, die Elle so gerne las, oder in schlechten Filmen, aber sicher nicht im echten Leben und nicht mal in den Dramen, die wir für unseren Literaturkurs lesen mussten. Shakespeare hatte gewusst, was er da schrieb. Zum Schluss waren alle Beteiligten unglücklich oder tot.

»Es gibt kein *uns*, Amanda.« Ich versuchte, mitfühlend zu klingen, obwohl mir dazu die Geduld fehlte. Wie alt war diese Frau? Zwanzig? Einundzwanzig? Sie war eindeutig kein naives Mädchen mehr, das gerade frisch aufs College gekommen war. Sie sollte es besser wissen.

»Aber du hast gesagt …«

»Ich habe gar nichts gesagt und dir auch nichts versprochen.«

Wenn ich eine Sache mit Sicherheit wusste, dann, dass ich keine Versprechungen machte, die ich nicht halten konnte. Schon gar nicht im angetrunkenen Zustand. Vielleicht hatte sie selbst irgendetwas gesagt oder mein Schweigen als Zustimmung gewertet, aber das war nicht mein Problem, sondern ihres.

»Wenn du mich jetzt entschuldigst …« Ich schob mich an ihr vorbei.

Sie rief mir etwas hinterher, das in den Gesprächen und der Musik unterging. Ich reagierte nicht darauf. Ich wollte wirklich nicht der Kerl sein, der reihenweise Herzen brach. Darum war es mir nie gegangen. Ich wollte nur meinen Spaß, und die Frauen, mit denen ich mich einließ, wussten das auch. Alles, was über ein bisschen Bettgymnastik hinausging, war einfach nicht drin.

Endlich schaffte ich es in die Küche, doch auch hier war von Elle nichts zu sehen. Hatte sie die Party mit irgendeinem Typen verlassen? Ein bitteres Gefühl breitete sich in meinem Magen aus. Das war neu. Ich hatte nie ein Problem mit den Kerlen gehabt, mit denen Elle sich die Zeit vertrieb. Sie hatte gerne Sex. Daran war nichts Verwerfliches. Aber heute war es anders. Heute stimmte etwas nicht mit ihr, und ich würde nicht zulassen, dass irgendein Drecksack das ausnutzte. Dafür waren Freunde schließlich da. Sie passten aufeinander auf.

Als ich auf die Veranda hinter dem Haus trat, legte sich der Lärm ein wenig. Das Hämmern der Musik nahm ab und das Stimmengewirr wurde weniger, trotzdem summte es noch immer in meinen Ohren. Rechts und links von mir standen Leute in Grüppchen herum, die meisten von ihnen mit einer Zigarette in der einen und einem Smartphone in der anderen Hand. Der Geruch von Rauch, Bier und Gras hing schwer in der Luft.

Ein Lachen drang an meine Ohren. Mein Herzschlag beschleunigte sich. Ich kannte dieses Lachen, hätte es überall wiedererkannt. Es war warm und … vertraut.

Ich ging die Stufen hinunter, die in den Garten führten. Entgegen aller Vorurteile über Studentenverbindungen war er erstaunlich gepflegt. Der Rasen war gemäht, und am Geländer rankte sich Grünzeug entlang.

Ich folgte dem Lachen und entdeckte Elle nur ein paar Meter weiter, wo sie an einem Baumstamm lehnte. Vor ihr stand ein Kerl, der etwas aus einem Flachmann in einen Becher schüttete und ihn Elle dann gab. Sie trank ohne zu zögern daraus, während sich der Typ mit dem Unterarm über ihrem Kopf am Stamm abstützte. Zuerst konnte ich sein Gesicht nicht erkennen, und als ich näher kam, begriff ich auch, warum. Der Kerl sprach nicht mit Elle, sondern war vollauf damit beschäftigt, ihren Hals zu küssen.

Ich wusste, wie es sich anfühlte, wenn mir jemand eine Faust in den Bauch rammte. Was ich bisher nicht gewusst hatte, war, dass ich das Gleiche auch ohne Gewalteinwirkung empfinden konnte. Denn genauso fühlte es sich an, Elle mit diesem Drecksack zu sehen. Ich war sicher kein Engel, aber wenigstens musste ich meine One-Night-Stands nicht abfüllen, um sie gefügig zu machen.

»Hey!«, rief ich und stapfte zu den beiden hinüber.

Der Mistkerl hob den Kopf und starrte mich stirnrunzelnd an. Er schien mich nicht mal bemerkt zu haben, bis ich neben ihm stehen blieb. Jetzt erkannte ich ihn auch. Neil Derting. Erstaunlich, dass seine Augen ausnahmsweise nicht blutunterlaufen waren, wie man es sonst von dem groß gewachsenen Kerl mit den dunklen Haaren kannte. Tatsächlich war er noch besser dafür bekannt, dass man jeden Stoff bei ihm kaufen konnte. Ob es nur ein bisschen Gras oder das harte Zeug war, spielte keine Rolle. Wer sich abschießen wollte, ging zu Derting.

Ich ballte die Hände zu Fäusten. Was zur Hölle wollte Elle mit diesem Kerl?

»Was soll das, Mann?«

Fuck, der Typ lallte sogar schon. Erstaunlich, dass er in diesem Zustand noch einen hochkriegen wollte.

Ich ignorierte ihn und wandte mich an Elle. »Können wir kurz reden?«

Sie blinzelte, als wüsste sie nicht, was hier gespielt wurde. Kein Wunder. Ich hatte mich nie zuvor eingemischt.

Zu meiner Erleichterung nickte sie. Entweder war sie zu überrascht oder zu betrunken, um zu protestieren. Oder es war ihr egal, weil ihr der Typ ohnehin nichts bedeutete. Gott, ich betete, dass es Letzteres war.

Wortlos griff ich nach ihrer Hand und zog sie mit mir, ohne auf die Proteste ihres neuen Freunds einzugehen. Wahrscheinlich würde der Kerl nach ein paar Schritten sowieso über seine eigenen Füße stolpern und im nächsten Gebüsch landen.

Einen Moment lang überlegte ich, wo wir hingehen konnten, um etwas Ruhe zu haben. Im Haus war es zu laut und zu voll, um auch nur ein Wort zu verstehen, ohne sich anschreien zu müssen, und wir waren nicht mit dem Wagen hergekommen, also fiel auch diese Option aus. Kurzentschlossen zog ich sie um das Gebäude herum, weg von den Rauchern auf der Veranda und weg von diesem Wichser, der an ihrem Hals herumgenuckelt hatte.

»Luke.« Elle stolperte und geriet für einen Moment ins Straucheln, fing sich aber wieder und lehnte sich gegen die Hauswand. »Was soll der Aufstand?«

»Lass mich dich kurz ansehen.« Ich stellte mich dicht vor sie und legte meine Hand an ihre Wange. Mit dem Daumen strich ich über ihre Haut, während ich ihr prüfend in die Augen sah.

»Ich habe nichts eingeworfen.« Elle erwiderte meinen Blick, ohne zu zögern. Ihre Pupillen waren zwar etwas geweitet, aber daran konnten sowohl Alkohol als auch Müdigkeit schuld sein.

»Hast du eigentlich eine Ahnung, wer der Typ war?«

Sie seufzte. »Ich bin ein bisschen beschwipst, aber nicht total bescheuert.«

»Ach, wirklich?« Meine Worte klangen vorwurfsvoller als beabsichtigt. »Er hätte dir sonst was ins Bier mischen können, und du hättest es nicht mal gemerkt.«

Mein Blick fiel auf ihren Hals. Trotz der Dunkelheit erkannte ich das Mal auf ihrer Haut. Wieder meldete sich die Wut in meinem Bauch.

»Der Kerl ist der letzte Abschaum«, knurrte ich. »Was zum Teufel wolltest du mit ihm?«

Sie schwieg, doch in ihren Augen war ein solcher Tumult zu lesen, dass sich unwillkürlich etwas in meiner Brust zusammenzog. Bis zu diesem Moment hatte ich nicht mal gemerkt, dass ich noch einen kleines bisschen Hoffnung gehabt hatte. Hoffnung darauf, dass ich falsch lag. Dass Elles Stimmung heute Abend nichts mit dem Anruf von ihrer Schwester zu tun hatte. Doch jetzt wurde ich eines Besseren belehrt und hasste mich dafür, überhaupt zugelassen zu haben, dass ich sie lange genug aus den Augen verlor, damit sich Derting an sie ranmachen konnte.

48

»Es ist wegen heute Morgen, oder?« Meine Worte waren mehr eine Feststellung als eine Frage, und Elle gab sich keine Mühe, sie zu beantworten. Wir wussten beide, dass ich recht hatte. »Wegen des Anrufs.«

»Ich will nicht darüber reden.«

Natürlich nicht. Alles andere hätte mich auch überrascht.

»Bist du mir deshalb den ganzen Abend über aus dem Weg gegangen?«

»Ja.« In ihren Augen funkelte es herausfordernd.

Trotz der Wut in meinem Bauch zuckten meine Mundwinkel. »Biest.«

»Nervensäge«, konterte sie.

»Heimlichtuerin.«

Elle beugte sich vor, bis sich unsere Nasenspitzen fast berührten. »Arsch.«

»Au, das hat gesessen.« Gespielt getroffen legte ich mir die Hand aufs Herz. »Wie viele davon hattest du schon, hm?« Ich nahm ihr den Plastikbecher ab und schnüffelte daran. Wodka. Ich warf den Becher samt Inhalt neben uns ins Gras.

»Nicht viele. Drei. Vielleicht auch vier.« Sie zuckte mit den Schultern.

Unter normalen Umständen hätte ich mir deswegen keine Sorgen gemacht. Wir wussten beide sehr genau, wie viel sie vertrug – und von Bier war das eine Menge. Doch bei härterem Zeug wie Wodka genügte schon ein einziger Drink, und wir konnten Elle nach Hause schleppen. Ich wollte nicht mal daran denken, was passiert wäre, wenn ich nicht rechtzeitig hier rausgekommen wäre. Oder wenn Derting ihr tatsächlich irgendwas untergemischt hätte.

»Was ist los mit dir?«, fragte ich so leise, dass meine Stimme beinahe in der Musik unterging, die aus den offenen Fenstern herausschallte.

49

»Nichts.«

»Das sieht aber nicht nach nichts aus«, widersprach ich.

Elle schüttelte nur den Kopf. Diese verdammte Sturheit würde ihr eines Tages noch das Genick brechen.

»Ich weiß, dass es etwas mit dem Anruf zu tun hat«, versuchte ich es erneut. »Also mit deiner Familie. Die, über die du nie ein Wort verlierst.«

»Du doch auch nicht über deine.«

Verdammt. Spätestens jetzt war klar, dass sie nicht so viel getrunken hatte wie ich befürchtet hatte. Ein Teil von mir war erleichtert. Der andere wollte sie am liebsten über die Schulter werfen und zurück ins Wohnheim bringen, damit sie mir endlich verriet, was ihr so viel Kummer bereitete.

Das Verhältnis zu ihrer Familie schien nicht das Beste zu sein. Man musste kein Genie sein, um so viel mitzukriegen, da sie nie mit ihnen telefonierte und in den Ferien und an den Feiertagen auch nicht nach Hause fuhr. Aber den Grund dafür kannte ich nicht. Sie hatte ihn mir nie verraten. Und auch wenn ich bisher irgendwie froh darum gewesen war, weil das bedeutete, dass ich ihr im Gegenzug nicht meine eigene traurige Geschichte erzählen musste, machte mich dieser Umstand jetzt wütend. Ich war ihr bester Freund, verdammt noch mal. Ich sollte nicht raten müssen, was nicht mit ihr stimmte. Ich sollte es wissen.

»Touché.« Seufzend ließ ich von ihr ab und trat einen Schritt zurück.

Elle starrte mich einen Moment lang an, dann verdrehte sie die Augen. »Meine Schwester hat sich verlobt und mich zu ihrer Verlobungsparty eingeladen. Ins Haus meiner Eltern. Das ist alles, okay?«

Für jeden anderen wäre das keine große Sache gewesen. Für das Mädchen, das seit zwei Jahren nicht mehr zu Hause gewesen war, schon. Egal, wie sehr sie es herunterspielte, es ging ihr nicht gut damit. Aber ich konnte sie auch nicht zwingen, mit mir zu reden, wenn sie es nicht wollte. Ich konnte nur versuchen, für sie da zu sein.

Meine Zweifel schienen mir ins Gesicht geschrieben zu sein, denn Elle tätschelte mir beruhigend den Arm, bevor sie sich von der Wand abstieß. »Ich fahre nur nach Hause, Luke. Nicht in die Hölle.«

Irgendwie war ich mir da nicht so sicher.

Kapitel 3

Elle

Es war merkwürdig, wieder zu Hause zu sein. Ganz besonders dann, wenn dieser Ort diese Bezeichnung schon seit Jahren nicht mehr verdiente. Das Wohnheim auf dem Campus war mein Zuhause. Die WG, die ich mir seit dem ersten Tag mit Tate und seit diesem Semester auch mit Mackenzie teilte, war mein Zuhause. Aber ganz sicher nicht diese riesige, beleuchtete Villa, die sich jetzt vor mir auftürmte. Selbst in der Dunkelheit erstrahlte sie in einem so reinen Weiß, als könnten Wind und Wetter dem Familiensitz der Winthrops nichts anhaben. Doch ich wusste es besser. Der schöne Schein war alles für meine Mutter. Sie achtete mit Argusaugen darauf, dass die Fassade regelmäßig gereinigt und erneuert wurde, damit das Gebäude weiterhin das repräsentierte, wofür unsere Familie seit Generationen stand: Wohlstand und Macht.

Ich drückte die Tür des Mietwagens so behutsam zu, als könnte das kleinste Geräusch den Drachen wecken, der im Inneren des Hauses schlummerte. Was unnötig war, denn das Plätschern des Springbrunnens in der Mitte der Einfahrt übertönte ohnehin jedes Geräusch. Trotzdem kamen mir meine Schritte unnatürlich laut vor, als ich die Stufen ansteuerte, die zur Veranda führten. Sie umschloss das ganze Haus und wurde von breiten Marmorsäulen eingegrenzt, die den Balkon im ersten Stock trugen.

Vor der Eingangstür mit den Schnitzereien blieb ich stehen und wischte mir die Handflächen an meiner Jeans ab. Ja, ich war in Jeans hergekommen statt in einem maßgeschneiderten Kleid, wie man es von einer Winthrop erwarten würde. Dazu trug ich Stiefel und ein schwarzes Shirt mit der Aufschrift: *We are all mad here*. Als ich es heute Morgen angezogen hatte, war es mir irgendwie passend erschienen. Doch jetzt, da ich tatsächlich vor dem Haus meiner Eltern stand, war ich mir da nicht mehr so sicher. Mom würde sich ohne Zweifel persönlich angegriffen fühlen, aber das würde sie bei jedem Outfit, das keine vierstellige Summe gekostet hatte. Ich biss mir auf die Unterlippe und versuchte mein schlechtes Gewissen zu vertreiben. Jetzt war es ohnehin zu spät, um mich noch mal umzuziehen.

Ich atmete tief durch, dann zog ich einen einzelnen Schlüssel aus meinem Rucksack und schob ihn ins Schlüsselloch. Vielleicht war es bezeichnend, dass ich ihn nicht mit meinen restlichen Schlüsseln an einem Bund trug, aber ich hatte ihn seit kurz nach meinem Highschoolabschluss nicht mehr gebraucht. Wenn es nach mir ging, würde ich ihn auch heute nicht benötigen, aber Sadie zuliebe war ich hergekommen.

Nein, das war nicht die ganze Wahrheit. Ich war nicht nur für Sadie hier, sondern auch für meine Schwestern Libby und Brianna, für Dad und sogar für Mom. Ich war für meine Familie hier. Und vielleicht, nur vielleicht könnte dieser Besuch ein Neuanfang für uns alle sein. Ein neues Kapitel in unserem Leben, wenn wir die Vergangenheit ruhen lassen konnten.

Es klickte. Ich gönnte mir kein Zögern, um meinen Entschluss zu überdenken oder einen Rückzieher zu machen, sondern öffnete die schwere Holztür. Es war, als würde ich eine andere Welt betreten. Draußen war es selbst jetzt, mitten im Oktober, abends noch angenehm mild, während mich hier drinnen klimatisierte Luft und eine kühle Einrichtung erwarteten.

Wie ich es in Erinnerung hatte, war kein einziges Staubkorn zu sehen. Ich war mir ziemlich sicher, dass man auf dem grauen Marmorboden ohne Weiteres eine Herz-OP durchführen könnte. Ich stellte meinen Rucksack neben der Garderobe ab, obwohl ich wusste, dass es Mom wahnsinnig machen würde, wenn sie ihn dort entdeckte. Aber wo sollte ich ihn sonst lassen? Auf den cremefarbenen Sofas im Wohnzimmer, auf denen fast nie jemand saß, weil sie nur der Dekoration dienten? Unter einem der gerahmten Bilder, die zusammengenommen Millionen wert waren? Am Fuße der breiten Treppe, die in die erste Etage hinaufführte? In meinem Zimmer? Ich wusste nicht mal, ob es überhaupt noch existierte oder ob sie es inzwischen ausgeräumt und ein weiteres Gästezimmer daraus gemacht hatten.

Wieder wischte ich mir die Handflächen an meiner Jeans ab und räusperte mich, um den Kloß in meinem Hals loszuwerden. Es gab keinen Grund, nervös zu sein. Das hier war meine Familie. Ich hatte es achtzehn Jahre lang in diesem Haus ausgehalten, bevor ich ausgezogen war. Nicht ganz freiwillig, aber spielte das heute wirklich noch eine Rolle? Mir gefiel, wohin es mich verschlagen hatte. Ich mochte mein Leben am College, ich mochte meine Freunde und was ich studierte. Genau genommen hatten mir meine Eltern also einen Gefallen damit getan, als sie mich rausgeworfen hatten.

Leider schien das mein Magen anders zu sehen, denn mit jedem weiteren Schritt zog er sich etwas mehr zusammen. Ich durchquerte das Wohnzimmer, das noch genauso aussah wie früher, außer dass andere Bilder an den Wänden hingen, dann den Familienraum mit Kamin, einer breiten Bar und einem abgeschlossenen Waffenschrank voller Jagdgewehre, bis ich mich der offenen Terrassentür näherte. Kleine Lichter erhellten das

Geländer und den Garten. Ich hörte die ruhige Stimme meines Vaters, dicht gefolgt von Sadies Lachen, was einen Teil meiner Anspannung verschwinden ließ. Ein letztes Mal atmete ich tief durch und wappnete mich innerlich, dann trat ich auf die Terrasse hinaus.

Das Grün des riesigen Gartens breitete sich wie ein Teppich vor mir aus, in dem jeder Grashalm perfekt getrimmt war. Links und rechts neben der Terrasse standen zu Kugeln zurechtgestutzte Buchsbäume, und obwohl es Herbst war und die Bäume sich bereits bunt verfärbten, lagen kein einziges Blatt und kein einziger Apfel im Gras.

Bei meinem Erscheinen waren die Gespräche verstummt, und als ich mich umdrehte, starrten mich mehrere Augenpaare an. Mein Vater saß am Kopfende des langen Tisches. Sein braunes Haar war noch immer so voll, wie ich es in Erinnerung hatte, aber an den Schläfen ergraut, was ihm einen distinguierten Eindruck verlieh. Die Falten auf seiner Stirn und rund um seine Augen waren tiefer geworden, doch abgesehen davon hatte er sich überhaupt nicht verändert.

»Elle …«

Den Spitznamen aus seinem Mund zu hören, ließ den Kloß von meinem Hals in meinen Brustkorb rutschen. Auf einmal fiel es mir schwer, zu atmen. Nicht, weil ich Angst hatte, sondern weil mehr Wärme in diesem einen Wort lag, als ich je für möglich gehalten hätte.

»Hi, Daddy …«

Er stellte sein Glas ab und stand auf. Mit großen Schritten kam er auf mich zu und schloss mich in eine Bärenumarmung. Mit meinen ein Meter sechsundsechzig war ich wirklich kein Winzling – egal, was Luke darüber dachte –, aber in den Armen meines Vaters hatte ich das Gefühl, wieder ein kleines Mädchen zu sein. Der vertraute Geruch von Pfefferminz, Seife und

Zigarren stieg mir in die Nase und blieb selbst dann noch haften, als er sich von mir löste und mich auf Armeslänge von sich schob.

»Lass dich anschauen.« Er betrachtete mich von oben bis unten. »Du siehst …«

»Heruntergekommen aus«, unterbrach ihn eine schneidende Stimme.

Ich zuckte zusammen.

Meine Mutter machte sich nicht die Mühe, aufzustehen, um mich zu begrüßen. Sie lehnte sich in ihrem Korbsessel zurück und musterte mich aus kalten grauen Augen. »Das liegt sicher an der langen Anreise. Und an diesem Aufzug …« Missbilligend schüttelte sie den Kopf. »Wo hast du nur diese Sachen her, Gabrielle? Von Walmart?«

Im Ernst? Ich war zum ersten Mal seit zwei Jahren wieder hier und das war das Erste, was sie zu mir sagte? Im Gegensatz zu meinem Vater wirkte sie keinen Tag älter, was mit Sicherheit an ihrer gesunden Ernährung und dem Sport lag. Oder an den regelmäßigen Botoxbehandlungen, die sie natürlich niemals in der Öffentlichkeit zugeben würde. Es war ein Wunder, dass sie überhaupt die Stirn runzeln konnte, um mich finster anzustarren.

»Und wenn es so wäre?«

Sie kniff die Augen zusammen. *Oh, oh.* Böse Falten im Anmarsch.

»Elle …«, tadelte mein Vater sanft.

Es war nicht der leise Vorwurf in seiner Stimme, der mich wieder zur Vernunft brachte, sondern die Enttäuschung darin. Mein Leben lang hatte ich Moms Spitzen über mich ergehen lassen, ohne ihr zu widersprechen, hatte mich anzupassen versucht und war doch immer wieder daran gescheitert. Und nach dem Skandal mit meinem Artikel … Nun, ich studierte nicht ohne Grund knapp sechshundert Meilen von diesem Haus entfernt.

»Oh Elle, ich bin so froh, dass du da bist.« Sadie war ebenfalls aufgestanden und schob sich an Dad vorbei.

Ich schlang die Arme um sie und atmete den vertrauten Duft nach Sommerblumen ein. Sadie war ein Stück kleiner und zierlicher als ich. Mit ihrer schokobraunen Mähne kam sie ganz nach Dad, aber die Augenfarbe, das spitze Kinn und die elegante Halslinie hatte sie von Mom geerbt. Genau wie unsere ältere Schwester Libby, während Brianna als jüngere Version unserer Mutter durchgehen würde. Mit meinem mittelblonden Haar, das weder richtig hell noch richtig dunkel war, und der normalen statt gertenschlanken, zierlichen Figur meiner Mutter und meiner Schwestern war ich optisch immer aus der Reihe getanzt. Ich hatte schon wie eine Rebellin ausgesehen, bevor ich ungewollt eine geworden war.

Diesmal war ich es, die Sadie ein Stück fortschob, um sie zu betrachten. Im weichen Schein der Verandabeleuchtung und dem flackernden Kerzenlicht wirkte sie so jung, dass es beinahe wehtat. In meinem Kopf würde sie immer *die Kleine* bleiben, auch wenn sie ein Jahr älter war als ich. Aber als wir noch Kinder gewesen waren, war ich es immer gewesen, die sie beschützt hatte. Und jetzt war sie verlobt? Wie hatte ich das bloß verpassen können?

»Wie geht's dir?«

»Fantastisch.« Sie wippte auf den Fersen auf und ab. »Du glaubst nicht, wie glücklich ich bin!«

Ihre Augen sprühten vor Freude und sie konnte gar nicht aufhören zu lächeln. In ihrem hellblauen Kleid wirkte sie wie eine Prinzessin. Ohne Zweifel ein Markenkleid, das Mom höchstpersönlich für sie ausgesucht hatte. Chanel, wenn ich mich nicht irrte.

Sadie hob die Hand und hielt sie mir erwartungsvoll unter die Nase.

»Oh … wow.« Ich musste blinzeln, weil mich der Ring an ihrem Finger regelrecht blendete. Ich mochte mir nicht besonders viel aus Schmuck machen, aber ich erkannte einen Diamanten, wenn ich einen sah – dafür hatte meine Mutter gesorgt. Und mit diesem hier könnte man jemanden erschlagen, so groß war das Ding. »Ich bin beeindruckt. Und der Glückliche ist …?«

Ich sah an Sadie vorbei Richtung Tisch. Neben dem Korbsessel, aus dem Sadie aufgesprungen war, saß ein junger Mann, der jetzt aufstand, um den Tisch herumging und mir die Hand reichte. Er schien Mitte bis Ende zwanzig zu sein, hatte dunkles Haar und warme braune Augen.

»Freut mich, dich endlich kennenzulernen«, sagte er mit einem selbstbewussten Händedruck. »Ich bin Daniel. Daniel Du Pont.«

Du Pont. Ein Synonym für altes Geld. Eine Familie, die sich bereits im Bürgerkrieg einen Namen gemacht und Reichtum angehäuft hatte, der bis zum heutigen Tag bestand. Wie von selbst tauchten Moms Lektionen in meinem Kopf auf. Der maßgeschneiderte Anzug und die blankpolierten Schuhe passten dazu, auch wenn Daniel keine Krawatte trug und die ersten zwei Knöpfe seines weißen Hemds offen gelassen hatte. Mom musste hellauf begeistert gewesen sein, als sie von der Verlobung erfahren hatte. Vermutlich hatte sie sie sogar selbst eingefädelt.

»Die Freude ist ganz meinerseits«, erwiderte ich. »Ich bin Elle.«

Sadie zog mich an den Tisch und drückte mich in den Sessel schräg gegenüber von ihrem, dafür aber neben Mom. »Du musst am Verhungern sein, oder? Wie lange warst du unterwegs?«

»Vier Stunden«, beantwortete ich Sadies Frage und warf ihr ein dankbares Lächeln zu, als sie mir ein Glas Limonade einschenkte. »Ich bin direkt nach meiner letzten Vorlesung losgefahren, nach Birmingham geflogen und habe von da einen Mietwagen genommen.«

Zugegeben, ich hätte meine Kurse auch schwänzen können, um früher hier anzukommen und mehr vom Tag zu haben. Aber ich wollte dieses Treffen so kurz und schmerzlos wie möglich halten. Nur weil ich mich dazu entschieden hatte, herzukommen, bedeutete das noch lange nicht, dass ich mich sofort wieder heimisch fühlte.

»Warum hast du nichts gesagt?« Sadie stellte das Glas vor mir ab. »Wir hätten dich abholen können.«

Wohl kaum. Wenn man bedachte, unter welchen Umständen ich dieses Haus verlassen hatte, erwartete ich nicht, dass mich irgendjemand vom Flughafen abholte. Schon gar nicht Mom.

»Alles gut. Ich hab es ja auch so geschafft.«

»Erstaunlich.« Mom rührte seelenruhig in ihrem Tee, dann wischte sie den Löffel sorgfältig ab und legte ihn lautlos auf der Untertasse ab. »Wenn man bedenkt, wie lange dein letzter Besuch her ist, Gabrielle.«

Ich trank einen Schluck aus meinem Glas, um nicht antworten zu müssen. Doch den bitteren Geschmack in meinem Mund konnte nicht einmal die frisch zubereitete Limonade vertreiben.

Sadie räusperte sich und warf ein entschuldigendes Lächeln in die Runde. »Es tut mir wirklich leid«, begann sie und sah Hilfe suchend zu ihrem Verlobten. »Aber wir sind noch bei Daniels Eltern zum Essen eingeladen. Wenn ich gewusst hätte …«

»Schon gut«, unterbrach ich sie und stand ebenfalls auf, um sie zum Abschied zu umarmen. »Wir sehen uns morgen.«

»Auf jeden Fall.« Sie drückte mich fest, dann trat sie einen Schritt zurück. Daniel gab mir zum Abschied die Hand.

Ich sah ihnen mit gemischten Gefühlen nach. Einerseits freute ich mich, Sadie endlich wiederzusehen, und hätte gerne mehr Zeit mit ihr und Daniel verbracht, andererseits konnte ich verstehen, dass sie schon andere Pläne hatten. Auch wenn das bedeutete, dass ich allein mit Mom und Dad zurückblieb.

Als Sadies und Daniels Schritte endgültig verklungen waren, ließ sich die eisige Stille am Tisch nicht länger ignorieren.

»Wie ist es dir ergangen?« Tageszeitung und Handy lagen unbeachtet neben Dads Scotchglas. Er studierte mich aus wachsamen Augen. Ich glaubte ihm, dass er wirklich daran interessiert war, wie es mir ging, und nicht nur daran, wie sich meine Entscheidungen und mein Verhalten auf den Familiennamen auswirkten. Auch wenn er schon, seit ich denken konnte, mehr Zeit mit seiner Arbeit verbracht hatte als mit uns, war er doch immer ein fester Bestandteil meines Lebens gewesen.

»Gut«, antwortete ich ehrlich. »Ich studiere, ich arbeite, ich habe Freunde.«

Das war ein ziemlich gutes Leben, wenn man mich fragte.

»Studierst du immer noch diesen Unsinn?«, warf Mom ein und führte die Porzellantasse an die Lippen.

Ich biss die Zähne zusammen, behielt mein Lächeln aber bei. Schließlich hatte sie mir genau das beigebracht. Immer lächeln, ganz egal, was geschah.

»Dieser *Unsinn* nennt sich Journalismus«, korrigierte ich sie ruhig. Dass klassische Literatur mein Nebenfach war, musste ich ihr nicht unbedingt erzählen. Im Journalismus gab es wenigstens halbwegs gute Berufsaussichten, aber in der Literatur? Keine Chance.

»Nun …«, versuchte Dad die Wogen zu glätten. »Du hast schon immer gern geschrieben.«

Das stimmte. Als Dreizehnjährige hatte ich nicht wie andere Mädchen in meinem Alter die Seiten meines Tagebuchs mit Träumereien über meinen Schwarm vollgekritzelt. Ich hatte Dinge notiert. Wichtige Ereignisse. Besondere Momente in meinem Leben und dem der Menschen um mich herum. Das war allerdings noch harmlos gewesen. Der Ärger hatte erst begonnen, als ich der Redaktion der Schülerzeitung beigetreten war und damit angefangen hatte, öffentlich zu schreiben. Über die Menschen in unserer Stadt. Und über meine eigene Familie.

»Wo und als was arbeitest du?«, hakte Mom nach. »Und wer sind deine Freunde?«

Ein Lachen kitzelte in meiner Kehle. Nicht, weil irgendetwas an dieser Situation witzig war, sondern weil sie so absurd war.

Du hast mich enttäuscht, Gabrielle. Du hast diese Familie enttäuscht.

Ihre Worte knallten wie ein Peitschenhieb durch meine Gedanken. Ich umklammerte mein Glas so fest, bis meine Gelenke schmerzten. Behutsam stellte ich es ab und verschränkte die Finger unter dem Tisch miteinander. Selbst nach all dieser Zeit schaffte Mom es, mich mit jedem Satz zu treffen. Oder vielmehr mit dem höhnischen Tonfall, der jede ihrer Aussagen begleitete. Früher hatte ich geglaubt, dass es an mir lag, dass ich einfach nicht gut genug war und die falschen Entscheidungen traf. Dass ich bei Klavier und Geige hätte bleiben sollen wie meine Schwestern, statt mich an Gitarre und Schlagzeug zu versuchen. Dass ich Gedichtbände hätte lesen sollen anstatt die Zeitungen, die unsere Familie und Dads politische Karriere regelmäßig auseinandernahmen.

Heute wusste ich, dass diese Frau es einfach liebte, Gift zu versprühen – und ich ihr Lieblingsziel war. Das schwarze Schaf der Familie, das den Ansprüchen der Winthrops nicht genügte. Das diesen Ansprüchen nie genügen würde. Wie meine Mutter mir gerade wieder deutlich vor Augen führte.

Ich biss mir auf die Zunge, um keine Gefühlsregung nach außen dringen zu lassen, aber das Zittern meiner Hände konnte ich nicht unterdrücken, nur verstecken. Streit war das Letzte, was ich wollte. Deswegen war ich nicht hergekommen. Dieses Wochenende sollte etwas Besonderes für Sadie und Daniel sein, und ich wollte einfach nur ein Teil davon sein.

»Nun?« Mit hochgezogenen Brauen betrachtete Mom mich von der Seite. »Als was könntest du schon arbeiten, um für die horrenden Studiengebühren aufzukommen?«

Studiengebühren, die sie nicht übernahmen, weil es in ihren Augen reine Zeitverschwendung war, was ich tat. Oh, sie hätten mir das Jurastudium in Yale finanziert, ohne auch nur mit der Wimper zu zucken. Nichts anderes taten sie schließlich für Libby. Aber Journalismus an einem winzigen College in einem anderen Bundesstaat? Keine Chance. Nur durch den Fonds meiner Großmutter väterlicherseits konnte ich mir das Studium überhaupt leisten. Das bisschen, was ich zusätzlich verdiente, sparte ich sofort wieder an. Aber das wussten meine Eltern natürlich nicht. Die Erinnerung an die Diskussion von damals, an die Vorwürfe, und wie Mom mir Schuldgefühle einreden wollte, weil ich angeblich mit meinem Artikel den Ruf dieser Familie zerstörte, reichte aus, um mich für einen Moment jede Zurückhaltung vergessen zu lassen. Denn sie waren es nicht gewesen, die mir damals geholfen hatten, mein Leben nach diesem Skandal und der Trennung von Colin neu zu sortieren, mir endlich einzugestehen, was ich wirklich wollte, und mich für einen Studiengang weit weg von zu Hause einzuschreiben. Sie hatten nicht einmal etwas davon mitbekommen, bis ich die Stadt Richtung College verlassen hatte.

Wie auch? Schließlich hatten sie mich Wochen vorher schon rausgeworfen.

»Ganz einfach.« Ich schenkte meiner Mutter ein eisiges Lächeln. »Ich arbeite in einem Stripclub und ziehe mich jede Nacht für Geld aus.«

Sie schnappte nach Luft und starrte mich so entsetzt an, als würde sie mir tatsächlich glauben. Als würde sie es wirklich für möglich halten, dass ich so tief gesunken war, mich für ein paar Scheinchen auszuziehen.

Wow. Vielen Dank für dein Vertrauen, Mom.

»Gabrielle.« Verärgerung färbte die Stimme meines Vaters. Als ich zu ihm hinübersah, hatten sich zwei tiefe Falten zwischen seinen Brauen gebildet. »Das ist nicht komisch. Deine Mutter hat dir eine ernst zu nehmende Frage gestellt. Wir wollen wissen, wie es dir ergangen ist und wie du dein Leben führst. Ich erwarte eine ehrliche Antwort darauf.«

»Warum?« Die Frage kam mir über die Lippen, bevor ich sie aufhalten konnte. Obwohl sie nicht ganz vollständig war, denn in Wahrheit müsste sie lauten: Warum jetzt? Die letzten beiden Jahre hatte es sie doch auch nicht interessiert, was ihre jüngste Tochter trieb.

Moms Blick ruhte auf mir. Ihre Miene war nicht zu deuten, aber so wie ich sie kannte, wartete sie nur darauf, dass ich eine Szene machte und ihr einen weiteren Grund gab, mich nicht hier haben zu wollen. Hatte sie es mir nicht selbst vor etwas mehr als zwei Jahren gesagt?

Du bist hier nicht länger willkommen.

Mit aller Willenskraft schob ich die Erinnerung an den schlimmsten Moment meines Lebens beiseite. Ich war hergekommen, um Sadie eine Freude zu machen, aber auch, weil ich darauf hoffte, dass wir die Vergangenheit hinter uns lassen konnten.

»Gabrielle.« Moms Stimme ließ mich frösteln. »Ich warte auf eine Antwort.«

»Tut mir leid«, stieß ich leise hervor und hasste mich ein bisschen dafür, so schnell einzuknicken. »Ich kellnere in den Ferien. Und neben dem Studium schreibe ich für die Collegezeitung.«

Eine einzige schmale Augenbraue wanderte in die Höhe. Mehr brauchte es nicht, um mir zu sagen, was sie davon hielt. Was sie schon immer von mir gehalten hatte.

War ich noch immer nicht gut genug, um ein Teil dieser Familie zu sein? Ich senkte den Blick, als meine Augen zu brennen begannen. Nur wenige Minuten bei diesen Menschen und schon kehrten all die alten Zweifel zurück. Ich war nicht mehr das Mädchen von früher, das sich alles gefallen ließ, jede Spitze schweigend ertrug und sich so sehr für alle anderen verbog, bis sie entzweibrach. Ich hatte mir ein neues Leben aufgebaut, ein neues Ich.

Aber warum fühlte es sich dann so an, als wäre ich nie fort gewesen? Mein Leben auf dem Campus schien mit einem Mal so weit weg zu sein, als wäre es nur ein Traum gewesen, der immer mehr verblasste. Ich versuchte, ihn festzuhalten, versuchte mich daran zu klammern, aber er glitt mir durch die Finger.

Dad sagte etwas, das ich kaum wahrnahm und Mom antwortete darauf. Insgeheim war ich ihm dankbar dafür, dass er das Gespräch von mir abzulenken versuchte, aber ich spürte nach wie vor Moms Blicke auf mir. Sie verurteilte mich für etwas, das sie nicht verstand, weil sie sich nie die Mühe gemacht hatte, es zu begreifen. Vielleicht hatte ich aber auch nicht vehement genug versucht, ihr meinen Standpunkt deutlich zu machen. Oder es war tatsächlich mein Fehler. Meine falschen Entscheidungen.

64

Nein. Ich biss die Zähne zusammen. Das hier war nicht meine Schuld. Dass sie mich rausgeworfen hatte, war nicht meine Schuld. Niemand konnte den Ansprüchen meiner Mutter genügen und sie zufriedenstellen.

»Entschuldigt mich für einen Moment.« Die Stuhlbeine knarzten über den Boden, als ich den Korbsessel zurückschob und aufsprang, ohne auf eine Antwort zu warten. In der Stille um uns herum wirkte das Geräusch so schrill, als würde jemand mit bloßen Fingernägeln über eine Tafel kratzen, aber ich ignorierte es. Genauso wie die Blicke, die mir folgten, als ich mit raschen Schritten zurück ins Haus ging.

Meine Kehle war wie zugeschnürt, jeder Atemzug schien ein einziger Kampf zu sein. Das Gefühl war mir so vertraut, dass ich die Fingernägel in meine Handflächen bohrte, um jetzt nicht zusammenzubrechen. Diese Genugtuung würde ich meiner Mutter nicht geben.

Ich musste eine vertraute Stimme hören, ich brauchte jemanden, der mich daran erinnerte, wer ich wirklich war: Elle. Die Journalismus-Studentin mit Vorliebe für Partys, lustig bedruckte Shirts, Ben&Jerry's, Twinkies und besondere Klingeltöne für jeden ihrer Kontakte. Und nicht Gabrielle, die Tochter von Senator Winthrop und seiner Frau, die Schande über die ganze Familie gebracht hatte.

Ruhe und klimatisierte Luft wollten mich in eine tröstende Umarmung schließen, aber ich ließ es nicht zu. Ohne wirklich etwas wahrzunehmen, durchquerte ich die einzelnen Zimmer, bis ich das Foyer erreichte. Dort zog ich mein Handy aus meinem Rucksack und riss die Eingangstür auf. Der Wechsel von warmer zu kalter und wieder warmer Luft bescherte mir eine Gänsehaut.

Vor dem Haus begann ich auf und ab zu laufen, während ich durch meine Kontakte scrollte.

Es war Freitagabend. Die Wahrscheinlichkeit, dass Tate in der WG oder allein war, ging gegen null. Vermutlich zog sie bereits mit den Jungs, Emery und Grace um die Häuser. Abgesehen davon würde sie mir sowieso nur den Kopf zurechtrücken und mir sagen, dass ich mich zusammenreißen sollte. Normalerweise war das genau das, was ich hören musste, vor allem, wenn ich das Schreiben einer Hausarbeit wieder mal bis zum letzten Abend vor dem Abgabetermin vor mir herschob. Im Gegenzug zwang ich Tate regelmäßig dazu, Pausen bei ihren wahnsinnigen Lernsessions einzulegen und auch mal einen Gang runterzuschalten.

Ich biss mir auf die Unterlippe, als mir klar wurde, dass es nicht Tate war, mit der ich reden wollte. Ohne weiter darüber nachzudenken, drückte ich auf den *Anrufen*-Button und wartete. Es klingelte drei Mal, dann meldete sich eine vertraute Stimme.

»Was ist los?«

Keine Begrüßung, kein lockerer Spruch. Luke wusste allein aufgrund der Tatsache, dass ich zu meiner Familie gefahren war und ihn so schnell schon anrief, dass irgendetwas nicht in Ordnung war. Er kannte mich, kannte mich so viel besser als diese Menschen da drinnen.

Sekundenlang brachte ich keinen Ton hervor. Zu schnell rasten die Gedanken durch meinen Kopf, zu verrückt spielten all die Emotionen in meinem Inneren. Ich wusste nicht, was ich sagen sollte, denn im Grunde war nichts passiert. Nichts Weltbewegendes. Meine Mutter schoss ihre üblichen Giftpfeile in meine Richtung. Was für eine Überraschung. Aber das war keine große Sache, nichts, was eine solche Panik in mir auslösen sollte.

»Elle …« Lukes Stimme klang weicher. Ich hörte ein Rascheln im Hintergrund, gedämpfte Stimmen, und jemanden,

66

der seinen Namen rief. Schritte hallten durch einen Gang, dann wurde eine Tür mit einem leisen Quietschen geöffnet und wieder geschlossen.

Oh, nein. Wie spät war es überhaupt? Hatte ich Luke gerade für nichts und wieder nichts aus dem Lauftraining geholt?

»Rede mit mir«, sagte er jetzt in normaler Lautstärke. »Sag mir, was passiert ist. Soll ich vorbeikommen und jemanden für dich kaltmachen?«

Ich lachte erstickt auf. Das war so typisch Luke. Nur Trevor war schlimmer mit seinem Beschützerinstinkt uns Mädchen gegenüber. Er war wie der große Bruder, den wir nie haben wollten, uns jedoch immer heimlich gewünscht hatten. Aber Luke war ... anders.

»Ich bin okay«, sagte ich schließlich.

»Du klingst aber nicht okay. Was ist passiert, Süße?«

Ich seufzte und rieb mir mit der flachen Hand über die Stirn. Jetzt im Nachhinein kam mir meine Reaktion lächerlich vor. Ich hatte genauso emotional, genauso schwach reagiert, wie meine Eltern es von mir erwarteten. Wie jeder es in dieser Stadt von mir erwartete. Aber ich war nicht mehr diese Person. Ich war nicht mehr das Mädchen, das sich tagtäglich von ihrer Mutter kritisieren ließ. Das alles tat, was von ihr erwartet wurde. Das alles dafür gab, die perfekte Tochter zu sein und dennoch immer wieder daran scheiterte. Denn die perfekte Tochter machte ihren Eltern keinen Ärger und sorgte nicht für einen Skandal mit einem Zeitungsartikel, über den die ganze Stadt redete, obwohl er nur in der Schülerzeitung erschienen war.

»Tut mir leid, dass ich dich beim Training gestört habe.«

»Scheiß drauf«, fiel Luke mir ins Wort. »Das ist mein Ernst, Elle. Das Training kann ich nachholen. Aber wenn es dir schlecht geht und du mich brauchst, will ich, dass du zu mir kommst oder mich wenigstens anrufst. Okay? Scheißegal, wie spät es ist, wo ich bin, was ich mache oder welche eigenen Probleme ich gerade habe. Wenn du mich brauchst, bin ich für dich da.«

Und meine Augen brannten schon wieder. Hastig wischte ich mir über die Augenwinkel und presste die Lippen aufeinander, kam aber nicht gegen das kleine Lächeln an, das an meinen Mundwinkeln zog.

»Okay«, erwiderte ich leise, und dann noch einmal fester »verstanden.«

»Braves Mädchen.« Ich konnte hören, wie Luke sich bewegte. Seine Schritte hallten von den Wänden wider und eine Metalltür wurde geöffnet. Müsste ich raten, würde ich auf die Männerumkleide tippen. »Willst du darüber reden?«, fragte er nach einem Moment des Schweigens.

Ich schüttelte den Kopf, auch wenn er es nicht sehen konnte. »Nicht wirklich. Ich wollte nur ...« *Deine Stimme hören?* Ja, klar. Luke würde mich für den Rest meines Lebens damit aufziehen, also klappte ich den Mund wieder zu und ließ den Satz unvollendet in der Luft hängen.

»Wo bist du?«, fragte er auf einmal.

»Zu Hause, das weißt du doch.« Ich zögerte, weil ich weder Luke noch sonst einem meiner Freunde je erzählt hatte, woher genau ich stammte. Die Möglichkeit, dass sie anhand der Stadt und meines Nachnamens auf meine Familie stießen, war einfach zu groß – und ich hatte für mich entschieden, dass meine Zeit in West Virginia ein Neuanfang werden sollte. Aber jetzt fiel mir kein guter Grund mehr ein, warum ich es meinem besten Freund gegenüber verschweigen sollte. »In Summerville, Alabama.«

Er stieß einen leisen Pfiff aus. »Sweet Home Alabama. Alles klar, ich mache mich auf den Weg.«

Wie bitte? Was?

»Du willst herkommen?«

Auf keinen Fall. Unter keinen Umständen würde ich zulassen, dass Luke den ganzen Weg herkam, nur weil es nicht die große Familienwiedervereinigung gegeben hatte, die ich mir gewünscht hatte.

»Du musst nicht …«, begann ich, aber er schnitt mir einfach das Wort ab.

»Wir sehen uns.«

Aufgelegt. Ich starrte auf mein Handy und wusste nicht, ob ich lachen, vor Erleichterung weinen oder Luke den Hals umdrehen sollte. Ich hatte ihn nicht angerufen, damit er sein Training unterbrach und die Freitagnacht damit verbrachte, hierher zu fahren. Das war verrückt. Ich hatte nur seine Stimme hören wollen, ein paar beruhigende Worte, ein paar schlechte Witze – wie letzten Herbst, als ich zwei Wochen lang mit der Magen-Darm-Grippe flachgelegen und Luke mich am Telefon bespaßt hatte, weil ich ihm verboten hatte, persönlich vorbeizukommen. Die Ansteckungsgefahr war einfach zu groß, und er hatte noch ein paar wichtige Wettkämpfe vor sich gehabt. Nichts anderes hatte ich mir heute gewünscht, als ich ihn angerufen hatte.

Ich drückte auf Wahlwiederholung. Diesmal klingelte es nur einmal, bevor er ranging.

»Vergiss es!«, zischte ich, bevor er auch nur ein Wort sagen konnte. »Das ist wirklich lieb von dir, aber du musst nicht herkommen. Ich bin drei Bundesstaaten entfernt. Das ist total irre.«

»Ich weiß.«

Ich konnte ihn geradezu vor mir sehen, wie er in seinem rotschwarzen Trainingsshirt – die Farben unserer Universität – lässig mit den Schultern zuckte.

»Luke«, sagte ich, diesmal eine Spur lauter. »Das ist mein Ernst. Geh zurück zum Training, geh später feiern und trink einen für mich mit, okay? Ich komm hier schon klar.«

»Sicher?« Er klang nicht überzeugt, aber vielleicht war er auch nur abgelenkt, da der Coach in diesem Moment losbrüllte. *Autsch.* Selbst auf die Entfernung und durch das Telefon hindurch hatte der Mann ein beachtliches Organ.

»Ja«, antwortete ich schnell. »Geh zurück zum Training, bevor Coach dir den Kopf abreißt. Ich will mir keinen neuen besten Freund suchen müssen, wenn ich zurück bin.«

»Wirst du schon nicht.« Lukes Grinsen war nicht zu überhören. »Melde dich, wann immer du reden willst, okay? Oder auch, wenn du nur meine Stimme hören willst, denn ich weiß genau, dass du deshalb angerufen hast, Süße.«

Ich lächelte. Vor wenigen Minuten war ich noch außer mir aus dem Haus gestürmt, aber ein kurzes Telefonat mit diesem verrückten Kerl genügte, um mich wieder wie ich selbst zu fühlen.

»Träum weiter. Und jetzt verschwinde.«

»Wie du willst, aber wenn du …«

»*McAdams!*« Die Stimme von Coach Bohen war jetzt so nahe, dass ich zusammenzuckte und mir das Smartphone vom Ohr weghielt. »*Beweg deinen faulen Arsch auf die Laufbahn!*«

»Okay, bye!« Luke legte auf.

Ich starrte auf mein Handy, während mir ein überraschtes Lachen über die Lippen kam. Es war leise genug, dass es im Gurgeln des Springbrunnens nichts zu hören war, aber es ging mit einem warmen Gefühl einher, das sich in meiner Brust ausbreitete. Genau das hatte ich gebraucht. Meinen besten Freund. Normalität.

Ich atmete tief durch und drehte mich wieder zum Haus um. Es ragte noch immer bedrohlich vor mir in der Dunkelheit auf, doch diesmal würde ich ohne falsche Hoffnungen hineingehen. Sadie zuliebe würde ich Moms endlose Kritik stillschweigend ertragen. Womöglich konnte ich etwas Zeit mit Dad und mit Libby, Brianna und meinen beiden Nichten verbringen, sobald sie hier eintrafen. Und vielleicht würde dann auch Mom irgendwann einsehen, dass ich ein Teil dieser Familie war. Dass ich dazugehören *wollte*, auch wenn ich nicht so war, wie sie sich das wünschte.

Und wenn alles schiefging … Ich warf einen Blick auf die Zeitanzeige an meinem Handy. Wenn ich bis zum sonntäglichen Familienfrühstück nach der Verlobungsfeier blieb, konnte ich danach den ersten Flug zurück nach Huntington nehmen. Sechsunddreißig Stunden plus minus ein paar Minuten. Das war machbar. Ich hatte es achtzehn Jahre in diesem Haus ausgehalten, dagegen waren sechsunddreißig Stunden doch ein Kinderspiel, oder?

Zumindest versuchte ich mir das einzureden. Doch als ich wieder hineinging und Moms Stimme hörte, wie sie Sadies Hochzeit plante, ohne dass diese überhaupt anwesend war, war ich mir da nicht mehr so sicher. Das könnten die anstrengendsten anderthalb Tage meines Lebens werden.

Kapitel 4

Luke

Neun Stunden und sechsundzwanzig Minuten. So lange dauerte es, bis ich endlich in der Stadt ankam, in der Elle aufgewachsen war. Neun Stunden, sechsundzwanzig Minuten, zwei Kaffee und drei Energy Drinks später, um genau zu sein. Ich war die ganze Nacht durchgefahren, hatte den Höhepunkt der Müdigkeit aber längst überwunden. Jetzt war ich eher aufgekratzt, als ich die Hauptstraße des kleinen Orts entlangfuhr.

Auf beiden Seiten reihte sich ein Laden an den nächsten. Da war das *Billy's*, eine Kneipe, in der sogar gegen neun Uhr morgens Leute ein- und ausgingen, ein Supermarkt, ein Friseursalon, der gerade öffnete, eine Bibliothek mit kleinem Park und etwas, das wie ein Antiquitätengeschäft aussah, aber auch eine Werkstatt zu sein schien.

Während ich gleichzeitig auf den kaum vorhandenen Verkehr achtete und mich umzusehen versuchte, rief ich Elle an und schaltete den Lautsprecher ein. Sie würde nicht besonders begeistert darüber sein, dass ich hergekommen war, aber … Scheiße, sie hatte furchtbar geklungen. Das letzte und einzige Mal, dass ich sie so erlebt hatte, war nach ihrer ersten Collegeparty gewesen, als sie sich die Seele aus dem Leib gekotzt hatte. Und jetzt versuchte sie, mir weiszumachen, dass alles in Ordnung war? Ausgerechnet mir? Oh nein, keine Chance.

Es klingelte so lange, dass ich schon aufgeben wollte. Ich bog auf den Parkplatz eines Diners ab und stellte meinen Jeep in der Nähe des Eingangs ab. Der Motor gab ein erlöstes Brummen von sich. Ich war noch nie so eine weite Strecke mit dem Wagen gefahren und anscheinend gefiel es ihm genauso wenig wie mir, stundenlang unterwegs zu sein.

Endlich ertönte ein Klicken am anderen Ende der Leitung.

»Du hast das Frühstück gerade mit *Wrecking Ball* gesprengt.«

Grinsend löste ich den Sicherheitsgurt. »Selbst schuld, wenn du das als meinen Klingelton eingestellt hast. Vielleicht versuchst du es nächstes Mal mit einer zarten Klaviermelodie.«

Elle schnaubte. »Weil eine zarte Klaviermelodie ja auch so gut zu dir passt.«

Da musste ich ihr wohl oder übel recht geben. Ich stieg aus und streckte mich in der Morgensonne. Jeder Muskel in meinem Körper schien gegen die Bewegung zu protestieren, nachdem ich stundenlang eingepfercht in der Kiste gesessen hatte. Trotz des schmerzhaften Ziehens begann ich ein paar Schritte auf und ab zu gehen.

»Wie geht's dir?«, fragte ich Elle und beugte mich wieder ins Wageninnere, um meine Sonnenbrille zu suchen. Schlafmangel und Sonnenschein vertrugen sich nicht besonders gut.

»Prima«, sagte sie, aber ich bemerkte ihr Zögern. Ihr schien es ebenfalls aufzufallen, denn sie fügte noch etwas hinzu: »Die erste Nacht habe ich überstanden. Fehlen nur noch ein Tag und eine Nacht.«

»Hm«, machte ich und setzte die Sonnenbrille auf. *Ah, viel besser.* Jetzt konnte ich auch mehr von dem Diner erkennen, ohne ständig die Augen zusammenkneifen zu müssen. »Du hast schon gefrühstückt, oder?«

73

»Gerade angefangen.« Ein misstrauischer Unterton mischte sich in ihre Stimme. »Warum?«

»Weil die Pancakes in diesem Diner lecker aussehen und ich einen Kaffee vertragen könnte.« Ich fuhr mir mit der Hand durchs Haar, aber es fiel mir sofort wieder in die Augen. »Was meinst du? Schmeckt der Kaffee in Alabama besser als zu Hause in West Virginia?«

»Der … *was*?«

»Ich werde das mal ausprobieren.« Noch während ich das sagte, ging ich auf das Diner zu und öffnete die Tür. »Wie wär's, hast du Lust, mir Gesellschaft zu leisten? Du könntest mir auch die Stadt zeigen.«

Stille.

»Sag mir nicht, dass du hier bist.«

»Definiere *hier*.« Ich warf der älteren Dame hinter dem Tresen ein Lächeln zu, dann ließ ich mich in einer Sitzecke auf die gepolsterte Bank fallen.

»Hier in Summerville. Hier in Alabama.«

»Okay.« Gut gelaunt hielt ich mir das Smartphone ans andere Ohr und griff nach der Karte. Burger, Lasagne, Mac and Cheese, Pancakes, Rührei. Mein Magen knurrte allein beim Anblick der Liste. »Dann sage ich es nicht. Ändert aber nichts an den Tatsachen.«

»Du durchgeknallter Mistkerl!« Sie lachte auf. »Gib mir fünfzehn Minuten.«

»Alles klar.« Ich legte das Smartphone im selben Moment auf den Tisch, in dem eine Kellnerin neben mir auftauchte. In der rechten Hand hielt sie eine volle Kaffeekanne, in der linken eine Tasse, die sie vor mir abstellte.

»Guten Morgen«, sagte sie lächelnd. »Was kann ich dir bringen?«

Sie musste in meinem Alter sein, vielleicht auch ein paar

Jahre jünger. Abschlussklasse in der Highschool oder im ersten Collegejahr. Mit den blonden Locken und den Sommersprossen wirkte sie erfrischend natürlich. Ganz anders als viele der Mädels, die bei uns auf dem Campus herumliefen.

»Eine Coke dazu.«

»Die volle Dröhnung Koffein also. Lange Nacht?«

»Du hast ja keine Ahnung …«

Sie schmunzelte. »Die Coke kommt sofort. Sonst noch etwas?«

Selbst wenn ich mich anstrengte, konnte ich keinen flirtenden Unterton aus ihrer Stimme heraushören. *Huh.* Seltsam. Sah ich wirklich so beschissen aus, nachdem ich die ganze Nacht durchgefahren war?

»Mit dem Frühstück warte ich noch.« Ich deutete auf den leeren Platz gegenüber.

Sie nickte und ging mit der Kaffeekanne in der Hand zum nächsten Tisch. Keine Spur von Enttäuschung in ihrem Blick. Kein kokettes Lachen. Lag es wirklich an mir, oder waren die Menschen in dieser Stadt einfach anders?

Während ich die Wartezeit damit totschlug, auf meinem Handy herumzuspielen, stellte die Kellnerin ein großes Glas Cola vor mir ab. Ich griff dankbar danach und trank ein paar Schlucke, anschließend widmete ich mich dem Kaffee. Er war schwarz, stark und besser als erwartet.

Die Tür zum Diner schwang auf, aber es war nicht Elle, die hereinkam, sondern eine Familie. Angeführt von zwei kleinen Mädchen, die wie Zwillinge aussahen, dicht gefolgt von jungen Eltern und einer weiteren Frau, vermutlich der Tante, und den Großeltern. Mit einem Mal war das bisher ruhige Lokal mit Leben erfüllt. Die Gruppe setzte sich zwei Tische weiter in eine große Sitzecke am Fenster. Ihre Stimmen und ihr Lachen schallten zu mir herüber.

75

Ich konnte gar nicht anders als sie zu beobachten. Der Vater rief die beiden Mädchen zurück, die mit wippenden Zöpfen angerannt kamen und sich von ihrer Mutter die Hände mit einem Tuch sauber wischen ließen. Dann setzten sie sich zur restlichen Familie an den Tisch. Die Tante steckte ihnen heimlich etwas zu, während die Eltern damit beschäftigt war, die Bestellung bei der Kellnerin aufzugeben. Die Mädchen sahen sich an und kicherten verschwörerisch, nur um dann ihren Eltern gegenüber eine unschuldige Miene aufzusetzen. Aber ich bemerkte, dass ihr Vater gar nicht so abgelenkt gewesen war, wie sie gedacht hatten. Er beobachtete seine Töchter mit einem kleinen Lächeln auf den Lippen und streckte die Hand aus, um ihnen durchs Haar zu streicheln.

Der Schmerz traf mich hart und unvorbereitet. Mit einem Mal fühlte ich mich wie in dem Moment beim Laufen, wenn meine Kondition nachließ, das Ziel aber noch zu weit entfernt war. Der Moment zwischen Aufgeben und Kämpfen, der früher oder später jeden von uns bei längeren Rennen einholte. Und wie auf der Laufbahn zog auch jetzt jeder Atemzug eine flammende Spur durch meine Brust bis tief in meine Lunge.

Ich senkte den Blick und versuchte, mich wieder auf mein Handy zu konzentrieren. Sekundenlang starrte ich auf die Spielergebnisse unserer Footballmannschaft, ohne auch nur eine einzige Zahl wahrzunehmen.

Verdammt, was sollte das? Es war noch nicht mal November. Für gewöhnlich war das die Zeit, in der ich den Anblick einer glücklichen Familie nicht mehr ertragen konnte und mich in Partys und Alkohol stürzte. Sehr zum Ärger unseres Coachs, weil ich dadurch bei den Regionals und Championships nicht meine Bestleistung zeigen konnte.

Die Tür zum Diner öffnete sich erneut und diesmal trat die Person ein, auf die ich gewartet hatte. Elle hatte sich das lange

Haar locker zusammengebunden, trug ein langärmliges Shirt, Hotpants und – zu meiner Überraschung – Cowboystiefel. In den letzten zwei Jahren hatte ich sie kein einziges Mal in Cowboystiefeln gesehen, aber ich musste zugeben, dass sie ihr extrem gut standen. Zusammen mit der kurzen Jeans betonten sie ihre langen Beine auf eine Weise, bei der mir nicht so verdammt warm werden sollte.

Elle sah sich kurz um, entdeckte mich und kam dann auf mich zu. Als ich aufstand, war sie schon bei mir und fiel mir um den Hals.

»Howdy, Cowgirl.« Ich schlang die Arme um ihre Taille. Sofort umfingen mich ihre Wärme und ihr unverkennbarer Duft. Egal, zu welcher Tages- und Nachtzeit, egal an welchem Ort, Elle roch immer nach Frühling. Und damit meinte ich nicht Blumen und Schmetterlinge und den Scheiß, sondern frisch gemähtes Gras und Morgentau, gemischt mit dieser würzigen Note, die so typisch für Elle war.

Ich hob den Kopf. Die lange Autofahrt schien mir nicht bekommen zu sein. *Morgentau? Echt jetzt?*

»Ich kann nicht glauben, dass du wirklich hier bist. Du bist total durchgeknallt!« Elle sah mich an, als wüsste sie nicht, ob sie mich noch einmal umarmen oder schnurstracks wieder ins Auto befördern sollte.

»Durchgeknallt ist mein zweiter Vorname. Das solltest du inzwischen wissen.«

»Oh, das weiß ich. Aber ich hätte nie gedacht, dass du so weit gehen würdest, durch zig Bundesstaaten zu fahren, nur um herzukommen.«

»Vier. Es waren vier Bundesstaaten.« In nur einer Nacht hatte ich mehr von Kentucky, Tennessee und Alabama gesehen als in den letzten einundzwanzig Jahren meines Lebens.

Elle ließ sich auf den Platz mir gegenüber fallen. Wie selbstverständlich griff sie nach meiner Coke und trank einen großen Schluck.

»Hast du auf dem Weg bei Kentucky Fried Chicken angehalten?« Der neckende Unterton in ihrer Stimme war nicht zu überhören.

»Ha ha«, machte ich, nur um dann in meinen Kaffee zu murmeln. »Ja, hab ich.«

Elle lachte leise. »Ich wusste es.«

Meine Vorliebe für KFC war kein Geheimnis und wenn ich schon mal durch Kentucky fuhr … Irgendwo hatte ich ja eine kleine Pause einlegen müssen, oder? Warum dann nicht bei der Geburtsstätte von KFC?

Aber ich war nicht hier, um über meine Vorliebe für Fast Food zu reden. Aus der Nähe bemerkte ich die Schatten unter Elles Augen. Sie war blass, und ihre Hände bewegten sich die ganze Zeit, als könne sie sie nicht still halten. Erst trank sie noch einen Schluck von meiner Coke, dann trommelte sie mit den Fingerspitzen auf der Tischplatte herum und drehte das Glas zwischen den Händen.

»Du siehst müde aus«, sagte ich schließlich.

»Wirklich?« Sie zog eine Braue in die Höhe. »Und das von demjenigen, der gerade die ganze Nacht durchgefahren ist.«

»Ich habe einen guten Grund dafür, müde zu sein.« Obwohl ich dank der Koffeininfusion aufgekratzt war. »Was ist deine Entschuldigung?«

Bevor sie mir eine Antwort darauf geben konnte, trat die hübsche Kellnerin wieder an unseren Tisch und stellte auch vor Elle eine Tasse ab, die sie mit Kaffee füllte.

»Danke, Katelyn.«

Ich blinzelte überrascht. Sie kannte den Namen der Kellnerin?

»Was kann ich euch bringen?«

Ich bestellte die Hälfte der Frühstückskarte für uns beide. Pancakes, Rührei mit Speck, Toast, Würstchen, Butter, Marmelade und ein bisschen Obst, auf das Elle bestand. Für diesen Einwurf hätte ihr der Coach stolz auf die Schulter geklopft, bevor er mir den Arsch aufriss, weil ich so viel Cholesterin und so viele Kohlenhydrate in mich reinstopfte. Wie gut, dass er hiervon nie etwas erfahren würde.

Als die Kellnerin wieder ging, sah ich fragend zu Elle. »Du kennst sie?«

»Ja, wir waren auf derselben Highschool. Nicht, dass man hier so viel Auswahl hätte. Sie ist zwei Jahre jünger, aber … Warte mal.« Elle starrte mich einen Moment lang an, dann lachte sie ungläubig auf. »Schaust du etwa so finster drein, weil sie nicht auf deine Flirtversuche eingegangen ist?«

Ich kniff die Augen zusammen. »Zunächst mal: Ich flirte. Da gibt es keine Versuche, das liegt mir im Blut. Aber davon abgesehen, hat sie mir keinen zweiten Blick zugeworfen. Was ist los mit dieser Stadt?«

»Schon mal darüber nachgedacht, dass dein zweifelhafter Charme nicht jede Frau dazu bringt, sich die Kleider vom Leib reißen zu wollen?«

»Ja. Aber ich dachte immer, du wärst die berühmte Ausnahme von der Regel.«

»Du bist ein Idiot.«

»Erzähl mir was Neues.« Ich eroberte mir mein Glas zurück, auch wenn sie es inzwischen zur Hälfte ausgetrunken hatte.

»Was ist mit dem Training? Sag mir nicht, dass du es meinetwegen sausen gelassen hast. Coach Bohen bringt mich um, wenn du bei den Championships schwächelst.«

»Ich bin erst nach dem Training losgefahren.« Ich runzelte die Stirn. »Und die C-USA sind erst nächste Woche. Was ist los mit dir? Du machst dir doch sonst nicht so viele Sorgen.«

Sie zuckte die Schultern und spielte mit ihrer Kaffeetasse herum. Wem versuchte sie hier eigentlich etwas vorzumachen? Mir? Oder sich selbst?

Ich wollte sie gerade fragen, was los war, als die Tür zum Diner ein weiteres Mal aufschwang. Die junge Frau, die hereinspazierte, war klein, zierlich und hatte langes braunes Haar. Ich wusste sofort, wer sie war, auch wenn ich ihr nie persönlich begegnet war. Aber ich hatte ihr Foto auf Elles Handy gesehen: Sadie Winthrop.

Als sie uns entdeckte, hellte sich ihr Gesicht auf, und sie kam zu uns herüber. Anders als ihre Schwester sah sie nicht wie ein Cowgirl aus, sondern wie eine echte Südstaatenschönheit. Das sommerliche Kleid umspielte ihren Körper bei jeder ihrer eleganten Bewegungen. Einzig die blauen Chucks passten nicht zum Gesamteindruck.

»Ich wusste doch, dass das dein Mietwagen vor dem Diner ist«, sagte sie zu Elle, dann wandte sie sich an mich. »Luke.« Ich stand auf und wollte ihr die Hand geben, doch sie zog mich in eine herzliche Umarmung. »Ich freue mich ja so, dich endlich kennenzulernen!«

»Geht mir genauso«, erwiderte ich etwas perplex, als sie einen Schritt zurücktrat und mich von oben bis unten musterte. »Sadie, richtig?«

Sie blinzelte irritiert. »Was? Nein. Ich bin Libby.«

Huh?

Elle schnaubte. »Lass dich nicht von ihr auf den Arm nehmen. Das ist Sadie, wie sie leibt und lebt.«

»Schuldig.« Reumütig zog Sadie die Schultern hoch. Ein verschwörerisches Zwinkern folgte allerdings sofort und strafte den zerknirschten Ausdruck Lügen. »Aber Libby und ich sehen uns wirklich ähnlich.«

»Die zwei könnten Zwillinge sein«, fügte Elle hinzu.

Ich grinste. Sadie schien zu den Menschen zu gehören, die man auf Anhieb gernhatte, weil sie nur so vor Lebendigkeit und Lebensfreude sprühten. Elle rutschte auf der Bank zur Seite und machte Platz für ihre Schwester. Ihre *verlobte* Schwester. Ich konnte gar nicht anders, als auf den riesigen Klunker an ihrem Finger zu starren. Vielleicht fiel mir deshalb erst so spät auf, wie neugierig sie zwischen Elle und mir hin und her sah. Als sie begeistert in die Hände klatschte, holte mich das schlagartig ins Hier und Jetzt zurück.

»Oh, ich bin so froh, dass ihr wieder zusammen seid!«

Kacke. Daran hatte ich überhaupt nicht mehr gedacht, als ich ins Auto gestiegen war. Elle hatte ihrer Schwester erzählt, dass wir ein Paar gewesen waren – und offensichtlich nichts weiter dazu gesagt, seit sie hier war. Ich warf ihr einen schnellen Seitenblick zu, doch aus irgendeinem Grund zögerte sie.

»Das bin ich auch«, sprang ich ein, bevor Elle etwas dazu sagen konnte.

Sadie strahlte uns an.

Unter dem Tisch traf Elles Fuß mein Schienbein. Ich zuckte vor Schmerz zusammen, nahm meine Worte aber nicht zurück, sondern warf ihr ein breites Lächeln zu. Diese Suppe hatte Madam sich selbst eingebrockt, und ich war mehr als gewillt, sie noch tiefer hineinzureiten.

Ich streckte die Hand nach Elle aus und tätschelte ihr liebevoll die Wange. »Nicht wahr, mein *Sahnehäubchen*?«

Elle starrte mich an, als würde sie mir am liebsten den heißen Kaffee in den Schritt schütten. Stattdessen legte sie ihre Hand auf meine und drückte mit aller Kraft zu. »Genau, mein *Gummibärchen.*«

Noch während sie meine Finger zerquetschte, lehnte ich mich zu ihr rüber, um ihr etwas ins Ohr zu flüstern. Laut genug, dass Sadie es mitbekam. »Ach, Schatzilein, lass mich dein

81

Gummibärchen sein, dann darfst du mich, und das soll was heißen, bis zur Ewigkeit zerbeißen.«

Elle lachte laut auf und schob mich zurück auf meinen Platz. »Gott, du bist so ein Idiot. Ich will gar nicht wissen, wo du diesen Spruch her hast.«

Ich zwinkerte ihr zu und trank meine Coke aus. Erst als ich das Glas abstellte, bemerkte ich, wie Sadie uns mit großen Augen beobachtete. Ein verzücktes Lächeln umspielte ihre Mundwinkel. Anscheinend hatten wir eine überzeugende Show abgeliefert.

»Ihr seid so niedlich!« Sie seufzte verträumt. »Ich bin so froh, dass ihr beide heute Abend bei der Verlobungsfeier dabei seid.«

Elle griff über den Tisch hinweg nach meiner Hand und zerquetschte sie mit einem zuckersüßen Lächeln erneut, während sie ihre Schwester ansah. *Autsch.*

»Wir können es kaum erwarten.«

»Als ob.« Sadie schüttelte den Kopf, schien allerdings nicht beleidigt zu sein. »Aber schön, dass ihr trotzdem kommt. Ich muss jetzt auch los. Ich wollte nur kurz Hallo sagen.« Sie stand auf und strich die nichtexistenten Falten aus ihrem Kleid. »Was ich hiermit erledigt habe. Bis später, ihr Turteltäubchen.« Sie winkte uns zum Abschied, dann verschwand sie ebenso schnell aus dem Diner, wie sie aufgetaucht war.

Ich blinzelte mehrmals, dann sah ich langsam zu Elle zurück, die sich wieder mir gegenüber hingesetzt hatte. »Was ist da gerade passiert?«

»Das … war Sadie Winthrop. Willkommen in der Familie, McAdams.« Elle nippte an ihrem Kaffee. »Das hast du dir selbst zuzuschreiben.«

»Was? Dass ich heldenhaft eingesprungen bin, damit deine kleine Lüge nicht auffliegt?«

»Da hat wohl jemand zu viel Shakespeare gelesen.«

»Erwischt.« Ich schob ihr eine Haarsträhne aus der Stirn. Sie sah im selben Moment auf, und unsere Blicke trafen sich. Zu lange.

»Spielst du schon den fürsorglichen Freund?« Die Aussage sollte spöttisch klingen, doch dafür war ihre Stimme zu leise.

»Du kennst mich.« Ich lächelte und zog meine Hand zurück, ließ ihren Blick aber nicht los. »Ich gebe immer mein Bestes.«

In diesem Moment tauchte Katelyn an unserem Tisch auf und bewahrte Elle davor, mir sofort antworten zu müssen. Aber es war nur eine kurze Schonfrist. Sobald Pancakes und Sirup, Rührei mit Speck, Toast, Marmelade und Würstchen vor uns standen, entfernte Katelyn sich kurz und kehrte mit der Kaffeekanne zurück.

»Danke.« Ich warf ihr ein abgelenktes Lächeln zu, während sie meine Tasse auffüllte. Obwohl mir ein Dutzend köstlicher Gerüche in die Nase stiegen, lag meine Aufmerksamkeit auf Elle.

Auch sie bedankte sich bei Katelyn, rührte das Frühstück aber nicht an. Stattdessen betrachtete sie mich mit leicht gerunzelter Stirn. »Also …?«

»Also?«, wiederholte ich.

Die kleinen Falten auf ihrer Stirn vertieften sich. »Kein Nachfragen? Keine Neugier? Keine zweideutigen Bemerkungen?«

»Nope. Ich bin nur froh, dass wir unser Frühstücksritual sogar hier noch einhalten.« Ich zwinkerte ihr zu, dann schaufelte ich drei Pancakes auf meinen Teller und griff nach dem Sirup. Wenn ich eins über Elle gelernt hatte, dann, dass man bei ihr nicht weiterkam, wenn man sie drängte. Das Gespräch auf Godfreys Party war das beste Beispiel dafür.

Sie war nicht wie die meisten Frauen. Wenn man sie nur

oberflächlich kannte, wirkte sie wie die typische quirlige Studentin, die kein Geheimnis für sich behalten konnte. Und vielleicht stimmte das auch teilweise. Aber die wirklich wichtigen Dinge, alles, was sie persönlich betraf, hielt sie wie einen Schatz in sich verschlossen, ohne je ein Wort darüber zu verlieren. Warum wusste ich wohl sonst so wenig über ihre Familie? Wenn es darauf ankam, konnte Elle schweigen wie ein Grab. Leider galt das auch für ihre eigene Vergangenheit.

»Willst du nicht wissen, warum du letzte Nacht durch vier Bundesstaaten gefahren bist?«

Ich sah ihr geradewegs in die Augen. »Deinetwegen. Mehr muss ich nicht wissen.«

Sekundenlang starrte sie mich an, dann zeichnete sich ein kleines Lächeln auf ihrem Gesicht ab. *Endlich.* Kopfschüttelnd nahm sie sich einen Toast und etwas vom Rührei. »Du bist wirklich …«

»Unwiderstehlich?«, bot ich ihr an und schob mir eine Gabel voll Pancakes in den Mund. »Scharf? Lecker? Perfekt?«

»Oh, warte.« Sie tat, als würde sie einen Moment lang nachdenken. »Was es auch war, die Wirkung ist gerade verflogen. Echt schade.«

Ich grinste nur. Da war sie wieder – die Elle, die ich kannte. Und allein für diesen Anblick hatte es sich gelohnt, neuneinhalb Stunden unterwegs gewesen zu sein.

Während des Frühstücks unterhielt ich sie mit Geschichten vom Training. Zum Beispiel damit, wie Coach Bohen nach unserem Telefonat mit der Trillerpfeife im Mund von den Umkleiden bis zur Rennbahn hinter mir hergestapft war. Das Schrillen der blöden Pfeife klingelte mir sogar jetzt noch in den Ohren. Natürlich bekam ich kein Mitleid von Elle, dafür schallte ihr Lachen durch das Diner und übertönte sogar die Stimmen der glücklichen Familie zwei Tische weiter.

Als wir nach draußen traten, war es deutlich wärmer geworden. Ich zog meine Lederjacke aus und warf sie auf den Rücksitz des Jeeps.

»Jetzt weiß ich, wie du die Nacht überstanden hast.« Elle musterte die leeren Dosen und Plastikbecher im Fußraum des Beifahrersitzes.

»Guck nicht so, das habe ich ganz allein für dich getan, Herzblatt.«

»Herzblatt?« Sie zog die Nase kraus. »Fällt dir nichts Besseres ein?«

Ich umrundete den Wagen und legte Elle den Arm um die Schultern. Mit so viel Gewicht, dass sie ächzte. »Wie wär's mit Kätzchen? Babe? Nasenbärchen?«

»Ich glaube, ich bleibe bei Herzblatt.«

»Wusste ich's doch.« Ich zog sie so nahe heran, dass nicht mehr viel fehlte, bis sich unsere Nasenspitzen berührten. »Obwohl mir *Sahnehäubchen* am besten gefällt.«

Sie befreite sich mit einem Stoß in die Magengrube aus meinem Griff.

»Du bist so ein Perversling.«

»Aua.« Ich ließ sie los und rieb mir über die schmerzende Stelle. »Und du bist gewalttätig geworden. Wir sollten eine Petition starten, damit du nie wieder an diesem Selbstverteidigungskurs teilnehmen kannst.«

»Emery belegt ihn auch«, protestierte sie.

»Aber Emery rennt nicht herum und schlägt willkürlich irgendwelche Leu… Vergiss es. Ich nehme alles zurück.«

Wir alle erinnerten uns noch sehr gut an Masons Anblick, nachdem Emery ihm bei ihrem Kennenlernen fast die Nase gebrochen hatte. Der Bluterguss war noch Wochen später zu sehen gewesen.

Lachend hakte Elle sich bei mir ein. »Komm schon, du

Weichei. Du wolltest eine Stadtführung, also bekommst du auch eine.«

Eigentlich sollte es mich langweilen, mir eine Kleinstadt anzusehen, von der ich nie zuvor etwas gehört hatte und in die ich mit ziemlicher Sicherheit auch nie zurückkehren würde. Aber es war auch nicht dieser Ort, der mich interessierte, sondern Elle und die Geschichten, die sie mir erzählte. Geschichten, die ich beinahe live und in Farbe miterlebte, weil diese Frau ein unheimliches Erzähltalent besaß, auch wenn sie es immer herunterspielte.

»Ihr seid nicht wirklich in diese Kneipe eingebrochen«, murmelte ich, als wir vor dem *Billy's* stehen blieben.

»Nicht eingebrochen«, verbesserte Elle mich schnell. »Wir haben uns nur einen anderen Weg hinein gesucht.«

»Durchs Toilettenfenster? Ich wusste gar nicht, dass eine kriminelle Ader in dir steckt, Winthrop.«

»Ach, sei still.« Sie hielt mir den Mund zu und sah sich um, als hätte sie tatsächlich Angst davor, dass uns jemand gehört haben könnte und ihr gleich ein Gerichtsprozess bevorstand. »Das gibt's doch nicht!«, rief sie plötzlich und ließ mich los.

Ich drehte mich um und folgte ihrem Blick zu einem Pärchen, das Händchen haltend an den Schaufenstern vorbei schlenderte.

»Callie! Callie Robertson!«

Die junge Frau blieb überrascht stehen. Ihre Haarfarbe war etwas dunkler als die von Elle, und sie trug es kürzer und schräg geschnitten, sodass es vorne länger war als hinten. Wie nannten Mädels diese Frisur? Ich hatte nicht den blassesten Schimmer. Aber es sah gut aus.

Neben ihr stand ein großer Kerl mit dunklen Haaren, die ihm in die Stirn fielen. Er schien ein paar Zentimeter größer zu sein als ich und war ganz in Schwarz gekleidet. Auch er hob verblüfft den Kopf und sah von seiner Begleiterin zu meiner besten Freundin.

»Lass mich raten«, kommentierte ich trocken. »Das ist deine Mittäterin?«

»Elle?«, rief die hübsche Fremde und breitete die Arme aus. »Oh mein Gott!«

Die beiden fielen sich um den Hals wie lange verschollene Familienmitglieder, während der Typ und ich völlig vergessen danebenstanden. Ich gab mir einen Ruck und streckte die Hand aus. »Luke McAdams. Ich gehöre zu dieser Verrückten hier«, fügte ich hinzu und deutete mit dem Daumen auf Elle.

Der Fremde schüttelte meine Hand. »Keith Blackwood. Und ich gehöre zu ihr«, sagte er und tätschelte seiner Freundin den Rücken.

Die Berührung schien sie daran zu erinnern, dass sie trotz aller Wiedersehensfreude nicht allein waren. »Oh. Hi«, sagte sie, an mich gewandt. »Ich bin Callie.«

»Luke«, erwiderte ich lächelnd und gab auch ihr die Hand. »Woher kennt ihr zwei euch?«

»Highschool«, sagten sie gleichzeitig und grinsten sich verschwörerisch an. »Callie ist eine der wenigen guten Leute hier«, fügte Elle hinzu, und die beiden tauschten einen Blick aus, der mehr als deutlich machte, dass es da einiges an gemeinsamer Geschichte gab.

»Hey«, kam es von Keith. »Ich war auch zwei Jahre auf dieser Schule.«

»Warte mal.« Elle betrachtete den Mann einige Atemzüge lang nachdenklich. Dann weiteten sich ihre Augen, als sie zwischen den beiden hin und her sah, und sie schlug sich die Hand vor den Mund. »Du bist Keith? *Der* Keith? Callies Stiefbruder?«

Stiefbruder? Oh. Wow.

87

Callie nickte amüsiert. »Es ist ziemlich lange her, was?«

»Das kannst du laut sagen.« Elle musterte ihn noch einmal von oben bis unten. »Heilige Scheiße, bist du hei… groß! Groß geworden.«

Sekundenlang starrten wir sie an, dann brachen wir alle in Gelächter aus, ganz besonders, weil Elle knallrot anlief. Es war faszinierend, sie mit ihrer alten Schulfreundin zu sehen. Sofort war jede Anspannung, die sie noch in Sadies Gegenwart gezeigt hatte, von ihr abgefallen. In diesem Moment hätten wir genauso gut auf dem Campus sein können, und es hätte kaum einen Unterschied gemacht.

»Das habe ich *nicht* laut gesagt.« Elle vergrub das Gesicht in den Händen und schüttelte den Kopf.

»Schon gut.« Keith grinste. »Ich fasse es als Kompliment auf.«

Elle stöhnte. »Ich möchte sterben.«

»Noch nicht.« Ich zog sie an mich und rieb ihr über den Rücken. »Sonst muss ich allein auf diese Verlobungsfeier gehen.«

Schon seltsam. Sie auf dieser Party mit Derting zu sehen, hatte mich rasend gemacht. Aber hier und heute? Keine Spur. Vielleicht, weil ich wusste, dass es nur Spaß war. Und weil ich nicht damit rechnete, dass dieser Keith ihr irgendwelche Drogen andrehen wollte, um sie gefügig zu machen.

»Ich wusste gar nicht, dass du wieder in der Stadt bist«, ergriff Callie das Wort. Erst jetzt bemerkte ich, dass sie genau wie Elle Cowboystiefel zu ihrem Kleid trug.

Elle lächelte matt. »Ich bin nur für das Wochenende hier. Meine Schwester feiert ihre Verlobung.«

»Stimmt. Stella hat eine Einladung bekommen. Wahrscheinlich trefft ihr sie heute Abend auch. Sag Sadie liebe Grüße von uns, ja? Auch von Holly, die gerade irgendwo in Europa herumschwirrt. Das ist meine Schwester«, erklärte sie mir.

Ich nickte. Also waren nicht nur Elle und Callie zusammen auf der Highschool gewesen, sondern auch ihre Schwestern. Anscheinend hatte Elle recht – in diesem Ort gab es wirklich nicht viel Auswahl.

»Richte ich ihr aus«, erwiderte Elle. »Ihr seid gerade auf dem Sprung, oder?«

»Ich muss zur Arbeit.« Keith deutete an uns vorbei auf die andere Straßenseite. »Die Werkstatt führt sich leider nicht von allein.«

»Ich bin vorhin an dem Laden vorbeigefahren«, erinnerte ich mich und nickte ihm zu. »Ihr habt da ein paar coole Sachen.«

»Danke.«

Von Antiquitäten hatte ich etwa genauso viel Ahnung wie vom Paarungsverhalten von Froschlurchen, aber die Möbel hatten gut ausgesehen. Kunstvoll geschnitzt. Wäre meine Großtante DeeDee hier gewesen, hätte sie schon längst den halben Laden leer gekauft. Ihre Schwäche für Antiquitäten wurde nur noch von ihrer Leidenschaft für Papageien übertroffen.

»Wir sind heute Abend im *Billy's*«, merkte Callie an und warf Keith ein warmes Lächeln zu. »Kommt doch vorbei, wenn ihr Lust habt. Falls ihr überhaupt von der Feier wegkönnt.«

»Soll das ein Witz sein?«, rief Elle. »Das ist die Rettung!«

Die beiden Frauen verabschiedeten sich mit einer Umarmung voneinander, während Keith und ich uns nochmal die Hand gaben. Dann sahen wir dem Pärchen nach, wie es die Straße überquerte und zum Antiquitätenladen samt Werkstatt ging.

Ich wollte mich gerade abwenden und zu Elle hinunter lehnen, als mein Blick an einem Plakat hängenblieb. Oder vielmehr an dem Namen darauf. *Senator Winthrop.*

89

»Senator?«, murmelte ich stirnrunzelnd.

Elle folgte meinem Blick und presste die Lippen aufeinander. »Reden wir nicht darüber.«

Da war es wieder. Das große Geheimnis, das sie um ihre Familie machte, aber allzu lange konnte sie das mir gegenüber nicht mehr aufrechterhalten. Immerhin sollte ich sie in ein paar Stunden kennenlernen.

»Na gut«, gab ich nach. »Aber dann will ich alle schmutzigen Details dieser Kleinstadt wissen! Angefangen mit den beiden. Stiefgeschwister …?«

Elle warf mir einen gespielt genervten Blick zu. »Denkst du eigentlich immer nur an das Eine?«

»Nicht immer«, widersprach ich und legte den Arm um ihre Schultern, als wir weitergingen. »Manchmal denke ich auch an die Buckets bei KFC, ans Lauftraining oder an Pizza. Aber keine Sorge, das passiert nur selten.«

»Du bist so oberflächlich, McAdams.«

»Erwischt.« Gut gelaunt zog ich sie weiter. »Jetzt zeig mir erst mal eure berühmt-berüchtigte Highschool. Und dann will ich den Ort sehen, an dem du deine Unschuld verloren hast.«

Kapitel 5

Luke

Rund drei Stunden später hatte ich ganz neue Seiten von Elle kennengelernt. Ich hatte ihre alte Highschool gesehen, obwohl das nur ein kurzes Vergnügen gewesen war, denn in dem Moment, in dem ein Lehrer nach draußen gekommen war, hatte sie meinen Arm gepackt und die Flucht ergriffen. Dummerweise machte mich das nur noch neugieriger. Was hatte sie damals angestellt?

Anschließend war die Bücherei an der Reihe gewesen, danach legten wir uns im Park in die Sonne und ließen die wenigen Wolken am Himmel über uns vorbeiziehen. Abgesehen von Trevor, der sowieso ein eher ruhiger Typ war, war Elle der einzige Mensch, mit dem ich auch mal schweigen konnte, ohne dass es seltsam wurde. Völlig egal, ob wir dabei auf einer Wiese in der Sonne lagen, auf dem Sofa vor dem Fernseher bei einem Filmmarathon oder einfach auf meinem Bett und an die Decke starrten, während im Hintergrund Musik lief. Und da die Wirkung von Kaffee, Cola und Energydrinks langsam, aber sicher nachließ, war mir das Schweigen nur recht.

»Na komm, Casanova.« Irgendwann hielt Elle mir die Hand hin und half mir auf die Beine. »Du musst dringend ins Bett.«

»Nichts dagegen einzuwenden.« Ich lächelte müde und ließ mich von ihr aus dem Park führen. Er war lange nicht so groß wie die Anlagen in der Nähe unseres Colleges, in denen ich re-

91

gelmäßig joggen ging, aber gepflegt und irgendwie heimelig. Nicht perfekt geschnitten und getrimmt, sondern etwas wilder. Ein bisschen erinnerte er mich an den Garten zu Hause bei Mom und Dad …

Ich schob das Bild ebenso schnell weg, wie es aufgetaucht war, und packte es zurück in die Kiste, die ich nur ein einziges Mal im Jahr öffnete. Und heute war noch nicht dieser Tag.

Es musste an der Müdigkeit liegen. Das war die einzige Erklärung dafür, warum mich meine Vergangenheit innerhalb von wenigen Stunden jetzt schon zum zweiten Mal eingeholt hatte. Dabei achtete ich doch sonst so sorgsam darauf, dass das nicht geschah.

Irgendwie landeten wir wieder vor dem Diner. Ich ließ zu, dass Elle mir die Schlüssel abnahm, räumte die leeren Dosen aus dem Fußraum und warf sie in den nächsten Mülleimer. Dann ließ ich mich neben sie auf den Beifahrersitz fallen. Wieder protestierten meine Muskeln, als würde ein Teil von mir befürchten, dass ich die nächsten neun Stunden in dieser Kiste verbringen müsste.

Elle sagte kein Wort, während sie den Wagen durch die Straßen lenkte. Die Läden links und rechts flogen an uns vorbei und wichen schon bald kleineren Häusern, zwischen denen immer mehr Grünflächen lagen. Bildete ich mir das ein oder fuhr Elle tatsächlich aus der Stadt raus?

Ich wollte sie fragen, doch dann hätte ich den Kopf drehen und einen vollständigen Satz formulieren müssen. Dazu schien mein Gehirn nicht mehr in der Lage zu sein. Warme Sonnenstrahlen fielen auf mein Gesicht und zwangen mich dazu, die Augen zu schließen.

Als ich sie wieder öffnete, waren wir nicht länger unterwegs. Der Motor war aus und Elles warme Hand lag auf meinem Arm. War ich eingeschlafen? Wie lange war ich weg gewesen?

»Wir sind da«, sagte sie und löste meinen Sicherheitsgurt. »Ich zeige dir, wo du dich ein bisschen ausruhen kannst.«

»Mhm.« Ausruhen klang himmlisch. Ein Sofa oder ein Bett und ich würde sofort wegratzen.

Erst als ich ausstieg, nahm ich meine Umgebung richtig wahr. Wir waren nicht mehr in der Stadt, sondern irgendwo außerhalb. Vor mir stand auch kein kleines Häuschen, sondern eine Südstaatenvilla, wie man sie sonst nur aus dem Fernsehen kannte. Undeutlich erinnerte ich mich an das Wahlplakat, das ich vorhin gesehen hatte. War Elle die Tochter dieses Senators? Das würde zumindest dieses Anwesen erklären.

Elle hatte meinen Wagen in der Auffahrt abgestellt. Ich musste mehrmals blinzeln, bis ich mir sicher sein konnte, nicht zu halluzinieren. War das etwa ein Springbrunnen? Ich ließ den Blick weiterwandern und bemerkte den gemähten Rasen, die perfekt getrimmten Buchsbäume und … Scheiße, sogar die Bäume waren zurechtgestutzt. Kein Ast, kein Blatt brach aus der Formation aus.

Ich sah zurück zu Elle, die mich schweigend beobachtete. »Hier wohnst du?«

»Nicht mehr.«

»Aber du bist hier aufgewachsen?«

Sie presste die Lippen aufeinander und nickte. Es war weniger die Größe des Anwesens, die mich umhaute. Ich wusste, dass Elles Familie Geld hatte, auch wenn sie es nie direkt zugegeben hatte. Aber ich hatte gedacht, sie wäre so aufgewachsen wie ich: obere Mittelklasse, beide Elternteile mit festem Job, ein hübsches Einfamilienhaus mit Garten. Ganz sicher hatte ich nicht mit einer Villa und einem Vater gerechnet, der in der ganzen Stadt – oder eher im ganzen Bundesstaat – bekannt war, weil er in der Politik war. Und das offenbar recht erfolgreich, wenn er sich eine solche Hütte leisten konnte.

»Komm mit.« Elle holte meine Reisetasche und Lederjacke vom Rücksitz und ging voraus. Mir blieb nichts anderes übrig, als ihr zu folgen. »Wenn wir Glück haben, treffen wir niemanden. Um diese Zeit müsste …«

»Joseph? Bist du das?« Eine helle Stimme unterbrach sie, kaum dass wir die Villa betreten hatten.

Elle blieb stehen und schloss die Augen. »Toll.«

Bevor ich fragen konnte, was eigentlich los war, tauchte eine Frau im Eingangsbereich auf. Sie war etwa genauso groß wie Elle, trug eine Hochsteckfrisur und ein Kostüm in einer Farbe, die kein Mann der Welt benennen könnte. Vanille vielleicht? Beige? Zitronenfalterpuderzuckergelb?

»Gabrielle.« Vier Schritte von uns entfernt blieb sie stehen und stemmte die Hände in die schmale Taille. Unter ihrem Blazer traten ihre knochigen Schultern deutlich hervor.

»Hi Mom.« Elles Worte wurden von einem Seufzen begleitet.

Sekunde mal. *Mom?* Diese Frau war ihre Mutter? Sie sah kaum älter aus als Mitte dreißig.

Mrs Winthrop schien gerade zu einer Standpauke ansetzen zu wollen, als sie mich bemerkte. Mit einem einzigen Blick erfasste sie meine Erscheinung und zog als Reaktion darauf eine schmal gezupfte Braue hoch. *Na, danke.* Ich wusste, wie beschissen ich nach einer durchgemachten Nacht aussah. Noch dazu, wo sich meine Augenlider anfühlten, als hätte jemand Steine daraufgelegt.

»Willst du mir nicht deinen Freund vorstellen?«, sagte sie an Elle gewandt. Trotz ihrer fehlenden Begeisterung erschien ein Lächeln auf ihrem Gesicht. Es wirkte nicht warm oder herzlich, sondern aufgesetzt. Wie die Art Lächeln, die man für besondere Events reservierte, in denen man gute Miene zum bösen Spiel machen musste.

»Mom, das ist Lucas McAdams. Luke, das ist Eleanor Winthrop.« Elle deutete zwischen uns hin und her.

Ich gab mir einen Ruck und trat einen Schritt vor. »Freut mich, Ma'am.«

Sie zögerte, doch dann ergriff sie meine ausgestreckte Hand und schüttelte sie. Ihr Griff war überraschend fest und selbstbewusst.

»Die Freude ist ganz meinerseits«, erwiderte sie und ließ meine Hand fallen. »Hätten wir gewusst, dass Gabrielle Besuch mitbringt, hätten wir das Gästezimmer vorbereiten können.«

»Du weißt doch, wie sehr ich Überraschungen *liebe*«, konterte Elle. Unter ihren sanftmütigen Tonfall hatte sich beißender Sarkasmus gemischt. »Ich bringe Luke nach oben. Irgendwelche Einwände?«

»Natürlich nicht.« Mrs Winthrop lächelte noch immer unbeweglich. So langsam musste das doch wehtun, oder? »Ruh dich aus, Lucas. Ich bin sicher, du hast eine lange Reise hinter dir«, fügte sie hinzu und maß mich noch einmal von oben bis unten mit diesem kühlen Blick. Dann wandte sie sich an Elle: »Komm nachher bitte ins Familienzimmer, Gabrielle. Ich möchte etwas mit dir besprechen.«

Und damit rauschte sie davon. Zurück blieben nur ein Hauch ihres blumigen Parfüms und eine Kälte in der Luft, die mich unwillkürlich schaudern ließ. Wortlos führte Elle mich die breite Treppe hinauf in den ersten Stock, wo sie sofort nach links abbog.

Ich rieb mir über die brennenden Augen. »Deine Mom ist ganz schön …«

»Frostig?«

»Ich wollte ›reserviert‹ sagen, um nicht unhöflich zu sein, aber …« Ich zuckte mit den Schultern. »Ja, ›frostig‹ trifft es ganz gut. Woher kommt das?«

95

»Keine Ahnung.« Elle führte mich einen langen Flur entlang und blieb vor der letzten Tür auf der rechten Seite stehen. »Manchmal denke ich, sie war schon immer so. Aber ich kann mich auch an Momente erinnern, in denen sie liebevoll war und viel gelächelt hat. Ein echtes Lächeln, nicht das, was du da gerade gesehen hast. Aber das ist lange her.«

Sie öffnete die Tür und ich musste blinzeln, weil das Tageslicht einen so starken Kontrast zu der Dunkelheit des Flurs bildete. Als ich wieder klar sehen konnte, erkannte ich auch den Grund für die plötzliche Helligkeit: Die gesamte gegenüberliegende Wand bestand aus mehreren großen Fenstern, vor denen sich eine lange gepolsterte Bank befand. Rechts von mir stand ein Boxspringbett. Das Kopfteil war vor lauter kleinen und großen Kissen kaum zu erkennen, aber es war die mit Rosenblüten besetzte Tagesdecke, die meinen Blick auf sich zog. Das hier war ein typisches Mädchenzimmer. Allerdings konnte ich keine persönlichen Gegenstände entdecken, abgesehen von Elles Rucksack am Fußende des Bettes und ihrem E-Book-Reader auf dem Nachttisch. Auf der Kommode neben der Tür stand eine Vase mit frischen Blumen, aber es gab keine Fotos, keine Poster, Bücher, Trophäen oder irgendwas von diesem albernen Schnickschnack, der einem einmal die Welt bedeutet hatte. Nichts, was man in einem Jugendzimmer erwarten würde. Oder überhaupt in einem Raum, in dem irgendwann mal jemand gelebt hatte.

»Das ist nicht dein Zimmer«, stellte ich nach einem Moment fest und drehte mich zu ihr um.

»Ist es nicht.« Sie stellte meine Reisetasche neben ihren Rucksack auf den Boden. Als sie meinen fragenden Blick bemerkte, zuckte sie die Schultern. »Mein altes Zimmer gibt es nicht mehr.«

»Was soll das heißen?«

»Das heißt, dass sie es nicht zwei Jahre lang haben verstauben lassen, sondern meine Sachen in Kartons auf den Dachboden gepackt haben. Zumindest den Teil, den sie nicht weggeworfen haben. Mein altes Zimmer ist jetzt ein Yoga- und Aerobicraum.« Elle schnaubte.

Die Ironie entging mir nicht. Ausgerechnet das Zimmer von Elle, die nur dann freiwillig rennen würde, wenn Zombies sie verfolgten, war jetzt ein privates Fitnessstudio. Ja, sie machte den Selbstverteidigungskurs, aber das war auch schon alles, was diese Frau mit Sport zu tun haben wollte. Was sicher nicht an mangelnden Versuchen meinerseits lag. Gerade am Anfang unserer Freundschaft hatte ich versucht, Elle für Sport zu begeistern. Für irgendeine Art davon. Laufen, Klettern, Volleyball, Basketball, Kanu fahren. Das Mädchen zeigte nicht nur kein bisschen Interesse, sondern auch null Talent. Das hatten wir beide einsehen müssen, als sie bei meinem letzten Versuch einen Ball an den Kopf bekommen hatte, weil sie zu sehr von einem Gespräch abgelenkt worden war, in dem es um Neuerungen bei den Wohnheimregeln ging. Das Ganze hatte mit einem Bluterguss und einem neuen Artikel für die Collegezeitung geendet. Elle mochte zwar verdammt gut darin sein, über Sport zu schreiben, aber ihn selbst auszuüben war für sie gesundheitsgefährdend. Und dafür hing ich zu sehr an meiner Freundin.

»Scheiße …«, murmelte ich.

»Du sagst es.« Sie machte eine Handbewegung, die so ziemlich das ganze Zimmer mit einschloss, inklusive dem breiten Durchgang zu einem angrenzenden Raum. »Mach's dir bequem. Da vorne ist auch noch ein Büro und das Bad ist hinter der Tür neben dem Kamin.«

Was das Ganze eher zu einer Hotelsuite machte, die mich an unseren Kurztrip nach New York zu meinem Kumpel Sander erinnerte. Mit einem Gästezimmer hatte das hier definitiv nichts mehr zu tun. Ich kannte das Gästezimmer bei Tante DeeDee und das sah eindeutig nicht so aus wie hier. Das Sofa und die dazugehörigen Sessel sprangen mir als Erstes ins Auge. Beide sahen so elegant aus, dass sie direkt aus Keiths Werkstatt hätten stammen können. Wahrscheinlich war ein einziges Möbelstück in diesem Raum teurer als mein Jeep.

»Warte mal …« Zugegeben, der Gedanke kam reichlich spät, aber ich war auch schon seit fast dreißig Stunden auf den Beinen. »Du schläfst auch hier?«

Elle, die gerade ihr Handy zum Aufladen ansteckte, warf mir einen irritierten Blick zu. »Ja …? Die anderen Zimmer sind wegen der Verlobungsparty belegt. Außerdem hält uns meine gesamte Familie für ein Paar.«

Oh, verdammt. Zugegeben, daran hatte ich bei dieser ganzen Aktion nicht gedacht. Denn es war eine Sache, vor der ganzen Welt so zu tun, als wäre ich Elles Freund, aber eine völlig andere, die Nacht im selben Bett zu verbringen wie sie. Sie mochte meine beste Freundin sein, trotzdem hatte ich weder mit ihr noch je mit einer anderen Frau im selben Bett geschlafen. Nicht einmal während unserer Filmabende, bei denen Elle immer wieder einschlief und die Nacht über in unserer WG blieb.

Ich räusperte mich. »Ich nehme das Sofa.«

»Du willst auf dem Sofa schlafen?« Elle runzelte die Stirn, wirkte aber nicht so überrascht, wie ich befürchtet hatte. Selbst wenn wir nie über dieses Thema gesprochen hatten, schien sie ihre eigenen Vermutungen anzustellen.

Ich zwang mich zu einem lockeren Lächeln. »Schätzchen, du bist zwar meine beste Freundin, aber ich bin kein Heiliger.«

Sie lachte ungläubig auf. »Echt jetzt? Das ist deine Erklärung? Ist das ein morgendliches Problem oder begrabbelst du nachts alles, was dir zwischen die Finger kommt?«

»Ach, weißt du, die Tageszeit spielt gar keine Rolle.« Ich grinste sie an und gab ihr eine Sekunde Zeit, das Gesagte zu verarbeiten, bevor ich mich auf sie stürzte.

Sie quietschte, als ich meine Arme um ihre Taille schlang, und wehrte sich gegen meinen Griff. Ohne Erfolg. Mühelos warf ich sie mir über die Schulter und sah mich kurz um. Das Bett kam nicht infrage, also lud ich sie mit Schwung auf dem Sofa ab. Keine Sekunde später war ich über ihr und kitzelte sie, bis sie nach Luft schnappte.

»Gnade!«, keuchte sie.

»Gibst du auf?« Mit einer Hand hielt ich ihre Handgelenke fest, mit der anderen stützte ich mich neben ihrem Kopf auf und sah grinsend auf sie hinunter.

»Ich sterbe hier.«

»So leicht stirbst du nicht, Süße.« Ich verlagerte mein Gewicht, sodass ich einen Arm frei hatte und ihr eine Haarsträhne aus dem Gesicht streichen konnte.

»Du hast ja keine Ahnung.« Elles Augen funkelten belustigt.

Ich wusste genau, dass sie sich aus meinem Griff befreien konnte, wenn sie es gewollt hätte. Wahrscheinlich hätte sie mich mit ein paar simplen Techniken aus ihrem Selbstverteidigungskurs sogar bewegungsunfähig machen können. Aber sie tat es nicht, sondern blieb unter mir liegen.

Ihr Körper war warm und weich und presste sich an genau den richtigen Stellen gegen meinen. *Verdammt.* Ich richtete meine Aufmerksamkeit wieder auf ihr Gesicht. Nach und nach verschwand ihr atemloses Lächeln und wurde von etwas anderem ersetzt. Verwunderung, gemischt mit … Neugier? Sie bewegte sich unter mir, und ich wurde mir ihrer Rundungen überdeutlich bewusst. Probehalber verlagerte ich mein Gewicht. Ihre Pupillen weiteten sich. Obwohl ich sie nicht mehr

99

kitzelte, konnte ich noch immer ihr hämmerndes Herz spüren. Es raste genauso sehr wie meins.

Ich wollte etwas sagen, ich *sollte* etwas sagen, um diesen Moment zu unterbrechen und das, was sich da gerade zwischen uns anbahnte, zu stoppen. Wir waren beste Freunde, verflucht noch mal. Aber ich brachte kein Wort hervor.

Sekunden verstrichen, in denen sich keiner von uns rührte. Ich rechnete mit einer Ohrfeige oder damit, dass Elle mich von sich runterwarf, aber sie tat noch immer nichts dergleichen. Und als mein Blick auf ihre vollen Lippen fiel, wusste ich, dass ich verloren war.

Ein Klopfen ließ uns beide zusammenzucken. Ich setzte mich so schnell auf, dass sich unsere Beine ineinander verhakten und ich hart auf dem Boden landete.

»Autsch.«

»Alles okay?« Elle richtete sich auf den Knien auf. In ihrer Stimme lag nicht mehr die Anspannung von vorhin, sondern etwas Weiches, das mich an geschmolzenen Karamell erinnerte.

Ich unterdrückte den Laut, der sich in meiner Kehle anbahnte, und zwang mich zu einem Nicken.

Einen Moment lang sah sie mich prüfend an, dann drehte sie sich zur Tür. »Ja?«

»Hey.« Sadie steckte den Kopf herein. Auf ihrem Gesicht lag ein breites Lächeln. Anscheinend reimte sie sich gerade selbst zusammen, was hier geschehen war. »Ich will euch nicht stören, sondern nur Bescheid geben, dass Mom nach dir gefragt hat.«

»Ich komme gleich.« Elle wartete, bis Sadie wieder verschwunden war. Erst dann stand sie auf, drehte sich aber noch mal zu mir um. »Nimm das Bett, McAdams. Ernsthaft. Wenn schon nicht heute Nacht, dann wenigstens jetzt, um dich auszuruhen.«

Ich brachte gerade mal ein Nicken zustande. Und während ich ihr nachsah, bis die Tür hinter ihr zufiel, fragte ich mich, was zum Teufel gerade fast passiert wäre.

Elle

Ein Teil von mir war froh, dass Sadie schon gegangen war und ich allein im dunklen Flur vor dem Gästezimmer stand. So konnte ich mich für einen Moment mit dem Rücken gegen die Wand lehnen und wenigstens versuchen, das heftige Pochen in meiner Brust zu beruhigen. Doch der andere Teil von mir wünschte sich meine Schwester herbei, weil sie mich davon abgelenkt hätte, was da drinnen fast passiert wäre.

Ich schüttelte den Kopf, um mich wieder zur Vernunft zu bringen. Luke und ich waren Freunde. Daran würde auch dieses Wochenende nichts ändern. *Ich* wollte nichts daran ändern. Luke war derjenige, an den ich mich als Erstes wandte, wenn es mir schlecht ging. Tate war zwar auch meine beste Freundin, aber sie war für den Tritt in den Hintern zuständig, wann immer es nötig war. Luke dagegen … Ich biss mir auf die Unterlippe.

Schluss damit. Diese ganze Scharade brachte mich noch ganz durcheinander. Dabei war es nur das: eine Scharade. Eine Lüge, die ich irgendwann einmal in die Welt gesetzt hatte und jetzt ausbaden musste, weil es zu spät war, um noch einen Rückzieher zu machen. Meinen Eltern die Wahrheit zu sagen kam nicht infrage. Damit würde ich meiner Mutter nur einen weiteren Grund liefern, warum ich nie den Ansprüchen dieser Familie genügen würde. Abgesehen davon konnte ich es nicht ertragen, die Enttäuschung in Dads Gesicht zu sehen. Nicht schon wieder. Und Sadie würde ich vermutlich das Herz brechen, wenn ich zugab, dass zwischen Luke und mir nie etwas gewesen war und auch nie sein würde.

Ich stieß mich von der Wand ab, strich meine Klamotten glatt und machte mich auf den Weg nach unten. Was auch immer Mom von mir wollte, es konnte nichts Gutes sein.

Wie erwartet fand ich sie im Familienzimmer, wo sie es sich auf der Chaiselongue im Barockstil bequem gemacht hatte. Auf dem Tischchen neben ihr stand eine große Karaffe mit Wasser, in dem irgendetwas herumschwamm. Ingwer? Gurke? Irgendein Stück Obst vielleicht? In den Händen hielt sie eine Zeitschrift, weitere davon lagen auf dem Couchtisch vor ihr ausgebreitet. Beim Näherkommen erkannte ich, dass es sich um Brautmagazine und Einrichtungskataloge handelte.

»Planst du jetzt nicht nur Sadies Hochzeit, sondern auch ihr neues Zuhause?«

Mom richtete sich auf und legte die Zeitschrift zu den anderen auf den Tisch. Dann betrachtete sie mich stumm. Sie schwieg so lange, bis ich ein nervöses Kribbeln auf meiner Haut spürte.

»Setz dich.« Aus ihrem Mund klang es mehr wie ein Befehl als eine Bitte. Trotzdem kam ich ihrem Wunsch nach. »Möchtest du etwas trinken?«

Ich kniff die Augen zusammen. Das letzte Mal, als Mom mich so zuvorkommend behandelt hatte, war an dem Tag gewesen, an dem sie mir erklärt hatte, wie gut sich eine Heirat zwischen mir und meinem Sandkastenfreund Colin für unsere Familie machen würde.

Das war kurz vor meinem achtzehnten Geburtstag gewesen.

»Gabrielle«, riss sie mich aus meinen Gedanken. »Ich habe dir eine Frage gestellt.«

»Nein, danke. Ich möchte nichts.« Um meine Nervosität zu

verbergen, faltete ich die Hände im Schoß. »Worüber wolltest du mit mir reden?«

»Über deinen Freund Lucas.« Beim Klang von Lukes Namen aus ihrem Mund verkrampfte sich mein Magen. »Schön, dass wir nicht nur endlich den vollen Namen deines Partners erfahren, sondern ihn auch kennenlernen dürfen. Studiert er an derselben Universität wie du?« Sie nippte an ihrem Glas Wasser, ohne mich aus den Augen zu lassen. »Was macht seine Familie? Wie sind ihre politischen Ansichten?«

Für einen winzigen Moment hatte ich tatsächlich so etwas wie Hoffnung empfunden. Ein kleines bisschen Hoffnung, dass sie tatsächlich Interesse an mir und dem Mann haben könnte, der angeblich mein Freund war. Aber diese Fragen waren so typisch für sie, dass ich gegen das bittere Auflachen ankämpfen musste, das aus mir herausbrechen wollte. Kein *Wie habt ihr euch kennengelernt?* oder *Bist du glücklich?* Oh nein. Mrs Winthrop musste ihre Fühler gleich in Richtung von Lukes Familie ausstrecken, um herauszufinden, ob sie genügend Macht, Geld und Ansehen besaß, um mit unserer verkehren zu dürfen. Nur dass es sich in Moms Fall eher um Tentakel handelte als um Fühler.

»Gabrielle?« Sie betrachtete mich abwartend.

Das wäre der ideale Zeitpunkt, um zu verkünden, dass Luke nicht mein Partner, sondern nur mein bester Freund war. Aber dann hätte ich auch zugeben müssen, dass ich sie alle belogen und Luke im ersten Jahr als Ausrede benutzt hatte, um nicht mehr nach Hause kommen zu müssen. Denn auch wenn Mom mich rausgeschmissen hatte, würde sie nie zulassen, dass jemand etwas anderes als ein perfektes Bild unserer Familie zu sehen bekam. Und dieses perfekte Bild verlangte, dass all ihre Kinder an den Festtagen zu Hause auftauchten und sich für das obligatorische Foto ablichten ließen. Völlig egal, was vorgefallen war. Und was Mrs Winthrop verlangte, bekam sie für gewöhnlich auch – wobei sie sich mit meiner Begründung für die Absage wahrscheinlich schneller zufriedengegeben hatte als bei einer meiner Schwestern.

Aber ich ahnte auch, welches Chaos die Wahrheit nach sich ziehen würde – und dass es jede Hoffnung meinerseits auf eine Versöhnung endgültig zunichtemachen würde. Davon mal abgesehen, hatte Sadie uns bereits zusammen erlebt und würde mir nicht glauben, dass wir nur Freunde waren. Und ich konnte und wollte sie nicht enttäuschen. Nicht an diesem Wochenende, das so wichtig für sie war. Sadie schwebte auf ihrer rosaroten Wolke und wollte, dass alle anderen um sie herum genauso glücklich waren wie sie selbst. Und jetzt war ich schon hier, und Luke hatte bereitwillig mitgespielt. Auf keinen Fall würde ich Sadie dieses besondere Wochenende verderben.

Die Wahrheit zu sagen, kam nicht infrage. Wir würden dieses Schauspiel bis morgen durchziehen, dann konnten wir zurück ans College fahren und so tun, als hätte es dieses Wochenende nie gegeben.

»Er hat ein Stipendium, studiert Sportmanagement im Haupt- und Sportjournalismus als Nebenfach«, hörte ich mich sagen und wappnete mich innerlich für Moms missbilligendes Lächeln. »Und ich weiß so gut wie nichts über seine Familie oder wen sie wählen. Zufrieden?«

Eine Ader begann auf ihrer Stirn zu pochen, aber sie zeigte keine Regung. Natürlich nicht. So etwas wie echte Emotionen zu zeigen, würde Schwäche bedeuten. Und die vertrug sich nicht mit ihrem Eispanzer.

»Nein«, antwortete sie, ohne ihren stechenden Blick von mir zu nehmen. »Ganz und gar nicht. Du weißt, dass ich mir etwas Besseres für dich erhofft habe. *Jemand* Besseres.«

Mein Puls begann zu rasen und ich bohrte die Fingernägel in meine Handflächen, um nicht die Beherrschung zu verlieren. Nach nur zwei Minuten in seiner Gegenwart hatte sie sich bereits ein Urteil über Luke gebildet und hielt ihn für nicht gut genug. Aber das war nicht alles. Denn natürlich musste sie mich mit ihren Worten auch an die Person erinnern, die sie sich damals für mich gewünscht hatte.

»Du kennst ihn nicht«, brachte ich hervor.

»Da hast du recht«, stimmte sie mir zu und stellte ihr Glas auf einem Untersetzer ab. Dann faltete sie die Hände im Schoß und suchte meinen Blick. »Ich kenne diesen jungen Mann nicht. Aber ein Blick auf ihn und die Tatsache, dass du nichts Nennenswertes über seine Familie weißt, genügen mir, um diese Schlussfolgerung zu ziehen. Selbst wenn er völlig harmlos ist, bleibt er ein potenzielles Risiko, solange wir nichts über seine Familie und seine politischen Ansichten wissen. So kurz vor der Wahl können wir uns das nicht leisten. Das weißt du genau, Gabrielle.«

Die Wahl. Natürlich. Die nächste Wahl stand an, und Dad wollte seinen Platz im Senat behalten. Plötzlich ergab all das hier einen Sinn.

Das zynische Lachen, das sich schon zuvor angekündigt hatte, drohte jetzt aus mir herauszuplatzen. Deshalb also das plötzliche Interesse an ihrer jüngsten Tochter. Meine älteste Schwester Brianna hatte bereits in eine Politikerfamilie eingeheiratet. Ihr Mann war Republikaner und unterstützte unseren Vater. Libby hatte sich im Frühjahr mit ihrem Langzeitfreund verlobt, dem Sohn einer neureichen Familie, die ein Baumwollimperium erschaffen hatte. Und jetzt Sadie, die schon bald zu den Du Ponts gehören würde. Noch eine mächtige Dynastie, die Dads Ambitionen mit Sicherheit unterstützen würde. Das Letzte, was er während seines Wahlkampfs gebrauchen konnte, war eine Tochter, die ihm und dem Namen der Familie Ärger bereitete. Kein Wunder, dass Mom zugelassen hatte, dass ich kam. Hier hatte sie mich unter Kontrolle und konnte bestimmen, was ich tat und mit wem ich mich zeigte. Zumindest versuchte sie es noch immer.

»Wow …« Ungläubig schüttelte ich den Kopf. »Und ich dachte wirklich, das hier könnte ein Neuanfang für uns alle werden. Aber wie es aussieht, bin ich die Einzige, die sich in den letzten zwei Jahren verändert hat.« Ich ließ sie nicht darauf antworten, sondern sprach endlich die Frage aus, die mir seit dem Moment auf der Seele brannte, in dem Daniel seinen Familiennamen genannt hatte. »War das dein Werk?«

Sie zog eine Braue in die Höhe. »Du musst dich schon deutlicher ausdrücken.«

»Sadies Verlobung. Hattest du dabei deine Finger im Spiel?«

»Ich bitte dich, Gabrielle. Die zwei sind jung und verliebt und möchten heiraten. Wer bin ich, mich diesem Wunsch entgegenzustellen?«

Ich lächelte, doch es schmeckte so bitter, als hätte ich Galle im Mund. »Das kannst du vielleicht Sadie und allen anderen weismachen, aber nicht mir. Lass mich raten. Du hast sie miteinander bekannt gemacht, nicht wahr?« Sie holte schon Luft, um zu widersprechen, aber ich war noch nicht fertig. »Du wolltest unsere Familie schon immer mit den Du Ponts verbinden, genau wie mit den Deveraux', nur dass es dir da nicht gelungen ist. Aber das macht nichts, jetzt hast du ja die Du Ponts an der Angel. Jahrhundertealtes Geld und ein hervorragender Ruf. Sie als Wähler und Unterstützer zu gewinnen, sichert Dad den Sitz im Senat noch vor der Wahl.«

»Höre ich da Missmut in deiner Stimme?« Sie zog eine Braue in die Höhe. »Das ist keine erstrebenswerte Eigenschaft für eine Dame, die den Heiratsantrag eines guten Mannes zu-

106

rückgewiesen hat. Aber selbst wenn es so wäre und ich Alessandra tatsächlich mit Daniel bekannt gemacht habe – gönnst du deiner Schwester etwa nicht ihr Glück?«

Diese ... diese ... *Person*. Inzwischen grub ich meine Fingernägel so fest in meine Handflächen, dass ich sicher war, dass die Spuren noch wochenlang zu sehen sein würden. Trotzdem tat ich alles, um nicht die Fassung zu verlieren. Genau das wollte sie doch nur. Dann hätte ich sie nur in ihrer Meinung bestätigt, ein schlechtes Licht auf diese Familie zu werfen.

»Ich gönne Sadie alles Glück der Welt. Aber ich werde mich ganz sicher nicht zurücklehnen und dabei zuschauen, wie du deine Spielchen mit ihr treibst, so wie du es mit Libby und Brianna getan und bei mir versucht hast.«

Und damit stand ich auf. Es gab nichts mehr zu sagen. Nichts, was nicht zu einem Streit geführt hätte. So gern ich ihr noch unzählige Dinge an den Kopf geworfen und sie all den Schmerz hätte spüren lassen, den sie mir zugefügt hatte, ich tat es nicht. Nicht ihr zuliebe und schon gar nicht meinetwegen. Ich hielt mich für Sadie zurück. Sie sollte die Feier bekommen, die sie sich wünschte, ohne dass es eine neue Familienkrise gab.

Ich war mit der Hoffnung auf einen Neuanfang hierher zurückgekehrt, doch jetzt wusste ich, wie naiv das von mir gewesen war.

»Gabrielle!« Moms Stimme schrillte in meinen Ohren. »Wag es ja nicht, einfach so davonzulaufen. Komm sofort zurück!«

Da war kein Zögern, nicht mal ein kurzes Zucken. Ich ging weiter und ließ sie im Familienzimmer zurück. Wohl wissend, dass sie mir nicht nachlaufen würde. Das hatte sie noch nie getan.

Mein erster Impuls war es, abzuhauen. Ich würde es keine Minute länger in diesem Haus aushalten, ohne an den aufgesetzten Lächeln und Intrigen zu ersticken. Aber ich hatte meine Autoschlüssel zusammen mit meinem Handy oben gelassen. Bei Luke. Ich konnte immer noch nicht fassen, was diese Frau über ihn gesagt hatte. Sie kannte ihn nicht. Aber Mom war schon immer schnell darin gewesen, ein Urteil über andere zu fällen, und in der Regel waren diese Urteile gnadenlos.

Immer zwei Stufen auf einmal nehmend, lief ich nach oben und bremste erst am Ende des Flurs ab. Falls Luke sich schon hingelegt hatte, wollte ich ihn auf keinen Fall wecken. So leise wie möglich öffnete ich die Tür. Wie von selbst flog mein Blick zum Sofa. Dieser Moment vorhin, als er mich darauf geworfen, gekitzelt und mich dann auf diese Weise angesehen hatte ... All das kam mir jetzt wie vor einer Ewigkeit vor. Die Wärme war aus meinem Körper verschwunden und hatte einer Kälte Platz gemacht, die ich verabscheute.

Ich sah zum Bett hinüber – und da war er. Lukes Lederjacke lag am Fußende, Jeans und Schuhe auf dem Boden. Er hatte die Decke so weit hochgezogen, dass ich nur einen Teil seines Gesichts erkennen konnte. Seine Augen waren geschlossen und seine Haare ein einziges Chaos. Ein paar Strähnen hingen ihm in die Augen. Der Drang, sie ihm aus dem Gesicht zu streichen, war da, aber ich unterdrückte ihn. Davon würde Luke nur aufwachen, dabei brauchte er dringend ein paar Stunden Schlaf.

Wenn er so ruhig dalag wie jetzt, war sein Gesicht völlig entspannt. Aber ich registrierte die dunklen Ringe unter seinen Augen. Dieser Mann war mehr als neun Stunden lang gefahren. Nicht, weil ich ihn darum gebeten hatte, sondern weil er sich Sorgen um mich gemacht hatte. Weil er mir zur Seite stehen wollte, statt mit seinen Freunden und Teamkameraden feiern zu gehen.

Meine Mutter lag falsch. Ich hatte nichts Besseres verdient als Luke. Wenn überhaupt, war er *zu gut* für mich. Die Frau, die eines Tages sein Herz gewinnen würde, konnte sich glücklich schätzen.

Ich schnappte mir die Schlüssel von der Kommode, warf mein Handy in meine Tasche und verließ das Zimmer genauso leise wie ich es betreten hatte.

Kapitel 6

Elle

Wasserdampf füllte das Bad und hüllte mich in einen warmen Nebel, als ich einige Stunden später aus der ebenerdigen Dusche trat. Ich hatte noch mehr als genug Zeit, um mich für die Party zurechtzumachen, aber da Luke nach dem Aufwachen sofort zu einer Joggingrunde aufgebrochen war, wollte ich das Bad bei seiner Rückkehr nicht unnötig belegen. Dass dieser Kerl seine Sportsachen immer und überall dabeihatte, war mir nach wie vor unheimlich, wunderte mich aber schon lange nicht mehr.

Ich ging zum Spiegel, wischte den Dampf mit der Hand weg – und zuckte zusammen, als ich hinter mir ein vertrautes Gesicht erkannte.

»Sadie! Was zur Hölle …?« Im letzten Moment packte ich das Handtuch, bevor ich es vor Schreck fallen lassen konnte. »Hast du das Wasser nicht gehört?«

»Doch.« Gespielt unschuldig zuckte sie mit den Schultern. »Allerdings hatte ich gehofft, Luke beim Duschen zu überraschen.«

Sprachlos starrte ich meine Schwester an, die unverfroren zurückgrinste. In ihrem weißen Sommerkleid mit den blassgelben Punkten wirkte sie so jung und süß, aber hinter der bezaubernden Fassade verbarg sich noch immer ein kleiner Teufel. Immerhin hatte sich daran nichts geändert.

»Was denn? Ich bin zwar verlobt, aber nicht blind.«

»Oh mein Gott.« Allein der Gedanke daran, dass sie Luke unter der Dusche hätte erwischen können … Ahh, diese Bilder in meinem Kopf! Ich schüttelte mich.

Sadie lachte auf. »Das war ein Scherz, Schwesterchen. Ich habe Luke unten getroffen, bevor er zum Laufen gegangen ist.«

Gott sei Dank. Aber das erklärte nicht, warum sie sich ins Badezimmer schlich, um mich wie das tote Mädchen im Spiegel eines Horrorfilms zu erschrecken.

»Ich wollte nur kurz dem ganzen Trubel entkommen. Außerdem hatten wir noch gar keine Gelegenheit, in Ruhe zu reden«, erklärte sie, als hätte sie meine Gedanken gelesen.

Seit heute Vormittag hatte ich Sadie nicht mehr gesehen, obwohl ich gerne den restlichen Tag mit ihr verbracht hätte. Ganz besonders nach dem netten Gespräch mit unserer Mutter. Aber Sadie war die ganze Zeit über eingespannt gewesen, hatte mit all den Gästen gesprochen, die schon früher angereist waren, und den Nachmittag bei Daniels Familie verbracht.

»Stimmt«, erwiderte ich lächelnd und streifte mir die Unterwäsche über. Mit einem Handtuch trocknete ich mir das Haar, dann warf ich es neben das Waschbecken und griff nach der Bodylotion. Sadie setzte sich auf den Badewannenrand und beobachtete mich. Sie schwieg so lange, dass ich dachte, sie würde nie mit dem herausrücken, was ihr auf dem Herzen lag.

»Also … Luke, hm?«, begann sie schließlich mit einem wissenden Lächeln. Ich stöhnte innerlich, bevor sie ihre eigentliche Frage überhaupt stellen konnte. »Ist es was Ernstes? Es muss ernst sein, wenn er den ganzen Weg hergefahren ist, um bei dir zu sein.«

Oder er war einfach nur ein guter Freund. Aber das konnte ich Sadie gegenüber nicht erwähnen, also nickte ich bloß, während ich mir das rechte Bein eincremte.

»Was?«, fragte ich, als sie mich nur weiterhin erwartungs-voll anstarrte.

»Ich will Details hören!«, platzte sie heraus. »Wie habt ihr euch kennengelernt? Und wann? Wie war euer erstes Date? Wie seid ihr zusammengekommen? Und die wichtigste Frage: Wie ist er im Bett?«

»Oh mein Gott.« Ich konnte gar nicht anders als zu lachen. Gleichzeitig machte sich ein bittersüßes Ziehen in meinem Brustkorb bemerkbar. Ich hatte solche Momente mit meiner Schwester vermisst. Sadie war die Einzige, die mir wirklich na-hestand. Mit Brianna und Libby hatte ich nie eine besonders enge Beziehung gehabt, da ich für sie immer nur die kleine Schwester gewesen war. Aber Sadie und mich trennte nur ein Jahr, und die Verbindung zwischen uns war immer etwas Be-sonderes gewesen – und es tat weh, dass unsere Freundschaft unter dem Konflikt zwischen Mom und mir gelitten hatte.

»Du magst ihn, was?«

Sie nickte. »Ich kenne ihn zwar noch nicht wirklich gut, aber er scheint cool zu sein. Und heiß. Er passt perfekt zu dir.«

»Wow. Danke für diese brillante Persönlichkeitsanalyse. Ich wünschte, Mom würde das auch so sehen.«

Sadie streckte mir die Zunge raus. »Gern geschehen.«

»Und der coole, heiße, perfekte Daniel?«, hakte ich nach.

Ein verträumter Ausdruck legte sich auf ihr Gesicht. »Ich hätte nie gedacht, dass eine von Moms Verkupplungsaktionen mal Erfolg haben könnte. Sie hat uns auf einer Veranstaltung vom Country Club miteinander bekanntgemacht. Daniel hat sich genauso gelangweilt wie ich, also war er mir von Anfang an sympathisch. Er hat unsere Eltern abgelenkt, während ich eine Flasche Champagner geklaut habe. Dann haben wir uns weg-geschlichen.« Ihre Wangen nahmen einen roten Farbton an. »Ich bin so, so glücklich. Daniel macht mich glücklich.«

Ich drehte mich zu ihr um und erkannte sofort, dass sie die Wahrheit sagte. Ihre Augen strahlten, und sie schien von innen heraus zu leuchten, wenn sie von ihrem Verlobten sprach. Vielleicht war es nur die erste Verliebtheit, vielleicht auch etwas Tiefergehendes zwischen den beiden. Was es auch war, ich war der letzte Mensch, der das beurteilen oder darüber richten konnte.

»Das freut mich, Sadie. Das freut mich wirklich für dich.«

Sie nickte begeistert, doch nach und nach wurde ihr Lächeln weniger. »Weißt du, am liebsten würden wir sofort heiraten. Aber Mom und Dad und auch Daniels Eltern wollen diese pompöse Hochzeit mit der ganzen Presse und allen Verwandten, die wir vielleicht einmal in zehn Jahren sehen.« Sie seufzte und ließ den Kopf hängen.

»Du weißt doch, wie wichtig Mom und Dad so eine große Hochzeit ist …« Ich versuchte, etwas Positives zu finden, mit dem ich Sadie trösten konnte. Schließlich sagte ich dann doch das Erste, was mir in den Sinn kam. »Aber eine Zeremonie im kleinen Kreis hätte sicher auch etwas für sich.«

»Genau!« Sie nickte heftig. »Aber ich fürchte, um die riesige Feier nächstes Jahr im Sommer kommen wir nicht herum. Unsere Mütter sind voll im Hochzeitsplanermodus.«

Ich warf ihr ein mitfühlendes Lächeln zu. Wir kannten unsere Mutter. Nichts und niemand konnte sie aufhalten, wenn sie sich etwas in den Kopf gesetzt hatte, ganz besonders, wenn es dabei um die Hochzeit einer ihrer Töchter ging. Nicht mal eine Naturkatastrophe würde etwas an dem festgesetzten Termin ändern können.

»Mom wird Luke auch noch mögen lernen«, wechselte Sadie das Thema. »Du kennst sie … Es braucht einiges, um sie zu überzeugen, und noch mehr, um sie für sich zu gewinnen.«

Ein guter Familienname, ein Adelstitel oder ein Haufen Geld könnten dabei helfen.

»Ich glaube«, begann Sadie zögerlich. »Ich glaube, sie ist noch immer nicht darüber hinweg, dass du dich von Colin getrennt hast.«

Ich hielt inne. In meinen Bewegungen, in meiner Atmung. Nur das Pochen in meinem Brustkorb nahm zu, wurde so schnell und hart, dass es den ganzen Raum erfüllte. Ich räusperte mich und zwang mich dazu, mein Haar weiter zu kämmen. »Das mit Colin und mir hätte niemals funktioniert.«

»Du hast mir nie gesagt, warum.«

»Er war mein bester Freund.« Und lange Zeit der wichtigste Mensch in meinem Leben. Ich hatte ihm mehr wehgetan als irgendjemandem sonst. Mom war nur frustriert, weil sie seine Familie nicht an unsere binden konnte. Manchmal glaubte ich, sie hatte nur deshalb vier Töchter zur Welt gebracht, um sie möglichst gewinnbringend zu verheiraten. »Ich bin sicher, Mom wird einen anderen Weg finden, ihren Lieblingsschwiegersohn in spe in unsere Familie einzugliedern. Vielleicht in ein paar Jahren, wenn Briannas Töchter alt genug sind.«

Im Spiegel konnte ich sehen, wie Sadie das Gesicht verzog. »Das ist nicht witzig, Elle.«

»Das war auch kein Witz.«

Wenn es jemanden gab, dem ich so etwas zutraute, dann war es unsere Mutter.

Ich drehte mich zu Sadie um, als nichts mehr von ihr kam. Die Belustigung in ihrer Miene war einer sorgenvollen Stirnfalte gewichen.

»Hast du ihn geliebt …?« Die Frage war so leise, dass ich sie kaum wahrnahm. Dafür bemerkte ich ihren mitfühlenden Gesichtsausdruck umso deutlicher.

»Nein. Nicht so, wie er sich das gewünscht hat.« Ich musste nicht darüber nachdenken, aber ich tat es trotzdem, horchte in mich hinein und suchte nach einem Funken von … irgendetwas. Colin war immer nur ein Freund für mich gewesen. Ein großer Bruder, mit dem ich aufgewachsen war und auf den ich mich hatte verlassen können – bis wir einander im Stich gelassen hatten. »Colin und ich waren Freunde. Ich hatte keine Ahnung, was Liebe überhaupt ist.«

»Was ist mit Luke? Liebst du ihn?«

Die Frage traf mich unvorbereitet. Natürlich liebte ich Luke auf eine gewisse Weise, schließlich war er mein bester Freund, genau wie Colin es gewesen war. Luke und Tate waren die ersten Menschen, die ich anrief oder denen ich textete, wenn irgendetwas passiert war. Ganz egal, ob es sich dabei um etwas Gutes oder Schlechtes handelte. Sie waren meine Familie, ebenso wie der Rest unserer Clique.

»Redet ihr über mich?«, meldete sich auf einmal eine vertraute Stimme.

Luke stand breitbeinig in der Tür. Sein T-Shirt war durchgeschwitzt, und sein Haar klebte feucht an seiner Stirn. Trotzdem schien er kaum außer Atem zu sein.

Sadie reagierte als Erste. »Wie kommst du denn darauf?«

Luke grinste. »Naja, was für ein anderes Thema solltet ihr sonst haben – bei so viel geballtem Charme und Männlichkeit.«

Sadie sah mich an. »Ist er immer so … bescheiden?«

Ich verdrehte die Augen. »Oh ja. Willkommen in meinem Leben.«

»Ganz bezaubernd.« Sadie zwinkerte mir zu, dann ging sie zur Tür. »Ich muss mich auch noch fertigmachen. Mom dreht durch, wenn ich zu meiner eigenen Verlobungsparty zu spät komme. In zwanzig Minuten draußen auf der Terrasse, ja? Kommt nicht zu spät, sonst fangen wir ohne euch an. Wobei, wenn ich es mir recht überlege …«, fügte sie hinzu und blickte bedeutungsvoll zwischen Luke und mir hin und her. »Lasst euch Zeit. Ich lege ein paar Häppchen für euch zur Seite.«

Und damit schob sie sich an Luke vorbei und ließ uns allein zurück.

Luke wartete, bis wir die Zimmertür zufallen hörten, bevor er fragend die Brauen hochzog. »Hat sie gerade vorgeschlagen, was ich denke, dass sie vorgeschlagen hat?«

»Jepp.«

»Sadie ist eindeutig mit dir verwandt. Bei deiner Mom bin ich mir da nicht so sicher.« Bei den letzten Worten zog er sich das T-Shirt über den Kopf.

Sein Oberkörper war braun gebrannt, weil er im Sommer immer oben ohne trainierte und damit jede Menge weiblicher Fans ins Stadion zog, die auf den Tribünen saßen und so taten, als würden sie ihn nicht dabei beobachten, wie er seine Runden drehte. Für einen Leichtathleten hatte er überraschend muskulöse Arme, da er neben seinem normalen Lauftraining regelmäßig mit Trevor und den anderen Jungs ins Fitnessstudio ging. Das erklärte auch die trainierten Bauchmuskeln, die eine Frau geradezu dazu einluden, sie mit den Fingern nachzufahren, bis hinunter zum Bund seiner Hose, wo der schmale Streifen helles Haar unter dem Stoff verschwand. Genau an der Stelle, an der jetzt auch seine Hände lagen.

»Bleibst du, um dir die Show anzusehen?«, fragte er amüsiert.

»Träum weiter, Sunnyboy.« Ich sammelte meine Sachen ein und machte, dass ich von hier wegkam.

»Ach, Elle?«, rief Luke mir nach. »Hübsche Unterwäsche!« Damit schloss er die Tür zum Bad.

Wie erstarrt blieb ich stehen und starrte an mir hinunter.

Meine Haut war noch leicht gerötet von der Dusche – und man sah jede Menge davon, denn ich trug nur meine schwarze Spitzenunterwäsche.

Hitze explodierte in meinen Wangen. *Toll. Wirklich toll.* Es war ja nicht so, als hätte Luke mich noch nie im Bikini gesehen, schließlich fuhren wir zusammen mit den anderen mindestens einmal im Jahr zum Campen an den See, aber das hier war etwas anderes. Das waren schwarze Dessous. Wie von selbst tauchte natürlich ausgerechnet jetzt dieser kurze Moment auf dem Sofa in meinen Gedanken auf. *Danke, Kopf, das ist jetzt echt hilfreich.*

Ich schob die Bilder beiseite und konzentrierte mich darauf, mich für die Feier fertigzumachen. Aber während ich mein schwarzes Kleid anzog, begann sich ein dumpfer Schmerz in meiner Brust auszubreiten. Seit ich auf dem College war, hatte sich dieses Gefühl beinahe verflüchtigt, doch jetzt war es wieder da. Dieses dunkle Etwas, das immer weiter an mir nagte, bis ich an allem und jedem zweifelte – vor allem an mir selbst. Mom hatte mich rausgeworfen und Dad hatte dabei zugesehen, ohne einzugreifen, weil er sich in Erziehungsfragen immer auf Moms Seite stellte und niemals etwas infrage stellen würde, was sie für die Familie entschied. Warum auch? Die meiste Zeit meines Lebens hatte ich ihn nur in seinem Büro, im Fernsehen und bei den abendlichen Dinnern im Speisesaal gesehen.

Und Colin ... Nachdem ich versucht hatte, ehrlich zu ihm zu sein und alles zwischen uns zu klären, weil ich seine Freundschaft nicht verlieren wollte, hatte er den Kontakt zu mir abgebrochen. Mit einer Endgültigkeit, die mir selbst jetzt noch einen Stich versetzte – auch wenn es sein gutes Recht gewesen war. Schließlich hatte ich mich von ihm getrennt, und nicht andersherum. Trotzdem tat es weh, zu sehen, dass der Mensch, von dem ich gedacht hatte, er würde für immer ein Teil meines Lebens sein, sein eigenes so einfach ohne mich weiterführen konnte.

Nachdenklich rieb ich mir über das Brustbein. Was, wenn es gar nicht an ihm oder Mom und Dad lag, sondern an mir? Wenn ich hier das Problem war? Die Tochter, die niemals an die leuchtenden Beispiele ihrer Schwestern heranreichen konnte? Das Mädchen, das rebellierte, ohne es zu wollen, und ihre Zimmerwand mit Zeitungsartikeln beklebte, statt die teure Blümchentapete dranzulassen. Die Schülerin, die einen Artikel über das Leben in einer Politikerfamilie schrieb, ohne zu ahnen, welche Wellen das schlagen würde. Die Freundin, die einfach nicht mehr als einen Bruder in Colin sehen konnte, ganz egal, wie sehr sie es versuchte?

Ich schluckte die Bitterkeit hinunter, die sich in meiner Kehle auszubreiten drohte, und straffte die Schultern. Es spielte keine Rolle. Ich hatte es zwei Jahre ohne meine Familie ausgehalten, und es war mir gut dabei gegangen. Ich war glücklich. Dennoch war da dieser Teil in mir, der sich danach sehnte, von ihnen akzeptiert zu werden. Ein Teil, der mit jeder Minute, die ich hier verbrachte, immer größer zu werden schien, obwohl ich doch genau merkte, wie aussichtslos es war.

»Du machst ein Gesicht, als müsstest du gleich zum Sport.« Luke kam aus dem Badezimmer, barfuß und nur in einer dunklen Jeans, die ihm tief auf den Hüften hing. Er musterte mich mit gerunzelter Stirn. Die Sorge in seiner Stimme war nicht zu überhören, aber sein Blick war .., anders. Die Art, wie er ihn an mir hinab- und wieder hinaufgleiten ließ, löste ein ungewohntes Prickeln auf meiner Haut aus.

Sein Haar war noch feucht von der Dusche und fiel ihm in die Augen. Meine Hand zuckte in dem plötzlichen Impuls, es ihm aus dem Gesicht zu streichen.

Ich schüttelte den Kopf, bevor ich etwas tun konnte, das einfach nur seltsam für uns beide wäre. »Ich bin nicht gerade in Partystimmung.«

»Verstehe.« Luke schlüpfte in die Ärmel seines weißen Hemds und begann, es zuzuknöpfen. Ich konnte gar nicht anders, als seinen Bewegungen mit den Augen zu folgen. »Warum sind wir dann hier?«

»Weil Sadie mich darum gebeten hat«, erwiderte ich automatisch. *Und weil ich zu dieser Familie gehören wollte, verdammt.* Ich hasste es, das schwarze Schaf zu sein. Diese Rolle hatte ich mir nicht ausgesucht, aber mittlerweile bezweifelte ich, dass ich sie jemals loswerden würde. »Und du bist hier, weil du ein guter Freund bist«, fügte ich hinzu und drehte ihm den Rücken zu. »Könntest du mal kurz …?«

Er zögerte einen Herzschlag lang. »Ja, sicher.«

Ich hörte nicht, wie er näher kam, da der teure Teppich jeden seiner Schritte dämpfte, aber ich spürte den Moment, in dem er hinter mich trat. Sein Körper strahlte so viel Wärme aus, und der Duft seines Duschgels hüllte mich ein. Ich nahm mein Haar beiseite und schob es über eine Schulter nach vorn. Leider spürte ich dadurch jeden von Lukes Atemzügen in meinem Nacken.

Seine Finger fanden die beiden Bänder meines Kleids und banden sie auf Schulterhöhe zu einer Schleife. Quälend langsam. Dabei streiften seine Fingerknöchel immer wieder ganz leicht über meinen Rücken. Die Berührung war kaum wahrnehmbar und dennoch so eindringlich, dass ich ein Erschauern kaum unterdrücken konnte.

»Fertig«, sagte er rau und machte einen Schritt zurück.

Ich warf ihm einen Blick über die Schulter zu. »Danke«, flüsterte ich.

Er nickte nur und wandte sich rasch ab, ohne mich anzusehen.

Rund fünfzehn Minuten später hatte ich mich geschminkt, meine Haare geföhnt und war in High Heels geschlüpft, die mich ganze acht Zentimeter größer machten. Damit war ich zwar immer noch kleiner als Luke, aber wenigstens reichte ich ihm jetzt nicht mehr nur bis zur Schulter.

»Bereit?«

Er nickte mir zu. Das weiße Hemd mit dem schwarzen Jackett und der dunklen Jeans im Used-Look verlieh seinem Auftreten etwas Lässiges und zugleich auch Verwegenes. Ganz besonders mit diesen ungebändigten Haaren, die so aussahen, als wäre er gerade erst nach einer heißen Nacht aufgestanden. Irgendwann hatte ich es aufgegeben, Luke damit aufzuziehen, dass er sich endlich das Haar schneiden lassen sollte, weil er sonst aussah wie ein Wischmopp. In Wirklichkeit stand ihm diese Frisur viel zu gut. Und das wusste der Kerl natürlich.

»Elle?« An der Tür legte er mir die Hand in den Nacken und strich mit dem Daumen über meinen Haaransatz. »Ich weiß, diese Sache ist anstrengend für dich, aber versuch, dich ein bisschen zu entspannen, okay? Sonst muss ich persönlich dafür sorgen, dass du Spaß hast«, fügte er säuselnd hinzu.

Ich prustete, und Luke ließ mich grinsend los. Allen Umständen und Zweifeln zum Trotz, schaffte dieser Mann es immer wieder, mich zum Lachen zu bringen. Ich war nie glücklicher gewesen, ihn zum besten Freund zu haben, als in diesem Moment. Und ich würde nicht zulassen, dass irgendetwas diese Freundschaft zerstörte. Schon gar nicht meine Familie.

Luke

Erstaunlich, was eine Mütze voll Schlaf, eine Joggingrunde und eine heiße Dusche bewirken konnten. All das vertrieb meine

Müdigkeit, doch richtig wach wurde ich erst, als ich Elle in diesem Kleid sah. Es war nicht mal besonders außergewöhnlich, sondern hochgeschlossen, schwarz und reichte ihr bis zur Mitte der Oberschenkel. Aber der Anblick ihres Rückens, als sie sich von mir wegdrehte, raubte mir den Atem. Weiche nackte Haut, die nur an den Schultern von den Ärmeln des Kleides und zwei Bändern auf derselben Höhe bedeckt wurde. Bänder, die ich gerade erst zu einer Schleife gebunden hatte.

Das Wissen darum, was sie darunter trug und wie sie in den knappen Dessous aussah, verbesserte meine Situation nicht gerade. Jeder Muskel in meinem Körper war angespannt, während ich ihr durch das große Haus bis hinunter in den Garten folgte. Schon von drinnen hörten wir Musik und zahllose Stimmen. Anders als auf den Schul- und Collegepartys, die so ziemlich der einzige Vergleich waren, den ich hatte, ging es hier wesentlich gesitteter zu. Und die Musik war schlechter.

Ich sah Männer und Frauen jeder Altersgruppe, die nur eines gemeinsam hatten: Sie alle hatten sich herausgeputzt. Zumindest war ich auf den ersten Blick der Einzige, der tatsächlich eine Jeans trug. Die anderen Kerle waren in Hemd und Anzughosen gekommen – einige sogar in Smokings –, und die Frauen trugen schillernde Kleider in allen möglichen Farben und jede Menge funkelnden Schmuck. Im Vergleich dazu wirkte Elles Outfit geradezu schlicht. Wäre da nicht dieser verfluchte Rückenausschnitt gewesen.

Schon beim Hinaustreten begrüßte Elle ein älteres Paar mit einem strahlenden Lächeln, stellte mich vor und erkundigte sich nach ihren Kindern und Hunden.

»Woher kennst du sie?«, fragte ich leise, als wir weiterschlenderten.

»Ich kenne sie nicht. Sie sind im selben Country Club wie meine Eltern.« Fast im selben Atemzug blieb sie erneut stehen und begrüßte einen Mann im grauen Anzug mit schütterem Haar. Neben ihm stand ein Kerl, der wie eine jüngere Ausgabe seines Vaters wirkte und Elle herzlich die Hand schüttelte.

»Noch jemand aus dem Country Club?«, riet ich, sobald wir außer Hörweite waren.

»Nein.« Elle strich sich ein paar Haarsträhnen hinters Ohr. »Das war Mr Maxwell. Er ist einer der größten Unterstützer meines Vaters im Wahlkampf. Sein Sohn ist mit mir zur Schule gegangen und arbeitet jetzt für seinen Vater.«

»Ich hatte keine Ahnung, dass du in so einer Umgebung aufgewachsen bist«, murmelte ich, nur um überhaupt etwas zu sagen. Elle mochte noch immer angespannt und ihre Bewegungen ein wenig verkrampft sein, aber sie fügte sich so mühelos in diese Welt ein, dass es fast schon unheimlich war.

»Entspann dich, McAdams.« Elle tätschelte mir den Arm. Das aufgesetzte Lächeln verschwand keine Sekunde lang von ihren Lippen. Sie hielt einen Kellner an, nahm zwei Gläser vom Tablett und reichte mir eins davon. »Ich weiß, es ist hart, aber nicht unmöglich.«

Ich sah ihr nach, und mein Blick blieb automatisch an ihrem Rückenausschnitt hängen. Es würde auf jeden Fall härter werden, als ich geglaubt hatte, ganz besonders, weil Elle so … anders war als sonst. Anders und trotzdem immer noch das Mädchen, das ich auf dem College kennengelernt hatte. Ich trank einen großen Schluck von meinem Champagner und spürte das Prickeln bis in die Nasenspitze. Himmel, dieses teure Zeug war echt nicht meins. Ich unterdrückte ein Schaudern und kippte den Rest des Drinks in einen kugelförmigen Strauch, dann folgte ich Elle.

»Also werden wir uns ab jetzt wohl öfter sehen«, sagte ein schmieriger Typ mit schwarzen, nach hinten gestylten Haaren gerade.

»Hi«, mischte ich mich ein und legte den Arm um Elles Taille. Ich ignorierte ihren überraschten Blick und starrte dem Fremden geradewegs in die Augen. »Wir kennen uns noch nicht.«

»Oh.« Verwirrt schaute er zwischen Elle und mir hin und her. Einen Moment später hatte er sich wieder gefasst, aber sein Lächeln war um ein paar Grad geschrumpft. »Alexander Du Pont.«

»Der Bruder von Sadies Verlobtem Daniel«, erklärte Elle mit diesem aufgesetzten Lächeln, das ihre Augen nicht erreichte. »Wir sind bald eine Familie. Alexander, das ist Lucas Mc-Adams …«

»Ihr Freund«, schaltete ich mich ein, ohne mir die Mühe zu machen, dem Kerl die Hand zu schütteln. Ich hatte sowieso keine frei. In der einen hielt ich noch das Glas, die andere lag an Elles Taille.

»Freut mich.« Alexander lächelte gezwungen, dann schaute er sich um. »Ich sollte mich wohl auch beim Rest der Familie blicken lassen. Entschuldigt mich.« Er trat einen Schritt zurück und nickte uns beiden zu. »Gabrielle, Lucas. Viel Spaß noch.«

Ich starrte ihm nach, bis er zwischen den anderen Partygästen verschwunden war. Erst dann senkte ich den Blick und bemerkte, dass Elle mich beobachtete.

»Vorsicht, McAdams«, murmelte sie und nahm mir das Glas aus der Hand, um den letzten Schluck daraus zu trinken. »Man könnte sonst noch meinen, du wärst eifersüchtig.«

»Ich soll doch deinen Freund spielen«, gab ich genauso leise zurück und lehnte mich näher zu ihr. »Und da gefällt es mir gar nicht, wenn sich irgendein reicher Schnösel an mein Herzblatt ranmacht.«

Sie lächelte – und diesmal erreichte es auch ihre Augen. *Endlich.*

»Na komm.« Sie hakte sich bei mir unter. »Das war nur die Aufwärmrunde. Jetzt kommt der harte Teil.«

Elle führte mich zu ihrer Familie, die mit ein paar anderen Leuten auf der Terrasse zusammenstanden. Ich lernte ihre älteste Schwester Brianna kennen, die wie ein jüngerer Klon ihrer Mutter aussah, und Libby, die Zweitälteste, die glatt als Sadies Zwillingsschwester durchgehen könnte. Nur dass sie im Gegensatz zu Sadies Lebhaftigkeit eine geradezu erhabene Ruhe und Sanftheit ausstrahlte.

»Sadie wollte die Hochzeit auf Weihnachten legen.«

Ich hatte nur die Hälfte des Gesprächs mitbekommen, aber diese Worte stachen heraus.

Brianna machte eine wegwerfende Handbewegung. »Weihnachten? Ich bitte euch. Außerdem wäre das schon in zwei Monaten. Das haben wir ihr ganz schnell ausgeredet. Der Sommer ist viel besser für eine Hochzeit in diesem Rahmen geeignet. Und eine Feier im Garten bietet sich doch wirklich an.«

Ich sah von ihr zu Sadie, die den Blick gesenkt hielt und brav nickte. Obwohl ich sie kaum kannte, spürte ich, wie sich Wut in mir breitmachte. Was sprach bitte gegen eine Hochzeit an Weihnachten? Es mochte ungewöhnlich sein, aber wenn Sadie es so wollte, sollte sie das auch tun dürfen.

»Ist eine Gartenhochzeit im Sommer nicht ein bisschen klischeehaft?«, hörte ich mich sagen, bevor ich mich eines Besseren besinnen und die Klappe halten konnte. »Weihnachten wäre auf jeden Fall etwas Besonderes.«

Brianna zog eine Augenbraue auf die gleiche Weise in die Höhe, wie ich es bereits bei Mrs Winthrop gesehen hatte. »Natürlich denkst du das«, antwortete sie mit einem herablassenden Lächeln. »Nichts für ungut, aber du bist ein Mann. Die Hochzeitsplanung sollte uns Frauen vorbehalten sein. Wir wissen, was wir tun.«

Nur mit Mühe unterdrückte ich ein ironisches Lachen. Stattdessen schnaubte ich und murmelte ein »Wie war das noch mal mit Gender-Equality?«

Brianna funkelte mich böse an, während Sadie mir ein dankbares Lächeln zuwarf. Anscheinend hatte ich mir gleich an meinem ersten Tag eine Feindin gemacht, aber auch eine neue Freundin dazugewonnen. Lief doch ganz gut bisher.

Ich sah zu Elle hinüber. Sie wirkte völlig ruhig, aber ich bemerkte, wie ihre Mundwinkel zuckten.

Brianna holte bereits Luft, vermutlich, um mir eine weitere indirekte Beleidigung an den Kopf zu werfen, als sich zwei Männer zu unserer Gruppe gesellten. Der eine war etwa so groß wie ich, wenn auch etwas kräftiger gebaut, hatte braunes Haar mit ergrauten Schläfen und ein paar Falten, die das Leben in seine Stirn und rund um seine Augen gezeichnet hatte. Seine Augen glichen denen von Elle so sehr, dass es sich um niemand anderen als ihren Vater handeln konnte.

Der andere war ein Stück größer, mit dunkelbraunem Haar, einem blütenweißen Hemd mit Krawatte und schwarzer Anzughose. An seinem kleinen Finger trug er einen Siegelring. Sadies Verlobter. Zumindest war das meine Vermutung. Wenn ich damit falsch lag, sah ihr Verlobter es sicher nicht gerne, dass dieser Kerl einen Arm um ihre Schultern legte und ihr einen Kuss auf die Stirn gab.

»Was haben wir verpasst?«, fragte Elles Vater in die Runde. Sein Blick blieb an mir hängen. »Du bist sicher Lucas, nicht wahr?«

Ich räusperte mich und hielt ihm meine Hand entgegen. »Luke McAdams, Sir.«

»Ein junger Mann mit guten Manieren.« Ein kleines Lächeln erschien auf seinem Gesicht, während er meine Hand ergriff und sie schüttelte. »Joseph Winthrop. Freut mich.«

»Die Freude ist ganz meinerseits. Vielen Dank, dass ich dabei sein darf, Sir.« Großtante DeeDee mochte Etikette und übermäßig steifes Verhalten hassen wie die Pest, aber zumindest hatte sie mir und meinem Bruder Landon beigebracht, höflich zu sein.

Winthrops Lächeln vertiefte sich, und er nickte Elle zu, dann wandte er sich wieder an mich. »Das ist doch selbstverständlich. Ich gehe davon aus, Sie in Zukunft öfter hier zu sehen, Luke. Genau wie meine wilde Tochter.«

Elle versteifte sich neben mir, behielt ihr Lächeln jedoch bei. Einem Impuls folgend legte ich den Arm um sie und zog sie etwas an mich. Sofort war ich von ihrem Duft umgeben, der alles andere überdeckte. Ihr überraschter Blick zuckte zu mir, und ich warf ihr ein beruhigendes Lächeln zu. Um ehrlich zu sein, hasste ich es, sie so zu sehen. Seit ich sie kannte, war sie immer locker und gut gelaunt gewesen. Außer natürlich, wenn sie einen Kater hatte oder mir mal wieder die Hölle wegen irgendetwas heißmachte. Aber so verkrampft und angespannt wie hier hatte ich sie nie zuvor erlebt. Am liebsten hätte ich ihr die kleinen Falten zwischen den Augenbrauen und den harten Zug um die Mundwinkel mit dem Daumen weggewischt.

Ein Räuspern ertönte. Ich hob den Kopf und sah zu dem jungen Mann hinüber, der Sadie im Arm hielt. Er hob sein Glas. »Ich möchte einen Toast aussprechen. Auf die Winthrops, die dieses fantastische Fest für uns veranstalten. Und auf meine bezaubernde Verlobte Alessandra Winthrop.« Jetzt sah er auf Sadie hinunter und lächelte sie an. »Ich könnte nicht glücklicher sein.«

Sie strahlte ihn an. Alle um uns herum klatschten und nippten an ihrem Drink. Ich behielt Elle im Auge. Sie umarmte Sadie und flüsterte ihr etwas zu, was ihre Schwester noch breiter lächeln ließ.

»Genug von uns«, sagte Sadie, als sie sich wieder an Daniels Seite schmiegte. »Verratet uns endlich, wie ihr euch kennengelernt habt.«

Elle und ich sahen uns an und ich nickte ihr zu. Das dürfte interessant werden.

Sie räusperte sich und hob fast schon entschuldigend die Schultern. »Das war purer Zufall. Luke hat mich an meinem ersten Tag am College umgerannt.«

»Nicht dein Ernst!«, rief Sadie.

»Doch. Er kam gerade vom Lauftraining, hat mich nicht gesehen und … boom!«

»Liebe auf den ersten Blick?«, warf Brianna trocken ein.

Elle schüttelte den Kopf. »Blaue Flecken auf den ersten Blick.«

Sadie sah von Elle zu mir und wieder zurück. »Er hat dich nicht aufgefangen?«

»So schnelle Reflexe hat nicht mal Luke. Und während er da herumstand und auf der Stelle joggte, habe ich Bekanntschaft mit dem Boden gemacht.«

Sadie kicherte und hielt sich schnell die Hand vor den Mund. Auch Daniel wirkte amüsiert, und in Mr Winthrops Augen funkelte es belustigt.

Ich sagte nichts dazu. In all der Zeit, die wir nun schon befreundet waren, hatte ich Elle nie erzählt, dass ich sie an jenem Sommertag absichtlich umgerannt hatte, um mit ihr ins Gespräch zu kommen. Auch wenn ich natürlich nicht geplant hatte, ihr blaue Flecke und aufgeschürfte Knie zu bescheren. Zum Glück hatte sie mich nie danach gefragt, also behielt ich diesen Teil schön für mich.

»Das ist nicht witzig!«, protestierte Elle, senkte dann jedoch die Stimme, als sich ein paar Leute zu uns umdrehten. »Ich hatte noch ewig Blutergüsse und Schürfwunden an Händen und Knien. Meine erste Woche am College und ich sah aus wie ein Kleinkind, das nicht richtig laufen kann.«

Sadie lachte laut auf. »Oh, das ist so gut! Hast du sie wenigstens auf einen Kaffee eingeladen?«, wandte sie sich an mich.

Ich nickte schmunzelnd. »Klar. Und sie hat mich abserviert.«

»Was?« Sadies Augen wurden riesig. »Wieso das denn?«

Elle warf ihr einen zweifelnden Blick zu. »Vielleicht, weil er mich keine zwei Minuten vorher wie ein Nashorn zu Boden getrampelt hat?«

»Nur, weil du im Weg standst«, neckte ich sie.

Sie funkelte mich an. »Ich stand überhaupt nicht im Weg, du hattest einfach keine Augen im Kopf.«

Sadie deutete zwischen uns hin und her. »Aber wie ging es dann mit euch weiter?«

Ich legte den Arm wieder um Elle und zog sie an mich. Im ersten Moment verspannte sie sich, dann schmiegte sie sich mit einer solchen Selbstverständlichkeit an meine Seite, dass mir kurzzeitig die Luft wegblieb. »Wir haben uns auf einer Party wiedergesehen«, murmelte ich.

»Und da war er wesentlich netter«, fügte Elle hinzu.

»Ohh …«

Ein Blick auf Sadie genügte, um zu wissen, welche Situation sie sich gerade ausmalte. Und die war meilenweit von der Realität entfernt. Denn statt langer Blicke, heißer Tänze und einem romantischen Kuss vor der Haustür hatte es nur viel zu viel Alkohol und eine schlaflose Nacht mit Eimer neben dem Bett gegeben.

»Ich mag eure Kennenlernstory«, verkündete Sadie. Libby, die bisher eher schweigsam geblieben war, nickte und bedachte uns mit einem aufrichtigen Lächeln.

»Sie ist … sehr nett.« Brianna warf uns ein frostiges Lächeln zu, das dem ihrer Mutter Konkurrenz machen könnte.

Ich strich Elle über die Wange und zwinkerte ihr zu. Zugegeben, diese ganze Sache hatte eher unfreiwillig begonnen, aber so langsam fand ich Gefallen daran, ihren Freund zu spielen. Vor allem, wenn sie so niedlich überrascht wirkte, wann immer ich sie berührte oder ihr etwas ins Ohr flüsterte.

Die Gespräche gingen weiter. Von der Verlobungsfeier zurück zur Hochzeitsplanung, bei der hauptsächlich Brianna redete, während Libby und Mr Winthrop nur zustimmend nickten. Sadie schwieg größtenteils, verständigte sich jedoch durch stumme Blicke mit Elle und Daniel. Schon bald klinkten sich Daniel und Elles Vater aus dem Gespräch rund um den passenden Schnitt für Brautkleider und die perfekten Blumenarrangements aus und redeten über ein Thema, um das ich besser einen großen Bogen machte: Politik. Es reichte schon, dass Elles Mutter mich allem Anschein nach nicht besonders leiden konnte, da musste ich mir nicht auch noch ihren Vater zum Feind machen, indem ich etwas sagte, was nicht mit seiner Wahlkampagne konform ging.

Irgendwann zupfte Elle an meinem Ärmel und deutete mit dem Kopf in Richtung Garten. Ich nickte erleichtert. Nichts wie weg hier.

Wir entfernten uns von der Gruppe, kamen aber nicht besonders weit. Alle paar Meter musste Elle stehen bleiben und mit Leuten reden, die sie nicht besonders zu mögen schien. Oh, sie zeigte es nicht offen, war erschreckend freundlich, aber mir entging der angespannte Zug um ihre Mundwinkel genauso wenig wie die aufgesetzte Herzlichkeit. Und ich merkte, wie ich langsam mein Limit erreichte, was diese neue, High-Society-kompatible Elle anging. Es wurde Zeit, dass ich meine beste Freundin zurückbekam.

Mit der einbrechenden Dunkelheit erwachte der Garten zum Leben. In den Bäumen hingen zahllose Lampions, die ein sanftes Licht spendeten und die auf dem Rasen aufgestellten Stühle und Tische in ein angenehmes Halbdunkel tauchten. Auf der Bühne, die fast so groß war wie die auf meiner Abschlussfeier in der Highschool, stand mittlerweile eine Band und spielte einen Jazz-Song nach dem anderen. Mit Geld hatten die Winthrops bei dieser Feier eindeutig nicht gegeizt.

Elle verabschiedete sich gerade von Keiths Mutter Stella und ihrem Lebensgefährten – diesmal mit einem echten Lächeln – und zog mich hastig weiter, als sie ihre Mutter zwischen den Gästen entdeckte. Statt zu ihr zu gehen, tat sie so, als hätte sie ihr dezentes Winken nicht bemerkt.

Ich warf einen kurzen Blick auf meine Armbanduhr. Wow. Wir waren schon seit über drei Stunden hier und ich war erst jetzt einen Moment mit Elle allein. »Du kannst das ziemlich gut. Mit all diesen Leuten umgehen.«

»Leider.« Seufzend nahm sie ein Wasserglas vom Tablett eines vorbeischwebenden Kellners und leerte es in wenigen Zügen.

Ich hatte eine durchgemachte Nacht hinter mir, aber Elle sah eindeutig erschöpfter aus, als ich mich fühlte. Ihr Gesicht war blass, die Lippen blutleer und ihr Blick wanderte immer wieder prüfend umher, als würde sie unbewusst nach einem Fluchtweg suchen.

Gerade als ich ihr vorschlagen wollte, von hier zu verschwinden, lief Sadie Arm in Arm mit Daniel an uns vorbei. Die beiden wirkten so verliebt, dass sie niemanden um sich herum zu bemerken schienen.

Kopfschüttelnd sah ich ihnen nach. »So wie ich Sadie einschätze, wäre die Highschool spaßig mit ihr gewesen.« Ich stupste Elle an. »Wo hast du eigentlich während meiner Schulzeit gesteckt?«

»Wir wären ein unschlagbares Team gewesen, oder?«

Aber hallo. Ich musste mich nicht einmal besonders anstrengen, um es mir vorzustellen. Mit Elle an meiner Seite wäre diese Zeit tatsächlich das gewesen, was sie hätte sein sollen, und was man in allen Highschool-Filmen als typisches Schülerleben aufgetischt bekam. Und sie hätte mich ziemlich sicher vor einem meiner dümmsten Fehler bewahrt.

»Noten?«, fragte ich unvermittelt, während wir uns von dem Buffet und der Bühne und damit auch von den meisten Leuten entfernten.

»Kein Lernen, viel Glück und ein schnelles Auffassungsvermögen.«

»Dito. Partys?«

»Darauf kannst du wetten.«

Alles andere hätte mich auch überrascht.

»Heimliches Rausschleichen?«, wollte ich als Nächstes wissen.

»Siehst du das Fenster dort?« Elle blieb stehen und deutete auf ein Fenster im zweiten Stock der Villa. »Da kann man prima rausklettern. Einfach auf das Verandadach springen und von dort aus runter.«

Und diese Frau behauptete, Sport zu hassen? Wahrscheinlich wäre sie nur halb so schlecht, wenn sie es einfach mal probieren würde. Freiwillig, und ohne, dass ich sie dazu mit Twinkies ködern musste.

Ich musterte sie provozierend. »Sex?«

»Diese Lücke darfst du selbst füllen.«

Grinsend legte ich den Arm um ihre Schultern. »Herzchen, wir wären großartig zusammen gewesen!«

»Allerdings. Aber du hast mir nie viel über deine Schulzeit erzählt«, fügte Elle nach einem Moment leiser hinzu.

»Darüber gibt es auch nicht viel zu erzählen. Worüber wollte deine Mutter heute Mittag eigentlich mit dir reden?«

Sie tippte mir gegen die Brust. »Schlechtes Ablenkungsmanöver, McAdams.«

»Das war eine ernst gemeinte Frage«, murmelte ich und fing ihren Finger ein, damit sie ihn nicht mehr in meine Brust bohrte. Aber statt sie sofort wieder loszulassen, hielt ich ihre Hand fest.

Elle verdrehte die Augen. »Nur der typische Winthrop-Familienkram, mit dem ich nichts zu tun haben will.«

Ich wartete auf weitere Details, doch sie schien nicht in der Stimmung zu sein, darüber zu reden. Im Gegenteil. Dieses Thema ließ eine kleine Falte zwischen ihren Brauen erscheinen, die ich ganz schnell wieder vertreiben wollte.

Ich zupfte an ihren Fingern. »Auf einer Skala von eins bis zehn, wie sehr würde deine Schwester es uns übelnehmen, wenn wir uns verdrücken?«

»Sadie?« Sie zuckte mit den Schultern. »Gar nicht. Alle anderen? Sehr. Vor allem Mom.«

»Fantastisch. Dann lass uns von hier verschwinden.«

Sie lachte überrascht auf. »Und wo willst du hin?«

»Na, wir haben doch eine Einladung ins *Billy's*. Außerdem will ich dieses berühmte Toilettenfenster sehen, durch das Callie und du euch quetschen wolltet.«

Auch wenn Elle den Kopf schüttelte, wusste ich, dass ich sie hatte. Das Zucken in ihren Mundwinkeln verriet sie, bevor sie etwas dazu sagen konnte. »Na schön. Lass mich vorher nur kurz mit Sadie reden und etwas vom Buffet klauen. Wir treffen uns bei deinem Jeep vor dem Haus.«

Ich sah ihr nach, wie sie sich geschickt einen Weg durch die Gäste bahnte. Ich kannte Elle seit zwei Jahren, aber es hatte diesen Tag bei ihrer Familie gebraucht, um zu begreifen, dass ich noch viel zu wenig über sie wusste – und dass ich mehr wissen wollte.

Auf dem College, zwischen all den Vorlesungen, Partys und Prüfungen war es ein Leichtes, Freundschaften zu schließen. Doch erst wenn einem die Scheiße bis zum Hals stand und man darin zu ertrinken drohte, erkannte man, wer ein echter Freund war und wer einem nur aus sicherer Entfernung zuwinkte. Elle war eine echte Freundin, das wurde mir mit jedem Wort, jedem Blick und jedem Moment, den wir miteinander teilten, nur noch mehr bewusst. Ich mochte nicht alle Seiten von ihr kennen – vor allem nicht die des Mädchens aus der Oberschicht –, aber ich wusste, wer sie wirklich war.

Kapitel 7

Elle

Wie ich es nicht anders erwartet hatte, nahm Sadie es uns nicht übel, als ich ihr sagte, dass Luke und ich uns jetzt zurückziehen und noch ins *Billy's* gehen würden. Ich verabschiedete mich mit einer Umarmung von ihr und auch von Daniel, dann machte ich noch einen Abstecher zum Buffet.

Mein Magen knurrte, und ich brauchte dringend etwas zu essen, bevor wir uns ins bunte Treiben in Billys Kneipe stürzten, die nicht gerade für ihre kulinarischen Köstlichkeiten bekannt war. Ich nahm mir einen Teller und lief den langen Tisch ab. Langsam, um ja keine Leckerei zu verpassen. Da gab es mindestens fünf verschiedene Sorten von Canapés, Blätterteigtaschen mit Füllung, kleine Spieße mit Trauben und teurem italienischen Käse oder Tomaten und Mozzarella, winzige Zucchinipizzen für die Vegetarier und noch viel mehr. Alles sehr nett, aber wo war das süße Zeug?

Während ich weiterging, nahm ich mir hier und da etwas und schob es mir in den Mund. Als ich am Ende des Tisches endlich die Desserts entdeckte, seufzte ich erleichtert. Nachdenklich betrachtete ich die kleinen Törtchen. Die Ersten waren mit Kokos ummantelt. Angewidert verzog ich das Gesicht. Gab es wirklich jemanden, der Kokos mochte? Ich griff daran vorbei nach etwas, das wie ein Twinkie mit einer Erdbeere obendrauf aussah.

Ein tiefes Räuspern ließ mich zusammenfahren. Mit dem Twinkie in der Hand drehte ich mich um – und hätte das Küchlein beinahe fallen gelassen.

»Colin …?«

Er sah so sehr wie früher aus, dass ich ihn einen Moment lang nur anstarren konnte. Dieselben braunen Augen, die ich kannte, seit ich denken konnte, und von denen ich sicher gewesen war, sie für den Rest meines Lebens zu sehen. Sein Haar war an den Seiten kürzer, als ich es gewohnt war, aber es war noch immer wellig und von einem warmen Braunton, der irgendwo zwischen Karamell und Schokolade lag. Zumindest hatte mein zwölfjähriges Ich das mal behauptet.

»Hi.« Er stand nur ein paar Schritte von mir entfernt. Die Hände hatte er in den Taschen seiner grauen Anzughose vergraben, deren Jackett jedoch fehlte. Sein blütenweißes Hemd saß perfekt, sah aber hier und da schon etwas zerknittert aus. War er etwa die ganze Zeit auf der Party gewesen, ohne dass ich ihn bemerkt hatte?

»Ist vielleicht eine Umarmung für mich drin?«, fragte er, nachdem wir uns einige Sekunden lang nur stumm angestarrt hatten.

»Natürlich.« Ich stellte meinen Teller mit dem Twinkie beiseite.

Gleich darauf versank ich in seinen Armen und schloss die Augen, als mich sein Duft und die altbekannte Wärme umgaben. Es fühlte sich gut an, Colin wiederzusehen und ihn zu umarmen, aber gleichzeitig war es nicht mehr so vertraut wie früher. Er war dieselbe Person, mit der ich als Kind im Sandkasten gespielt hatte, derselbe Colin, mit dem ich aufgewachsen und zur Schule gegangen war, mit dem ich endlose Nachmittage in meinem Zimmer verbracht hatte, an denen wir einfach nur nebeneinander auf dem Boden lagen und über die irrsin-

nigsten Dinge geredet hatten. Aber er war auch ein Fremder
für mich. Die letzten zwei Jahre hatte ich nichts mehr von ihm
gehört, obwohl ich mehrfach versucht hatte, ihn zu kontaktie-
ren. Doch Colin hatte mich ignoriert und aus seinem Leben
verbannt, als wären unsere gemeinsamen Erinnerungen nur ein
Buch, das er ausgelesen hatte und nie wieder anrühren wollte.

Jahrelang war er wie der große Bruder gewesen, den ich nie
gehabt hatte. Und ich hatte geglaubt, wie eine Schwester für
ihn zu sein. Bis zu jenem verschneiten Tag im Januar, an dem
er diese Vorstellung korrigiert hatte.

Ich wusste nicht, ob es Minuten oder nur Sekunden waren,
in denen ich in den Armen des Mannes lag, der mir versprochen hatte, immer für mich da zu sein und mich vor allem zu
beschützen. Und das hatte er getan. Seit ich denken konnte,
war er für mich eingestanden und hatte mich vor allem Übel
beschützt. Aber er hatte nie daran gedacht, sein Herz vor mir
zu schützen.

Als ich mich von ihm löste, räusperte er sich leise und trat
einen Schritt zurück. Sein Blick zuckte an mir auf und ab.

»Du siehst fantastisch aus«, sagte er rau. »Das College
scheint dir gutzutun.«

»Danke.« Ich erwiderte sein zögerliches Lächeln und verschränkte meine Finger miteinander, weil ich nicht wusste, was
ich sonst mit meinen Händen tun sollte. »Du siehst auch gut
aus.«

Würde es ab jetzt für immer so sein, wenn wir uns irgendwo zufällig wiedersahen? Smalltalk? War das wirklich alles, was
wir uns nach all der Zeit zu sagen hatten? Aber mir wollte auch
kein Thema einfallen, über das ich mit ihm sprechen konnte. Ich kannte diesen Mann nicht mehr, hatte ihn in dem Moment verloren, in dem ich ehrlich zu ihm gewesen war, was
meine Gefühle für ihn betraf. Gefühle, die damals wie heute

rein freundschaftlicher Natur waren, auch wenn ich ihm damit das Herz brach. Aber er hatte auch meins gebrochen, indem er mir die Freundschaft gekündigt und jeden Kontakt zu mir abgebrochen hatte. Ausgerechnet dann, als auch alles andere in meiner Familie den Bach runtergegangen war. Damals hatte es sich angefühlt, als würde ich einen Teil von mir selbst verlieren. Und jetzt standen wir auf dieser Party voreinander und wussten nicht mal, was wir sagen sollten, weil so viel Ungesagtes zwischen uns schwebte.

»Lass dich nicht von mir vom Essen abhalten.« Colin deutete auf den vergessenen Twinkie auf meinem Teller.

Mein Appetit war von dem Wirbelwind an unterschiedlichen Emotionen vertrieben worden, der durch mich hindurch fegte. Es gab so vieles, was ich ihn fragen wollte. So vieles, das ich wissen wollte. Wie es ihm ergangen und ob er zufrieden war, ob er das Leben führte, das er sich immer gewünscht hatte, und ob er es bereute, mich aus ebendiesem Leben verbannt zu haben. Ob er jemanden gefunden hatte, der ihn so glücklich machte, wie er es verdiente. So wie ich es nie gekonnt hätte. Aber ich brachte keine einzige dieser Fragen hervor.

»Schon gut.« Ich schob den Teller etwas von mir. »Ich wollte …«

»Colin!«

Wir drehten uns beide um und ich entdeckte seinen Vater, der ihm andeutete, zu ihm und der Gruppe Anzugträger zu kommen, die um ihn herumstanden. Mir nickte Mr Deveraux zwar kurz zu, aber ich bemerkte, wie er bei meinem Anblick die Lippen aufeinanderpresste. Ich konnte es ihm nicht verübeln, schließlich war ich diejenige, die seinem einzigen Sohn Hoffnungen gemacht hatte, nur um ihn dann zu verletzen.

»Ich sollte besser zurück.« Colin zögerte, als wüsste er genauso wenig wie ich, wie wir uns voneinander verabschieden sollten, nachdem unser Wiedersehen so flüchtig wie eine Seifenblase gewesen war. Statt mich noch mal zu umarmen, nickte er mir zu, als wären wir nur alte Bekannte. Nichts weiter. Als wären unsere beiden Leben nicht einmal untrennbar miteinander verflochten gewesen. »Es war schön, dich wiederzusehen, Elle. Mach's gut.«

»Du auch.« Ich wusste nicht, ob er die Worte hörte, weil sie mir nur als Flüstern über die Lippen kamen.

Ich sah ihm nach, ohne wirklich etwas wahrzunehmen, weil plötzlich alles vor meinen Augen verschwamm. Wie konnte etwas, das so lange her war, noch immer so wehtun?

Jemand blieb neben mir stehen. Ich musste nicht hinsehen, um zu wissen, wer es war.

»Du hast ihn eingeladen, oder?«

»Ich bitte dich.« Moms Stimme klang gleichzeitig pikiert und selbstzufrieden. »Colin gehört praktisch zur Familie. Natürlich habe ich ihn zu Alessandras Verlobungsfeier eingeladen.«

Damit wir uns wiedersahen. Ja, das passte zu ihr. Trotzdem konnte ich ihr in diesem Fall nicht böse sein. Alles, was ich empfand, als ich Colin nachsah, waren Schmerz, Schuld und Reue. Ich wusste nicht, wie sich Liebe anfühlte, weil ich noch nie wirklich verliebt gewesen war – aber so ganz sicher nicht.

»Du solltest ihm nachgehen«, schlug meine Mutter vor, während sie einen Teller mit bunten Törtchen belud. »Ihr habt euch sicher viel zu erzählen.«

Mein Lachen ging in einem erstickten Laut unter. »Du willst wirklich die Kupplerin spielen, obwohl ich mit Luke hier bin?«

»Colin war am Boden zerstört, als ihr euch getrennt habt. Genau wie du, Gabrielle. Du solltest noch mal mit ihm reden. Er wird nicht ewig auf dich warten.«

Fassungslos starrte ich sie an. »Ich will nicht, dass er auf mich wartet.«

»Ich weiß, das redest du dir ein.« Sie legte ihre freie Hand auf meinen Arm, als wäre ich nur ein armes, kleines, naives Kind. »Aber eines Tages wirst du erkennen, was du weggeworfen hast. Und dann wird es zu spät sein. Colin ist ein guter Mann, er gehört praktisch schon zu dieser Familie. Es wird nie jemanden geben, der dich besser oder länger kennen wird als er.«

Länger vielleicht nicht. Aber Colin kannte nur das Mädchen von früher. Und dieses Mädchen hatte sich damals nicht in ihn verlieben können und konnte es heute ebenso wenig.

Ich stieß ihre Hand beiseite. »Du bist unglaublich«, flüsterte ich.

»Gabrielle …«

Ich machte kehrt, ließ sie beim Buffet zurück, genau wie meinen eigenen Teller mit dem Twinkie. Mir war nicht mehr nach Essen zumute, sondern danach, mich zu betrinken.

Auf dem Weg durchs Haus begegnete mir niemand mehr. Ich blieb erst stehen, als ich die Einfahrt erreicht hatte. Mehr als ein Dutzend verschiedener Autos parkten dort. Schicke Mercedes, zwei Porsche und weitere Luxusschlitten, deren Namen ich mir nicht merken konnte. Unscheinbar dazwischen stand der schwarze Jeep, nach dem ich gesucht hatte. Luke lehnte bereits dagegen, das Smartphone in der Hand, und hob den Kopf, als ich näher kam.

»Bereit?«, fragte er nur und schob das Handy in seine Hosentasche.

»Um von hier abzuhauen?« Ich riss die Beifahrertür auf. »Immer.«

Luke hakte nicht nach. Schweigend ließen wir mein Elternhaus hinter uns und folgten der leeren Straße, die uns zurück in die Stadt führte. Bis auf die knappen Richtungsanweisungen, die ich Luke gab, herrschte eine angenehme Stille zwischen uns, die nur von leiser Radiomusik und dem Brummen des Motors erfüllt wurde.

Wir ließen den Wagen bei der Stadtbibliothek stehen, da die Parksituation rund um Billys Kneipe eine Katastrophe war. Also gingen wir das letzte Stück zu Fuß.

Als ich die Tür zur Bar aufstieß, war ich mit einem Mal in einer anderen Welt. Aus der kühlen Nachtluft und der verlassenen Hauptstraße war ich direkt in einen Raum gestolpert, der voller fremder und bekannter Gesichter und Stimmen war, dazu erfüllten dröhnende Musik und der Geruch von Bier, Nachos und diversen Deos die Luft.

Noch an der Tür drehte ich mich zu Luke um. »Willkommen im *Billy's*!«

Es war ein seltsames Gefühl, heute einfach so durch die Tür der Kneipe zu gehen, in die wir uns früher immer reingeschlichen hatten. Während wir uns durch die Menge in Richtung Bar schoben, sog ich die Stimmung in mich auf. Für einen Ort wie diesen waren Luke und ich eindeutig zu schick angezogen, allerdings schien sich niemand daran zu stören – wir selbst am allerwenigsten. Bis wir an der Bar waren, hatte Luke sich das Hemd bereits aus der Hose gezogen und die Ärmel bis zu den Ellbogen hochgekrempelt. Optisch passte er jetzt viel besser hierher als ich in meinem Kleid und den High Heels.

»Was kann ich euch bring… Das gibt's doch nicht!« Billys dröhnende Stimme hallte über die Köpfe hinweg. Mit dem Finger deutete er auf mich. »Elle Winthrop! Dass ich dich noch mal wiedersehe …«

»Ich hatte quasi keine andere Wahl«, gab ich zurück, lehnte mich über den Tresen und umarmte ihn. Dabei konnte ich meine Arme nicht mal ganz um seinen Körper schlingen. In den letzten zwei Jahren schien Billy nur noch an Muskelmasse dazugewonnen zu haben. Wahrscheinlich konnte ich nicht mal seinen Bizeps mit beiden Händen umfassen.

»Sadies Verlobungsfeier«, sagte er und nickte wissend, was mir diesmal ein ehrliches Lächeln entlockte. Summerville war eben ein Dorf, und hier wusste einfach jeder über alles und jeden Bescheid. Etwas geheim zu halten war praktisch unmöglich – es sei denn, man hieß Eleanor Winthrop und wollte sich vor den Leuten nicht die Blöße geben, die eigene Tochter rausgeworfen zu haben. Denn *davon* wusste niemand. »Schön, dich wiederzusehen. Vor allem, wenn du nicht im Toilettenfenster feststeckst.« Er lachte dröhnend.

»Ich will alles darüber wissen.« Luke lehnte sich neben mir gegen den Tresen. »Luke McAdams«, stellte er sich vor und schlug in Billys Hand ein. »Und ich will jede noch so peinliche Geschichte wissen. Je schlimmer, desto besser.«

Das entlockte Billy ein weiteres tiefes Lachen. Mit einem Kopfnicken deutete er auf Luke, sprach aber mit mir. »Ich hoffe, du behältst ihn.«

»Das habe ich vor.« Ich tätschelte Luke die Schulter. »Zumindest solange er sich ordentlich anstellt.«

Billy wirkte zufrieden. »Was kann ich euch bringen?«

Ein kurzer Blickaustausch, ein knappes Nicken, dann bestellten wir ein Bier und eine Cola. Letzteres für denjenigen, der das Pech haben würde, der Fahrer sein zu müssen.

Noch während wir auf unsere Getränke warteten und Billy ihm diese furchtbare Geschichte erzählte, wie Callie, ich und ein paar Freundinnen durch das Toilettenfenster hier eingebrochen waren, tippte mir plötzlich jemand auf die Schulter.

»Da seid ihr ja.« Callie begrüßte mich mit einer Umarmung und strahlte mich an. »Warum hast du nicht Bescheid gesagt?«

Ich hob eine Schulter. »Das war eine spontane Entscheidung.«

»Das sind die besten«, kam es von Luke, der mir die Bier-flasche überreichen wollte. Ich seufzte innerlich und griff an ihm vorbei nach der Cola. Auch wenn mir der Sinn nach Alko-hol stand, hatte Luke an diesem Wochenende schon zu viel für mich getan, um ihn jetzt auch noch zum Fahrer zu verdammen.

Callie deutete hinter sich. »Wir sitzen da drüben und können noch zusammenrücken. Kommt mit.«

Sie schlängelte sich an den Leuten vorbei, und wir folgten ihr. Auf dem Weg nahm ich niemanden richtig wahr, während mich die Wärme und der Geruch nach Schweiß und Bier bei-nahe erdrückten. Doch dann teilte sich die Menschenmasse, und wir erreichten eine Nische in einer Ecke, die ich noch gut von früher kannte.

»Seht mal, wen ich gefunden habe!« Callie bedeutete den anderen, Platz zu machen, aber das musste sie gar nicht. Keith und Braden Scott, den ich erst auf den zweiten Blick wieder-erkannte, rückten bereits zusammen.

Gleichzeitig sprang eine hübsche Brünette auf und umarmte mich stürmisch. »Elle! Oh mein Gott, es ist so lange her!«

Ihr blumiger Geruch stieg mir in die Nase und brachte mich zum Lächeln, weil er mir so vertraut war. Manche Dinge än-derten sich offenbar nie.

»Faye.« Ich hielt ihre Hand fest, nachdem ich mich von ihr gelöst hatte, und hob sie dann an, damit sie sich vor mir drehte. »Gott, du hast immer noch dieses Hammerhaar.«

Es war von einem warmen Braunton und reichte ihr bis zu den Hüften.

»Früher hast du mich deswegen gehasst.«

»Früher?«, wiederholte ich ungläubig. »Ich hasse dich im-mer noch dafür.«

Sie lachte und setzte sich wieder. Ich rutschte neben sie, und Luke nahm den Platz neben mir ein. Namen wurden ausgetauscht, Hände geschüttelt, und bevor ich mich's versah, schwelgten wir in Erinnerungen.

»Was blendet mich da an deinem Finger?«, fragte ich Faye.

»Oh.« Wie auf Knopfdruck wurden ihre Wangen rot. »Ich bin verlobt.«

»Was?« Meine Hand mit dem Glas erstarrte auf halbem Weg zu meinem Mund. »Warum wollen plötzlich alle heiraten?« Als ich ihr geschocktes Gesicht bemerkte, warf ich ihr ein beruhigendes Lächeln zu. »War nicht ernst gemeint. Herzlichen Glückwunsch.«

»Danke.« Sie wurde sogar noch etwas röter, aber ihr Blick fiel nicht auf den funkelnden Stein an ihrem Ringfinger, sondern quer über den Tisch zu einem schwarzhaarigen Kerl in unserem Alter. Er hatte sich als Parker vorgestellt und war offensichtlich nicht Fayes Verlobter, denn es war keine Freude, die sich gerade in seinen blauen Augen widerspiegelte.

»Bist du auch von hier?«, fragte ich ihn geradeheraus. Zumindest war er nicht mit uns zur Schule gegangen, aber das musste nichts bedeuten.

Parker wiegte den Kopf hin und her. »Sozusagen. Eine Stadt weiter. Aber inzwischen wohne ich in Oregon und gehe dort aufs College. Leider ist das zu weit weg, um so oft hier zu sein, wie ich es gerne wäre.« Er warf einen flüchtigen Blick in Callies und Fayes Richtung.

»West Virginia ist auch nicht gerade um die Ecke«, merkte ich an.

Er lächelte. »Aber keine zweieinhalbtausend Meilen entfernt.«

»Das stimmt allerdings.« Er hob seine Flasche und ich griff nach meiner eigenen, um mit ihm anzustoßen.

Die Jungs vertieften sich in ein Gespräch über Sport, während sich Callie und Keith anscheinend völlig ausgeklinkt hatten, denn die zwei turtelten und neckten sich nonstop. Es war fast schon zu süß, um es mit anzusehen. Ich hatte keine Ahnung, wie spät es inzwischen geworden war. Die Bar hatte sich etwas geleert, aber das tat der Stimmung an unserem Tisch keinen Abbruch. Im Gegenteil. Als die ersten Töne von *Sweet Home Alabama* erklangen, ging ein Jubeln durch den Raum, das auch bei uns nicht haltmachte.

Keith sprang auf und hielt Callie die Hand hin. Im ersten Moment verzog sie das Gesicht, legte ihre Hand dann aber in seine und ließ sich von ihm mitziehen. Ich erinnerte mich. Sie mochte es nicht, in aller Öffentlichkeit zu tanzen. Aber da inzwischen so gut wie jeder die kleine Tanzfläche gestürmt hatte, ging sie problemlos in der Menge unter.

Faye schnappte sich Braden und verschwand mit ihm auf die Tanzfläche. Als ich zu Luke schaute, hob er die Hände in einer abwehrenden Geste.

»Denk nicht mal dran, Schätzchen.«

Jeder in unserem Freundeskreis wusste, dass Luke nicht tanzte – oder nur äußerst selten. Wann immer wir mit unserer Clique ausgingen, stand er lieber am Rand herum und ließ sich von hübschen Frauen ansprechen, als sich dort draußen zum Affen zu machen. Seine Worte, nicht meine.

»Tu ich nicht«, antwortete ich zuckersüß. »Du sollst mich nur rauslassen, damit ich meiner Nationalpflicht nachkommen und dieses Lied feiern kann.«

Gegenüber von uns ertönte ein tiefes Lachen. »Na komm, Schönheit.« Parker stand auf und hielt mir seinen Arm wie ein Gentleman zum Einhaken hin. »Wenn er nicht will, übernehme ich das gerne.«

Grinsend stand ich auf und ließ mich von Parker auf die Tanzfläche führen. Im Vorbeigehen schnappte ich mir einen Cowboyhut, den jemand über seine Stuhllehne geworfen hatte, und setzte ihn auf. Wir fanden in dem Moment ein freies Fleckchen auf der Tanzfläche, als der Refrain durch die Boxen schallte. Die Leute grölten mit, und ich ließ mich ganz darauf ein.

Wir trafen auf Callie und Keith, und für einen Moment tanzten meine alte Schulfreundin und ich miteinander, bevor wir kurzerhand einen Partnerwechsel durchführten. Keith war ein erstaunlich guter Tänzer, und es machte Spaß, den Song mit ihm zu Ende zu bringen und den nächsten zu beginnen. Kurz darauf landete ich wieder bei Parker und tanzte zwei weitere Lieder mit ihm, bis er mir ein Zeichen gab, dass er dringend etwas trinken musste. Ich nickte ihm zu und blieb auf der Tanzfläche zurück. Aber ich war schließlich nicht allein.

Die Luft war schwer und warm, und der Bass durchdrang jede Zelle meines Körpers. Die Augen halb geschlossen, die Arme über den Kopf gereckt, ließ ich mich von dem Song treiben. Feuchte Haarsträhnen klebten in meinem Nacken, und ein feiner Schweißfilm bedeckte mein Dekolleté, also nahm ich den Cowboyhut ab und fächelte mir etwas Luft zu, bevor ich ihn seinem lachenden Besitzer zurückgab.

Zeit spielte keine Rolle mehr, und ich war froh darum. Froh, nicht über Dinge nachdenken zu müssen, mit denen ich mich nicht befassen wollte. Meine Kehle brannte vor Durst, aber ich konnte mich nicht dazu überwinden, die Tanzfläche zu verlassen und zur Bar oder zurück an unseren Tisch zu gehen. Ich war wie in Trance, wie in einem wunderbaren Traum, aus dem ich nicht erwachen wollte.

Plötzlich legte jemand von hinten seinen Arm um mich. Durch den Stoff meines Kleids spürte ich die Wärme, die von der Berührung ausging und sich mit meiner eigenen Körperwärme vermischte. Wie selbstverständlich lehnte ich mich gegen den harten Oberkörper in meinem Rücken, gab mich

145

ganz der Musik hin und ließ die Hüften kreisen. Heißer Atem streifte meinen Nacken und hinterließ ein Prickeln auf meiner Haut.

Wir tanzten den Song zu Ende, doch die Hände des Unbekannten gingen nicht auf Wanderschaft, obwohl er sich an mich presste. Das war ungewöhnlich, aber ich würde mich sicher nicht beschweren. Erst als ich meinen Arm hob und die Hand um den Nacken des Fremden legte, um ihn näher zu ziehen, begriff ich, warum. Zwischen all den verschiedenen Parfums, die zusammen mit süßlichen Deos, Schweiß und Drinks zu einer schweren Mischung verschmolzen, drang mir ein vertrauter Geruch in die Nase. Ein Aftershave, das mich an Sommerregen und sonnengewärmte Haut erinnerte, dazu eine ganz eigene Note, die sich mir schon bei unserem ersten Zusammenstoß vor zwei Jahren eingebrannt hatte. Ich musste den Kopf nur ein Stück drehen und konnte in Lukes blaue Augen sehen.

Er zog einen Mundwinkel in die Höhe. Das war seine einzige Warnung, bevor er mich herumwirbelte und ich mit einem überraschten Laut erneut in seinen Armen landete. Luke McAdams tanzte. Freiwillig. Musste ich mir Sorgen um ihn machen? Stand uns der Weltuntergang bevor?

»Hast du eine Wette verloren?«, rief ich laut genug, damit er mich trotz Musik verstand. »Oder warum tanzt du auf einmal?«

Und das machte er auch noch ziemlich gut. Nicht mit den perfekten Tanzschritten wie Keith oder mit Parkers geschmeidigen Bewegungen, aber auch nicht ungelenk. Er passte sich dem Takt an, bewegte sich im Rhythmus der Musik und entwickelte dadurch seinen ganz eigenen Stil, der, zugegeben, ziemlich heiß aussah.

»Nachdem du Parker fertiggemacht hast, wollte ich auch mal«, gab er zurück.

»Aww, ist da etwa jemand eifersüchtig?«

146

Er entließ mich in eine Drehung, bei der ich fast mit dem Mann hinter mir zusammenstieß. Ich presste die Lippen aufeinander, um nicht zu kichern und fand mich gleich darauf in Lukes Armen wieder.

»Das würde dir gefallen, was?«

Ich tat geschockt. »Bin ich so leicht zu durchschauen?«

Er beugte sich zu meinem Ohr hinunter. »Verschämte Lieb', ach! Sie verrät sich schnell.«

Typisch Luke. Haute einfach so ein Zitat von Shakespeare raus. Und da wollte er mir noch immer weismachen, er würde sich in unserem Literaturkurs langweilen?

Wieder führte er mich in eine Drehung, ließ meine Hand diesmal aber los, sodass wir ein halbes Lied lang miteinander tanzten, ohne uns zu berühren. Ein paar von Lukes Moves kamen mir verdächtig bekannt vor. Hatte er sich die etwa von Mason abgeschaut?

Bevor ich ihn danach fragen oder damit aufziehen konnte, zog er mich wieder an sich. »Wer war eigentlich der Typ, den du vorhin beim Buffet umarmt hast?«

Wir waren uns jetzt so nahe, dass ich jedes seiner Worte klar und deutlich verstehen konnte. Leider. Denn mit der Erinnerung, die in meinem Kopf aufflackerte, kehrte auch der alte Schmerz zurück. Ich versuchte ihn zu verdrängen, ihn wegzuschieben und mir nichts davon anmerken zu lassen.

»Nur ein alter Freund«, sagte ich schulterzuckend.

»Wirklich?« Lukes Mundwinkel hoben sich, aber das angedeutete Lächeln erreichte seine Augen nicht. »Das sah aus der Entfernung aber ganz anders aus.«

Natürlich durchschaute er mich. Manchmal hatte ich das Gefühl, wir würden uns sehr viel länger kennen als nur zwei Jahre. Wenn es einen Menschen gab, dem ich nichts vormachen konnte, dann war das Luke. Er sah durch jede Aus-

147

rede, durch jedes aufgesetzte Lächeln und jede Fassade hindurch. Das hatte er schon immer. Aber das hier war nicht der richtige Ort, um ihm von Colin zu erzählen. Vielleicht später irgendwann. Vielleicht auch nie.

Also zwang ich mich zu einem Lächeln, obwohl wir beide wussten, dass es nicht echt war, und tätschelte seine Wange. »Keine Sorge, McAdams. Du kannst ganz beruhigt sein. Deinen Status als besten Freund nimmt dir keiner so schnell weg.«

»Gut zu wissen.«

Plötzlich zog er mich noch näher und legte seine Hände auf meinen unteren Rücken. Nicht dort, wo der Stoff meines Kleids begann, sondern direkt darüber. Eine heißkalte Gänsehaut breitete sich von der Stelle aus. Luke schien es zu bemerken, genauso wie er meine Reaktion mitbekommen haben musste, als er die Schleife an meinem Kleid zusammengebunden hatte. Diesmal konnte ich ihm dabei jedoch ins Gesicht schauen, konnte erkennen, wie sich seine Pupillen weiteten, und spüren, wie sein Griff eine Spur fester wurde.

Ohne mein Zutun strichen meine Hände über seine Brust hinauf, bis ich die Arme um seinen Hals legen konnte. Inzwischen raste mein Herz nicht mehr nur, weil ich mich auf der Tanzfläche ausgepowert hatte. So nahe, wie wir uns in diesem Moment waren, konnte ich beinahe alles von Luke spüren. Den trainierten Oberkörper, die flachen Bauchmuskeln und noch ein paar Zentimeter unterhalb der Gürtellinie. Beeindruckende Zentimeter.

Aber es waren nicht Lukes Arme, die mich gefangen hielten, sondern sein Blick. Auf einmal befand ich mich wieder in meiner Traumwelt, war ein Teil der Menge und zugleich völlig abgeschottet von allen anderen. Nur war ich diesmal nicht allein. Luke war bei mir. Und in diesem Augenblick kam es mir so vor, als wären wir die einzigen Menschen in diesem Raum.

Ich zog Luke näher zu mir heran, bis sein Gesicht ganz dicht vor meinem war. Ein Teil von mir wartete nur darauf, dass einer von uns einen Witz riss oder einen blöden Spruch brachte, um diese plötzliche Spannung zwischen uns zu brechen. Vor zwei Jahren hatten wir eine Vereinbarung getroffen. Aber dabei ging es nicht nur darum, dass wir nicht mit den Freunden des jeweils anderen ins Bett gingen, um unnötiges Drama zu vermeiden. Der Deal beinhaltete auch, dass wir nicht *miteinander* ins Bett gingen. Vielleicht wären wir dort gelandet, hätte ich ihm bei unserem Kennenlernen keinen Korb gegeben. Ich würde es nie erfahren. Denn nach dieser Begegnung waren wir innerhalb kürzester Zeit schon zu gut befreundet gewesen, um diese Freundschaft für ein bisschen Spaß aufs Spiel zu setzen. Und wir wussten beide, dass es nur darauf hinauslaufen würde. Luke war nicht für Beziehungen gemacht, und alle meine Versuche in dieser Richtung waren kläglich gescheitert, weil ich nie das empfunden hatte, was man in solchen Situationen empfinden sollte.

Doch hier und jetzt gab es keine Scherze, keine Neckereien oder frechen Sprüche. Luke war mir so nahe, dass ich glaubte, seine Haarsträhnen auf meiner Stirn zu spüren. Was eindeutig keine Einbildung war, war Lukes unsteter Atem auf meinen Lippen. Ich roch das Bier, das er getrunken hatte, konnte es beinahe schmecken.

Der aktuelle Song ging in einen neuen über, in eine rockige Cover-Version von Lady Gagas *Bad Romance*. Nicht irgendein Cover, sondern von meiner Lieblingsband, was mich sofort zum Lächeln brachte.

Der Refrain setzte ein, durchsetzt von schnellen Gitarrengriffen, hämmernden Bässen und einer Stimme, die gleichermaßen wütend wie verführerisch klang. Bisher war mir nicht aufgefallen, wie langsam wir uns zur Musik bewegt hatten.

Jetzt änderte Luke das. Lächelnd schob er mich von sich, nur um mich im selben Atemzug wieder an sich zu ziehen. Fest.

Ohne mein Zutun bewegte sich mein Körper in dem Rhythmus, den Luke vorgab. Er führte mich in eine Drehung und einen Wimpernschlag später landete ich wieder in seinen Armen, so schnell, dass ich gegen seine Brust stieß – und mich keinen Zentimeter wegbewegte. Ich legte den Kopf in den Nacken und suchte seinen Blick. Das Lächeln war verschwunden, an seine Stelle etwas anderes getreten. Etwas Heißes, Undefinierbares, auf das mein Körper mit einem Schauer reagierte.

Quälend langsam wanderten Lukes Hände meinen Rücken hinauf, folgten jedem Muskel, fuhren meine Rippenbögen nach und erreichten schließlich die Schleife auf Schulterhöhe. Ohne meinen Blick loszulassen, zog er leicht daran, öffnete sie aber nicht.

Spielten wir noch das Pärchen, für das uns alle hier hielten, Callie und ihre Freunde eingeschlossen? Oder war das schon etwas anderes?

Ich schüttelte den Kopf, konnte mich jedoch nicht gegen das kleine Lächeln wehren. Noch weniger kam ich gegen die Reaktionen an, die Luke in mir auslöste. Es sollte sich nicht so gut anfühlen, wenn er mich berührte. Andererseits sollten wir auch nicht so eng miteinander tanzen und uns dabei tief in die Augen sehen wie jetzt. Ich biss mir auf die Unterlippe. Im selben Moment zuckte Lukes Blick zu meinem Mund und mir wurde schlagartig noch heißer. Schweiß kitzelte in meinem Nacken, mein Hals war staubtrocken, und dieses hämmernde Etwas in meiner Brust schien nicht mehr mir zu gehören, sondern ein Teil der Musik geworden zu sein, in deren Takt es schlug.

Luke nahm eine Hand von meinem Rücken und strich mir eine Haarsträhne hinters Ohr, dann beugte er sich zu mir hinunter. »Lass uns gehen«, raunte er, laut genug, dass ich ihn über die hämmernden Beats hinweg verstehen konnte, aber so leise, dass nur ich ihn hörte. Seine Worte lösten eine weitere Hitzewelle in mir aus, beginnend an der Stelle, an der sein warmer Atem meinen Hals streifte, über meinen Nacken, meine Wirbelsäule hinab und durch jede Faser meines Körpers.

Ich nickte nur, da ich kein Wort hervorbrachte. Wie selbstverständlich nahm Luke meine Hand in seine und führte mich zurück zu unserem Tisch. Auf dem Weg stolperte ich mindestens einmal, als hätte ich zu viel getrunken. Dabei hatte ich zu Hause gerade mal ein Glas Champagner getrunken, und das war schon Stunden her. Eindeutig nicht genug, um in diesem Rauschzustand zu sein.

Am Tisch angekommen, verabschiedeten wir uns von den anderen und ich musste Callie versprechen, mich bei ihr zu melden, wenn ich wieder mal in der Stadt war. Dann entließ uns die kleine Truppe.

Die kühle Nachtluft half ein wenig dabei, den Nebel aus meinem Kopf zu vertreiben. Ich schlang die Arme um mich, um mein Zittern zu unterdrücken. Als wir losgefahren waren, hatte ich keinen Gedanken daran verschwendet, eine Jacke mitzunehmen. Luke genauso wenig. Kurz sah er zu mir rüber, dann überbrückte er die Distanz zwischen uns, legte einen Arm um meine Schultern und zog mich an seine Seite. Diesmal konnte ich den Schauder nicht unterdrücken, der über meine Haut krabbelte.

Schweigend gingen wir denselben Weg zurück, den wir gekommen waren. Die Turmuhr der Kirche zeigte an, dass es schon nach zwei war. Wir waren vier Stunden im *Billy's* gewesen und jede einzelne davon war nur so verflogen.

Als wir den Jeep erreichten, ging ich automatisch zur Fahrerseite, während Luke die Beifahrertür ansteuerte.

»Hey, Elle?«

Ruckartig sah ich auf. »Ja?«

Er warf mir die Schlüssel über die Motorhaube zu. Aber das schien noch nicht alles gewesen zu sein. Da war etwas in seinem Blick, das ich nicht zu deuten wusste. »Wir sind Freunde, richtig?«

Ich blinzelte überrascht. »Natürlich sind wir das. Die besten.«

»Gut.« Sein Blick verließ meine Augen für einen Sekundenbruchteil und heftete sich auf meinen Mund. »Dann zählt das hier nicht.«

Mit wenigen Schritten umrundete er den Wagen. Bevor ich mich versah, stand er auf einmal vor mir, legte seine Hand an meine Wange und presste seine Lippen auf meinen Mund.

Kapitel 8

Elle

Schlüssel und Handtasche fielen zu Boden. Hitze schoss durch meinen Körper und breitete sich wie ein Inferno darin aus, bevor ich überhaupt die Chance hatte, zu realisieren, was hier gerade passierte. Instinktiv legte ich die Arme um Lukes Hals und drängte mich an ihn. Im nächsten Moment spürte ich das harte Metall und kühle Glas der Autotür in meinem Rücken. Die Kälte von außen traf auf die Hitze in meinem Inneren und ließ mich von Kopf bis Fuß erschauern.

Aber nicht mal dieser kurze Schockmoment brachte mich wieder zur Vernunft. Der heutige Abend, die letzten zwei Jahre, die Tatsache, dass das hier ein monumentaler Fehler war und sogar das Versprechen, das wir uns am Anfang unserer Freundschaft gegeben hatten ... Nichts davon zählte noch. Ich vergrub meine Finger in Lukes Haar und zog ihn mit der anderen Hand noch näher, bis er sich gegen mich drückte.

In der einen Sekunde nahm Luke meine Unterlippe zwischen die Zähne, in der nächsten spürte ich seine Zungenspitze. Viel zu kurz und doch so aufreizend, dass ich leise aufstöhnte. Ich öffnete den Mund für ihn und kam seiner Zunge mit meiner entgegen. Kein langsames Herantasten, kein schüchterner erster Kuss. Es war, als hätten wir beide nur auf diesen Moment gewartet, als hätten wir uns jahrelang zurückgehalten, ohne es selbst zu realisieren.

153

Sein Geschmack umnebelte mich, nahm mich ein, bis ich nichts anderes mehr spüren oder riechen wollte als ihn. Ich konnte das Bier schmecken, das er getrunken hatte, aber ich erkannte auch, dass ich mich in einer wichtigen Sache geirrt hatte. Der Geruch von Sommerregen und sonnengewärmter Haut hatte nichts mit seinem Aftershave zu tun. Es war ganz allein Luke, der diese Assoziationen in mir auslöste und mich alles andere vergessen ließ.

Die Hitze in mir ballte sich zusammen, wanderte tiefer, sammelte sich in meinem Unterleib und wurde immer drängender. Als würde er es auch spüren, schob Luke meine Beine mit seinem Knie auseinander und drängte mich noch fester gegen das Auto. Dann löste er meine linke Hand von seiner Schulter und presste sie gegen den Wagen, wo sich unsere Finger miteinander verschränkten. Mein Herz raste, und mein Puls war längst über jede gesunde Frequenz hinausgeschossen, aber ich konnte nicht aufhören. Nicht jetzt. Nicht, wenn die Realität uns in der Sekunde wieder einholen würde, in der sich Lukes Mund von meinem löste.

Erst als ich das Gefühl hatte, keine Luft mehr zu bekommen, hob Luke den Kopf und starrte auf mich hinunter. Ich erwiderte seinen Blick schwer atmend, ohne zu wissen, was da gerade passiert war. Einen klaren Gedanken zu fassen, war unmöglich, ganz zu schweigen davon, einen vollständigen Satz herauszubringen.

»Sorry«, flüsterte er rau und strich mir mit dem Daumen über die Wange. Aber er klang nicht so, als würde es ihm auch nur im Geringsten leidtun. Er ließ mich nicht los und rückte auch nicht von mir ab. Stattdessen blieb er mir so nahe, dass ich seinen rasenden Herzschlag spüren konnte und ich mich bei jedem Einatmen noch etwas mehr gegen ihn presste.

»Schon gut.« War das meine Stimme, die so heiser klang, als

hätte ich eine schlimme Erkältung? Oder eher so, als hätte ich den besten Kuss meines Lebens hinter mir. Aber das würde ich Luke nicht sagen. Oh nein. Auf keinen Fall. Er würde mich bis in alle Ewigkeit damit aufziehen, und ich könnte ihn deswegen nicht mal einen Lügner schimpfen.

Vorsichtig löste er sich von mir und trat einen Schritt zurück, als wäre er genauso wacklig auf den Beinen wie ich, dann noch einen, bis er sich abwandte, den Wagen umrundete und zur Beifahrerseite zurückkehrte. Ich blieb gegen die Fahrertür gelehnt stehen, schloss für einen Moment die Augen und atmete tief durch.

Was war da gerade passiert?

Mein Kopf fühlte sich an, als hätte man ihn in die Mikrowelle gesteckt und Popcorn daraus gemacht. Es kostete mich all meine Konzentration, meine Handtasche und die Schlüssel aufzuheben, in den Jeep zu klettern, mich anzuschnallen und den Motor zu starten.

Während der Fahrt sagte keiner von uns ein Wort, aber auch wenn wir darüber schwiegen, war es alles andere als leicht, diesen Kuss aus meinen Gedanken zu verbannen. Nicht solange Lukes Geschmack noch immer an meinen Lippen haftete. Und erst recht nicht, als wir wenig später vor dem dunklen Haus parkten, nach oben ins Gästezimmer schlichen und unter die Decken auf Sofa und Bett krochen. Es war das Einzige, woran ich denken konnte, als ich in dem fremden Bett lag, während sich Luke nur wenige Meter von mir entfernt auf dem Sofa ausstreckte.

Mein Herz hatte sich seit diesem Kuss nicht mehr beruhigt und pochte auch jetzt noch laut und schnell in meiner Brust. So laut, dass ich mich wunderte, dass Luke es nicht hören konnte. Seufzend drehte ich mich auf den Rücken und starrte an die Zimmerdecke. Im Haus war es bereits ruhig gewesen, als wir

155

zurückgekehrt waren, und auch jetzt war kaum ein Geräusch zu hören. Nach zwei Jahren in einem überfüllten Wohnheim fühlte sich diese Stille hier fremd und erdrückend an. Schlimmer war nur das Wissen, dass Luke ebenfalls wach war. Er wälzte sich zwar nicht so viel herum wie ich, aber er war noch nicht eingeschlafen. Dafür war seine Atmung nicht gleichmäßig genug.

»Der Kerl, mit dem du mich beim Buffet gesehen hast …«, begann ich zögerlich. Obwohl meine Worte kaum mehr waren als ein Flüstern, klangen sie unnatürlich laut in der Stille des Zimmers. Luke antwortete nicht, aber ich meinte, das Rascheln seiner Bettdecke zu hören, also sprach ich weiter. »Das war Colin.«

»Die erste große Liebe?«, ertönte seine leise Stimme auf einmal.

»Nein. Sei still und hör zu.«

»Okay, Miss Winthrop.«

Ich kämpfte gegen mein Lächeln an, weil ich genau wusste, was er da tat. Mit seinen Witzeleien versuchte er nicht, den Ernst aus dieser Situation zu nehmen, sondern mich dazu zu bringen, mich zu entspannen. Und es funktionierte. Wenn es einen Menschen gab, bei dem ich das Gefühl hatte, ihm alles anvertrauen und mich völlig fallen lassen zu können, dann war es Luke.

Ich schluckte hart und zwang mich dazu, weiterzusprechen. »Colin und ich kennen uns schon seit … eigentlich immer. Wir sind zusammen aufgewachsen, auf dieselben Schulen gegangen, hatten denselben Freundeskreis. Seine Mutter ist mit meiner befreundet, und er hat schon immer irgendwie zur Familie gehört. Mein Leben lang war er wie der große Bruder, den ich zwar nie hatte, mir aber immer gewünscht habe.«

Ein Seufzen, dann setzte Luke sich auf. In der Dunkelheit konnte ich seinen Gesichtsausdruck nicht deuten. »Warum erzählst du mir das, Elle?«

Warum jetzt? Nachdem wir uns geküsst hatten. Die unausgesprochene Frage bohrte sich viel zu laut in die Stille um uns herum.

»Weil er mein bester Freund war.« Ich richtete mich ebenfalls auf und rutschte bis ans Kopfteil des Bettes, um mich dagegenzulehnen. »Bis vor zweieinhalb Jahren war er mein bester Freund.«

»Was ist passiert?«

»Irgendwann hat sich etwas zwischen uns geändert. Anfangs wollte ich es nicht wahrhaben, habe es ignoriert, jeden Verdacht verdrängt, aber dann hat Colin mir gestanden, dass er mehr für mich empfindet als bloße Freundschaft.«

»Und dann?«

Jetzt kam der harte Teil. Der Teil meiner Vergangenheit, für den ich mich am meisten schämte. Weil ich nachgegeben hatte, weil ich unter dem ständigen Druck gebrochen war wie ein dünner Ast. Ich holte tief Luft, bevor ich darauf antwortete. Und als ich es tat, gab es keine Lügen und keine Beschönigungen. Nur die nackte Wahrheit.

»Ich wollte ihn nicht verlieren. Und ich dachte, wenn ich mich darauf einlasse, wenn ich mich nur genug anstrenge, kann ich seine Gefühle eines Tages erwidern.« Ich seufzte. »Eine Zeit lang ging das sogar gut. Im Grunde haben wir genauso weitergemacht wie zuvor, sind miteinander ausgegangen, haben Händchen gehalten, er hat mich nach Hause gebracht … und mich eines Abends vor der Haustür geküsst.«

Schweigen. Luke bewegte sich nicht, aber die Anspannung im Raum erschien mir plötzlich greifbar.

»Zwei Tage später habe ich ihm gesagt, dass ich so nicht wei-

157

termachen kann. Ich wollte ehrlich zu ihm sein, habe ihm gesagt, dass er einer der wichtigsten Menschen in meinem Leben ist, aber nur wie ein Bruder für mich. Und dass ich ihn nicht verlieren oder verletzen will. Dann habe ich erfahren, dass seine und meine Eltern praktisch schon unsere Hochzeit planten. Sie hatten sogar ein Datum ausgesucht ...« Ich schüttelte den Kopf, noch immer fassungslos darüber, auch wenn es für Mom das Selbstverständlichste der Welt gewesen war. Schließlich hatte sie zuvor auch Brianna unter die Haube gebracht, und Libby brauchte nur noch einen kleinen Schubs in die richtige Richtung.

»Aber du hast es nicht getan, oder?«, fragte Luke gepresst. »Bitte sag mir, dass du diesen Colin nicht geheiratet hast.«

Ich schüttelte den Kopf, auch wenn ich nicht sicher war, ob Luke die Geste im Halbdunkel überhaupt sehen konnte. »Ich konnte nicht. Und ich dachte, wenn ich mit Colin rede, können wir das klären und einen Kompromiss finden oder ... irgendetwas tun. Anfangs hat er es verstanden. Wir wollten Freunde bleiben, aber ich glaube, insgeheim hat er weiter darauf gehofft, dass sich meine Gefühle für ihn ändern. Als das nicht passiert ist, hat er mir einen Antrag gemacht, kurz bevor er mit seinem Vater auf eine wichtige Geschäftsreise aufgebrochen ist. Bis zu seiner Rückkehr sollte ich mich entscheiden, weil er so nicht weitermachen konnte. Entweder wir würden einen Schritt weitergehen und unsere Eltern glücklich machen, oder ... da wäre nichts mehr zwischen uns.«

»Wichser.«

»Ich habe schon mal einen besten Freund verloren«, flüsterte ich und suchte Lukes Blick in der Dunkelheit. »Ich will dich nicht auch noch verlieren.«

Indem wir die Grenzen zwischen Freundschaft und Mehr verwischten. Und wofür? Für einen atemberaubenden Kuss und ein bisschen Spaß? Nein. Das war es mir nicht wert. Lukes Freundschaft bedeutete mir *alles*. Wir mochten uns nicht so lange kennen wie Colin und ich, aber ich hatte mich bei keinem Menschen zuvor so wohl gefühlt wie bei Luke. Bei ihm konnte ich ganz ich selbst sein, völlig egal, wie seltsam oder verrückt das manchmal war. Wir waren auf einer Wellenlänge, auch wenn wir uns ständig gegenseitig neckten. Wenn es darauf ankam, wusste ich, dass er immer für mich da sein würde. Das konnte ich unter keinen Umständen aufs Spiel setzen.

Sekundenlang fühlte ich seinen Blick auf mir ruhen, dann stand er plötzlich auf und kam zu mir rüber. Die Matratze senkte sich ein Stück, als er sich neben mich setzte.

»Komm her.« Er zog mich an sich, und ich ließ mich gegen ihn sinken. »Du wirst mich nicht verlieren«, wisperte er in mein Haar und setzte einen Kuss auf meinen Scheitel. »Ganz egal, was passiert.«

Ich nickte mit geschlossenen Augen, unwillig, mich wieder von ihm zu lösen. Bis zu diesem Moment war mir nicht einmal bewusst gewesen, wie sehr ich diese Worte hören musste. Wie wichtig es mir war, zu wissen, dass Luke mich niemals so im Stich lassen würde wie Colin es getan hatte. Und dass dieser eine Kuss nicht alles zwischen uns zerstören würde.

»Hey, Elle?«, fragte er nach einer Weile leise.

»Hm?« Ich löste mich ein Stück von ihm.

»Ich will immer noch wissen, womit deine Schwester den Klingelton *Down & Dirty* verdient hat.«

Ich schnaubte. »Wir waren mal zusammen in einem Club, in dem es Poledance-Stangen gab. Mehr wirst du nie erfahren.«

»Wirklich …?« Sein Blick wanderte langsam an mir hinab und wieder hinauf. »Und hast du nach dieser Aktion denselben Klingelton verdient?«

159

Ich lachte auf und gab ihm einen Schubs gegen die Schulter. »Du kannst echt ein Idiot sein, weißt du das?«

»Du erinnerst mich oft genug daran, Schätzchen.«

Und da war er wieder: Der Luke, der mich an meinem ersten Tag auf dem Campus umgerannt und Tage später treu bei mir geblieben war, als ich meinen ersten Vollrausch erlebt hatte. Der Kerl, der mir für eine Klausur alle Antworten auf den Arm geschrieben hatte, weil ich nachts zuvor mit ihm und unseren Freunden meinen Geburtstag gefeiert hatte, statt zu lernen. Der Kerl, der durch vier Bundesstaaten fuhr, nur um an meiner Seite zu sein, wenn ich ihn brauchte.

Völlig egal, wie sich die Dinge morgen und in Zukunft entwickeln würden, eine Sache würde sich niemals ändern: Solange Luke und ich Freunde blieben, war die Welt in Ordnung.

»Es war so schön, dass ihr hier wart.« Sadie zog mich in eine Umarmung, bei der mir die Luft wegblieb. »Ich hoffe, wir sehen uns ganz bald wieder.«

»Spätestens bei deiner Hochzeit.« Ich tätschelte ihr den Rücken und blickte hilfesuchend zu Luke. Doch der Verräter stand nur im Eingangsbereich und zuckte mit den Schultern, als würde ihn mein drohender Tod durch Zerquetschen nichts angehen.

»Das sowieso, aber Thanksgiving wäre noch schöner.« Endlich löste Sadie ihren Todesgriff um mich. »Ich erwarte, euch beide auf meiner Hochzeit zu sehen. Verstanden?«

»Zu Befehl, Ma'am.« Luke salutierte spielerisch. Dann fand er sich in Sadies Armen wieder und als er das Gesicht verzog, weil er nicht mehr atmen konnte, winkte ich ihm nur lächelnd zu.

»Daniel … Schön, dass wir uns endlich kennengelernt haben.« Ich legte die Arme um Sadies Verlobten und senkte meine Stimme, damit nur er mich hören konnte. »Wenn du ihr das

Herz brichst, sorge ich dafür, dass deine Leiche nie gefunden wird.«

Im ersten Moment erstarrte er, dann lächelte er gutmütig. »Verstanden. Aber ich würde mir eher ein Bein abhacken, als Sadie wehzutun.«

»Gut so.« Ich trat einen Schritt zurück, damit er Luke die Hand geben konnte.

Blieb nur noch mein Vater. Mom stand im Hintergrund und beobachtete den Abschied mit Argusaugen, aber ich rechnete nicht damit, dass von ihr irgendeine Demonstration von menschlicher Wärme kommen würde. Zumindest nicht, solange keine Pressebilder zu machen waren.

Dad zog mich in eine Bärenumarmung. Ihre Kraft hatte Sadie eindeutig von ihm geerbt. »Ich hoffe, ich sehe dich in Zukunft öfter hier«, sagte er leise. »Du bist so schnell erwachsen geworden. Ich will nicht noch mehr verpassen.«

Etwas in meinem Brustkorb zog sich bei diesen Worten zusammen. Ich schluckte die Erwiderung hinunter, dass ich nicht aus der Welt war und er mich auch mal besuchen könnte. Oder dass er schließlich dabei zugesehen hatte, wie Mom mich damals rausgeworfen hatte. Für den Moment genoss ich einfach seine Nähe und wollte ihm glauben. So sehr, dass meine Augen zu brennen begannen.

»Pass auf dich auf, Kleines, ja?«, murmelte er.

Ich nickte stumm. Nach meinem unfreiwilligen Auszug hatte Mom es wirklich durchgezogen und sich nie mehr nach mir erkundigt. Dad hatte sich zwar nicht eingemischt, als sie mich rauswarf, aber er hatte mir, wahrscheinlich ohne ihr Wissen, einen Umschlag mit Geld geschickt. Für die Anfangszeit in der neuen Stadt und damit ich dort draußen auf mich aufpasste. Er war der Grund, warum ich jedes Semester aufs Neue diesen Selbstverteidigungskurs am College besuchte.

»Danke, Daddy.« Hastig befreite ich mich aus seinen Armen, bevor ich wirklich in Tränen ausbrach. Das brauchte niemand. »Also dann …«

Wie selbstverständlich griff Luke nach meiner Hand und verflocht seine Finger mit meinen. Ich riss den Kopf hoch. Unsere Blicke trafen sich, und für einen winzigen Moment fühlte ich mich auf den Parkplatz in der gestrigen Nacht zurückversetzt. Meine Lippen prickelten, und mir wurde viel zu warm. Aber was auch immer da passiert war, würde sich nicht wiederholen. Niemals. Dafür war uns beiden diese Freundschaft zu wichtig.

Luke zog mich mit sich zu seinem Jeep. Den Mietwagen hatte ich bereits mit Sadies Hilfe zurückgebracht und auch mein Rückflugticket storniert. Lieber verbrachte ich neun Stunden mit Luke in diesem Auto, als allein zurückzufliegen.

Als wir im Jeep saßen, winkte ich Sadie und den anderen noch ein letztes Mal zu, während Luke den Motor startete und am Radio herumdrückte. Der kleine Traumfänger, der an seinem Rückspiegel hing, begann hin und her zu schwingen, als wir losfuhren. Uns stand eine lange Fahrt bevor, und Luke begann sie damit, das aktuelle Lied mitzusingen, noch bevor wir das Grundstück meiner Familie verlassen hatten.

»Was?«, fragte er mitten in seiner Performance von Macklemores *Can't Hold Us* und sah kurz zu mir rüber. »Ja, ich singe in meinem Wagen. Ich weiß auch, dass du mich hören kannst. Und nein, das stört mich nicht im Geringsten.«

»Ich weiß.« Ich presste die Lippen aufeinander, um mein Lachen zu unterdrücken. »Ich hatte nur vergessen, wie schief du singst.«

»Sagt die Richtige.«

»Hey, ich singe wenigstens nur unter der Dusche.«

»Und wenn sich dabei eine heiße nackte Braut zu dir schleicht wie in *Pitch Perfect*, würdest du mir doch jederzeit

Bescheid sagen, oder?« Er warf mir einen kurzen Seitenblick zu, dann runzelte er fragend die Stirn. »Was ist?«

»Nicht zu fassen, dass du dich an diesen Film erinnerst«, murmelte ich kopfschüttelnd.

»Klar erinnere ich mich. Du hast mich dazu gezwungen, als wir im Sommer bei meinem Kumpel Sander in New York waren. Ich musste mir beide Teile ansehen. Direkt nacheinander.«

Diesmal konnte ich mein Lachen nicht zurückhalten. »Und du hast mitgesungen, du Aca-Penner. Ich glaube, ich brauche einen neuen Klingelton für dich.«

»Und der wäre?« Seine Mundwinkel zuckten verdächtig. »*Kiss me?*«

Das hatte er gerade nicht wirklich gesagt, oder? Dieser … dieser … Arsch! Sekundenlang konnte ich ihn nur anstarren, dann lehnte ich mich zu ihm rüber und wuschelte ihm durch das weiche Haar. »Träum weiter, Casanova.«

»Oh, das werde ich, keine Sorge.«

Und so einfach war alles wieder beim Alten zwischen uns. Wir lachten und alberten miteinander herum, forderten uns heraus und diskutierten – und nach fast zweihundert Meilen brachte Luke mich sogar dazu, mitzusingen.

Alles war wieder wie früher. Zumindest fast.

Kapitel 9

Elle

Drei Tage später hatte mich der Unialltag wieder, und der Besuch zu Hause bei meiner Familie fühlte sich an, als wäre er schon Wochen her. Nicht so allerdings dieser verdammte Kuss. Warum konnte ich einen Kerl nach einem meiner seltenen One-Night-Stands so weit aus meinem Gedächtnis streichen, dass ich mich nicht mal mehr an seinen Namen erinnerte, aber so etwas Simples wie einen einzigen Kuss einfach nicht aus meinem Kopf verbannen? Es war extrem frustrierend. Außerdem raubte es mir den Schlaf.

Dem Himmel sei Dank gab es Kaffee, denn nur mit Koffein und Energydrinks schaffte ich es durch diesen Mittwochvormittag. Dass ich dabei aussah wie eine ertrunkene und ans Ufer gespülte Leiche machte die Sache nicht besser. Obwohl mir Tate mit ihrem Kriminologiewissen in diesem Punkt wahrscheinlich widersprochen hätte.

Seufzend blätterte ich weiter, ohne einen einzigen Satz auf der letzten Seite gelesen zu haben. Ich konnte mich nicht richtig konzentrieren, obwohl der Roman in meinen Händen spannend war. Aber nicht mal die warme Oktobersonne und ein ruhiger Platz unter den ausladenden Ästen eines Baumes am Rande des Campus schienen zu helfen. Ich ließ das Buch sinken und starrte in die Ferne. Von hier aus hatte man einen fantastischen Blick auf die Wälder hinter der Stadt. Zwischen all dem Rot, Braun und Gelb war kaum noch ein grünes Fleckchen auszumachen.

Mein Handy lag seit einer halben Stunde unangetastet neben mir im Gras. Ich wusste, dass ich drei ungelesene Nachrichten und einen verpassten Anruf hatte, ebenso wie ich wusste, von wem sie stammten. Seit unserer Rückkehr mied ich Luke. Anfangs nicht einmal bewusst, aber inzwischen stapelten sich die unbeantworteten Nachrichten auf meinem Smartphone.

Trotz der warmen Sonnenstrahlen waren meine Finger schon eiskalt, und ich spürte meinen Hintern nicht mehr, aber ich weigerte mich, meinen Platz hier draußen aufzugeben. Noch blieben mir ein paar Minuten, bevor ich in meinen nächsten Kurs musste.

Ein Schatten fiel über mich.

»Geh weg«, sagte ich, ohne aufzusehen.

»Hallo, Sonnenschein.« Luke ließ sich neben mich ins Gras fallen. »Gehst du mir aus dem Weg?«

»Oh, wie hat mir dein Charme in den letzten Tagen gefehlt, McAdams.« Ich klappte das Buch zu und stellte mich seinem Blick.

Er wirkte unverändert. Das Haar fiel ihm noch immer verwegen in Stirn und Augen, das kantige Gesicht war sonnengebräunt, und wie so oft hatte er vergessen, sich zu rasieren. Leider wusste ich inzwischen nur zu genau, wie sich die Stoppeln auf meiner Haut anfühlten. »Tust du es?«

Ich ignorierte das Hämmern in meiner Brust. »Wie kommst du darauf?«

Er hielt mein Handy in die Höhe. »Vielleicht, weil du nicht auf meine Nachrichten antwortest?«

Schwang da tatsächlich so etwas wie Unsicherheit in seiner Stimme mit? Unmöglich. Luke McAdams war nicht unsicher. Er war der selbstbewussteste Mensch, den ich kannte.

»Ach, sag bloß? Eine kleine unbeantwortete Nachricht kratzt schon an deinem Ego?«

»Wenn du es so formulierst …« Luke rieb sich über die Brust, ziemlich genau über seinem ach so gar nicht getroffenen Herzen. »Ja. Außerdem waren es mehrere.«

»Spinner«, murmelte ich kopfschüttelnd und packte meine Lektüre in meine Tasche. Auch wenn ich liebend gerne noch länger hier draußen geblieben wäre, sollte ich langsam los.

»Zicke.« In Lukes Augen funkelte es herausfordernd.

Widerwillig musste ich lächeln. »Arsch.«

Luke grinste wie ein kleiner Junge, dem ein besonders guter Streich gelungen war. »In ein paar Tagen ist Halloween. Du kommst doch mit zur Party, oder? Ich kann es kaum erwarten, mein Gesicht dafür zu verunstalten.«

»Brauchst du Hilfe dabei?«, bot ich völlig selbstlos an. »Ein hübsches Veilchen vielleicht?«

»Wie wär's mit einem Knutschfleck?« Anzüglich wackelte er mit den Brauen. »Wir könnten ihn als Vampirbiss tarnen.«

Lachend schüttelte ich den Kopf und stand auf. »Du bist so ein Idiot.« Aber wenigstens ein Idiot, der es immer wieder schaffte, mich auf andere Gedanken zu bringen.

»Heißt das Ja?« Luke sprang auf. »Hey!«, rief er, als ich ihn einfach stehen ließ. In wenigen Schritten hatte er mich wieder eingeholt und begleitete mich über die Wiese in Richtung geisteswissenschaftliche Fakultät.

Ich wusste, dass er mir wegen der verpassten Anrufe und unbeantworteten Nachrichten nicht böse war, genauso wie ich wusste, dass ich ein kleines bisschen Abstand gebraucht hatte. Wirklich viel klarer war ich mir während der letzten Tage allerdings auch nicht geworden.

Kurz überlegte ich, Luke auf den Kuss anzusprechen, entschied mich jedoch dagegen. Was auch immer da geschehen war – es zählte nicht. Offiziell war es nie passiert. Manchmal taten Menschen dumme Sachen, obwohl sie es besser wussten. Das lag einfach in ihrer Natur. Luke und ich bildeten da keine Ausnahme.

Ich wollte schon am Memorial Fountain abbiegen, als sich Lukes Finger um meinen Unterarm schlossen. Irritiert sah ich von seiner Hand hoch in sein Gesicht.

»Hör mal …« Er räusperte sich. »Du gehst mir nicht wirklich aus dem Weg, oder?«

Ich blinzelte überrascht. *Moment mal.* War Luke etwa nervös? Warum? Das passte überhaupt nicht zu ihm. Außerdem war es ansteckend. Wenn Luke nervös war, wurde ich es auch, also sollte er gefälligst damit aufhören.

»Warum sollte ich?«

»Weil du nicht vergessen kannst, wie gut dieser Kuss war?« Er sah mich mit einem schiefen Grinsen an und fuhr sich im selben Moment durch das Haar. Ich biss mir auf die Unterlippe, aber die Worte entschlüpften mir, bevor ich mich eines Besseren besinnen konnte. »Wenn du dich jetzt entschuldigst und behauptest, du hättest mich gar nicht küssen wollen, tu ich dir weh.«

Mist. Manchmal war Nachdenken, bevor man den Mund aufmachte, vielleicht doch keine so schlechte Idee. Ich sollte es versuchen. Morgen dann.

»Hatte ich nicht vor.« Er schob die Hände in die Taschen seiner Jeans und wippte auf den Fersen auf und ab. »Aber du bist meine beste Freundin, Elle, und ich will nicht, dass sich etwas daran ändert.«

Mein Herz brach und schmolz in derselben Sekunde. Verwirrt von diesem Gefühl, war ich einen Moment lang tatsächlich sprachlos. Ich wusste nur eine Sache mit absoluter Sicherheit: Ich wollte genauso wenig, dass sich etwas an unserer

167

Freundschaft änderte. Aber vor allem wollte ich Luke nicht verlieren. Nicht ihn. Niemals.

»Wir können nicht miteinander rummachen und trotzdem Freunde sein«, stellte ich ruhig fest.

Er nickte. »Das könnte einem von uns das Herz brechen.«

»Ich wusste schon immer, dass du ein kleines Sensibelchen bist. Ich kann verstehen, dass du um dein armes Herz fürchtest.«

Luke schaffte es, gleichzeitig zu grinsen und den Kopf zu schütteln. »Ich dachte da eher an dein Herz, Süße.«

»Ich bin gerührt. Aber es zählt nicht, richtig?«

Lüge. Alles in mir schrie auf, aber ich nahm die Worte nicht zurück. Denn da war ein winzig kleiner Teil in mir, dem dieser Gedanke gefiel. Ein atemberaubender Kuss mit Luke, der nie wirklich stattgefunden hatte. Wir könnten weiterhin Freunde bleiben, ohne dass uns irgendetwas dazwischenkam, zumal eine Beziehung das Allerletzte war, was einer von uns wollte. Davon, dass es nie funktionieren würde, ganz zu schweigen.

»Richtig.« Luke nickte langsam, aber seine Augen verließen mein Gesicht keine Sekunde lang. »Es ist nie passiert. Denn was nicht zählt ...« Er atmete aus. »Also ist alles cool zwischen uns?«

War es falsch, erleichtert zu sein, weil ich mich nicht mit den Konsequenzen dieses einen Moments auseinandersetzen musste? War es falsch, dass wir das Schicksal, Karma oder was auch immer betrogen, indem wir so taten, als hätte dieser Kuss nie stattgefunden? Wahrscheinlich. Hielt uns das davon ab? Nein.

»Alles cool.« Ich tippte ihm gegen die Brust. »Und jetzt muss ich in meinen Kurs. Bis später.«

Damit bog ich beim Brunnen ab und schlug den Weg zu meiner Fakultät ein.

Mir gefiel diese Regelung, die wir uns für unseren kleinen Ausrutscher hatten einfallen lassen. Es vereinfachte die Dinge. Gleichzeitig ließ keiner von uns zu, dass dieser eine Fehler unsere Freundschaft gefährdete. Alles könnte super sein. Nur leider hatte die Sache einen winzigen Haken: Ich hatte keine Ahnung, wie ich es schaffen sollte, diesen Kuss aus meinem Kopf zu verbannen. Oder die Tatsache, dass ich jetzt, da ich wusste, wie sich Lukes Lippen auf meinen anfühlten, mehr davon spüren wollte.

Luke

Nachdenklich schaute ich Elle hinterher, während sie sich von mir entfernte. Das war ja einfach gewesen – fast schon zu einfach. Jede andere Frau hätte mir für dieses Verhalten, für diese Vereinbarung eine geknallt, wäre in Tränen ausgebrochen oder hätte mich mit Schimpfworten überhäuft. Nicht Elle. Gut, sie hatte mich einen Arsch genannt, aber das zählte genauso wenig wie dieser Kuss vor ein paar Tagen. Bis heute wusste ich nicht, was zum Teufel in mich gefahren war. Was hatte mich dazu gebracht, so über Elle herzufallen, als wäre ich ein Verhungernder auf der Suche nach Nahrung? War der Alkohol schuld? Wohl kaum, denn ich hatte gerade mal ein Bier und auf der Verlobungsfeier einen Schluck Champagner getrunken.

Es grenzte an ein Wunder, dass sie mir keine Ohrfeige verpasst hatte. Das wäre die klügere Entscheidung gewesen. Klüger als den Kuss zu erwidern.

Bei der Erinnerung daran wurde meine Kehle trocken. Die Wahrheit war, dass ich noch immer das Gefühl hatte, Elles Geschmack auf meiner Zunge zu spüren, und dass es mich in den vergangenen Tagen schier um den Verstand gebracht hatte. Als

169

hätte sich ein Teil von ihr in mich eingebrannt, obwohl ich derjenige gewesen war, der diesen Kuss initiiert hatte.

»Hey, Elle!«, rief ich, bevor ich mich selbst davon abhalten konnte. Noch im Gehen drehte sie sich zu mir um und hob fragend die Augenbrauen. »Du bist eine verdammt gute Küsserin! Hat dir das schon mal jemand gesagt?«

Was zur Hölle …? Okay, spätestens damit hatte ich mir eine saftige Ohrfeige verdient. Und ich könnte es ihr nicht mal übelnehmen.

Doch Elle legte nur den Mittelfinger an ihre Lippen und warf mir eine Kusshand zu. Grinsend sah ich ihr nach, bis sie im Backsteingebäude auf der gegenüberliegenden Seite des großen Platzes verschwunden war.

Diese Frau war und blieb einmalig. Wäre sie nicht meine beste Freundin, hätte dieser Kuss vor ein paar Tagen der Beginn einer heißen Affäre sein können. Normalerweise ging ich nicht öfter als ein-, zweimal mit demselben Mädchen ins Bett. Zu viele Frauen wollten sofort eine Beziehung und darauf würde ich mich nicht einlassen. Ich hatte mit eigenen Augen gesehen, was die Liebe aus einem machen konnte. Zu was sie jemanden treiben konnte – und wie weh es tat, jemanden zu verlieren, den man wirklich liebte. Nein, danke. Kein Bedarf.

»Luke!«

Ich zuckte beim Klang meines Namens zusammen. In den letzten Tagen hatte uns Coach Bohen beim Training so oft angebrüllt, dass wir alle in ständiger Alarmbereitschaft waren. Würde er mitten in der Nacht neben meinem Bett stehen, wäre das nicht nur ziemlich gruselig, ich wäre auch sofort bereit für fünfzig Liegestütze und einen Achttausendmeterlauf. Und das, bevor ich richtig wach war.

Doch diesmal war es nicht der Coach, der meinen Namen

rief, sondern eine hübsche Brünette, die vor mir stehen blieb. Irgendwoher kannte ich diese braunen Augen und den vollen Mund, aber mir wollte einfach nicht einfallen, woher. Dabei hätte ich wenigstens ihre beachtliche Oberweite in Erinnerung behalten müssen.

»Hi …«, sagte ich gedehnt und suchte in meinem Gedächtnis nach ihrem Namen.

»Du warst heute nicht im PR-Kurs von Professor Jenkins.« Sie begann in ihrer Umhängetasche zu wühlen. »Ich habe dir den Infozettel für die Hausarbeit mitgenommen.«

Reflexartig wanderten meine Augen zu ihrem Dekolleté, als sie sich etwas nach vorne beugte, um was auch immer in ihrer Tasche zu finden. Scheiße, was hatte sie eben gesagt?

»Hier.« Eine Sekunde später hielt sie mir ein bedrucktes Papier vor die Nase, und mir blieb nichts anderes übrig, als den Zettel entgegenzunehmen.

»Danke.« Ohne einen Blick darauf zu werfen, rollte ich das Ding zusammen und schob es in meine hintere Hosentasche. Maggie, wie ich sie insgeheim getauft hatte, verfolgte jede meiner Bewegungen aufmerksam. Dabei verließ das Lächeln keine Sekunde lang ihr Gesicht, ganz so, als hätte sie es heute Morgen vor dem Spiegel aufgeklebt.

»Hast du schon Schluss?«, wollte sie wissen und warf ihr Haar mit einer koketten Geste über die Schulter.

Es war gerade mal Mittag, vor mir lag noch eine Vorlesung, die ich nicht verpassen durfte, und eine weitere Trainingseinheit, bevor es mit dem Bus für die C-USA Championships nach Charlotte ging. Dass einer seiner besten Läufer das letzte Wochenende spontan in Alabama verbracht hatte, statt zu trainieren, erklärte Bohens schlechte Laune seit Montag. Die fünf, sechs Stunden im Bus mit diesem Mann würden eine riesige Party werden.

Maggies harmlose Frage war ein eindeutiges Angebot, doch irgendetwas in mir sprang nicht auf diese Masche an. Es war zu … simpel. Ja, das musste der Grund sein. Auch wenn ich Frauen bewunderte, die die Initiative ergriffen und sich nahmen, was sie wollten, war mir das hier zu einfach.

»Nein«, erwiderte ich, offenbar sehr zu ihrer Überraschung. Die irritierte kleine Falte auf ihrer Stirn war nicht zu übersehen und vertiefte sich, als ich hinzufügte: »Ich bin für den Rest des Tages verplant.«

»Aber … ich habe dir die Infos aus unserem Kurs mitgebracht«, protestierte sie, als würde das und die Tatsache, dass sie mich angesprochen hatte, ein bisschen Bettakrobatik garantieren.

»Jepp. Danke noch mal.« Rückwärtsgehend trat ich die Flucht an. Sobald ich in sicherer Entfernung war, drehte ich mich auf dem Absatz um und machte, dass ich davonkam. Wenn Blicke töten könnten, hätte Maggie mich schon zehnmal gegrillt. Erstaunlicherweise war da keine Reue in mir oder das Gefühl, etwas zu verpassen.

»Lucas McAdams schlägt ein eindeutiges Angebot aus«, kam es unvermittelt von rechts. Ich blieb abrupt stehen. Trevor lehnte mit vor der Brust verschränkten Armen neben der Eingangstür zur Bibliothek. »Wirst du krank? Geht morgen die Welt unter?«

»Haha. Vielleicht war mir heute einfach nicht nach brünett.« Aus der Entfernung sahen wir zu, wie Maggie sich dem nächsten Kerl an den Hals warf – Marke Footballer mit Teamjacke und dümmlichem Grinsen. Nein, ich würde eindeutig nichts verpassen.

»Stimmt.« Trevor stieß sich von der Wand ab und schulterte seine Laptoptasche. »Du stehst ja eher auf blond.«

Shit. In diese Falle war ich voll reingelaufen. Herausfordernd erwiderte ich seinen Blick. Wenn er mir etwas zu sagen hatte, sollte er es gefälligst tun und diese Andeutungen lassen. Aber statt einer Antwort musterte er mich mit einem so besorgten Blick, dass ich mich unwillkürlich versteifte. Ich hasste diesen Ausdruck – nicht nur bei ihm, sondern bei jedem Menschen, wenn er mir galt. Als müsste man um meine seelische Verfassung fürchten. *Bullshit*. Es ging mir gut. Noch.

Noch war nämlich nicht November.

»Hör auf damit, mich so anzusehen, als wäre ich reif für den Psychodoc.«

Trevor zuckte mit den Schultern, als wäre es seine Pflicht als mein bester Kumpel, sich unnötige Sorgen zu machen. »Dafür sind Freunde da.«

»Du ganz besonders.«

Womit wir nicht mehr nur von mir sprachen, sondern auch von Tate. Bis heute hatte ich nicht den blassesten Schimmer, was zwischen Trevor und Elles Mitbewohnerin vor sich ging, aber dass da etwas war, war so offensichtlich wie seine Sorge um meinen Gemütszustand.

Trevor sah als Erster weg und rieb sich über den dunklen Bart. »Ich nehme nicht an, dass du Elle davon erzählen willst?«, wechselte er abrupt das Thema.

Ich schüttelte den Kopf, noch bevor er die Frage zu Ende gebracht hatte. »Die Antwort ist dieselbe wie letztes Jahr, nächstes Jahr und jedes verdammte Jahr darauf.«

»Schon gut, McAdams. Komm wieder runter.«

Verdammt, er hatte recht. Wieso regte mich die Vorstellung, dass Elle von diesem dunklen Fleck in meinem Leben wusste, so dermaßen auf? Es war ja nicht so, als würde ich nicht auch ein paar von ihren Geheimnissen kennen. Aber das hier war nicht zu vergleichen. Wie erzählte man seiner besten Freundin, dass man seine Eltern auf dem Gewissen hatte?

173

Gar nicht. Genau.

»… tun, ohne dass Elle etwas bemerkt«, beendete Trevor einen Monolog, dem ich nicht mal mit halbem Ohr zugehört hatte. Als er es ebenfalls bemerkte, schüttelte er nur den Kopf. »Ich glaube, du unterschätzt sie. Früher oder später wird sie es herausfinden.«

»In dem Fall lieber später.« Ich klopfte ihm zum Abschied auf die Schulter. »Wir sehen uns Freitag.«

»Viel Glück beim Rennen.«

»Sehe ich so aus, als würde ich Glück brauchen?«, witzelte ich und schob jeden düsteren Gedanken beiseite. Ich hatte keine Zeit, mich damit auseinanderzusetzen, wenn es einen Wettkampf gab, den ich gewinnen wollte.

Hitze flirrte in der Luft und legte sich schwer auf mich. Schweiß brannte mir in den Augen und klebte mir das Haar an die Stirn. Ohne meinen Laufschritt zu unterbrechen, wischte ich mir mit dem Unterarm übers Gesicht. Leider verteilte ich den Schweiß damit nur, bis ich ihn auch noch schmecken konnte. Meine Kehle war staubtrocken, und in meinen Muskeln begann sich ein Brennen auszubreiten.

Kurz löste ich meinen Blick vom Horizont und sah mich um. Den anderen Läufern schien es ähnlich zu gehen. Waren wir anfangs noch als ganzer Pulk losgelaufen, hatte sich das inzwischen aufgelöst. Jetzt, sechstausend Meter später, waren nur noch vereinzelte Läufer zu sehen. Vor mir liefen zwei Kerle, beide wie ich mit einer Nummer auf Rücken und Brust. Die Farben ihrer Trikots verrieten sie. Weiß mit blauer Schrift für die Louisiana Tech und Grün-Weiß für North Texas.

Ich blickte nicht zurück, um herauszufinden, wie viele Läufer hinter mir waren. Zum einen hätte mich das aus meinem Rhythmus gebracht, zum anderen hatte mich das Laufen genau das gelehrt: Schau niemals zurück. Behalt immer dein Ziel im Auge.

Als der nächste Hügel vor uns auftauchte, trabte ein Riese von einem Kerl an mir vorbei. Mindestens einen Kopf größer, locker zehn Kilo schwerer. Wenn es meine Atmung nicht durcheinander gebracht hätte, hätte ich abfällig geschnaubt. Anfänger. Normalerweise passierte es auf den ersten zweitausend Metern, dass die Frischlinge durchstarteten und alle anderen überholten, nur um innerhalb kürzester Zeit zurückzufallen, weil ihnen die Puste ausging. Der Coach hatte uns vom ersten Tag an eingetrichtert, nie die Führung der Truppe zu übernehmen.

Ich sah dem Kerl in der weißen Uniform nach – wieder so ein Louisiana-Typ – und bereitete mich auf den Aufstieg vor. Meine Beine begannen zu zittern, meine Waden und Oberschenkel brannten, als wäre der Schweiß auf meiner Haut in Wirklichkeit Benzin, das jemand entzündet hatte. Ich ignorierte den Schmerz und konzentrierte mich auf meine Atmung. Trotzdem begannen meine Gedanken zu rasen und wirbelten in meinem Kopf herum, ohne eine einzige Sekunde lang zur Ruhe zu kommen.

Jetzt. Jetzt war es gleich so weit. Der Moment, der alles entschied. Nicht die Ziellinie machte uns zu Gewinnern oder Verlierern, denn früher oder später kam jeder Läufer dort an. Es war dieser Moment, in dem sich alles in dir gegen dich verschwor. Dein Kopf, dein Körper, jeder einzelne Gedanke, jedes Gefühl. In dem du nur noch aufgeben, dich auf den Boden werfen und keinen einzigen Schritt mehr gehen wolltest.

Ich liebte und hasste diesen Moment. Am Anfang hatte ich so oft aufgegeben, dass es fast schon peinlich war. Aber seit dem letzten Highschooljahr, seit es mir ernst mit diesem Sport geworden war, hatte ich nie wieder gegen mich selbst verloren.

175

Was nicht bedeutete, dass es für immer so bleiben würde. Jeder Lauf war ein neuer Kampf. Nicht gegen das unebene Terrain oder die Hitze, die sich wie ein zusätzliches Gewicht auf die Schultern legte und jeden Atemzug erschwerte. Und auch nicht gegen die anderen Läufer, die schneller und besser sein wollten. Der Kampf fand nur in mir selbst statt.

Ich hatte den Hügel fast bezwungen, hatte den Gipfel fast erreicht, als ein Bild vor meinem inneren Auge aufflackerte. Heimtückisch hatte sich die Erinnerung angeschlichen und überfiel mich ausgerechnet in dem Moment, in dem ich am verwundbarsten war.

Ich hörte ihre aufgebrachten Stimmen, als würden sie noch immer vor mir im Wagen sitzen, sah die leere Straße vor mir und spürte das beklemmende Gefühl von Panik in meiner Brust, weil ich anders als damals genau wusste, was gleich passieren würde.

Eins Komma drei Millionen. Zwei Komma drei Prozent. Das waren die Statistiken aus dem Jahr 2011. Verkehrsunfälle waren auf Platz neun der häufigsten Todesursachen der Welt. Im Durchschnitt dreitausendfünfhundert Menschen pro Tag. Es wären zwei weniger gewesen, wenn ich an jenem Tag meine verdammte Klappe gehalten hätte.

Ich erhöhte das Tempo, setzte schneller auf dem Boden auf, kämpfte mich den Hügel hinauf, obwohl ich wusste, dass das nicht der richtige Weg war. Aber ich konnte nicht anders. Instinktiv versuchte ich vor meinen Erinnerungen davonzulaufen, wie ich es schon immer getan hatte. Weg. Einfach nur weg.

Auf dem höchsten Punkt angekommen, machte mir mein Körper einen Strich durch die Rechnung. Ich japste zu schnell nach Luft, kam aus dem Rhythmus und geriet ins Straucheln.

Fuck.

Automatisch streckte ich die Hände aus, um den Sturz abzufangen. Zu spät. Zu langsam. Steine schrammten über meine Knie, trockene Grashalme bohrten sich wie kleine Speerspitzen in meine Haut. Aber in Gedanken war ich nicht mehr hier, nicht länger auf der Achttausendmeterstrecke bei den Conference USA Championships, sondern steckte noch immer in der Vergangenheit fest.

Ein einziger Fehler. Ein einziger verdammter Fehler. Ein dummer Kommentar. Ein unachtsamer Moment … Und alles war vorbei.

»McAdams!«

Die Stimme drang durch meine Erinnerungen zu mir durch. Blinzelnd riss ich den Kopf hoch. Vor mir tauchte eine Hand auf. Ich griff danach und ließ mich hochziehen.

Chapman, einer der Seniors in unserem Team, musterte mich knapp von oben bis unten, dann schlug er mir auf die Schulter. »Lauf weiter.«

Ich nickte und setzte mich wieder in Bewegung. Für mehr blieb keine Zeit. Ich hatte wertvolle Sekunden eingebüßt, die ich wieder aufholen musste.

Ich atmete tief durch, und meine Gedanken klärten sich endlich. Es war noch nicht vorbei. Ich konnte die Vergangenheit nicht ungeschehen machen, aber ich würde nicht aufgeben. Ich würde nicht wieder gegen mich selbst verlieren. Nie wieder.

In dem Moment, in dem wir den Hügel hinunterrannten, wusste ich, dass ich den Kampf gewonnen hatte. Das Brennen verschwand aus meinen Muskeln. Meine Atmung passte sich wieder meinen Schritten an. Ein Glücksgefühl explodierte in meiner Brust und breitete sich wie ein Feuerwerk in meinen Adern aus.

Genau das war es. Dafür lebte ich. Dafür tat ich all das hier. Für diesen Moment. Für diesen Sieg gegen mich selbst.

177

Doch selbst als die Ziellinie vor mir auftauchte, haftete der Erleichterung in mir noch immer etwas Dunkles an. Eine Schuld, die ich nie überwinden würde. Ich konnte mich noch so oft an meine Grenzen bringen, konnte noch so oft über mich selbst hinauswachsen. Aber dieses dunkle Gefühl würde für immer an mir kleben. Denn vor meiner Vergangenheit konnte ich nicht davonlaufen. Ganz egal, wie sehr ich es versuchte.

Das Einzige, was ich tun konnte, war dieses verdammte Rennen zu gewinnen. Ich atmete tief ein, pumpte so viel Sauerstoff wie möglich in meine Lunge und mobilisierte meine letzten Kräfte. Dann setzte ich zum Sprint an und hörte nicht damit auf, bis ich die Ziellinie erreicht hatte.

Wildfremde Menschen jubelten und feuerten gleichzeitig die anderen Läufer an, die das letzte Stück noch vor sich hatten. Von irgendwoher tauchte der Coach auf, während ich mein Tempo drosselte und für den Cooldown langsam weiter joggte.

»Gute Leistung, McAdams.« Bohen klopfte mir auf die Schulter, was sich bei seiner Größe und Statur so anfühlte, als würde mich ein Grizzly freundschaftlich mit seiner Tatze umhauen. »Verdammt gute Leistung.«

»Wie viel?«, presste ich zwischen zwei schweren Atemzügen hervor und joggte auf der Stelle, damit der Coach nicht neben mir herlaufen musste.

»23:56:2 Minuten. Damit gehörst du zu den Top-Läufern in diesem Rennen. Komm erstmal runter und melde dich dann bei Matt. Er wird dich mit Eis versorgen.«

Ich nickte nur und starrte ihm nach, wie er zurück an die Ziellinie joggte, um die nächsten Athleten willkommen zu heißen. Meine Haut brannte, meine Beine zitterten, und ich war klatschnass. Ich musste mich dringend bewegen, um mein System wieder runterzufahren, auch wenn ich mich am liebsten ins Gras geworfen und losgebrüllt hätte. 23:56:2. Das war nicht nur meine persönliche Bestleistung, es war eine der besten bei den Championships. Damit führte ich die Rangliste zwar nicht an, aber ich war auf jeden Fall mit drauf.

Das Glücksgefühl, das mich durchströmte, vertrieb jeden noch so dunklen Gedanken aus meinem Kopf. Selbst wenn ich es gekonnt hätte, hätte ich das dümmliche Grinsen nicht unterdrücken können, das sich jetzt auf meinem Gesicht ausbreitete.

23:56:2. *Scheiße, ja*!

Ich warf einen letzten Blick zurück zur Ziellinie. Unser neuester Läufer im Team beendete gerade seinen ersten offiziellen Lauf und stieß die Fäuste in die Luft. Er joggte an mir vorbei und lief direkt auf ein älteres Paar zu, das ihn jubelnd in die Arme schloss. Seine Mom hatte Tränen in den Augen und sein Dad klopfte ihm auf die Schulter. Beide strahlten vor Stolz.

Der Anblick war wie ein Schlag in die Magengrube, raubte mir jedes bisschen Luft. Ich merkte nicht mal, dass ich stehen geblieben war, bis ich meinen Namen hörte. Matt winkte mir vom Rand der Laufbahn zu, neben ihm stand ein Eimer mit Eis auf dem Boden.

Ich joggte zu ihm rüber. »Danke, Mann.«

In der Umkleide raste mein Puls noch immer. Aber jetzt war nicht mehr die körperliche Anstrengung der Grund dafür, sondern eine Mischung aus Erleichterung, Freude – und Schuld. Und das, obwohl ich es geschafft hatte. Ich schob das dunkle Gefühl beiseite, verdrängte es, bis ich nur noch die Euphorie spürte, die mich im Nacken kitzelte und sich von dort bis in jeden Winkel meines Körpers ausbreitete.

Mein Ehrgeiz war geweckt. Wenn ich es hier auf eine solche Zeit beim Achttausendmeterlauf brachte, würde ich das noch mal schaffen. Ich konnte mehr, konnte noch besser werden, und das nächste Rennen stand praktisch schon vor der Tür.

Die Umkleide war von den Stimmen der anderen Jungs, von ihrem Lachen und ihren Scherzen erfüllt. Nur ein paar wenige hockten schweigsam auf der Bank, weil sie ihren PR – ihren Personal Record – nicht erreicht hatten.

»Hey, McAdams.« Chapman kam gerade aus den Duschen und nickte mir zu. »Starke Leistung.«

»Selber, Mann.« Ich war mir ziemlich sicher, dass er dieses Jahr zum *Outstanding Senior* gewählt werden würde. Er war knapp vor mir im Ziel gewesen, was ihm ebenfalls einen Platz auf der Rangliste sicherte. Chapman war eine Art Idol an unserem College. Vor drei Jahren war er bei diesem Rennen *Freshman Of The Year* gewesen, zwei Jahre später zum *Athlete Of The Year* ausgezeichnet worden. Und ich wurde als sein Nachfolger gehandelt, wie mir Coach Bohen unmissverständlich klargemacht hatte. Jetzt würden sich ein paar Dinge ändern. Mehr Training, härtere Drills, höhere Erwartungen.

Als ich meinen Spind öffnete, fiel mir mein Smartphone praktisch in die Hände. Es musste vibriert haben und aus der Tasche gerutscht sein, während ich beim Rennen gewesen war. Und tatsächlich: Als ich über das Display wischte, erschien eine neue Nachricht.

Glückwunsch zur Bestzeit, McAdams! Ich wusste, dass du es allen zeigst.

Ich musste grinsen, weil das einfach so typisch Elle war. Bevor wir nach Charlotte gefahren waren, hatte sie mir kein Glück gewünscht, weil sie der Ansicht war, das würde nur das Gegenteil bewirken. Aber sie hatte einen Deal mit unserem Co-Trainer, der ihr regelmäßig die Ergebnisse und Zeiten durchgab. Nur aus journalistischen Gründen natürlich, damit Elle sie in der

Collegezeitung abdrucken lassen konnte. Trotzdem freute sich ein kleiner Teil in mir viel zu sehr darüber, dass sie meine Zeiten kannte.

Gerade als ich eine Antwort tippte, trudelte die nächste Nachricht von ihr ein.

Liegst du schon im Eisbad?

Ich schnaubte. Glaubte sie wirklich, dass ich mir diese Vorlage entgehen ließ?

Nein, aber du kannst gerne herkommen und mich mit Eiswürfeln abreiben, Süße.

Kurz hielt ich inne, weil die Erinnerungen an das Wochenende in Alabama vor meinem inneren Auge aufflackerten. Ich schob sie mit einem Kopfschütteln beiseite. Es zählte nicht. Zwischen uns war wieder alles wie früher, also konnte ich auch diese Nachricht genau wie früher schreiben.

Ich hab da eine Stelle, die ganz dringend etwas Zuwendung benötigt.

Perversling.

Meine Beine, Schätzchen!

Natürlich.

Ich konnte sie geradezu vor mir sehen, wie sie sich auf die Unterlippe biss, um nicht zu lachen. Unbewusst tat ich das Gleiche, während ich noch immer vor meinem Spind stand, verschwitzt, total erledigt und mit einem dümmlichen Grinsen im Gesicht.

Woran hast du denn gedacht, hm?

Oh, ich wusste genau, woran sie gedacht hatte, weil Elle im Grunde eine genauso durchtriebene Fantasie hatte wie ich. Und ich liebte es, sie damit aufzuziehen.

Wenige Sekunden später leuchtete eine neue Nachricht auf.

An deinen großen, harten …

Ich atmete zischend ein, als sich ein heißes Prickeln in meinen Adern ausbreitete. Mein Blick klebte an meinem Handy, während ich mich ohne hinzusehen auf die Bank setzte. Die Dusche konnte warten. Ich musste unbedingt wissen, wie dieser Satz weiterging.

Doch Elle ließ sich Zeit damit. Erst eine gefühlte Ewigkeit später, die in Wirklichkeit nur zwei Minuten betrug, folgte der Rest der Nachricht.

… Dickschädel, der mal wieder einen ordentlichen Klaps von mir braucht. :P

Diesmal konnte ich mein Lachen nicht unterdrücken – und es war mir egal, dass die Jungs mir verwunderte Blicke zuwarfen. Kopfschüttelnd tippte ich eine Antwort, bevor ich das Handy zurück in meine Tasche warf, um endlich aus diesen Sachen rauszukommen und zu duschen.

Red dir das nur ein, Süße. Red dir das nur ein.

Kapitel 10

Elle

»*Jaaa ... genau so ... ohhh ...*«

Es gab Dinge, die man niemals von seiner Mitbewohnerin hören wollte – und das hier gehörte eindeutig dazu. Es war nicht das erste Mal, dass ich die Sexgeräusche von Tate und irgendeinem Kerl oder Mackenzie und ihrem Freund hörte, aber heute war es besonders laut. So laut, dass das Gestöhne sogar durch meine Kopfhörer drang.

Genervt riss ich sie mir vom Kopf und warf sie auf den Schreibtisch. Dabei kamen sie dem Eiskaffee, den ich mir auf dem Heimweg bei Starbucks geholt und direkt neben meinem Laptop abgestellt hatte, gefährlich nahe. Der Becher schwankte, beruhigte sich im letzten Moment jedoch wieder und ich atmete auf. Gerade noch mal gut gegangen.

»*Oh Gott ...!*«

Das tiefe Stöhnen eines Mannes kam dazu. Ich verdrehte die Augen. Wenn ich mir das noch länger anhören musste, würde ich durchdrehen.

»*Oh ja ... jaaa ...*«

Okay, das reichte. Eine Minute länger, und ich würde etwas gegen die Wand werfen. Oder ins Zimmer nebenan stürmen und die beiden rauswerfen – und dabei vermutlich Dinge sehen, die ich niemals sehen wollte.

Frustriert klappte ich meinen Laptop zu und stand auf. Ich

183

musste hier raus. Aber wo konnte ich an einem Freitagabend um diese Uhrzeit schon hingehen? Masons Freundin Jenny schien ihn heute ausnahmsweise von der Angel gelassen zu haben, denn er hatte uns gefragt, ob wir mit ihm ausgehen wollten. Pech für Maze, denn Dylan musste arbeiten, Emery verbrachte einen Mädelsabend mit ihrer Freundin Grace, und niemand wusste so genau, wo Trevor eigentlich steckte. Wahrscheinlich mal wieder in der Bibliothek. Tate war die Einzige, die sofort zugesagt hatte, während ich ausnahmsweise einen auf brave Studentin machen und meinen Artikel fertig schreiben wollte.

Und Luke? Der war erst heute Vormittag aus Charlotte zurückgekehrt. Mason zufolge nutzte er das schamlos als Ausrede, um ihm abzusagen. Aber vielleicht würde sich genau das als meine Rettung herausstellen.

Wenige Minuten später stand ich ein Stockwerk tiefer vor der Tür der Jungs – in meinen Plüschsocken mit den Häschen darauf, meinen Schlafshorts und dem schwarzen Tanktop mit dem Logo meiner Lieblingsband. Luke war meine letzte und einzige Hoffnung … und dass er allein und nicht in weiblicher Gesellschaft war. In dem Fall würde ich sofort wieder umdrehen. Denn wenn es eine Sache gab, die noch schlimmer war, als mitanhören zu müssen, wie Mackenzie es mit ihrem Freund trieb, dann war es, das Ganze bei Luke miterleben zu müssen.

Ich hob die Hand und klopfte an.

Keine fünf Sekunden später machte Luke die Tür auf. Er trug eine Brille mit dickem schwarzem Rand auf der Nase, ein weißes T-Shirt spannte über seinem Oberkörper, die graue Jogginghose hing tief auf seinen Hüften und er war barfuß. Kein Outfit, um irgendwelche Mädels aufzureißen. *Gott sei Dank*.

»Lass mich raten.« Mit der Schulter lehnte er sich gegen den Türrahmen und betrachtete mich von oben bis unten. Angefangen bei meinem lose zusammengebundenen Pferdeschwanz, dem Top mit dem Schriftzug *Love Bites (So Do I)*, bis hin zu dem fünfhundert Milliliter Becher Ben&Jerry's in meinen Händen. Seine Mundwinkel wanderten in die Höhe. »Tate? Oder ist es diesmal Mackenzie?«

»Mackenzie.« Ich zog die Nase kraus. »Ihr Freund ist nur eine Nacht da, bevor er wieder wegmuss.«

»Das erklärt das Eis.«

Ich hielt die Packung hoch. »Chocolate Fudge Brownie. Ich gebe dir die Hälfte ab, wenn ich bei dir unterkommen kann.«

Luke machte einen Schritt zur Seite. »Darling, ich hätte dich allein schon wegen deines Shirts reingelassen.«

»Ach, wirklich?« Deutlich sichtbar für ihn kratzte ich mich mit dem Mittelfinger an der Schläfe. »Mach dir keine Hoffnungen.«

»Würde ich nie wagen.«

Zufrieden ließ ich mich aufs Sofa fallen und stellte den Eisbecher auf den Couchtisch. Wie auf Kommando kam Mister Cuddles aus Dylans Zimmer getappt und sprang auf meinen Bauch. Ich ächzte, als das ganze Gewicht der Katze auf mir landete und sie sich schnurrend zusammenrollte.

»Was gebt ihr dem armen Tier zu essen? Chicken Wings und Burger?«, fragte ich und verrenkte mir beinahe den Hals, um Luke nachzusehen. Er humpelte nicht wirklich, bewegte sich aber langsamer und nicht so geschmeidig wie sonst. »Wieso bist du hier ganz allein?«

»Ich sitze an einer Hausarbeit«, rief er aus seinem Zimmer.

»Die du wann abgeben musst? In einem Monat?«

Anders als ich, die die Methode perfektioniert hatte, alle schriftlichen Arbeiten in der Nacht vor der Deadline zu schreiben, war Luke erschreckend fleißig und setzte sich viel früher an seine Sachen. Nur Tate war schlimmer mit ihren Lernsessions – auch bekannt als Drills, weil sie den Rest von uns zu gerne mit einbezog. Ob wir das wollten oder nicht, stand dabei nicht zur Debatte.

Luke kam ohne Brille zurück und warf mir eine Packung mit Oreokeksen zu. Sie verfehlte Mister Cuddles so knapp, dass die Katze von mir heruntersprang und Luke anfauchte. Dann stolzierte sie gemächlich zurück in Dylans Zimmer.

»Das war gemein«, beschwerte ich mich, nahm mir aber trotzdem die Packung und riss sie auf.

»Sie wird es überleben.« Luke ging zum Flachbildfernseher hinüber, der vor der Couch stand. Nach ihrem Einzug hatten die Jungs ihr Geld zusammengelegt und das Riesending gekauft. Den BluRay-Player hatte Luke beigesteuert, Trevor die Boxen und Mason, der öfter hier war als in seiner eigenen WG, die Playstation. Mit wenig Geld hatten die Jungs ihr eigenes Heimkino und Gamerparadies auf die Beine gestellt. »Wir haben alle Teile von *Terminator, Resident Evil, Captain America, Iron Man, X-Men, Mission Impossible, The Fast and the Furious, Transformers, Batman* und *Fluch der Karibik.*« Er hielt ein paar DVD-Hüllen in die Höhe. »Ich schätze mal, es soll wieder *Resident Evil* oder *The Fast and the Furious* werden?«

»Eine Kick-Ass-Heldin, die Zombies killt, oder heiße Typen in schnellen Autos?« Ich tat, als müsste ich darüber nachdenken, dabei hatte ich mich längst entschieden. »Ich bin für heiß und schnell.«

»Natürlich bist du das.« Er zwinkerte mir zu, dann legte er die erste BluRay-Disk ein. »Sicher, dass du die ganze Reihe durchhältst?«

»Nein.« Ich nahm mir den ersten Keks aus der Packung und teilte ihn in zwei Hälften. »Aber dann müssen wir das hier eben wiederholen, bis wir alle Filme durchhaben.«

»Bloß nicht«, murmelte er, als würden wir so etwas nicht beinahe jede Woche machen. Ächzend ließ Luke sich neben mich fallen und legte die Beine auf den Tisch. Ganz automatisch nahm er mir die Keksseite ohne Creme ab, während ich mir die andere Hälfte in den Mund schob.

»Trinken?«, nuschelte ich.

»Was willst du? Bier? Cola? Dr Pepper?« Mit einem Seitenblick auf das Eis und die Kekse fügte er hinzu: »Milch?«

Ich nickte, stand aber schon auf und drückte ihn zurück in die Polster. Er hatte genug getan. Während der Film begann, steckte ich das Eis ins Gefrierfach, wühlte mich durch die Kochnische und kehrte mit einem Glas Milch für mich und einem Bier für Luke zurück. Dankend nahm er die Flasche entgegen und griff nach der Oreo-Packung. Er drehte den Keks in zwei Hälften und gab mir die Cremeseite.

Als er sich wieder vorlehnte, um die Packung auf den Tisch zu werfen, bemerkte ich die Umrisse eines Verbands unter seiner Jogginghose.

Ich deutete mit dem Keks in der Hand darauf. »Was ist mit deinem Knie passiert?«

Luke zögerte. Er sah mich nicht an, sondern starrte auf den Fernseher, als hätte er den Film nicht schon ein Dutzend Mal gesehen. War ihm das etwa peinlich? Aber warum? Ich würde ihn nie auslachen. Höchstens ein klitzekleines bisschen.

»Ich bin beim Rennen gestolpert und hingefallen«, murmelte er schließlich.

Ich lachte nicht – aber ich musste hart dagegen ankämpfen.

Luke warf mir einen bösen Blick zu. »Hör auf, so zu grinsen. Ich leide hier!«

»Aww, armes Baby.«

Statt einer Antwort schnippte er mir gegen den Oberarm. Diesmal konnte ich mein Lachen nicht zurückhalten. Er war einfach zu niedlich, wenn er eingeschnappt war. Fehlte nur noch der Schmollmund. Dabei war das in seinem Fall gar nicht nötig. Luke hatte von Natur aus viel zu volle Lippen für einen Mann. Ein Schmollmund würde jede Frau im Umkreis von zehn Meilen um den Verstand bringen. Und das zurecht.

Ich kämpfte gegen die Erinnerung an, bevor sie in meinen Gedanken Form annehmen konnte.

Luke ließ sich in die Polster zurückfallen und schüttelte grinsend den Kopf. »Vorsicht, Schätzchen … Sonst schicke ich dich zurück nach oben zur Pornoshow.«

»Das würdest du nie tun. Keks?«

Wieder griff er in die Packung und hielt mir die Hälfte mit der Creme hin. Diesmal jedoch direkt vor den Mund. Unsere Blicke trafen sich, und mir wurde schlagartig warm. Trotzdem öffnete ich die Lippen und ließ zu, dass er mich mit dem Keks fütterte. Mein Magen machte einen kleinen Sprung, aber ich ignorierte es mit aller Macht. Wir waren Freunde. Was in Summerville passiert war, zählte nicht. Ende der Geschichte.

Im Fernseher liefen schon die ersten Actionszenen mit Schusswechsel und Verfolgungsjagd, deren Auslöser wir bereits verpasst hatten, aber das störte mich nicht. Luke und ich hatten uns die Reihe oft genug angeschaut.

Aus dem Augenwinkel bemerkte ich, wie er seinen Keks mit einem Schluck Bier hinunterspülte.

»Bier mit Oreos …« Ich schüttelte mich und griff nach meinem Glas Milch. »Das ist widerlich.«

Mit einem unverschämten Lächeln schob Luke sich einen weiteren halben Keks in den Mund und nahm einen großen Schluck aus seiner Flasche. *Igitt.* Ich wandte den Blick von dem Grauen neben mir ab und konzentrierte mich zum ersten Mal an diesem Abend auf den Film. Als über uns ein Stöhnen zu hören war, dicht gefolgt von einem Rumsen, griff Luke kommentarlos nach der Fernbedienung und machte den Ton lauter, bis die Stimmen und das Reifenquietschen aus dem Fernseher alles andere übertönten.

Ich begann, mich zu entspannen, auch wenn ich mir der Laute über uns nur zu deutlich bewusst war. Langsam rutschte ich tiefer in die Polster, bis ich den Kopf gegen die Lehne sinken lassen konnte. Wie lange war es jetzt her? Ein paar Wochen? Monate? Kein Wunder, dass die Liveshow nebenan mich so aus dem Konzept gebracht hatte. Ich sollte wieder öfter raus, feiern gehen, wild herumknutschen … Ich biss mir auf die Unterlippe, als ein Bild vor meinem inneren Auge auftauchte. Diesmal hielt ich es nicht auf.

Dieser Kuss … Ich hatte mir verboten, daran zu denken, aber hier und jetzt? Während Luke so dicht neben mir saß, dass ich die Wärme spürte, die sein Körper ausstrahlte? Und seinen Duft mit jedem Atemzug einatmen konnte?

»Gott, ich vermisse Sex.« Seufzend streckte ich die Beine aus, legte sie auf den Tisch und überkreuzte sie an den Knöcheln. Erst dann wurde mir bewusst, dass ich meine Gedanken gerade laut ausgesprochen hatte, und stöhnte innerlich. Echt jetzt?

»Ich könnte dir aushelfen, weißt du? So als Freundschaftsdienst …«

Ein Blick in sein Gesicht, und ich wusste, dass er mich nur aufzog. Wir flirteten miteinander, wie wir es schon vom ersten Tag an getan hatten, ohne dass etwas dahintersteckte. Luke wusste das. Ich wusste das. Unsere Freunde wussten das. Und trotzdem wurde mir allein bei diesen Worten, leise und mit dieser tiefen Stimme ausgesprochen, siedend heiß. Weil es jetzt nicht mehr nur eine leere Floskel war, sondern ich mir nur zu gut ausmalen konnte, wie es sein könnte.

»Das hättest du wohl gern«, brummte ich und rutschte tiefer in die Sofakissen.

189

»Ich wette, du bist großartig im Bett.«

Sekundenlang starrte ich ihn an, nur um dann loszuprusten. »Dein Ernst, McAdams? Funktioniert dieser Spruch wirklich bei Frauen?«

Er verzog das Gesicht, als hätte ich ihn getreten. »Normalerweise schon.«

»Oh, Liebling …«, gluckste ich und tätschelte seinen Arm. »Du musst noch viel über das weibliche Geschlecht lernen.«

»Dabei kenne ich es doch schon intim und aus nächster Nähe.«

Ich zog eine Grimasse. »Dinge, die ich nie über dich wissen wollte.«

»Du hast damit angefangen, Schätzchen.«

»Ich weiß, und ich bereue jede Sekunde davon.«

»Von wegen«, murmelte er, ließ es aber gut sein, statt mir weiterhin Bilder in den Kopf zu setzen, die definitiv nichts dort zu suchen hatten.

In der nächsten halben Stunde schafften wir es tatsächlich, uns auf den Film zu konzentrieren, und verfolgten die Autorennen, von denen es in den alten Teilen so viel mehr gab als in den neuen. Ich merkte kaum, wie Luke schweigend aufstand und mit dem Eisbecher und zwei Löffeln zurückkehrte, bevor er sich wieder neben mich setzte.

»Ich verstehe nicht, wie …«, begann er.

»Psst, sei still!«, nuschelte ich und deutete auf den Fernseher. »Das ist die einzige romantische Szene im Film. Ich will sie genießen.«

Interessiert betrachtete er mich von der Seite. »Seit wann stehst du auf Romantik?«

»Ich bin eine Frau. Natürlich stehe ich auf Romantik.«

»Soll ich dir eine Kerze anzünden?«

»Was?« Blinzelnd sah ich zu ihm rüber und bemerkte das

freche Grinsen in seinem Gesicht. »Du Idiot.« Es hagelte kleine Tritte gegen sein unverletztes Bein, bis er meine Füße packte und sie auf seinem Schoß ablegte.

»Ich dachte, du wolltest den Film anschauen?«, neckte er mich. »Hübsche Socken übrigens.«

Wie nebenbei begann er mit dem Daumen über mein Schienbein zu streichen. Kleine Kreise, von denen er wahrscheinlich nicht mal bemerkte, dass er sie auf meiner Haut beschrieb. Ich biss mir auf die Zunge und versuchte das Prickeln zu ignorieren, das diese winzige Berührung auslöste. Luke und ich saßen oft dicht nebeneinander auf der Couch, manchmal schlief ich bei unseren Filmabenden mit dem Kopf auf seiner Schulter ein oder streckte mich auf dem ganzen Sofa aus, während er vor mir auf dem Boden hockte. Diese Art von Nähe war vertraut. Das fast schon zärtliche Streicheln an meinem Schienbein nicht.

»Danke«, brachte ich hervor und bemühte mich um einen leichten Tonfall. »Und ich wollte den Film auch schauen, bevor du jede Stimmung zerstört hast.«

Mit einem theatralischen Seufzen streckte ich mich nach dem Becher Ben&Jerry's und hielt Luke einen Löffel hin. Stimmung zerstört oder nicht, diesen riesigen Eisbecher würde ich nicht allein futtern. Es war Lukes Pflicht als bester Freund, ihn mit mir zu essen, damit man mich morgen früh nicht hier rausrollen musste.

Ich bohrte den Löffel in das leicht angeschmolzene Eis, und beim ersten Kontakt des weichen, schokoladigen Aromas mit meiner Zunge stöhnte ich unwillkürlich auf. Ein Bissen genügte, um mich geradewegs in den Himmel zu befördern. Als ich die Augen wieder öffnete, begegnete ich Lukes durchdringendem Blick.

»Man sollte dir verbieten, Eis zu essen«, murmelte er.

Statt auf seinen Kommentar einzugehen, zog ich den Löffel zwischen meinen Lippen hervor und tunkte ihn wieder in den Becher, während ich mir einen kleinen Rest Eis aus dem Mundwinkel leckte. Alles andere wäre schließlich Verschwendung.

Luke gab einen frustrierten Laut von sich, der irgendwo zwischen Knurren und Stöhnen lag.

Ich konnte ein Lächeln nicht unterdrücken. Oh, ich hatte eine ziemlich gute Vorstellung davon, was es bei einem Mann auslöste, wenn eine Frau neben ihm vor Lust stöhnte, während sie an ihrem Eis lutschte. Nur hätte ich nie damit gerechnet, dass ausgerechnet ich diese Wirkung auf Luke haben könnte. Unser wievielter DVD-Abend war das jetzt? Wir hatten schon unzählige Male nebeneinander auf diesem Sofa gesessen, Fast Food und Süßigkeiten in uns reingestopft und zusammen Filme geschaut. Doch diesmal war irgendetwas anders.

Ohne darüber nachzudenken, tunkte ich meinen Löffel ein weiteres Mal in das Eis und hielt ihn Luke hin. Etwas in seinen Augen verdunkelte sich. Er hielt meinen Blick fest, als er sich aufsetzte, die Finger um mein Handgelenk schloss und den Löffel langsam näher zog. Ich musste schlucken, als das Eis in seinem Mund verschwand und er sich anschließend genüsslich über die Lippen leckte. Mein Blick klebte an dieser kleinen Bewegung seiner Zunge und dann an dem winzigen dunklen Fleck in seinem Mundwinkel, der förmlich darum bettelte, dass ich ihn wegwischte.

»Lecker …« Seine Stimme war heiser geworden, war nur noch ein tiefes Raunen. Sie sollte mir nicht so einen prickelnden Schauer über den Rücken jagen. Das Hämmern in meiner Brust nahm zu, als Luke die Hand hob und mit dem Daumen meine Unterlippe entlangfuhr. Ich erhaschte gerade noch einen Blick auf das Eis auf seiner Haut, bevor er es von seinem Daumen leckte. »Eindeutig lecker.«

Großer Gott. Ich hatte nie an Lukes Flirtfähigkeiten gezweifelt, aber das hier? Das hier war meilenweit von den lockeren Sprüchen entfernt, die ich sonst von ihm zu hören bekam. Kein Wunder, dass ihm die Frauen scharenweise um den Hals fielen. Der Mann hatte ein gefährliches Talent.

Ohne hinzusehen, stellte ich Eisbecher und Löffel wieder ab und richtete mich auf den Knien auf. Der Film war längst vergessen. Fuhren Brian und Dom überhaupt noch Autorennen, oder waren wir schon beim Abspann von Teil eins angelangt? Ich hatte nicht die geringste Ahnung und es interessierte mich auch nicht mehr.

Luke ließ mich keine Sekunde aus den Augen. »Du siehst aus, als hättest du etwas Besseres als das Eis gefunden.«

Etwas Besseres? Hm, so könnte man es auch bezeichnen, und daran war allein Luke schuld.

»Was hast du vor?«, fragte er leise. Abwartend. Lauernd.

»Ich erwidere nur den Gefallen«, flüsterte ich und wischte den kleinen Schokofleck endlich aus seinem Mundwinkel.

Der konzentrierte Ausdruck in Lukes Augen entging mir nicht, als er mein Handgelenk packte und es behutsam nach unten drückte, bis ich ihn nicht länger berührte. Aber er ließ mich nicht los, wie er es sonst getan hätte, sondern strich mit seinen rauen Fingerspitzen meinen Arm bis zu meiner Ellenbeuge hinauf.

Das Atmen fiel mir schwer. Eine Gänsehaut breitete sich auf meinem Arm aus. Ohne Vorwarnung zog er mich zu sich heran, bis ich fast auf seinem Schoß saß und wir uns näher waren, als es jede Freundschaft erlaubte.

»Das ist ein gefährliches Spiel, das du da treibst, Elle«, raunte er viel zu dicht vor meinem Mund.

»Kein Spiel …«, wisperte ich.

Luke so nahe zu sein, ohne dass sich unsere Lippen tatsäch-

193

lich berührten, ließ meine Nervenzellen auf Hochtouren laufen, jetzt wo ich wusste, wie es sich anfühlte, ihn zu küssen. Gleichzeitig schien es so lange her zu sein, dass alles in mir darauf drängte, meine Erinnerungen daran aufzufrischen. Nur ein einziges Mal …

Lukes warmer Atem streifte mein Gesicht. »Das hier zählt nicht, oder …?«

Ich nickte atemlos.

»Gut.« Seine Lippen verzogen sich zu einem Lächeln. Einem atemberaubenden Lächeln, das Frauen dazu brachte, sich die Kleider vom Leib reißen und ihn anspringen zu wollen. Ich wusste es, denn es hatte genau diese Wirkung auf mich.

Ich musste mich nur ein bisschen vorlehnen, ihm nur ein, zwei Zentimeter entgegenkommen, um ihn zu …

Unvermittelt ertönte ein Poltern vor der Wohnungstür, dicht gefolgt von einem heftigen Fluchen. Ich sprang ans andere Ende des Sofas, als hätte ich einen elektrischen Schlag bekommen. Mit hämmerndem Herzen starrte ich auf die Tür. Als sie schließlich aufging, tauchte Dylan darin auf, einen Sack Katzenstreu unter den Arm geklemmt, der ihm runtergefallen sein musste.

»Hey«, brummte er und hinterließ eine Spur von Katzenstreu auf dem Boden, als er in sein Zimmer ging, wo er mit einem begeisterten Miauen begrüßt wurde. Als er wieder im Wohnzimmer auftauchte, blieb sein Blick am Fernseher hängen. »Was seht ihr euch an?«

Ich brachte kein Wort hervor, da mir das Herz bis zum Hals schlug. Zum Glück sprang Luke ein.

»*The Fast and the Furious.*«

Dylan kam ein paar Schritte näher. »Den alten Streifen?«

»Wir sind noch nicht beim neuesten Teil angekommen«,

sagte ich hastig und schnappte mir den Eisbecher, als wäre er mein rettendes Lebenselixier. Oder als könnte er mein erhitztes Gesicht kühlen. Aber mir den Becher an die Wangen zu halten wäre ein bisschen zu auffällig gewesen.

»Sagt Bescheid, wenn es soweit ist.« Dylan warf einen letzten Blick in Richtung Fernseher, dann holte er Kehrblech und Besen aus der Kochnische und machte sich daran, das Chaos aufzuwischen, das er hinterlassen hatte, bevor er wieder in seinem Zimmer verschwand.

Schweigen senkte sich über uns, nur unterbrochen durch das Röhren der Motoren und die Gespräche im Film.

Schließlich seufzte Luke. »Wie es aussieht, musst du meinen Klingelton ändern«, bemerkte er und nickte in Richtung seines Mitbewohners. »Dylan hat eindeutig mehr Wrecking-Ball-Effekt.«

Einen Moment lang starrte ich ihn nur von der Seite an, dann lachte ich, erst leise und dann immer lauter, und schließlich so heftig, dass mein Bauch wehtat. Die Anspannung zwischen uns war verschwunden. Gott sei Dank.

»Okay.« Ich streckte mich nach meinem Handy auf dem Couchtisch und begann, darauf herumzutippen. Als Luke sich zu mir rüber lehnte, um einen Blick auf das Display zu erhaschen, rutschte ich zur Seite. »Warte.«

»Was war sein alter Klingelton?«

»Das willst du nicht wissen.« Ich scrollte durch meine Musikbibliothek, bis ich das gesuchte Lied gefunden hatte.

Luke stupste mich an. »Sagen wir, ich will doch.«

»*Blank Space*.«

»Was?« Er runzelte die Stirn, was unter den dichten Haarsträhnen, die ihm in die Stirn fielen, kaum zu sehen war. Aber ich kannte ihn gut genug, um diesen Ausdruck richtig einordnen zu können.

»Von Taylor Swift. Du weißt schon, die Frau, auf die Dylan steht!«, rief ich laut genug, damit er uns in seinem Zimmer hören konnte.

Grinsend schüttelte Luke den Kopf. »Du hast echt ein Talent dafür, Männern die Eier abzuschneiden, Süße.«

Ich zuckte mit den Schultern. »Das war nicht meine Idee, sondern Tates. Was meinst du, wie wir losgelacht haben, wann immer Dylan angerufen hat.«

»Streich das mit dem Talent. Du bist bösartig.« Er trank einen Schluck von seinem Bier, dann betrachtete er mich interessiert von der Seite. »Und was wird jetzt mein neuer Klingelton?«

»Das muss ich mir noch überlegen.«

»Wie wär's mit … *Eye Of The Tiger*? Oder irgendein anderer harter, männlicher Song.«

Ich beendete die Einstellung an meinem Handy und schenkte Luke ein zuckersüßes Lächeln. »Oder ich verpasse dir einfach auch ein Lied von Taylor Swift, wenn du keine Ruhe gibst.«

Sein Gesichtsausdruck glich dem, als wir einmal zusammen in einen Kurs gegangen waren und herausfinden mussten, dass die Prüfung schon an diesem Tag stattfand, statt erst die Woche darauf. Wir waren beide durchgefallen, aber hinterher hatten wir uns wenigstens zusammen betrinken können.

»Tate hat einen schlechten Einfluss auf dich«, murmelte er in seine Bierflasche. »Langsam wirst du genauso herrisch wie sie.«

»Und du stehst drauf«, gab ich unbekümmert zurück. »Jetzt sei still, damit wir wenigstens das Ende vom Film sehen können.«

Erstaunlicherweise legte Luke keinen Widerspruch ein. Als ich nach ein paar Minuten einen Blick in seine Richtung wagte, war er tief in die Polster gerutscht, hatte den Kopf angelehnt und die Flasche auf seinem flachen Bauch abgestellt.

Ein winziger Teil von mir war tatsächlich enttäuscht darüber, dass wir unterbrochen worden waren... Ich biss mir auf die Lippe und versuchte, die Erinnerung an diesen Moment vorhin genauso zu vertreiben wie die an den Kuss. Er hatte nichts zu bedeuten. Er zählte nicht. Wir alberten gerne herum und flirteten miteinander, seit wir den ersten Satz gewechselt hatten. Aber hinter all den Sprüchen, Flirts und Diskussionen waren wir vor allem eins: Freunde. Und ich würde nicht zulassen, dass ich meinen besten Freund verlor. Einmal konnte ich vielleicht damit leben, ein zweites Mal würde es mich zerstören.

Die nächsten Stunden verbrachten wir mit noch mehr Eis, Keksen und jeder Menge Kommentaren zu den Filmen. Irgendwann fielen mir die Augen zu, und ich spürte, wie sich ein Arm unter meinen Rücken und ein zweiter unter meine Knie schob. Lukes Wärme hüllte mich ein, als er mich vom Sofa hob, genauso wie sein Geruch, eine wilde Mischung aus Bier, Schokolade und meinem besten Freund. Gleich darauf lag ich auf etwas Weichem, das noch mehr nach Luke duftete, und seufzte leise. Das Letzte, was ich wahrnahm, war der sanfte Kuss auf meine Stirn und die Decke, die über meine Schultern gezogen wurde. Dann schlief ich ein.

Der Duft von geröstetem Kaffee weckte mich. Im Halbschlaf streckte ich Arme und Beine in alle Richtungen aus und seufzte, bevor ich die Augen aufschlug. Das Erste, was ich sah, waren nicht die Lichterkette und die Weltkarte an meiner Wand, sondern Bücher. Viele, viele Bücher, die mehrere Regale füllten und sich sogar auf dem Schreibtisch und auf dem Boden neben den Gewichten stapelten. Ich brauchte einen

197

Moment, um zu realisieren, dass ich nicht in meinem Zimmer war, sondern in Lukes – und noch etwas länger, um zu begreifen, dass ich in seinem Bett lag.

Mit einem Satz war ich auf den Beinen, lächerlich erleichtert darüber, dass ich vollständig angezogen war, von meinem Tanktop bis hinunter zu den Kuschelsocken mit Häschenmuster. Warum zum Teufel war das plötzlich das Erste, woran ich dachte, wenn ich in Lukes Zimmer aufwachte? Es war schließlich nicht das erste Mal, dass ich nach einem gemeinsamen DVD-Abend bei ihm übernachtete. Allerdings war es das erste Mal gewesen, dass wir uns während des Films beinahe geküsst hätten. *Argh.* Nicht daran denken, schon gar nicht ohne Kaffee in meinem Blutkreislauf.

Mit den Fingern kämmte ich mir durchs Haar, band es neu zusammen und wischte mir die Kajalspuren unter den Augen notdürftig weg.

»Guten Morgen, Sonnenschein«, begrüßte Luke mich mit einem breiten Lächeln, als ich aus seinem Zimmer schlurfte. Er stand nur in T-Shirt und Shorts vor dem Herd, in der einen Hand ein iPad, in der anderen eine Jumbotasse, die er mir jetzt unter die Nase hielt. »Ich hoffe, du hast gut geschlafen?«

Ich murmelte etwas Unverständliches und griff nach der Tasse mit dem wachmachenden Lebenselixier. Erst nach drei großen Schlucken und einer verbrannten Zunge war ich in der Lage, ihm eine Antwort zu geben.

»Bestens.« Ich ließ mich auf den Hocker an der Kücheninsel fallen und unterzog Luke einer genaueren Musterung. Er hatte sich noch nicht rasiert, und auch sein Haar stand in alle Richtungen ab, doch es waren die Schatten unter seinen Augen, die meine Aufmerksamkeit auf sich zogen. »Du siehst nicht gerade erholt aus.«

Luke zog eine Grimasse. »Du trittst im Schlaf.«

Fast hätte ich meinen Kaffee ausgespuckt, zwang mich aber dazu, ihn runterzuschlucken, statt auf Lukes weißem T-Shirt zu verteilen. »Das stimmt doch gar nicht!«

Wann immer ich bei unseren Filmabenden eingeschlafen war, hatte Luke entweder auf dem Sofa oder auf dem Boden vor dem Bett geschlafen. Aber nie zusammen mit mir darin.

»Oh, doch.« Seine Mundwinkel wanderten in die Höhe. »Außerdem beanspruchst du das ganze Bett für dich und breitest dich aus. Wie ein Seestern.«

»Das ist absolut nicht wahr, du Idiot!«

»Willst du meine blauen Flecken sehen?« Ohne Vorwarnung hob er sein Shirt an und entblößte ein tadelloses Sixpack.

»Ich verpasse dir gleich blaue Flecken«, knurrte ich und trank einen großen Schluck von meinem Kaffee, um meine plötzlich trockene Kehle zu befeuchten.

Lukes Lippen verzogen sich zu einem verschmitzten Lächeln. »Das will ich sehen.«

»Ist das eine Herausforderung?« Entschlossen stellte ich meine Tasse ab und rutschte vom Hocker.

»Zeig, was du drauf hast, Baby.«

Ich trat einen drohenden Schritt auf Luke zu, aber er blieb unbeeindruckt stehen. Nur das Grinsen in seinem Gesicht wurde noch eine Spur breiter.

»Leute …«, erklang unvermittelt eine helle Stimme hinter mir. »Bitte keinen Sex auf der Kücheninsel, solange wir noch hier sind.« Eine verschlafene Emery stand in der Tür zu Dylans Zimmer und tappte an uns vorbei zum Kühlschrank. Ihr platinblondes Haar mit den momentan mal wieder pinkfarbenen Spitzen war ein einziges Durcheinander, und auf ihrer Wange war ein Kissenabdruck zu erkennen. Gut zu wissen, dass ich nicht die Einzige war, die vom Schlafen völlig zerknittert aussah.

199

»Seit wann bist du hier?«, fragte ich und beobachtete sie dabei, wie sie ein großes Glas mit Eiswürfeln und Milch füllte, ehe sie es in die Kaffeemaschine stellte.

»Seit letzter Nacht«, erwiderte sie mit einem ausgiebigen Gähnen. »Dylan hat mir geschrieben, als er aus der Klinik kam. Ihr habt irgendeinen Film angeschaut.«

»Da hat die kleine Elle schon geschlafen.« Luke warf mir ein spöttisches Grinsen zu.

Ich verdrehte die Augen. »Ich war müde.«

»Moment mal.« Mit einem Löffel und einer Packung Zucker in den Händen wirbelte Emery zu uns herum. In ihrer Miene spiegelte sich eine Mischung aus Fassungslosigkeit und Entsetzen wider. »Du hast hier geschlafen? Bei Luke? Heißt das, wir haben die Wette verloren?«

»Nicht dein Ernst«, stöhnte ich und deutete mit dem Finger auf sie. »Ich kann nicht glauben, dass du bei diesem Blödsinn von Mason mitmachst.«

»Er ist mein Mitbewohner.« Emery sagte das so, als würde das alles erklären, und vielleicht stimmte das sogar. Wenn Tate schon einen schlechten Einfluss auf mich hatte, wenn wir nur in derselben WG wohnten, wollte ich gar nicht wissen, welchen Einfluss Mason auf Emery ausübte, solange sie sich ein Zimmer teilten.

»Lass ihnen doch den Spaß, Seesternchen.« Luke grinste, aber ich wusste, dass er mich mit dem Spitznamen nur aufzog. Wir hatten nie zusammen in einem Bett geschlafen. Selbst im Haus meiner Eltern war er standhaft geblieben. Nicht, weil Luke so ein Gentleman war, sondern weil er nie mit einer Frau im selben Bett schlief. Der Mann hatte echte Probleme mit Intimität. Abgesehen davon würde ich mich ja wohl daran erinnern können, wenn ich die halbe Nacht neben Luke gelegen hatte, oder?

Ein kurzer Blick durch die Wohnung bestätigte meinen Verdacht: Auf dem Sofa lagen eine Decke und ein zerknautschtes Kissen. Von wegen Seestern. Dieser Spinner.

»Apropos Blödsinn …« Emery trank einen Schluck von ihrem Eiskaffee. »Wir gehen immer noch geschlossen zur Halloweenparty?«

»Klar«, sagte Luke.

»Muss das sein?«, murrte Dylan, der in diesem Moment aus seinem Zimmer kam.

»Keine Ausreden, Mister.« Emery bohrte ihren Zeigefinger in Dylans Brust, sobald er vor ihr stand. »Diesmal kannst du dich nicht vor einer Party drücken. Abgesehen davon habe ich schon die perfekten Kostüme organisiert.«

Auch wenn er mir den Rücken zuwandte, wusste ich, dass Dylan gerade die Augen verdrehte. Genauso wie ich wusste, dass er trotzdem lächelte. So wie mit Emery hatte ich ihn nie zuvor erlebt. Ich kannte Dylan nur als den ruhigen, verlässlichen Typen, der immer zur Stelle war, obwohl er gefühlt ständig auf Achse war. Lernen, Arbeiten, Sport und seine Ersatzgroßmutter – daraus hatte Dylans Leben bestanden, bevor Emery aufgetaucht war. An seinem Zeitplan hatte sich seither nur wenig geändert und auch die Augenringe waren noch da, aber nun sprühte er vor Energie. Und wenn er Emery ansah, trat immer dieses Leuchten in seine Augen … Es war beneidenswert. Und ekelhaft süß.

Luke räusperte sich, als Dylan seiner Freundin einen ausgiebigen Guten-Morgen-Kuss gab. »Nehmt euch ein Zimmer.«

Emery lachte nur und sah an Dylan vorbei. »Keine Sorge, wir lassen euch zwei Turteltauben schon wieder in Ruhe.« Sie griff nach ihrem Eiskaffee und nach Dylans Hand. »Übrigens ist die Kochinsel nicht sehr bequem … hab ich mal gehört«, fügte sie im Vorbeigehen hinzu und verschwand zusammen mit Dylan in seinem Zimmer.

Mit spitzen Fingern nahm ich meine Tasse von besagter Kochinsel. Luke stieß ein ungläubiges Lachen aus.

»Alles klar«, murmelte er und rieb sich über die Augen. »Desinfektionsmittel kommt ganz oben auf die Einkaufsliste.«

Angewidert verzog ich das Gesicht. »Nächstes Mal überlege ich es mir zweimal, ob ich wirklich hier frühstücken will.«

»Als ob du der Versuchung widerstehen könntest«, konterte er mit einem wissenden Lächeln. Und ich hatte das sichere Gefühl, dass er damit nicht nur auf Kaffee und Frühstück anspielte.

Ich ignorierte die plötzliche Hitze in meinem Bauch, trank meine Tasse aus und rutschte vom Hocker. »Eine Versuchung ist nur so lange reizvoll, wie sie unerreichbar ist, McAdams. Sobald man ihr nachgibt, wird sie uninteressant.«

»Ach, wirklich?«

»Wirklich.« Bevor einer von uns etwas tun oder sagen konnte, was an diesen Moment gestern erinnerte, ging ich zu Luke rüber und tätschelte ihm die Wange eine Spur zu fest. »Danke, dass ich hier übernachten durfte. Ich hoffe, ich kann jetzt wieder in meine Wohnung.«

»Ach, Elle?«, rief Luke, als ich schon an der Tür war, und wartete, bis ich mich zu ihm umgedreht hatte. »Besorg lieber Desinfektionsmittel für *eure* Küche.«

»Ich hasse dich!«, rief ich lachend und griff nach dem erstbesten Gegenstand, den ich in die Finger bekam – eine Packung Katzenleckerlis – und warf ihn nach Luke.

Sein Lachen folgte mir auch dann noch, als ich die Tür hinter mir zuzog und mich auf den Weg nach oben machte.

Kapitel 11

Luke

Zwei Tage später prangte ein großer, blutiger Fleck auf meinem weißen T-Shirt, genau über meinem Herzen. Weitere Blutspritzer leuchteten rot auf dem Shirt und der zerfetzten Jeans. Die Schrammen an den Knien hatte ich nicht mal aufmalen müssen. Die waren dank des Sturzes bei den Championships echt. Nicht, dass ich das jemals öffentlich zugeben würde. Aber wenigstens hatte ich noch was davon, jetzt, da Halloween war.

Um meinen Hals zogen sich dunkelrote Male, als hätte jemand versucht, mich mit einem Kabel oder Draht zu erwürgen. Aber das Beste war mein Gesicht: leichenblass mit blauvioletten Ringen unter den Augen, abblätternden Hautfetzen und einer Blutspur, die aus meinem Mundwinkel hinunterlief. Spätestens jetzt war ich dankbar für Tates Kunstkurse, denn mit dem Make-up hatte sie meinem Zombiekostüm den letzten Schliff verliehen. Genau wie ihrem eigenen, denn sie ging als heiße Attentäterin zur Party. Kniehohe Stiefel, Hot Pants, Netzstrümpfe, zwei Spielzeugdolche und eine schwarze Weste mit Ärmeln und Kapuze inklusive.

Wir waren alle zusammen auf die Verbindungsparty gegangen, aber schon nach kurzer Zeit hatte sich unsere Gruppe aufgelöst. Elle, Tate und Emery machten die Tanzfläche unsicher, Mason hatte sich zum Alkohol in der Küche verzogen, und nur der Teufel wusste, wo sich Trevor und Dylan rumtrieben.

Unter anderen Umständen würde schon das erste Mädchen an mir kleben. Es mochte arrogant sein, aber als Sportler hatte man am College einen gewissen Ruf, der einige Vorteile mit sich brachte. Heute hatte ich jedoch alle bisherigen Annäherungsversuche abgeblockt. Mir war nicht danach, mich von irgendeinem Freshman volllabern zu lassen, also lehnte ich allein an einer Wand im Wohnzimmer und trank einen Schluck aus meinem Becher. Der Inhalt schmeckte widerlich süß, aber der viele Zucker sollte wohl nur den Alkoholgehalt der Bowle überdecken. Und der war heftig.

Wie jedes Jahr hatten die Jungs nicht zu viel versprochen. Sie hatten die Möbel an die Wände geschoben, um für eine Tanzfläche zu sorgen, die Dekoration war düster und die Beleuchtung schummrig. Jeder Gast war verkleidet. Von gruseligen Gestalten über Superhelden bis hin zu sexy Krankenschwestern hatte ich an diesem Abend schon alles gesehen. Und jetzt lief ein riesiges Pikachu an mir vorbei. Während die Leute an ihren blutfarbenen Drinks nippten, an Schokoladenwürmern und Snacks in Form von abgeschnittenen Fingern knabberten oder sich die Seele aus dem Leib tanzten, legte der DJ auf. Zum Glück beschränkte er sich nicht nur auf Songs, in denen die Wörter *Blut* und *Tod* vorkamen.

»Hey.« Trevor, an diesem Abend besser bekannt als Jon Snow, tauchte mit einem Drink in der Hand neben mir auf. »Alles klar, Mann?«

Ich nickte und ließ meinen Blick widerwillig zurück zur Tanzfläche wandern. Er zuckte ohnehin ständig dorthin, also konnte ich auch endlich richtig hinsehen.

Dylan hatte sich zu den Mädchen gesellt und tanzte mit Emery. Mit seinen knallgrünen Haaren und ihren blonden Zöpfen, deren Spitzen auf der einen Seite blau und auf der anderen Seite rosa waren, stellten sie unverkennbar den Joker und Harley Quinn dar. Wie beinahe die Hälfte der anderen Gäste.

Tate legte gerade eine beeindruckende Drehung hin und landete in den Armen eines gar nicht mal schlecht gemachten Khal Drogo, der seine Hände auch gleich auf ihren Hüften liegen ließ. Ich schaute zu Trevor hinüber, aber der zeigte keine Reaktion. Nicht überraschend. Was auch immer ihn dazu brachte, ständig den Aufpasser für Tate zu spielen, Eifersucht war es nicht.

Als würde mein Blick wie ein verdammter Magnet von der Stelle angezogen werden, wo Elle sich gerade austobte, starrte ich wieder dorthin. Wie schon in dieser Bar in Alabama vergaß sie alles um sich herum, wenn sie tanzte. Diesmal war es kein sexy Kleid, in dem sie ihre Hüften zur Musik bewegte, sondern ein viel zu knappes Wonder-Woman-Kostüm. Nicht die alte Version in Rot-Blau, sondern die aus dem Film. Kniehohe Stiefel, Tiara, Armbänder und ein goldenes Lasso – die komplette Ausstattung.

Allerdings war Elle nicht die Einzige mit diesem Kostüm. Ich hatte schon mindestens zwei andere Wonder Women gesehen, aber im Gegensatz zu ihnen und ihren billigen Outfits wirkte Elle mörderisch heiß. So heiß, dass ich eindeutig nicht der Einzige war, der sie beobachtete.

Natürlich musste ich ausgerechnet jetzt daran denken, wie wir in ihrer Heimatstadt miteinander getanzt hatten. Gut fünfzehn Minuten lang hatte ich an jenem Abend versucht, sie nicht dabei zu beobachten, wie ausgelassen sie war und wie viel Spaß sie hatte.

Aber als sie dann die Augen geschlossen und ihre Hüften in diesem sinnlichen Rhythmus bewegt hatte, hatte sich mein Verstand ausgeschaltet. Bevor ich gewusst hatte, was ich da eigentlich tat, war ich aufgestanden, hatte mich an den anderen Leuten vorbeigeschoben und den Arm von hinten um sie gelegt.

Wir hatten nie zuvor miteinander getanzt. Vielleicht hatte sich dieser Moment deshalb so in mein Gedächtnis eingebrannt. Weit weg vom College hatte es sich so angefühlt, als wären die Karten neu gemischt worden.

Ich hob den Becher an meine Lippen und trank einen großen Schluck. Alkohol und Limonade fluteten meinen Mund. Was wäre, wenn ich jetzt ebenfalls zu ihr rübergehen würde? Wenn wir wieder so miteinander tanzen, ich sie wieder so berühren und ihren Duft inhalieren würde wie in Alabama? Ich schüttelte über mich selbst den Kopf. Wir waren Freunde. *Freunde*, verdammt noch mal. Ich sollte endlich aufhören, solche Gedanken zu haben, wenn es um Elle ging.

Zum Glück meldete sich just in dem Moment mein Handy mit einem Vibrieren. Ich zog es aus der Hosentasche und runzelte die Stirn, als ich den Namen auf dem Display las. *Landon*.

»Bin gleich zurück«, murmelte ich, ohne zu wissen, ob Trevor mich über die Musik hinweg überhaupt verstand. Mit dem Smartphone in der Hand schob ich mich an den Leuten vorbei, auf der Suche nach einem ruhigen Ort.

Wie immer, wenn mein Bruder anrief – was selten genug vorkam –, fühlte es sich an, als hätte ich einen ganzen Kübel Eiswürfel geschluckt. Kälte breitete sich in meinem Magen aus und verhärtete ihn, bis nichts mehr durch diesen Eispanzer hindurchdrang.

Ich erreichte die Küche des Verbindungshauses, aber da sich auf dem Tresen die ganzen Snacks stapelten, war es hier genauso voll und laut wie im Wohnzimmer.

Widerwillig hielt ich mir das Handy ans Ohr. »Hey, Mann. Was geht?«

Meine Stimme klang locker. Alltäglich. Und absolut falsch.

206

Ich musste mir nicht vorstellen, wie Landon die Stirn runzelte, als er den Lärm hörte. Ich wusste, dass er es tat. Er, der zukünftige Staranwalt, würde sich nie dazu herablassen, auf eine Studentenparty zu gehen. Schon gar nicht auf eine, bei der einer der Verbindungsjungs gerade einen Handstand auf dem Bierfass machte, während er einen neuen Trinkrekord hinlegte. Die Leute drehten durch, schrien und feuerten ihn an.

Scheiße. Ich musste hier raus.

»Luke.« Landons Stimme war in dem Durcheinander kaum zu verstehen.

Ich kämpfte mich nach draußen. Auf der Veranda war ich zwar nicht allein, aber wenigstens tönten die Musik und das Grölen nur noch gedämpft aus dem Haus.

»Was gibt's?«, fragte ich und beeilte mich, die paar Stufen hinunter in den Garten zu gehen. Hier war es bis auf ein paar knutschende Pärchen und einige bemitleidenswerte Leute, die röchelnd über den Büschen hingen, relativ ruhig.

»Wie ich höre, hast du deinen Spaß. Nicht sonderlich überraschend.« Beißender Zynismus schlug mir entgegen.

»Es ist Halloween«, brachte ich zwischen zusammengebissenen Zähnen hervor. »Normale Menschen gehen aus und haben Spaß. Weißt du noch, was das ist?«

Ein Schnauben am anderen Ende der Leitung. »Spaß ist nur etwas für Menschen, die nichts Besseres mit ihrem Leben anfangen können.«

War ja klar. Den Spruch durfte ich mir schon anhören, seit Mom und Dad … Ich zerknüllte den Gedanken wie ein Stück Papier und warf ihn in meinen geistigen Mülleimer. Ich würde jetzt nicht daran denken. Auf keinen Fall. Erst recht nicht, wenn ich mich mit Landon herumschlagen musste.

»Aber deswegen rufe ich nicht an«, sagte er. Sein Seufzen klang schwer, seine nächsten Worte zögernd. »Bald ist …«

207

»Ich weiß«, unterbrach ich ihn barsch. »Ich weiß, welcher Tag bald ist. Und die Antwort lautet Nein.«

Ich würde nicht zurück nach Hause fahren. Nicht an diesem Tag, völlig egal, was mein Bruder dazu zu sagen hatte.

»Was ist mit DeeDee?«

Arschloch. Es sollte mich nicht überraschen, dass er unsere Großtante als Argument missbrauchte. Über die Jahre war Landon immer verschlagener geworden, wenn es darum ging, seinen Willen durchzusetzen.

»DeeDee weiß das, genau wie du.« Aber im Gegensatz zu meinem großartigen Bruder lag sie mir damit nicht jedes Jahr in den Ohren. Sie stocherte nicht immer wieder in derselben alten Wunde herum.

»Das ist ganz schön selbstsüchtig von dir, findest du nicht?« Die Kälte in seinen Worten ließ mich frösteln. »Aber du warst ja schon immer der Egoist von uns beiden. Warum sollte sich daran was geändert haben?«

»Fick dich, Landon, ich habe Nein gesagt. Spar dir deine beschissenen Manipulationsversuche.« Bevor er noch eines seiner Argumente aus der Unter-der-Gürtellinie-Schublade rausziehen konnte, legte ich auf. Am liebsten hätte ich das Handy gegen die Hauswand geworfen, damit es in tausend Teile zerbrach und ich nicht länger erreichbar war.

Fuck. Mit Daumen und Zeigefinger rieb ich mir über die Nasenwurzel. Ein Pochen begann sich hinter meiner Stirn auszubreiten und brachte eine ganze Reihe von unerwünschten Erinnerungen mit sich. *Vielen Dank auch, Bruderherz.* Ich war fantastisch darin, alles zu verdrängen, aber er ließ mir einfach keine Ruhe. Wie jedes verdammte Jahr um diese Zeit.

»Luke?« Jemand berührte mich am Arm.

Ich zuckte zusammen und musste mehrmals blinzeln, um die Flut an Gedanken zu vertreiben und die Person zu sehen, die sich mir unbemerkt genähert hatte. Sie war ein ganzes Stück kleiner als ich, hatte braune Haare, und ihr Kostüm bestand aus einem Prinzessinnenkleid mit tiefem Dekolleté. Vielleicht sollte es mit dem blutroten Lippenstift auch eine Königin oder Vampirin darstellen. Was wusste ich schon?

»Geht's dir gut?« Sie lächelte mich an.

Ich brauchte einen, vielleicht auch zwei Momente, um sie richtig einzuordnen. *Maggie*. Nicht ihr richtiger Name, aber die einzige Alternative, die mir eingefallen war. Letzte Woche hatte sie mir den Infozettel aus Professor Jenkins' Kurs mitgebracht. Damals hatte ich sie mehr oder weniger abserviert, aber sie schien die Hoffnung nicht aufgegeben zu haben.

Ich ignorierte das eisige Gefühl in meiner Magengrube und setzte ein unbekümmertes Lächeln auf. »Bestens. Was ist mit dir, Hübsche?«

Ihre Augen strahlten. Wenigstens eine Person, die ich heute glücklich machen konnte. »Jetzt geht's mir super. Willst du was trinken?«

Alkohol war eine gute Idee. Vielleicht halfen ja noch ein paar Becher Bowle, um den bitteren Nachgeschmack loszuwerden, den das Gespräch mit meinem Bruder hinterlassen hatte. Ich bot ihr meinen Arm an und sie hängte sich ein, bevor wir uns zusammen wieder unter die Partymeute mischten.

Drei Drinks später sah die Welt schon ganz anders aus. Vor allem schwankte sie unter meinen Füßen. Ich hatte mit Maggie geflirtet, mit Mason und ein paar Jungs aus meinem Team und der Footballmannschaft beim Wetttrinken mitgemacht und mich durch alle Snacks probiert, die es hier gab. Die Schokowürmer blieben mein Favorit.

Irgendwann hatte ich Maggie verloren, aber ich ging davon aus, dass sie mir genauso wenig nachweinte wie ich ihr. Jetzt lehnte ich wieder an derselben Wand wie noch vor ein paar

Stunden, während mein Blick die Tanzfläche absuchte. Es war schon eine ganze Weile her, seit ich Elle das letzte Mal gesehen hatte. Als ich Tate vorhin im Flur begegnet war, hatte sie einen Kerl im Steampunkoutfit im Schlepptau gehabt. Asher ... Austin ... keine Ahnung. Ich wusste nur, dass er mit ihr im Französischkurs war und sie mit ihm nach oben gegangen war.

Von Elle war nichts zu sehen. Allem Anschein nach war sie auch nicht mehr auf der Tanzfläche. Ich wollte gerade Richtung Flur gehen, um in einem anderen Zimmer nach ihr zu suchen, als ich einen Blick auf Wonder Woman erhaschte. Ich kniff die Augen zusammen, da ich sie nur von hinten sah, als sie durch die Flügeltüren nach draußen ging, aber ich war mir zu hundert Prozent sicher, dass es Elle war. Na gut, zu fünfundachtzig Prozent, aber diese eleganten Bewegungen waren mir einfach zu vertraut, um mich zu irren. Ich stieß mich von der Wand ab und tauchte in der Menge unter, um ihr zu folgen.

Irgendwie schaffte ich es trotz der Drinks, die ich inzwischen gekippt hatte, mich an den Feiernden vorbeizuschieben und die Flügeltüren in einem Stück zu erreichen. Ich drückte sie auf und inhalierte die frische Nachtluft. Im Vergleich zu der drückenden Wärme da drinnen war es auf der Terrasse fast schon eisig.

Und tatsächlich: Nur ein paar Schritte von mir entfernt stand Elle am Geländer und sah in die Nacht hinaus. Sie schien mich noch nicht bemerkt zu haben, also gab ich mir Mühe, leise zu sein, während ich mich an sie heranschlich. Sobald ich nahe genug war, legte ich die Hände neben ihren aufs Geländer und brachte meinen Mund nahe an ihr Ohr.

»Buh!«

Sie schrie nicht auf, zuckte nicht mal zusammen. Stattdessen drehte sie den Kopf und musterte mich mit hochgezogenen Brauen. »Echt jetzt, McAdams?«

Ich runzelte die Stirn. »Du hast dich nicht erschreckt?«

»Da musst du dich schon mehr anstrengen.«

Verdammt. Wahrscheinlich hatte sie mich gehört. Nach vier Bechern Bowle war ich nicht gerade der beste Kandidat, um ninjamäßig durch die Gegend zu schleichen.

Ihr Blick zuckte zu etwas oder jemandem hinter mir. »Sieh nicht hin, aber ich glaube, dahinten im Garten treiben es gerade zwei an einem Baum miteinander.«

Natürlich drehte ich mich sofort in die Richtung, in die sie mit einem Kopfnicken deutete. Es war zu dunkel, um Details erkennen zu können, aber ich bemerkte die beiden Gestalten ebenso wie die ruckenden, gleichmäßigen Bewegungen des Typen.

Elle legte ihre Hand an mein Gesicht und drehte meinen Kopf zurück. »Ich sagte doch, sieh nicht hin«, zischte sie.

»Sorry, Süße, aber du kannst keine solche Ansage machen und dann von mir erwarten, dass ich nicht hinschaue. Ich bin ein Kerl.«

»Das ist nicht zu übersehen.« Sie drehte sich wieder nach vorn, den Blick auf das Nachbarhaus gerichtet, in dem es genauso laut zuging wie in diesem hier.

Ich beugte mich näher zu ihr, um ihren Duft einzuatmen. Selbst jetzt im tiefsten Herbst roch Elle noch immer nach Frühling. Nach sprießendem Gras, Wildblumen und Morgentau auf den Blättern, während ich meine erste Runde am frühen Morgen lief. Nicht durch das Stadion oder den Park, sondern bei mir zu Hause. Verrückt, dass Elle mich ausgerechnet daran erinnerte, obwohl sie nie dort gewesen war.

Mit einem leisen Seufzen lehnte sie sich gegen mich. Es war eine vertraute Geste, die ich nicht ausnutzen sollte. Schon gar nicht nach dem, was da in Alabama und beinahe auf meinem Sofa zwischen uns passiert war. Vielleicht war es der Alkohol, vielleicht ihr Duft, der mich völlig benebelte, aber ich konnte nicht anders.

Ich schob ihr langes Haar zur Seite und setzte einen Kuss auf ihren Nacken. Federleicht und so kurz, dass sie es vielleicht nicht mal gespürt hatte. Für einen winzigen Moment verharrte ich an dieser Stelle, nur um Elles Duft noch etwas länger einzuatmen. Sie zeigte keine Reaktion. Nichts, außer der feinen Gänsehaut, die sich an ihrem Hals ausbreitete. Ich lächelte. Hätte mich jemand danach gefragt, ich hätte keine Antwort darauf gehabt, warum es mir wichtig war, diese Wirkung auf Elle zu haben. Vielleicht, weil sie die gleiche Wirkung auf mich hatte und ich es jetzt, nach genug Drinks, wenigstens vor mir selbst zugeben konnte.

»Was tust du da?« Elles Stimme klang belegt, als ich einen zweiten Kuss auf ihren Nacken setzte. Jepp, meine Nähe ließ sie eindeutig nicht kalt.

»Es war langweilig da drin ohne dich.« Bei jedem Wort berührten meine Lippen ihre Haut.

»Du bist betrunken …«, protestierte sie. Dabei war sie mit ziemlicher Sicherheit auch nicht mehr ganz nüchtern.

»Nicht betrunken genug, um nicht zu bemerken, wie heiß dieses Kostüm ist.«

Ein Zucken ging durch Elles Körper, und ich brauchte einen Moment, um zu begreifen, dass sie lachte. Behutsam drehte ich sie zu mir um, packte sie an der Taille und setzte sie auf das Geländer.

»Männer und Wonder Woman …« Belustigt schlang sie die Arme um meinen Hals und hielt sich an mir fest, um nicht herunterzufallen. *Gut so.* Die Blaubeerbüsche da unten sahen nicht besonders kuschelig aus. Ich verstärkte meinen Griff an ihren Hüften. »Es ist das Lasso, oder?«

Ich grinste. »So offensichtlich?«

»Ziemlich. Ich könnte dich damit ans Geländer fesseln …«

»Und dann …?«

Sie zog mich näher, brachte ihre Lippen dicht an meine. »Dann … lasse ich dich hier, bis du deinen Rausch ausgeschlafen hast.«

Freches Ding. Ich zwickte sie in die Seite. Wenigstens zuckte sie diesmal zusammen.

»Ich habe zwar einiges intus, aber ich bin nicht sturzbesoffen. Du weißt, wie viel ich vertrage.« Was an bestimmten Tagen im Jahr ein Fluch war. Wenn ich mich abschießen wollte, brauchte es schon mehr als ein bisschen selbst gemixte Bowle auf einer Studentenparty.

»Ich weiß.« Sie faltete die Hände in meinem Nacken, dann wurde ihr Gesichtsausdruck ernst. Beinahe besorgt. »Wird das jetzt immer so sein?«, fragte sie leise. »Wir feiern, wir trinken – wir machen miteinander rum?«

Liebend gern. Dabei hatten wir uns bisher doch nur ein einziges Mal geküsst – und das zählte nicht mal, auch wenn mich dieser Kuss bis in meine Träume verfolgte. Träume, die kein Typ von seiner *platonischen* besten Freundin haben sollte.

»Das eine Mal zählt nicht«, murmelte ich rau.

»Ich weiß.«

Spätestens jetzt hätte Elle mich wegdrücken und wieder genügend Sicherheitsabstand zwischen uns bringen sollen. Aber sie tat es nicht.

Dieser Kuss hätte niemals passieren dürfen. Sicher, von Anfang an war da eine gewisse Anziehungskraft zwischen uns gewesen, schließlich flirteten wir und neckten uns am laufenden Band. Doch da war immer diese Übereinkunft zwischen uns, das Versprechen, nichts miteinander anzufangen. Denn keiner von uns wollte unsere Freundschaft für ein bisschen Bettaction aufs Spiel setzen. Und selbst wenn ich Elle immer gerne mit den entsprechenden Andeutungen aufzog, war trotzdem von Anfang an klar gewesen, wo die Grenze war.

Eine Grenze, an die ich mich zunehmend schwerer erinnern konnte.

Instinktiv machte ich einen Schritt nach vorne, drängte mich zwischen Elles Beine und ließ zu, dass sie diese um meine Hüften schlang. Wir berührten uns kaum, hielten einander nur fest, doch das Brennen in meinem Inneren drohte mich in die Knie zu zwingen. Das oder der Blick aus ihren grüngrauen Augen.

»Du küsst mich jetzt aber nicht nochmal, oder?«, flüsterte sie.

Ich gab ein hartes Lachen von mir. »War es so schlecht?«

»Zu gut ...« Sie stieß den angehaltenen Atem aus und schüttelte den Kopf. »Wir können das nicht tun.« Trotz ihrer Worte lehnte sie ihre Stirn an meine.

»Ich weiß.« Allein, es auszusprechen, kostete mich viel zu viel Kraft. Seit wann fühlte ich mich so sehr zu ihr hingezogen, dass es an Schmerz grenzte? Ich kniff die Augen zusammen, versuchte das letzte bisschen Selbstbeherrschung zusammenzukratzen, um mich endlich von ihr lösen zu können. Dabei drängte alles in mir darauf, die wenigen Zentimeter zwischen uns zu überwinden und meinen Mund auf ihren zu pressen. Niemand musste davon erfahren. Es wäre nur ein weiterer Kuss, der nie geschehen war und nicht zählte. Nur eine zweite kleine Kostprobe.

Die Stimmen und Musik aus dem Haus waren hier draußen wie durch Watte zu hören. Solange wir allein waren, schienen wir in unserer eigenen kleinen Welt zu existieren, doch diese Seifenblase konnte jeden Moment platzen. Es musste nur jemand die Tür zur Terrasse aufreißen. Betrunken oder nicht – derjenige würde uns sehen, und dann könnten wir nicht länger so tun, als gäbe es Momente wie diese nicht zwischen uns.

214

Aber sie waren schon jetzt wie eine Sucht – je mehr ich mich dagegen wehrte, desto stärker fühlte ich mich zu Elle hingezogen.

Meine Hände machten sich selbstständig, strichen bis zum Bund von Elles Rock. Sie protestierte nicht, als ich den Stoff mit den Fingern nachfuhr und sie hielt mich nicht auf, als ich meine Finger unter ihr enges Oberteil schob und über ihre nackte Haut streichelte. Langsam, aufwärts bis zur Außenseite ihrer Brüste, die in diesem Outfit so verdammt verführerisch aussahen. Sie atmete scharf ein, wich aber nicht zurück. Unter meinen Fingern breitete sich eine Gänsehaut aus, obwohl ich nur winzige Kreise auf Elles Haut malte. Doch selbst das löste etwas in ihr aus – und in mir, denn meine Hose wurde auf einmal verflucht eng.

Elle legte ihre Hände an meine Wangen und zwang mich dazu, die Augen wieder zu öffnen und sie anzusehen. Ihre Lippen waren feucht, als wäre sie gerade erst mit der Zunge darüber gefahren. Allein der Gedanke daran ließ mich innerlich aufstöhnen. Verdammt, vielleicht war ich doch betrunkener, als ich dachte.

»Ich werde jetzt wieder reingehen.« Sie verharrte einen Moment lang, und ich konnte ihr ansehen, dass sie mit sich rang, doch dann gewann die Vernunft. Elle entschied sich dafür, das Richtige zu tun, indem sie sich aufrichtete und sanft gegen meine Brust drückte.

Unwillig nahm ich die Hände von ihr und machte einen halben Schritt zurück. »Geh schon mal vor. Ich brauche noch einen Moment.« *Oder ein paar Stunden.*

Als hätte sie mein Problem bereits geahnt, sah Elle an mir hinunter – und lachte auf.

»Das ist nicht lustig«, knurrte ich.

»Doch, irgendwie schon.« Mit amüsiert funkelnden Augen

215

rutschte sie vom Geländer. »Zumindest für mich. Du tust mir ein bisschen leid.« Sie tätschelte mir die Wange.

Schnaubend schob ich ihre Hand beiseite und machte einen weiteren Schritt zurück. Ja, ich war eine Memme, dass ich so vor meiner besten Freundin zurückwich. Aber eine einzige weitere Berührung, und ich würde sie gegen diese Hauswand drücken und dafür sorgen, dass wir unseren nächsten Kuss niemals ungeschehen machen konnten.

»Du solltest …«, begann sie, blickte dann aber zur Seite und zuckte die Schultern.

»Was?«

Als sie mich wieder ansah, konnte ich die Entschlossenheit in ihren Augen erkennen. »Wieder reingehen und dir irgendein Mädchen schnappen, das keine Ahnung hat, was für ein Wolf im Schafspelz du bist.«

Ich zögerte, bevor ich darauf reagierte. »Ist es das, was du willst?«

Elle antwortete nicht sofort. Sekundenlang starrten wir uns nur an, als würden wir einen stummen Kampf austragen, bei dem ich nicht einmal wusste, worum genau es ging. Vielleicht war auch nur sie diejenige, die einen Kampf gegen sich selbst ausfocht.

»Ja«, behauptete sie nach einem Moment und verschränkte die Arme vor der Brust. »Wir sind Freunde, und wir sind auf einer Party. Ich will, dass du Spaß hast.«

Und ich will Spaß mit dir haben. Der Gedanke schoss mir durch den Kopf, aber ich sprach ihn nicht aus, sondern hielt Elles Blick schweigend fest. Sie blinzelte nicht, sah diesmal auch nicht zur Seite. Verdammt, sie schien es wirklich ernst zu meinen. Also nickte ich langsam, auch wenn die Vorstellung, mit irgendeinem x-beliebigen Mädchen rumzumachen, mir nicht annähernd so verlockend erschien, wie sie sollte.

»Gut.« Sie lächelte, aber auf eine Weise, die nicht mal unsere Dozenten überzeugt hätte. »Dann … sehen wir uns.« Ohne ein weiteres Wort ging sie an mir vorbei wieder ins Haus.

Ich blieb auf der Terrasse zurück. Allein mit meinen rasenden Gedanken und einem Ständer, der nicht so einfach wieder verschwinden wollte. Gott, diese Frau brachte mich noch um den Verstand.

Ich sah an mir hinunter und zog eine Grimasse. So konnte ich unmöglich wieder reingehen und mich unter die Leute mischen. Man musste mich nur einmal kurz ansehen, um zu merken, was los war. *Fuck.* Ich sollte tun, was Elle vorgeschlagen hatte, mir einfach eines der willigen Mädchen schnappen, die mir schon den ganzen Abend über einladende Blicke zugeworfen hatten, und mit ihr verschwinden.

Zu jeder anderen Zeit und an jedem anderen Ort hätte ich genau das getan, doch seit einer Weile schien mir der Spaß daran vergangen zu sein. An die Stelle von gesichtslosen Frauen, mit denen ich für ein paar Stunden Spaß hatte, traten Elles Augen und ihr Duft, der mich umgab. Meine Finger zuckten bei dem Gedanken, ihre weiche Haut noch einmal zu berühren und wenn ich die Augen schloss, konnte ich mich fast daran erinnern, wie sich ihre Lippen auf meinen angefühlt hatten. Aber eben nur fast. Meine Erinnerungen reichten nicht an die Realität heran – und das machte mich schier wahnsinnig.

Alles in mir drängte danach, Elle nachzugehen, sie zu packen und meinen Mund auf ihren zu pressen, völlig egal, wo wir waren und wer uns sehen konnte. Glücklicherweise wusste es mein Verstand besser. Es waren schon weit länger andauernde Freundschaften an Sex zerbrochen oder daran, dass eine Person mehr wollte als die andere. Elle und dieser Colin waren das beste Beispiel dafür. Oder Samantha. In der Highschool waren wir Freunde gewesen, noch bevor sie mit Dylan zusammengekommen war. Und dann hatte eine einzige Nacht, eine einzige falsche Entscheidung nicht nur meine Freundschaft mit Samantha zerstört, sondern auch die mit Dylan.

Es war besser so. Es war das einzig Richtige – und reine Ironie, dass ausgerechnet Elle Recht damit behielt. Ich sollte mir irgendein williges Mädchen suchen, das die Erinnerung daran vertrieb, wie gut sich meine beste Freundin in meinen Armen angefühlt hatte. Bedeutungsloser Sex hatte mir schon immer dabei geholfen, den Kopf für ein paar Stunden freizukriegen. Und das war genau das, was ich jetzt brauchte.

Ich atmete ein paar Mal tief durch und versuchte, an etwas Harmloses zu denken, bis es nicht mehr für alle Welt offensichtlich war, was hier draußen passiert war. Oder viel mehr, was *nicht* passiert war. Erst dann ging ich wieder hinein.

Die Wärme war erdrückend, die Mischung aus Schweiß, Bowle, Bier, Deos und Knabbereien verätzte mir die Nase. Aber ich machte keinen Rückzieher, sondern tauchte in der Menge unter.

Es dauerte nicht lange, bis mein Blick den einer hübschen Rothaarigen kreuzte. Ihr Haar fiel in einer feurigen Mähne auf ihre nackten Schultern, und sie lächelte mich an. Das war genau die Ablenkung, die ich suchte. Ich schnappte mir zwei Bier, setzte mein bestes Lächeln auf und ging zu ihr hinüber.

Kapitel 12

Elle

Grashalme kitzelten mich an den Armen, im Nacken und an den Oberschenkeln, während ich in den dunklen Himmel über mir starrte. Die Geräusche der Party schienen weit weg zu sein. Es war schon nach Mitternacht, aber noch nicht Morgen. Wahrscheinlich sollte ich hier draußen frieren, aber ich hatte so lange getanzt, bis ich nicht mehr daran denken musste, was da draußen auf der Terrasse fast passiert wäre. Bis ich nicht mehr das Gefühl hatte, Lukes Lippen noch immer auf meinem Nacken spüren zu können. Bis die Gänsehaut von meinem Rücken verschwand, dort, wo er mich berührt hatte.

Schritte. Dann legte sich jemand neben mich ins Gras. Der Geruch von Bier und einem sportlich-frischen Parfüm drang mir in die Nase.

»Was machst du hier draußen?«, fragte Tate.

Ich deutete nur nach oben. Zwischen dem Verbindungshaus und ein paar Bäumen mit größtenteils kahlen Ästen schimmerten hunderte Sterne am Himmel. Der Mond war nirgendwo zu sehen, was den Anblick irgendwie noch schöner machte. Als wären wir in einer anderen Welt gelandet, in der Diamanten am Himmel funkelten. Vielleicht war es aber auch nur der Alkohol, der mich so poetisch werden ließ.

»Willst du mir sagen, was los ist?«

Ich blinzelte überrascht und sah zu Tate hinüber. Sie starrte noch immer nach oben, aber anders als bei mir lag kein faszinierter Ausdruck auf ihrem Gesicht, sondern ein wütender. Als würde sie irgendetwas oder irgendjemanden dort oben für etwas verantwortlich machen, das sie so in Aufruhr versetzte.

»Was meinst du?«, fragte ich möglichst ruhig.

Hatte sie Luke und mich auf der Terrasse gesehen? Und wennschon. Es war nichts passiert und auch nicht das erste Mal gewesen, dass er mich festhielt. Körperkontakt war noch nie unser Problem gewesen. Trotzdem ließ der Gedanke daran, dass Tate uns durchschaut haben könnte, mein Herz vor Furcht schneller schlagen. Ich hasste mich dafür. Ich reagierte wie früher, wenn Mom mich mit eisigem Schweigen strafte, nachdem ich etwas in ihren Augen Dummes getan hatte. Stundenlang hatte sie mich schmoren lassen, bevor sie mir endlich gesagt hatte, was ich falsch gemacht hatte.

Ich war mir sicher gewesen, das überwunden, es hinter mir gelassen zu haben, als ich Alabama verließ. Aber der Besuch zu Hause hatte mir gezeigt, dass ich mir die ganze Zeit über nur etwas vorgemacht hatte. Ich hatte überhaupt nichts überwunden. Nicht Moms Verhalten. Nicht Colin.

»Du bist komisch«, sagte Tate schließlich, zuckte aber auch mit den Schultern. »Irgendwie dauerangespannt.«

»Dauerangespannt? Ich habe gerade fast eine Stunde lang nur getanzt. Ich glaube, ich war nie entspannter.« Außer nach ein paar Runden schweißtreibendem Sex. *Verdammt.* Ich vermisste Sex.

»Das meine ich auch nicht. Du bist so rastlos, seit du von deiner Familie zurück bist.«

Das war ihr aufgefallen? Offenbar war ich wirklich eine schlechte Schauspielerin. Trotzdem gab ich mir alle Mühe, einen beruhigenden Tonfall anzuschlagen. »Familie eben. Nichts Dramatisches.«

Tate seufzte tief. »Ich weiß, ich bin nicht gerade das Parade-beispiel, wenn es darum geht, sich zu öffnen und über schwie-rige Themen zu sprechen. Aber wenn du reden willst, bin ich da. Okay? Ohne zu urteilen, aber definitiv mit der Option auf einen Tritt in den Hintern. In deinen oder in den von jemand anderem – je nachdem.«

Selbst wenn ich es versucht hätte, hätte ich nicht gegen das Lächeln ankämpfen können, das sich gerade auf meinem Ge-sicht ausbreitete. Abgesehen von Callie hatte ich in der Schul-zeit keine Freundinnen gehabt. Die Mädchen auf den Privat-schulen waren eitel, versnobt und bedachten mich jedes Mal mit den gleichen Blicken wie meine Mom, wenn ich etwas in ihren Augen Unangemessenes tat. Wie für die Schülerzeitung zu schreiben, statt die nächste Teeparty zu organisieren oder mich zur Wahl als Homecoming-Queen aufstellen zu lassen. Leider war das auch auf der öffentlichen Highschool nicht besser geworden, auf der ich schließlich meinen Abschluss ge-macht hatte. Die Leute kannten sich bereits seit Jahren, es gab feste Cliquen, und ich blieb für immer die Neue an der Schule.

Als ich hier angekommen und mit Tate im selben Zimmer gelandet war, hatte sie mich sofort unter ihre Fittiche genom-men. An unserer Freundschaft hatte sich in den letzten zwei Jahren nichts geändert, auch dann nicht, als ich mich mit Luke anfreundete, obwohl Tates bester Freund Dylan ihn nicht aus-stehen konnte. Wir hielten uns einfach aus den Problemen der Jungs raus, bis sie die Sache endlich geklärt hatten. Was auch lange genug gedauert hatte.

Ich stupste sie mit dem Fuß an. »Danke.«

»Alles klar.« Sie setzte sich schwungvoll auf. »Dann lass uns jetzt mit der Gefühlsduselei aufhö…«

I came in like a wreeeecking baaall …

Wir zuckten beide zusammen.

Tate machte eine leidende Miene. »Ehrlich, Elle, du musst Lukes Klingelton ändern.«

»Das ist nicht mehr der von Luke«, gab ich zurück und hielt das Handy in die Höhe, damit sie den Namen auf dem Display lesen konnte.

»Seit wann ist Dylan der Wrecking Ball?« Kaum hatte sie die Frage ausgesprochen, schüttelte Tate auch schon den Kopf. »Egal. Interessiert mich nicht. Ändere es!«

»Und zu was?«, fragte ich glucksend. »Ein Lied von Coldplay vielleicht?«

»Wie sehr hängst du an deinem Handy?« Tates Hass auf die Band war geradezu legendär.

Ich kicherte. Und einmal damit angefangen, konnte ich nicht mehr damit aufhören.

»Das ist nicht komisch!«

»Oh doch, und wie!« Aus irgendeinem Grund war die Vorstellung, wie ich Tate mit Coldplay quälte, zum Schießen. Gut möglich, dass ich mehr getrunken hatte, als ursprünglich geplant, aber im Moment ging es mir gut. Es ging mir sogar sehr gut. Und es lenkte mich wunderbar von dem ganzen Chaos in meinem Kopf ab.

»Hey Mädels.« Luke tauchte in meinem Blickfeld auf. Er blieb neben uns stehen und sah stirnrunzelnd auf uns hinunter. Hinter ihm tauchte Trevor auf. »Was treibt ihr zwei da?«

»Coldplay. Und Sterne.«

Luke warf Trevor einen kurzen Blick zu und sah dann wieder auf mich hinunter. »Wie viel von der Bowle hattest du?«

Statt einer Antwort setzte ich mich auf. Zu schnell, denn plötzlich begann sich alles um mich herum zu drehen. *Ups.* Wenigstens war es nicht die eklige Art und Weise, bei der mir übel wurde, sondern wie in einem Karussell. Alles war bunt und lustig und bewegte sich. Ich packte Lukes Hosenbein und zog daran, bis er sich neben mich ins Gras legte. Dann deutete ich nach oben.

Über uns ergoss sich ein Sternenmeer, wie man es um diese Jahreszeit nur noch selten sah, weil viel zu oft Wolken den Himmel verdunkelten. Schade, dass Emery das nicht sah. Sie hätte sofort ihre Kamera ausgepackt.

»Muss ich mich jetzt auch dazulegen?«, fragte Trevor stirnrunzelnd. »Ihr werdet euch noch verkühlen.«

»Werden wir nicht.« Tate hievte sich hoch und fuhr sich durch das dunkle Haar. Ihre Attentäterdolche lagen noch neben mir im Gras. »Ich hab Hunger.«

»Dylan und Emery warten schon auf uns. KFC?« Natürlich kam der Vorschlag von Luke.

Tate und ich schüttelten fast synchron die Köpfe. »Zu weit weg.« Außerdem war keiner von uns noch fahrtüchtig.

»Pizza?«, kam es von Trevor.

Bevor ich antworten konnte, knurrte mein Magen. Ein Blick auf meine beste Freundin genügte, bevor wir gleichzeitig das aussprachen, wonach uns der Sinn stand: »Burger!«

»Dann los.« Trevor hielt mir die Hand hin und zog mich auf die Beine.

Hui, hallo Karussell!

»Alles klar bei dir?« Ein warmer Arm legte sich um mich. Sobald sich nicht mehr alles um mich herum bewegte, sah ich geradewegs in Lukes Gesicht.

»Fanta-tastisch!«

Er lachte leise, während Tate mich anstarrte, als hätte sie Schmerzen. »Hat sie gerade wirklich *fanta-tastisch* gesagt?«

»Was hast du gegen Fanta? Fanta ist lecker!«, protestierte ich.

Luke schob mich sanft vorwärts. »Sicher. Na komm, ein kleiner Spaziergang, ein Burger, eine Coke, und schon haben wir dich wieder ausgenüchtert.«

Ausgenüchtert? Ich war nicht betrunken. Der Boden war nur uneben. Und in diesen Stiefeln war es sowieso schwer zu laufen. Keine Ahnung, wie Wonder Woman das hinbekam.

»Ich binde dich gleich mit deinem hübschen Lasso an mich«, murmelte Luke an meinem Ohr, als wir die Straße erreichten und ich beinahe über die Bordsteinkante fiel.

»Ha!«, machte ich und bohrte meinen Zeigefinger in seine Brust. Zumindest visierte ich die an, landete aber irgendwie in seinem Hals. »Das hättest du wohl gern.«

»Mehr, als du glaubst ...«

Bildete ich mir das nur ein oder hatte Luke das tatsächlich gerade gesagt? Aber als ich zu ihm hochguckte, war ihm nichts davon anzumerken. Er führte mich auf die gegenüberliegende Straßenseite, wo Tate, Trevor und die anderen bereits auf uns warteten. Irgendjemand legte mir eine Jacke um, dann schlang Luke seinen Arm wieder um mich, als könnte ich keinen einzigen Schritt allein machen. Da ich gerade über ein unsichtbares Schlagloch gestolpert war, lag er damit womöglich gar nicht mal so falsch.

Wir betraten den Diner als Gruppe und mussten zwei Tische zusammenschieben, damit wir alle Platz fanden. Tate und Emery hatten mich in die Mitte genommen, während die Jungs unsere Bestellungen aufgaben. Obwohl es mitten in der Nacht war, waren ziemlich viele Leute im Laden, und es dauerte eine Weile, bis sie vollbepackt zurückkehrten. Wir rückten zusammen, während Getränke verteilt, Pommes zu einem Haufen mitten auf dem Tisch zusammengeschüttet und Burger herumgereicht wurden. Die frische Nachtluft und der Weg hierher hatten bereits dabei geholfen, meinen Kopf zu klären. Das Fast Food übernahm den Rest.

Ich stöhnte beim ersten Bissen meines Burgers und schob gleich noch ein paar Pommes hinterher. »Das sollten wir viel öfter machen«, nuschelte ich, sobald ich runtergeschluckt hatte.

»Dafür!«, rief Tate mit vollem Mund.

Luke griff nach ein paar Pommes. »Würden wir ja, wenn gewisse Leute nicht ständig früher abhauen würden.«

»Wer haut ständig ab?« Emery bewarf ihn mit einer Serviette. »Sei froh, dass ich den Partymuffel überhaupt dazu gekriegt habe, mit uns auszugehen.«

»Ich weiß.« Luke warf die Serviette zurück, die sich in einem von Emerys Zöpfen verfing. »Die Rede war von Mason.«

»Was?« Mit großen Augen sah der in die Runde. Der Ring in seiner Unterlippe bebte. »Wieso ich?«

»Jenny«, kam es gleichzeitig von Dylan, Emery, Luke und mir. Einen Moment lang starrten wir uns an, dann brachen wir in schallendes Gelächter aus.

Mason lief rot an. »Das stimmt doch gar nicht! Außerdem ist sie heute nicht hier, also …«

Hatten sie vermutlich wieder eine ihrer Beziehungspausen eingelegt. Kein Wunder, dass Mason in den letzten Tagen so viel mehr Zeit gehabt hatte als sonst.

Emery hustete gespielt. »Ich erinnere mich da an eine ziemlich miese Aktion von dir, um mit Jenny allein zu sein.«

Er stöhnte. »Das wirst du mir für immer vorhalten, oder?«

»Für immer«, bestätigte sie und biss herzhaft in ihren Burger. Doch dann änderte sich ihr Gesichtsausdruck plötzlich und wechselte von genießend zu entsetzt. Ihre Augen traten hervor, Blut schoss in ihre Wangen, und sie stieß ein Röcheln aus.

»Em?«, fragte ich teils besorgt, teils amüsiert, denn diese Reaktion konnte kein Zufall sein. Nicht, wenn Dylan neben ihr in aller Unschuld seine Pommes weiterfutterte.

»Wasser …«, keuchte sie, ließ den Burger aufs Tablett fallen und fächelte sich mit beiden Händen hektisch Luft zu. »Wasser!«

Tate schob ihr ihren Pappbecher hin, und Emery stürzte sich darauf. Inzwischen war ihr Gesicht noch röter geworden, und Tränen liefen ihr über die Wangen.

»Alles in Ordnung?« Nur mit Mühe konnte Dylan sein Grinsen unterdrücken. »Du siehst etwas mitgenommen aus.«

»Mistkerl!«, stieß Emery hervor, nachdem sie den halben Becher ausgetrunken hatte. »Was hast du da draufgetan? Einen Liter Tabasco-Soße?« Unterm Tisch trat sie nach ihm, traf aber nur Mason, der vor Schmerz laut aufjaulte.

»Hey, ich bin unschuldig!«, rief er entrüstet und rieb sich das Schienbein.

Jetzt war es endgültig um uns geschehen. Wir lachten lauthals, während Beleidigungen und Servietten durch die Luft flogen. Als Emery schon den zweiten Becher ausgetrunken hatte, um das Brennen in ihrem Mund zu lindern, erbarmte ich mich und gab ihr die obere Hälfte meines Burgers ab.

»Brot soll helfen.« Zumindest hatte ich das mal irgendwo gelesen. »Oder Milch.«

Sie bedankte sich nuschelnd und stopfte es in sich hinein, ohne Dylan aus den Augen zu lassen. »Das bekommst du zurück, Westbrook.«

Er zupfte an den blauen Spitzen ihres Zopfs und lächelte herausfordernd. »Kann's kaum erwarten.«

So waren die beiden, seit sie sich kennengelernt hatten. Davor war Dylan der ruhige, zurückhaltende Typ gewesen, aber Emery schien eine wilde Seite in ihm zu wecken. Und seine Kreativität anzustacheln. Am Anfang des Semesters hatte er meinen Föhn ruiniert, nachdem ich ihn Emery geliehen hatte. Dylan hatte einfach Puderzucker hineingestreut, um ihr eins auszuwischen. Eigentlich müsste ich ihm böse sein, aber er hatte meinen Föhn auch wieder gereinigt, bis er so gut wie neu war. Im Grunde seines Herzens war er ein wirklich guter Kerl – nur sobald Emery in der Nähe war, verwandelte er sich in einen kleinen Teufel.

Ich wollte gerade wieder in meinen Burger beißen, als ich Lukes nachdenklichen Blick bemerkte. Ein gefährliches Glitzern lag in seinen Augen. Ich zeigte mit meinen Pommes auf ihn. »Denk nicht mal dran, McAdams.«

»Woran?« Seine Mundwinkel bebten. Im Gegensatz zu Dylan hatte er die Unschuldsnummer einfach nicht drauf. Kein Mensch würde Luke abkaufen, dass er nichts im Schilde führte.

»Mir irgendeinen dämlichen Streich zu spielen. Meine Sachen mussten wegen den beiden schon genug leiden.« Mit einem Kopfnicken deutete ich auf Emery und Dylan, die sich munter weiterkabbelten und gar nicht bemerkten, dass wir über sie sprachen.

Luke schob die Unterlippe vor. Er zog tatsächlich einen Schmollmund. Hier. Vor mir. »Spielverderberin.«

Ich streckte ihm die Zunge raus, dann machte ich mich wieder über den Burger her, bevor ich noch den Rest meines Brötchens loswurde, weil da jemand zu viel Tabasco-Soße abbekommen hatte.

Die Gesprächsthemen am Tisch führten von den üblichen Streichen zwischen Emery und Dylan weiter zur Halloweenparty und einer Diskussion über Halloween im Allgemeinen, über Sport, wo sich vor allem Luke einbrachte, das nächste Konzert von Masons Band, das zufällig genau an meinem Geburtstag stattfand, bis hin zu den Prüfungen, die vor den Winterferien anstanden, und für die Tate uns schon in ihre Lernsessions eingeplant hatte.

Ich klinkte mich immer wieder ein, in der Zwischenzeit sogar einigermaßen ausgenüchtert, wie Luke versprochen hatte, hielt mich jedoch beim Thema Feiertage zurück. Vor den Winterferien stand erstmal Thanksgiving auf dem Plan. Normalerweise hätte ich mir darüber keine Gedanken gemacht. Letztes Jahr waren Tate und ich auf dem Campus geblieben und hatten einen kleinen Städtetrip nach Charlotte gemacht. Doch nun, da ich zu Sadies Verlobungsfeier zu Hause gewesen war, erwarteten meine Eltern und auch meine Schwester, dass ich an Thanksgiving ebenfalls dort auftauchte. Und natürlich an Weihnachten und zu Sadies und Daniels Hochzeit im Sommer. Wenigstens für Weihnachten hatte ich die Ausrede, dass wir mit der Clique wie jedes Jahr in die Berge fahren würden, obwohl ich schon jetzt wusste, dass Mom das nicht als Entschuldigung gelten lassen würde. Abgesehen davon müsste ich auch zur Bekanntgabe der Wahlergebnisse nach Hause fliegen, um für Senator Winthrops Foto zu posieren und zu zeigen, dass seine Familie geschlossen hinter ihm stand, wie Mom es immer so schön formulierte.

Allein beim Gedanken daran krampfte sich mein Magen zusammen. Ich wollte nicht wieder zurück in eine Welt, die nur aus schönem Schein bestand. Ich wollte nicht wieder so tun, als wäre ich Teil einer Familie, zu der ich schon lange nicht mehr gehörte. Aber ein Teil von mir sehnte sich genau danach: wieder dazuzugehören. Wieder Stolz in den Augen meines Vaters sehen zu können statt Enttäuschung. Wieder mehr Zeit mit Sadie zu verbringen und auch wieder mehr Kontakt zu Libby, Brianna und meinen Nichten zu haben. Von Mom akzeptiert zu werden … Es lief immer wieder darauf hinaus. Eigentlich sollte es mir egal sein, aber tief in mir drinnen war ich immer noch das kleine Mädchen, das sich nichts sehnlicher wünschte, als von ihrer Mutter geliebt zu werden.

Seufzend lehnte ich mich zurück und beobachtete meine Freunde. Dylan und Emery waren bei der Versöhnungsknutscherei angekommen und schienen alles um sich herum vergessen zu haben. Tate diskutierte mit Mason über eine Band, von der ich noch nie etwas gehört hatte, während Luke und Trevor in ein Gespräch über *Call of Duty* versunken waren.

Ich lächelte. Es waren nicht die Partys, die mir an meinem Leben hier so gut gefielen, sondern Momente wie diese. Mitten in der Nacht irgendwohin zu gehen und dabei zuzusehen, wie Emery und Dylan sich gegenseitig Streiche spielten, wie Mason eine spontane Gesangseinlage einlegte, während Luke mir meine Pommes klaute und ich jede Sekunde damit rechnete, dass Tate und Trevor gleich wieder mit einer hitzigen Diskussion loslegten. Es waren diese Momente, die mir das Gefühl gaben, dazuzugehören. Ein Teil von etwas zu sein. Wichtig zu sein. Und es waren diese Menschen, die mir alles bedeuteten. Weil sie mich so nahmen wie ich war, nüchtern oder angetrunken, gut gelaunt oder am Boden zerstört. Sie akzeptierten mich, ohne dass ich ständig irgendwelche Erwartungen erfüllen musste.

»Elle?« Luke schnippte vor meinen Augen mit den Fingern. »Träumst du?«

»Ach was«, antwortete Tate an meiner Stelle und räumte die leeren Verpackungen auf ein Tablett. »Ihr geht's fanta-tastisch.«

Ich verdrehte die Augen. »Das werde ich nie mehr los, oder?«

»Nope!«, kam es zeitgleich von Tate und Luke.

Natürlich. Vielleicht sollte es mich stören, aber das tat es nicht. Stattdessen breitete sich eine wohlige Wärme in meinem Körper aus, die nicht einmal dann nachließ, als wir den Diner verließen und wieder nach draußen traten. Spätestens nachts merkte man, dass es Herbst war, ganz egal wie sonnig die Tage noch sein mochten. Ich rieb mir über die nackten Arme.

Trevor löste den Umhang seines Kostüms und legte ihn mir um die Schultern. »Behalt ihn, Wonder Woman, bevor du noch erfrierst.«

»Jon Snow … mein Retter!«

Das entlockte Trevor ein Lächeln, was selten genug vorkam. Ich kuschelte mich in den Mantel mit Pelzkragen und schlang die Arme um mich. Ganz ohne Jacke loszugehen war nicht meine klügste Entscheidung gewesen, aber es war Halloween, und jedes zusätzliche Kleidungsstück hätte mein Kostüm ruiniert. Ich sah zu Emery hinüber, die trotz ihrer knappen Hotpants kein bisschen zu frieren schien. Was auch an Dylan liegen konnte, der den Arm um sie geschlungen und sie eng an sich gezogen hatte.

Luke ging neben mir her. »Ich wette, die grüne Farbe ist nicht auswaschbar, weil Emery sie mit einer dauerhaften ausgetauscht hat«, sagte er so leise, dass nur ich ihn hören konnte.

Ich presste mir die Finger gegen die Lippen, um mein Kichern zu unterdrücken. »Meinst du?«

In dem Fall würde Dylan für die nächsten paar Wochen mit neongrünen Haaren herumlaufen. In der Uni. Beim Sport. Bei der Arbeit in der Tierklinik. Er würde jede Sekunde davon hassen, so viel war sicher. Traute ich Emery eine solche Gemeinheit zu? Auf jeden Fall.

Luke zuckte die Schultern. »Das, oder ihm fallen heute Nacht alle Haare aus. Ich habe gesehen, wie sie die Farbe für ihn angerührt hat.«

»Oh oh«, machte ich und setzte ein unverbindliches Lächeln auf, als die beiden sich zu uns umdrehten.

»Hey, Westbrook!« Luke hob die Hand. »Denk ja nicht, ich habe unser Date nachher vergessen.«

Dylan brummte etwas, nickte jedoch.

»Date?«, hakte ich nach.

Luke grinste. »Joggen. Dylan wollte unbedingt wieder mehr Sport machen, obwohl sein Zeitplan so vollgestopft ist. Also habe ich ihm angeboten, dass wir morgens wieder zusammen laufen gehen.«

»Einen Tag nach einer durchfeierten Nacht?«

»An jedem Tag, Schätzchen.«

Wer waren diese Menschen? Und wie konnten sie so etwas freiwillig tun?

»Ist dir kalt?«, fragte Luke, als ich schauderte.

»Nein. Ihr seid mir unheimlich.«

»Von wegen.« Er legte mir den Arm um die Schultern. »Du wüsstest gar nicht, was du ohne uns tun solltest.«

Womit er erschreckender Weise recht hatte.

Auf der Grünfläche zwischen den Wohnheimen trennten sich unsere Wege. Dylan begleitete Emery und Mason zurück in ihr Haus, während ich mit Tate, Trevor und Luke in das gegenüberliegende Gebäude ging. Schon auf der Wiese hatten Toilettenpapier und zertretene Kürbisse herumgelegen, und auch der Eingangsbereich sah nicht viel besser aus. Offenbar war die Wohnheimparty auch ein ziemlicher Erfolg gewesen.

Der Aufzug war außer Betrieb, also nahmen wir notgedrungen die Treppe. Auf dem Weg nach oben wurde ich immer langsamer. Der Nachteil daran, kein alkoholgetränktes Karussell mehr im Kopf zu haben, war der, dass ich wieder zu grübeln begann. Über die Feiertage. Über meine Familie. Colin. Luke … Die Erinnerung an unseren kleinen Moment auf der Terrasse traf mich schlagartig und raubte mir den Atem.

Ich biss mir auf die Lippe und blieb stehen. Mitten im Treppenhaus, irgendwo zwischen dem vierten und fünften Stock. Es kümmerte mich nicht, dass Tate mich komisch ansah und ebenfalls anhielt. Auf ihrem Gesicht lag ein fragender Ausdruck.

»Ich brauche eine Pause«, gab ich vor und deutete nach oben, wo noch anderthalb Etagen zwischen uns und unserer WG lagen. Trevor und Luke hatten es da kürzer. »Geht schon mal vor.«

»Wie du willst, Miss Fanta-tastisch«, erwiderte Tate. »Aber wenn du nicht spätestens in einer Stunde in deinem Bett liegst …«

»Kommst du mich suchen?«

»Uh, nein. Dann suchen Mackenzie und ich uns eine neue Mitbewohnerin.«

Ich schnaubte, was viel zu sehr nach einem Lachen klang, und sah ihr nach, als sie, gefolgt von Trevor, die Treppe weiter hinaufstieg. Luke hingegen rührte sich nicht vom Fleck.

»Willst du den Aufpasser spielen?«, fragte ich und setzte mich ächzend auf eine Treppenstufe.

»Vielleicht brauche ich auch eine Pause.« Er machte es sich neben mir bequem, lehnte sich auf den Ellbogen zurück und überkreuzte die Beine an den Knöcheln. Gut möglich, dass wir gerade eher den Eindruck erweckten, an einem sonnigen Strand zu liegen, statt mitten im Treppenhaus unseres Wohnheims zwischen leeren Bierdosen und Klopapierrollen.

Erstaunlicherweise war es ziemlich ruhig. Auf dem Weg hierher hatte ich einen Blick auf mein Handy geworfen. Kurz nach drei Uhr. Keine Ahnung, wie Luke und Dylan in wenigen Stunden schon wieder aufstehen und joggen gehen konnten. Das war unmenschlich.

Sachte stieß Luke mich mit dem Fuß an. »Ein Twinkie für deine Gedanken.«

»Ein Twinkie?«

»Hättest du lieber einen Penny?«, konterte er trocken, wurde jedoch schnell wieder ernst. »Was ist los, hm?«

Ich betrachtete den dicken Stoff von Trevors Mantel. Hübsches Stück. Hielt schön warm. »Was meinst du?«

»Denkst du, ich habe nicht bemerkt, wie still und nachdenklich du die ganze Zeit bist?« Auch ohne hinzusehen, spürte ich Lukes Blick auf mir. Er zögerte, dann sprach er die Frage aus, vor der ich mich gefürchtet hatte. »Liegt … liegt es an dem, was da auf der Terrasse war?«

»Nein«, antwortete ich schnell, nur um mir im selben Atemzug zu widersprechen. »Ja. Ach, ich weiß es auch nicht.«

»Verstehe …«

Ich schüttelte den Kopf. »Tust du nicht.«

»Warum erklärst du es mir dann nicht?« Etwas Entschlossenes trat in seine blauen Augen. Er wollte es wirklich hören, wollte es verstehen.

Diesmal war ich diejenige, die zögerte. Weder Luke noch Tate oder die anderen hatten je nachgehakt, wenn ich nicht viel über meine Familie und meine Vergangenheit erzählt hatte. Vor über zwei Jahren hatten sie mich in ihre Gruppe aufgenommen, ohne Fragen zu stellen. Und ich war dankbar dafür gewesen, hatte mich in die Sicherheit unserer kleinen Gemeinschaft geflüchtet, ohne je zurückzuschauen. Aber jetzt hatten sich die Dinge geändert. Ich war wieder zu Hause gewesen. Meine Eltern und Schwestern hielten Luke für meinen Freund. Von jetzt an würden sie erwarten, dass ich zu den Festtagen nach Hause kam – und dass ich Luke mitbrachte. Natürlich würde Mom auch Colin zu jeder Veranstaltung und jedem Fest einladen, denn er gehörte praktisch zur Familie, und sie würde alles dafür tun, dass er das auch ganz offiziell wurde.

Seufzend lehnte ich mich auf den Stufen zurück und starrte an die graue Decke. Nicht zu vergleichen mit dem Sternenhimmel draußen, aber wenigstens war es hier nicht ganz so kalt.

»An meinem Geburtstag und an Weihnachten kann ich mich davor drücken, zurück nach Hause zu fahren. Aber an Thanksgiving? Nachdem wir zusammen dort waren?« Seufzend rieb ich mir übers Gesicht. Gott, das klang so erbärmlich, wenn ich es laut aussprach. Machte es mich zu einem Feigling, dass ich mich vor weiteren Besuchen bei meiner Familie drücken wollte?

»Du warst nie an den Feiertagen oder in den Ferien zu Hause.« Es war keine Frage, sondern eine Feststellung. Natürlich war es Luke aufgefallen. Alles andere hätte mich überrascht.

»Ich hatte keinen Grund dazu«, murmelte ich. »Ich bin nicht einfach von zu Hause ausgezogen und ans College gegangen. Mom hat mich rausgeworfen. Deswegen war ich nie mehr dort.«

Da. Jetzt war es raus.

Luke starrte mich von der Seite an, sagte aber kein Wort, zog keine voreiligen Schlüsse, sondern wartete ab. Doch aus dem Augenwinkel nahm ich wahr, wie er die Hand zur Faust ballte.

»Brianna ist mit einem Anwalt verheiratet, der aus einer Familie von Anwälten und hochdekorierten Marines stammt. Der Verlobte von Libby ist Wahlkampfmanager für unseren Dad.«

Es führte alles darauf zurück. Jeder öffentliche Auftritt meiner Eltern, jede Spende für einen wohltätigen Zweck, jede Feier, jedes Wort vor den Kameras und Mikrofonen der Presse – alles diente dazu, Dad in seiner politischen Karriere zu unterstützen. Und jetzt schloss sich Sadie mit ihrer frühen Heirat diesem Wahnsinn an. Was mich als einzige verbliebene Figur auf dem Schachbrett zurückließ, die keine Funktion erfüllte. Noch nicht. Denn wie ich Mom kannte, hatte sie schon einen neuen Plan – und einen Plan B, C und D, falls ich mich querstellen sollte.

Luke räusperte sich. »Er ist Senator, richtig?«, fragte er gepresst.

»Genau. Er ist einer der beiden Senatoren von Alabama, und jetzt im November ist die nächste Wahl. Wenn es nach meiner Mutter geht, werden wir alle schön lächeln und für das Foto posieren. Sie ist damals fast ausgeflippt, als ich ihr gesagt habe, dass es zwischen Colin und mir aus ist. Sie meinte, ich würde den größten Fehler meines Lebens machen, wenn ich jemanden wie Colin einfach abweise. Etwa zur selben Zeit habe ich auch noch meinen ersten politischen Artikel für die Schülerzeitung geschrieben. Es war eine Katastrophe. Mom hat mir vorgeworfen, dass ich unsere Familienehre, unseren guten Ruf und die Karriere meines Vaters zerstöre.«

»Was?!«, rief Luke so laut, dass ich zusammenzuckte. Wut stand in seinem Gesicht geschrieben, und er sah aus, als wollte er jede Sekunde losmarschieren und auf jemanden einprügeln.

Ich zuckte die Schultern. »So ist sie eben. Die Familie und Karriere meines Vaters stehen über allem.«

»Sogar darüber, wen ihre eigene Tochter lieben soll? Welchen Beruf sie ergreifen soll?« Fassungslos schüttelte er den Kopf. »Wer tut so etwas?«

»Es hört sich schlimmer an als es ist. Libby liebt ihren Verlobten heiß und innig, und Brianna hat inzwischen zwei Kinder mit ihrem Mann. Irgendetwas scheint da also zu funktionieren, auch wenn sie ihn nur aus Pflichtgefühl geheiratet hat.«

Lukes Blick heftete sich mit einer Intensität auf mich, die ein Brennen in meinem Inneren auslöste. Ein bisschen schmerzhaft, aber auch irgendwie angenehm. Verlockend. Süchtig machend.

»Ich will an Thanksgiving nicht nach Hause fahren«, flüsterte ich.

235

Mom würde durchdrehen, aber das änderte nichts an meiner Entscheidung. Sosehr ich auch ein Teil dieser Familie sein wollte, ich konnte mich nicht länger verbiegen und ihre Spitzen schweigend über mich ergehen lassen. Nicht mal des Friedens oder Dads Karriere zuliebe.

»Dann komm mit zu mir.« Luke wirkte genauso überrascht wie ich, nachdem er diesen Vorschlag gemacht hatte.

»Du fährst zu deiner Familie?« Die Ungläubigkeit in meiner Stimme war nicht gespielt. Ich mochte kein Paradebeispiel für die perfekte Tochter sein, aber Luke war genauso wenig der perfekte Sohn. Oder eher Neffe, denn er und sein Bruder waren, soweit ich wusste, bei ihrer Großtante aufgewachsen. Die paar Male, in denen er in den Ferien oder an den Feiertagen tatsächlich nach Hause gefahren war, konnte ich an einer Hand abzählen.

Ein kleines Lächeln umspielte seine Lippen. »Sieht ganz danach aus. Und du kommst mit.« Er stand auf und hielt mir die Hand hin.

»Machst du das etwa wieder nur, um mir einen Gefallen zu tun?«

»Das ist nicht ganz so uneigennützig wie es klingt.«

»Sondern?« Ich legte meine Hand in seine und ließ mich von ihm hochziehen.

»Wenn du mitkommst, hast du eine gute Entschuldigung bei deiner Familie. Und ich habe dich als Puffer, damit Landon und ich uns nicht gegenseitig an die Gurgel gehen.«

Das Einzige, was ich über Lukes Bruder wusste, war, dass die beiden sich nicht besonders nahestanden. Etwas, das ich in Anbetracht meiner eigenen Familienverhältnisse gut nachvollziehen konnte.

»Also gut. Einverstanden.«

Luke lächelte. Schweigend machten wir uns wieder an den

Aufstieg. Die Pause hatte meinen Füßen zwar gutgetan, aber jetzt merkte ich, wie mein Körper immer mehr in den Stand-by-Modus schaltete. Ich schaffte es nur noch mit Mühe, die Stufen hochzusteigen, ohne zu schlingern.

Luke schien es zu bemerken, denn er bog nicht auf seinem Stockwerk ab, sondern brachte mich bis zur Tür. »Sicher, dass du den Rest allein schaffst?«

Ich lehnte mich gegen das Holz. »Hast du Angst, mir könnte auf den letzten Metern schlecht werden?«

Scheinbar nachdenklich wiegte er den Kopf hin und her, grinste dabei jedoch. »Wäre nicht das erste Mal, oder?«

Mistkerl.

»Keine Sorge, ich finde den Weg in mein Bett schon.«

»Sicher? Sonst kann ich dir dabei helfen. Und natürlich auch beim Ausziehen …«

»Verschwinde!«, rief ich lachend. Doch in Wahrheit war ich ihm unheimlich dankbar. Nicht nur dafür, dass er mir zugehört und mein Thanksgiving gerettet hatte, sondern auch, weil er nicht zuließ, dass der Moment auf der Terrasse etwas zwischen uns veränderte.

»Wie du willst. Schlaf gut.« Damit drehte er sich um und ging den Flur hinunter, der zurück zum Treppenhaus führte.

»Luke?«

»Ja?« Mit einem fragenden Gesichtsausdruck drehte er sich zu mir um.

Ich lächelte. »Wo bleibt mein Twinkie?«

Einen Moment lang erwiderte er meinen Blick verständnislos, dann trat wieder das freche Funkeln in seine blauen Augen. »Den bekommst du morgen. Gute Nacht, Elle.«

»Gute Nacht, Luke.«

Kapitel 13

Luke

Einatmen. Ausatmen. Ein. Aus. Ein. Aus. Mein Körper verfiel in einen gleichmäßigen Rhythmus. Meine Atemzüge bildeten kleine Wölkchen in der kalten Morgenluft und passten sich an meine Schritte an. Die Straßenlampen und die schmale Mondsichel am Himmel spendeten genügend Licht, um zu sehen, wo ich hintrat, auch wenn ich vor Müdigkeit kaum die Augen offenhalten konnte. Trotzdem wurden meine Muskeln mit jeder Minute wärmer, bis ich die Kälte hier draußen kaum noch wahrnahm.

Ein Gutes hatte es, gerade mal zwei Stunden Schlaf bekommen zu haben: Ich war zu keinem klaren Gedanken fähig. Es kostete mich schon meine ganze Konzentration, einen Fuß vor den anderen zu setzen und den Weg zum Park neben dem Unigelände einzuschlagen. Zu mehr war mein Kopf noch nicht in der Lage und ich genoss diese Ruhe, diese erlösende Leere, bevor der Tumult wieder begann.

Und er würde wieder beginnen. Heute war der erste November und die Anzeichen waren schon in den letzten Wochen spürbar gewesen. Erinnerungsbruchstücke, die mich immer wieder überkamen und zu erdrücken versuchten, je stärker ich mich dagegen wehrte. Momente, in denen mich der Anblick einer glücklichen Familie wie eine Faust in den Magen traf. Jetzt, da der verhasste Tag immer näher rückte, würde es nur noch schlimmer werden. Ich wusste genau, wie es ablaufen würde, lebte seit Jahren damit, und doch schien es diesmal aus irgendeinem Grund schon viel früher und viel intensiver loszugehen.

An der Kreuzung angekommen, sah ich kurz nach links und rechts und joggte dann trotz der roten Ampel über die Straße. Um kurz vor sechs Uhr war kaum etwas los, schon gar nicht an einem Montagmorgen nach Halloween.

Die Saison war fast vorbei, aber bis Ende des Monats standen noch zwei wichtige Termine an. Der Coach ließ sich keine Chance entgehen, uns bei jedem Training daran zu erinnern, dass es nicht genügte, nur fit zu sein. Wir mussten in Bestform sein, wenn wir unter den ersten Läufern bei den Mid-Atlantic Regionals und den NCAA Championships sein wollten. Chapman und mich nahm er am härtesten ran, weil wir beim letzten Rennen so gut abgeschnitten hatten.

Mir war das nur recht. Während des Trainings schaltete sich mein Kopf aus und ich konnte mich ganz darauf konzentrieren, alles aus meinem Körper rauszuholen. Ich hatte meine persönliche Bestleistung bereits um sieben Millisekunden steigern können, aber da ging noch mehr. Und ich war bereit, mich so weit zu pushen, bis ich die bestmögliche Leistung brachte.

Fast wäre ich am Park vorbeigerannt, weil ich nicht mehr auf meine Umgebung achtete, doch dann löste sich eine Gestalt aus dem Schatten und trat ins Licht der Straßenlampe. »McAdams.«

Ich blieb stehen, joggte auf der Stelle und starrte Dylan an. Er trug Sportsachen und schien sich schon aufgewärmt zu haben, aber das war es nicht, was meine Mundwinkel beben ließ. Wie ich bereits vermutet hatte, war sein braunes Haar noch immer so grellgrün, dass es sogar in der Dunkelheit wie ein

239

verstrahlter Pilz leuchtete. Ich konnte nicht anders, ich lachte lauthals los.

»Bist du jetzt fertig?«

»Noch lange nicht.« Ich wischte mir die Tränen aus den Augenwinkeln. »Wo hast du dein Make-up gelassen, Westbrook? Oder soll ich dich ab jetzt Mr J nennen?«

Er knurrte. »Ich wusste, dass diese Verkleidung eine beschissene Idee war.«

»Oh nein. Nein, nein.« Ich hielt die Hand in die Höhe und kämpfte gegen mein Glucksen an. »Das war die beste Idee *ever*. Emery hat eine verdammte Medaille verdient.«

Eisiges Schweigen.

»Okay, okay. Ich halte ja schon die Klappe.« Ich atmete tief durch und versuchte mich wieder zu beruhigen. »Aber jetzt mal ganz im Ernst, Westbrook. Willst du Joker oder Mr J genannt werden? Oder Puddin'?«

»Wichser.« Dylans Faust traf mich an der Schulter, weil ich zu abgelenkt war, um der Attacke auszuweichen. Aber nicht mal der Schmerz konnte meine Belustigung dämpfen. Wenn es nach mir ging, war das der beste Streich, den Emery sich bisher ausgedacht hatte. »Willst du dich noch länger über mich lustig machen oder können wir endlich los?«

»Ich werde dich weiter auslachen, aber wir können los«, beschloss ich grinsend und setzte mich wieder in Bewegung.

Der Park war um diese Tageszeit völlig verlassen und nur mäßig beleuchtet. Blätter knirschten unter unseren Sportschuhen. Während Dylan sich an den gepflasterten Weg hielt, wich ich davon ab, joggte über das gemähte Gras, sprang über Steine und erklomm einen kleinen Hügel, der sich mitten im Park erhob. Eigentlich hätte es eine normale Morgenrunde werden sollen, aber ich brauchte diese Hindernisse, um mich ganz darauf zu konzentrieren, nicht auf die Schnauze zu fliegen.

Obwohl wir seit ein paar Tagen wieder regelmäßig miteinander laufen gingen, war es noch immer irgendwie seltsam. In der Highschool hatten wir das unzählige Male gemacht, aber seitdem war viel passiert. Vor allem Frauen. Frauen waren passiert, und eine davon hatte es beinahe geschafft, eine jahrelange Freundschaft zu zerstören. Zum Glück hatten wir uns vor einigen Wochen endlich ausgesprochen. Damit war Samantha endgültig Geschichte. Und ich hatte den Verdacht, dass Emery einen nicht unwesentlichen Anteil an unserer Versöhnung hatte. Seit Dylan sie gefunden hatte, wirkte er wesentlich entspannter und zufriedener.

Schweigend joggten wir durch den Park, während die Dunkelheit nach und nach der Dämmerung wich. Im Osten verfärbte sich der Himmel, wurde von Dunkelblau zu Violett und schließlich zu einem flammenden Orangerot. Wir bogen ab, folgten der Brücke über den Fluss, joggten an Blumenbeeten vorbei, die jetzt karg und verwahrlost wirkten, und erreichten den gepflasterten Platz. Kein Gluckern von Wasser, denn der Springbrunnen in der Mitte war bereits für den Winter ausgeschaltet worden.

»Hör mal …«, begann Dylan auf einmal. Ich ahnte, was er sagen wollte, noch bevor er die Worte aussprach. »Ich weiß, welcher Tag bald ist und …«

»Lass es.«

Ein prüfender Seitenblick, während wir den Brunnen hinter uns ließen und weiter joggten. »Wenn du reden willst …«

Das Angebot kam so plötzlich, traf mich so unvorbereitet, dass ich beinahe ins Straucheln geriet. In letzter Sekunde fand ich mein Gleichgewicht wieder und lief weiter, als wäre nichts gewesen. »Will ich nicht.«

Er zögerte. »Ich weiß, wie es ist, seine Eltern zu verlieren«, sagte er dann leise.

Ich biss die Zähne zusammen und ignorierte das schmerzhafte Brennen in meinem Brustkorb. Seine Mom war vor zehn Jahren an Krebs gestorben, und sein Dad war seither alles andere als ein Vater für ihn gewesen. Dylan hatte beide Elternteile auf unterschiedliche Weise verloren, und doch hatte er keine Ahnung. Er wusste nicht, wie es sich anfühlte, der Grund dafür zu sein, dass diese Menschen nicht mehr da waren. Er wusste nicht, wie es war, jeden verdammten Tag mit der Schuld aufzuwachen und zu wissen, dass sie niemals verschwinden würde.

Dylan fluchte unterdrückt. »Du kannst das nicht für den Rest deines Lebens in dich reinfressen, McAdams. Eines Tages wirst du mit jemandem darüber reden müssen …«

»Vielleicht«, gab ich zu. Aber das war nicht heute, nicht in einer Woche und auch nicht in ein paar Jahren. Wenn ich die Wahl hatte, konnte ich gut und gerne für den Rest meines Lebens darüber schweigen.

Ich zog das Tempo an, überholte Dylan und ließ zu, dass der Sprint jeden einzelnen Gedanken aus meinem Kopf vertrieb. Der November war der beschissenste Monat aller Zeiten und wie jedes Jahr würde ich alles dafür tun, keine Sekunde lang zum Nachdenken zu haben. Denn wenn ich das zuließ, würden die Erinnerungen aus ihren Löchern kriechen und mich an einen Tag zurückführen, an den ich nie wieder denken wollte.

Dylan bohrte nicht weiter nach, und wir rannten schweigend weiter. Obwohl wir seit unserem Highschoolabschluss nicht viel miteinander zu tun gehabt hatten, kannte er mich noch immer gut genug, um zu wissen, wann er besser den Mund halten sollte.

Keine halbe Stunde später erreichten wir wieder den Eingang des Parks und verabschiedeten uns mit einem knappen Nicken voneinander. Während Dylan sich auf den Weg zurück zum Wohnheim und dann zur Arbeit in die Tierklinik machte, legte ich einen Umweg ein. Ich war zu aufgewühlt, um jetzt schon zurückzukehren und mich für meine erste Vorlesung fertigzumachen. Außerdem schuldete ich Elle noch einen Twinkie.

Ich hatte unser Gespräch von letzter Nacht auf der Treppe nicht vergessen. Allein beim Gedanken an ihre Familie ballten sich meine Hände zu Fäusten. Wie ironisch war es bitte, dass ihre Mutter sie wie Dreck behandelte und ich alles dafür geben würde, meine wiederzusehen?

Aber da war noch etwas anderes: Ich hatte Elle zu Thanksgiving zu mir nach Hause eingeladen. An und für sich kein Ding. Thanksgiving war ein Familienfest, aber es war völlig normal, Freunde vom College mitzubringen. Landon hatte das früher oft getan, und ich wusste aus meinem Bekanntenkreis, dass sie es auch so handhabten. Letztes Jahr war ich bei Trevor gewesen und mir bis heute sicher, dass mich seine Mom mit all dem Essen hatte mästen wollen. Ihre Lieblingsaussagen waren »Möchtest du nicht noch etwas?« und »Du siehst so hungrig aus!«. Dann hatte sie etwas auf Spanisch vor sich hingemurmelt, von dem ich nur die Hälfte verstanden hatte, und mir noch mehr Essen auf den Teller gehäuft. Damals hatte mir diese mütterliche Fürsorge die Kehle zugeschnürt, weil ich so ein verdammtes Weichei war.

In den zwei Jahren, die ich schon am College war, hatte ich allerdings noch nie jemanden mit nach Hause gebracht. Nicht weil ich mich für irgendetwas schämte oder befürchtete, die Leute könnten mit DeeDees leicht verrückter Art nicht umgehen, sondern weil ich Fragen vermeiden wollte. Fragen darüber, warum es nur meinen Bruder, meine Großtante und mich an Thanksgiving gab. Fragen darüber, wo und wie meine Eltern gestorben waren. Und jetzt war es ausgerechnet Elle, die ich als erste Person zu Thanksgiving mit nach Hause bringen würde …

243

Ich blieb an einer Kreuzung stehen und zog das Handy aus der Halterung an meinem Oberarm. Kurz nach sieben. Elle würde mich umbringen, wenn ich sie jetzt weckte, aber in diesem Fall nahm ich ihre Wut gerne in Kauf. Ich klammerte mich an diese Verbindung, richtete meine Gedanken einzig darauf, auch wenn mir bewusst war, dass ich meine beste Freundin gerade als Ablenkungsmanöver missbrauchte. Aber das war mir egal.

Nur noch sechs Tage.

Sechs Tage, dann konnte ich all den Mist wieder wegschieben und vergessen. Aber bis dahin würde ich alles tun, um meine Gedanken, am besten sogar mein ganzes Leben, mit irgendetwas anderem zu füllen. Selbst wenn das bedeutete, den Zorn meiner besten Freundin auf mich zu ziehen.

Elle

Ein Piepen riss mich aus dem Schlaf. Zuerst hielt ich es für den Wecker und verfluchte mich dafür, den Alarm bei meinem Handy nicht ausgeschaltet zu haben. Doch dafür kam das Geräusch zu unregelmäßig. Außerdem war es Sonntag. Oder?

Pling. Der Laut bohrte sich wie der Schuss aus Dads Jagdgewehren in meinen Kopf. *Pling. Pling. Pling.* Ich stöhnte genervt und zog mir die Decke über den Kopf. Was um Himmels willen war das?

Gerade als ich zwischen den Laken nach meinem Smartphone tastete, wurde es wieder still. Herrliche, wunderbare Stille. Ich vergrub das Gesicht im Kissen und glitt wieder zurück in den Schlaf.

Pling.

Knurrend drehte ich mich auf den Rücken und biss die Zähne zusammen, als ein schmerzhaftes Ziehen im Rücken mir einen Stich versetzte. Gleichzeitig schien sich mein Magen munter weiterzudrehen. *Ugh.* Wie viel von dieser widerlichen Bowle hatte ich auf der Halloweenparty in mich reingeschüttet? Egal, wie viel es war, eins stand fest: Ich würde keinen Alkohol mehr trinken. Nie wieder.

Mit geschlossenen Augen tastete ich ein weiteres Mal nach meinem Handy, suchte neben mir, zwischen den Kissen, und rollte mich schließlich ächzend wieder auf den Bauch, um es vom Boden aufzulesen. Meine Wimpern waren verklebt, ich hatte einen widerlichen Geschmack im Mund und brauchte mehrere Sekunden, um zu erkennen, was das Ding in meiner Hand von mir wollte. Als ich über das Display wischte, ploppten die ersten Meldungen auf.

Hey Elle.
Bist du da?
Elle?

Sie waren von Luke. Um kurz nach sieben. Hatte der Kerl um diese Uhrzeit nichts Besseres zu tun?

Ich scrollte durch die ersten Nachrichten und versuchte zu begreifen, was er von mir wollte. Abgesehen davon, mich zu dieser unmenschlichen Zeit zu terrorisieren, natürlich.

Schläfst du noch?
ELLE!
Muss ich dich aufwecken, Sahnehäubchen?

Sahnehäubchen? Ich schnaubte, was in meinem aktuellen Zustand eher wie ein Krächzen klang.

Stöhnend setzte ich mich auf und rieb mir übers Gesicht. Hinter meiner Stirn meldete sich ein ekelhaftes Pochen, und

245

mein Hals war so trocken, als wäre ich ohne einen Tropfen Wasser durch ganz Nevada gewandert. Zu allem Überfluss nahmen Lukes Textnachrichten kein Ende.

Ich fange jetzt an zu zählen, und wenn du bei 50 noch nicht wach bist, komme ich mit einem Eimer Wasser vorbei.
1
2
3

Heilige Scheiße. Ich sprang ruckartig auf und bereute die Bewegung sofort. Kopf und Magen brauchten einen Moment, um hinterherzukommen. Natürlich war das meinem sogenannten besten Freund egal. Mein Handy piepte ununterbrochen mit neuen Nachrichten, bei denen mein Puls in die Höhe schoss. Denn wenn Luke solche Drohungen aussprach, machte er sie auch wahr.

Einmal hatte er mir bei einem unserer Campingausflüge damit gedroht, mich gleich aus dem Zelt zu zerren und in den See zu werfen, wenn ich nicht sofort aufstand. Natürlich war ich seelenruhig liegen geblieben. Eine Sekunde später hatte Luke mich gepackt, über seine Schulter geworfen und in den See geschmissen. Und ich hatte noch nicht mal einen Kaffee gehabt, ganz zu schweigen davon, überhaupt richtig wach gewesen zu sein. Seither nahm ich solche Drohungen todernst.

24
25
Scheiße, liegst du im Koma?
26
27

Pling. Pling. Pling. Es ging immer so weiter. Am liebsten hätte ich das verdammte Ding gegen die Wand geworfen, damit dieses nervige Piepen aufhörte, das sich wie Laserstrahlen in meinen Kopf bohrte. Noch dazu brachte ich keine anständige Antwort zusammen, weil ich mich die ganze Zeit vertippte.

41
Lebst du noch? Darf ich deinen Laptop haben, falls nicht?
42
Oh, und die ledergebundenen Klassiker, die bei dir rumstehen.
43

Endlich schaffte ich es, eine Antwort zu formulieren, ohne dass sie unlesbar wurde oder mir die Autokorrektur dazwischenfunkte. Was fiel diesem Mistkerl eigentlich ein, mich auf diese Weise zu wecken, wenn ich erst vor wenigen Stunden ins Bett gegangen war? Noch dazu mehr als nur ein bisschen angetrunken.

WAS WILLST DU? Hast du eine Ahnung, wie spät es ist?!

Keine fünf Sekunden später tauchte eine neue Meldung auf.

Guten Morgen, Sonnenschein!

Nicht. Sein. Ernst. Ich biss die Zähne so fest zusammen, bis sie knirschten. Langsam setzte ich mich auf die Bettkante und hämmerte auf mein Smartphone ein.

Deswegen hast du mich mit 35 181 279 Nachrichten terrorisiert? Nur um mich zu wecken?!

247

Eigentlich stand ich nach dem Joggen vor einer Auswahl Kuchen und Twinkies und wollte fragen, ob ich dir was mitbringen soll, aber jetzt bin ich wieder zurück. Also gibt's nur ein Guten Morgen von mir.

Dieser … was? *Was?!* Er hätte mir Twinkies mitbringen können und hatte es nicht getan? Ich hielt die Luft an, um nicht laut aufzuschreien. Oder einen Schwung an Flüchen loszulassen, der sogar Tate vor Neid erblassen lassen würde.

ICH HASSE DICH SO SEHR!!!

:P

Frustriert warf ich das Handy ans Bettende und ließ mich zurück in die Kissen fallen. Ich hatte gerade die Augen geschlossen, als sich mein Smartphone erneut mit einem Piepen meldete. Ächzend drehte ich mich auf die Seite und krabbelte zu dem dummen Ding. Denn egal, wie wütend ich auf Luke war, wenn er sich meldete, würde ich immer antworten. Und wenn es nur mit Morddrohungen war.

Doch als ich seine neue Nachricht las, wurde mir schlagartig eiskalt und dann siedend heiß.

Du hast hoffentlich nicht unseren Lieblingskurs vergessen? Prof Spears würde dich vermissen. Und ich auch.

Oh nein. Nein, nein, nein. Es war nicht Sonntag? Panisch suchte ich nach der Datumsanzeige auf meinem Handy und atmete scharf ein. Kein Sonntag. Es war Montag, und das bedeutete, dass Englische Literatur in zwanzig Minuten anfing.

Ich schmiss das Handy zurück aufs Bett und sprang auf.

Diesmal ignorierte ich den rebellierenden Magen und stürmte ins Bad.

»Verschlafen?«, rief Mackenzie mir aus der Küche hinterher, aber ich gab ihr keine Antwort. Dafür blieb keine Zeit.

Ich konnte gerade mal kurz unter die Dusche springen, mir die Zähne putzen, um den ekelhaften Geschmack in meinem Mund loszuwerden, und eine Schmerztablette einwerfen. Die Haare band ich zu einem unordentlichen Knoten zusammen, dann schlüpfte ich in ein Wollkleid und meine Stiefel. Bei meinem Make-up musste eine schnelle Grundsanierung ausreichen.

Ich stopfte meine Unterlagen und den Laptop in meine Umhängetasche, dann stürmte ich nach gerade mal zehn Minuten aus der Wohnung. Ein neuer Rekord. Ich konnte nur hoffen, dass ich es auch so schnell in den Hörsaal schaffte.

Ich rannte die Treppe hinunter, verfehlte fast die letzte Stufe und konnte mich gerade so noch am Geländer festhalten, statt nähere Bekanntschaft mit dem Boden zu machen. Wieder machte sich das Ziehen in meinem Rücken bemerkbar und für einen kurzen Moment blieb mir die Luft weg. Trotzdem schaffte ich es irgendwie, den Hörsaal mit einem Sprint quer über den Campus gerade noch rechtzeitig zu erreichen. Mein Hals brannte bei jedem Atemzug, ich keuchte und war verschwitzt, aber ich hatte es geschafft.

Und unsere Dozentin war nicht da.

Sekundenlang blieb ich neben der offenen Tür stehen und starrte auf das Pult. Keine Professor Spears. Auch nicht am Fenster oder im Gespräch mit den anderen Studenten, die alle nicht besonders fit an diesem Morgen aussahen.

Ernsthaft? Da legte ich einen Marathon ein, um pünktlich zu sein, und unsere Professorin kam einmal im Millennium zu spät? Heute war eindeutig nicht mein Tag.

249

Und wie es aussah, war auch Luke noch nicht da, denn ich konnte ihn nirgends entdecken, genauso wenig wie Emery, die zusammen mit uns in diesen Kurs ging. Aber wahrscheinlich war sie auch nicht von einem durchgeknallten Typen mit tausend Textnachrichten geweckt worden.

Zielstrebig steuerte ich eine der hinteren Reihen an und ließ mich auf einen freien Platz fallen. Das Summen von Stimmen lag in der Luft, dazu das Geklacker von Tastaturen und das Rascheln von Papier. Aber alles war leiser und ein bisschen langsamer als sonst, und als ich mich umschaute, erkannte ich die gleiche Müdigkeit in den Gesichtern der anderen, die mir vorhin auch aus meinem Badezimmerspiegel entgegengestarrt hatte. Schräg vor mir saß ein Typ vor seinem Laptop, die Kopfhörer aufgesetzt, und schaute *Stranger Things*. Neben ihm hatte ein Mädchen ihre Arme auf das Pult gelegt und benutzte sie als Kissenersatz. Und so langsam, wie sich ihre Schultern hoben und senkten, schien es hervorragend zu funktionieren.

Ich zog mein Notebook hervor, zusammen mit ein paar Stiften und meiner Ausgabe von *Romeo und Julia*. Irgendwo hatte ich mir doch die Szenen markiert, die wir bis heute lesen mussten. Wenn Professor Spears sowieso zu spät kam, blieb mir wenigstens noch ein bisschen Zeit, um die Stellen zu überfliegen.

Ich war gerade mal drei Seiten weit gekommen, als eine vertraute Stimme jegliche Konzentration zunichte machte.

»Sie ist es!«, rief Luke und warf seine Tasche direkt neben mein Buch auf den Tisch. Bevor ich etwas sagen konnte, setzte er sich auf den freien Platz neben mir und stellte einen Pappbecher vor mir ab. »Meine Göttin. Meine Liebe. Oh, wüsste sie, dass sie es ist. Sie spricht, doch sagt sie nichts. Was schadet das?«

Mit jedem Wort wanderten meine Augenbrauen höher, genau wie meine Mundwinkel. »Weh mir …?«

»Horch! Sie spricht!« Theatralisch fasste er sich ans Herz. »Oh, sprich noch einmal, holder Engel!«

Ich prustete. »Du Spinner!«

»Das hat Shakespeare aber nicht geschrieben.«

»Oh doch, genau hier.« Ich schnappte mir einen Stift und malte die Buchstaben auf Lukes Unterarm. »Siehst du?«

In roten Lettern prangte jetzt das Wort *Spinner* auf seiner Haut.

»Clever«, murmelte er. »Denkst du, Professor Spears lässt das als deine Hausaufgabe durchgehen?«

Schwungvoll klappte ich das Buch zu und griff nach meinem Kaffee. »Ich habe meine Hausaufgaben gemacht«, behauptete ich zwischen zwei Schlucken.

»Wann?«, neckte er. »Gerade eben?«

Statt einer Antwort streckte ich ihm die Zunge raus.

»Übrigens habe ich dir etwas mitgebracht.«

»Noch etwas?« Ich versuchte, an ihm vorbei in seine Tasche zu spähen.

»Ich war dir noch was schuldig«, erwiderte er und stellte eine Papiertüte vor mir ab. Mein Herz begann bereits beim Anblick des Logos schneller zu schlagen und als ich die drei Twinkies darin entdeckte, konnte ich mein Lächeln nicht länger zurückhalten.

»Und …?« Ein amüsiertes Blitzen in seinen Augen.

»Ich töte dich in Gedanken nicht mehr auf grausame Weise.« Behutsam packte ich den ersten Twinkie aus und biss hinein. »Aber ich hasse dich trotzdem, weil du mich geweckt hast«, fügte ich mit vollem Mund hinzu.

Luke grinste. »Damit kann ich leben.«

Ich schüttelte nur den Kopf. Ein Blick zur Tür bestätigte mir, was die Lautstärke im Hörsaal bereits verriet: Unsere Dozentin hatte den Raum betreten. Die Stimmen wurden leiser, bis sie nur noch ein Wispern waren und Professor Spears sich schließlich zu Wort meldete. Hastig schlang ich meinen Twinkie hinunter und spülte mit einem großen Schluck Kaffee nach.

Wie befürchtet begann sie sofort, die Szenen auseinanderzunehmen, die wir bis heute hatten vorbereiten müssen. Ich rutschte etwas tiefer in meinen Sitz in der Hoffnung, dass sie mich einfach übersah.

»Warst du heute früh wirklich mit Dylan laufen?«, fragte ich im Flüsterton, sobald ich sicher sein konnte, dass Professor Spears anderweitig beschäftigt war. Sie diskutierte gerade mit einem blonden Mädchen über die Balkonszene.

Luke lehnte sich näher zu mir. »Klar. Und er hat immer noch knallgrüne Haare.«

Ich presste die Lippen aufeinander, um mein Lachen zu unterdrücken. »Ist nicht wahr …«

»Oh doch. Mit Emery ist nicht zu spaßen.«

»Das merkst du erst jetzt?«, wisperte ich amüsiert. Zu schade, dass Emery gerade nicht da war, sonst hätte ich sie ausgefragt. Obwohl sie erst seit Anfang des Semesters auf dieses College ging, war sie schon ein Teil unserer Clique geworden, den ich nicht mehr missen wollte. Genauso wenig wie unseren gemeinsamen Selbstverteidigungskurs. Außerdem hatte sie mir ihren ganzen Süßigkeitenvorrat überlassen, den sie von ihrer zukünftigen Schwägerin zum Start ins Studentenleben bekommen hatte. Wenn das kein Beweis dafür war, dass sie perfekt in unsere Gruppe passte, dann wusste ich auch nicht.

Die nächste Stunde verbrachten wir damit, Shakespeares Werk auseinanderzunehmen und einzelne Passagen zu interpretieren. Im Gegensatz zu den meisten Anwesenden, die nur wegen der leicht verdienten Credit Points hier waren, mochte ich Englische Literatur wirklich. Ich würde die Klassiker nicht

252

unbedingt in meiner Freizeit lesen, da bevorzugte ich eindeutig moderne Liebesromane und blutige Thriller, aber sie interessierten mich, und die Sprache gefiel mir.

»Übrigens nehme ich es dir immer noch übel, dass du mich zu diesem Kurs überredet hast«, behauptete Luke nach dem Kurs, während wir die Stufen hinuntergingen. Wie immer hatte sich an der Tür ein kleiner Pulk gebildet, weil zu viele Leute gleichzeitig hinauswollten.

»Sagt ausgerechnet derjenige, der mit Shakespeare-Zitaten um sich wirft wie andere Leute mit sinnlosen Sprichwörtern oder Songtexten.«

Vor dem Gebäude verabschiedeten wir uns voneinander, und ich machte mich auf den Weg in meinen Kurs für kreatives Schreiben. Allerdings ließ die Wirkung des Kaffees viel zu schnell nach, und zur Mittagspause konnte ich kaum noch die Augen offenhalten. Die Kaffeemaschine war das Erste, was ich in der Mensa ansteuerte. Da konnte mein Magen noch so laut grummeln. Erst als ich wieder Koffein in meinem Blutkreislauf hatte, schnappte ich mir ein Tablett, befüllte es mit allen möglichen ungesunden Sachen und ging nach draußen.

Bunte Blätter bedeckten den Boden, und ein frischer Wind wehte, der mich frösteln ließ. Bald war die Zeit, in der wir mittags draußen sitzen konnten, vorbei, aber heute stellten wir uns dem Herbst noch entgegen.

Das Laub raschelte unter meinen Stiefeln, während ich unseren Stammtisch ansteuerte. Stimmen und Musik lagen in der Luft, von irgendwoher hörte ich sogar noch ein paar Vögel zwitschern. Obwohl die Luft kalt war, war die Sonne noch immer warm genug, um hier draußen nicht zu erfrieren. Zumindest nicht so schnell.

»Hey, ihr beiden.« Ich stellte mein Tablett ab und glitt neben Luke auf die Bank.

»Hey, Elle.« Mason grinste mich an. Der kleine Knutsch-fleck an seinem Hals konnte etwas mit seiner guten Laune zu tun haben. Aber da Jenny gestern nicht auf der Halloweenparty mit dabei gewesen war, musste er ziemlich neu sein.

Ich schob Luke die Schale Pommes hin, weil er sich sowie-so daran bedienen würde, und widmete mich meinem Kaffee. Obwohl es schon der zweite heute war, wollte ich nichts lieber tun als schlafen.

Mason tippte etwas auf seinem Handy zu Ende und legte es dann beiseite. Erwartungsvoll sah er in die Runde. »Wie siehts aus? Party bei Luke und den anderen am Wochenende? Ich spendiere das Bier.«

»Du kannst nicht von Spendieren reden, wenn du selbst al-les trinkst«, brummte Luke und stocherte in seiner Lasagne herum.

»Ich bringe zwei Sixpacks mit.« Nachdenklich kratzte Mason sich am Hinterkopf. »Vielleicht auch drei?«

Kopfschüttelnd legte Luke die Gabel beiseite und griff nach seiner Cola. »Kein Wunder, dass Elle deinen Klingelton zu *Hangover* geändert hat.«

Masons Augen wurden riesig. »Ist nicht wahr …«

»Oh doch.«

»Scheiße, das muss ich austesten.« Noch während er sprach griff er nach seinem Smartphone. Gleich darauf schrillte das Lied aus meiner Tasche.

Ich deutete mit zwei Pommes auf ihn. »Den Klingelton hast du seit Anfang des Semesters, weil du ja unbedingt Bier mit Aspirin mischen musstest und Emery und Dylan dich zurück in dein Zimmer schleppen durften.«

»Das ist nicht fair«, protestierte er. »Das habe ich nur getan, weil Emery mir die Nase gebrochen hat. Ich hatte Schmerzen!«

»Ach, komm schon«, ertönte eine bekannte Stimme. Emery

tauchte am Tischende auf. Luke und ich rutschten zur Seite, um ihr Platz zu machen. Sie stellte ihr Tablett mit einem lauten Knall auf den Tisch. »So langsam müsstest du doch darüber hinweg sein. Außerdem war sie nie gebrochen.«

»Siehst du diesen Knick hier?« Mason deutete auf seine Nase. »Der war nicht da, bevor du aufgetaucht bist.«

»War er wohl«, widersprach sie, nur um mit einem zuckersüßen Lächeln hinzuzufügen: »Aber ich kann dir gern dabei helfen, dass er noch größer wird.«

Statt einer Antwort zeigte er ihr den Mittelfinger. Grinsend machte Emery sich über ihr Mittagessen her.

»Zurück zum Wochenende«, sagte Mason, als wäre er nie unterbrochen worden. »Nach Halloween gibt es kaum noch anständige Partys. Sogar die von Benford letztes Jahr um diese Zeit war mies. Und Lukes Partys sind legendär.«

Neben mir lehnte sich Luke zurück. »Habe ich dazu auch was zu sagen?«

»Nein.«

»Was höre ich da?« Wie aus dem Nichts tauchte Trevor auf, pflanzte seine Laptoptasche auf den einzigen freien Fleck auf dem Tisch und sich selbst neben Mason auf die Bank. »Hausparty bei uns?« Er griff nach meinen Pommes. »Bin dabei.«

Ich kniff die Augen zusammen. »Die Mensa ist gleich da drüben. Besorg dir was Eigenes zu futtern, Trev.«

»Tate gibt mir auch immer was ab.«

»Tate ist aber nicht hier.« Seufzend schob ich ihm die Schale hin, die noch überraschend voll war. Musste ich mir Sorgen um Luke machen? Eigentlich hätte sie längst leer sein müssen. »Sie hat mir vorhin geschrieben, dass sie das Mittagessen ausfallen lässt, um mit ihrem Gemälde fertig zu werden.«

Mason schnaubte. »Kriminologie als Haupt- und Kunst als Nebenfach? Mal ehrlich, wer macht so was?«

255

»Kunst ist nicht ihr Nebenfach. Zumindest nicht mehr«, murmelte ich und versuchte, nicht allzu offensichtlich zu Luke hinüber zu schauen. Hatte er in den letzten Minuten überhaupt ein Wort gesagt? Seine Miene wirkte angespannt, sein Blick abwesend. »Den Kurs belegt sie freiwillig«, fügte ich hinzu. »Und es ist mir lieber, sie tobt sich im Kunstsaal aus, als in unserer WG.«

Mason schob sich zwei Pommes in den Mund. »Und was ist dieses Semester ihr Nebenfach?«

Ich hatte es schon vor einer ganzen Weile aufgegeben, bei Tates ganzen Kurswechseln mitzukommen. Als wir hier angefangen hatten, war Psychologie ihr Nebenfach gewesen. Ein Semester später war es Journalismus, dann Fotografie, ein paar Tage danach Kunstwissenschaft, kurzzeitig sogar Biologie, und letzten Herbst hatte sie sich wieder für Psychologie eingeschrieben. Bis vor kurzem hatte sie irgendeinen Managementkurs belegt, aber das konnte sich inzwischen schon wieder geändert haben. In Wahrheit wusste niemand so genau, welches Nebenfach Tate gerade belegte, da sie es öfter wechselte als andere Leute ihre Unterwäsche. So entschlossen Tate war, was ihr Hauptfach anging, so sprunghaft war sie bei ihrem Nebenfach. Hilfe suchend sah ich zu Trevor hinüber, doch der zuckte nur mit den Schultern.

»Was ist jetzt mit dieser Party?«, fragte Emery. »Wenn es eine gibt, brauche ich genügend Vorlaufzeit, um Dylan zu bearbeiten, damit er mitkommt.«

Ich wartete auf einen Spruch von Luke zu Dylans grünen Haaren, aber der blieb aus. Stirnrunzelnd sah ich zu ihm hinüber. Seine Lasagne hatte er kaum angerührt. Er wirkte noch immer abwesend, jetzt starrte er aber auf das Smartphone in seiner Hand. Obwohl ich neben ihm saß, konnte ich nicht erkennen, was er gerade las.

»Meinetwegen können wir eine Party am Samstag schmei-
ßen.« Trevor stand auf und nahm sich noch ein paar Pommes
für den Weg mit. »Ich muss in meine nächste Vorlesung. Wir
sehen uns.«

Fast in derselben Sekunde sprang auch Luke auf und hängte sich die Tasche über die Schulter. »Ich muss auch los. Bis
später.«

Ich sah ihm verwundert nach und dann auf die noch halb
volle Schale mit Pommes auf dem Tisch. Irgendwie hatte ich
das unbestimmte Gefühl, etwas Wichtiges verpasst zu haben.

Kapitel 14

Luke

Die Tage verschwammen ineinander. Ich stand frühmorgens auf, ging mit Dylan joggen, kam zurück, duschte, ging zur Uni, legte mittags eine Extraeinheit im Fitnessstudio ein, um für die kommenden Wettrennen fit zu bleiben, saß anschließend wieder im Hörsaal und ging am späten Nachmittag zum Training. Ich blieb sogar länger als sonst und drehte Extrarunden im Stadion. Denn wenn ich mich bis an meine Grenzen brachte, wenn meine Muskeln vor Anstrengung zitterten und jeder Atemzug wie Feuer brannte, blieb es in meinem Kopf ruhig.

Kein einziger Gedanke. Keine Erinnerung. Nur erlösende, beruhigende Stille.

Bis das Tosen wieder anfing. Ich wusste, dass ich ihm nicht entgehen, dass ich nicht vor mir selbst davonlaufen konnte – aber ich konnte es zumindest versuchen. Wenn es sein musste, mit mehr Bier und Energydrinks, als ich in dieser Trainingsphase zu mir nehmen durfte, aber solange ich meine Leistungen beibehielt, musste Coach Bohen nie etwas davon erfahren.

Ich wollte nur, dass dieser Tag endlich hinter mir lag. Erst dann würde ich wieder das Gefühl haben, richtig atmen zu können.

Noch zwei Tage. Zwei Tage durchhalten und den Samstag irgendwie hinter mich bringen. Dann hatte ich wieder Ruhe.

In der WG war es still, als ich vor dem Training am Nachmittag vorbeischaute. Nur aus Trevors Zimmer war leise Musik zu hören; die Tür zu Dylans Zimmer stand weit offen. Mister Cuddles saß auf der Kücheninsel und fauchte mich zur Begrüßung an.

Ich ignorierte sie und nahm mir eine Flasche Wasser aus dem Kühlschrank, ging in mein Zimmer – und blieb abrupt stehen. Denn auf meinem Bett saß Elle. Sie trug ein locker fallendes Oberteil, einen Rock, der gefährlich kurz war, Wollstrümpfe, die über ihren Knien endeten, und Boots. Ihre Haare hatte sie zu einer dieser Frisuren gebunden, die nicht richtig Knoten und nicht richtig Zopf waren, ihr aber verdammt gut stand. Wie selbstverständlich lehnte sie an der Wand, die Beine ausgestreckt und den Laptop auf dem Schoß.

»Wer ist es diesmal?«, fragte ich statt einer Begrüßung und stellte Tasche und Wasser auf den Schreibtisch. »Tate oder Mackenzie?«

»Tate«, brummte sie, ohne aufzusehen oder im Tippen innezuhalten. »Jackson ist vorbeigekommen. Ich habe nichts gegen den Kerl. Oder gegen Sex«, sprach Elle weiter. »Ich will bloß nicht einen Raum weiter sitzen und dabei zuhören müssen … Ganz besonders nicht, wenn ich selbst gerade keinen bekomme.«

Ich kickte mir die Schuhe von den Füßen und griff nach meinem Shirt, hielt jedoch mitten in der Bewegung inne. Hatte Elle das gerade wirklich gesagt? Ich zögerte kurz, rang mit mir und verfluchte mich im selben Moment, weil ich überhaupt darüber nachdachte, statt den Spruch einfach rauszuhauen. Wir waren schließlich immer noch Freunde.

»Du weißt hoffentlich, dass mein Angebot vom Filmabend neulich steht?« Ich zog mir das Shirt über den Kopf und warf es auf den Schreibtischstuhl. Dann ging ich zum Schrank hinüber, um meine Trainingsklamotten rauszuholen. »Wenn ich dir irgendwie helfen kann …«

»Vielen Dank, Mister Selbstlos, aber ich verzichte.«

»Du hast ja keine Ahnung, was dir entgeht.«

»Ich muss nur das nächste Mädchen fragen, das mir über den Weg läuft, um alle Details zu erfahren.«

»Autsch. Das war nicht nett.«

»Aber so wahr«, erwiderte sie grinsend, den Blick noch immer auf den Monitor gerichtet. »Übrigens hab ich dir dein Buch zurückgebracht.« Sie hielt es in die Höhe und ich erkannte einen der Thriller, den ich ihr vor nicht mal einer Woche ausgeliehen hatte. Dafür stapelten sich ihre Bücher auf meinem Schreibtisch, weil ich im Moment einfach nicht den Kopf dafür hatte.

»Du hast es ausgelesen?« Ich stopfte die Trainingssachen zusammen mit einem Handtuch und der Wasserflasche in meine Sporttasche.

»Letzte Nacht.«

»Das erklärt die Augenringe.«

Zum ersten Mal hob Elle den Kopf. »Ich habe keine … Ach, vergiss es.« Sie rieb sich über das Gesicht, als könnte sie damit ihre Müdigkeit vertreiben. »Wo hast du dich in letzter Zeit eigentlich rumgetrieben? Man kriegt dich noch seltener zu Gesicht als Dylan. Und das will was heißen.«

Ich zuckte mit den Schultern. »Training. Uni. Dasselbe wie immer.«

»Wirklich?« Ihre Skepsis war nicht zu überhören. »Sonst bist du doch auch nicht so vielbeschäftigt.«

»Es stehen noch zwei wichtige Rennen an.«

Und bei diesen trat ich nicht nur zum Spaß oder der Herausforderung wegen an. Mein Stipendium basierte darauf, dass ich an allen Wettkämpfen teilnahm und Bestleistungen zeigte. Wahrscheinlich könnte ich die Studiengebühren von dem Geld bezahlen, das ich von meinen Eltern geerbt hatte, aber das würde ich unter keinen Umständen anrühren. Eher lebte ich freiwillig unter der Brücke und ernährte mich von Ratten, als auch nur einen Cent davon auszugeben. Dazu hatte ich kein Recht.

»Ich weiß.« Elles weiche Stimme holte mich aus meinen Gedanken. »Bist du deswegen so abwesend? Und damit meine ich nicht nur körperlich.«

Ich biss die Zähne zusammen. Dass Dylan und Trevor mich darauf ansprachen, war nicht weiter überraschend. Dylan kannte mich lange genug, um zu wissen, was damals passiert war. Zumindest den offiziellen Teil. Und Trevor war nicht nur mein Mitbewohner, sondern auch der Einzige, dem ich je davon erzählt hatte. Zumindest hatte ich ihm in unserem ersten Collegejahr nach einigen Drinks zuviel ein paar Details verraten. Ich erinnerte mich nicht mehr an jenen Novemberabend vor zwei Jahren, doch unser Gespräch neulich vor der Bibliothek hatte deutlich gemacht, dass er mehr als genug wusste.

Aber jetzt auch noch Elle, der ich absichtlich aus dem Weg gegangen war, damit ihr nichts auffiel? Entweder ließ ich in meinen Schauspielfähigkeiten nach, oder Elle kannte mich mittlerweile zu gut. Von allen Menschen da draußen war sie die Letzte, die erfahren sollte, was in jener Nacht geschehen war.

Also zuckte ich nur mit den Schultern und setzte mich zu ihr aufs Bett. »Woran arbeitest du?«

»An einem Artikel über unsere Footballmannschaft. Keine Ahnung, warum Erica meint, ich wäre die Richtige für die Sportnews. Das könntest du viel besser.«

Ich spähte über ihre Schulter und las die Headline. »Jackson? Der Footballspieler, den Tate datet?«

Elle schob mich weg und drehte den Laptop so, dass ich nichts mehr lesen konnte. »Tate datet nicht. Sie hat ihren Spaß und frisst ihre Opfer danach auf.«

»Hast du deine beste Freundin gerade wirklich mit einer Schwarzen Witwe verglichen?«

»Willst du etwa sagen, dass es nicht so ist?« Ihre Mundwinkel zuckten. »Ich bin die Letzte, die sie deswegen verurteilt. Sex ist toll. Solange ich nicht dabei zuhören muss, wie sie sich austobt. Aber davon abgesehen weiß ich nicht, was da zwischen ihr und Jackson ist. Ab und zu laufen wir uns frühmorgens in der WG über den Weg, aber das war's auch schon.«

Stirnrunzelnd lehnte ich mich neben sie gegen die Wand. Die Kälte breitete sich auf meiner Haut aus, aber ich ignorierte die Empfindung. »Ihr seid Mädchen. Redet ihr nicht ständig über solchen Gefühlskram?«

»Wir reden. Aber Tate und Gefühlskram?« Sie warf mir einen ungläubigen Blick zu. »Dein Ernst?«

»Okay, blöde Frage.« Ich ließ den Kopf gegen die Wand sinken und streckte die Beine aus. Eigentlich hatte ich sofort zum Training gehen und eine Extrarunde einlegen wollen, bevor der Coach und die anderen auftauchten. Stattdessen saß ich jetzt neben Elle und kam auf seltsame Weise zur Ruhe. »Früher war sie anders«, murmelte ich und erlaubte meinen Gedanken zum ersten Mal seit Wochen, bewusst wieder in die Vergangenheit zu wandern. »Nicht, was das Reden angeht. In der Highschool war Tate der typische Außenseiter und so schüchtern, dass sie oft kein Wort herausgebracht hat, wenn sie im Unterricht etwas gefragt wurde. Dann ist ihr Bruder gestorben ...« Jeder in unserer alten Highschool wusste davon, allerdings kannten nicht einmal Tate oder die Polizei die genauen Umstände. Es war in unserem Abschlussjahr passiert, und danach war Tate nie mehr dieselbe gewesen. Ganz so, als hätte sie einfach jede Zurückhaltung über Bord geworfen. »Der Tod verändert Menschen«, murmelte ich. Und dann, weil das viel zu nahe an meiner eigenen Realität war, tippte ich gegen den Laptop. »Lass mich mal lesen.«

Elle betrachtete mich von der Seite, und einen Moment lang war ich fest davon überzeugt, dass sie mich durchschaut hatte. Aber statt nachzubohren, hielt sie den Laptop aus meiner Reichweite.

»Komm schon …«, provozierte ich sie. »Hast du Angst, dass ich deinen Artikel auseinandernehme? Oder mich darüber lustig mache, wie du Jackson in den höchsten Tönen lobst? Gestählte männliche Brust und so ein Scheiß?«

»Als ob ich so was je schreiben würde.« Sie rieb sich den Rücken, dann schob sie meine Beine zur Seite, legte sich der Länge nach hin und positionierte den Laptop vor sich. »Ich zeige dir den Artikel, wenn ich damit fertig bin. Nicht vorher.«

»Ich könnte dich auch kitzeln, bis du ihn mir freiwillig zeigst«, warnte ich und legte die Hände bereits an ihre Taille. Da sie auf dem Bauch lag, auf den Ellbogen aufgestützt und die Finger an der Tastatur, wäre es ein Leichtes, diese Drohung in die Tat umzusetzen, ohne dass sie sich großartig dagegen wehren konnte.

»Wenn du das tust, dann sorge ich dafür, dass du mindestens eine Woche lang nicht mehr am Training teilnehmen kannst«, zischte sie und warf mir einen vernichtenden Blick über die Schulter zu. »Im Ernst, Luke. Ich will nicht, dass … Autsch!« Sie verlagerte ihr Gewicht und verzog im selben Moment das Gesicht.

»Was ist los?« Jedes bisschen Belustigung war verschwunden. Ich kannte Elle gut genug, um zu wissen, wann sie mir etwas vormachte und wann es ihr wirklich mies ging. Und jetzt hatte sie eindeutig Schmerzen.

263

»Nichts.« Vorsichtig brachte sie sich wieder in die vorherige Position. »Ich befürchte, Trevor hatte recht, und ich habe mich an Halloween auf dem Boden verkühlt. Ich dachte, es würde langsam besser werden, aber irgendwie wird es nur schlimmer.«

Vorsichtig strich ich mit den Daumen über ihren unteren Rücken. »Wo tut es weh?«

Langsam verlagerte sie das Gewicht auf einen Arm und tastete mit der Hand ihren Rücken entlang, bis sie auf Höhe des zehnten Brustwirbels innehielt.

»In der Mitte oder eher seitlich?« Behutsam schob ich ihr Oberteil hoch und versuchte dabei, den aufblitzenden weinroten Stoff ihres BHs zu ignorieren, auch wenn mein Blick immer wieder zu der Stelle wandern wollte. Stattdessen zwang ich mich dazu, die von Elle beschriebene Stelle abzutasten. Ihre Haut war warm und samtig glatt unter meinen Fingern, aber ich spürte auch die Verhärtung in ihren Muskeln.

»Seitlich«, murmelte sie und schob ihren Laptop noch weiter von sich, um den Kopf auf die Hände sinken zu lassen.

Ich begann mit streichenden Bewegungen, um sie daran zu gewöhnen und ihre Anspannung zu lösen. Auch wenn Sportmanagement mein Hauptfach war und ich eines Tages hoffentlich die großen Teams und Spieler betreuen würde, ließ ich mir die Kurse in Anatomie und Sportmedizin nicht entgehen. Da ich selbst Sportler war, wusste ich oft aus eigener Erfahrung von einzelnen Verletzungen und wie man sie am besten behandelte. Aber wenn ich in Zukunft Verantwortung für andere tragen würde, wollte ich auch in Notfällen wissen, was zu tun war, um helfen und Risiken abschätzen zu können. Dass ich Elle jetzt ihre Schmerzen wegmassieren konnte, war ein ungeplanter, aber willkommener Nebeneffekt.

»Du bist ziemlich verspannt«, stellte ich fest, während ich die verhärtete Stelle bearbeitete. »Wahrscheinlich hast du eine

Schonhaltung eingenommen, es damit aber nur schlimmer gemacht. Mit ein bisschen mehr Sport hättest du das Problem nicht.«

Sie brummte etwas Unverständliches, aber was es auch war, es klang alles andere als begeistert.

»Du weißt, dass ich recht habe. Dein Selbstverteidigungskurs ist ja schön und gut, aber etwas mehr Bewegung würde die Verspannungen lösen und neue verhindern.«

»Hatten wir doch schon …«

»So leicht gebe ich nicht auf. Wie wär's mit … Yoga?«

Elle schnaubte. »So gut kann ich mich nicht verbiegen.«

Ich grinste, hielt aber den Mund. Elle von Sport zu überzeugen war in etwa so erfolgreich wie den Mount Everest an einen anderen Ort versetzen zu wollen. Abgesehen davon genoss ich es, ihr die Verspannung wegzukneten. Etwas, das ich nie zuvor bei ihr getan hatte. Oder bei sonst jemandem, wenn ich genauer darüber nachdachte. Einem anderen Läufer dabei zu helfen, seinen Wadenkrampf loszuwerden, war etwas völlig anderes als das hier.

So über Elle zu knien, während sie auf meinem Bett lag, das Shirt bis zu den Achseln hochgeschoben, während meine Hände über ihre Haut strichen, hatte etwas seltsam Intimes. Genau wie die leisen Geräusche, die sie dabei von sich gab. Anfangs waren es noch Schmerzenslaute, denn eine solche Verhärtung zu lösen, war nicht gerade angenehm, das wusste ich aus eigener Erfahrung. Doch inzwischen war es nur noch ein genießerisches Seufzen, das Elle hin und wieder entschlüpfte.

Ihre Verspannung war längst verschwunden, trotzdem hörte ich nicht mit der Massage auf – oder blieb nur an der einen Stelle. Ich strich über ihren Rücken und den weichen Stoff ihres BHs, folgte ihrer Wirbelsäule und grub meine Fingerkup-

265

pen in ihre Haut, wenn ich woanders auf Muskeln stieß, die sich ein bisschen zu hart anfühlten.

Draußen ging die Sonne unter und malte eine Farbexplosion aus Rot, Lila und Orange an den Himmel. Das Tageslicht drang immer schwächer durch das einzige Fenster herein. Keiner von uns hatte eine Lampe eingeschaltet und der Laptopmonitor war schon vor einer Weile schwarz geworden.

Das gedämpfte Licht, Elles leise Geräusche und das Gefühl ihrer warmen Haut unter meinen Händen hüllten mich ein, woben einen Schleier zwischen uns und der Außenwelt, bis ich nie mehr von hier wegwollte. In diesen wenigen Minuten war es ganz ruhig in mir, und all meine Gedanken richteten sich auf die Frau unter mir.

Der Moment an Halloween schwebte zwischen uns, genau wie dieser erste Kuss auf einem Parkplatz irgendwo in Alabama. Wir hatten darüber geredet, hatten uns darauf geeinigt, dass es keine Bedeutung hatte. Und trotzdem konnte ich die Erinnerung daran in Elles Augen lesen, wann immer sich unsere Blicke trafen. Wäre sie nicht meine beste Freundin, sondern irgendein Mädchen, hätte ich sie längst verführt. Aber das hier war Elle, und ich wollte sie nicht verlieren. Selbst wenn das bedeutete, dass es für den Rest meines Lebens verdammt eng in meiner Hose sein würde, wann immer sie in meiner Nähe war.

Ein neuer Laut verließ ihre Lippen, während meine Hände über ihre Haut glitten. Kein Seufzen, sondern ein leises Stöhnen. Ich erstarrte. Es war nur ein winziges Geräusch gewesen, aber es ging mir durch und durch.

»Fuck …«, stieß ich hervor und richtete mich wieder auf. Wenn ich sie noch eine Sekunde länger berührte, konnte ich nicht garantieren, dass ich nicht gleich etwas Dummes tun würde.

Elle blieb noch einen Moment lang liegen, dann setzte sie sich langsam auf. Bei der Bewegung rutschte ihr Pullover wieder ein Stück hinunter, bedeckte sie aber nicht vollständig. Als sie sich zu mir umdrehte, heftete sich mein Blick wie von selbst auf den breiten Streifen nackte Haut. Irgendwie hatte ich vergessen, dass sie ein Bauchnabelpiercing hatte, obwohl ich sie schon ein paar Mal im Bikini gesehen hatte. Vielleicht hatte ich das Bild aber auch nur aus meinem Gedächtnis verbannt, genau wie den Wunsch, mit der Zunge an dem kleinen Stück Metall zu spielen.

Als ich wieder aufsah, hatte sich etwas in Elles Miene verändert. Ihre Pupillen waren geweitet, sodass ich das Grüngrau ihrer Iris kaum noch wahrnehmen konnte. Ihre Brust hob und senkte sich in kurzen, flachen Atemzügen, und ihre Lippen glänzten, als hätte sie sich gerade erst darübergeleckt.

Keiner von uns rührte sich. Keiner von uns wagte es, auch nur ein Wort zu sagen. Die beruhigende Stille war verschwunden. Erst jetzt wurde mir bewusst, dass wir völlig allein waren. Die Tür war zu, und aus der Wohnung waren keine Geräusche zu hören. Aber selbst wenn in diesem Moment jemand hereingekommen wäre, hätte das nichts an der Hitze geändert, die sich gerade zwischen uns aufbaute. Am liebsten hätte ich mir das Shirt ausgezogen, wenn ich noch eines getragen hätte. Doch auch ohne war mir auf einmal so verflucht warm, und zu der Enge in meiner Hose gesellte sich ein Prickeln auf meiner ganzen Haut.

Elle streckte die Hand aus, strich mit kühlen Fingerspitzen über meinen Unterarm und beobachtete, wie sich die Härchen auf meiner Haut aufstellten. Ich ließ sie keine Sekunde lang aus den Augen. Was auch immer gerade passierte, ich wollte nicht, dass es endete. Nicht so schnell. Nicht jetzt.

Unsere Blicke trafen sich ein weiteres Mal, und plötzlich

ging alles ganz schnell. Ich wusste nicht, ob Elle sich zuerst bewegte oder ich, ob sie mir entgegenkam oder ich sie packte und zu mir zog. Aber auf einmal saß sie auf meinem Schoß, die Knie neben meinen Hüften, die Arme um meinen Hals geschlungen. Ich legte die Hand auf ihren unteren Rücken, genau dort, wo der Bund ihres Rocks endete und der Streifen nackte Haut begann, und presste sie an mich, bis uns beiden ein Keuchen entwich.

Elle hielt inne, ihren Mund dicht vor meinem, doch sie küsste mich nicht. Ihr warmer Atem glitt über meine Lippen, und ihr Geruch hüllte mich ein. Frühling, selbst jetzt im tiefsten Herbst. Ich hielt ihren Blick fest und nippte probeweise an ihrer Unterlippe, nahm sie ganz leicht zwischen die Zähne, bis Elle erschauerte. Ihre Atmung veränderte sich, wurde schneller, passte sich meiner an.

Bevor ich einen klaren Gedanken fassen konnte, drückte sie ihren Mund auf meinen. Instinktiv schlang ich die Arme um sie, zog sie näher und begann den Kuss zu erwidern. Elle legte ihre Hand an meine Wange und schob die andere in mein Haar, wo sie fest zupackte. Und dann gab es kein Halten mehr. Wir küssten uns, als wäre es das erste und gleichzeitig auch das letzte Mal. Ungezügelt. Leidenschaftlich. Verrückt machend.

Herausfordernd strich ich mit der Zunge über ihre Lippen, und sie kam mir entgegen, stöhnte in den Kuss und ließ mich alles andere vergessen. Normalerweise blieb ein Teil meines Verstandes immer intakt, ganz egal, wo ich es mit einer Frau trieb. Ein Teil von mir war sich meiner Handlungen stets bewusst, wie ein Außenstehender, der das Ganze aus sicherer Entfernung beobachtete. Ich hatte mich daran gewöhnt, kannte es nicht anders.

Aber mit Elle? Mit ihr war es anders. Ein einziger Kuss genügte, um jeden Funken Verstand auszulöschen, bis ich nicht

268

mehr denken und nur noch fühlen konnte. Ich schob die Hände auf ihre Hüften und tiefer, auf ihre Beine bis zu der Stelle, an der ihre Strümpfe endeten, und dann langsam wieder hinauf. Nicht unter ihren Rock, sondern darüber, aber das hinderte mich nicht daran, fest an ihrem Hintern zuzupacken. Ihr gedämpftes Stöhnen trieb mich nur noch weiter an.

Ich kratzte alles an Selbstbeherrschung zusammen, was ich noch hatte, und unterbrach den Kuss schwer atmend. Als ich die Augen öffnete, hätte ich meinen Mund am liebsten gleich noch mal auf ihren gepresst. Ihre Lippen waren feucht und etwas geschwollen, und in ihrem Blick lag so viel Verlangen, dass etwas in mir aussetzte.

Meine Hand zitterte, als ich sie an ihr Gesicht legte. »Wie lange ist es her?«

»Zu lange …« Wie zur Bestätigung schob sie ihr Becken vor und rieb sich an meiner immer größer werdenden Erektion.

Fuck. Ich wollte sie zurückdrängen, sie aufs Bett werfen und mich in ihr verlieren, bis wir beide vergaßen, warum wir das hier lieber nicht tun sollten. *Es wäre ein Fehler.* Selbst in meinem umnebelten Zustand meldete sich eine leise Stimme in meinem Hinterkopf. Dieses Mädchen war meine beste Freundin. Ich würde nie etwas tun, um diese Freundschaft zu gefährden, und Sex war der beste Weg, um genau das zu erreichen. Das wusste ich schließlich aus eigener Erfahrung. Und doch konnte ich nicht aufhören, konnte sie nicht einfach loslassen und so tun, als wäre das hier niemals passiert. Als hätte mir ein einziger Kuss nicht jedes bisschen gesunden Menschenverstand geraubt.

Wie von selbst wanderte meine Hand über ihren Rücken bis hinunter zu ihrem Hintern, wo ich eine Spur fester zupackte. »Lass mich dir helfen …«, raunte ich dicht vor ihren Lippen. »Nur helfen …«

Elles warmer Atem streifte mein Gesicht. Sie antwortete nicht darauf, riss sich aber auch nicht von mir los, sondern lehnte ihre Stirn gegen meine und schloss die Augen. Sekundenlang atmeten wir dieselbe Luft, während sich keiner von uns rührte. Ich zwang mich dazu, innezuhalten, mich keinen Zentimeter zu bewegen, weil die Entscheidung ganz allein bei ihr lag. Wenn sie mich wegschob und aufstand, wenn sie es nie wieder zur Sprache bringen wollte, dann würde ich das akzeptieren. Zum Teufel, ich würde alles tun, um sie nicht als Freundin zu verlieren. Aber wenn sie dieses Angebot annahm, wenn ich ihr wenigstens dabei helfen konnte, diese Anspannung loszuwerden, und das auf eine ganz andere Weise als mit einer Rückenmassage, dann würde ich …

Sie schob ihr Becken vor, rieb sich an mir – und jeder Gedanke in meinem Kopf zerfiel zu Staub. Ich konnte nur noch atmen, nur noch fühlen. Elle fand meinen Blick, hielt sich daran fest, während sie ihre Hüften langsam an meinen bewegte. Wir waren nicht mal nackt, trotzdem fühlte sich das hier intimer an als alles, was ich je mit einer anderen Frau getan hatte.

Elle schloss die Augen, ein Stöhnen auf den Lippen, das ich dämpfte, indem ich meinen Mund auf ihren presste. Sie ließ sich gehen, rieb sich fester an mir, strich über meine nackten Schultern und bohrte die kurzen Fingernägel in meinen Rücken. Ich bewegte mich nicht, ließ sie das von mir nehmen, was sie brauchte. Nicht mehr, nicht weniger. Aber ich konnte nicht verhindern, dass ich auch ein, zwei Mal die Hüften nach vorne stieß oder dass ein tiefes Stöhnen aus meiner Kehle kam.

Ich schob die Hände in Elles Haar, zerstörte ihre Frisur und neigte ihren Kopf zur Seite, um meinen Mund auf ihren Hals drücken zu können. Keuchend schnappte sie nach Luft. Einen Sekundenbruchteil erstarrte sie auf mir, dann grub sie die Fingernägel fester in meine Haut und nahm die langsamen Bewegungen wieder auf. Ich half nach, packte sie mit der freien Hand an der Hüfte, die Finger deutlich mehr auf ihrem Hintern als irgendwo anders, und forderte sie stumm dazu auf, sich mehr zu nehmen, schneller zu werden.

Elle folgte dem Wink und presste sich weiter an mich. Ich hob den Kopf und sah sie an, beobachtete, wie Verlangen ihr Gesicht zeichnete und wie sie sich auf die Unterlippe biss, damit ihr kein verräterischer Laut entschlüpfte. Ich hätte ihr ewig dabei zusehen können, wie sie uns beiden Lust verschaffte, auch wenn es in meinem Fall zunehmend zur Qual wurde.

Ein Klingeln mischte sich unter Elles Seufzen. Erst leise, dann wurde es immer lauter. Ich versuchte, es auszublenden, wollte es ignorieren, aber Elle hielt plötzlich inne. Sekunden verstrichen, in denen keiner von uns ein Wort sagte. Unser keuchender Atem und das Schrillen waren die einzigen Geräusche im Raum. Genauso lange dauerte es, bis sich mein Verstand wieder einschaltete und ich begriff, woher dieses verdammte Läuten kam: aus meiner Sporttasche. Weil es mein Handy war, dass endlos lange vor sich hinklingelte.

Ich fluchte innerlich und ließ Elle los, die ans andere Ende des Bettes rutschte, während ich aufsprang und mein Smartphone rausholte. Der Name auf meinem Display hatte dieselbe Wirkung wie eine eiskalte Dusche.

Ich hielt mir das Telefon ans Ohr. »Ja?«, brachte ich gepresst hervor.

»McAdams!«, donnerte Bohens Stimme aus dem Gerät. »Wenn ich deinen armseligen Arsch nicht in fünf Minuten auf der Laufbahn sehe, kannst du die Championships vergessen!«

Fuck.

»Bin schon unterwegs«, rief ich und warf das Handy zurück in meine Sporttasche. Dann riss ich das erstbeste Shirt aus dem Schrank und zog es mir über. Als ich nach meinen Schuhen

271

griff, hörte ich ein ersticktes Geräusch hinter mir und drehte mich stirnrunzelnd um.

Elle saß noch immer auf meinem Bett, die Finger gegen die Lippen gepresst, als müsste sie ein Lachen unterdrücken.

»Das war der Coach«, stellte sie überflüssigerweise fest. Ich nickte nicht mal. »Du hättest meinetwegen fast dein Training vergessen …«

Ich kniff die Augen zusammen. »Wenn du jetzt lachst …«

Ihre Mundwinkel zuckten verdächtig, doch bevor sie losprusten konnte, klopfte es einmal kurz an meiner Tür.

»Hey.« Trevor öffnete die Tür und blinzelte überrascht. Sein Blick wanderte kurz zwischen uns hin und her. »Maze ist gerade vorbeigekommen, und Dylan hat noch eine Stunde, bevor er zur Arbeit muss. Wir wollen Pizza bestellen. Seid ihr dabei?«

Das fragte er ausgerechnet *jetzt*? Wo Coach Bohen kurz davor war, mich zu ermorden, wenn ich nicht sofort zum Training erschien?

Elle schien denselben Gedanken zu haben, denn als sich unsere Blicke diesmal trafen, breitete sich ein schadenfrohes Lächeln auf ihrem Gesicht aus. »Peperoni«, sagte sie an Trevor gewandt und strahlte ihn an. »Mit Käserand.«

»Ich hasse euch …«, knurrte ich und zog meine Sneakers an.

Elle zuckte mit den Schultern. »Selbst schuld, wenn du lieber laufen gehst, statt mit uns Pizza zu essen.«

Aus dem Augenwinkel bemerkte ich Trevors amüsierte Miene. »Sicher, dass du nichts willst, McAdams?«

»Fick dich doch.«

»Wie du willst«, kam es von Trevor. Bevor er die Tür wieder hinter sich zuzog, hörte ich im Wohnzimmer das Intro von *Call of Duty*. Wie es aussah, hatten die Jungs die Playstation angeschmissen. Alles deutete auf einen Spieleabend mit Bier und Pizza hin. Zum ersten Mal in den letzten Tagen bereute ich es, dem Cross-Country-Team beigetreten zu sein. Das Laufen hatte mich immer am besten von allem abgelenkt. Bis jetzt. Bis Elle.

»Amüsiert euch nur«, brummte ich und schloss den Reißverschluss meiner Tasche mit mehr Gewalt als notwendig. Dann wandte ich mich zu Elle um.

Sie hatte sich nicht von der Stelle gerührt, aber ihren Laptop zu sich gezogen. Im Schein des Displays konnte ich erkennen, dass ihr Blick inzwischen klar war, aber ihre Wangen noch immer gerötet und ihre Lippen … Ich biss mir auf meine eigenen, um es nicht bei ihr zu tun.

Elle atmete tief durch, sah von mir zur geschlossenen Tür und wieder zurück. »Luke … Das hier …«

Ihre Stimme klang belegt, aber der Ernst darin, die unausgesprochene Bitte, waren nicht zu überhören. Ich ignorierte den kurzen Stich in meiner Magengegend.

»… zählt nicht«, beendete ich ihren Satz. Ich betrachtete sie einen Moment lang, wie sie da auf meinem Bett saß, mit leicht zerzausten Haaren und geküssten Lippen und stöhnte gequält.

Elle presste die Lippen aufeinander, aber das half nichts dabei, ihr Grinsen zu verbergen. »Wenn du eine Entschuldigung erwartest …«

»Niemals.« Ich schmunzelte, denn so einfach, so schnell war wieder alles beim Alten zwischen uns. Und genau so sollte es auch bleiben. Völlig egal, was mein Schwanz dazu zu sagen hatte.

Kapitel 15

Elle

Stimmengewirr und Gelächter empfingen mich, als ich am Samstagabend in den fünften Stock hinunterging. Ich war mir ziemlich sicher, dass man die dröhnenden Bässe aus der Wohnung der Jungs noch im Wohnheim gegenüber hören konnte. Die Tür stand sperrangelweit offen, da sich die Party teilweise schon in den Flur verlagert hatte. Eine Gruppe Freshmen lungerte mit roten Plastikbechern in den Händen auf der anderen Seite des Gangs herum, während ein Pärchen an der Wand lehnte und wild herumknutschte. Normalerweise würde ich ihnen keinen zweiten Blick zuwerfen, aber … war das etwa Amanda Leeroy? Anscheinend war ihr Herz nach dem Zusammenstoß mit Luke doch nicht so gebrochen, wie sie mich vor knapp einem Monat hatte glauben machen wollen. Seither hatte ich sie mit mindestens drei verschiedenen Typen gesehen. Der Kerl, mit dem sie in diesem Moment Körperflüssigkeiten austauschte, war ein Junior aus dem Basketballteam.

Kopfschüttelnd setzte ich mich wieder in Bewegung. Tate war schon vor mir angekommen und begrüßte mich jetzt mit zwei Bierdosen in der Hand an der Tür.

»Irgendwo habe ich auch Tequila gesehen«, informierte sie mich und hielt mir eine der Dosen hin.

Ich stieß mit ihr an und ließ meinen Blick durch die Wohnung gleiten. Bildete ich mir das ein, oder war es wirklich so überfüllt, wie es auf mich wirkte? Wenige Meter entfernt entdeckte ich Mason, der eine Luftgitarren-Performance zum Besten gab und sich danach Jenny schnappte, um ihr einen Kuss auf den Mund zu drücken. Offenbar hatten sie sich wieder versöhnt.

»Hallo Prinzessin.« Jemand schlang seinen Arm um Tates Taille und vergrub sein Gesicht an ihrem Hals.

Ich biss mir auf die Unterlippe, um nicht laut zu lachen. Tate war so weit von einer Prinzessin entfernt wie ich vom Präsidenten.

Sie rollte mit den Augen und schob den Kerl von sich, der sich als Jackson herausstellte. Er war so groß, dass sogar Tate neben ihm klein und zierlich wirkte. Sein sandfarbenes Haar stand in alle Richtungen ab, und dem Blick aus seinen braunen Augen nach zu urteilen, war das in seiner Hand nicht sein erstes Bier am heutigen Abend.

Ich würde nie verstehen, was Tate in ihm sah, abgesehen davon, dass er mit Sicherheit ziemlich gut im Bett war. Und zugegebenermaßen ziemlich attraktiv, auch wenn einen sein Zahnpastalächeln blenden konnte. Aber man konnte nicht mit ihm reden, es sei denn, es ging um Football. Trotzdem ließ Tate sich immer wieder auf ihn ein. Und auch heute standen seine Chancen offenbar nicht schlecht, denn auch wenn sie ihn wegschob, ließ sie zu, dass er seinen Arm um ihre Schultern legte. Wow. Eine Premiere.

»Hallo, Elle«, begrüßte er mich mit einem Lächeln, das seine weißen Zähne erneut entblößte und bei anderen Mädchen für heftiges Herzklopfen gesorgt hätte.

»Jackson.«

»Cooler Artikel in der Schülerzeitung.«

College. Wir waren hier am College, aber ich unterdrückte den Impuls, ihn darauf hinzuweisen. Dafür bekam Tate meinen besten Echt-jetzt?-Blick zu spüren. Sie hob nur die Schultern.

Mein Smartphone bewahrte mich davor, weiter hier herumstehen zu müssen, während Jackson meine beste Freundin vor meinen Augen befummelte. Dachte er wirklich, ich würde nicht merken, wohin seine Hand wanderte?

»Sorry«, murmelte ich und wandte mich ab. Doch als ich den Namen des Anrufers auf dem Display sah, hätte ich mich am liebsten wieder umgedreht und mit Jackson über Football geredet. Stundenlang. Doch das penetrante Vibrieren ließ sich nicht ignorieren. Ich atmete tief durch, dann ging ich ran. »Hi, Mom.«

»Bist du etwa auf einer Party?«

Nur Mom konnte das an einem Samstagabend fragen und dabei mit vollem Ernst diesen empörten Unterton in ihre Stimme legen. Ja, ich war gerade auf einer Party, weil meine Freunde sie gaben und ich mein Studentenleben genießen wollte. Wie jeder normale Mensch.

»Ja, Mom«, antwortete ich und hielt mir mit der freien Hand das Ohr zu, weil ich sie sonst kaum verstehen konnte. »Es ist Samstagabend, und ich bin auf einer Party.«

Noch während ich die Worte aussprach, schob ich mich an einigen Leuten vorbei. Inzwischen schien sich hier der halbe Campus versammelt zu haben. Die meisten Gesichter waren mir bekannt, doch dazwischen entdeckte ich immer wieder welche, die ich nie zuvor gesehen hatte. Bei einem so kleinen College eine echte Leistung. Aber wenn Mason seinen und Lukes Namen gemeinsam mit einer Partyeinladung erwähnte, lockte das anscheinend wirklich jeden an.

Ich quetschte mich an einer Gruppe Sportler vorbei und in Dylans Zimmer hinein, ohne auf das riesige Keep-Out!-Schild zu achten, das daran klebte. Die Tür schloss ich ebenso schnell wieder, wie ich sie geöffnet hatte, damit Mister Cuddles nicht durch den kleinen Spalt schlüpfen und nach draußen flitzen konnte. Aber das wäre gar nicht nötig gewesen, denn als ich den Lichtschalter drückte, war nichts von der Katze zu sehen. Dafür war es hier drinnen wenigstens etwas leiser als mitten auf der Party.

»Ich halte nichts von solchen Feiern«, kam es gerade vom anderen Ende der Leitung. War ja klar. In Moms Augen war eine Studentenparty auch gleichbedeutend mit einem satanistischen Opferritual.

Ich kniete mich neben das Bett und hob die Tagesdecke an. Katzenaugen funkelten mir entgegen, aber statt wie sonst zu mir zu laufen, fauchte Mister Cuddles mich an. Mist. Der Lärm da draußen schien der älteren Dame nicht besonders zu gefallen. Das, oder Luke hatte inzwischen auf mich abgefärbt, und die Katze begann mich genauso zu hassen wie ihn. Hoffentlich nicht.

»Gabrielle?«, fragte Mom, da ich nicht auf ihren Kommentar eingegangen war.

»Ja.« Ich richtete mich wieder auf und setzte mich auf die Bettkante. »Du rufst sicher nicht nur an, um die Art, wie ich mein Leben führe, zu kritisieren, oder?«

Obwohl das durchaus zu ihr gepasst hätte.

»Nein.« Eine kurze Pause. »Gehe ich richtig in der Annahme, dass du und Lucas zum Thanksgiving-Dinner kommt?« Es war als Frage formuliert, aber wir wussten beide, dass es ein Befehl war.

»Nein, Mom. Wir fahren zu Lukes Familie.«

Einen wunderbaren Augenblick lang herrschte Stille. Überraschte Stille. Dann fand meine Mutter ihre Sprache wieder. »Du weißt nichts über sie. Das hast du selbst gesagt.«

»Dann wird es höchste Zeit, dass ich sie kennenlerne, meinst du nicht?«

277

»Gabrielle …«

Früher wäre das der Punkt gewesen, an dem ich klein beigegeben hatte. Wenn sie diesen Tonfall anschlug, diese Mischung aus Befehlston und mütterlicher Enttäuschung, war ich verloren gewesen. Mein Leben lang hatte ich alles dafür getan, um sie zufriedenzustellen, sie stolz zu machen. Und obwohl ein Teil von mir all das noch immer wollte, würde ich jetzt nicht nachgeben. Denn jetzt ging es nicht mehr nur um mich, sondern auch um Luke, und ich würde ihn auf keinen Fall noch tiefer in diese Familienstreitigkeiten hineinziehen.

»Tut mir leid, Mom. Wir werden nicht da sein.«

Eisige Stille.

»Du lässt diese Familie also wieder im Stich.«

Wie bitte? Ich kam nicht einmal dazu, meine Empörung in Worte zu fassen, denn Mom machte einfach weiter.

»Ich weiß gar nicht, warum ich etwas anderes von dir erwartet habe, Gabrielle. Du hast uns früher schon im Stich gelassen, aber ich dachte wirklich, jetzt, da die Wahl ansteht, würdest du wenigstens für einen kurzen Besuch an Thanksgiving zurückkehren. Hat dein Vater es nicht verdient, dass du ihn unterstützt? Nach allem, was er für dich getan hat?«

Wow. Das ging unter die Gürtellinie.

»Das ist nicht fair«, brachte ich zwischen zusammengebissenen Zähnen hervor.

»Nicht fair?«, wiederholte sie ungläubig. »Ich verrate dir, was nicht fair ist, junge Dame. Dass unsere jüngste Tochter den Ruf dieser Familie mit diesem schrecklichen Artikel damals besudelt und ihren sicheren Studienplatz in Yale hingeschmissen hat, um Gott weiß wo zu studieren und wilde Partys zu feiern. Dass sie diese Lügenpresse ohne den Hauch eines schlechten Gewissens auch noch unterstützen will, nach allem, was diese furchtbaren Leute für Gerüchte über deinen Vater und unsere

Familie in die Welt gesetzt haben. Und jetzt willst du mir etwas von Fairness erzählen?«

Ich krallte die Finger in die Tagesdecke neben mir. Mom hatte kein Recht dazu, mir all das aufzubürden und mir eine Schuld zuzuschieben, die nur in ihrer versnobten Welt existierte. Mein Verstand wusste das und wehrte sich gegen jedes einzelne vor Gift sprühende Wort, das aus ihrem Mund kam. Aber mein Herz …

Wieso konnte mich diese Frau noch immer auf diese Weise treffen, obwohl ich geglaubt hatte, das Schlimmste schon hinter mir zu haben? Der Abend, an dem sie mich rausgeworfen hatte, war der schrecklichste meines Lebens gewesen. Aber das hier? Diese Vorwürfe taten selbst nach all dieser Zeit noch weh. Wie glühend heiße Stacheln bohrten sie sich in mich hinein, und egal, wie viele ich davon wieder herauszog, es blieben immer genug zurück, damit ich mich schlecht fühlte.

»Tut mir leid, dass du das so siehst«, gab ich leise zurück und verfluchte mich im Stillen dafür, dass meine Stimme so gebrochen klang. »Aber das ist meine Entscheidung. Ich wünsche euch ein frohes Thanksgiving.«

Ich legte auf, bevor sie etwas darauf erwidern konnte, wohl wissend, dass sie mir nur weitere Vorwürfe machen und an mein schlechtes Gewissen appellieren würde. Kopfschüttelnd starrte ich auf das Telefon in meiner Hand, bis das Display schwarz wurde. Ich war fast einundzwanzig Jahre alt. Wie lange würde es noch dauern, bis ich endlich begriff, dass ich diese Frau niemals zufriedenstellen konnte?

Plötzlich senkte sich die Matratze neben mir und etwas Flauschiges tapste um mich herum. Mister Cuddles stupste mich an und rieb ihr Gesicht an meinem Arm, bevor sie sich der Länge nach ausstreckte und mir auffordernd ihren Bauch präsentierte. Doch nicht einmal ihr Schnurren und das weiche

Fell unter meinen Fingern konnten den bitteren Geschmack vertreiben. Wie hatte ich auch nur einen Moment lang glauben können, die Dinge würden sich ändern, wenn ich Sadie zuliebe nach Hause zurückkehrte? Wie hatte ich nur so naiv sein können, darauf zu hoffen, dass es einen Neuanfang für uns als Familie geben würde? Die letzten zwei Jahre mochten mich verändert haben, aber das traf nicht auf Mom und ihre manipulativen Spielchen zu. Daran würde sich niemals etwas ändern.

Ich knuddelte Mister Cuddles zum Abschied, dann stand ich wieder auf und verließ das Zimmer. In der Zwischenzeit schien es noch voller geworden zu sein. Ich ließ meinen Blick über die Menge wandern, entdeckte aber weder Tate noch Emery oder Luke. Seltsam, wo es doch seine Party war. Allerdings schien er auch nicht besonders begeistert gewesen zu sein, als Mason die Feier Anfang der Woche vorgeschlagen hatte. Wenn ich es mir recht überlegte, war Luke in den letzten Tagen von nur wenigen Dingen begeistert gewesen.

Ein Bild flackerte vor meinem inneren Auge auf. Ein heißer Mund auf meinem, forsche Hände auf meinem Körper und Lukes blaue Augen, die bis in mein Innerstes zu blicken schienen. Die Erinnerung konnte ich zwar beiseiteschieben, nicht aber das Pochen in meiner Brust oder das Ziehen in meinem Unterleib.

Anders als Tate konnte ich nicht einfach mit Kerlen schlafen, die ich überhaupt nicht kannte oder nicht einmal mochte. Ich brauchte eine persönliche Basis, selbst wenn es nur auf eine lockere Affäre hinauslief. Doch im Moment hasste ich mich ein bisschen dafür, nicht so freizügig mit Sex umgehen zu können wie meine beste Freundin. Das würde mir einiges an Problemen ersparen.

Zögernd sah ich auf mein Handy. Mom hatte nicht nochmal angerufen, wie ich erleichtert feststellte, doch als ich meine

Nachrichten durchging, runzelte ich die Stirn. Ich hatte Luke heute schon getextet, bisher aber keine Antwort von ihm bekommen. Hastig tippte ich eine neue Nachricht und schickte sie ab.

Überhaupt hatte ich ihn heute weder gesehen noch gesprochen. Das war zwar kein Grund zur Besorgnis, doch in Anbetracht seines Benehmens in den letzten Tagen kam ich nicht gegen diese leisen Zweifel in meinem Hinterkopf an. Das passte einfach nicht zu Luke – und es erinnerte mich viel zu sehr an sein Verhalten vom letzten Jahr um diese Zeit. Da hatte er sich genauso zurückgezogen, bis Trevor und ich ihn von Patrick Benfords Party praktisch nach Hause hatten tragen müssen. Damals hatte ich dem noch keine allzu große Bedeutung beigemessen, aber jetzt … Ich wusste einfach, dass etwas nicht stimmte.

Also machte ich mich auf die Suche nach ihm. Doch egal, mit wie vielen Leuten ich ein paar Worte wechselte, keiner von ihnen hatte eine Ahnung, wo Luke war. Ich fand ihn weder im Wohnzimmer, im Flur vor der Wohnung oder in der Kochecke, wo sich ein paar Jungs um ein Bierfass versammelt hatten. Genauso wenig war er in seinem Zimmer oder in dem von Trevor oder Dylan. Wenn ich nicht auch noch das Bad checken wollte, ließ das nur eine Schlussfolgerung zu: Luke war gar nicht da. Aber wo zur Hölle steckte er, wenn nicht auf seiner eigenen Party?

»Suchst du jemanden, Elle?« Brent Michaels tauchte neben mir auf.

Unter anderen Umständen wäre ich wesentlich begeisterter gewesen, dass mich der Quarterback des Footballteams ansprach – schon wieder. Ich konnte Sport vielleicht nicht viel abgewinnen, aber ich schätzte Sportler sehr. Vor allem ihren Anblick. Vielleicht war das oberflächlich und sexistisch, aber wenn Männer das durften, durften wir das erst recht.

»Ja«, antwortete ich nach einem Moment und legte den Kopf in den Nacken, um in Brents Gesicht zu sehen. Er hatte tolle Augen. Nicht so intensiv blau wie die von Luke, aber trotzdem schön. »Ich suche Luke McAdams. Hast du ihn zufällig gesehen?«

Brents Stirn legte sich in Falten, als würde er darüber nachdenken müssen, warum ihm dieser Name bekannt vorkam. Angesichts der Tatsache, dass Brent gerade in Lukes Wohnung stand und auf seiner Party war, irgendwie bedenklich.

»McAdams ... Aus dem Cross-Country-Team, richtig?«

Ich nickte, während mein Blick wieder über die Anwesenden wanderte. Noch immer war von Luke nichts zu sehen.

»Seid ihr zusammen?«

»Was?« Verblüfft richtete ich meine Aufmerksamkeit wieder auf Brent, der sich nicht vom Fleck bewegt hatte. Seltsam, dass ich seine Anwesenheit so schnell hatte vergessen können.

»Ob ihr ein Paar seid, du und McAdams.«

Ich blinzelte. Echt jetzt? Was sollte diese dämliche Frage? Kopfschüttelnd ließ ich Brent stehen. Für dieses Gespräch hatte ich keinen Nerv.

Ich schaute mich nach den anderen Jungs um. Von Mason keine Spur mehr, genauso wenig von Dylan, wobei ich daran zweifelte, dass er überhaupt schon hier angekommen war. Ich wollte mich gerade abwenden, als ich Trevor auf einem der Sofas entdeckte, eine Rothaarige auf seinem Schoß, die gerade Mund-zu-Mund-Beatmung an ihm übte. Entschlossen kämpfte ich mich zu ihm durch.

»Trev, hast du Luke gesehen?«

Keine Zeit für Begrüßungsfloskeln oder Höflichkeiten. Mein ungutes Gefühl verstärkte sich, je länger ich Luke nicht finden konnte und er auch auf meine neue Nachricht nicht reagierte. Luke antwortete immer, selbst wenn er gerade mitten im Training war. Dass er es jetzt nicht tat und mich schon den ganzen Tag ignorierte, konnte nichts Gutes bedeuten. Vielleicht reagierte ich über, aber mein Instinkt sagte mir, dass dem nicht so war. Irgendetwas war los, und bisher war ich zu sehr mit meinen eigenen Problemen beschäftigt gewesen, um es früher zu bemerken.

»Nein, sorry.« Trevor schaffte es tatsächlich, sich von der Rothaarigen zu lösen und einen Schluck von seinem Bier zu trinken.

Ich holte schon Luft, um weiter nachzuhaken, als seine neue Freundin meine Aufmerksamkeit auf sich zog. Ihre Blicke waren eindeutig dazu gedacht, mich an Ort und Stelle zu Asche verbrennen zu lassen.

»Ich will nur mit ihm reden und ihn nicht flachlegen«, zischte ich. »Also spar dir den Atem, mir die Pest oder sonst was an den Hals zu wünschen, okay?«

Das tiefe Lachen kam von Trevor. »Entschuldige uns kurz.« Er hob sein Mädchen für die Nacht von seinem Schoß und half ihr auf die Beine. »Aber geh nicht zu weit weg, hörst du?«, rief er und zwinkerte ihr zu.

Ich rollte mit den Augen, aber der Rotkäppchen-Verschnitt verschwand in der Menge. Zum Glück. Trevor stand auf und bedeutete mir, ihm zu folgen. Wir schoben uns an den Feiernden vorbei, während ich die Stimmen der anderen Partygäste so gut es ging ausblendete. In Trevors Zimmer angekommen, warf er mir einen Schlüsselbund zu, der mir irgendwie bekannt vorkam.

Ich runzelte die Stirn.

»Ich habe ihm die Autoschlüssel weggenommen, und er hat sein Handy dabei, damit er sich melden kann, wenn etwas ist«, beantwortete Trevor meine unausgesprochene Frage und nippte an seinem Bier.

»Das ist alles?«

Er fixierte mich mit einem finsteren Blick. »Was soll ich deiner Meinung nach sonst tun? Ich bin nicht Lukes Babysitter.«

»Ich mache mir Sorgen um ihn, Trev. Irgendetwas stimmt nicht mit ihm, oder? Er war letztes Jahr um diese Zeit schon so komisch, aber damals habe ich mir nichts dabei gedacht.«

Spätestens als Luke so viel getrunken hatte, dass wir ihn nach Hause hatten schleifen müssen, hätten meine Alarmglocken schrillen müssen. Luke vertrug viel, aber er schüttete nie so viele Drinks in sich rein, dass er nicht mehr gerade stehen konnte. Nur letztes Jahr auf Benfords Party im November. Und heute wieder?

Ein mitfühlender Ausdruck legte sich auf Trevors Gesicht. »Ich wünschte, ich könnte dir sagen, dass es ihm gut geht, Elle. Fuck …« Er rieb sich mit der Hand über den Bart. »Ich kann dir nur versprechen, dass es vorbeigeht und er bald wieder ganz der Alte ist. Aber bis dahin sollte man ihn besser in Ruhe lassen.«

»Du weißt, was mit ihm los ist, oder?«, fragte ich leise.

Trevor nickte stumm. Er würde es mir nicht verraten, und ich respektierte dieses Geheimnis, dieses Vertrauen zwischen den Jungs. Aber das bedeutete nicht, dass ich so einfach aufgab.

»Du könntest mir wenigstens sagen, wo ich ihn finden kann.«

Er seufzte. »Das würde ich, wenn ich es wüsste.«

Es dauerte fast zwei Stunden, bis ich alle Kneipen, Liquor Stores, Tankstellen und Bars abgesucht hatte und Luke endlich in einer davon fand. Nicht, dass er mir irgendwie dabei geholfen hätte, denn meine Anrufe landeten einer nach dem anderen auf der Mailbox.

Ich parkte seinen Jeep am Straßenrand gegenüber der kleinen Bar. Das *Jo's* sah nicht gerade einladend aus. Die abblätternde Farbe an der Fassade war sogar im trüben Schein der Straßenlampe deutlich sichtbar. Ebenso die Tatsache, dass die Tür einen neuen Anstrich vertragen könnte und die Fenster schon sehr lange nicht mehr mit einem Glasreiniger in Berührung gekommen waren.

Zögernd stieg ich aus und schob die Schlüssel in meine Jackentasche. Der Wind, der abgefallene Blätter und erste Regentropfen über die Straße wehte, ließ mich frösteln. Mein Partyoutfit aus Hotpants, einem langärmligen schwarzen Top und Stiefeln war nicht gerade die perfekte Garderobe für diese Suchmission. Kein Wunder. Meine ursprüngliche Abendplanung hatte daraus bestanden, ein Stockwerk tiefer zu laufen und dann auch dort zu bleiben.

Die Doppeltür ließ sich nur schwer und mit einem Knarren öffnen, ganz so, als würde sie sich gegen mein Eintreten wehren. Eine lange Bar aus dunklem Holz war das Erste, was ich wahrnahm, dicht gefolgt vom Geruch nach Bier, Schweiß und abgestandenem Rauch. Wenigstens war es hier drinnen warm.

Die Jukebox auf der gegenüberliegenden Seite spielte einen alten Rocksong, und zwei Männer standen am Billardtisch. Auf dessen Rand reihten sich mindestens ein Dutzend Schnapsgläser aneinander. Ein weiterer Kerl saß allein an einem der im Raum verteilten Holztische, ein vierter an der Theke. In der entlegensten Ecke entdeckte ich eine fünfte Person neben einem Fenster, die Ellenbogen auf dem Tisch aufgestützt, den Kopf in den Händen, die Augen vom dunkelblonden Haar verborgen.

Luke.

Ohne den anderen Männern einen weiteren Blick zuzuwerfen, marschierte ich auf meinen besten Freund zu und ließ mich ihm gegenüber auf die Bank fallen.

Luke reagierte nicht. Sein Blick blieb stur auf die zerkratzte Holzplatte vor ihm gerichtet, das Smartphone lag unangetastet neben ihm auf dem Tisch. Mit spitzen Fingern griff ich nach seinem Glas und roch daran. Whiskey. Rauchig. Pur. *Igitt.* Allem Anschein nach legte es jemand darauf an, sich das Hirn wegzupusten.

Schwere Schritte näherten sich unserem Platz, und als ich aufsah, erkannte ich den Barkeeper. Bevor er bei uns ankam, schüttelte ich den Kopf. Wenn es nach mir ging, würde ich Luke schneller hier rausschaffen, als er das Wort *Whiskey* überhaupt aussprechen konnte. Doch dafür musste er erst mal mit mir reden.

Wie in Zeitlupe lehnte Luke sich zurück, und ich erschrak, als ich sein blasses Gesicht sah. Die Schatten unter seinen Augen konnten nicht nur von einer einzigen durchgemachten Nacht stammen. Aber was dafür sorgte, dass mir eiskalt wurde, war sein Blick. Vollkommen leer. Das war nicht der lebenslustige Sunnyboy, der das Herz jeder Party sein konnte, wenn ihm der Sinn danach stand, nicht der ehrgeizige Student, der etwas aus seinem Leben machen wollte, und schon gar nicht der Mann, der mich in jener Nacht in Alabama gegen sein Auto gedrängt und geküsst hatte.

Was war mit meinem besten Freund passiert?

»Du hättest nicht herkommen sollen.« Er lallte nicht, aber die Worte kamen ihm nur schleppend über die Lippen, ganz so, als würde ihn jedes einzelne davon übermenschliche Anstrengung kosten.

»Vielleicht nicht«, gab ich zu. »Trev hat mir weiszumachen versucht, dass alles okay ist. Aber du weißt ja, wie ich bin, wenn ich mir etwas in den Kopf gesetzt habe.«

Er zeigte keinerlei Regung. Seine Augen, in denen ich sonst jede Stimmung ablesen konnte, hatten sich in ein unergründliches Blau verwandelt, voller Geheimnisse, so weit und tief wie der Ozean. Und genauso unerreichbar.

»Kommst du mit mir zurück ins Wohnheim?«

»Nope.« Luke griff nach seinem Whiskeyglas und leerte es in einem Zug.

»Warum nicht?«

Schweigen. Das Einzige, was Luke tat, war in Richtung des Barkeepers zu sehen und sein Glas als Zeichen dafür zu heben, dass er einen neuen Drink wollte.

»Und wenn ich dich darum bitte?«

Luke fluchte kaum hörbar, bevor ihm ein heiserer Laut über die Lippen kam, eine Mischung aus hilflosem Lachen und wütendem Knurren. »Lass mich in Ruhe, Elle.«

Das hätte er wohl gern gehabt. Er hatte mich auch nicht einfach in Ruhe gelassen, als ich ihm versichert hatte, daheim wäre alles in Ordnung. Nein, Luke war durch vier Bundesstaaten gefahren, um so schnell wie möglich bei mir zu sein. Wenn ihn das aus diesem Zustand reißen würde, würde ich dasselbe für ihn tun. Ich würde so vieles tun, um ihm zu helfen. Aber wie sollte ich für ihn da sein, wenn er mich nicht an sich heranließ? Wenn er mir nicht verriet, was los war und warum er sich heute genau wie letztes Jahr bis zur Bewusstlosigkeit betrinken wollte?

Ein Vibrieren erschütterte den Tisch. Lukes Handy leuchtete auf, aber er rührte keinen Finger. Ich lehnte mich vor, um den Namen auf dem Display zu lesen: *Landon*. Lukes Bruder. Mein Blick wanderte zu meinem besten Freund zurück, aber der zeigte noch immer keine Reaktion. Anscheinend war ich nicht die Einzige, deren Kontaktversuche er heute Abend ignorierte.

Seit wir uns kannten, hatte Luke genauso häufig über seine Familie gesprochen wie ich über meine. Also so gut wie nie.

287

Ich wusste, dass er sich mit seinem Bruder nicht besonders gut verstand und auch keine anderen Geschwister hatte. Und ich wusste auch, dass er hier in der Gegend aufgewachsen war und mit Dylan und Tate auf die Junior High und Highschool gegangen war. Von ihr hatte ich ein wenig über Lukes Eltern erfahren und dass er bei seiner Großtante gelebt hatte, bevor er aufs College gegangen war. Und sie hatte mir auch erzählt, warum die Freundschaft von Dylan und Luke in die Brüche gegangen war und sie kaum noch ein Wort miteinander redeten.

Bisher hatte ich mir nichts dabei gedacht, so wenig von ihm selbst zu erfahren, denn wenn Luke nichts über seine Familie erzählte, musste ich das auch nicht tun, und so war ich diesem Thema mehr als zwei Jahre lang aus dem Weg gegangen. Doch jetzt hallten ausgerechnet Moms Worte in meinem Kopf wider und trafen mich dort, wo es am meisten wehtat. Weil sie recht hatte. Ich wusste so gut wie nichts über Lukes Familie oder seine Vergangenheit. Zumindest so gut wie nichts, das er mir selbst mitgeteilt hatte. Und so gerne ich diese Themen unter den Teppich kehrte, wenn sie mich selbst betrafen … Ich wollte mehr über Luke erfahren und konnte nicht fassen, dass mir das erst jetzt richtig bewusst wurde.

Das Vibrieren verstummte, und das Display erlosch.

»Okay …«, murmelte ich gedehnt und lehnte mich zurück. Ich verschränkte die Arme vor der Brust und fixierte Luke auf der gegenüberliegenden Seite des Tisches. »Dann bleiben wir eben hier.«

Er zog die Brauen zusammen. Endlich eine Reaktion, auch wenn sie nicht gerade positiv war. »Wir?«

»Du glaubst doch nicht wirklich, dass du dich hier allein besaufen kannst?« In diesem Moment stellte der Barkeeper ein neues Glas vor Luke hin. Ich deutete darauf. »Für mich dasselbe.«

Gott, hoffentlich fragte der Kerl mich nicht ausgerechnet jetzt nach meinem Ausweis. Das wäre das Letzte, was ich gerade gebrauchen könnte.

»Missy?«

Grrr. Ich schaute in das glänzende Gesicht des Barkeepers. Er war groß, hatte eine Glatze, ein Doppelkinn und wirkte so, als könnte er jeden der hier Anwesenden eigenhändig aus seiner Kneipe werfen, wenn es nötig war. Ein bisschen erinnerte er mich an Billy aus meiner Heimatstadt, aber diesem Kerl fehlte eindeutig die herzliche Ausstrahlung.

»Du gehörst zu ihm?« Mit einer Kopfbewegung deutete er auf Luke.

Ich wagte es noch nicht, aufzuatmen, und nickte lediglich. »Ich kümmere mich um ihn.«

»Gut.« Der Barkeeper wandte sich abrupt ab.

Mit beiden Händen fuhr Luke sich über das Gesicht und verharrte für einen Moment in dieser Position. Als er sprach, klangen seine Worte gedämpft. »Du musst das nicht tun, Elle.«

»Ich weiß. Aber ich tu's trotzdem.«

Keine fünf Sekunden später landete ein zweites Glas mit goldgelber Flüssigkeit vor mir auf dem Tisch.

Der Mann sah von Luke zu mir. »Ich will keinen Ärger haben. Letzte Woche haben sich zwei Typen geprügelt, bis jemand die Bullen gerufen hat. Noch so 'ne Sache, und die machen mir den Laden dicht.«

»Das wird nicht passieren«, antwortete ich, ohne Luke aus den Augen zu lassen.

Ein Brummen vom Barkeeper, dann nickte er uns zu und kehrte hinter die Theke zurück. Ich atmete auf und begegnete Lukes Blick, der noch immer beängstigend leer war, aber in dem ich jetzt zumindest so etwas wie einen Funken Leben aufflackern sah.

289

Ich schob ihm seinen Drink hin und hob meinen eigenen hoch. »Auf uns.«

Verblüffung breitete sich auf Lukes Gesicht aus, doch er fing sich überraschend schnell wieder und ließ sein Glas gegen meins klirren. »Auf uns«, wiederholte er bedächtig. »Auf alles, was wir abgefuckt haben.« Er hielt meinen Blick fest. »Und auf alles, was wir richtig gemacht haben.« Mit einer schnellen Bewegung kippte er den Whiskey hinunter.

Auf uns. Nachdenklich betrachtete ich die braune Flüssigkeit in meinem Glas. Was auch immer dieses *Uns* war oder auch nicht war – eine Sache würde immer Bestand haben, weil wir beide darum kämpfen würden: unsere Freundschaft.

Ohne einen Schluck getrunken zu haben, stellte ich mein Glas wieder ab und schob es Luke hin. Er brauchte es eindeutig dringender als ich, außerdem wollte ich nüchtern bleiben, um ihn hier raus und zurück ins Wohnheim zu schaffen, sobald er bereit dafür war. Selbst wenn das erst um fünf Uhr morgens sein sollte.

Luke atmete so tief ein, dass seine Nasenflügel bebten, aber er sah nicht weg, starrte mich an, als würde er sich an meinem Blick festhalten müssen. Nach einer gefühlten Ewigkeit öffnete er endlich den Mund, aber es kam nur ein einziger Satz heraus.

»Heute ist der Todestag meiner Mom.«

Kapitel 16

Luke

Sie wusste es. Natürlich wusste sie es. Nicht das genaue Datum, an dem meine Eltern gestorben waren, aber die Tatsache, dass sie tot waren. Man konnte nicht zwei Jahre lang so eng miteinander befreundet sein wie Elle und ich, ohne etwas so Grundlegendes übereinander zu wissen. Und doch hatte sie noch immer keine Ahnung.

Andere Leute hätten geschockt reagiert oder Mitgefühl vorgeheuchelt. Aus Pflichtgefühl hätten sie sich für etwas entschuldigt, an dem sie keinerlei Schuld trugen. Aber nicht Elle. Wortlos griff sie nach meiner Hand und drückte sie. Ich schluckte gegen den plötzlichen Kloß in meiner Kehle an.

Ich hatte es ihr nie erzählen wollen, und Elle hatte nie danach gefragt, wie meine Eltern ums Leben gekommen waren. Ganz so, als hätte sie gespürt, dass das ein Thema war, über das ich nicht reden wollte. Auch jetzt hakte sie nicht nach und löste genau damit den irrsinnigen Drang in mir aus, ihr die Wahrheit zu sagen. Die ganze Wahrheit, egal wie grausam und dreckig sie auch war.

Vielleicht war es der Alkohol, der mich dazu trieb, vielleicht auch nur dieses verfluchte Datum oder Elles geduldiger Blick und die Wärme ihrer Hand auf meiner. Doch als ich dieses Mal Luft holte, wusste ich, dass es kein Zurück mehr gab.

»Ich bin schuld an ihrem Tod.«

Sechs simple Worte, die die ganze Welt auf den Kopf stellen konnten. Sechs verdammte Worte, von denen ich nie gewollt hatte, dass Elle sie je zu hören bekam. Weil ich nicht wollte, dass sie etwas anderes in mir sah als bisher. Weil ich es von allen Menschen bei ihr am allerwenigsten ertragen könnte, wenn sie mich plötzlich mit anderen Augen sah. Ob mitleidig oder verächtlich, spielte dabei keine Rolle.

Elle zog die Brauen zusammen, verwirrt und gleichzeitig fragend. Natürlich konnte sie mit diesem einen Satz nicht viel anfangen, obwohl er alles beinhaltete, wovor ich mich fürchtete und alles, was ich das restliche Jahr über verdrängte.

Mein Handy meldete sich erneut. Bisher hatte ich das Vibrieren ignoriert, ohne nachzusehen, wer der Anrufer war. Ich ahnte ohnehin schon, wer mich zu erreichen versuchte, und ein kurzer Blick aufs Display bestätigte meine Vermutung. Landon. Mein Bruder war so ziemlich der letzte Mensch auf Erden, mit dem ich heute reden wollte. Ich musste mir seine Vorwürfe nicht anhören, egal wie direkt oder indirekt sie daherkamen. Ich machte mir selbst schon genug, auch ohne seine Hilfe.

Als ich aufsah, entdeckte ich noch immer nichts von den befürchteten Reaktionen in Elles Gesicht. Mitgefühl lag in ihrem Blick, und ein stummes Drängen, das sie nicht aussprach. Dafür hielt sie meine Hand so fest in ihrer, als hätte sie Angst, mich für immer zu verlieren, wenn sie auch nur eine Sekunde losließ. Dabei war das überhaupt nicht möglich. Ich würde sie nie so fallen lassen wie dieser Colin. Ganz egal, was geschah.

»Heute vor sieben Jahren«, begann ich langsam und zwang meine Stimme dazu, trotz der drei Whiskeys einigermaßen klar zu klingen. Mit der freien Hand rieb ich mir über die Stirn. »Mom und Dad haben mich vom Training abgeholt. Damals habe ich noch Football gespielt, und das sogar ziemlich gut.

292

Ein Talentscout war ein paar Tage vorher auf mich aufmerksam geworden.«

»Wirklich?« Ein kleines Lächeln von Elle, aber es war keines von der glücklichen Sorte.

Ich nickte langsam und starrte die Tischplatte an. »Wir waren auf dem Heimweg. Wir hatten noch einen Umweg gemacht, um Burger zu holen, weil ich so ein gutes Training hingelegt hatte. Ich wollte einfach nur nach Hause und essen und dann etwas mit den Jungs unternehmen.«

Rückblickend würde ich meinem vierzehnjährigen Ich gerne die Fresse dafür polieren, dass es so naiv und egoistisch gewesen war. Wenn ich damals nur etwas aufmerksamer gewesen wäre, wenn ich schon im Wagen gemerkt hätte, wie angespannt die Stimmung zwischen Mom und Dad war ... Hätte ich dann meine Klappe halten können? Wäre alles anders gekommen?

Ich wusste es nicht, würde es nie erfahren, und genau das würde mich bis an mein Lebensende verfolgen. Wenn ich nur eine einzige Sache anders gemacht, mich anders verhalten hätte ... Wären Mom und Dad heute noch am Leben?

»Dad saß am Steuer, Mom auf dem Beifahrersitz und ich hinten. Mein Handy hatte gerade den Geist aufgegeben. Ich weiß nicht mal mehr, was ich überhaupt damit wollte«, fügte ich mit einem abfälligen Schnauben hinzu und sah kurz zu Elle. »Erbärmlich, oder? Damals war es mir so wichtig, dass ich mir unbedingt Moms Handy ausleihen musste, und heute weiß ich nicht mal mehr, worum es ging.«

Ich schüttelte über mich selbst den Kopf. Nein, nicht über mich, sondern über den verzogenen Vierzehnjährigen, der keine Ruhe gegeben hatte, bis er das Telefon seiner Mutter in der Hand gehalten hatte. Derselbe verzogene Vierzehnjährige, der seine Nase in Dinge stecken musste, die ihn nichts angingen, und der nicht wusste, wann es genug war.

293

»Ich entdeckte ein paar komische Nachrichten auf ihrem Handy. Von einem Freund meiner Eltern. Er war der Vater eines Teamkameraden, ein guter Freund von Dad, alleinerziehend … und hat meine Mom verehrt. Und die Nachrichten …« Ich atmete tief durch, redete aber weiter. »Sie klangen so, als hätten sie eine Affäre. Sie wollten sich irgendwo treffen, und Dad durfte auf keinen Fall etwas davon erfahren. Mir ist eine Sicherung durchgebrannt, als ich das gelesen habe. Ich habe sie sofort zur Rede gestellt.«

Elle drückte meine Finger eine Spur fester. Ein stummer Trost und gleichzeitig meine Verbindung ins Hier und Jetzt, obwohl ich in Gedanken weit weg war.

»Dad ist ausgerastet. Er dachte wirklich, sie würde ihn betrügen, obwohl sie alles abgestritten hat. Es war eigentlich total absurd – meine Eltern waren eines dieser Paare, die selbst nach zwanzig Jahren noch Händchen hielten und miteinander flirteten. Manchmal konnten sie die Hände kaum voneinander lassen. Damals fand ich das total peinlich.« Ich zwang mich dazu, die nächsten Worte auszusprechen, obwohl sie sich wie Säure anfühlten, die meine Kehle verätzte. »Ich habe sie noch nie so streiten gesehen. Dad war so abgelenkt, dass er nicht auf die Straße geachtet hat. Wir kamen an eine Kreuzung, er überfuhr eine rote Ampel und ein Auto krachte in die Beifahrerseite.«

»Oh Gott …« Elle legte ihre zweite Hand auf meine, und ich wusste nicht, wer fester hielt – sie mich oder ich sie.

»Dad und ich hatten nur ein paar Kratzer. Die Narbe hier …« Ich zeigte ihr die Stelle über meinem Ohr, die von meinem Haar verdeckt wurde. »… habe ich von damals.«

Sie strich mit den Fingern über die Narbe, so sanft, dass die Berührung nur ein Hauch war. Dann suchte sie meinen Blick. »Deine Mom … Ist sie …?«

»Sie wurde per Hubschrauber ins Krankenhaus geflogen.

Aber als wir dort ankamen, war es schon zu spät. Sie ist …« Ich holte tief Luft, auch wenn sich jeder Atemzug so anfühlte, als würde sich meine Lunge mit Sand füllen. »Sie ist in der Notaufnahme an ihren Verletzungen gestorben.«

»Luke, das …«

Ich brachte sie mit einem Kopfschütteln zum Schweigen. Ich wollte die Worte nicht hören, aber vor allem wollte ich kein Mitleid. Nicht von ihr.

»Dad kam nicht damit klar«, erzählte ich langsam weiter. »Als Mom gestorben ist, war es, als hätte er einen Teil von sich selbst verloren.« Ich suchte Elles Blick, hielt mich daran fest. »Eine Woche später hat er sich erschossen. Landon hat mir das nie verziehen. Er gibt mir die Schuld daran, und er hat recht. Hätte ich meine Klappe gehalten …«

Elle schüttelte den Kopf. »Das darfst du dir nicht einreden, Luke. Und ich weiß, dass du es tust, weil ich es dir ansehe. Aber du hast keine Schuld an dem, was mit deinen Eltern passiert ist.«

»Wirklich nicht?« Ein zynisches Lächeln. »Dad war ein hervorragender Fahrer. Hätte ich nichts gesagt, wäre er nicht abgelenkt gewesen und der Unfall wäre nie passiert. Und weißt du, was das Ganze so verdammt ironisch macht?« Ich wartete ihre Antwort nicht ab, sondern sprach weiter, auch wenn sich mein Magen mit jedem weiteren Wort vor Übelkeit zusammenzog. »Sie hatte keine Affäre. Mom und dieser Typ haben sich heimlich getextet, weil sie eine Überraschungsparty für meinen Vater geplant haben. Ich hab es erst Tage später rausgefunden, als ich die Pakete mit Luftballons und Dekoration im Keller entdeckt habe.«

»Das konntest du unmöglich wissen …«

»Nein, aber ich hätte einfach nur den Mund halten müssen. Dann wäre nichts davon passiert.«

Seufzend ließ Elle meine Hand los und lehnte sich zurück. Ich konnte in ihrer Miene nicht lesen, was sie gerade dachte, was selten genug vorkam. Vielleicht wollte ich es aber auch nicht wissen. Wenn es nach mir gegangen wäre, hätte ich mich heute einfach betrunken, bis ich nicht mehr denken, bis ich mich an nichts mehr erinnern konnte, aber Elle hatte mir einen Strich durch die Rechnung gemacht, indem sie hier aufgekreuzt war.

»Ich weiß, dass nichts, was ich sage, irgendetwas an dem, was passiert ist, ändern kann«, begann sie langsam. Ihre Augen waren so klar, das Grün so viel stärker als das Grau darin. »Aber … denkst du, deine Eltern hätten das gewollt? Wenn sie jetzt hier wären, würden sie dich dann so sehen wollen?« Mit einer einzigen Handbewegung schloss sie die heruntergekommene Bar und das leere Glas vor mir mit ein.

Fuck. Über solche Dinge wollte ich nicht nachdenken. Ich wollte einfach nur vergessen.

»Glaubst du wirklich, sie würden wollen, dass du dich jedes Jahr an ihrem Todestag volllaufen lässt, bis du nicht mehr stehen kannst?«

»Hör auf damit«, knurrte ich.

»Warum? Weil du es nicht hören willst?« Verständnislos schüttelte sie den Kopf. »Tut mir leid, Luke, aber so funktioniert das nicht. Du schottest dich von allen ab und vergräbst dich in deinem Selbstmitleid, statt den Tatsachen ins Auge zu sehen.«

»Den Tatsachen? Und welche wären das deiner Meinung nach?«

Elle lehnte sich wieder über den Tisch. »Es ist nicht deine Schuld. Und egal, wie viele Vorwürfe du dir machst, egal wie oft du dich jedes Jahr an diesem Tag volllaufen lässt, es wird nichts ändern. Es wird sie nicht zurückbringen. Ich kenne deine Eltern nicht, aber ich weiß mit absoluter Sicherheit, dass sie das hier nicht für dich wollen würden.«

Jeder einzelne Satz aus ihrem Mund war wie ein Schlag in die Magengrube. Ich starrte sie an, unfähig, etwas zu erwidern oder zu reagieren, weil die Wut in mir überhandnahm. Was sie da sagte, war Bullshit. Gut möglich, dass Mom und Dad sich etwas anderes für mich vorgestellt hatten, aber es änderte nichts an der Wahrheit: Hätte ich mich damals nicht eingemischt, wären sie heute noch am Leben. Diese Schuld wurde ich nicht los, ganz egal, was Elle sagte.

»Du glaubst mir nicht, oder?«, fragte sie nach einem Moment.

»Nein«, murmelte ich und leerte jetzt auch noch ihren Drink. Der Alkohol brannte in meiner Kehle und verstärkte das schwummrige Gefühl in meinem Kopf.

Sie seufzte tief.

Mein Handy vibrierte erneut, aber bevor ich die Hand danach ausstrecken konnte, schnappte Elle es sich, lehnte den Anruf von Landon ab und schaltete es aus. Dann legte sie es wieder auf den Tisch und musterte mich einen Augenblick lang schweigend.

»Sag mir, was ich tun kann, um dir zu helfen …« Ihre Stimme war leise, fast schon hilflos. Ich hatte sie nie zuvor so gehört.

»Du kannst mir nicht helfen.«

»Luke …«

Ich schüttelte den Kopf, sah mich nach dem Barkeeper um. Wenn ich diesen Abend überstehen wollte, brauchte ich noch einen Drink. Oder zehn. Als er in meine Richtung sah, hob ich mein Glas. Ein kurzes Stirnrunzeln, dann nickte er und machte sich an die Arbeit. Na also.

Als ich mich wieder umdrehte, starrte mich meine beste

Freundin noch immer an. Seufzend fuhr ich mir durchs Haar. »Geh nach Hause, Elle. Ich komme schon klar.«

Das tat ich immer. Außerdem war sie die letzte Person, die mich so sehen sollte.

»Glaubst du wirklich, dass ich dich jetzt allein lasse?« Ungläubigkeit schwang in ihren Worten mit. »Wow. Ich dachte, du würdest mich besser kennen.«

Mein Drink kam, und sie bestellte sich ein Wasser.

Ich runzelte die Stirn. »Was soll das?«

Sie zuckte mit den Schultern. »Ich bleibe hier. Du hast mich auch nicht allein gelassen, als ich bei meiner Familie war«, fügte sie nach einem Moment hinzu. »Wenn du wirklich glaubst, dass ich jetzt einfach gehe und dich hier zurücklasse, hast du dich aber gewaltig geschnitten.«

Ich brachte keine Antwort zustande, wusste nicht, was ich sagen sollte, aber Elle schien keine Reaktion von mir zu erwarten. Sie blieb. Beim nächsten und auch beim übernächsten Drink. Sie hielt meine Hand, wenn ich es zuließ, schob mir hin und wieder ihr Wasser oder ein paar Cracker entgegen und hörte mir zu, wenn ich irgendeinen Scheiß erzählte. Sie war da.

Als sie den Arm um mich schlang und mir auf die Beine half, hatte ich jedes Zeitgefühl verloren. Waren wir eine Stunde hier gewesen oder zehn? Ich hatte nicht die geringste Ahnung, wusste nur, dass der Alkohol meine Gedanken auf herrliche Weise betäubte. Ich dachte an nichts mehr, fühlte nichts mehr, außer einer leichten Übelkeit, weil alles um mich herum schwankte, als wir die Bar durchquerten.

Die kalte Nachtluft war wie eine Ohrfeige, aber nicht einmal das konnte mich noch ausnüchtern. Ich stolperte neben Elle her, die mich noch immer eisern festhielt, als befürchtete sie, ich würde mich auf die Nase legen, wenn sie mich nur einen

Moment lang losließ. Aus irgendeinem Grund fand ich diese Vorstellung zum Totlachen.

Elle bugsierte mich zu einem Auto, das mir irgendwie bekannt vorkam. Sie öffnete die Beifahrertür und half mir auf den Sitz. Scheiße, war das etwa mein Jeep? Oh, Tatsache. Ich versuchte den Traumfänger am Rückspiegel zu berühren, fasste aber immer wieder ins Leere. Was zur Hölle …?

Auf einmal war Elle auf meiner anderen Seite auf dem Fahrersitz und griff an mir vorbei nach dem Sicherheitsgurt. Ihr warmer, frischer Duft drang mir in die Nase und ich atmete ihn tief ein.

»Tut mir leid …«, murmelte ich und suchte ihren Blick.

Sie hielt einen Moment lang inne. »Ich weiß«, erwiderte sie genauso leise und schloss den Sicherheitsgurt mit einem Klicken.

Ich lehnte den Kopf zurück und schloss die Augen. Während der Fahrt sprach keiner von uns ein Wort, und irgendwie war ich dankbar dafür. Der Whiskey hatte seine volle Wirkung entfaltet, und morgen früh würde ich die Konsequenzen dafür tragen. Wie jedes Jahr würde ich den höllischen Kater willkommen heißen. Der Schmerz war eine Ablenkung, die ich begrüßte, weil ich mich einen weiteren Tag lang nicht mit meinen Erinnerungen herumschlagen musste. Es war ein feiger Ausweg, aber wenigstens ein Ausweg.

Irgendwann stoppte das Grollen des Motors, und ich öffnete blinzelnd die Augen. Wir standen auf dem Parkplatz hinter unserem Wohnheim. Die wenigen Lichter in den Fenstern wirkten wie kleine Leuchtfeuer am Himmel.

Elle stieg aus und kam auf meine Seite, um mir aus dem Wagen zu helfen. Ich wehrte mich nicht dagegen, weil ich genau das Gleiche auch für sie tun würde und schon getan hatte. Nur würde Elle niemals so voller Schuld sein wie ich.

Sie schob mich in den Fahrstuhl. Kurz darauf standen wir vor einer Wohnungstür, und Elle kramte mit einer Hand in ihrer Hosentasche nach der Schlüsselkarte. Sie hatte den Arm noch immer um mich gelegt, weil ich keinen einzigen verdammten Schritt allein gehen konnte.

Wenig später landete ich auf etwas Weichem, das unter mir nachgab. Mein Hirn brauchte ein paar Sekunden, um zu erkennen, dass es sich dabei um ein Bett handelte. Irgendwie schaffte ich es, mich auf den Rücken zu rollen. Ein großer Fehler. Die Welt begann sich wieder zu drehen, und mein Magen zog sich zusammen. Ich kämpfte gegen den Brechreiz an und versuchte mich auf einen Punkt an der Zimmerdecke zu konzentrieren. Nur langsam ließ das Gefühl nach, auch wenn ich mich noch immer fühlte, als wäre ich auf einem Boot auf hoher See. Alles schaukelte und bewegte sich.

Ich versuchte mich aufzusetzen, scheiterte aber kläglich daran. Wenigstens schaffte ich es, mich auf einem Unterarm hochzudrücken und etwas zur Seite zu drehen, damit ich nicht sofort wieder aufs Bett zurückfiel. Nur langsam klärte sich mein Sichtfeld, und ich erkannte die Weltkarte mit der Lichterkette an der Wand, den vollgestellten Schreibtisch mit Laptop, leeren Kaffeebechern und einem Stapel Bücher. An der Lampe klebten kleine Zettel mit Literaturzitaten. Auf die Entfernung konnte ich sie nicht lesen, aber ich wusste, dass sie dort hingen, weil ich sie mir schon früher angesehen hatte.

Plötzlich senkte sich die Matratze, und ich zuckte zusammen.

»Keine Panik.« Elle saß auf der Bettkante und zog sich die Stiefel aus. »Ich lege mich nicht dazu. Aber in eurer Wohnung findet noch immer die Party des Jahrtausends statt.« Sie lehnte sich zu mir und strich mir eine Haarsträhne aus der Stirn. Die Berührung war so federleicht und beruhigend, dass ich gar nicht anders konnte als die Augen zu schließen. »Ich dachte mir, dass du für den Rest der Nacht lieber nicht von hundert Leuten umgeben sein willst.«

Sie kannte mich zu gut. Wann war es diesem lebenshungrigen, unglaublichen Mädchen gelungen, mich so gut kennenzulernen? Und wie, verdammt? Wie hatte sie sich nicht bloß in mein Herz geschlichen, sondern scheinbar mühelos die Fassade heruntergerissen, mit der ich alle anderen Menschen auf Abstand hielt? Seit meinem ersten Tag auf dem Campus war ich der lockere, sorgenfreie Sportler gewesen. Aber Elle hatte vom ersten Moment an mehr in mir gesehen, schien es sogar jetzt noch zu tun, obwohl ich wie ein besoffenes Stück Dreck vor ihr lag. Obwohl sie die Wahrheit kannte.

Langsam ließ ich mich zurückfallen. »Danke …«

Ich spürte, wie sie ihre warmen Finger an meine Wange legte.

»Versuch ein bisschen zu schlafen, okay?«, flüsterte sie. »Ich bin in der Nähe.«

Sie zog die Hand zurück, wollte aufstehen, aber ich packte ihr Handgelenk und hielt sie fest.

»Bleib.« Es war nur ein Krächzen, kaum hörbar und doch schien Elle zu verstehen.

Nach einem kurzen Zögern kletterte sie hinter mir aufs Bett. Ich hatte nie zuvor mit einer Frau im selben Bett geschlafen und würde es allem Anschein nach auch heute Nacht nicht tun, denn Elle legte sich nicht zu mir. Bevor ich wusste, wie mir geschah, hatte sie sich mit dem Rücken an die Wand gelehnt und meinen Kopf in ihren Schoß gelegt. Es sollte sich nicht so verflucht gut anfühlen, aber selbst wenn ich es gewollt hätte, hätte ich mich nicht von ihr lösen können.

Ihr Duft hüllte mich ein, und ihre Finger übernahmen den Rest, indem sie mir sachte durch das Haar strichen. Die Welt um mich herum verschwamm noch immer, aber diesmal schien sie sich nicht mehr zu drehen, sondern auf einen einzigen Punkt zu fixieren. Auf Elle.

»Hey, Luke?« Ihre leise Stimme drang durch den Nebel in meinem Kopf zu mir durch.

»Hm?«

»Wenn du irgendwo hinkotzt, bringe ich dich um.«

Ich brachte keine Antwort mehr zustande, weil mich der Schlaf in diesem Moment einholte, aber ich wusste, dass ich dabei lächelte.

Zum ersten Mal seit sieben Jahren an diesem Tag.

Etwas Grelles bohrte sich wie ein Skalpell in meine geschlossenen Augenlider. Stöhnend hob ich den Arm und legte ihn quer über mein Gesicht. Die Helligkeit verschwand, doch an ihre Stelle traten ein nerviges Rauschen in meinen Ohren und ein Hämmern in meinem Kopf. Sekunden, vielleicht auch Minuten vergingen, bis ich begriff, dass das Rauschen nur zum Teil mein Blut war, das in meinen Ohren pochte, sondern auch daher kam, dass jemand in der Nähe war. Wo auch immer ich mich gerade befand, jemand war bei mir, lief durch das Zimmer und tat Dinge. Irgendwo in weiter Ferne glaubte ich sogar, leise Musik zu hören.

»Aufwachen, Dornröschen!«

»Töte mich«, brachte ich in einer Stimme hervor, die nicht meine eigene war.

Die Matratze senkte sich neben mir, dann spürte ich etwas Kühles an meiner Wange. »Ich habe etwas Besseres für dich.«

Nur mit Mühe öffnete ich erst das eine Auge, dann das andere, und blinzelte mehrmals, bis sich das Bild vor meinen Augen scharf stellte. Elle saß neben mir auf der Bettkante, verströmte einen frisch geduschten Geruch und hielt ein Glas Wasser und zwei Tabletten in den Händen.

»Du bist eine Göttin«, grunzte ich und versuchte mich aufzusetzen, doch dabei nahm das Hämmern in meinem Kopf die Ausmaße eines Erdbebens an.

Elle grinste. »Das ist nur Aspirin, du Idiot. Schluck sie runter und trink das Glas aus, dann geht es dir gleich besser.«

Im zweiten Versuch gelang es mir, mich aufzusetzen, auch wenn sich dabei kurzzeitig alles vor meinen Augen drehte. Ich biss die Zähne zusammen, um die Übelkeit zu unterdrücken, und griff nach dem Glas, das Elle mir hinhielt. Mein Kopf fühlte sich an wie eine tickende Bombe. Eine falsche Bewegung und er würde in Millionen Teilchen zerspringen. Wie in Zeitlupe nahm ich die beiden Tabletten und spülte sie mit dem Wasser hinunter. Als ich das Glas ausgetrunken hatte, füllte Elle es wieder neu und hielt es mir ein weiteres Mal hin.

»Zwing mich nicht, Tate zu bitten, dir einen Anti-Kater-Drink zu mixen«, warnte sie, als ich zögerte. »Du willst nicht wissen, was da alles drin ist.«

Ich gab ein Geräusch von mir, das wie eine Mischung aus Knurren und Schnauben klang, und griff ein zweites Mal nach dem verdammten Glas. Elle lächelte nur und wuschelte mir durchs Haar.

»Braver Junge.« Sie stand auf und verließ das Zimmer.

Ich zwang mich dazu, das Wasser in kleinen Schlucken runterzuwürgen, auch wenn mein Bauch mit einem Gluckern dagegen protestierte. Sobald ich wieder einigermaßen klar denken konnte, würde ich mich bestimmt daran erinnern, warum es so wichtig war, nach einer durchgemachten Nacht viel Flüssigkeit in mich reinzuschütten. Aber bis es soweit war, vertraute ich Elles Urteil. Immerhin hatte sie mich hierher geschafft und mich mit Aspirin versorgt.

Als ich das Glas endlich ausgetrunken hatte, stellte ich es auf dem Nachttisch ab und ließ mich zurück aufs Bett fallen. Bei der Bewegung drehte sich mir erneut der Magen um, aber das Wasser und die Schmerztabletten blieben drin. Ich schloss die Augen und lauschte dem Rumoren nebenan. Keine Ahnung, was Elle da trieb, aber ich wusste nicht mal, welchen Wochentag wir überhaupt hatten oder wie spät es war. Das Einzige, was ich wusste, war, dass es Tag war – und das auch nur, weil die Sonne widerlich grell ins Zimmer schien.

Von letzter Nacht waren nur noch Bruchstücke da. Eine Bar. Das Brennen von Whiskey in meiner Kehle. Elle, die meine Hand festhielt. *Huh?* Das war ungewöhnlich. Ich zwang mich dazu, die Augen wieder zu öffnen, doch die Helligkeit bohrte sich noch immer schmerzhaft in meinen Kopf. Wann wirkten die Tabletten endlich?

Minuten vergingen, vielleicht auch Stunden, während ich bewegungslos in Elles Bett liegen blieb, noch in den Klamotten von letzter Nacht, und versuchte, die Sonne per Gedankenkraft dazu zu bringen, mir nicht mehr ins Gesicht zu scheinen. Irgendwo im Hintergrund hörte ich Türen auf- und zugehen, die Stimmen von Tate und Mackenzie, dann das Rauschen einer Dusche. Irgendwann kehrte Elle zurück, einen Teller in der einen, eine Tasse in der anderen Hand. Der Duft von Kaffee und Eiern drang mir in die Nase und ich setzte mich ächzend auf, bevor sie das Bett erreichte.

»Na, wie fühlen wir uns?« Vorsichtig überreichte sie mir die Tasse und stellte den Teller neben mir auf das Bett.

»*Wir* fühlen uns schrecklich«, brummte ich und nippte an dem Kaffee. Er war heiß und stark und eine Instantmischung. Ich zog eine Grimasse. »Du hättest uns lieber töten sollen.«

Erst jetzt erkannte ich, was sie da neben mich gestellt hatte: French Toast. Mein Magen reagierte mit einem begeisterten Knurren. Wenn es mir physisch möglich gewesen wäre, dann wäre ich Elle schon bei den Schmerztabletten um den Hals gefallen, aber jetzt auch noch French Toast? Diese Frau war wirklich eine Göttin.

Langsam hievte ich mich noch weiter hoch und lehnte mich mit dem Rücken gegen die Wand. Den Kaffee stellte ich vorsichtig neben mir auf den Nachttisch, dann schnappte ich mir den Teller und begann zu essen. Oder eher, das Zeug in mich hineinzuschaufeln, weil ich bis zu diesem Moment nicht gemerkt hatte, wie hungrig ich war.

Elle holte sich auch einen Kaffee und einen Teller mit French Toast. Wir aßen in einvernehmlichem Schweigen, während die Welt um uns herum zum Leben erwachte. Oder vielleicht war sie das schon längst und ich war es, der wieder zum Leben erwachte. Jetzt nahm ich auch die vertrauten Geräusche aus dem Wohnheim wahr. Gedämpfte Schritte. Stimmen. Gelächter.

Zufrieden schob ich den leeren Teller zur Seite und zwang mich dazu, das Gebräu, das die Bezeichnung Kaffee nicht mal verdient hatte, herunterzuwürgen. Wenigstens würde es mich etwas wacher machen. Vielleicht sollten Dylan, Trevor und ich zusammenlegen und den Mädchen eine richtige Kaffeemaschine zu Weihnachten schenken. Davon würden nicht nur sie profitieren. Andererseits würde Elle dann nicht mehr so oft vorbeikommen, um Kaffee zu trinken.

Elle betrachtete mich aufmerksam. »Was weißt du noch von letzter Nacht?« Ihre Stimme war leise, die Frage zögerlich ausgesprochen.

Meine Erinnerungen waren verschwommen, dafür hatte ich dem Whiskey zu danken. Ich wusste noch von der Party in unserer WG. Ich war kurz dort gewesen, dann aber schnell wieder abgehauen, weil es mir zu voll gewesen war. Trevor hatte mich an der Tür abgefangen und mir die Autoschlüssel abgenommen. Oh ja, das hatte ich noch klar und deutlich in Erinnerung. Aber alles, was danach kam …

305

Ich musste nicht erst auf meinem Handy nachsehen, um zu wissen, welcher Tag heute war und warum Elle mich so besorgt musterte. Nach und nach kehrten die einzelnen Puzzleteile zurück, und obwohl einige davon fehlten, ergaben sie doch ein ziemlich klares Bild.

»Scheiße …«, fluchte ich und rieb mir mit der Hand übers Gesicht. Die Wärme in meinem Bauch verschwand. »Ich hab dir davon erzählt, oder?«

Elle nickte, ohne mich aus den Augen zu lassen.

Was zum Teufel hatte ich mir bloß dabei gedacht? Ich hatte noch nie mit jemandem darüber gesprochen, nicht mal mit dem Psychologen, zu dem DeeDee Landon und mich ein paar Wochen nach Dads Tod geschleift hatte. Jede einzelne dieser Sitzungen hatte ich in eisigem Schweigen verbracht, bis DeeDee es aufgegeben hatte, mich dorthin zu schicken. Selbst Trevor wusste nur einen Bruchteil dessen, was damals passiert war, und jetzt hatte ich meine jämmerliche Geschichte ausgerechnet vor Elle ausgebreitet? Vor dem einen Menschen, bei dem es mir so verdammt wichtig war, dass er mich nicht mit anderen Augen sah, ganz egal, wie viel Mist ich sonst immer fabrizierte?

»Ich hätte es dir nicht sagen sollen. Ich hätte nicht …«

»Ich bin froh, dass du es getan hast«, unterbrach sie mich.

Wie bitte?

»Jetzt weiß ich wenigstens, was dahintersteckt, wenn du dich zu dieser Zeit des Jahres so zurückziehst und dich betrinkst. Am sechsten November. Genau wie letztes Jahr auf Benfords Party. Du willst vergessen. Glaub mir, ich verstehe das.« Sie rutschte neben mich und lehnte sich gegen die Wand. »Erinnerst du dich noch, was ich als Erstes gemacht habe, nachdem ich hier angekommen bin?«

Nach der Whiskeyinfusion von letzter Nacht funktionierten Teile meines Gehirns nur noch rudimentär, aber die Erinnerung an damals war erstaunlich klar. »Die Party«, murmelte ich. »Hast du dich deswegen so volllaufen lassen? Um zu vergessen?«

Elle zuckte mit den Schultern. »Zu dem Zeitpunkt sicher nicht bewusst, aber im Nachhinein betrachtet? Bestimmt.« Sie sah zu mir auf, ihr Blick so verständnisvoll, dass sich alles in mir zusammenzog. »Diese Situationen sind nicht miteinander zu vergleichen, aber du sollst wissen, dass ich dich nicht dafür verurteile. Nicht für das Saufgelage und nicht dafür, was damals passiert ist. Es war nicht deine Schuld, Luke. Du warst nur ein Teenager und hast genauso gehandelt, wie Teenager nun mal handeln – impulsiv und ohne nachzudenken. Niemand kann dir daraus einen Vorwurf machen.«

Ich schnaubte. »Da kennst du Landon schlecht.«

Oder mein eigenes Gewissen.

Ein Stoß gegen meine Schulter. »Du kannst dir nicht ewig die Schuld dafür geben.« Ihr Blick wurde sanfter, ihre Stimme drängender. »Irgendwann wird es dich zerreißen.«

Vielleicht wollte ich genau das erreichen. Vielleicht hatte ich es nicht anders verdient. Aber egal, wie ich damit umging, das Endergebnis blieb dasselbe. Meine Eltern waren tot.

Ich hatte befürchtet, dass Elle mich dafür verurteilen würde, sobald sie es wusste. Ich hatte es sogar erwartet, hatte damit gerechnet, dass sie mich von nun an mit anderen Augen sehen würde. Und ich hatte alles dafür getan, niemals diesen mitleidigen, enttäuschten Blick bei ihr zu sehen. Doch als ich ihr nun ins Gesicht schaute, war nichts davon zu sehen. Sie war noch immer meine beste Freundin. Jetzt mehr denn je.

Kapitel 17

Elle

Heiße Beats, dröhnende Bässe, die in meinem Brustkorb widerhallten, und gut zweihundert Menschen umgaben mich. Ich war kein großer Fan von Geburtstagsfeiern, da wir sie zu Hause immer so steif und formell zelebriert hatten. Aber das hier? Der neueste Club in der Stadt, der erst vor ein paar Wochen eröffnet hatte und von dem schon jetzt alle sprachen? Das war eine perfekte Location für eine Feier.

»Happy Birthday, Elle!« Tate schlang die Arme um mich, obwohl wir uns unter Menschen befanden. In einem Club, den ich jetzt sogar offiziell betreten und in dem ich Alkohol bestellen durfte, weil ich seit heute einundzwanzig Jahre alt war. Endlich.

Lächelnd drückte ich sie an mich, auch wenn sie sich sofort wieder von mir löste. So war Tate nun mal. Als nächstes nahm mich Dylan in den Arm, der mich im Gegensatz zu meiner besten Freundin den ganzen Tag noch nicht gesehen hatte.

»Okay«, sagte ich, als ich mich von ihm losmachte. »Für noch mehr Umarmungen brauche ich einen Drink.«

Luke grinste. »Dein Wunsch ist mir Befehl.« Ohne zu fragen, was ich überhaupt wollte, verschwand er schon in der Menge und kämpfte sich zur Bar durch.

Ich sah ihm lächelnd nach. Er war erst am Vormittag aus Indiana zurückgekehrt, und obwohl ich wusste, dass er nach dem

Rennen gestern total erledigt sein musste, war er jetzt hier und ließ sich nichts davon anmerken. Genauso wenig wie von jenem Abend vor etwa zwei Wochen, als ich ihn aus dieser Bar zurück ins Wohnheim gebracht hatte. Wir hatten seither nicht mehr darüber gesprochen, aber ich war erleichtert, zu sehen, dass Luke wieder ganz der Alte zu sein schien.

»Daran könnte ich mich gewöhnen. Jeder verhätschelt mich. Und ihr bezahlt meine Drinks.«

»Nur heute Abend«, erinnerte Tate mich mit erhobenem Zeigefinger. »Wir wollen ja nicht, dass du zur verwöhnten Prinzessin wirst.«

Ich gluckste. Als ob das möglich wäre. Wenn mich achtzehn Jahre in meinem Elternhaus nicht zur verwöhnten Prinzessin gemacht hatten, dann schaffte das nichts mehr. Zum Glück.

Von Mom hatte ich natürlich nichts gehört, aber Dad hatte mir eine Karte und etwas Geld zum Geburtstag geschickt. Wie auch schon im vergangenen Jahr, und ich war froh über die kleine Geste, die zeigte, dass er an mich dachte.

Mit einem zufriedenen Seufzen lehnte ich mich zurück. Wir hatten eine riesige Sitzecke für uns beansprucht. Das Leder war neu und weich, und in der polierten Tischplatte vor mir spiegelten sich die zuckenden Lichter.

Ich sah auf mein Handy hinab. Immer wieder trudelten Glückwünsche von Freunden und Bekannten ein. Callie sandte mir ganz liebe Grüße und lud mich auf einen Mädelsabend ein, wenn ich das nächste Mal in der Stadt war. Aber von allen Nachrichten war es die von Sadie, über die ich mich am meisten freute. Sie hatte mir nicht nur zum Geburtstag gratuliert, sondern bekam doch noch die Hochzeit, die sie sich wünschte: im Winter, kurz vor Weihnachten. Sie wollten im kleinen Kreis mit den engsten Freunden und der Familie feiern. Dass Mom das erlaubt hatte, überraschte mich, aber offenbar hatten sie sich auf einen Kompromiss geeinigt: Sadie heiratete im Winter und Mom bekam ihre riesige Feier im Sommer für die Presse und die ganze Welt.

Entspannt ließ ich meinen Blick über die Leute am Tisch wandern. Normalerweise schafften wir es nicht so oft, alle zusammen auszugehen, weil immer irgendjemandem etwas dazwischenkam. Meistens Dylan, der in der Tierklinik arbeiten musste. Irgendwie hatte er sich den Abend aber frei gehalten und saß mir jetzt gegenüber, den Arm um Emerys Schultern gelegt. Der Farbton seiner Haare befand sich im Moment irgendwo zwischen hell- und honigblond. Überraschenderweise stand es ihm. Trotzdem hatte Emery für diesen Streich teuer bezahlen müssen. Ich hatte das Foto gesehen, auf dem Dylan ihr Zimmer mit lauter halbvollen Bechern und Schnüren umdekoriert hatte, was es Emery unmöglich gemacht hatte, morgens aufzustehen, ohne ein heilloses Chaos anzurichten. Ich war mir ziemlich sicher, ihren wütenden Schrei bis in mein Zimmer gehört zu haben.

Mein Blick wanderte zu Tate. Sie saß am äußersten Rand der Bank, die Ellenbogen auf den Knien, das Smartphone in der Hand, und tippte darauf herum. Für heute Abend hatte sie mir etwas aus ihrem Kleiderschrank geliehen: ein Shirt, das ich schon lange haben wollte und zur Feier des Tages tragen durfte. Es war ein locker fallendes Tanktop in einem tiefen Rot mit einem schwarzen Totenkopf-Print. Nicht mein üblicher Stil, aber genau deshalb gefiel es mir. Darunter trug ich ein enges schwarzes Tanktop, einen Rock in derselben Farbe und kniehohe Stiefel. Das Haar hatte ich mir locker zusammengebunden, sodass ein paar Strähnchen herausfielen. Mackenzie hatte sich an meinem Make-up ausgetobt. Die Smokey Eyes, die das Grün meiner Augen so intensiv leuchten ließen wie nie zuvor, hatte ich ihr zu verdanken.

Mackenzie schwirrte auch irgendwo hier herum. Wenn mich nicht alles täuschte, war sie kurz rausgegangen, um auf ihren Freund zu warten, der ebenfalls zu uns stoßen würde. So wurde die Runde immer größer, denn neben Trevor, der Luke mit den Getränken half, waren auch Mason und seine Band da, und Emery hatte ihre neue-alte Freundin Grace mitgeschleppt. Bisher hatte ich kaum ein Wort mit der jungen Frau gesprochen, doch sie schien nett zu sein. Ziemlich ruhig, vielleicht brauchte sie aber auch nur ein wenig Zeit, um bei Fremden aufzutauen.

»Ein Drink für das Geburtstagskind.« Plötzlich tauchte ein bunter Cocktail vor mir auf, verziert mit einem Schirmchen, einer Orangen- und Melonenscheibe und einer funkensprühenden Wunderkerze.

Überrascht sah ich zu Luke hoch. »Wie hast du das so schnell hingekriegt?«

»Das bleibt mein Geheimnis.« Er zwinkerte mir zu und streifte meine Finger einen Moment zu lange mit seinen, als er mir das Glas überreichte. Dann stellte er ein Bier vor Dylan und einen Cocktail vor Emery ab.

»Er hat den Barkeeper bestochen.« Trevor tauchte hinter ihm mit den restlichen Getränken auf, gab Tate ihr Bier, Grace ihren Cocktail und setzte sich auf die andere Seite der Bank.

»Typisch«, murmelte ich belustigt und versuchte, das plötzliche Hämmern in meiner Brust zu ignorieren.

»Wann spielt die Band endlich?« Emery lehnte sich so weit aus der Bank raus, dass es nur eines kleinen Stoßes bedurft hätte, damit sie dem Fußboden einen Besuch abstattete. Aber statt sie runterzuschubsen, hielt Dylan sie an der Taille fest.

»Keine Ahnung.« Ich folgte ihrem Blick zur Bühne. Mason und seine Leute waren schon Stunden vor uns hier gewesen, um alles vorzubereiten und ihren Auftritt zu proben. Inzwischen standen Schlagzeug und Keyboard auf der abgedunkelten Bühne, so viel konnte ich von meinem Platz aus erkennen. Aber von Mason und den anderen war nichts zu sehen.

»In fünf Minuten müsste es losgehen.« Tate hielt ihr Handy in die Höhe. Darauf war die Website des Clubs zu sehen. Da das Lokal so neu war, war Masons Band die erste, die hier live spielen würde. Gleichzeitig war es ihr erster Auftritt außerhalb von Campus und irgendwelchen Studentenpartys und damit eine ziemlich große Sache.

Ich trank einen Schluck von meinem Cocktail. Süß. Und fruchtig-frisch. Als ich den Kopf hob, begegnete ich Lukes Blick. Ein amüsiertes Funkeln lag in seinen Augen, aber da war noch etwas anderes. Etwas, das ich seit jenem Nachmittag in seinem Zimmer nicht mehr gesehen hatte.

In den letzten Wochen hatten sich die Dinge zwischen uns wieder normalisiert. Er trainierte für seine Rennen, ich schrieb für die Collegezeitung, wir lernten, flirteten, unternahmen etwas mit den anderen und machten unsere üblichen Filmabende.

Doch hier und jetzt, vor all unseren Freunden, sah Luke mich anders an als in den letzten Wochen. Hitze explodierte in meinem Bauch und breitete sich von dort in alle Richtungen aus, bis ich das Gefühl hatte, kaum noch Luft zu bekommen. Viel zu deutlich erinnerte ich mich an den Moment in Lukes Zimmer. Und schon der Gedanke daran reichte aus, um prickelnde Schauer meinen Rücken hinabwandern zu lassen.

Er erinnerte sich ebenfalls. Ich konnte es in seinen Augen sehen, an der Art, wie sich sein Lächeln veränderte und damit die Hitze in meinem Inneren nur noch mehr anfachte.

Ich musste mich dazu zwingen, den Blick abzuwenden. Um meine flatternden Nerven zu beruhigen, trank ich einen weiteren großen Schluck von meinem Cocktail. Nach und nach wurde das heiße Etwas in mir von einer allumfassenden Wärme und einer leichten Schwummrigkeit ersetzt. *Besser. Viel besser.* »Es geht los!«, rief Tate plötzlich und setzte sich auf.

Ich streckte mich, um einen guten Blick auf die Band zu erhaschen. Wir hatten uns einen Tisch geschnappt, der sich auf einem Podest fast genau gegenüber der Bühne befand, allerdings auch am anderen Ende des Clubs, da zwischen uns die Tanzfläche lag. Trotzdem erkannte ich das vorfreudige Strahlen auf Masons Gesicht, genau wie auf dem der Sängerin Hazel und der anderen Mitglieder der Band.

Sie legten mit einer schnellen, tanzbaren Nummer von Ariana Grande los, die Hazels helle Stimme perfekt in Szene setzte. Die Leute waren begeistert. War die Tanzfläche vorher schon gut besucht gewesen, schien sie jetzt geradezu zu explodieren.

Tate sprang als Erste auf, packte mein Handgelenk und zog mich mit sich. Schnell deutete ich Emery an, ebenfalls mitzukommen, dann stand ich schon auf der Tanzfläche. Ich reckte die Arme über den Kopf und gab mich ganz der Musik hin. Neben mir machte Tate das Gleiche, kurz darauf stießen Emery, Grace und auch Mackenzie zu uns. Wir ließen uns alle von den kräftigen Beats mitreißen.

Jetzt war nichts mehr von der Nervosität der Band zu spüren. Sie waren aufeinander eingestimmt, bildeten eine Einheit. Hazels Stimme fegte über uns hinweg, während Mason die Background Vocals und einen kleinen Rap-Anteil übernahm. Wie er dabei gleichzeitig noch Gitarre spielen konnte, würde ich nie begreifen können. Und da sollte noch mal jemand behaupten, Männer wären nicht multitaskingfähig. Mason bewies das Gegenteil, denn er sang, spielte und schaffte es dabei auch noch, einem Mädchen in der ersten Reihe zuzuzwinkern. Ich sah kurz in die Richtung und entdeckte den blonden Haarschopf seiner Freundin Jenny. Wenn sie denn wieder zusammen waren. Ich hatte ihren Beziehungsstatus in den letzten Wochen ehrlich gesagt nicht mehr mitverfolgt.

Der erste Song ging fließend in den nächsten über. Diesmal rockiger, mit harten Gitarrengriffen und nicht zu überhörenden Drums. Bisher schien sich Pax am Schlagzeug zurückgehalten zu haben, jetzt warf er die Sticks in die Luft, fing sie lässig auf und spielte – ohne einen Schlag zu verpassen – weiter. Grinsend schüttelte ich den Kopf. Dieser Angeber …

Ich nahm Emerys Hand und wirbelte sie herum, bis wir vor Lachen kaum noch stehen konnten. Trotzdem schafften wir es irgendwie, uns weiter zur Musik zu bewegen. Nicht immer perfekt oder im Rhythmus, aber darauf kam es schließlich nicht an, sondern nur auf den Spaß. Und den hatten wir.

Die Band spielte noch ein paar weitere Songs, dann legten sie eine kurze Pause ein, und der DJ übernahm wieder. Mit einer Hand fächelte ich mir Luft zu, mit der anderen deutete ich vage in Richtung unseres Tisches. Tate nickte mir zu, schien sich aber noch nicht genug ausgetobt zu haben und blieb auf der Tanzfläche, genau wie Mackenzie. Emery und Grace kehrten zusammen mit mir zu den Jungs zurück.

»Durst«, keuchte ich und stürzte mich auf das Wasser, das sie in weiser Voraussicht bestellt hatten. In solchen Momenten liebte ich meine Freunde über alles. Wie Masons Band waren wir aufeinander eingespielt und kümmerten uns umeinander, selbst wenn es sich dabei nur um Kleinigkeiten wie ein paar gekühlte Wasserflaschen auf dem Tisch handelte.

Nachdem ich ein paar Schlucke getrunken hatte, ließ ich mich auf die Bank fallen und streckte mich von Kopf bis Fuß. Lukes Blick folgte meinen Bewegungen, aber er kommentierte sie mit keinem Wort. Und als ich provozierend eine Augenbraue hob, grinste er nur und prostete mir mit seinem eigenen

Drink zu. Ich schüttelte den Kopf, kam aber nicht gegen mein Lächeln an. Dabei war ich verschwitzt, noch immer etwas außer Atem, und meine Haut brannte, als würden überall kleine Flammen züngeln, aber ich hatte mich auch nie besser gefühlt. Die Stimmung war gut, und die Luft war erfüllt von Lachen und einer Ungezwungenheit, die ein zutiefst zufriedenes Gefühl in mir auslöste.

Ich hatte gerade meinen Cocktail geleert, als Mason auf einmal an unserem Tisch auftauchte. Eigentlich hätte er nach der erfolgreichen ersten Hälfte seines Auftritts übers ganze Gesicht strahlen müssen, stattdessen hatte er die Stirn gerunzelt und die Lippen aufeinandergepresst.

»Was ist los, Mann?«, fragte Luke, bevor ich es tun konnte.

»Hazel kann nicht weitersingen.« Es wurde still am Tisch. »Sie hat sich irgendwas eingefangen. Ihr ging es schon den ganzen Tag über mies, und jetzt kotzt sie sich die Seele aus dem Leib. Ich hab ihr schon ein Taxi gerufen.«

»Fuck …«, murmelte Dylan.

Suchend ließ ich meinen Blick über die Tanzenden wandern. »Ist niemand aus deinem Studiengang da, der einspringen könnte?«

Masons Hauptfach war Musik- und Theaterwissenschaften, und so gut wie alle Leute aus seinen Kursen hatten eine gute Stimme. Nicht so stark wie Hazels, aber wenigstens wäre ein Ersatz da, bevor sie den restlichen Auftritt ganz absagen mussten.

»Doch«, sagte er ruhig.

Ich folgte seinem Blick zu Grace.

»Oh nein. Nicht ich«, widersprach sie sofort. »Ich kann überhaupt nicht …«

»Du kannst singen«, unterbrach Mason sie. In seiner Stimme lag ein verzweifelter Unterton. »Ich habe dich bei den Proben für das Wintermusical gehört. Komm schon, Grace. Nur ein paar Lieder.«

»Vergiss es«, fauchte sie. »Ich singe nicht. Das mit dem Musical mache ich nur, weil es ein Pflichtkurs ist. Und selbst wenn ich ausgerechnet mit dir auf einer Bühne stehen wollte, dann weiß ich trotzdem nicht, welche Songs ihr noch spielt.«

»Verdammt!« Mit der Hand stützte er sich neben ihrem Kopf auf der Lehne auf und beugte sich zu ihr hinunter. Obwohl er die Stimme senkte, verstand ich jedes Wort. »Ich weiß, dass ich nicht gerade dein Lieblingsmensch bin, aber du würdest der Band und mir den Arsch retten.«

Sie zögerte.

»Die Setlist kann ich dir geben. Du kennst die Songs. Und wenn du einspringst, hast du etwas bei mir gut. Alles, was du willst. Egal was, egal wann.«

Diese Band bedeutete ihm alles. Hätte ich das nicht schon längst gewusst, wäre es spätestens jetzt deutlich geworden. Mit seinen Witzeleien, seinem übertriebenen Selbstbewusstsein und der dramatischen Art konnte man Mason schnell für oberflächlich halten. Den Fehler hatte ich am Anfang auch gemacht. Doch inzwischen wusste ich es besser. Es gab nur wenig, das ihm wirklich etwas bedeutete: seine Band, seine Freundin und seine Familie, zu der wir ebenfalls zählten. Wenn es darauf ankam, setzte er Himmel und Hölle in Bewegung, um seine Ziele zu erreichen. Das würde er auch jetzt tun, wenn er könnte. Aber das konnte er nicht, denn die Entscheidung lag ganz allein bei Grace.

Sie sah an Mason vorbei zur Bühne und schluckte hart. Emery lehnte sich zu ihr und redete leise auf sie ein. Ich hörte nicht, was sie ihr zuflüsterte, aber ich bemerkte, wie Grace die Schultern straffte und Entschlossenheit die Unsicherheit in ihren Augen vertrieb.

»Na gut.« Sie atmete tief durch und strich sich ihr silbernes Top glatt. »Aber du schuldest mir etwas.«

»Alles, was du willst.« Mason packte ihre Hände und zog sie in die Höhe. Er ließ ihr keine Zeit zu reagieren, sondern lotste sie sofort in Richtung Bühne, als wollte er um jeden Preis verhindern, dass sie es sich anders überlegte.

Minutenlang passierte nichts, dann verstummte die Musik des DJs mit dem letzten Ton, und Stille senkte sich über den Club. Die Bühne war in Dunkelheit getaucht, genau wie ein Teil der Tanzfläche. Murmeln. Irritierte Rufe. Nach und nach erklangen die ersten Töne einer bekannten Melodie, und ein Jubeln ging durch die Menge.

Die Spannung stieg mit der Melodie. Dann wurde Grace in gleißendes Licht getaucht und legte mit der ersten Strophe von *Radioactive* los. Der Rest der Bühne lag im Dunkeln. Nur weil ich wusste, wo die einzelnen Bandmitglieder waren, konnte ich ein paar Details ausmachen. Pax saß hinten am Schlagzeug und Jesse hämmerte auf das Keyboard ein, während sich Kane und Mason an Bass und Gitarre austobten.

Beim Refrain fiel Mason mit ein und sang ihn zusammen mit Grace. Ihre Stimmen harmonierten, als hätten sie schon immer miteinander gesungen. Seine war warm und weich, ihre tief und samtig. Einzig die kurzen Blicke und das kaum merkbare Nicken zwischen ihnen deuteten darauf hin, dass sie gerade zum ersten Mal zusammen auf der Bühne standen.

Die Menge tobte, die Tanzfläche war völlig überfüllt, und aus unserer Ecke schallten mehr als nur einmal jubelnde Rufe zu ihnen hinüber. Gegen Ende des Songs überraschte Mason seine neue Sängerin, indem er die Gitarre beiseitelegte, sich sein Mikro schnappte und einen beeindruckenden Rap hinlegte.

Ich riss die Augen auf, weil ich Mason nie zuvor so erlebt

317

hatte. Er ging in dem Lied auf und nutzte seine Chance, nicht nur an den Instrumenten, sondern auch im Gesang zu glänzen. Jetzt hatte seine Stimme jede Weichheit verloren und wurde mit jedem Wort stärker, lauter, drängender und schneller. Dabei kam er auch Grace immer näher, bis sie so dicht voreinander standen, dass ich unwillkürlich den Atem anhielt.

Und ich schien nicht die Einzige zu sein, sogar die Melodie hielt einen Herzschlag lang inne, dann fegte der Refrain wieder über uns hinweg, den Grace und Mason zusammen hinschmetterten. Unterstützt von den vielen Leuten, die lauthals mitgrölten und den Song feierten.

Beim nächsten Lied kämpften wir uns wieder zur Tanzfläche durch. Genauer gesagt zerrte Emery Dylan mit sich, während ich mich am Rand hielt, noch unentschlossen, ob ich tanzen, mir einen neuen Cocktail besorgen oder der Performance auf der Bühne zuschauen sollte. Auf der Tanzfläche schien sich inzwischen der ganze Club versammelt zu haben. Ich hatte keine Ahnung mehr, wo die anderen waren.

In diesem Moment umfassten kräftige Hände meine Taille. Gleich darauf spürte ich eine warme Brust in meinem Rücken, das Kratzen von Bartstoppeln an meiner Wange und einen vertrauten Geruch, den ich überall wiedererkannt hätte. Sonnenstrahlen und frische Meeresluft.

»Deinem Rücken scheint es wieder gut zu gehen«, wisperte Luke in mein Ohr.

»Ja …« Nur mit Mühe unterdrückte ich ein Erschauern.

»Und was ist mit dem anderen Problem …?« Seine Lippen streiften mein Ohr und ich musste mir auf die Unterlippe beißen, um nicht laut aufzustöhnen.

Sekunden verstrichen, in denen ich keine Antwort zustande brachte, dafür aber spürte, wie sich unsere Atmung beschleunigte. Schließlich lehnte ich mich ein kleines bisschen mehr an

Luke und kämpfte nicht länger gegen den heißen Schauer an, der meinen Körper erzittern ließ.

»Komm mit.« Ein letztes Mal streiften seine Lippen meine Haut, dann nahm er meine Hand und führte mich von der Tanzfläche weg.

Niemand schien zu bemerken, dass wir uns davonschlichen. Sie waren alle zu sehr damit beschäftigt, der Band zuzujubeln. Mein Herz pochte nicht länger im Takt der Musik, sondern raste unkontrolliert in meiner Brust. Ich wusste nur zu genau, was passierte, wenn Luke und ich allein waren, und der Gedanke daran brachte die prickelnde Hitze in meinem Inneren zurück.

Luke zog mich weiter, vorbei an der Bar und dem Gang, der zu den Toiletten und Lagerräumen führte, vorbei an einer Treppe, bis wir der Bühne immer näher kamen, wo Grace und Mason gerade einen neuen Song begannen. Aber Luke ging auch daran vorbei und führte mich hinter die Bühne.

Klimatisierte Luft empfing mich und ließ mich aufatmen. Als der schwere Vorhang hinter uns zufiel, waren alle Geräusche nur noch gedämpft zu hören, sogar die Musik, obwohl wir der Band näher waren als jeder andere in diesem Club.

Hinter der Bühne war es ruhig. Kein Mensch war zu sehen. Mit klopfendem Herzen drehte ich mich zu Luke um und legte fragend den Kopf schief. Er kam näher, blieb schließlich so dicht vor mir stehen, bis sein Geruch in meiner Nase kitzelte.

»Ich habe dir noch gar nicht zum Geburtstag gratuliert«, murmelte er. Sein Blick wanderte zu meinen Lippen, verharrte dort einen Moment lang und kehrte dann zu meinen Augen zurück.

Mein Puls schoss in die Höhe, und meine Haut begann zu prickeln, obwohl er mich noch nicht einmal richtig berührt hatte.

»Stimmt«, brachte ich leise hervor.

»Und für ein Geschenk hatte ich auch keine Zeit«, fügte er hinzu. Er kam noch etwas näher, bis meine Brust ihn bei jedem Atemzug streifte und ich mich insgeheim dafür verfluchte, einen BH angezogen zu haben. Sonst hätte ich seine Wärme und das sachte Reiben viel deutlicher spüren können, insbesondere jetzt, wo sich meine Atmung genau wie mein Herzschlag beschleunigte.

»Ich brauche kein Geschenk.« Die Worte kamen mir in einem Wispern über die Lippen, aber das machte sie nicht weniger wahr. Heute Abend mit all meinen Freunden hier zu sein, zu feiern, zu lachen und Spaß zu haben, war alles, was ich mir für diesen Tag gewünscht hatte.

»Bist du sicher?«

Luke fasste mich immer noch nicht an, obwohl sich jeder Blick, mit dem er mich bedachte, wie eine Liebkosung anfühlte.

»Wie lange spielt die Band noch?« Das Blut rauschte in meinen Ohren, und ich hatte jegliches Zeitgefühl verloren.

Seine Mundwinkel wanderten in die Höhe. »Zwei, vielleicht drei Minuten. Wenn wir Glück haben, länger.«

»Dann habe ich einen Geburtstagswunsch.« Lukes Augen leuchteten auf, aber er rührte sich noch immer nicht, sondern wartete ab, lauerte auf meine Entscheidung. »Ich will diese zwei, vielleicht drei Minuten mit dir.«

Ich hatte kaum ausgesprochen, da legte er seine Hand in meinen Nacken und presste seinen Mund auf meinen. Mein Seufzen ging in dem Kuss und dem gedämpften Dröhnen des Schlagzeugs unter. Ich merkte kaum, wie Luke mich zurückdrängte, bis ich mit dem Rücken gegen eine Wand stieß. Knurrend unterbrach er den Kuss und drückte seine Lippen auf meinen Hals, genau an die Stelle, wo mein Puls so heftig pochte wie die donnernden Bässe, die jetzt von der Bühne zu uns drangen.

320

Es fühlte sich genauso intensiv an wie unser allererster Kuss auf dem Parkplatz. Genauso leidenschaftlich wie in seinem Zimmer nach der Massage. Die Musik, der Gesang, das Jubeln der Menge, all das schien auf einmal weit weg zu sein, als würde der Vorhang uns vom Rest der Welt trennen. Und in gewisser Weise tat er das auch. Hier konnte ich mich völlig gehen lassen, konnte vergessen, warum wir das hier besser nicht tun sollten, und mich ganz auf Luke einlassen, mich in seinem Geschmack und seinen Berührungen verlieren.

Seine Hände glitten über meine Seiten, packten meine Hüften, dann schob er meine Beine mit seinem Knie auseinander. Ich drängte mich an ihn, reagierte instinktiv, weil ich jede Fähigkeit, einen klaren Gedanken zu fassen oder einen Satz zu formulieren, in dem Moment verloren hatte, in dem er mich geküsst hatte.

Heiß wanderten seine Lippen über meine Kehle bis hinauf zu meinem Ohr. »Lass mich dir helfen ...« Seine Stimme klang gepresst, mühsam beherrscht.

Hitze brach über mir herein und brannte sich in meine Haut.

»Luke ...«

»Es ist okay. Es zählt nicht«, raunte er. »Niemand wird es erfahren.«

Seine Hände lagen noch immer an meinen Hüften und zogen mich näher, bis sein Oberschenkel sich so fest gegen meine Mitte presste, dass jeder einzelne Atemzug für eine intensive Reibung zwischen meinen Beinen sorgte. Der raue Stoff seiner Jeans gegen meinen dünnen Slip, Lukes warmer Körper, sein unsteter Atem an meinem Hals war alles, was ich noch wahrnahm.

Und dann konnte ich nicht mehr denken, hörte nur noch auf meinen Körper und gab dem Drängen in mir nach. Luke hielt mich fest, als ich mir das von ihm nahm, was ich brauchte. Während ich mich an ihm rieb, schob er den Träger meines Tops zur Seite und setzte heiße Küsse auf meine Schulter.

Die Tatsache, dass die Band jeden Moment zu spielen aufhören und hinter die Bühne kommen könnte, hätte mich abschrecken sollen, aber stattdessen verlor ich dadurch alle Hemmungen. Uns blieben nur ein paar Minuten, ein kurzer Moment, in dem wir auf den Pause-Button drückten und unsere geheimsten Fantasien ausleben konnten, ohne unsere Freundschaft dadurch zu gefährden.

Ich biss die Zähne zusammen, um mein Stöhnen zu unterdrücken, und zwang mich, die Augen zu öffnen, um mich nicht ganz zu verlieren. Doch Luke hob im selben Moment den Kopf, senkte seinen Mund auf meinen und machte damit jede Chance zunichte, etwas anderes wahrzunehmen als ihn. Als das Gefühl seines Körpers an meinem, seiner zupackenden Hände, seiner Lippen auf meinen, seiner Zunge an meiner.

Ich stöhnte in den Kuss hinein, kämpfte gegen ihn an, forderte ihn heraus, doch das entlockte ihm nur ein Lächeln. Luke biss zurück, nahm meine Unterlippe zwischen die Zähne und zog sachte daran.

Ich konnte nicht mehr denken, konnte mich an nichts mehr festhalten, nur noch an ihm. Mit jeder Bewegung meiner Hüften, verstärkte sich das Reiben, wurde das Ziehen in meinem Unterleib drängender. Es gab kein Zurück mehr. Wenn uns jetzt jemand unterbrach, würde ich nicht aufhören können. Ich unterbrach den Kuss, um nach Luft zu schnappen, aber Lukes Mund war sofort wieder auf meinem. Irgendwann verlor ich den Bodenkontakt, weil er mich hochhob. Instinktiv schlang ich die Beine um seine Hüften. Seine Hand fand einen Weg unter mein Shirt, fuhr an meiner Seite hinauf und legte sich um meine Brust.

»Lass dich gehen …« Ein atemloses Wispern zwischen unseren Küssen.

Ich hätte ihn dafür hassen sollen, dass er mich so weit gebracht hatte, dass er der *einzige* Mann war, der mich dazu bringen konnte, mich so völlig selbst zu vergessen. Aber weil ich ihn nicht hassen konnte, biss ich ihm stattdessen in die Unterlippe. Er keuchte und schob das Becken vor. Seine Jeans und meine Unterwäsche waren noch immer im Weg, und ich wollte ihn so dringend in mir spüren, dass ich nicht mehr klar denken konnte.

Meine Bewegungen wurden fahrig. Luke half nach, drückte mich an sich, kam mir entgegen, bis sich alles in mir zusammenzog und ich an seinen Lippen aufstöhnte. Hitze explodierte in mir, blendete mich, stürzte mich in einen Strudel aus Erlösung und verzweifeltem Verlangen. Ich klammerte mich an ihn, hielt mich an ihm fest, bis die Schauer abebbten und sich jeder Muskel in meinem Körper entspannte. Erst dann wagte ich es, die Augen wieder zu öffnen.

Luke atmete schwer an meinem Ohr, die Ausbuchtung in seiner Hose war noch immer deutlich spürbar. Aber statt sich selbst ebenfalls Erleichterung zu verschaffen, ließ er mich langsam an seinem Körper hinabgleiten, bis ich wieder auf meinen eigenen Füßen stand und mich an der Wand abstützen konnte. Erst dann suchte er meinen Blick.

Seine Augen leuchteten in einem so intensiven Blau, wie ich es nie zuvor an ihm gesehen hatte. Was auch immer gerade in ihm vorging, ich konnte es nicht in seinem Gesicht ablesen. Vielleicht war ich deshalb so überrascht, als er sich nach vorne lehnte und einen hauchzarten Kuss auf meine Lippen setzte.

»Happy Birthday, Elle«, flüsterte er, dann machte er einen Schritt zurück. Und noch einen. Ohne meinen Blick loszulassen, entfernte er sich von mir.

Ich starrte ihm nach, bis er hinter dem Vorhang verschwand. Die Erlösung pochte noch immer auf meiner Haut, und ich konnte mich kaum auf den Beinen halten. Erst als ich allein war, begann sich ein Lächeln auf meinem Gesicht auszubreiten. Was auch immer gerade passiert war – es war völlig verrückt gewesen. Verrückt und falsch und so, so *gut*, dass ich es unbedingt wiederholen wollte. Und genau deswegen wusste ich mit absoluter Sicherheit, dass es nie wieder passieren durfte.

Kapitel 18

Luke

Ich tippte mit den Fingern aufs Lenkrad und starrte die rote Ampel an, als könnte ich sie allein mit der Kraft meines Geistes dazu bringen, schneller umzuschalten. Oder langsamer. Momentan wusste ich selbst nicht, was mir lieber wäre. Es war früher Nachmittag und einen Tag vor Thanksgiving, dementsprechend viel war auf den Straßen los.

Trevor war schon am Montagmorgen, direkt nach Elles Geburtstagsfeier, zu seiner Familie gefahren, Mason direkt nach ihm am Abend. Emery und Grace waren für das verlängerte Wochenende nach Montana geflogen und hatten Dylan mitgenommen, der es mit haufenweise Überstunden im November geschafft hatte, sich ein paar Tage freizunehmen.

Als Elle und ich vorhin in meinen Wagen gestiegen waren, hatte ich Tate noch mal angeboten, mitzukommen, aber sie hatte abgelehnt. Sie würde zu ihren Eltern fahren, auch wenn sie nicht vorhatte, allzu lange dortzubleiben. Absolut verständlich und wenn ich Elle nicht mitnehmen würde, wäre ich selbst wahrscheinlich nicht mal nach Hause gefahren, doch jetzt standen uns mindestens zwei, wahrscheinlich eher drei Tage in meiner Heimatstadt bevor. Je nachdem, wie lange Elle bleiben wollte – und wie lange Landon und ich es miteinander unter demselben Dach aushielten.

»Es ist grün.«

325

Ich blinzelte, sah kurz zu Elle und dann zur Ampel vor uns. Sie hatte recht. Verdammt. Ich fuhr in derselben Sekunde weiter, in der jemand hinter uns hupte. Normalerweise dauerte es nicht lange, aus der Stadt rauszukommen, aber nach zehn Minuten hatten wir gerade mal den Campus hinter uns gelassen und uns in den dichten Verkehr eingefädelt. Kurz vor der Rushhour loszufahren war keine besonders gute Idee gewesen. Aber wenn ich es vermeiden konnte, einen ganzen Tag mit meinem Bruder verbringen zu müssen, der bereits heute Mittag bei DeeDee angekommen war, nahm ich dafür auch eine Fahrt in Kauf, die doppelt so lange dauerte wie sonst.

»Bist du nervös, weil du nach Hause fährst oder weil du mich mitbringst?«, fragte Elle plötzlich.

Ich warf ihr einen überraschten Seitenblick zu. »Wer sagt, dass ich nervös bin?«

Sie musterte mich auf eine Weise, die deutlich aussagte, dass sie mich durchschaute. Manchmal war es echt ein Fluch, wie gut mich diese Frau inzwischen kannte.

»Du drehst die Musik nicht auf, du singst nicht mit und bist in Gedanken ganz woanders.« Sie zählte die einzelnen Punkte an ihren Fingern ab. »Soll ich weitermachen?«

»Ich bin nicht nervös«, behauptete ich und zog noch im selben Atemzug eine Grimasse. »Okay, vielleicht ein bisschen. Keine Ahnung. Ich bin einfach nicht scharf darauf, zusammen mit allen am Tisch zu sitzen und das Essen in dieser seltsamen Stimmung zu ertragen. Jeder andere Feiertag ist okay, aber Thanksgiving …«

»Wegen deinen Eltern …?«

Ich presste die Lippen aufeinander und erwiderte nichts darauf. Aber das musste ich auch nicht, denn wir kannten die Antwort beide.

Elle seufzte und rutschte etwas tiefer in ihren Sitz, um die Füße hochzulegen. Ich warf einen kurzen Blick auf ihre braunen Stiefel auf dem Armaturenbrett, sagte aber nichts dazu. Nicht nur, weil Elle sie dann erst recht nicht runternehmen würde, sondern weil mein Blick gefährlich lange an ihren Beinen hängen blieb. Ich schluckte hart, zwang mich dazu, mich wieder auf den Verkehr zu konzentrieren – und vor der nächsten roten Ampel zu halten. Wie viele von den Dingern gab es hier eigentlich?

»Ich weiß, dass sich unsere Familienverhältnisse kein bisschen vergleichen lassen«, begann sie nachdenklich, »aber was angespannte Dinner angeht, bin ich quasi Expertin.« Ein Blick in meine Richtung, ein kurzes Stupsen gegen meinen Arm. »Du kannst mit mir reden, Luke.«

»Ich weiß«, murmelte ich und fuhr mir mit der Hand durchs Haar, um die lästigen Strähnen wegzuschieben, die mir ins Auge fielen. Umsonst. Sie waren sofort wieder zurück. »Landon gibt mir die Schuld an dem, was mit Mom und Dad passiert ist. Zurecht, aber das ist nicht der einzige Grund, aus dem er mich hasst. Er verachtet mich für all den Mist, den ich angestellt habe, als wir zu DeeDee gezogen sind. Er hasst es, dass ich feiern gegangen bin, getrunken und Mädchen abgeschleppt hab, während er sich von all seinen Freunden abgekapselt und nur noch gelernt hat. Er glaubt, Mom und Dad wären mir egal, als hätte ich es einfach abgehakt und würde jetzt ein sorgenfreies, sinnloses Partyleben führen, während er versucht, die Menschheit zu retten.«

Elle schnaubte. »Dein Bruder würde sich hervorragend mit meiner Schwester Brianna verstehen. Sie ist davon überzeugt, dass ich eines Tages mit Drogen vollgepumpt in der Gosse landen werde und sie das erst aus den Schlagzeilen der Klatschpresse erfahren.«

Ich biss die Zähne zusammen. Wir waren tatsächlich so etwas wie eine Bilderbuchfamilie gewesen. Mom und Dad waren selbst nach Jahren noch wahnsinnig ineinander verliebt, und sie hatten zwei Vorzeigesöhne, die sich auch noch bestens miteinander verstanden. Dazu ein kleines Häuschen in der Vorstadt, mitsamt Hund und Gartenzaun. Aber auch wenn ich alles dafür gegeben hätte, dieses Leben zurückzukriegen, und sei es auch nur für ein paar Stunden, wollte ich nicht unbedingt mit Elle tauschen. Sadie und ihr Vater schienen in Ordnung zu sein, aber der Rest ihrer Familie? Ich hatte gesehen, wie sie Elle behandelten, wie sie auf sie und auch auf mich herabgeblickt hatten. Dabei war ihnen überhaupt nicht bewusst, was für eine warmherzige, talentierte und wunderschöne Tochter und Schwester sie hatten. Sie sollten zu ihr aufschauen, statt sie niederzumachen, weil sie nicht den gleichen Lebensstil pflegen wollte wie ihre versnobte Familie.

»Bist du sicher, dass du das durchziehen willst? Noch kannst du einen Rückzieher machen«, sagte ich, um meine Gedanken in eine andere Richtung zu lenken, während wir weiterfuhren.

»Dir steht ein Thanksgiving mit meiner durchgeknallten Großtante und meinem Bruder mit Stock im Arsch bevor. Und wenn DeeDee selbst kochen will, werden die Kartoffeln halbroh und der Truthahn tiefgekühlt sein.«

»Kann's kaum erwarten.«

»DeeDee ist in Ordnung«, fuhr ich fort, und merkte, wie sich beim Gedanken an meine Großtante ein Lächeln auf mein Gesicht stahl. »Wenn man von ihrer extravaganten Art und ihrer Sammelleidenschaft absieht. Ich glaube, du wirst sie mögen. «

»Darauf wette ich.« Elle lehnte sich vor und drehte die Musik lauter. Nicht um mich abzuwürgen, sondern um mich zum Singen zu animieren, wie ich es sonst so oft während einer Autofahrt tat.

Und es funktionierte. Als wir Huntington endlich hinter uns ließen, hatte ich Elle sogar dazu gebracht, wenigstens den Refrain beim zweiten Lied mitzusingen. Die Anspannung, die mich befallen hatte, seit wir in den Wagen gestiegen waren, fiel nach und nach von mir ab. Wir folgten dem Straßenverlauf, vorbei an Farmen, die sich auf den Winter vorbereiteten, und durch Wälder, die in den letzten Sonnenstrahlen rot und gelb erstrahlten. Blätter säumten den Weg und wirbelten auf, wenn wir vorbeifuhren, und für eine kurze Zeit vergaß ich, warum wir diesen Trip überhaupt erst unternommen hatten.

Als wir das Haus meiner Großtante erreichten, war es bereits dunkel. Ein Teil von mir war erleichtert, denn dadurch konnte ich so tun, als wären wir nie an meinem Elternhaus vorbeigefahren. Dem Gebäude, in dem ich die Hälfte meines Lebens verbracht hatte, und das jetzt Fremde bewohnten.

Kies spritzte auf und trommelte gegen die Reifen, bis ich den Jeep zum Stehen brachte. Die Fenster waren hell erleuchtet. DeeDees Heim mochte nicht so imposant sein wie das von Elles Familie, aber dafür war es drinnen kein Museum, sondern ein Zuhause. Mein Zuhause.

Elle stieg als Erste aus und holte ihren Rucksack von der Rückbank. Ich umrundete den Wagen, meine Reisetasche in der Hand, und blieb neben ihr stehen. Obwohl in der Dunkelheit nicht viel von der Umgebung zu sehen war, hatte es dennoch etwas Beruhigendes, hier zu sein. Die Luft war klar und von einem erdigen Geruch erfüllt, der vom Wald hinter dem Haus stammte. Das Knirschen des Kieses unter meinen Schuhen, das Summen des Generators neben dem Haus waren mir unendlich vertraut. Ebenso wie die Wärme, die das Holz ausstrahlte, als wir auf die Tür zusteuerten.

Doch mit jedem Schritt wuchs auch die Anspannung, bis ich plötzlich Elles Hand auf meinem Rücken spürte, über meinem

Shirt, aber unter der Jacke. Die Geste hatte etwas so Selbstverständliches, dass mir für einen kurzen Moment die Luft wegblieb. Ich sah zu ihr hinunter, registrierte die fragend gerunzelte Stirn, brachte aber kein Wort hervor. Ich hätte nicht mal sagen können, ob mich ihre Berührung beruhigte oder noch rastloser machte. Aber ich konnte meine Reaktion nicht mehr weiter ergründen, denn in diesem Moment ging die Tür auf.

»Luke!« Ehe ich mich versah, fand ich mich in einer Umarmung wieder, bei der ich gar nicht anders konnte, als sie zu erwidern.

Tief atmete ich DeeDees Duft ein, diesen süßen, blumigen Geruch, bei dem ich als Kind immer das Gesicht verzogen hatte und der mir nun so vertraut war, weil er nur eines bedeutete: Zuhause.

»Lass dich ansehen.« DeeDee schob mich mit mehr Kraft zurück als man ihr mit ihren ein Meter sechzig zutrauen würde. Sie trug eine Hose, deren Farbe mich an Dylans Haar als Mister J erinnerte, dazu ein quietschbuntes, weites Oberteil und jede Menge Schmuck an Handgelenken, Hals und Ohren. »Gut siehst du aus, mein Junge.« Automatisch lehnte ich mich zu ihr hinunter, damit sie mir die Wange tätscheln konnte. Dann wandte sie sich Elle zu, die neben meiner Großtante geradezu groß wirkte.

»Ohh, so ein hübsches kleines Ding.« DeeDee griff nach Elles Hand und deutete ihr an, sich vor ihr zu drehen. Bei der Bewegung klimperten die vielen Armreifen an ihrem Handgelenk. Elle warf mir einen teils irritierten, teils amüsierten Blick zu, tat aber, was meine Großtante verlangte. »Zauberhaft. Auch wenn du etwas mehr Farbe vertragen könntest«, fügte sie hinzu, während sie Elles Erscheinung in dem hellen Mantel, der Jeans und den Stiefeln in sich aufsog. Dann nickte sie, als hätte sie eine Entscheidung getroffen. »Kommt herein, bevor ihr hier draußen erfriert.«

Auch wenn es nicht so kalt war, schon gar nicht auf der kurzen Strecke zwischen Jeep und Haus, war ich froh über die Wärme, die mich empfing. Der Geruch von Holz und einer von DeeDees Duftmischungen hing schwer in der Luft. Ich nahm Elle den Rucksack ab, da meine Großtante sie bereits mit sich zog, um ihr das Haus zu zeigen.

Belustigt sah ich den beiden nach. Ich hatte Elle absichtlich nicht gewarnt. DeeDee konnte für viele Menschen anstrengend sein, vor allem, wenn sie mit ihrer Papageiensammlung anfing.

Zwei Stufen auf einmal nehmend ging ich die Treppe hinauf und warf meine Reisetasche auf das Bett in meinem alten Zimmer. Es sah noch genauso aus, wie ich es bei meinem letzten Besuch zurückgelassen hatte. Poster an der einen Wand, Regalbretter voller Pokale an der anderen, ein paar Fotos, Laufschuhe, die vergessen auf dem Boden lagen, und Bücher. Vor allem Bücher. Sie besetzten jede Ecke, standen in Stapeln auf dem Boden, auf dem Kleiderschrank und auf dem Schreibtisch. Ich hatte nie eines weggeworfen, und als sie keinen Platz mehr in meinem Zimmer gefunden hatten, hatte DeeDee ihr altes Nähzimmer spontan in eine kleine Bibliothek verwandelt.

Es war eine Nacht-und-Nebel-Aktion gewesen. Sie hatte mich frühmorgens noch im Dunkeln geweckt und ins Auto gesetzt, dann waren wir in die Stadt gefahren, um Farbe und Regale zu kaufen, und waren mit viel mehr Kram zurückgekommen als ursprünglich geplant. Wir hatten den ganzen Tag gestrichen und geschraubt, aber am späten Abend waren wir fertig gewesen. Und auch wenn die Wandfarbe nicht perfekt aufgetragen war, die Regale ein bisschen schief dastanden und die Decke auf dem Sofa älter war als ich selbst, liebte ich dieses Zimmer heiß und innig. Und ich liebte DeeDee für dieses Geschenk.

Elles Rucksack brachte ich in das Gästezimmer. Es lag am Ende des Flurs im ersten Stockwerk, gegenüber vom Badezimmer. Ich prüfte die Heizung, da es nachts ziemlich kalt werden konnte, und warf einen Blick aus dem Fenster. Tagsüber konnte man von hier aus auf den Wald hinter dem Haus sehen, der bis zum Horizont zu reichen schien. Jetzt herrschte da draußen absolute Dunkelheit, die nur von einem Streifen Licht aus der Küche durchschnitten wurde.

Ich wandte mich von dem Anblick ab und trat auf den Flur. Über mir hörte ich Schritte, dicht gefolgt von DeeDees gedämpfter Stimme. Ich grinste. Wenn Elle diesen Test bestand, gehörte sie offiziell zur Familie. Mehr als einmal war ich Zeuge davon gewesen, wie DeeDee unsere Gäste vergraulte, indem sie ihnen ihre ausgestopften Papageien zeigte, die den ganzen Dachboden bevölkerten.

Langsam ging ich wieder hinunter. Dabei lauschte ich auf ein Geräusch von oben, aber es war nichts zu hören, kein spitzer Schrei, und Elle kam auch nicht die Treppe heruntergeschossen, um sofort wieder zurück ins Wohnheim zu fahren.

Als ich die Küche betrat, verging mir meine gute Laune mit einem Schlag. Landon stand an der Kücheninsel, die Ärmel seines weißen Hemds bis zu den Ellbogen hochgekrempelt. Eine einzige Locke fiel ihm in die Stirn, ansonsten sah er gekämmt und geschniegelt aus wie immer. Unsere Haarfarbe war unsere einzige Gemeinsamkeit, davon abgesehen könnten mein großer Bruder und ich kaum unterschiedlicher sein. Er war schon immer der Intellektuelle und der Realist in der Familie gewesen, ich der Sportler und – ihm zufolge – der Träumer. Er hatte Moms braune Augen geerbt, kam ansonsten aber nach Dad, während ich DeeDee zufolge unserem Großvater ähnelte, an den ich mich leider nicht mehr erinnern konnte. Er war gestorben, als ich gerade mal fünf Jahre alt gewesen war.

Als Landon mich bemerkte, sah er auf, musterte mich kurz von oben bis unten und runzelte die Stirn. »Du bist spät dran.«

»Freut mich auch, dich wiederzusehen, Land«, antwortete ich trocken und ging zur Arbeitsfläche hinüber, wo offene Packungen und halb angeschnittene Zutaten darauf warteten, zu einer Mahlzeit verarbeitet zu werden. »DeeDee hat schon angefangen?«

Er gab einen undefinierbaren Laut von sich. »Du kennst sie doch.«

Allerdings. Und es war gut, dass mein Bruder und ich jetzt da waren, um das Kochen zu übernehmen. So gern ich DeeDee auch hatte, in der Küche war sie eine Katastrophe.

Ich zog meine Lederjacke aus und legte sie über einen Stuhl, dann wusch ich mir die Hände in der Spüle und machte mich daran, die bereits geschälten Zwiebeln zu zerkleinern.

Keiner von uns sagte ein Wort, dabei war es fast ein Jahr her, seit wir uns das letzte Mal gesehen hatten. Je mehr Zeit verging, desto erdrückender wurde die Stille in der Küche. Sie wurde nur durch das gleichmäßige Schaben, Schneiden und Stampfen unterbrochen, während wir versuchten, aus Dee-Dees Handschrift in ihrem Rezeptbuch schlau zu werden.

Ein helles Lachen unterbrach die Stille, dann folgten Schritte auf der Treppe und DeeDee betrat die Küche mit Elle im Schlepptau. Die wirkte kein bisschen verschreckt. Ihre Augen leuchteten vielmehr, und sie trug ein orangerotes Tuch um den Hals, das seltsam glitzerte.

»Was ist das?« Mit dem Messer in der Hand deutete ich auf sie.

»Das?« Elle zupfte an dem Tuch. »Ein Geschenk. Deine Großtante hat darauf bestanden, dass ich mehr Farbe trage.«

333

»Tante«, korrigierte DeeDee sie und strich sich dabei mit den Fingern über die Wange, als wollte sie sichergehen, dass ihr diese Bezeichnung keine Falten eingebracht hatte.

»Richtig. Entschuldigung.« Elle lächelte, dann wandte sie sich an meinen Bruder und hielt ihm die Hand hin. »Du musst Landon sein. Ich bin Elle. Schön, dass wir uns endlich kennenlernen.«

Landon wischte sich die Finger an einem Küchentuch ab, dann schüttelte er Elles Hand. »Freut mich.« Nach einem kurzen Blick in meine Richtung fügte er hinzu: »Ich wusste gar nicht, dass Luke einen Gast mitbringt.«

Die unausgesprochene Frage war nicht zu überhören.

»Davon habe ich dir doch am Telefon erzählt, mein Junge.« DeeDee wanderte zwischen uns hin und her, schnüffelte an einer offenen Packung und stocherte mit einer Gabel in den halb gekochten Kartoffeln herum. »Endlich bringt Luke mal ein Mädchen mit!«

Im Ernst?

Obwohl ich mich mit aller Macht dagegen wehrte, brannten meine Wangen. Ich wagte einen kurzen Blick in Elles Richtung. Sie konnte sich das Lachen gerade so verkneifen.

»Ich bin dein erstes Mädchen hier? Wirklich?«

Ich verdrehte die Augen. Als ob das von Bedeutung wäre.

»Du bist meine beste Freundin«, brummte ich und zerkleinerte die letzte Zwiebel mit mehr Gewalt als nötig.

DeeDee blieb mitten in der Küche stehen. »Ich kann mich nicht daran erinnern, dass du jemals ein Mädchen als besten Freund hattest.«

Elle prustete neben mir. »Ganz schön viele erste Male heute.«

Ich warf ihr einen vernichtenden Blick zu, was sie nur noch breiter grinsen ließ. Für meinen Geschmack genoss sie das hier ein bisschen zu sehr.

334

DeeDee nickte begeistert. »Deswegen bin ich so froh, dass du bei uns bist.« Sie legte Elle den Arm um die Schultern, als würden sie sich schon seit Jahren kennen, dann sah sie zu Landon. »Wo steckt eigentlich Beatrice?«

»Sie muss noch arbeiten«, erwiderte er, und ich meinte, ein unterdrücktes Seufzen zu hören.

»Aber es ist Thanksgiving …«

»Nur weil wir einen Feiertag haben, heißt das nicht, dass unsere Fälle auch Urlaub nehmen.« Landon ging zum Herd hinüber und schaltete ihn ein. »Sie kommt morgen zum Essen.«

Manchmal hätte ich ihm für seine Ignoranz gerne eine reingeschlagen. Landon stand mit dem Rücken zu uns und bemerkte daher nicht mal, wie DeeDees Euphorie in sich zusammenfiel. Es war nur ein kurzer Moment, dann straffte sie die Schultern und lächelte wieder. Aber ich hatte die Veränderung wahrgenommen, genau wie Elle.

»Komm«, sagte DeeDee zu Elle und hakte sich bei ihr unter. »Lassen wir die Jungs kochen. Ich will dir etwas zeigen.«

»Noch mehr Papageien?«

»Ja, aber die sind in der Bibliothek und bewachen die Bücher vor jedem Eindringling.«

»Es gibt hier eine Bibliothek?« Elle klang gleichzeitig überrascht und begeistert.

Amüsiert schaute ich den beiden nach, bis Landon und ich wieder allein waren. Es lag mir auf der Zunge, ihn darauf hinzuweisen, dass DeeDee ihn und seine Freundin gerne öfter und länger sehen würde – aber was für ein Heuchler wäre ich dann? Ich kam ja selbst viel zu selten zu Besuch, und den November vermied ich ganz. Dieses Jahr war ich nur Elle zuliebe hier. Und ein wenig auch, damit ich nicht mehr die unterdrückte Traurigkeit in DeeDees Stimme hören musste, wenn ich wie jedes Jahr das Thanksgivingdinner absagte.

335

»Sie scheint nett zu sein«, stellte Landon nach einer Weile fest.

»Ist sie auch«, murmelte ich und warf das Gemüse in eine Pfanne.

»Ihr seid nicht zusammen, oder?«

Stirnrunzelnd starrte ich auf die brutzelnden Zwiebeln hinab. »Seit wann interessierst du dich für mein Liebesleben?«

Landon antwortete nicht, aber ich bemerkte, wie er die Lippen aufeinanderpresste, und unterdrückte ein Seufzen. So war es zwischen uns seit dem Tag, an dem Mom gestorben war. Als wäre sie unser aller Fixpunkt gewesen, und ohne sie waren wir keine Familie mehr, sondern nur noch einzelne Teile, die durch den Faden einer tragischen Geschichte miteinander verbunden waren, sonst aber nichts gemeinsam hatten. Und wie es aussah, würde sich daran auch in Zukunft nichts ändern.

Schweigend arbeiteten wir weiter, äußerlich aufeinander eingespielt, weil es nicht das erste Essen war, das wir miteinander kochten, aber innerlich meilenweit voneinander entfernt.

Nachdem wir alles vorbereitet hatten, was sich bis morgen Abend halten sollte, suchte ich nach Elle und DeeDee und fand sie im Wohnzimmer. Das Feuer knisterte im Kamin und warf lange Schatten an die Wände. Elle hatte es sich auf dem alten Ledersessel gemütlich gemacht, eine Decke auf den Knien und ein Buch in der Hand. Ich neigte den Kopf etwas zur Seite, um zu erkennen, was sie da las, und musste prompt lächeln. *Die unendliche Geschichte.* Dieses Buch hatte ich als Kind geliebt.

DeeDee saß auf dem geblümten Sofa, umringt von Stoffmustern in diversen Größen, und hatte ein riesiges Papier auf dem Couchtisch ausgebreitet, auf dem sie ein Schnittmuster aufmalte. Sie hatte ihre Leidenschaft schon früh zum Beruf gemacht. Lange bevor Landon und ich hier gewohnt hatten, waren Menschen aus dem ganzen Bundesstaat und teils sogar darüber hinaus extra hergefahren, um sich von DeeDee etwas anfertigen zu lassen. Bis heute war ich ihr unendlich dankbar dafür, dass sie kein einziges Mal darauf bestanden hatte, dass mein Bruder und ich irgendetwas von ihren Sachen tragen mussten. Die Schulzeit wäre die Hölle gewesen.

Elle bemerkte mich als Erste. Sie hob den Kopf und lächelte mir entgegen. »Schon fertig, du Meisterkoch?«

»Wir haben gerade erst angefangen.« Ich streckte mich und ließ den Kopf kreisen, bis mein Nacken knackte. »Aber für heute sind wir fertig. Landon ist nach oben gegangen, um mit Trish zu telefonieren«, fügte ich an DeeDee gewandt hinzu.

Sie hielt in ihren Zeichnungen inne und richtete sich auf. »Gut. Möchtest du einen Tee, mein Junge?«

Ich musste nicht an ihrer Tasse riechen, um zu wissen, dass ihr sogenannter *Tee* mehr Rum als Wasser enthielt, also schüttelte ich den Kopf. »Aber ich nehme gern etwas davon«, sagte ich und trank einen Schluck von dem Energydrink, der ebenfalls auf dem Tisch stand.

Elle zog die Nase kraus. »Jetzt weiß ich, wo deine Liebe zu Energydrinks herkommt.«

»Ja, und eines Tages werde ich deswegen draufgehen.« Ich schnaubte. »Du klingst schon wie Tate.«

»Und sie hat recht.«

Mit der Dose in der Hand deutete ich auf sie. »Tu nicht so unschuldig. Du trinkst das Zeug auch.«

»Aber nicht in solchen Massen wie du, Mason und Dylan.«

Ich bemerkte aus dem Augenwinkel, wie DeeDee uns mit einem amüsierten Gesichtsausdruck beobachtete. »Manche Menschen brauchen eben mehr Energie als andere.«

Elle tat, als würde sie husten, obwohl es mehr wie ein Würgen klang. »Und damit meinst du natürlich nur den Sport.«

337

»Natürlich«, bestätigte ich grinsend.

Sie schüttelte den Kopf. Es sollte tadelnd wirken, aber ihr Lächeln machte den Effekt zunichte.

Wir blieben noch rund eine Stunde bei DeeDee im Wohnzimmer sitzen, erzählten ihr vom College und ließen uns von ihr während des Essens mit den verrücktesten Geschichten unterhalten. Zwischendrin kam Landon dazu, verabschiedete sich nach dem späten Abendessen aber wieder, um ins Bett zu gehen. Auch Elle fielen immer öfter die Augen zu, bis ich das Trauerspiel nicht länger mit ansehen konnte und aufstand.

»Na komm«, sagte ich zu ihr. »Ich zeige dir, wo dein Zimmer ist.«

Sie lächelte dankbar und stand auf. »Danke für den Tee, DeeDee. Schlaf gut.«

»Du auch, Liebes. Du auch.«

Elle ging voraus. An der Tür drehte ich mich noch einmal zu DeeDee um, gerade rechtzeitig, um ihre zufriedene Miene zu bemerken. »Gute Nacht.«

»Gute Nacht, Lucas.«

Es passierte selten, dass sie mich bei meinem vollen Namen nannte. Und wenn es geschah, versetzte es mir gleichermaßen einen Stich in die Brust und sorgte für eine tiefe Wärme, die sich an derselben Stelle ausbreitete. Mom war die Einzige gewesen, die mich so genannt hatte. Nicht, um mich auszuschimpfen, sondern in diesem liebevollen Tonfall, als wäre ich das Wichtigste auf der Welt für sie und sie würde alles tun, um mich zu beschützen. Doch im entscheidenden Moment hätte ich sie vor mir selbst beschützen müssen. Aber das hatte ich nicht getan.

Ich brachte Elle in ihr Zimmer, das mittlerweile von einer angenehmen Wärme erfüllt war. Die Heizung gluckerte vor sich hin, das Bett war frisch bezogen, und auf der Tagesdecke lagen zwei Handtücher und eine Seife in Blumenform, die DeeDee dort drapiert hatte.

Ich deutete auf die antike kleine Uhr, die auf dem Nachttisch stand und laut tickte. »Wenn dich das stört, kann ich sie runterbringen.«

Elle schüttelte den Kopf. »Ich liebe es. Alles hier.« Sie machte eine Handbewegung, die das ganze Zimmer und auch mich einschloss. »Danke, dass du mich hergebracht hast.«

»Kein Problem.«

»Doch.« Ihre Augen waren so klar, so strahlend, dass es beinahe wehtat, sie anzuschauen. »Du hast gesehen, wie es bei meiner Familie ist. Aber das hier? Das ist ein richtiges Zuhause.«

Irgendwie brachte ich ein Lächeln zustande. »Ich bin froh, dass es dir gefällt.«

Das war ich wirklich. Bis zu diesem Moment hatte ich nicht einmal gemerkt, wie wichtig es mir war, dass Elle sich hier wohlfühlte. Dass DeeDee sie mochte und diese Zuneigung auf Gegenseitigkeit beruhte.

»Auf einer Skala von eins bis zehn, wie sehr hast du dich erschrocken, als du das Mausoleum mit den ganzen Papageien auf dem Dachboden gesehen hast?«

Sie lachte auf. »Ganz ehrlich?«

Ich nickte, gespannt auf ihre Antwort.

»Sieben.«

Ich stieß einen leisen Pfiff aus. »Und du bist nicht schreiend weggelaufen, als dich fünfzig tote Augenpaare angestarrt haben?«

»Nein, aber ich war kurz davor. Doch dann habe ich gemerkt, wie begeistert deine Tante davon ist und wie sehr sie an ihrer Sammlung hängt. Ich konnte sie unmöglich so vor den Kopf stoßen, also bin ich geblieben und habe mir von ihr eine

339

Tour geben lassen. Wusstest du, dass sie einen kleinen blauen Ara hat? Rocco. Diese Art ist vom Aussterben bedroht.«

Ich wollte lachen, aber aus irgendeinem Grund blieb es mir in der Kehle stecken. »Weißt du das durch irgendeinen Artikel, für den du recherchiert hast …?«

»DeeDee hat es mir erzählt.«

»Und du hast ihr zugehört …«

Irritiert runzelte sie die Stirn. »Natürlich habe ich das.«

Die meisten Leute taten das, was DeeDee zu sagen hatte, als Geschwätz ab, hielten sie im besten Fall für exzentrisch und im schlechtesten für verrückt. DeeDee wusste das, störte sich aber nicht daran. Anders als ich. Ich hasste es, wenn jemand sie mit diesem mitleidigen oder desinteressierten Ausdruck bedachte, als würde er sie nicht ernst nehmen können, nur weil sie ein klein wenig anders war. Ich hatte es schon so oft erlebt. Bei Lehrern aus der Highschool. Bei Freunden, die Landon und ich mit nach Hause gebracht hatten, und bei deren Eltern. Sogar bei unseren Nachbarn, auch wenn die nächsten ein paar Meilen entfernt lebten.

Aber nicht bei Elle. Sie kam nicht nur mit DeeDees Eigenheiten klar, sie hieß sie mit offenen Armen willkommen. Etwas zog sich in meinem Brustkorb zusammen, verschob sich, rückte an eine andere Stelle.

»Wenn du etwas brauchst …« Ich deutete hinter mich in Richtung Tür. »Mein Zimmer ist am anderen Ende des Flurs auf der linken Seite. Klopf nicht rechts an, außer du willst zu Landon.«

Sie lächelte. »Verstanden.«

Ich ging langsam rückwärts, ohne sie aus den Augen zu lassen. »Gute Nacht, Elle.«

»Gute Nacht, Luke.«

Ich zog die Tür hinter mir zu und lehnte mich für einen Moment dagegen. Mein Herz hämmerte wie wild, aber in meinem Kopf war es seltsam ruhig. Diese Wirkung hatte nur Elle auf mich, und sie hielt auch dann noch an, als ich mich nach einer schnellen Dusche ins Bett legte und die Augen schloss.

Absolute und entspannende Ruhe.

Kapitel 19

Luke

Ich wachte mit den ersten Sonnenstrahlen auf, die ins Zimmer fielen und tastete nach meinem Handy auf dem Nachttisch. Fast halb acht. Noch bevor ich einen klaren Gedanken fassen konnte, hörte ich ein Rumoren unten im Haus. Natürlich. DeeDee war eine Frühaufsteherin, und je älter sie wurde, desto früher stand sie auf. Ich hatte sie schon um vier oder fünf Uhr morgens in der Küche einen Kaffee trinkend angetroffen, wenn ich gerade erst heimgekommen war. Meistens hatte ich mich dann noch für eine Weile zu ihr gesetzt, und wir hatten über die letzte Nacht oder tausend andere Dinge gesprochen.

Ächzend rollte ich mich aus dem Bett und rieb mir den Schlaf aus den Augen, dann zog ich meine Sportsachen und die Laufschuhe an und verließ das Haus. Der Novembermorgen war eisig. Mein Atem kondensierte und eine Gänsehaut breitete sich sofort auf meinem ganzen Körper aus. Ich lief weiter und schlug automatisch die Route ein, die ich früher jeden Tag vor der Schule gelaufen war. Fünf Meilen einen gewundenen Pfad entlang durch den Wald. Und wie so oft hatte ich auch an diesem Morgen das Gefühl, bis auf ein paar erschrockene Tiere ganz allein hier draußen zu sein.

Als ich zurückkehrte, war ich verschwitzt und energiegeladen. Die Wärme im Haus war wie eine Wand, gegen die ich lief, aber es war eine willkommene Wärme, genau wie die der kurzen Dusche. Ich zog mich um und ging wieder nach unten.

»Morgen«, rief ich, als ich die Küche betrat.

DeeDee stand schon am Herd und brutzelte etwas zusammen, das mit Sicherheit nicht so verkohlt sein sollte wie es gerade aussah. Sie winkte mir mit dem Pfannenwender zu, während Landon nur etwas brummte. Er saß in der Frühstücksecke, eine dampfende Tasse vor sich, die Zeitung in der Hand, die Stirn gerunzelt. In diesem Moment ähnelte er Trevor, nur war mein Mitbewohner kein solcher Morgenmuffel wie mein Bruder. Oder meine beste Freundin.

Ich goss den Kaffee für Elle in eine extragroße Tasse, gab einen Schuss Milch und mehrere Löffel Zucker hinein. Wie sie das Zeug so trinken konnte, entzog sich meinem Verständnis. Aber hey, was tat man nicht alles für seine Freunde.

»Ach, Luke?« DeeDee drehte sich mit dem Pfannenwender in der Hand zu mir um. Hinter ihr stieg bereits Rauch aus der Pfanne auf. »Kannst du etwas Holz reinholen?«

Ich war schon bei der Tür und umrundete das Haus in großen Schritten. DeeDee lagerte das Brennholz in einem kleinen Schuppen auf dem Grundstück. Ich stapelte so viele Holzscheite auf meine Arme, wie ich tragen konnte, und beeilte mich, schnell wieder reinzukommen, weil es gefühlt noch kälter geworden war. Ein Frösteln wanderte durch meinen Körper, als ich wieder reinkam und den Stapel neben dem Kamin im Wohnzimmer ablegte, in dem das Feuer bereits knisterte.

Zurück in der Küche schnappte ich mir die zwei Tassen und machte mich damit auf den Weg nach oben. Anklopfen kam nicht infrage, da ich die Hände voll hatte, also drückte ich die Tür mit dem Ellbogen auf. Natürlich schlief Elle noch, obwohl auch hier die Sonne ins Zimmer schien, da Elle vergessen hatte, abends die Vorhänge zuzuziehen. Jetzt hatte sie die dicke Bettdecke so weit hochgezogen, dass nur noch ihr blondes Haar zu sehen war.

»Aufwachen, Sonnenschein.« Ich stellte die Tassen auf den Nachttisch und setzte mich auf die Bettkante. Behutsam legte ich die Hand auf das, was ich für ihre Schulter hielt. So genau war das unter dem Deckenberg nicht auszumachen. Elle musste kalt gewesen sein, nur das erklärte die Tagesdecke, unter die sie sich ebenfalls gekuschelt hatte.

»Elle …«

Keine Antwort.

»Wenn du nicht aufwachst, nehme ich deinen Kaffee wieder mit.«

Noch immer keine Reaktion. Elle zu wecken war eine Kunst für sich. Nicht mal Tate hatte bisher den richtigen Weg gefunden, dabei wohnten die beiden schon seit dem ersten Semester zusammen.

Ich lehnte mich vor, bis meine Lippen fast ihr Haar berührten. »Zwing mich nicht dazu, gemein zu werden, nur um dich aus dem Bett zu kriegen.«

Ihr frischer, blumiger Duft kroch mir in die Nase, und ich ertappte mich dabei, wie ich tief einatmete. Kopfschüttelnd richtete ich mich wieder auf.

»Na gut, du wollest es nicht anders. Ich hab dich gewarnt.« Kurzerhand hob ich die Decken an und schlüpfte darunter.

Wärme umfing mich, zusammen mit noch mehr von Elles Geruch, so viel, dass ich unwillkürlich erstarrte. Mein Plan war es gewesen, mich mit meinem durchgefrorenen Körper an sie zu schmiegen und sie mit einem Kälteschock zu wecken, doch jetzt lag ich mit hämmerndem Herzen hinter ihr und konnte mich nicht rühren.

Aber Elle bewegte sich. Als würde sie meine Anwesenheit spüren, rutschte sie näher, bis ihr Rücken und Hintern sich gegen mich pressten und ich ein Stöhnen unterdrücken musste.

Nur einen Moment. Ich würde mir einen winzigen Moment gönnen, um das hier zu genießen, dann würde ich endlich dafür sorgen, dass Elle aufwachte. So tief konnte doch kein Mensch schlafen. Aber es erlaubte mir, noch etwas näher zu rücken, bis kein bisschen Platz mehr zwischen Elles warmem, weichen Körper und meinem war. Ich legte die Hand an ihre Hüfte und wäre fast zusammengezuckt, als ich nackte Haut berührte. Sie hatte etwas an, das hatte ich gesehen, als ich die Decke angehoben hatte, aber es musste hochgerutscht sein. Jetzt ihre Haut zu berühren, hatte eine ebenso berauschende Wirkung auf mich wie ihr Duft. Frühling, obwohl sich draußen der erste Frost über die Welt gelegt hatte.

»Wach auf«, murmelte ich und streifte dabei mit den Lippen ihren Nacken. »Tu uns beiden das nicht an, Schätzchen.«

Wobei es in meinem Fall bereits zu spät sein dürfte, denn meinen Schwanz ließ ihre Nähe ganz und gar nicht kalt. Er presste gegen den Stoff meiner Shorts und damit etwas mehr gegen Elles fantastischen Hintern.

Gott, das hier war so falsch. Absolut falsch. Trotzdem konnte ich mich jetzt nicht von ihr lösen, erst recht nicht, als Elle endlich ein Lebenszeichen von sich gab. Sie bekam eine Gänsehaut und seufzte leise. Ein genießerischer Laut, der mich direkt in die Hölle beförderte, weil er mich noch härter werden ließ.

Ich wusste nicht, ob es daran lag, dass Elle ihren Hintern gegen meine Erektion drückte oder ob meine Hand von allein verrutscht war, aber plötzlich lag sie nicht mehr an ihrer Hüfte, sondern auf ihrem Bauch. Unter meinen Fingern spürte ich den glatten Stoff ihres Slips und darüber noch mehr warme, weiche Haut.

Das hier war eine völlig neue Situation für mich. Nicht nur dieser Morgen danach, der keiner war, sondern auch dieses langsame Vorgehen. Ich war es nicht gewohnt, einem Mädchen so nahe zu sein und sie nur zu streicheln und zu liebkosen, weil es bislang immer nur um Sex gegangen war. Eine rein körperliche Sache, ein Trieb, den es zu befriedigen, einen Hunger, den es zu stillen galt. All das tobte auch jetzt in mir, aber ich gab der Versuchung nicht nach. Denn Elle weckte noch ein ganz anderes Verlangen in mir, als nur uns beiden Erleichterung zu verschaffen. Ich wollte *ihr* Lust verschaffen.

Probehalber strich ich über den Bund ihres Slips, wieder und wieder, mit langsamen, federleichten Berührungen, während mir selbst von Sekunde zu Sekunde wärmer wurde. Ich würde nicht weitergehen, als Elle es zuließ, und sobald wir dieses Bett verließen, würden wir ohnehin so tun, als wäre das hier nie geschehen. Obwohl ich mir eingestehen musste, dass ich mit jedem Kuss und jeder Berührung mehr wollte, süchtiger wurde nach Elles Geschmack und dem Gefühl ihrer Haut unter meinen Händen. Wir bewegten uns auf verdammt dünnem Eis, aber auch wenn ein Teil von mir das ganz genau wusste und immer panischere Alarmsignale sendete, konnte ich einfach nicht aufhören …

Ich spürte den Moment, in dem Elle richtig aufwachte. Mit einem Mal spannte sie sich an, als wäre sie aus einem Traum hochgeschreckt. Sekundenlang hielt ich den Atem an, wartete ab, was sie jetzt tun, wie sie reagieren würde. Nach und nach entspannte sie sich wieder, als hätte sie erkannt, wessen Hand so tief über ihren Bauch strich, dass es über alle Grenzen der Freundschaft hinausging.

Ich rechnete damit, dass sie sich von mir lösen oder mich wegschieben würde, hoffte darauf, dass sie die Vernünftigere von uns beiden war, obwohl sie gerade erst aufgewacht war.

346

Denn meine Selbstbeherrschung bröckelte mit jeder Sekunde, die ich so hinter ihr lag. Es war schon schwer genug gewesen, mich an ihrem Geburtstag in diesem Club zurückzuhalten, aber hier und jetzt schien das unmöglich zu sein. Ich lehnte mich ein Stück vor, inhalierte Elles Duft und strich mit dem Mund über ihren Hals. Langsam. Fragend. Bittend.

Sie reagierte mit einem Schauer und einer Gänsehaut, die ich unter meinen Lippen spüren konnte. Ich wollte mich aufsetzen, mich zurückziehen, doch dann legte sie ihre Hand auf meine und hielt sie fest.

Langsam hob ich den Kopf und sah auf sie hinunter. Sie hatte die Augen noch immer geschlossen, nickte aber. Diese winzige Bewegung und ihre immense Bedeutung reichten aus, dass ich noch härter wurde. Meine Kehle war staubtrocken, als ich nach dem Bund von Elles Slip tastete und ihr Gesicht dabei genau im Blick behielt. Aber weder schüttelte sie den Kopf noch stieß sie meine Hand beiseite und sprang auf, als meine Finger unter den dünnen Stoff schlüpften. Mit der absoluten Gewissheit, dass das hier eine einmalige Sache war, die genauso wenig zählte wie jeder einzelne Kuss zuvor, schob ich meine Finger tiefer, bis sie auf die feuchte Wärme zwischen ihren Schenkeln trafen.

Wir stöhnten gleichzeitig auf. Ich vergrub mein Gesicht an ihrem Hals, den Mund fest auf ihre Haut gepresst, während ich Elles intimste Region erkundete. Diese Art von Nähe war komplettes Neuland für mich, zumindest wenn es darum ging, der Frau an meiner Seite Befriedigung zu verschaffen, und mich selbst dabei völlig zurückzunehmen. Die plötzliche Nervosität ließ mich in meinen Bewegungen innehalten. Doch bevor ich auch nur einen einzigen klaren Gedanken fassen konnte, legte Elle ihre Hand auf meine und lenkte meine Finger an die richtige Stelle. Sie keuchte im gleichen Moment auf, in dem ich ihr in den Hals biss. Fuck, das war das Erotischste, was ich je erlebt hatte – und ich hatte eine Menge erlebt. Dennoch raubte mir diese kleine Geste, dieses selbstbewusste Handeln, mit dem sie mir klar und deutlich zeigte, was und wie sie es von mir wollte, schier den Verstand.

Mit gleichmäßigen Bewegungen und weiteren Küssen auf ihren Hals brachte ich Elle dazu, das Gesicht im Kopfkissen zu vergraben, um ihr Stöhnen zu unterdrücken. Ihre Atmung ging schnell und schwer, genau wie meine. Instinktiv rieb ich mich an ihr, ohne meine Hand auch nur eine Sekunde lang ruhen zu lassen.

Elles Finger verkrampften sich im Bettlaken, ihre Hüften zuckten unter meinen Berührungen, kamen mir entgegen, forderten mich auf, weiterzumachen, ihr mehr zu geben. Irgendwann zwischen der ersten Liebkosung und Elles Stöhnen hatte sich mein Verstand ausgeklinkt. Nicht einmal die Tatsache, dass wir nicht allein in diesem Haus waren, spielte jetzt noch eine Rolle.

Ich ließ einen Finger in sie hineingleiten, während ich weitere heiße Küsse auf ihrem Hals und ihrer Schulter verteilte und sie immer wieder auch meine Zunge spüren ließ. Elle stöhnte erstickt, und ich glaubte, sie meinen Namen keuchen zu hören. Ich lächelte an ihrer Haut und beschleunigte meine Bewegungen, bis Elles Muskeln sich zusammenzogen und ihr Körper sich für eine atemlose Sekunde anspannte. Einen Wimpernschlag später rollte die Erlösung über sie hinweg. Ich hob den Kopf und beobachtete jede ihrer Regungen. Elle so zu sehen, raubte mir den Atem. Es wäre gelogen gewesen, zu behaupten, ich hätte mir eine Situation wie diese hier nie vorgestellt oder davon geträumt – aber sie tatsächlich zu erleben? *Fuck.* Das übertraf jeden noch so heißen Traum.

Nur langsam normalisierte sich Elles Atmung wieder. Meine Hand lag jetzt flach auf ihrem Bauch, hob und senkte sich mit jedem ihrer Atemzüge.

Bevor sie etwas tun oder sagen konnte, beugte ich mich zu ihr hinunter und gab ihr einen Kuss auf die Wange. »So kriegt man dich also wach.«

Ich rechnete mit einer gemurmelten Antwort, Schweigen, möglicherweise sogar einer angespannten Stille, aber Elle … lachte? Wieder vergrub sie das Gesicht im Kissen, diesmal jedoch nicht, um ihr Stöhnen zu dämpfen, sondern weil sie so sehr lachte, dass ich mir ernsthafte Sorgen um sie zu machen begann.

Ich lehnte mich über sie. »Ich kann mich nicht daran erinnern, dass du letztes Mal so gelacht hast, nachdem du gekommen bist.«

Das brachte sie nur dazu, noch heftiger zu lachen, bis sie fast so klang, als würde sie gleich ersticken. Als sie sich endlich etwas fing, schob sie mich von sich und rollte sich auf den Rücken. Mit den Fingerspitzen wischte sie sich die Lachtränen aus dem Gesicht. »Oh Gott …«

»Dir auch einen guten Morgen.«

Glucksend suchte sie meinen Blick. Von Müdigkeit keine Spur, dafür strahlten ihre Augen so sehr, dass sich etwas in meinem Bauch zusammenzog. Ihre Wangen waren gerötet und als sie sich jetzt auf die Lippe biss, sah ich automatisch auf ihren Mund.

Elle so zu sehen, gerade erst aufgewacht, mit zerzausten Haaren, glänzenden Augen und diesem zufriedenen Lächeln, kurz nachdem ich sie zum Höhepunkt gebracht hatte, war zu viel für mich. Ganz besonders, da meine Hose noch immer so verflucht eng war und ich nichts mehr wollte, als mich in ihr zu vergraben.

Aber keiner von uns rührte sich. Ich wollte etwas sagen, *musste* etwas sagen, um diesen Moment zwischen uns zu beenden, bevor es zu spät war, aber ich brachte kein Wort hervor.

Etwas veränderte sich in Elles Blick, wurde intensiver, und auch ihr Lächeln verschwand langsam wieder. Ohne nachzudenken legte ich ihr die Hand an die Wange und zog mit dem Daumen ihre Unterlippe nach. Sie glänzte und schien darum zu betteln, von mir geküsst zu werden.

Ich wollte es. Das war das Erschreckende daran. Ich wollte mich zu ihr hinunterbeugen und sie küssen, mit den Lippen über ihre streichen, ihren Mund erkunden und nie mehr damit aufhören.

Ich verlagerte mein Gewicht, kurz davor, es zu tun und meine Gedanken in die Tat umzusetzen. In diesem Moment ertönte ein Scheppern von unten, dann piepste es so laut und penetrant, dass es uns beide aus diesem tranceartigen Zustand riss.

Elle sah mich verwirrt an. »Was …?«, begann sie.

Ich ließ mich neben sie in die Kissen fallen, so schwer atmend wie nach einem Rennen, obwohl ich keinen einzigen Meter gelaufen war.

»Der Rauchmelder.«

Anscheinend hatte DeeDee es etwas zu gut mit dem Bacon zum Frühstück gemeint.

Mit Daumen und Zeigefinger rieb ich mir über die Augen, dann zwang ich mich dazu, aufzustehen. Ich sprang regelrecht aus dem Bett, ehe Elle etwas sagen oder tun konnte, das mich noch mal so den Verstand verlieren ließ.

»Ich gehe duschen.«

Nochmal, aber diesmal eiskalt. Das hatte ich jetzt bitter nötig.

Den restlichen Vormittag über sah ich kaum etwas von Elle – und vielleicht war das ganz gut so, nach dem, was da heute Morgen in ihrem Zimmer passiert war. Mein Körper hatte sich nach der kalten Dusche wieder beruhigt, aber der Schock saß mir noch immer in den Gliedern. Nicht darüber, dass ich mich so zu dieser Frau hingezogen fühlte, denn das war nichts Neues. Die Tatsache, dass sie mich alles andere vergessen lassen konnte, dagegen schon. So etwas war mir noch nie passiert, nicht mal, wenn ich betrunken mit einem Mädchen rummachte. Und inzwischen hatte ich in ihrer Nähe nicht nur mein Training vergessen, sondern auch meine Familie, die im selben Haus war.

»Luke!«

Ich riss den Kopf hoch, als jemand meinen Arm packte. Stirnrunzelnd sah ich von Landon zu seiner Hand an meinem Arm und dann zu dem Schneidebrett. Die Kürbisstücke waren schon klein geschnitten und als Nächstes wären meine Finger dran gewesen. *Verdammt.*

»Danke«, brummte ich und legte das Messer beiseite. Auch wenn DeeDee nicht kochen konnte und uns vor wenigen Stunden Rührei mit verkohltem Speck zum Frühstück serviert hatte, war ihre Küche bestens ausgestattet. Dafür hatten mein Bruder und ich gesorgt. Und die Messer hier waren verflucht scharf. Hätte er mich nicht aufgehalten, hätte Thanksgiving für mich in der Notaufnahme geendet, wo sie meinen Finger wieder annähten.

»Alles klar?« Neben mir bereitete Landon die Füllung für den Truthahn zu, während ich mich um den Pumpkin Pie kümmerte.

»Jepp«, murmelte ich nur, denn mein großer Bruder gehörte nicht gerade zu den Menschen, denen ich mein Herz ausschütten wollte. »Wann kommt Trish?«, fragte ich, nur um das Thema zu wechseln.

Landon warf einen Blick auf die Wanduhr über der Frühstücksecke. Inzwischen war es fast Mittag, und aus dem Fernseher im Wohnzimmer schallte noch immer Macy's Parade. DeeDee und Elle hatten bei den Vorbereitungen helfen wollen, aber wir hatten die beiden einvernehmlich verscheucht. Auch wenn wir sonst nichts mehr miteinander gemeinsam hatten, waren Landon und ich nach wie vor ein eingespieltes Team in der Küche – und jede weitere Person störte dabei nur, vor allem wenn sie so wenig Talent mitbrachte wie Elle oder DeeDee.

»Sie wollte spätestens gegen sechs hier sein«, antwortete er und widmete sich wieder der Füllung.

Ich nickte. Die beiden waren schon so lange zusammen, dass ich mich kaum noch an eine Zeit erinnern konnte, in der Trish nicht dabei gewesen war. Wie Landon hatte sie Jura studiert, war gerade erst damit fertig geworden und arbeitete jetzt in einer Kanzlei. Ich wusste nicht mal, ob es dieselbe war wie die, in der Landon Tag und Nacht schuftete, fragte aber auch nicht danach.

Wir arbeiteten schweigend weiter. Seite an Seite, aber in Gedanken war ich weit weg. Ich zwang mich dazu, mich auf das Hier und Jetzt zu konzentrieren, aber während ich mich davon ablenken wollte, was heute Morgen in Elles Bett passiert war, blitzten andere Erinnerungen in meinem Kopf auf, die ich sonst immer verdrängte.

Moms helles Lachen. Ein gemeinsamer Spieleabend, bei dem Landon und ich uns gegen unsere Eltern verbündeten und die zwei gnadenlos abzogen. Eine stürmische Umarmung im Flur, wenn Dad nach Hause kam. Das Jubeln am Rande des Footballfelds. Der Tag, an dem Mom sich so lautstark mit dem Coach angelegt hatte, dass er seither jeder Begegnung mit ihr aus dem Weg ging.

Scheiße. Blinzelnd riss ich mich aus meinen Erinnerungen und zwang sie in den hintersten Winkel meines Bewusstseins zurück. Ich hatte keine Zeit, um sentimental zu sein, sondern hatte eine Aufgabe. Umrühren. Zutaten untermischen. Den Pie in den Ofen schieben und hoffen, dass etwas daraus wurde.

Aus dem Wohnzimmer waren tosender Jubel und Applaus zu hören. Kurz darauf erschien Elle in der Küche, ein leeres Glas in der Hand.

»Ihr verpasst gerade ein tolles Spiel, Jungs.«

Ich warf ihr ein kurzes Lächeln zu, dann deutete ich mit dem Kopf auf meinen Bruder. »Land interessiert sich nicht für Football.«

Elle hielt mitten in der Bewegung inne, die Hand noch an der Kühlschranktür. Ihre Augen waren riesig. »Du interessierst dich nicht für Football? Was ist denn bei dir schiefgelaufen?«

Stille.

Elle lief knallrot an, während ich nur mit Mühe mein Grinsen unterdrücken konnte. Das war das Mädchen, das ich kannte. Sie holte schon Luft, wahrscheinlich, um sich zu entschuldigen oder sich zu erklären, aber Landon überraschte uns beide. Er lachte. Mein Bruder, Mister Stock-im-Arsch persönlich, lachte über etwas, das andere sicher als Beleidigung aufgefasst hätten.

Ich konnte ihn nur anstarren, während ich gleichzeitig ein schmerzhaftes Brennen in der Brust verspürte, weil er mich in diesem Moment so sehr an den Jungen erinnerte, den ich mal gekannt hatte. Der Junge, der er gewesen war, bevor Mom und Dad gestorben waren und er entschieden hatte, plötzlich erwachsen sein zu müssen.

»Keine Ahnung«, sagte er schließlich kopfschüttelnd. »Football und Sport im Allgemeinen waren immer Lukes Ding. Ich habe mich mehr für Bücher und fürs Lernen interessiert.«

»Du warst nicht der Einzige mit den Büchern«, erinnerte ich ihn.

»Stimmt«, erwiderte er. »Ich habe heute noch eine ganze Liste mit Büchern, die du dir mal ausgeliehen und nie zurückgegeben hast.«

Ich schnaubte nur und suchte die Zutaten für die Preiselbeersoße zusammen, die es zum Truthahn geben würde. Dee-Dee hatte vorgeschlagen, eine zu kaufen, aber das ging gegen jeden guten Geschmacksnerv in meinem Körper.

»Sicher, dass ihr keine Hilfe braucht?« Elle stellte die Colaflasche zurück in den Kühlschrank, nachdem sie sich etwas daraus eingegossen hatte. »Ich kann einen der ganzen Töpfe auf dem Herd umrühren oder irgendetwas kleinschnippeln.«

Ich warf ihr einen zweifelnden Blick zu. »Wann hast du das letzte Mal etwas kleingeschnippelt?«

»Hey! Das ist gar nicht lange her. Das war, als … als …«

»Ja …?«, köderte ich.

»Im Sommer. Da habe ich das Obst für … einen Smoothie geschnitten. Ha!« Sie zeigte mit dem Finger auf mich.

»Du meinst wohl eher das Obst für eure Cocktails.«

Sie schmälerte die Augen und funkelte mich an. »Wie du willst. Dann helfe ich euch eben nicht. Aber ich habe es zumindest angeboten.«

»Ist notiert«, murmelte ich schmunzelnd, während Elle schon aus der Küche rauschte.

Landon sah ihr belustigt nach. »Sie ist schon eine Nummer.«

Ich versteifte mich augenblicklich und warf meinem Bruder einen warnenden Blick zu.

»Damit will ich nur sagen, dass sie das erste Mädchen ist, das dir nicht sofort zu Füßen liegt«, erklärte er und holte den Truthahn aus dem Kühlschrank. Mit dem Ellbogen drückte er die Tür zu. »Ich kann verstehen, dass ihr so gut befreundet seid.«

354

Befreundet. Ja, damit hatten wir nie ein Problem gehabt. Alles, was darüber hinausging? Das könnte früher oder später zum Problem werden.

»Ihr seid gestern so spät angekommen«, wechselte er plötzlich das Thema. »Du warst wohl noch nicht auf dem …«

»Nein«, unterbrach ich ihn. Und ich würde auch nicht hinfahren. Ich war seit Dads Beerdigung nicht mehr dort gewesen und würde auch jetzt nicht hinfahren. Ich war der Letzte, der das Recht dazu hatte, ihre Gräber zu besuchen.

Landon hakte nicht weiter nach, und während ein Teil von mir ihn dafür hasste, dass er das Thema überhaupt angeschnitten hatte, war der andere erleichtert, dass er es ebenso schnell wieder fallen ließ.

Schweigen senkte sich wieder über die Küche, die einzigen Geräusche der Fernseher im Wohnzimmer, das Gluckern von kochendem Wasser und das dumpfe Klopfen von Metall auf Holz, wann immer wir etwas kleinschnitten.

Die Zeit verging gleichermaßen rasend schnell wie auch quälend langsam, und als wir endlich fertig waren, war es draußen schon dunkel. Ich streckte mich, bis meine Wirbelsäule knackte, und widersprach nicht, als DeeDee uns aus der Küche scheuchte, um das Chaos aufzuräumen, das wir dort veranstaltet hatten.

Ich duschte schnell, zog mich um und leistete Elle im Wohnzimmer Gesellschaft, da sie als Gast auch nicht beim Aufräumen oder Tischdecken helfen durfte. Wir sahen uns das nächste Footballspiel an, bis es an der Tür klingelte und Landon kurz darauf zusammen mit seiner Freundin das Zimmer betrat.

Begrüßungen wurden ausgetauscht, Beatrice umarmte erst DeeDee, dann mich und anschließend sogar Elle, obwohl die zwei sich erst vor einer Minute kennengelernt hatten. Aber so war Trish. Sie schloss jeden sofort ins Herz.

Kurze Zeit später saßen wir alle im Esszimmer am Tisch, DeeDee am Kopfende, Landon und ich zu ihren beiden Seiten und die Mädchen neben uns. Es überraschte mich nicht, dass Elle und Beatrice sofort einen Draht zueinander hatten. Was mich dagegen erstaunte, waren ihre Gesprächsthemen. Wie es aussah, hatte Landons Freundin im College auch viele Kurse im journalistischen und kreativen Schreiben belegt, weil sie noch zwischen Jura und Journalismus geschwankt hatte. Und Elle hatte tatsächlich Jura studieren wollen? Das war mir neu. Innerhalb kürzester Zeit redeten, lachten und scherzten Elle und Trish miteinander, als wären sie alte Freundinnen, die sich jahrelang nicht mehr gesehen hatten.

Landon schien es ebenfalls zu bemerken, und ich ertappte ihn immer wieder dabei, wie er lächelte, während er Beatrice dabei beobachtete, wie sie wild gestikulierte, um etwas zu erklären, oder lauthals über etwas lachte, das Elle gesagt hatte. Auch Elle schien sich zu amüsieren. Sie alberte mit uns allen herum, sogar mit meinem Bruder, dem sonst nur wenig ein Zucken in den Mundwinkeln entlocken konnte.

Ich kannte diese Seite von Elle, sah sie regelmäßig mit unseren Freunden und mit mir. Aber ich hatte sie nicht gesehen, als wir bei ihr zu Hause gewesen waren. Nicht mit ihren Eltern, nicht mit ihren Schwestern. Wenn überhaupt war sie nur in der Gegenwart ihrer alten Schulfreunde aufgeblitzt, nur um sofort von einem Kommentar ihrer Mutter erstickt zu werden.

Elle war wie ein wärmendes Feuer, und ich würde nie begreifen, warum ihre Familie diese Flamme löschen wollte. Sie war etwas Besonderes, und wer das nicht erkannte, war ein Idiot.

Als ich den Blick von ihr losriss, bemerkte ich den glücklichen Ausdruck auf DeeDees Gesicht. Sie nickte mir wohlwollend zu, ganz so, als wüsste sie mehr als ich. Fragend zog ich die Brauen hoch, aber sie erklärte sich nicht, sondern schüttete noch etwas mehr von den Preiselbeeren auf ihren Teller, obwohl ich die Soße total versaut hatte. Dafür war der Rest des Essens köstlich. Der Truthahn war gut durch, die Füllung perfekt, die Beilagen lecker. Und zum Nachtisch hatte Trish einen Apfelkuchen beigesteuert, den ihre Mom gebacken hatte, also standen uns zwei Desserts zur Auswahl. Natürlich stürzte sich Elle auf beide. Alles andere hätte mir auch Sorgen bereitet.

Nach dem Essen wechselten wir ins Wohnzimmer hinüber und sahen uns das letzte Footballspiel des Tages an. Zum ersten Mal seit Langem fühlte es sich gut an, zu Hause zu sein und mir selbst zu erlauben, diese Zeit zu genießen. Auch wenn die Schuldgefühle immer da sein, immer im hintersten Winkel meines Bewusstseins darauf lauern würden, wieder hervorzutreten. Das war etwas, das ich niemals loswerden würde, ganz egal, wie viele Jahre und Feiertage vergingen. Jemand würde immer fehlen.

Nach dem Spiel verabschiedete sich Elle für die Nacht, weil sie sich angeblich am Kuchen überfressen hatte, und auch Landon und Beatrice zogen sich kurze Zeit später in sein Zimmer zurück. Blieben nur noch DeeDee und ich. Wir saßen noch immer im Wohnzimmer, sie auf dem Sofa, ihren üblichen Tee mit Rum in der Hand, ich auf dem Teppich, das Glas Whiskey neben mir auf dem Boden.

Schweigend lauschten wir dem Knacken der Holzscheite im Kamin und dem Wind, der ums Haus pfiff. Ich starrte in die Flammen, spürte die Hitze auf meinem Gesicht, konnte mich aber nicht dazu aufraffen, mich weiter weg zu setzen.

»Ich bin froh, dass du Elle mitgebracht hast«, sagte DeeDee irgendwann.

Ich sah überrascht auf, nickte dann aber. »Sie ist auch froh.« Das war ihr den ganzen Abend über anzusehen gewesen. Sie hatte mindestens ebenso sehr gestrahlt wie Beatrice.

DeeDee lächelte, aber es lag eine Wehmut darin, die ich nicht ganz zuordnen konnte. »Früher habe ich die Stille genossen, um in Ruhe arbeiten zu können, und dann seid ihr zwei Rabauken hier eingezogen. Danach war es nie mehr wie zuvor. Es tut gut, euch beide wieder hier zu haben, auch wenn es nur für ein paar Tage ist.«

Ich senkte den Blick, weil ich diesen bittersüßen Unterton in ihrer Stimme nicht ertragen konnte. Keiner von uns sprach den Grund aus, aus dem wir damals zu ihr gezogen waren.

Ein Rascheln, dann hörte ich, wie DeeDee ihre Tasse auf den Tisch stellte. »Eure Mom und euer Dad wären so stolz auf die Männer, zu denen ihr herangewachsen seid.«

Ein einziger Satz – und die Erinnerungen waren wieder da, brachen aus mir heraus, bis ich schreien wollte, nur um das Tosen in meinem Kopf zu übertönen.

»Auf Landon vielleicht«, brachte ich hervor, ohne sie anzusehen.

Wir hatten nie darüber gesprochen. Einmal hatte DeeDee es versucht. Kurz nachdem sie Landon und mich bei sich aufgenommen hatte, hatten wir uns in der Frühstücksecke zusammengesetzt, und sie hatte versucht, mit uns über das zu reden, was passiert war. Zu uns durchzudringen. Doch dafür war es bereits zu spät gewesen. Landon hatte sich ins Lernen gestürzt, um den bestmöglichen Abschluss zu kriegen und an sein Wunschcollege zu kommen, und ich hatte meine Trauer und Schuldgefühle in Partys, Alkohol und Mädchen ertränkt, an deren Namen und Gesichter ich mich am nächsten Tag nicht mal mehr erinnern konnte.

DeeDee war so oft zum Schuldirektor gerufen worden, weil ich irgendetwas angestellt hatte. Jedes Mal rechnete ich damit, dass sie die Geduld verlor und mich rausschmiss, weil ich es endgültig vermasselt hatte. Weil ich es nicht verdient hatte, bei ihr zu leben, ein weiches Bett, ein Dach über dem Kopf und warmes Essen auf dem Tisch zu haben, wenn es doch meine Schuld war, dass Mom und Dad tot waren.

Aber das war nie passiert. Es kam selten genug vor, dass DeeDee mich wegen irgendetwas ausschimpfte, was meine Lehrer kritisiert hatten, aber sie verlor kein einziges Mal die Geduld mit mir. Sie gab mich nicht auf, ganz egal, wie viel Scheiße ich baute.

»Tut mir leid«, hörte ich mich plötzlich sagen und suchte ihren Blick. »Ich habe dir so viel Ärger gemacht und mich nie dafür bedankt, dass du für Landon und mich da warst und uns ein Zuhause gegeben hast, obwohl ...«

Obwohl sie es nicht hätte tun müssen. Nicht nach dem, was geschehen war. Sie hatte Mom und Dad genauso verloren wie wir.

»Es war nicht deine Schuld, Lucas.« In ihrem Blick lag so viel Verständnis, so viel Zuneigung, dass es mir die Kehle zuschnürte. »Ich habe dir nie einen Vorwurf gemacht, und das solltest du auch nicht.«

Ich stieß ein hartes Lachen aus. »Wie denn nicht? Es war meine Schuld. Hätte ich damals nichts gesagt, hätte ich einfach nur meine verdammte Klappe gehalten, dann ...«

»Dann wäre der Unfall vielleicht trotzdem passiert. Oder sie wäre auf andere Weise gestorben, weil ihre Zeit gekommen war. Dein Vater wiederum ... Ich konnte sehen, dass er nicht ohne sie leben konnte, aber ich habe seine Entscheidung, ihr zu folgen, nie verstanden. Es war egoistisch von ihm, seine Söhne zurückzulassen.«

Ich zuckte zusammen. »DeeDee ...«

»Nein.« Sie lehnte sich auf dem Sofa vor und sah mich eindringlich an. »Jeder von uns denkt es, und es wird Zeit, es endlich auszusprechen. Deine Mom hatte keine Wahl. Es war

359

ein Unfall, an dem niemand die Schuld trug. Aber dein Vater ... mein Neffe hatte eine Wahl. Und er hat sich gegen uns und gegen das Leben entschieden.« Die letzten Worte waren nur noch ein Flüstern. Ihre Augen schwammen in Tränen.

Wortlos nahm ich sie in den Arm und drückte sie an mich, während wir beide an den Mann dachten, der das Gefühl gehabt hatte, alles verloren zu haben, obwohl es noch eine Familie gab, die ihn gebraucht hätte. Scheiße, *ich* hätte ihn gebraucht. Aber nach Moms Tod hatte er mich nicht mal mehr anschauen können.

»Gott hab ihn selig, aber es war seine Entscheidung«, wiederholte sie und löste sich ein Stück von mir. »Du trägst keine Schuld daran, genauso wenig wie an dem Unfall. Ich weiß, ich hätte dir das schon viel früher sagen sollen. Jahrelang habe ich mit angesehen, wie dich deine Schuldgefühle zerfressen, ohne etwas dagegen zu unternehmen. Zuerst dachte ich, das wäre deine Art zu trauern und dass dieser Ausdruck in deinen Augen eines Tages verschwinden würde, aber ich habe mich geirrt. Das ist mir klar geworden, als ich denselben Ausdruck heute wieder bei dir gesehen habe.«

Ich fluchte innerlich. War es wirklich so leicht, in mir zu lesen?

»Es tut mir leid, Luke. Ich habe mich geirrt und viel zu lange gewartet, dabei hätte ich schon längst mit dir darüber reden müssen.«

Ich schüttelte den Kopf, wollte nicht hören, was sie zu sagen hatte.

»Dir muss nichts leidtun«, stieß ich hervor, den Blick auf die Flammen gerichtet, bis meine Augen tränten.

Sie drückte meine Schulter. »Du sollst wissen, dass du damit nicht allein bist. Dein Bruder und ich trauern auch um sie, jeder von uns auf seine eigene Weise. Es ist in Ordnung, sie zu vermissen, und es ist auch in Ordnung, wütend auf sie zu sein, weil sie so früh von uns gegangen sind. Alles, was du empfindest, ist in Ordnung. Aber du musst sie endlich loslassen.«

»Wie denn? Wie soll ich das deiner Meinung nach tun?« Ich sprang auf, konnte keine Sekunde länger so zu ihren Füßen sitzen bleiben, als wäre ich noch immer der verlorene Teenager, dem sie ein neues Zuhause gegeben hatte.

DeeDee zuckte nicht mal zusammen. »Du musst lernen, dir selbst zu verzeihen. Es war nicht deine Schuld, Luke, und wenn es nötig ist, werde ich dir das jeden Tag für den Rest deines Lebens sagen, bis du mir glaubst.«

Meine Augen begannen zu brennen. *Scheiße.* Ich wollte mich abwenden, wollte mir das nicht länger anhören, aber ich konnte sie auch nicht einfach so sitzen lassen und abhauen. Nicht nach allem, was sie für mich getan hatte.

DeeDee stand ebenfalls auf, und zum ersten Mal fiel mir auf, dass sie älter geworden war. Ihre Bewegungen wirkten etwas steif, und in ihren von kleinen Falten umrandeten Augen standen so viele Erinnerungen geschrieben, dass sich mein Bauch verkrampfte. Diese Frau war immer für mich da gewesen, ganz egal, wie oft ich sie weggestoßen hatte. Sie war geblieben und hatte gekämpft – für mich, für Landon, für das, was von dieser Familie übrig geblieben war, während ich nicht einmal gegen meine inneren Dämonen ankam.

»Lass sie gehen, Luke …« Sie nahm meine Hände in ihre und drückte sie sacht. »Ich weiß, dass es nicht leicht ist, aber du hast ein fantastisches Leben vor dir. Zerstör es nicht durch eine Vergangenheit, die du nicht ändern kannst. Das hätten sie nicht gewollt.«

Ich atmete zittrig aus. Es kostete mich all meine Willenskraft, stehen zu bleiben und mir anzuhören, was sie zu sagen hatte.

»Versprich mir, dass du ihr Grab besuchst. Dass du wenigstens versuchst, dir selbst zu vergeben.«

Ich schloss für einen Moment die Augen, zwang mich dazu, die Worte auszusprechen. Nicht nur DeeDee zuliebe und weil sie sie hören musste, sondern vielleicht auch ein kleines bisschen für mich selbst. »Ich versuche es. So viel kann ich dir versprechen. Und …«, fügte ich hinzu, nicht nur, weil ich das Gefühl hatte, es ihr schuldig zu sein, sondern weil ich es wirklich wollte. »Ich werde in Zukunft öfter nach Hause kommen.«

Ihr Gesicht hellte sich auf, und mit einem Mal schien jedes Alter von ihr abzufallen. Mütterlich tätschelte sie mir die Wange, auch wenn sie sich dafür auf die Zehenspitzen stellen und ich ihr entgegenkommen musste. »Du bist ein guter Junge, Luke. Das seid ihr beide. Eines Tages werdet ihr das auch ineinander erkennen können.«

Ich erwiderte nichts darauf. Gut möglich, dass dieser Tag tatsächlich irgendwann kommen würde, aber sicher nicht so bald. Dafür waren Landon und ich zu verschieden, und es stand noch immer zu viel zwischen uns. Dieses Thanksgiving bedeutete nicht, dass wir uns wieder wie Brüder fühlten. Aber vielleicht war es ein Anfang.

Stunden später lag ich in meinem alten Zimmer im Bett und starrte an die Decke. Das gleichmäßige Ticken der Uhr und das Pfeifen des Windes waren die einzigen Geräusche. Es war so anders als im Wohnheim, dass ich mich erst wieder an diese Stille gewöhnen musste. Dabei war es am Anfang im College genau andersrum gewesen, und jedes einzelne Geräusch war mir unheimlich laut vorgekommen.

Meine Gedanken kreisten noch immer um das Gespräch mit DeeDee, auch wenn sie gleich darauf ihren Tee mit Rum auf ex ausgetrunken und mir eine gute Nacht gewünscht hatte. Dann war sie ins Bett gegangen. Ich hatte alle Lichter gelöscht, Türen und Fenster überprüft, wie ich es schon seit Jahren machte, und war die Treppe hinaufgegangen. Vor Elles Zimmer hatte ich kurz gezögert, sie dann aber nicht gestört, falls sie schon schlief.

Und jetzt lag ich hier, ohne ein Auge zutun zu können, weil ein Gedanke den nächsten jagte. Ich wollte tun, was ich DeeDee versprochen hatte, aber ich wusste nicht, wie. Zum Friedhof zu fahren war ein erster Schritt, auch wenn sich allein bei der Vorstellung daran alles in mir verkrampfte. Wieder und wieder hallte die Stimme in meinem Kopf wider, die mir sagte, dass ich kein Recht dazu hatte. Kein Recht dazu, ihre Gräber zu besuchen, kein Recht dazu, mit ihnen zu reden, kein Recht dazu, um sie zu trauern. Doch jetzt mischte sich DeeDees Stimme darunter, als hätten sich ihre Worte in mir festgesetzt.

Ein leises Klopfen unterbrach den Tumult in meinem Kopf. Ich sah zur Tür, als sie aufging und Elles Gestalt preisgab.

»Hey …«, flüsterte sie.

Ich lächelte, obwohl mir das Herz plötzlich bis zum Hals schlug. »Hey …«

»Landon?«

Okay, jetzt grinste ich eher. »Falsches Zimmer, Schätzchen.«

»Oh, Mist.« Sie tat, als würde sie wieder gehen wollen, schlüpfte dann jedoch herein und drückte die Tür leise hinter sich zu.

Wie selbstverständlich hob ich die Decke für sie an, damit sie darunterkriechen konnte und nicht in der Kälte stehenbleiben musste. Nachts lief die Heizung nur auf einem Minimum, außerdem war es in meinem Zimmer deutlich kühler als in Elles.

Als sie sich zu mir legte, fröstelte sie bereits. Ich rieb über ihren Arm, um die Gänsehaut zu vertreiben.

363

»Wie kannst du bei dieser Kälte überhaupt schlafen?«, beschwerte sie sich.

»Ich mache mir warme Gedanken.«

»Wieso frage ich überhaupt?« Sie schüttelte den Kopf, konnte ihr Glucksen aber nicht unterdrücken.

»Keine Ahnung. Kannst du nicht einschlafen?« Als ein weiterer Schauder durch ihren Körper lief, legte ich ihr die Hand auf den Rücken und begann, sanft auf- und abzustreichen.

»Nein«, gab sie leise zurück. »Du?«

»Jetzt nicht mehr.«

Sie streckte mir die Zunge raus, was in der Dunkelheit kaum auszumachen war, aber ich kannte Elle gut genug, um zu wissen, dass sie genau das tat. Ebenso wie ich den Moment bemerkte, in dem sich ihr Blick veränderte, intensiver wurde.

»Ich wollte mich noch bedanken.«

»Wofür?«

Sie schob sich den Arm unter den Kopf. »Dass du mich hergebracht hast. Das war das beste Thanksgiving, das ich je hatte.«

»Obwohl ich die Preiselbeersoße verhauen habe und dir von so viel Kuchen fast schlecht war?«

»Die Soße bestand einfach nur aus mehr Wein als Preiselbeeren. Und was den Kuchen angeht … Meinst du, deine Tante gibt uns was für den Weg mit?«

»Da bin ich sogar sicher.« Gedankenverloren strich ich weiter über ihren Rücken, obwohl sie nicht mehr zitterte. Aber meine Finger schienen ein Eigenleben entwickelt zu haben und konnten nicht mehr damit aufhören.

»Super. Dann kann ich jetzt beruhigt zurück ins Bett gehen.«

»Gib's zu.« Ich zupfte an ihrem T-Shirt. »Du bist nicht hergekommen, um dich zu bedanken, sondern um den Kuchen klarzumachen.«

Gespielt überrascht schnappte sie nach Luft. »Bin ich so leicht zu durchschauen?«

»Für mich? Immer.«

Elle lächelte. Wieder drängte alles in mir darauf, mich vorzubeugen und sie zu küssen. Nur ein kurzer Kuss, der mich alles andere vergessen ließ. Unbewusst ballte ich die Hand in ihrem Rücken zur Faust, bis ich den Stoff fest umklammert hielt.

»Luke …« Es war ein Flüstern, fast nur ein Seufzen und klang so verdammt einladend, dass ich nicht wusste, wohin mit mir.

Mit eisernem Willen zwang ich mich dazu, liegen zu bleiben, ohne mich zu bewegen. Wie ein Mantra hallte es in meinem Kopf wider: Dieses Mädchen war meine beste Freundin. Ich würde nichts tun, um diese Freundschaft zu gefährden. Und doch … Trotz all der guten Vorsätze kamen wir dieser unsichtbaren Grenze immer näher. Das Schlimmste daran? Ich wollte es. Ich wollte *sie*, und zwar so sehr, wie ich nie zuvor eine Frau gewollt hatte.

Eine hauchzarte Berührung an meinem Oberkörper. Mir blieb das Herz stehen. Ohne, dass ich es gemerkt hatte, hatte Elle die Hand nach mir ausgestreckt und strich mit den Fingerspitzen über meine Brust.

Ich räusperte mich, trotzdem klang meine Stimme belegt. »Mein Bruder und seine Freundin sind direkt gegenüber.«

»Ich tu doch überhaupt nichts.«

Ich stieß ein heiseres, vielleicht auch etwas verzweifeltes Lachen aus. »Allein die Tatsache, dass du in meinem Bett liegst, tut schon etwas mit mir.«

»Ich wollte nur Danke sagen«, wisperte sie, als müsste sie es uns beiden ins Gedächtnis rufen, und rutschte gleichzeitig etwas näher. Ihre Finger wanderten gefährlich weit nach unten. »Und mich für heute Morgen revanchieren.«

365

Fuck. Ich biss die Zähne so fest zusammen, bis mein Kiefer schmerzte.

»Das musst du nicht«, presste ich hervor.

Nichts von dem, was wir hier taten, war mit irgendwelchen Verpflichtungen verbunden. Nichts davon zählte oder hatte eine Bedeutung. Dennoch wünschte ich mir in diesem Moment nichts sehnlicher, als zu spüren, wie sich Elles Finger um mich schlossen. Sie sollte fühlen, was sie mit mir anstellte, welche Wirkung sie auf mich hatte.

Vielleicht machte es mich zu einem Arschloch, weil ich unsere Freundschaft so aufs Spiel setzte, aber ich hielt sie nicht auf. Ich ließ zu, dass sie den Bund meiner Shorts entlangfuhr und mit den Nägeln über meine Haut kratzte, bis ich das Gefühl hatte, gleich wie ein verdammter Vierzehnjähriger in meiner Hose zu kommen, noch bevor sie mich überhaupt richtig berührt hatte.

Ich wollte mich zu ihr lehnen und meinen Mund auf ihren pressen, uns beiden den Verstand rauben, aber ich zwang mich dazu, ruhig liegen zu bleiben. Nur meine Atmung beschleunigte sich und die Hand, mit der ich Elles T-Shirt noch immer festhielt, begann zu zittern.

Sie sah mir in die Augen, als sie ihre Finger unter den Bund meiner Shorts schob und um meinen Schwanz schloss.

Ich biss mir auf die Lippen, um mein Stöhnen zurückzuhalten, kam aber nicht gegen die instinktive Reaktion an, mit der ihr mein Becken entgegen zuckte. *Mehr*. Ich brauchte so viel mehr von ihr.

Elle verstand den stummen Ansporn und begann ihre Hand zu bewegen. Langsam zunächst, als versuchte sie herauszufinden, was und wie ich es mochte. Ich half nach, indem ich meine Hand um ihre legte und ihr zeigte, wie ich es brauchte. Ihre Lippen teilten sich, und sie atmete erstickt aus.

Das hier war völlig falsch, aber keiner von uns schien noch aufhören zu können. Dafür fühlte es sich zu gut an, beinahe so, als hätte ich jahrelang nur auf diesen Moment gewartet. Auf dieses Gefühl.

Etwas in mir setzte aus. Ich packte Elle und zog sie an mich, musste spüren, wie sich ihre warmen, weichen Kurven gegen mich pressten, während sie es mir mit der Hand besorgte. Aber vor allem musste ich das Gesicht an ihrem Hals vergraben, ihren Duft einatmen und den Mund auf ihre Haut pressen, um keinen Laut von mir zu geben. Denn der winzige Teil meines Verstandes, der noch die Vernunft dafür aufbringen konnte, erinnerte mich daran, dass wir nicht allein auf diesem Stockwerk waren.

Elle machte weiter, schob die andere Hand in mein Haar, bis ich spüren konnte, wie sich ihre Fingernägel in meine Haut bohrten, als müsste sie sich genauso an mir festhalten wie ich mich an ihr. Als würde sie ahnen, wie kurz davor ich schon war, beschleunigte sie ihre Bewegungen, bis ich keinen einzigen klaren Gedanken mehr fassen konnte.

Ich kam hart und schnell in ihrer Hand und biss ihr dabei in den Hals, um jedes noch so kleine Geräusch zu unterdrücken. Ein letztes Mal stieß ich die Hüften vor, dann erschlaffte mein Körper in herrlicher Entspannung.

»Fuck …« Mein Puls donnerte in meinen Ohren, und mein Herz raste. Unsere schweren Atemzüge waren die einzigen Geräusche im Zimmer, während ich Elle noch immer fest an mich gedrückt hielt.

Ich spürte ihre Lippen an meinem Hals, ein federleichter Kuss, und ließ mich auf den Rücken zurückfallen. Elle löste sich von mir und stand auf. Ich starrte an die Decke und versuchte, wieder zu Atem zu kommen, während meine Tür leise auf und wieder zu ging. Dann war Elle verschwunden und ich blieb allein zurück.

Gesättigt, befriedigt, und mit der immer lauter werdenden Frage im Hinterkopf, wie zum Teufel wir nach dieser Sache je wieder nur noch Freunde sein konnten.

Kapitel 20

Elle

»Da bist du ja wieder!«

Ich hatte gerade erst die WG betreten und meinen Rucksack noch nicht mal abgelegt, als ich von Tate mit diesen Worten begrüßt wurde. Der Geruch von Farbe lag in der Luft, und bei einem kurzen Rundumblick entdeckte ich auch den Grund dafür. Mitten in unserem Wohnzimmer stand eine Staffelei mit einer Leinwand. Auf dem Couchtisch hatte Tate reihenweise Farben, Wassergläser und Pinsel ausgebreitet, dazu alte Zeitungen und andere Utensilien, von denen ich nicht einmal wusste, wie sie hießen. Davon, wofür man sie benutzte, ganz zu schweigen.

»Ja. Und wie es aussieht, hast du noch nicht mit mir gerechnet.«

Tate zuckte mit den Schultern. »Die Fakultäten haben noch geschlossen und das Licht in meinem Zimmer ist katastrophal, also habe ich mich hier breitgemacht.«

»Ist nicht zu übersehen.« Ich brachte den Rucksack in mein Zimmer, warf die Jacke aufs Bett und ging anschließend zur Kochnische, um mir etwas zu trinken zu holen.

Die Rückfahrt war wesentlich kürzer gewesen als die Fahrt zu Lukes Familie, da wir nicht in den Feiertagsverkehr gekommen waren. Aber dafür hatte sie sich länger angefühlt. Luke war fast genauso still gewesen wie auf der Hinfahrt. Kurz blitzte der Gedanke auf, dass sein Schweigen etwas mit dem zu tun haben könnte, was letzte Nacht zwischen uns passiert war, aber die Tatsache, dass er den ganzen Tag über völlig normal mit mir umgegangen war, entkräftete diese Befürchtung sofort wieder. Morgens hatte er sich allein auf den Weg zum Friedhof gemacht und war stundenlang weg gewesen. Währenddessen hatte mir DeeDee ihre Stoffkollektionen und selbstgenähten Kleider gezeigt, und Trish hatte mir von ihrem Praktikum bei der *New York Times* erzählt.

Als Luke zurückgekehrt war, war es schon beinahe Mittag gewesen. Wir hatten zusammen die Reste von Thanksgiving gegessen, danach hatte Luke mir die Gegend gezeigt. Er hatte entspannter gewirkt. Ruhiger. Als hätte er endlich mit dieser Sache abschließen können oder wenigstens einen ersten Schritt in die richtige Richtung gemacht. Nachmittags waren wir im Wald spazieren gegangen, und er hatte mir die Stelle gezeigt, wo er als Kind auf einen Baum geklettert, abgerutscht und auf sein Handgelenk gefallen war. Den restlichen Sommer über hatte er einen Gips tragen müssen. Und ich verstand eine weitere kleine Narbe an ihm.

»Erde an Elle«, rief Tate von ihrem Posten an der Staffelei. Sie klang etwas undeutlich, weil sie einen Pinsel zwischen die Zähne geklemmt hatte, um die Hände für die Farbpalette und einen Schwamm frei zu haben.

»Sorry«, murmelte ich und holte einen Eiskaffee aus dem Kühlschrank. »Was hast du gesagt?«

Sie warf den Schwamm auf ein paar Zeitungen auf dem Boden und nahm den Pinsel aus dem Mund. »Ich habe gefragt, wie es bei Lukes Familie war.«

»Toll«, erwiderte ich sofort. »Ich habe Kuchen mitgebracht«, fügte ich hinzu und deutete auf den Kühlschrank hinter mir. »Seit wann bist du zurück?«

»Seit heute Morgen.« Tate zog eine Grimasse, ohne den Blick von ihrem Gemälde zu nehmen. »Blöde Entscheidung, denn die Bibliothek hat zu, und ihr wart alle noch unterwegs. Mir war langweilig.«

Kein Wunder, dass sie sich so ausgetobt hatte.

»Ist sonst noch niemand zurück?« Ich ließ mich aufs Sofa fallen und zog die Stiefel aus.

»Die Montanamädchen und Dylan kommen erst am Sonntag wieder. Von Mackenzie fehlt jede Spur und von Mason habe ich auch nichts mehr gehört. Wahrscheinlich hat Jenny ihn gefressen.«

Ich schnaubte und trank einen Schluck von meinem Kaffee. »Was ist mit Trevor?«

Tate hielt mitten in der Bewegung inne, den Pinsel noch in der Luft, dann malte sie weiter, als wäre nichts gewesen.

Ich runzelte die Stirn. »Tate …?«

»Keine Ahnung«, sagte sie und zuckte wieder mit den Schultern. »Der ist noch bei seiner Familie, schätze ich.«

Ich erwiderte nichts darauf, sondern beobachtete sie dabei, wie sie die Leinwand mit Farbe füllte. Noch konnte ich nicht erkennen, was es darstellen sollte, was zum Teil daran lag, dass Tate davorstand, aber die Farben waren grell und sprühten nur so vor aggressiver Energie. Doch wo Tate zuvor noch aufgedreht und locker gewirkt hatte, schien sie jetzt angespannt zu sein. Ihre Schultern waren hochgezogen, die Art, wie sie die Farben mischte, ungeduldig und fahrig, war untypisch für ihre sonstige Ordnungsliebe.

»Gibt es irgendwas, das du mir sagen willst?«, fragte ich geradeheraus.

»Nein.«

Die Antwort kam sogar für Tates Verhältnisse zu schnell und forsch. Leider brachte es bei ihr nichts, nachzubohren, denn

371

dann verschloss sie sich nur noch mehr. Schon versucht, schon daran gescheitert.

»Was ist mit dir?«, fragte Tate plötzlich.

Ich blinzelte ertappt. »Was soll mit mir sein?«

»Du warst ein paar Tage bei Luke zu Hause. Seid ihr endlich in der Kiste gelandet?«

Ich verdrehte die Augen. Ging das wieder los …

»Ach, komm schon!«, rief sie. »Ich habe fünfzig Dollar auf euch gesetzt und will gewinnen.«

»Ich dachte, es wären nur zwanzig gewesen.«

Sie wedelte mit dem Pinsel in der Hand herum. »Ich habe meinen Einsatz erhöht.«

»Luke und ich haben nicht miteinander geschlafen, Tate.«

Aber wir hatten so, so viel anderes getan …

»Dann wird es höchste Zeit.«

Ich prustete in meinen Kaffee, aber meine Wangen wurden heiß.

»Nein, jetzt mal im Ernst.« Tate legte den Pinsel beiseite und wischte sich die Hände an einem Tuch sauber. Ich war froh, zu sehen, dass ihre Anspannung verschwunden zu sein schien. Weniger froh war ich darüber, welche Richtung dieses Gespräch genommen hatte. »Du bist untervögelt. Ich kann mich nicht daran erinnern, wann ich dich das letzte Mal mit einem Typen gesehen habe … Von gehört ganz zu schweigen.«

Oh, ich hatte gestöhnt, bloß nicht in dieser Wohnung und hoffentlich leise genug, dass niemand uns gehört hatte. Bei der Erinnerung an das, was im Haus von Lukes Großtante passiert war, wurde mir noch heißer. Gleichzeitig wurde meine Kehle trocken, und ich trank einen großen Schluck, damit ich eine Antwort herausbringen konnte.

»Nicht jeder stöhnt das halbe Wohnheim zusammen wie du und Mackenzie.«

Sie lächelte süffisant. »Nur, wenn es besonders gut ist.«

In diesem Moment ging die Wohnungstür auf, und unsere Mitbewohnerin kam herein. Sie trug eine dicke lilafarbene Winterjacke, eine Mütze, Handschuhe und schleifte eine Reisetasche hinter sich her.

»Sieh dir Mackenzie an.« Tate deutete auf sie, als wäre gerade der beste Beweis für ihre Worte durch die Tür gekommen. »Sie ist eindeutig nicht untervögelt.«

Mackenzie blieb mitten im Raum stehen und musterte Tate mit hochgezogenen Brauen. Sie zog sich die Mütze vom Kopf, und ihr volles rotes Haar fiel ihr auf die Schultern. »Ähm, danke …?«

»Gern geschehen.«

»Hi, Mackenzie.« Ich lächelte ihr zu, damit wenigstens eine von uns sie nach Thanksgiving willkommen hieß. Ich wartete, bis sie in ihrem Zimmer verschwunden war, bevor ich mich wieder an Tate wandte. »Selbst wenn ich untervögelt bin« – was ich durchaus war – »heißt das nicht, dass ich ausgerechnet mit Luke ins Bett springe. Hast du eine Ahnung, wie viele Frauen er hier schon durch hat?«

Nachdenklich wiegte Tate den Kopf hin und her. »Etwa zwei Drittel. Vielleicht auch nur die Hälfte, wenn man diejenigen weglässt, die ihren Abschluss schon gemacht haben. Momentan liefern wir uns ein Kopf-an-Kopf-Rennen.«

Ich starrte sie an. »Führst du etwa eine Liste, wer von euch mehr Leute flachlegen kann – du oder Luke?«

»Vielleicht …?«, erwiderte sie gespielt unschuldig, nur um dann die Hände in die Luft zu werfen. »Was denn? Jeder braucht ein Hobby. Außerdem mag ich Listen. Und Luke war noch nie besonders verschwiegen darüber, mit wem er gerade die Nacht verbracht hat, oder?«

Ich lachte verzweifelt und rieb mir über das Gesicht. Für

solche Gespräche war ich eindeutig zu erschöpft. Außerdem wollte ich mir Luke mit niemandem zusammen im Bett vorstellen. Schon gar nicht, nachdem ich letzte Nacht in seinem gelegen hatte.

»Wie dem auch sei«, fuhr Tate fort und griff mit neuer Energie nach Pinsel und Farbpalette. »Wenn du dir nicht bald jemanden schnappst, muss ich dich noch mit einem von Jacksons Teamkameraden verkuppeln. Brent Michaels zum Beispiel.«

»Brent Michaels?«

»Du erinnerst dich doch noch an ihn?« Tate lächelte versonnen. »Groß, blaue Augen, viele Muskeln, der Quarterback der Footballmannschaft und schon seit über einem Jahr hinter dir her.«

»Das stimmt doch gar nicht!«

»Liebes, ein Typ wie Michaels quatscht dich nicht auf fast jeder Party an, nur weil ihm langweilig ist.«

Ich verdrehte die Augen. Dann hatte er eben ein paar Mal mit mir geredet und sich für ein Interview über das Team zur Verfügung gestellt. Na und? Das hatte nichts zu bedeuten. Genauso wenig wie die Tatsache, dass er genau mein Typ war, ich aber keinen einzigen Gedanken an ihn verschwendet hatte.

Vielleicht, weil meine Gedanken von jemand ganz anderem eingenommen waren. Jemandem, mit dem ich die Grenze zwischen Freundschaft und mehr immer weiter verwischte.

Dieses ständige Klicken machte mich noch wahnsinnig. Es war Dienstagabend und wir hatten uns in der Bibliothek versammelt, um für die Zwischenprüfungen zu lernen, die uns vor den Winterferien noch bevorstanden. Und mit *wir* meinte ich Tate, Luke, Trevor, Emery, Grace und Mason. Mason, der die ganze Zeit mit dem Kuli herumklickte. Es war nicht so, dass ich seinen Frust nicht nachvollziehen könnte, immerhin schlug ich mich gerade mit der Pressefreiheit und Gerichtsurteilen, die darauf basierend getroffen worden waren, herum. Aber dieses nervtötende Geräusch machte es nicht besser.

Tate hatte uns alle zu ihren berühmt-berüchtigten Lernsessions zusammengetrommelt. Dylan hatte Glück, dass er arbeiten musste und nicht wie wir in der Bibliothek festgehalten wurde. Tate im Lernmodus war gruselig. Sie hatte endlos viele Listen zum Abhaken und mehr bunte Klebezettel für ihre Unterlagen, als ich in meinem ganzen Leben verwendet hatte. Gerade blätterte sie rechts von mir eine Seite mit mehr Gewalt um als nötig, und uns gegenüber seufzte Emery, während Grace ihr leise eine Grammatikfrage für ihren Französischkurs beantwortete.

Und Luke? Immer wenn ich aufsah, trafen sich unsere Blicke, und mir wurde mit jedem Mal ein bisschen wärmer. Dabei sollte er mit dieser lächerlichen Brille mit dem dicken schwarzen Rahmen, die er immer beim Lernen trug, gar nicht diese Wirkung auf mich haben. Ich hatte schon den Pulli ausgezogen und saß im T-Shirt da, aber das half nur geringfügig. Obwohl ich mir sicher war, nicht rot anzulaufen, musste Luke irgendetwas von dem, was in mir vorging, bemerken, denn seine Mundwinkel wanderten jedes Mal ein Stückchen weiter in die Höhe. Dieser Mann stellte die größte Ablenkung dar, die man sich beim Lernen vorstellen konnte. Vor allem, weil seine Blicke nicht mal zweideutig, sondern mehr als eindeutig waren.

»Psst! Elle.« Tate pikste mich mit ihrem Textmarker in die Schulter und riss mich aus meinen Gedanken. »Was läuft da zwischen dir und Luke?«, fragte sie im Flüsterton, aber laut genug, dass Luke es über den Tisch hinweg hören konnte. Er sagte nichts dazu, sah nicht mal auf, aber sein kaum unterdrücktes Grinsen war nicht zu übersehen.

375

Grrr ...

»Gar nichts«, zischte ich.

»Ach ja? Ihr zieht euch noch mehr als sonst gegenseitig mit den Augen aus.« Tate seufzte dramatisch. »Das stört total.«

Ich verdrehte die Augen, doch Tate wandte sich bereits ab. Ich folgte ihrem Blick zu Trevor, der den Kopf auf die Hand gestützt hatte und konzentriert in sein Buch starrte. Als Tate neben dem Tisch die Beine ausstreckte, die in einem ziemlich kurzen Rock und schwarzen Stiefeln steckten, erschien eine kleine Falte auf seiner Stirn. Aber statt aufzusehen, blätterte er in seinem Buch weiter.

Kopfschüttelnd widmete ich mich wieder meinen eigenen Unterlagen. Dass eine Wette unter unseren Freunden lief, ob und wann Luke und ich miteinander im Bett landen würden, war schon lange nichts Neues mehr. Aber ich hätte nicht damit gerechnet, dass es meiner besten Freundin so ernst damit sein würde. Obwohl ich es hätte besser wissen müssen, immerhin ging es hier um Tate.

Mein Handy vibrierte mit einer neuen Nachricht. Ich zog es aus meiner Tasche, dankbar für die Ablenkung, weil ich mich eh kaum aufs Lernen konzentrieren konnte, doch dann runzelte ich die Stirn. Tate saß direkt neben mir und schrieb mir trotzdem eine Nachricht? Echt jetzt?

Schlaft ihr schon miteinander?

Ich dachte an all die Dinge, die Luke und ich miteinander getan hatten, ohne tatsächlich Sex zu haben. Meine Wangen glühten.

»Nein, Mann!«, fauchte ich. »Und jetzt lass mich weiterlernen.«

Grinsend widmete sich Tate wieder ihren Unterlagen und malte eine Stelle in ihrem Buch mit gelbem Marker an. Bei dem Anblick schüttelte es mich. In Bücher schrieb und malte man nicht rein. Das war noch schlimmer als Eselsohren reinzuknicken.

Ein weiteres Vibrieren in meiner Hand. Ich warf Tate einen vernichtenden Blick zu, bevor ich die neue Nachricht aufrief. Aber sie war nicht von Tate – sondern von Luke.

Weißt du, woran ich gerade denken muss?

Wärme begann in meinem Nacken zu pochen und kroch von dort langsam meinen Rücken hinab. Ich sah Luke nicht an, als ich eine Antwort tippte und den Vibrationsalarm ausschaltete.

Will ich das überhaupt wissen?

Oh ja, das willst du.

Eine kurze Pause, dann leuchtete das Handy in meinem Schoß wieder auf.

Ich muss daran denken, wie man dich am besten wach bekommt, Süße.

Ich biss mir so fest auf die Unterlippe, dass der Schmerz das heiße Ziehen in meinem Unterleib überschattete. Aber die Wirkung war nur von kurzer Dauer. Kurz sah ich nach links und rechts, aber Tate besudelte noch immer ihr Buch, und auch der Rest unserer Truppe schien beschäftigt zu sein. Genau wie die Leute an den anderen Tischen in der Bibliothek. Hin und wieder war ein Wispern zu hören, doch die meisten

Geräusche beschränkten sich auf das Rascheln von Papier, das Klackern von Tastaturen und Masons klickenden Kugelschreiber, der langsam, aber sicher Aggressionen in mir auslöste.

Ich senkte den Kopf und tippte eine Antwort.

Warum? Willst du es noch mal versuchen?

Die pure Provokation. Ich wusste, dass es falsch war, aber ich konnte der Versuchung einfach nicht widerstehen, da es mich schon meine ganze Selbstbeherrschung kostete, den Blick auf meine Bücher zu heften, statt zu Luke zu schauen. Denn ich wusste, was ich sehen würde. Ich wusste genau, wie sich seine Pupillen weiteten und das Blau seiner Augen noch intensiver, noch einnehmender zu werden schien, wie in den Momenten, kurz bevor er mich küsste.

Immer wieder schielte ich auf mein Smartphone hinunter, während mein Puls in meinen Ohren donnerte. Hatte ich mich vorher schon kaum auf die Pressefreiheit und die Zusätze der einzelnen Bundesstaaten konzentrieren können, war es jetzt ein Ding der Unmöglichkeit. Ich las denselben Absatz bereits zum dritten Mal, ohne zu wissen, was überhaupt drinstand, als mein Handy endlich wieder aufleuchtete.

Das würde ich mir nicht entgehen lassen. Aber beim nächsten Mal werde ich dich anders wecken.

Ich schluckte hart, presste die Schenkel aneinander und sandte die Antwort ab, bevor ich darüber nachdenken konnte.

Wie denn?

Nicht mit den Fingern, sondern mit meinem Mund.

Oh Gott. *Oh Gott.* Ich starrte auf die Nachricht, bis das Display schwarz wurde. Mein Herz trommelte so laut und schnell, dass ich mich kurz umschauen musste, um sicherzugehen, dass es niemand am Tisch bemerkte. Niemand außer Luke. Denn der sah in diesem Moment von seinem Buch auf. Ein durchdringender Blick. Ein Lächeln, das wissend und herausfordernd zugleich war.

Er machte das mit Absicht. Er wusste, dass es hier keine Möglichkeit gab, kurz allein zu sein, zumindest nicht, ohne aufzufallen. Wenn wir beide plötzlich aufsprangen, würde nicht nur Tate misstrauisch werden. Abgesehen davon war ich mir ziemlich sicher, dass schon ein Pärchen an uns vorbeigegangen und in der hintersten Ecke bei den obskuren Büchern verschwunden war. Dorthin verdrückte man sich hier normalerweise, wenn man ungestört sein wollte.

Glaubst du, du hast das Zeug dazu, mich so zu wecken?

Aus dem Augenwinkel bemerkte ich Lukes Grinsen, als er die Nachricht las. Aber er rutschte auch etwas auf seinem Stuhl herum. Gut so. Dann ließ ihn das Sexting wenigstens genauso wenig kalt wie mich.

Soll ich es dir beweisen?

Hitze prickelte auf meiner Haut und jagte meinen Puls in die Höhe. Ich hob den Kopf und sah Luke geradewegs in die Augen. Ein einziger Blick und das Wissen, dass er jedes einzelne Wort auch so meinte, genügten, und ich konnte keinen klaren Gedanken mehr fassen. Die Muskeln in meinem Unterleib zogen sich erwartungsvoll zusammen, und ein Flattern breitete sich in meiner Magengrube aus. Wären wir allein ge-

379

wesen, hätte ich ihn spätestens jetzt zwischen die Regale gezerrt, um endlich wieder seinen Mund auf meinem und seine
Hände auf meinem Körper fühlen zu können.

Es war völlig verrückt, was wir hier taten. Jeder Blick, jeder
Kuss und jede Berührung war verrückt. Aber inzwischen war
ich weit über den Punkt hinaus, nicht mehr aufhören zu können, und längst bei nicht mehr aufhören *wollen* angekommen.

Ich befeuchtete mir die Lippen, und Lukes Blick heftete
sich sofort auf meinen Mund. Himmel, er konnte mich nicht
auf diese Weise ansehen. Nicht hier und schon gar nicht vor
unseren Freunden, die …

»Nichts.« Mason klappte sein Buch mit einem demonstra-
tiven Knall zu und lehnte sich ächzend zurück. »Ich komme
nicht weiter und gebe hiermit offiziell auf.«

»Die Examen sind in weniger als zwei Wochen«, erinnerte
Trevor ihn gnadenlos.

Gequält verzog Mason das Gesicht. »Danke. Genau das
wollte ich jetzt hören, Kumpel.« Er streckte sich, dann sah er
in die Runde. »Ich hab Hunger. Sonst noch jemand?«

Tate starrte ihn an, als würde sie ihm insgeheim die Pest an
den Hals wünschen. »Wenn du gehen willst, dann geh, aber
stör die anderen nicht.«

»Ich komme mit.« Emery sprang auf und packte ihre Sachen
schneller ein, als ich blinzeln konnte. »Grace?«

Sie zögerte, nickte dann aber. »Bin dabei. Ich muss sowieso
in einer Stunde zur Probe.«

Tate schüttelte den Kopf. »Was seid ihr nur für Weicheier?«

»Nicht jeder hat so viel zu pauken wie du«, neckte Luke sie.

Das war die Untertreibung des Jahres. Mit ihrem Lernpen-
sum reichte Tate beinahe an Trevor heran, der gefühlt mehr
Zeit in der Bibliothek verbrachte als an irgendeinem anderen
Ort auf dem Campus. Auch jetzt schien er sich Mason nicht

anschließen zu wollen, sondern bewies mehr Disziplin als wir alle zusammen.

»Ich bleibe«, sagte er und lehnte sich in seinem Stuhl zurück. »Was ist mit dir, Masterson?«

Tate funkelte ihn an. »Glaubst du echt, du kannst mich schlagen, wenn es darum geht, wer es am längsten hier aushält?« Sie zog ihr Handy aus der Tasche, schaltete die Stoppuhr ein und knallte es auf den Tisch. Dann warf sie Trevor ein herausforderndes Lächeln zu. »Zeig, was du draufhast, Alvarez.«

Ich konnte nur den Kopf schütteln. Wir nannten die beiden nicht nur TNT, weil sie uns mit ihren lautstarken Diskussionen unterhielten, sondern auch, weil sie beide ein so extremes Konkurrenzdenken hatten. An mehr als nur einem Spieleabend hatten Trevor und Tate für bestes Entertainment gesorgt, als es darum ging, wer von ihnen besser war und schneller ans Ziel kam. Wenigstens nutzten sie ihren Ehrgeiz diesmal für etwas Sinnvolles.

»Ich muss zum Training«, verkündete Luke plötzlich, nahm die Brille ab und stand ebenfalls auf.

Doch als ich meine Sachen zusammenpackte, um Mason und den anderen zu folgen, leuchtete mein Smartphone mit einer neuen Nachricht auf.

Dein Zimmer. In 10 Minuten.

381

Kapitel 21

Elle

Ich konnte gerade mal Tasche und Mantel auf dem Sofa ablegen, als es schon hinter mir an die Wohnungstür klopfte. Mein Herzschlag setzte einen Moment lang aus und meine Hand zitterte, als ich sie um den Türknauf legte. In meinem Kopf war schon jetzt nur noch ein Rauschen. Als ich die Tür öffnete, stand Luke auf der anderen Seite. Seine Brust hob und senkte sich so schnell, als wäre er hierher gerannt.

Wortlos machte ich einen Schritt zur Seite, um ihn hereinkommen zu lassen. Im nächsten Moment fiel seine Tasche mit einem dumpfen Laut zu Boden, und ich fand mich gegen die Tür gepresst wieder. Das harte Holz im Rücken, während Luke sich von vorne gegen mich drückte. Sein Atem streifte meine Lippen, aber er küsste mich nicht. Und das, obwohl ich seine Erregung deutlich an meinem Bauch spüren konnte.

»Sind wir allein?«

Ich nickte atemlos, räusperte mich und zwang meine Stimme dazu, zu funktionieren. »Tate wird noch mindestens die halbe Nacht mit Trevor in der Bibliothek sein …« Ich befeuchtete mir die Lippen. Sofort folgte Lukes Blick der Bewegung. »Und Mackenzie kommt erst morgen wieder«, flüsterte ich, gebannt von dem Ausdruck in seinem Gesicht.

»Gut.«

Keiner von uns rührte sich. Das hier war anders als die Male

382

zuvor. Es war kein spontaner Kuss, kein eiliges Rummachen in der dunklen Ecke eines Clubs oder ein gestohlener Moment im Haus seiner Großtante. Das hier war meine Wohnung. Mein Bett. Wenn wir es überhaupt so weit schafften. Allein beim Gedanken daran wurde mir schlagartig heiß.

»Bisher hatte nichts davon einen Einfluss auf unsere Freundschaft ...«

Ich wusste, was er damit sagen wollte. Wir konnten damit umgehen, wir hatten es im Griff. Es zählte nicht. Aber bisher hatten wir auch nichts getan, von dem es kein Zurück mehr gab. Nichts, das unsere Vereinbarung von damals und damit auch unsere Freundschaft gefährdet hatte. Bis jetzt. Aber das hier war keine Entscheidung, vor der wir standen, denn in Wirklichkeit gab es nur noch diesen Weg, nur diese Möglichkeit.

Ich packte Luke an seiner Jacke und presste meinen Mund auf seinen. Er stöhnte gedämpft, umfasste meinen Kopf und hielt ihn fest, während er mich küsste, als wäre es das allererste Mal. Mein Puls hämmerte so laut in meinen Ohren, dass ich nichts anderes mehr wahrnahm, außer den Mann vor mir. Lukes Geruch war so vertraut, und meine Sehnsucht danach, mich in ihm zu verlieren, so groß, dass es beinahe wehtat.

Instinktiv drängte ich mich ihm entgegen und schob die Finger unter seine Jacke, aber Luke packte meine Handgelenke und unterbrach den Kuss schwer atmend. Ich blinzelte, versuchte durch den Nebel in meinem Kopf einen klaren Gedanken zu fassen. Aber jeder Versuch scheiterte, als Luke meine Handgelenke neben meinem Kopf gegen das Holz drückte. Dann landete sein Mund wieder auf meinem. Hart und fordernd.

Ich stöhnte in den Kuss hinein, kam seiner Zunge entgegen und ballte die Hände zu Fäusten. Ich wollte sie bewegen, wollte ihn an seinem Shirt packen, meine Finger in seinem Haar vergraben und jeden Zentimeter seiner Haut erkunden, aber ich konnte mich nicht rühren. Luke verschränkte seine Finger mit meinen, wie er es bei unserem allerersten Kuss getan hatte.

Die Erinnerung daran traf mich mit einer Wucht, bei der mir der Atem stockte. Aber das war nicht der Moment, in dem alles mit uns begonnen hatte. Der war lange vorher gewesen, als mich dieser attraktive Typ mit dem frechen Grinsen an jenem Augustnachmittag auf dem Campus einfach umgerannt hatte.

Luke hob den Kopf und sah mich an. Meine Brust hob und senkte sich genauso schnell wie seine, und meine Haut summte, obwohl er mich kaum berührt hatte. Aber dieser Ausdruck in seinen Augen … Ich hätte nie gedacht, dass Luke mich eines Tages so ansehen würde, hätte nie geglaubt, dass ich es so sehr wollen könnte.

Er beugte sich für einen weiteren Kuss zu mir hinunter, hielt jedoch kurz vorher inne. Seine Finger wanderten von meinen Handgelenken langsam abwärts, über meine Unterarme, meine Ellenbogen und strichen an meinen Seiten hinunter. Die Berührung war federleicht, kaum spürbar durch den dicken Stoff meines Pullovers, trotzdem reagierte ich mit einem heißkalten Schauer darauf.

Luke packte den Saum meines Pullis und schob ihn hoch. Nicht langsam, nicht zögerlich, sondern genauso ungeduldig wie ich mich fühlte. Ich half ihm dabei, mir das Oberteil auszuziehen. Eine Gänsehaut breitete sich auf meinem Körper aus, obwohl mir gerade alles andere als kalt war. Er betrachtete mich einen Moment lang und fuhr den cremefarbenen BH-Cup mit der Fingerspitze nach. Wieder und wieder. Es war nur eine hauchzarte Berührung, trotzdem schnellte mein Puls erneut in die Höhe, und meine Atmung beschleunigte sich. Ich wollte etwas sagen, wollte etwas tun, um diese Spannung zwischen uns zu unterbrechen, bevor ich noch durchdrehte, aber Luke war schneller.

Er suchte meinen Blick und hielt ihn fest, während seine Hände an meinen Seiten abwärts glitten und den Knopf meiner Jeans öffneten. Ich atmete scharf ein, stoppte ihn jedoch nicht, als er den Reißverschluss nach unten zog. Dann sank er mit einem Lächeln langsam vor mir auf die Knie.

»Oh Gott …« Ich schloss die Augen, versuchte wenigstens einen Hauch Selbstbeherrschung zurückzubekommen, damit wir das nicht hier taten, mitten im Wohnzimmer. Doch Luke gelang es erneut, meine Gedanken zu zerstreuen, indem er kleine Küsse auf meinen Bauch, direkt oberhalb des Hosenbunds, setzte.

Ich wusste, was er vorhatte, hatte es die ganze Zeit geahnt und mir doch nicht erlaubt, es mir vorzustellen, nicht einmal in der Bibliothek, als wir uns hin und her geschrieben hatten. Weil es verrückt war. Luke war mein bester Freund. Wir hatten uns geschworen, nie etwas miteinander anzufangen, um diese Freundschaft nicht zu gefährden. Und jetzt kniete er mitten im Wohnzimmer vor mir und schob mir die Jeans über die Hüften. Mit pochendem Herzen beobachtete ich ihn dabei, wie er mir erst den einen Stiefel auszog, dann den anderen. Dabei ging er so sorgfältig, so behutsam vor, dass sich unweigerlich etwas in mir zusammenzog.

Ich ignorierte das Gefühl, ignorierte diese Mischung aus Schmerz und Lust und konzentrierte mich ganz auf Luke. Ohne meinen Blick loszulassen, schob er die Finger unter den Bund meines Slips und zog ihn quälend langsam hinunter. Als er ihn mir endlich ausgezogen hatte, atmeten wir beide schwer.

Er trug noch immer seine Jacke, während ich fast nackt vor ihm stand. Ich wollte etwas daran ändern, ihm die Jacke von den Schultern schieben, doch dann konnte ich nur meine Finger hineinkrallen, als er einen Kuss auf meinen Oberschenkel setzte, einen zweiten knapp unterhalb meines Hüftknochens und einen dritten auf meinen unteren Bauch. Seine Bartstoppeln kratzten über meine Haut und hinterließen eine Gänsehaut, wo auch immer er mich berührte.

Ich stöhnte erstickt auf. Es sollte nicht eine solche Wirkung auf mich haben, aber Luke so zu sehen, auf seinen Knien, vollständig angezogen, während er mit der Zunge an der kleinen Metallkugel in meinem Bauchnabel herumspielte, ließ mich endgültig den Verstand verlieren. Ich wollte das hier so sehr, wie ich nie zuvor etwas gewollt hatte. Ich wollte *ihn* so sehr wie keinen anderen Mann vor ihm.

»Halt dich gut fest«, murmelte er und knabberte leicht an meiner Haut.

Ich konnte gar nicht anders als loszuprusten. »Du nimmst den Mund ja ganz schön voll …«

Er grinste. »Ich hab noch nicht mal richtig angefangen.«

Ich wollte ihm die entsprechende Antwort darauf geben, aber er ließ mir keine Zeit zum Nachdenken, keine Zeit zum Luftholen. Mit den Schultern schob er meine Beine auseinander, und dann war sein Mund genau dort, wo ich ihn spüren wollte.

»Oh Gott …« Ich legte den Kopf in den Nacken, vergrub die Finger in seinem Haar.

Eine große Klappe hatte er ja schon immer gehabt, aber dass er auch eine so talentierte Zunge besaß, wurde mir erst jetzt klar. Ich konnte mein Stöhnen nicht unterdrücken, auch wenn ich mir so fest auf die Lippe biss, dass sie fast taub wurde. Luke packte meine Hüften und hielt sie still, während er mich mit dem Mund verwöhnte.

»Du glaubst gar nicht, wie oft ich mir vorgestellt habe, dich so zu sehen … so zu hören …« Sein heißer Atem strich über meine Haut, und er setzte kleine Küsse auf meinen Oberschenkel.

Ich zwang mich dazu, die Augen wieder zu öffnen, um wenigstens einen Hauch von Kontrolle zurückzuerlangen. Doch als ich zu ihm hinuntersah, entglitt mir jedes bisschen davon wieder.

»Wie oft?«, fragte ich schwer atmend.

Ein gequälter Laut verließ seine Kehle. »Viel zu oft«, gestand er und nahm seine Finger zur Hilfe, um mich Stück für Stück an den Rand des Wahnsinns zu treiben. »Gerade am Anfang … und in den letzten Wochen.« Die letzten Worte waren nur ein Wispern, bevor er wieder seinen Mund einsetzte, leckte, saugte und knabberte.

Seine Worte, seine raue Stimme, die Hitze seines Körpers, sein Mund und seine Finger zwischen meinen Schenkeln … Es war zu viel. Zu viele Sinneseindrücke. Zu viel Luke. Und trotzdem nicht genug. Niemals genug.

Ich keuchte seinen Namen, als sich die Muskeln in meinem Unterleib zitternd anspannten. Nur noch ein kleines bisschen, nur noch ein bisschen mehr und … Ich stöhnte so laut auf, dass man mich mit Sicherheit noch in den Nachbarwohnungen hören konnte. Der Höhepunkt brach über mir zusammen, riss mich mit sich, bis ich nicht mehr wusste, wo oben und unten war, ganz zu schweigen davon, wo ich war.

Ich lehnte an der Tür, die Augen geschlossen, ein Prickeln auf meiner Haut und ein Rauschen in den Ohren. Nur langsam wurde es von meinen eigenen schnellen Atemzügen abgelöst, als ich meine Umgebung wieder wahrzunehmen begann. Meine Knie waren so weich, dass ich mich kaum auf den Beinen halten konnte. Luke hielt mich aufrecht, er hatte einen Arm um mich geschlungen und legte seine Hand an meine Wange.

Blinzelnd öffnete ich die Augen und sah geradewegs in seine. Seine Pupillen waren geweitet, das Blau seiner Iris so stürmisch wie nie zuvor. Seine Nasenflügel bebten bei jedem gepressten Atemzug, und seine Lippen waren leicht geöffnet. Ohne darüber nachzudenken, lehnte ich mich vor und drückte meinen Mund auf seinen.

Er stöhnte in den Kuss hinein. Obwohl er mich so behutsam festhielt, als könnte ich mich jeden Moment in seinen Armen auflösen, war sein Mund unbarmherzig. Er nahm alles, was ich zu geben hatte, und noch etwas mehr. Keuchend unterbrach er den Kuss und lehnte seine Stirn an meine. Als ich die Augen öffnete, waren seine noch geschlossen, sein Gesichtsausdruck war angespannt, seine Atmung flach, seine Lippen bildeten eine schmale Linie.

Entschlossen schob ich die Hände unter seine Jacke. Einen Wimpernschlag später fiel sie zu Boden. Ich hielt Lukes Blick fest, als ich sein Shirt packte und es hochzerrte, bis ihm nichts anderes übrig blieb als es auszuziehen. Seine Haut hatte noch immer den warmen, bronzefarbenen Ton eines langen Sommers. Ich strich mit den Fingerspitzen über seinen Oberkörper und beobachtete fasziniert, wie er bei dieser kleinen Bewegung erschauerte. Mein Blick folgte dem Weg, den meine Finger beschrieben, über seine trainierten Bauchmuskeln, die vor Anspannung zitterten, den Pfad aus hellen Härchen hinunter, die im Bund seiner Jeans verschwanden, bis zur kaum zu übersehenden Beule in seiner Hose.

Hitze floss durch meine Adern und machte es mir schwer, einen klaren Gedanken zu fassen. Das Einzige, was ich mit absoluter Sicherheit wusste, war, dass das, was gerade passiert war, nicht genug war. Es konnte gar nicht genug sein. Nicht, wenn ich mich mit jeder Faser meines Körpers nach diesem Mann sehnte, wenn ich mehr von ihm spüren und diesen Moment festhalten wollte, bis es kein Morgen und kein Gestern mehr gab, sondern nur noch das Jetzt.

Ich wusste nicht, wer sich zuerst bewegte, ob er mir entgegenkam oder ich mich von der Tür abstieß, aber plötzlich lag sein Mund wieder auf meinem, und ich legte die Arme um seinen Hals. Eine Sekunde später spürte ich seine Hände auf meinem Hintern, dann hob er mich hoch und ich schlang die Beine um seine Hüften.

Es grenzte an ein Wunder, dass Luke wusste, wo er hinging, denn ich hatte schon längst jedes bisschen Verstand verloren und fühlte nur noch, statt zu denken. Kurz darauf setzte er mich auf einem harten Untergrund ab und unterbrach den Kuss. Ich konnte gerade mal nach Luft schnappen, als ich seine Lippen auf meinem Hals spürte. Ein noch funktionierender Teil meines Bewusstseins registrierte die geschlossene Tür, den Schrank und die Weltkarte an der Wand. Wir waren in meinem Zimmer, ich auf dem Schreibtisch und Luke zwischen meinen Beinen, die ich noch immer um ihn geschlungen hatte.

Es gab keine langsamen verführerischen Küsse. Sein Mund war heiß und brannte auf meiner Haut. Gleichzeitig strich er mit den Knöcheln an meinen Seiten auf und ab. Auf und ab. Immer wieder, bis ich erschauerte und die Gänsehaut sich auf meinem ganzen Körper ausbreitete. Während ich noch nach seinem Gürtel tastete, spürte ich Lukes Finger bereits an meinem Rücken, dann hatte er meinen BH auch schon geöffnet und löste sich nur so weit von mir, um ihn mir abstreifen zu können.

Sekundenlang blieb er so vor mir stehen, ohne sich zu rühren. Sein Blick brannte sich in mich hinein, und als ich ihn zu mir zog, folgten seine Lippen derselben Spur wie seine Augen zuvor. Er zog eine flammende Spur über meine Haut, mein Dekolleté, meine Brüste. Er küsste mich nicht nur, sondern

389

brandmarke mich, indem er mich wieder und wieder seine Zunge spüren ließ oder auch leicht zubiss.

Selbst wenn ich zuvor noch einen Hauch Geduld gehabt hätte, wäre diese spätestens jetzt verschwunden. Fahrig zerrte ich an seiner Hose und half ihm dabei, sie auszuziehen. Als Nächstes folgte die Boxershorts, bis ich die Hand um ihn legen konnte wie schon einmal in dieser Nacht an Thanksgiving. Nur dass ich diesmal ganz genau sehen konnte, was ich da tat – und welche Wirkung es auf ihn hatte.

Luke stieß einen leisen Fluch aus und kam mir mit dem Becken entgegen. Auf seiner Stirn lag eine dünne Schweiß-schicht, und sein Atem kam nur noch stoßweise. Sekundenlang beobachtete er, was meine Hand da tat, dann suchte er meinen Blick und hielt ihn fest. Ich glaubte, meinen Namen zu hören, bevor er mich grob an sich zog und seinen Mund auf meinen presste.

Dieser Kuss war anders als alle anderen. Die Verspieltheit war verschwunden, die Leidenschaft zwar noch deutlich spür-bar, aber jetzt schimmerte etwas anderes unter der Oberfläche. Eine Verzweiflung, die ich nur zu gut nachempfinden konnte, weil sie genauso in mir tobte. Weil ich ihn so sehr wollte, dass es wehtat. Nicht nur körperlich, sondern auch emotional. Ich wollte alles von ihm. Das Gute, das Schlechte, das Lachen und Weinen, den Sex und die Küsse. Das hier sollte keine einmali-ge Sache sein – doch wenn es so war, würde danach keiner von uns mehr derselbe sein.

Keuchend löste Luke sich von mir und lehnte seine Stirn an meine. Seine Hände lagen an meiner Taille, und er rieb mit den Daumen über meine Haut, aber ich konnte die Anspan-nung in seinem Körper spüren. Konnte sie unter meinen Fin-gern vibrieren fühlen, wenn ich über seine Arme und seinen Rücken strich.

»Letzte Chance …«, warnte er heiser.

Noch konnten wir einen Rückzieher machen. Ich musste es nur sagen, musste Luke nur wegschieben, und wir würden nie wieder darüber reden, was hier beinahe zwischen uns passiert wäre. Vielleicht wäre das die klügere Wahl gewesen. Vielleicht hätte ich das tun können, wenn er mich in den vergangenen Wochen nicht schon so oft und doch nicht oft genug geküsst hätte. Wenn ich nicht genau gewusst hätte, wie sich sein Mund auf meinem und seine Hände auf meiner Haut anfühlten. Wenn ich ihn nicht am Boden zerstört und vor Freude strahlend erlebt hätte. Wenn ich nicht gewusst hätte, wie es war, neben ihm auf dem Sofa einzuschlafen und in seinem Bett, umgeben von seinem Geruch, aufzuwachen.

Aber ich wusste all das. Ich *wollte* all das – und noch so viel mehr.

Ich zwang mich dazu, die Augen zu öffnen und ihn anzusehen. In seinem Blick lag dasselbe Drängen, dasselbe verzweifelte Verlangen, das auch in mir tobte. Es gab schon lange kein Zurück mehr. Vielleicht hatte es das nie gegeben. Und vielleicht wollte ich auch gar nicht mehr zurück.

Luke

Sie nickte – genau wie an jenem Morgen zu Thanksgiving. Und genau wie damals konnte ich nicht aufhören. Ich presste meinen Mund auf ihren für einen kurzen, harten Kuss, dann löste ich mich von Elle, bevor sich mein Verstand endgültig verabschiedete. Meine Hände zitterten, als ich meine Jeans nach meiner Brieftasche absuchte und das Plastikpäckchen daraus hervorzog. Ich hatte noch ein paar in meiner Tasche, aber die lag noch immer im Wohnzimmer, und ich hatte nicht die Ge-

391

duld oder Willenskraft, mich länger von Elle zu lösen als unbedingt nötig.

Irgendwie schaffte ich es, die Packung aufzureißen und mir das Kondom überzustreifen, auch wenn ich mir dabei wie ein verdammter Anfänger vorkam, der das hier noch nie getan hatte. In gewisser Weise stimmte das sogar, denn ich hatte es noch nie mit Elle getan.

Die ganze Zeit über spürte ich ihre Blicke auf mir, und als ich den Kopf hob, um sie anzusehen, war da ein Ziehen in meiner Brust. Schmerzhaft, aber nicht unangenehm, und gleich darauf wieder verschwunden, als ich sie an den Hüften packte und bis an die Tischkante zog. Ich half mit der Hand nach und sah ihr in die Augen, als ich langsam in sie eindrang.

»Fuck …« Ich war gerade mal in ihr, hatte mich noch keinen Zentimeter bewegt und doch war es intensiver als alles, was ich je zuvor erlebt hatte. Ich musste meine Stirn gegen ihre lehnen, mich einen Moment lang sammeln und zusammenreißen, um nicht sofort über sie herzufallen. Oder wie ein pubertierender Teenie innerhalb von wenigen Sekunden zu kommen.

»Luke …«

Ich spürte Elles Atem an meinem Hals. Ihre Fingernägel bohrten sich in meinen Arm und meinen Nacken. Selbst ohne dass sie auffordernd das Becken vorschob, hätte ich gewusst, was sie von mir wollte, was sie brauchte, weil ich es genauso sehr brauchte wie sie.

Ich begann, mich in ihr zu bewegen, langsam zunächst, langsamer als ich es je bei einer anderen Frau getan hatte, weil ich jede Sekunde, jede noch so kleine Bewegung mit ihr genießen wollte. Sie klammerte sich an mich, grub die Nägel mit jedem Stoß ein bisschen fester in meine Haut, als müsste sie sich an mir festhalten, weil sie genauso wenig glauben konnte, dass das hier geschah. Oder wie verdammt *gut* es sich anfühlte.

392

Ihre Hitze umschloss mich, raubte mir den Verstand, bis ich mich nicht länger zurückhalten konnte. Ich schob die Finger in ihr Haar und zog ihren Kopf zurück, damit ich ihr wieder in die Augen sehen konnte. Dann drückte ich meinen Mund auf ihren und das letzte bisschen mühsam aufrecht erhaltene Selbstbeherrschung fiel von mir ab. Ich bewegte mich schneller in ihr, während sie mir entgegenkam, vergaß alles um mich herum, verlor mich in ihr und fand mich gleichzeitig wieder.

»Lehn dich zurück«, flüsterte ich an ihren Lippen und biss hinein.

Sie stöhnte leise auf und stützte sich mit einer Hand hinter sich auf dem Tisch ab. Ich gönnte mir einen Moment, sie so zu betrachten, dann begann ich damit, Küsse auf ihren Hals und ihr Dekolleté zu setzen. Keine sanften Liebkosungen wie ein Gentleman es vielleicht getan hätte. Ich war grob. Ich leckte über ihre Haut, knabberte daran und schloss die Lippen um ihre Brust.

»Oh, verdammt …« Elle biss sich auf die Unterlippe und ließ den Kopf in den Nacken fallen. Ihr Arm begann zu zittern, aber sie hielt sich weiterhin aufrecht. Mit der anderen Hand strich sie mir durchs Haar und packte fest zu, als ich genau im richtigen Winkel in sie stieß und ihr ein weiteres lang gezogenes Stöhnen entlockte.

Meine Stöße wurden schneller. Ich konnte es nicht aufhalten, konnte den Höhepunkt nicht länger hinauszögern, weil ich keine Kontrolle mehr über meinen Körper hatte. Das Einzige, was ich tun konnte, war Elle mit mir zu reißen. Also schob ich eine Hand zwischen unsere Körper und berührte sie genau so, wie sie es mochte. Wie sie es mir selbst gezeigt hatte. Die Erinnerung daran, zusammen mit diesem Moment, diesem Anblick, Elles Stöhnen in meinen Ohren und ihren Muskeln, die

393

sich immer stärker um mich schlossen, waren mehr als genug, um mich endgültig alles andere vergessen zu lassen.

Ich kam hart, schnell und so heftig, dass ich mich an ihr festhalten musste. Ich presste meinen Mund auf ihren und dämpfte so ihren Schrei, als sie ebenfalls zum Höhepunkt kam. Obwohl ich dringend nach Luft schnappen musste, hörte ich nicht auf, sie zu küssen oder mich in ihr zu bewegen, um diese Verbindung zwischen uns aufrechtzuerhalten. Ihr Körper sackte in sich zusammen, und ich musste mich neben ihr auf dem Tisch abstützen, damit meine Beine nicht nachgaben.

»Wow …«, murmelte sie nach einer Weile schwer atmend an meinen Lippen. Dann verzogen sich ihre zu einem Lächeln. »Ich nehme alles zurück, was ich über den kleinen Luke gesagt habe.«

Ich schnaubte, aber es endete in einem Lachen. »Und du hast ihn gerade erst kennengelernt.«

Bevor sie etwas darauf erwidern konnte, packte ich sie wieder an den Hüften und hob sie hoch. Keine Spur von Anspannung. Wie selbstverständlich hielt sie sich an mir fest, während ich sie die zwei Schritte zum Bett hinübertrug und dort so sanft wie in meinem Zustand möglich ablegte.

»Bin gleich zurück.« Ich drückte ihr einen Kuss auf die Stirn, dann löste ich mich von ihr und stand auf, auch wenn alles in mir dagegen protestierte. Aber ich musste das verdammte Kondom loswerden – und neue holen, denn ich war definitiv noch nicht mit ihr fertig. Ein einziges Mal mit Elle würde niemals ausreichen.

In der Wohnung war es noch immer still und leer. Hastig entsorgte ich das Kondom im Bad, wusch mir die Hände und sammelte dann unsere Sachen neben der Tür auf. Zurück in Elles Zimmer legte ich alles auf ihren Schreibtischstuhl und warf ein paar Plastikpäckchen neben sie aufs Bett.

394

Als sie die vier Kondome sah, zog sie die Brauen hoch. »Davon träumst du doch nur, McAdams.«

Ich grinste. »Du hast ja keine Ahnung.«

Dann war ich wieder bei ihr und sorgte dafür, dass Kondom Nummer zwei umgehend zum Einsatz kam.

Der Morgen graute bereits, als Elle neben mir einschlief. Ihr Kopf lag auf meiner Brust, genau wie ihre Hand. Ich lauschte auf ihre gleichmäßigen Atemzüge, während ich gedankenverloren mit den Fingern über ihre weiche Haut strich. Doch obwohl ich völlig erledigt war, wollte sich der Schlaf nicht einstellen. Stattdessen begannen meine Gedanken zu kreisen.

Sekunden dehnten sich zu Minuten aus, in denen ich einfach nur dalag. In meinem Kopf tauchten Bilder und Erinnerungsfetzen der letzten Wochen auf, und mit einem Mal spürte ich wieder dieses Ziehen in meiner Brust. Diesmal wollte es aber nicht so einfach verschwinden. Vielmehr hatte ich das Gefühl, als würde es sich in meinem Brustkorb festsetzen, auf meine Lunge pressen und in jeden Winkel meines Körpers ausstrahlen.

Ein einzelner Gedanke hob sich von den anderen ab. Zuerst schob ich ihn beiseite, ignorierte das Drängen, aber es kehrte immer wieder zurück, breitete sich aus, bis es jeden Muskel in mir erfasst hatte und kein Platz mehr für irgendetwas anderes in meinem Bewusstsein war.

Ich musste hier raus.

Ich brauchte frische Luft, musste einen klaren Kopf bekommen. Wieder und wieder schoben sich diese Worte in den Vordergrund, bis ich mich vorsichtig von Elle löste und aufstand.

Mechanisch zog ich meine Boxershorts, Jeans und mein Shirt wieder an, wie ich es unzählige Male nach einem x-beliebigen One-Night-Stand getan hatte. Ich sah nicht zurück, als ich mich nach meinen Sneakers bückte und sie anzog oder als ich mir meine Jacke und Tasche schnappte. Aber vor allem sah ich nicht zurück, als ich die Zimmertür leise hinter mir schloss. Mein Puls raste. Ich brauchte frische Luft, bevor ich noch an meinen eigenen Gedanken erstickte.

In der Wohnung war alles ruhig. Vielleicht klangen meine Schritte deshalb so unnatürlich laut. Trotzdem zögerte ich nicht, als ich Elles Wohnung verließ und die Tür hinter mir zuzog, wie unzählige Male vorher. Obwohl nichts mehr so war wie zuvor.

Ich machte einen kurzen Abstecher in meine Wohnung, um die Kleidung von gestern gegen meine Laufausrüstung zu tauschen. Gott sei Dank war es zu früh, um Dylan oder Trevor über den Weg zu laufen, dennoch versuchte ich, so leise und unsichtbar wie möglich zu sein.

Die Morgenluft brannte schon nach wenigen Schritten wie eisiges Feuer in meiner Lunge, aber ich verlangsamte mein Tempo nicht. Ich lief weiter, immer weiter, bis ich den Park erreichte, der an das Campusgelände grenzte. Der über Nacht frisch gefallene Schnee knirschte unter meinen Füßen. Bei der ersten Gelegenheit wich ich vom vorgegebenen Weg ab und lief über unebenes Gelände. Ich rutschte aus, stolperte, strauchelte, aber ich blieb nicht stehen. Weiter, immer weiter, bis kein einziger Gedanke mehr Platz in meinem Kopf hatte.

Die Sonne strahlte mir ins Gesicht und blendete mich, meine schnellen Atemzüge kondensierten in der kalten Winterluft, und meine Muskeln zitterten vor Anstrengung und Erschöpfung.

Ich hatte das Richtige getan. Es musste einfach so sein. Elle war mir zu wichtig, um unsere Freundschaft zu riskieren. Und die Menschen, die man zu nahe an sich heranließ, die einem zu wichtig wurden, verlor man immer. Ich hatte es gesehen, hatte selbst erlebt, was diese Gefühle aus einem machen konnten. Dad war ein Wrack gewesen nach Moms Tod. Die Schuldgefühle hatten ihn zerfressen, aber vor allem hatte Mom ihm gefehlt. So sehr, bis er es keine Sekunde länger ohne sie auf der Welt ausgehalten hatte.

Ich schluckte hart, versuchte diese Erinnerungen aus meinem Kopf zu vertreiben, aber sie blieben hartnäckig. Vielleicht würde ich irgendwann lernen, mir nicht mehr die Schuld an ihrem Tod zu geben. Vielleicht konnte ich irgendwann loslassen, wie DeeDee mir geraten hatte. Aber ich würde nie den Ausdruck in Dads Gesicht vergessen, als Mom gestorben war. Nie den Schmerz in seinen Augen oder den in meiner Brust, als er sich kurze Zeit später das Leben genommen hatte.

Damals hatte ich mir geschworen, es selbst nie so weit kommen zu lassen, nie jemanden so nahe an mich ranzulassen, dass ich diese Art von Schmerz spüren könnte. Aber Elle war mir in den vergangenen zwei Jahren, in diesen verdammten letzten Wochen, so nahegekommen, hatte mich so weit gebracht, so viel mehr mit ihr zu wollen.

Ich schüttelte den Kopf. Scheiße, ich hatte das einzig Richtige getan, um sie nicht zu verlieren. Um unsere Freundschaft zu retten. Früher oder später würde Elle das genauso sehen. Wir hatten diese Vereinbarung damals schließlich nicht ohne Grund getroffen, und sobald sich alles wieder normalisiert hatte, konnten wir dazu zurückkehren. Alles würde wieder normal werden. Das musste es, weil ich Elle nicht auch noch verlieren konnte. Das würde ich nicht zulassen.

Ich wandte der Sonne den Rücken zu und lief wieder los. Die gleichmäßigen Bewegungen beruhigten meine aufgewühlten Gedanken und fokussierten sie auf das Wesentliche. Ein Schritt nach dem anderen. Rechts, links, rechts. Einatmen. Ausatmen. Alles außer diesen Grundfunktionen wurde unwesentlich. Und obwohl ich wusste, dass ich hier nur vor meinen Problemen davonlief, genoss ich die Leere in meinem Kopf und das vertraute Brennen in meinem Brustkorb. Früher hatte ich Sport aus Spaß und Siegeswillen betrieben, aber nach jenem Tag im November war Sport zu meiner Zuflucht geworden. Ich war gerannt, bis mich meine Beine nicht mehr getragen hatten, nur um für ein paar wertvolle Minuten von allem wegzukommen. Und jetzt tat ich dasselbe: Ich rannte.

Weg von meinen Problemen. Weg von meinen Gedanken. Weg von meinen Gefühlen.

Und weg von Elle.

Kapitel 22

Elle

»Luke McAdams ist der größte Weiberheld an diesem ganzen verdammten College.«

Ich umklammerte meinen Stift fester und zwang mich dazu, nicht aufzusehen, sondern mich weiter auf die Gliederung dieser Hausarbeit zu konzentrieren. Dabei hatte ich schon längst vergessen, worum es hier eigentlich ging. Was waren schon ein paar Credit Points, verglichen mit der Tatsache, dass sich mein bester Freund seit jener Nacht nicht mehr bei mir gemeldet hatte?

»Wie viele hatte er inzwischen, hm? Hmmm?« Amandas aufgebrachte Stimme wurde von Sekunde zu Sekunde lauter und bohrte sich in meinen Kopf.

Das ging jetzt schon seit über zwei Stunden so. Seit wir in meiner WG saßen, um an dieser verdammten Hausarbeit zu arbeiten. Dabei hatte ich mich nur auf dieses Treffen eingelassen, um mich abzulenken. Aber dank Amandas Hasstirade auf Luke kehrten meine Gedanken immer wieder zu ihm zurück.

»Es ist einfach nicht fair, weißt du?«, machte sie weiter und seufzte tief. »Luke bricht Frauen das Herz.«

Ich biss die Zähne zusammen. Hatte er das? Hatte mir mein bester Freund das Herz gebrochen?

Als ich vor drei Tagen morgens aufgewacht war, war das Bett neben mir leer gewesen. Unter anderen Umständen hätte ich

399

mir nichts dabei gedacht, denn ich nahm nur selten jemanden mit nach Hause. Sex war die eine Sache, aber sich das Bett mit jemandem zu teilen war etwas völlig anderes. Etwas sehr Intimes. Es gehörte zumindest eine Grundmenge an Vertrauen dazu, um ruhig neben diesem Menschen einschlafen zu können.

An diesem Morgen zeigte sich, dass ich dieses Vertrauen in die falsche Person gesetzt hatte. Luke kam nicht gleich wieder, weil er nur kurz frische Bagels und Twinkies holen wollte oder duschen gegangen war. Seine Klamotten waren weg, genau wie sein Handy und alles, was darauf hindeuten könnte, dass er die letzte Nacht hier verbracht hatte. Nur sein Geruch hing noch immer in der Luft und an meinen Kissen.

Als die Erkenntnis einsickerte, dass die letzte Nacht nichts anderes als ein weiterer von Lukes One-Night-Stands gewesen war, versuchte ich nicht, ihn anzurufen. Ich ging auch nicht zu Tate rüber, um mich bei ihr auszuheulen. Nein, das Erste, was ich tat – außer Luke in Gedanken zu verfluchen –, war das Bett neu zu beziehen und das Fenster aufzureißen. Ich wollte nichts von seinem Duft mehr hier haben, keinen einzigen verdammten Hauch. Gar nichts.

Aber meine Erinnerungen konnte ich nicht so einfach verbannen, und ich konnte sie in der Dusche auch nicht einfach von meiner Haut schrubben. Dafür wusste ich noch viel zu deutlich, wie er mich berührt hatte, was er gesagt und wie er mich angesehen hatte. Nach der schnellen Nummer auf meinem Schreibtisch waren wir zum Bett gewechselt, und es war … anders gewesen. Langsamer. Inniger. Aber bevor ich ihn darauf ansprechen konnte, bevor wir darüber reden konnten, was diese Nacht für unsere Freundschaft bedeutete, war ich eingeschlafen. In seinen Armen. Und der Mistkerl hatte nicht mal so viel Anstand besessen, bis zum Morgen dazubleiben.

Mein sogenannter bester Freund ging mir seit jenem Morgen aus dem Weg. Er trieb es sogar so weit, das Mittagessen mit dem Rest unserer Clique ausfallen zu lassen und irgendeine Entschuldigung vorzuschieben, warum er nicht an einem lange geplanten Filmabend mit unseren Freunden teilnehmen konnte. Bisher war niemandem aufgefallen, was Sache war, doch das war nur noch eine Frage der Zeit.

Nein, entschied ich jetzt. Luke hatte mir nicht das Herz gebrochen, denn man konnte nichts brechen, das einem gar nicht gehörte.

»Ganz ehrlich, Elle«, fuhr Amanda unbeirrt fort, völlig unbeeindruckt davon, dass ich nicht auf ihre Hasstirade reagierte. »Ich weiß nicht, wie du es mit ihm aushältst. Aber ich schätze mal, er behandelt seine Freunde besser als seine One-Night-Stands.«

Oh ja, Luke war ein großartiger Freund. Einer, der sich seit jener Nacht nicht mehr bei mir gemeldet hatte, als wäre ich nur … irgendwer für ihn. Irgendeine dahergelaufene Tussi und nicht seine verdammte beste Freundin.

Obwohl ich es besser wissen sollte, griff ich nach meinem Handy. Ein kurzer Blick auf das Display bestätigte meine Vermutung. Kein Anruf. Keine Nachricht. Kein Lebenszeichen. Gar nichts. Und das, obwohl es Freitagnachmittag war und mein Handy an diesem Tag normalerweise heißlief, weil lauter Vorschläge für die Wochenendplanung eintrudelten. Von den Mädels waren sie den Tag über auch wie immer gekommen, ebenso von Mason, und sogar Dylan hatte sich gemeldet. Nur Luke tat so, als hätte er etwas Besseres zu tun. Er hatte nicht mal auf Masons Vorschlag wegen dieser Party heute Abend reagiert.

Allerdings war mir auch nicht nach Feiern zumute, und beim Gedanken daran, wie einige meiner Kommilitonen übers

Wochenende nach Hause zu fahren, kitzelte ein irres Lachen in meiner Kehle. Ganz sicher nicht. Also tat ich das einzig Vernünftige so kurz vor den Prüfungen und versuchte, die sich stapelnden Hausarbeiten und Seminaraufgaben abzuarbeiten. Und zu verdrängen, was genau hier vor drei Tagen zwischen Luke und mir passiert war.

Zumindest versuchte ich es. Aber je länger Amanda über Luke lästerte, desto schwerer fiel es mir, ihn noch in Schutz zu nehmen – weder vor Amanda noch vor mir selbst. Nicht zum ersten Mal dachte ich darüber nach, ob es nicht vielleicht besser gewesen wäre, Lucas McAdams nie begegnet zu sein. Meine Augen brannten, aber mir war nicht nach Weinen zumute, sondern danach, irgendetwas zu zerstören. Am liebsten hätte ich die Zeit zurückgedreht, damit wir gar nicht erst damit anfingen, die Grenzen unserer Freundschaft immer mehr zu verwischen, bis es kein Zurück mehr gab. Damit ich nicht so süchtig nach seinen Küssen und Berührungen wurde. Damit es nicht so verdammt wehtat.

Schwungvoll klappte ich meinen Laptop zu. »Ich glaube, den Rest schaffen wir auch jede für sich.«

Es war mir egal, dass ich wie ein Roboter klang, aber ich hielt es keine Minute länger im selben Zimmer mit Amanda aus. Bei der Vorstellung, dass ich Luke dasselbe bedeutete wie sie, dass er sie genauso berührt und dann frühmorgens zurückgelassen hatte wie mich, wurde mir übel.

»Na gut.« Amanda seufzte und trank ihre Cola aus, dann begann sie, ihre Sachen zusammenzupacken. »Ich muss mich sowieso noch für die Party bei den Jungs vom Footballteam fertigmachen. Morgen ist ein wichtiges Spiel, und sie geben eine kleine Feier für ihre engsten Freunde.«

Was ungefähr das halbe College war, dachte ich trocken, hielt aber meinen Mund.

Amanda sprang auf, strich sich die braunen Locken aus dem Gesicht. »Wir sehen uns später sicher dort. Bis dann, Elle.«

Sie rauschte zur Tür, wo sie beinahe mit Tate zusammenstieß, die gerade zurück nach Hause kam.

»Whoa, hey.« Tate sah ihr stirnrunzelnd nach und drückte die Tür hinter ihr zu. »Amanda Leeroy?« Sie zog die Nase kraus. »Ich dachte, wir hassen sie, seit sie uns geweckt hat?«

»Tun wir auch, aber diese Hausarbeit muss ich trotzdem mit ihr machen«, murmelte ich, ohne aufzusehen. Wir hatten noch eine Woche bis zur Abgabe, und normalerweise hätte ich bis zum Abend vorher gar nicht erst mit dem Schreiben angefangen. Aber was war im Moment schon noch normal?

Tate legte ihre Tasche ab, nahm sich die Klammer aus dem dunklen Haar, das ihr jetzt in einer dichten Masse über die Schultern auf den Rücken fiel. Die Strähnchen darin leuchteten beinahe blutrot. »Und deshalb verbringst du deinen Freitagabend mit Unikram?«, fragte sie und betrachtete ihre farbbespritzten Finger. »Was ist los mit dir?«

»Gar nichts.«

Tate sah auf und kniff prüfend die Augen zusammen. »Das sieht aber nicht nach gar nichts aus.«

Frustriert ließ ich mich aufs Sofa zurückfallen. »Wonach sieht es denn deiner Meinung nach aus?«

»Keine Ahnung.« Sie zuckte mit den Schultern. »Du lernst und schreibst an einer Hausarbeit. Freiwillig. Und soweit ich weiß, stehen die Zwischenprüfungen morgen noch nicht an, also ist das schon mal ein Grund zur Sorge. Außerdem reden du und Luke nicht mehr miteinander, ihr zofft und diskutiert nicht mehr, und wenn er überhaupt mal in der Nähe ist, was selten genug vorkommt, bist du völlig verkrampft. Anfang der Woche habt ihr euch noch mit Blicken ausgezogen, jetzt könnt ihr euch kaum in die Augen sehen.«

In Gedanken verfluchte ich Tate und ihren verdammten Detektivsinn. Für jemanden, der so tat, als wäre ihm alles und jeder egal, registrierte sie viel zu viel.

»Wir hatten Sex«, zischte ich zwischen zusammengebissenen Zähnen und rieb mir über das Gesicht. Ich hatte es satt, dieses Geheimnis für mich zu bewahren. Es jetzt auszusprechen würde doch sowieso nichts mehr ändern, oder? Luke ging mir so oder so aus dem Weg. »Er war ein Arschloch.«

»Wie bitte?« Tate ließ sich mir gegenüber auf die Couch fallen. »Wie? Wann? Und wo?«

Ich erzählte ihr die Kurzfassung, die lediglich aus einem Wochentag und einer groben Zeitangabe bestand. Auf Details wollte ich nicht eingehen. Ich wollte ja nicht mal daran denken.

»Und Luke war ein Arsch?«, bohrte Tate nach. »Beim Sex? Ich kann mir nicht vorstellen, dass er ...«

»Nicht *beim* Sex. Der Sex war großartig. Danach war er ein Idiot.«

»Inwiefern?«

Ich atmete tief ein und aus, was in einem Knurren endete. »Du legst es wirklich drauf an, oder?«

»Hey, wenn du mir nicht alles erzählen willst, muss ich eben dumme Fragen stellen, um es aus dir herauszubekommen. Du könntest es uns beiden leichter machen, indem du mir einfach sagst, was passiert ist.«

»Wir ... haben in den letzten Wochen öfter rumgemacht, aber so getan, als würde nichts davon zählen. Und das hat es auch nicht.« Ich nagte an meiner Unterlippe. »Aber dann hatten wir Sex, und er ist abgehauen, als ich noch geschlafen habe. Seitdem geht er mir aus dem Weg.«

Tate stieß einen leisen Pfiff aus. »Okay, langsam. Was nervt dich wirklich? Dass er nach dem Sex die Flucht ergriffen hat?

Das ist doch nichts Neues bei ihm. Das macht er nach jedem seiner …«

»Seiner One-Night-Stands. Genau«, fauchte ich.

»Ah … Und du wolltest nicht nur einer seiner One-Night-Stands sein?«

Nein. Das hatte ich nie gewollt und wollte es auch jetzt nicht. Ich wünschte, ich würde mich nur in etwas hineinsteigern, würde den sprichwörtlichen Teufel an die Wand malen, obwohl in Wahrheit alles gut war. Aber ich kannte Luke. Ich kannte sein Verhalten, kannte seine typische Vorgehensweise. Hatte ich ihm nicht erst vor wenigen Wochen wegen Amanda die Hölle heißgemacht? Und jetzt hatte er mich genauso behandelt wie jede andere beliebige Frau.

Er wusste das. Und ich wusste es auch. Ich wollte nicht nur ein One-Night-Stand für ihn sein. Und selbst wenn ihm diese Nacht nicht mehr bedeutet hatte als seine anderen Abenteuer – ich war seine beste Freundin, verdammt noch mal. Zählte das auf einmal überhaupt nichts mehr?

Seufzend rieb ich mir über die Stirn. »Ich hasse dich.«

Tate warf mir ein selbstzufriedenes Lächeln zu. »Ich hab dich auch lieb, Winthrop.« Sie legte die Füße auf den Tisch und überkreuzte sie an den Knöcheln. »Das heißt dann wohl, dass du heute nicht in Partystimmung bist?«

Ich zögerte einen Herzschlag lang. »Wird Luke da sein?«

»Hast du mich das gerade ernsthaft gefragt?«

Ich verzog das Gesicht. Okay, blöde Frage. Natürlich würde Luke da sein. Er war auf allen guten Partys, wenn er sie nicht gerade selbst gab.

»Du solltest mitkommen«, sagte Tate entschieden. »Es tut dir nicht gut, wenn du dich ganz allein hier verkriechst.«

»Ich weiß …«

»Außerdem machst du mir Angst, wenn du so im Lernmodus

bist«, gestand sie und schüttelte sich. »Das wird dich in dieser Sache nicht weiterbringen.«

»Ich weiß.«

»Scheiß auf Luke. Scheiß auf alle Männer! Lass uns rausgehen und feiern und Spaß haben!«

»Okay!«

»Es ist schwer, aber … Sekunde mal.« Tate starrte mich aus zusammengekniffenen Augen an. »Gibst du mir gerade die ganze Zeit recht?«

Zum ersten Mal seit Tagen konnte ich wieder lächeln. »Schön, dass dir das auch endlich auffällt.« Ich atmete tief durch, dann stand ich auf. »Gib mir zehn Minuten.«

Um mich fertigzumachen, mich zu schminken und ein Killeroutfit anzuziehen.

Auf diese Party zu gehen war eine beschissene Idee gewesen. Oder vielleicht war es auch nur eine beschissene Idee, noch immer so gut wie nüchtern zu sein. Gut möglich, dass es erträglicher wurde, wenn ich einige Drinks intus hatte. Oder es ging total in die Hose, und ich konnte Lukes Anwesenheit noch weniger ausblenden als ohnehin schon.

Und wenn man vom Teufel sprach …

»Hey, Mann!« Mason hob den Arm, den er nicht um Jenny gelegt hatte und winkte Luke zu uns heran.

Kurz überlegte ich, die Flucht zu ergreifen, aber dazu hätte ich mich durch die Menschenmassen kämpfen müssen, die das Haus belagerten. Außerdem war ich so zwischen Mason und Tate auf dem Sofa eingequetscht, dass allein schon das Aufstehen ein Kraftakt gewesen wäre. Also blieb ich sitzen, trank einen großen Schluck von meinem Bier und betete darum, dass die alles betäubende Wirkung des Alkohols bitte sofort einsetzen möge.

Luke redete mit jemandem aus dem Cross-Country-Team, dann schlenderte er zu uns herüber, was mir mehr als genug Zeit gab, ihn von oben bis unten zu mustern. Er trug Sneakers, eine Jeans und ein schwarzes T-Shirt, das keine Fragen darüber offenließ, wie er darunter aussah. Nicht, dass ich das nicht schon gewusst hätte. Genauso wie ich wusste, wie sich seine warme Haut unter meinen Händen und Lippen anfühlte, wie er roch und wie es war, seinen Mund auf meinem zu spüren. Und so ziemlich überall auf meinem Körper.

Ich kniff die Augen zusammen und versuchte, die Erinnerungen zu vertreiben. Als ich sie wieder öffnete, begegnete ich Lukes Blick. Einen winzigen Moment lang blieb mir das Herz stehen, dann trommelte es schneller weiter, nur um noch mal stehen zu bleiben, als ich spürte, wie er mich von oben bis unten musterte.

Ich hatte mich für ein dunkelgraues Top mit gerippter Rückseite entschieden, die meinen Rücken größtenteils frei ließ. Dazu trug ich schwarze Leggings und kniehohe Stiefel mit Absätzen, die töten konnten. Bis eben noch hatte ich mit angezogenen Beinen dagesessen, aber nun streckte ich sie aus und überkreuzte sie an den Knöcheln. Luke folgte der Bewegung mit den Augen, was das Ziehen in meinem Unterleib nur noch verstärkte.

»Hey McAdams.« Mason begrüßte ihn per Handschlag und lehnte sich wieder zurück. »Ganz allein unterwegs?«

Ich biss die Zähne zusammen und senkte den Blick. Er hatte mich tagelang ignoriert, mich behandelt wie jedes andere seiner Abenteuer. Unter gar keinen Umständen würde ich ihn jetzt sehen lassen, wie sehr er mich damit verletzt hatte.

»Wo hast du dein Mädchen für die Nacht gelassen?«, hakte Mason nach.

Bevor ich mir darüber Gedanken machen konnte, was für

eine schlechte Idee das sein würde, brannte eine Sicherung in mir durch.

»Ja, Luke.« Ich warf ihm ein mörderisches Lächeln zu. »Wo hast du dein Mädchen für die Nacht gelassen?«

Er zögerte, und für einen winzigen Moment meinte ich, etwas in seinen Augen flackern zu sehen. Doch dann zuckte er nur lässig mit den Schultern. »Sie schwirrt sicher irgendwo hier rum.«

Arschloch.

»Viel Glück bei der Suche. Ich hole mir noch etwas davon«, sagte ich und hielt den halbvollen Plastikbecher in die Höhe.

Ich kämpfte mich hoch und spürte dabei Tates besorgten Blick auf mir. Bisher war sie die Einzige, die wusste, was zwischen Luke und mir vorgefallen war. Der Rest der Clique schien noch immer nichts davon zu ahnen, doch jetzt bemerkte ich die Verwirrung bei Mason. Die unterschwellige Spannung zwischen Luke und mir war selbst ihm nicht entgangen.

Ich schob mich an unseren Kommilitonen vorbei und schaffte es irgendwie in den Flur, in dem es genauso voll war wie im Rest des Hauses. Für noch mehr Bier hätte ich in die Küche gehen müssen, aber dem Lärm nach zu urteilen wurde dort gerade ein Wettsaufen veranstaltet, und darauf hatte ich genauso wenig Lust wie auf diese ganze Party. Es war ein Fehler gewesen, hierherzukommen. Ein dummer, riesiger Fehler, den ich bitter bereute. Fast so sehr, wie mit Luke geschlafen zu haben.

Vielleicht sollte ich mir irgendeine Ausrede überlegen und einfach nach Hause gehen. Die Tür stand weit offen. Auf der Veranda tummelten sich Raucher und knutschende Pärchen. Hier war es auch nicht gerade leer, aber wenigstens nicht so voll wie drinnen. Seufzend lehnte ich mich in einer ruhigen Ecke gegen das Geländer, während ich mit mir kämpfte.

Die kalte Nachtluft beruhigte meinen rasenden Puls und das Rauschen in meinen Ohren. Ich rührte mich nicht, ignorierte die Gänsehaut auf meinen Armen und starrte in die Nacht hinaus. Es hatte mal eine Zeit gegeben, in der ich Partys wie diese genossen hatte. Und obwohl ich wusste, dass diese Zeit gar nicht so lange her war, konnte ich dieses Mädchen in mir kaum wiedererkennen. Dafür kam mir das Mädchen, das vor über zwei Jahren mit nichts als einem Rucksack hier angekommen war, umso bekannter vor. Vielleicht, weil mir der Schmerz in meiner Brust so vertraut war.

Es war nicht nur Lukes Zurückweisung, die wehtat. Sie erinnerte mich auch an andere Momente in meinem Leben, die ich vergessen wollte – Momente, in denen ich so sehr irgendwo dazugehören, ein Teil von etwas hatte sein wollen, dass es mir die Luft abschnürte. Damals zu meiner Familie und zu Colin, heute zu dieser Gruppe von Menschen, die mir so wichtig geworden war. Aber was zwischen Luke und mir vorgefallen war, hatte einen Riss zurückgelassen. Noch merkten es die anderen nicht, aber über kurz oder lang würde es auch all unseren Freunden auffallen, dass da etwas ganz und gar nicht in Ordnung war zwischen Luke und mir. Und dann würde alles auseinanderfallen – und ich wäre wieder allein.

Ohne Vorwarnung schallte eine Melodie aus meinem Handy, dicht gefolgt von Lily Allens unverkennbarem Refrain zu *Fuck you*. Ich legte den Kopf in den Nacken und seufzte frustriert, dann zog ich das blöde Ding aus meiner Hosentasche und drückte auf *Ablehnen*.

»Wow«, ertönte eine viel zu vertraute Stimme hinter mir. »Ich hatte ja mit einem wütenden Song als mein neuer Klingelton gerechnet. Aber das?« Luke blieb neben mir stehen.

Ich verkrampfte mich, starrte aber noch immer zu den Häusern auf der anderen Straßenseite. »Ich hätte noch ein paar andere im Angebot«, erwiderte ich eisig, »aber *Fuck You* erschien mir am passendsten. Keine Ahnung, warum.«

Er schwieg, aber ich spürte seinen Blick auf mir, als wollte er mich allein damit dazu zwingen, ihn anzusehen. Ich weigerte mich, dieser stummen Bitte nachzukommen. Ich ignorierte es, wehrte mich gegen den Drang, auch wenn es mich all meine Selbstbeherrschung kostete.

Hatte er mir wirklich nichts zu sagen? Nach allem, was wir miteinander erlebt hatten? Nach mehr als zwei verdammten Jahren, in denen er nicht nur ein Freund, sondern der wichtigste Mensch in meinem Leben gewesen war?

»Beantworte mir eine Frage«, unterbrach ich die Stille zwischen uns, als ich es nicht länger aushielt, und drehte den Kopf in seine Richtung.

Lukes Augen schienen geradezu in der Dunkelheit zu leuchten, so blau waren sie. Einen kurzen Moment lang blieb mir die Luft weg, weil ich so viel darin sah, bevor er alles wegschob und eine ausdruckslose Miene aufsetzte. Dabei zuzusehen, wie er sich vor mir verschloss, tat mehr weh als am nächsten Morgen allein in meinem Bett aufzuwachen.

Ich räusperte mich, um den Kloß in meinem Hals loszuwerden und meiner Stimme die nötige Kraft zu verleihen. »Hattest du von Anfang an geplant, am Morgen abzuhauen, oder ist das einfach nur ein verdammter Reflex von dir?«

Luke starrte mich an. Es konnten nur Sekunden sein, aber es fühlte sich wie Minuten, wie eine halbe Ewigkeit an, bis er endlich eine Reaktion zeigte und langsam den Kopf schüttelte. »Ich weiß nicht mal, wovon du da redest, Elle.«

Ich umklammerte meinen Becher noch etwas fester, bohrte meine Fingernägel in das Plastik. »Ist das dein Ernst?«, stieß ich mit einem ungläubigen Lachen hervor. »Du willst so tun, als wüsstest du nicht genau, was ich meine? Du willst wirklich diese Show abziehen? Mit *mir*?«

Die schon unzählige solcher Momente indirekt miterlebt

hatte, entweder weil ich davon gehört oder weil sich eine von Lukes alten Flammen bei mir ausgeheult hatte. Anscheinend stand irgendwo geschrieben, dass ich die richtige Anlaufstelle für gebrochene Herzen war, nachdem Luke mit ihnen fertig war. Aber ich hätte mir nie im Leben ausmalen können, dass er die gleiche Nummer eines Tages auch bei mir abziehen würde.

»Elle, was zwischen uns passiert ist ...«

»Wag es ja nicht!« Ich zitterte vor Wut und gab mir keine Mühe, die Stimme zu senken. Es war mir völlig egal, ob uns jemand hörte oder nicht. »Wenn du mir jetzt denselben Spruch auftischst wie Hunderten vor mir, schütte ich dir diesen Drink ins Gesicht.«

»Verdammt, Elle ...« Ein Riss erschien in seiner Fassade, aber er versiegelte ihn sofort wieder. »Was hast du denn erwartet? Eine Nacht, und dann ist alles anders? Dann bin ich ein anderer Mensch? Du kennst mich doch. Scheiße, du kennst mich besser als jeder andere.«

»Genau ...« Ich lächelte langsam, aber es war nicht glücklich, sondern fühlte sich völlig falsch an. »Ich kenne dich, weil ich deine beste Freundin bin. Also entschuldige bitte, wenn ich etwas anderes von dir erwartet habe als das hier.«

Fluchend fuhr er sich durchs Haar. »Was erwartest du von mir? Willst du, dass ich zugebe, dass es ein Fehler war? Dass wir es niemals so weit hätten kommen lassen dürfen?«

Ich knallte den Becher so fest auf das Geländer, dass er runterfiel und im Gras landete. »Ich will, dass du einmal in deinem verdammten Leben für etwas einstehst, das du getan hast!«

»Du meinst, dass ich nicht davor weglaufe, so wie du es ständig tust?«

Ich zuckte zusammen, als hätte er mich geohrfeigt. Aber er hatte recht. Das war das Schlimmste daran.

»Das ist nicht fair«, flüsterte ich.

411

»Nein, ich weiß, dass das nicht fair ist, aber es ist die Wahrheit, Elle.«

»Du willst die Wahrheit?« Außer mir vor Wut machte ich einen Schritt auf ihn zu und stieß ihn mit beiden Händen zurück, dann noch mal, bis wir so nahe voreinander standen, dass ich jeden seiner Atemzüge auf meinem Gesicht spüren konnte. »Du läufst genauso weg. Oder wie würdest du es sonst bezeichnen, wie du mit dem Tod deiner Eltern umgehst?«

Luke wurde blass. *Na also.* Ich hatte es geschafft. Ich hatte ihn genau dort getroffen, wo es wehtat, doch dafür hatte ich weit unter die Gürtellinie gezielt. Die Worte taten mir im selben Moment leid, in dem sie meinen Mund verließen, aber jetzt konnte ich sie nicht mehr zurücknehmen. Sie waren ausgesprochen und breiteten sich wie Gift zwischen uns aus.

»Wow …«, stieß er hervor und wich mit abwehrend gehobenen Händen vor mir zurück. »Ich hätte nie gedacht, dass ausgerechnet du das eines Tages gegen mich verwenden würdest. So eine Aussage hätte ich Landon zugetraut, vielleicht auch Trevor, aber nicht dir.« Ein hartes Lächeln, ein bitterer Zug um seinen Mund. »Deine Mom wäre stolz auf dich.«

Mir wurde eiskalt. Das Bier brodelte in meinem Magen, aber ich unterdrückte die Übelkeit mit derselben Entschlossenheit wie das Brennen in meinen Augen.

Was war aus uns geworden, dass wir all das, was wir übereinander wussten, auf einmal gegeneinander einsetzten? Wie hatte eine einzige Nacht alles verändern und in ein solches Chaos stürzen können?

Nein. Es war nicht diese Nacht gewesen, sondern der Morgen danach. Der Morgen, an dem ich allein in meinem Bett aufgewacht war, die andere Seite leer und kalt. Genauso leer und kalt wie unsere Freundschaft auf einmal war.

Aber es war nicht nur die Freundschaft und die lustigen Momente darin, die ich schmerzlich vermisste. Es war Luke. Der Kerl, der mich an meinem ersten Tag im College umgerannt hatte, der mich regelmäßig in den Wahnsinn trieb, mir immer wieder irgendwelche hirnrissigen Memes schickte und mir ohne Vorwarnung oder Anlass einfach so die Sonderausgabe meiner Lieblingsbuchreihe schenkte. Der Kerl, der mir regelmäßig Kaffee kochte, mich frühmorgens mit Handynachrichten terrorisierte, mit einem einzigen Kuss meine ganze Welt auf den Kopf stellen und mir mit einem Lächeln das Herz brechen konnte.

»Das war's also?« Ich erkannte meine eigene Stimme kaum wieder. »Wir hatten Sex, und die Freundschaft ist vorbei?«

»Das muss es nicht«, sagte er leise. »Ich weiß, dass ich es versaut habe, aber … kann es nicht einfach wieder so wie vorher zwischen uns sein?«

»Du machst Witze, oder?«

Aber er wirkte nicht so, als wäre das ein Witz. Er wirkte todernst, geradezu flehend.

Ich stieß ein ungläubiges Lachen hervor. Es kostete mich all meine Willenskraft, die Tränen zurückzuhalten, obwohl mir bereits die Sicht verschwamm. Auf keinen Fall würde ich jetzt vor Luke zusammenbrechen. Er war immer derjenige gewesen, zu dem ich gegangen war, wenn irgendetwas los war, wenn ich wütend oder traurig war, wenn mir langweilig war oder ich nicht allein sein wollte. Er war meine Zuflucht gewesen. Bis jetzt.

»Elle …« Er streckte die Hand nach mir aus, aber ich wich vor ihm zurück.

»Nein«, presste ich hervor. »Es kann nicht einfach wieder wie vorher zwischen uns sein. Du hast mit mir geschlafen und mich danach wie eines deiner kleinen Flittchen behandelt.«

»Es ... Scheiße.« Er wandte sich kurz ab, rieb sich über die Augen und wirkte dabei so verloren, wie ich mich gerade fühlte. »Es tut mir leid.«

»Ich weiß. Schon gut.« Irgendwie presste ich die Worte hervor, auch wenn wir beide wussten, dass sie eine Lüge waren. Eine Lüge, die wir beide akzeptierten.

Weil wir keine Freunde mehr waren. Weil ein einziger Moment, in dem wir mehr als das gewesen waren, ausgereicht hatte, um alles zu zerstören.

Luke zögerte, schien mit sich zu ringen, dann wandte er sich ab und ging zurück ins Haus. Eine Sekunde lang schwebte sein Duft noch in der Luft, der vertraute Geruch von warmen Sonnenstrahlen und einem Tag am Meer, dann war auch das verschwunden.

Genau wie mein bester Freund.

Kapitel 23

Luke

Ich rannte. Ein beißender Wind schnitt mir ins Gesicht und versuchte mich zurückzudrängen, aber ich kämpfte mich vorwärts, immer weiter, bis ich die Kälte nicht mehr auf meiner Haut wahrnahm, weil sie längst ein Teil von mir geworden war.

Ich lief an Spaziergängern vorbei, an Müttern und Vätern mit Kinderwagen und Leuten, die nicht auf den Weg, sondern nur auf das Smartphone in ihrer Hand achteten. Ausnahmsweise war ich an diesem Sonntagmorgen nicht gegen fünf oder sechs Uhr aufgebrochen, um meine übliche Morgenrunde zu drehen. Zum einen lag es daran, dass Dylan auf der Arbeit festsaß, weil es einen Notfall in der Tierklinik gegeben hatte. Zum anderen hatten das ganze Bier und der Tequila von gestern Nacht ihre volle Wirkung entfaltet. Mein Kopf dröhnte immer noch, aber die eisige Luft half dabei, ihn zu klären. Zumindest ein bisschen. Leider kehrten damit auch all meine Gedanken und Erinnerungen zurück, die ich seit der Party vorgestern in Alkohol ertränkt hatte.

Es war zwei Tage her, seit ich Elle das letzte Mal gesehen oder gesprochen hatte. Keine besonders lange Zeit, aber zählte man die Tage dazu, in denen ich ihr aus dem Weg gegangen war, war es schon fast eine Woche. Eine Woche ohne meine beste Freundin, die ich sonst mehrmals täglich sah, allein schon, wenn sie morgens zum Frühstücken vorbeikam. Und jetzt sah ich sie gar nicht mehr.

Ich schluckte die Bitterkeit in meiner Kehle hinunter und joggte durch den Torbogen in den Park. Eine Winterlandschaft empfing mich. Frost und eine dünne Schneeschicht lagen auf den Holzbänken und hatten sich wie eine eisige Decke um jeden Ast und jeden Grashalm geschlungen.

Kurz blieb ich stehen, zog mir die Mütze tiefer ins Gesicht und drückte auf mein Handy, das an meinem Oberarm befestigt vor der Kälte geschützt war. Der aktuelle Song brach mitten im Refrain ab, und ein neuer begann – ausgerechnet von Halestorm. Elles Lieblingsband. Ich biss die Zähne zusammen und tippte noch mal auf mein Handy. Der nächste Song war irgendein schnelles Lied mit einem gleichmäßigen Rhythmus. Perfekt zum Laufen, aber vor allem ohne irgendwelche Erinnerungen, die daran hafteten.

Ich rannte weiter durch den Park, während mich die Musik antrieb und vom Rest der Welt abschnitt. Ich beschleunigte meine Schritte, erhöhte mein Tempo. Schneller, noch ein bisschen schneller. Als kleiner Junge hatte ich mir immer vorgestellt, abheben und davonfliegen zu können, wenn meine Beine mich nur schnell genug trugen. Doch jetzt konnte ich nicht mal vor meinen Problemen weglaufen – vom Davonfliegen ganz zu schweigen. Denn mit jedem Schritt, sogar mit jedem Atemzug begleiteten mich die Gedanken an Elle. An unseren Streit. An den Ausdruck in ihren Augen, als ich sie gefragt hatte, ob nicht alles wieder wie früher zwischen uns sein konnte.

Ich schüttelte den Kopf, versuchte das Bild aus meinem Bewusstsein zu vertreiben, aber es kehrte immer wieder zurück. Und mit ihm die Angst, einen riesigen Fehler gemacht zu haben. Denn egal, wie oft ich mir selbst versicherte, dass Elle sich wieder beruhigen würde, weil sie mir nie lange böse sein konnte, blieb doch dieses nagende Gefühl in mir. Was, wenn es diesmal nicht so war? Was, wenn ich es endgültig versaut hatte? Wenn das zwischen uns passiert war, was wir von Anfang an hatten vermeiden wollen? Wenn Sex unsere Freundschaft endgültig zerstört hatte? So wie er vor über zwei Jahren die Freundschaften zu Dylan und Samantha zerstört hatte.

Am Morgen danach war es mir wie die beste Lösung vorgekommen, aber ich hatte nicht mit dieser Reaktion von Elle gerechnet. Ich hatte nur an mich gedacht und daran, wie sehr ich ihre Freundschaft brauchte und dass ich sie nicht verlieren wollte. Ich *konnte* sie nicht verlieren. Nicht noch einen Menschen in meinem Leben. Nicht Elle. Doch nun schien ich sie genau deshalb verloren zu haben.

Die Wahrheit war, dass ich sie vermisste. Ich vermisste Elles genervte Antworten, wenn ich sie mit irgendwelchen Textnachrichten und Memes bombardierte. Ich vermisste es, sie damit aufzuziehen, dass sie ihre Hausaufgaben für unser gemeinsames Seminar immer in der Nacht oder sogar erst Minuten vorher machte. Ich vermisste es, sie lesend oder schreibend in meinem Zimmer vorzufinden, weil sie in ihrer eigenen WG keine Ruhe hatte. Ich vermisste es, sie zu küssen, sie zu berühren.

Scheiße.

Das plötzliche Schrillen in meinen Ohren unterbrach nicht nur den aktuellen Song, sondern auch meine Gedanken. Ich machte mir nicht die Mühe, stehen zu bleiben und nachzusehen, wer es war, sondern nahm den Anruf direkt entgegen.

»Ja?«

Einen Herzschlag lang war die Hoffnung da, dass es Elle sein könnte. Dass wir das, was zwischen uns vorgefallen war, vergessen konnten. Dass diese Nacht genauso wenig zählte wie alles andere zuvor. Aber es war nicht die Stimme meiner besten Freundin, die sich am anderen Ende der Leitung meldete.

»Luke …«

Ich runzelte die Stirn. »Landon? Was ist los?«

Es war kurz nach acht Uhr morgens. Es geschah schon selten genug, dass mich mein Bruder anrief, aber dann auch noch an einem Sonntagmorgen?

»Es geht um DeeDee …« Seine Stimme klang rau und heiser, als hätte er sie überanstrengt oder wochenlang nicht mehr benutzt. »Sie ist …«

Nein.

»Sie hatte letzte Nacht einen Herzinfarkt.«

Nein. Nein. Nein.

Ich blieb so abrupt stehen, dass ich strauchelte. Mein Puls raste. Mein Atem ging keuchend. Mit einem Mal fühlte es sich so an, als würde die Welt stehen bleiben, als würde jedes Molekül in der Luft erstarren, so wie alles in mir erstarrte.

»Ist sie …?« Ich konnte es nicht aussprechen, konnte die Worte nicht hervorwürgen, denn sie blieben mir einfach in der Kehle stecken.

Schweigen.

Landon schien mit sich zu kämpfen, dann hörte ich ein ersticktes »Ja.«

Ich fiel auf die Knie. Meine Beine gaben einfach nach. Mein Bruder sagte noch etwas, aber ich nahm nichts davon wahr. Das Rauschen in meinen Ohren übertönte jedes andere Geräusch. Dafür nahm ich DeeDees Stimme in meinem Kopf überdeutlich wahr.

Wie sehr sie sich darüber gefreut hatte, dass ich an Thanksgiving zu Hause gewesen war und Elle mitgebracht hatte. Dass sie nächstes Jahr unbedingt den alten Apfelbaum im Garten abholzen musste, was ich ihr sofort ausgeredet hatte, da Landon oder ich das für sie tun würden. Wie glücklich sie über den Auftrag für das Hochzeitskleid war, das sie für die Tochter ihrer langjährigen Freundin Miss Pemberton schneidern sollte. Und dass sie für Weihnachten ein paar neue Rezepte ausprobieren wollte und ich es nicht über mich brachte, ihr das auszureden, auch wenn es sicher scheußlich schmecken würde.

Doch jetzt gerade hätte ich alles dafür gegeben, noch mal ihren verkohlten Speck zum Frühstück zu essen. Sie noch mal sehen und mit ihr reden, sie umarmen zu können. Es konnte nicht sein, dass sie einfach fort war. Nicht so. Nicht wenn ich vor ein paar Tagen noch mit ihr telefoniert und ihr versprochen hatte, bald wieder nach Hause zu kommen.

»Luke?«

»Das ist ein Witz, oder?« Ich grub die Finger in mein Haar und zog daran, bis der Schmerz das Chaos in meinem Inneren wenigstens für einen kurzen Moment übertönte. »Bitte sag mir, dass das ein gottverdammter Scherz ist!«

»Luke …« Er seufzte, ich meinte ihn sogar unterdrückt fluchen zu hören. Dabei fluchte mein Bruder nie. »Ich fahre gleich hin, um alles zu klären. Ich weiß, dass bei dir gerade die Examen anstehen, aber sobald du kannst, solltest du ebenfalls herkommen. Wenigstens zur Beerdigung.«

Mein Handy landete krachend auf dem vereisten Boden. Ich wollte es nicht hören, wollte nicht einmal daran denken. Wie konnte Landon so sachlich damit umgehen, als wäre es nur ein weiterer Fall, den er in der Kanzlei bearbeitete? Hier ging es um DeeDee, verdammt! Die Frau, die uns bei sich aufgenommen hatte, nachdem Mom und Dad gestorben waren. Sie war immer für uns da gewesen, hatte mir nie irgendwelche Vorträge gehalten, ganz egal, wie viel Mist ich gebaut hatte und wie wütend sie auf mich war. Sie war immer verständnisvoll gewesen, aber vor allem hatte sie mich nie aufgegeben.

Ich wusste nicht, wann ich wieder aufstand oder woher ich die Kraft dazu nahm, denn alles in mir fühlte sich taub an. Mein Innerstes genauso wie jeder Muskel in meinem Körper. Trotzdem hob ich das Handy und den Akku auf, der herausgeflogen war, und schob beides in meine Jackentasche.

Und dann rannte ich. So schnell und so weit ich konnte.

Elle

Luke sah beschissen aus, als er mir am Abend die Tür öffnete. Tiefe Ringe lagen unter seinen geröteten Augen, sein Haar war ein noch größeres Durcheinander als sonst, seine Schultern hingen herab, und sein Gesicht war erschreckend blass.

Ohne ein einziges Wort machte ich einen Schritt auf ihn zu und umarmte ihn. »Es tut mir so leid …«

Nach Trevors Anruf hatte ich sofort alles stehen und liegen gelassen und war hergekommen. Er hatte Luke in einer Bar aufgelesen und zurück ins Wohnheim gebracht. Er wusste offenbar noch nichts von dem, was zwischen Luke und mir vorgefallen war, also hatte er mich als Erstes angerufen.

Luke versteifte sich. Unter anderen Umständen hätte er die Arme um mich gelegt und mich an sich gedrückt, doch jetzt rührte er sich nicht, hob noch nicht mal die Hände, um mich wegzuschieben. Es war, als würde ich nur eine leblose Hülle umarmen.

»Elle …« Mein Name klang wie eine Warnung aus seinem Mund. Gleichzeitig schwang eine unausgesprochene Frage darin mit.

Ich lehnte mich zurück bis ich ihn ansehen konnte. »Dachtest du wirklich, ich lasse dich damit allein?«

Was auch immer zwischen uns geschehen war und was auch

immer zwischen uns stand, spielte in diesem Moment keine Rolle. Nicht, wenn DeeDee gestorben war. Nicht, wenn ich den Schmerz in seinen Augen lesen konnte, auch wenn er sich alle Mühe gab, nichts davon nach außen dringen zu lassen.

»Du hättest nicht herkommen müssen.« Brüsk löste er sich von mir. Wenigstens schob er mich nicht gleich wieder aus der Wohnung.

»Doch«, erwiderte ich und schloss die Tür hinter mir. Wir waren allein, Dylan und Trevor waren beide bei der Arbeit.

Luke ging zur Kochecke hinüber und öffnete die Kühlschranktür, nur um sie im selben Atemzug wieder zuzuschlagen. Glas klirrte. Er stützte sich mit beiden Händen auf der Kücheninsel auf.

»Ich bin okay«, behauptete er, ohne mich anzusehen.

»Das bist du nicht. Keiner wäre das.«

Er reagierte nicht, starrte weiter auf einen imaginären Punkt zwischen den Zetteln und leeren Tassen auf der Arbeitsfläche.

»Luke …« Zögernd machte ich einen Schritt auf ihn zu.

»Ich bin okay«, wiederholte er tonlos. »Du kannst gehen.«

»Warum? Damit ich nicht sehe, wie nahe es dir geht? Damit ich dich für ein gefühlloses Arschloch halte?«

Egal, was er mir weismachen oder wem er hier etwas zu beweisen versuchte, ich wusste, dass er ein Herz hatte. Eines, das viel zu groß und viel zu früh verletzt worden war, um jetzt noch jemanden an sich ranzulassen. Aber er hatte DeeDee gegenüber seine Mauern fallen lassen. Ich hatte es gesehen, hatte die beiden zusammen erlebt. Und er hatte auch mich an sich rangelassen, wenigstens in ein paar kurzen Momenten.

»Geh jetzt, Elle.«

Ganz sicher nicht. Luke war noch immer mein bester Freund, völlig egal, wie sehr er mir wehgetan hatte. Wie sehr wir uns gegenseitig wehgetan hatten.

421

»Es ist okay, wütend zu sein«, versuchte ich es auf andere Weise. »Es ist okay, zu trauern. Niemand erwartet von dir, dass du ...«

»Nichts ist okay!« Mit einer einzigen Handbewegung fegte er alles von der Kücheninsel. Papiere flogen durch die Luft, und die Tassen zerbrachen klirrend auf dem Boden.

»Luke ...« Ich näherte mich ihm nur langsam. Nicht, weil ich Angst vor seiner Reaktion hatte, sondern weil ich nicht wollte, dass er vor mir zurückwich. »Ich kann mir nicht mal vorstellen, wie du dich gerade fühlst, aber ich weiß, wie ...«

Er stieß ein hartes Lachen aus. Zum ersten Mal sah er mich wieder an, richtete diesen anklagenden Blick aus eisigen blauen Augen auf mich. »Glaub mir, du hast keine Ahnung, Elle. Hast du etwa schon mal jemanden verloren?«

Ich gab mir alle Mühe, nicht unter seinen harschen Worten zusammenzuzucken – und scheiterte. »Nein«, gab ich leise zu und biss mir fest auf die Lippe. »Niemanden, der gestorben ist.«

Ich wusste nicht, wie es war, jemanden zu verlieren, der so plötzlich aus dem Leben gerissen wurde und nie mehr zurückkehrte. Jemand, von dem man nicht Abschied nehmen konnte und den man von einem Tag auf den anderen nie mehr wiedersehen würde. In diesem Punkt hatte Luke recht. Als mein Großvater gestorben war, war ich zu jung gewesen, um zu begreifen, was passiert war. Zu jung, um ihn wirklich zu kennen und mich heute an ihn zu erinnern. Aber ich wusste sehr gut, wie es sich anfühlte, jemanden zu verlieren, weil er dich nicht länger in seinem Leben haben wollte und fein säuberlich herausschnitt.

Es war nicht dasselbe. Das konnte es gar nicht sein. Aber ich wusste, wie sehr es wehtat, einen Menschen zu verlieren, den man liebte.

Luke schüttelte den Kopf. »Sie ist weg, Elle … Vor ein paar Tagen habe ich noch mit ihr telefoniert und ihr versprochen, dass ich sie bald wieder besuchen komme, und jetzt … jetzt ist sie nicht mehr da. Sie ist einfach nicht mehr da …« Er rutschte an der Kochinsel hinunter, als hätte er keine Kraft mehr, um aufrecht stehen zu bleiben.

Ich war sofort bei ihm und schlang die Arme um ihn. Wieder erstarrte Luke, und seine Muskeln spannten sich so stark an, dass ich fürchtete, er würde mich von sich stoßen. Vielleicht war ich genau die falsche Person, um ihm jetzt Trost zu spenden. Vielleicht wollte er mich genauso wenig in seinem Leben haben wie Colin oder meine Mom. Doch dann erwiderte er die Umarmung.

Er vergrub sein Gesicht an meinem Hals und atmete zittrig ein und aus. Hier, mitten in seiner Wohnung, drückte er mich so fest an sich, dass mir die Luft wegblieb. So fest, als wäre ich das Einzige, was ihn noch bei Verstand hielt, das Einzige, was ihn davor bewahrte, wieder in dasselbe dunkle Loch aus Schmerz und Schuldgefühlen zu fallen wie nach dem Tod seiner Eltern.

Und genau das wollte ich für ihn sein. Völlig egal, was zwischen uns geschehen war. Luke war mein bester Freund, und daran würde nichts je etwas ändern. Wenn er mich brauchte, war ich für ihn da. Insbesondere dann, wenn er nicht wahrhaben wollte, dass er jemanden brauchte.

Sein Körper bebte, und ich zog ihn noch etwas fester an mich. Seine Finger gruben sich in mein Oberteil, klammerten sich an mich, während ich beruhigend über seinen Rücken strich. Ich lehnte meinen Kopf an seinen, meine Wange an seinem Haar, und hielt ihn einfach nur fest.

Ich wusste nicht, wie lange wir so auf dem Boden saßen, aber es musste eine ganze Weile gewesen sein, denn mein linkes

Bein und mein Hintern wurden irgendwann taub. Trotzdem rührte ich mich nicht, sondern strich weiter über Lukes Rücken und durch sein Haar. Irgendwann hatte er aufgehört zu zittern, und seine Atmung hatte sich beruhigt, aber sein Griff um mich war kein bisschen lockerer geworden.

»Warum?« Die Frage war so leise, war nur ein heiseres Wispern an meinem Hals, das ich sie kaum verstand. »Warum jetzt? Sie war nicht krank, sie war völlig gesund und … Fuck. Das ist nicht fair.«

»Nichts davon ist fair …«, murmelte ich.

Nicht DeeDees Tod, nicht der seiner Eltern.

»An Thanksgiving hat sie mir gesagt, dass ich aufhören soll, mir die Schuld an dem Unfall zu geben. Dass ich um sie trauern und sie loslassen muss.« Er schnaubte, aber es klang erstickt. »Und jetzt … Gott, das ist so eine verdammte Ironie …« Luke löste sich von mir, stand aber nicht auf, sondern lehnte sich mit dem Rücken gegen die Kochinsel.

»Was meinst du?«

Er sah kurz zu mir, dann starrte er wieder geradeaus. »Ist das inzwischen nicht offensichtlich? Ich verliere jeden, der mir wichtig ist. Jeden, der mir irgendwie nahesteht.«

Etwas in mir zerbrach für ihn. Ich wollte ihn umarmen, wollte ihm versichern, dass alles wieder gut werden würde, aber das konnte ich nicht. Weil ich nicht wusste, was die Zukunft bringen würde, weil ich nicht vorhersehen konnte, wie viele Verluste ihm noch bevorstanden. Aber es gab eine Sache, die ich mit absoluter Sicherheit wusste.

»Das ist nicht wahr«, flüsterte ich und suchte seinen Blick. »Das ist nicht wahr, Luke«, wiederholte ich, diesmal nachdrücklicher, damit er die Worte wahrnahm, damit er mir glaubte und sie verinnerlichte. Ich biss mir auf Lippe, kam aber nicht gegen die Tränen in meinen Augen oder gegen das Zittern in meiner

Stimme an. »Du wirst mich nicht verlieren, okay? Ganz egal, was passiert, ich werde dich niemals aus meinem Leben ausschließen. Ich werde immer da sein. Das ist ein Versprechen.«

Kapitel 24

Luke

Ich hasste Beerdigungen. Selbst wenn sie an einem so sonnigen Tag wie heute stattfanden. Irgendwie war es ironisch, dass wir uns am bisher schönsten Dezembertag hier versammelten, um von DeeDee Abschied zu nehmen. Und gleichzeitig hätte nichts anderes besser zu ihr und ihrer positiven Art gepasst.

Gott, ich war erleichtert, dass der Sarg nicht offen war. Vielleicht machte mich das zu einem Schwächling, aber ich wollte sie nicht so in Erinnerung behalten. Ich wollte an das Leuchten in ihren Augen denken, wann immer sie eine Idee für einen neuen Mantel oder ein neues Kleid hatte und sich an die Arbeit machte. Ich wollte mich daran zurückerinnern, wie sie uns angebrannten Toast zum Frühstück servierte, den wir nur ihr zuliebe hinunterwürgten. Ich wollte mich daran erinnern, wie sie jeden Abend an unsere Zimmertüren geklopft und uns eine gute Nacht gewünscht hatte, ganz egal, was den Tag über vorgefallen war, ob wir uns gestritten hatten oder ich Mist gebaut hatte. Ich wollte mich an das vertraute Surren ihrer Nähmaschine erinnern und an die Footballspiele, die nebenher immer im Fernseher liefen, während DeeDee arbeitete.

Nur so wollte ich an meine Großtante zurückdenken und nicht an den kalten, leblosen Körper in einer Kiste, die wir gleich in die Erde hinablassen würden.

Trotzdem konnte ich den Blick nicht vom Sarg abwenden. Ich starrte ihn an, starrte auf das Blumenarrangement darauf und die Blätter, die im eisigen Wind schaukelten. Ein Teil von mir rechnete damit, dass DeeDee gleich herausspringen würde, quicklebendig, und sich teuflisch darüber amüsieren würde, uns alle so hinters Licht geführt zu haben. Ein anderer Teil von mir wusste, wie verrückt und bescheuert das war, aber ich klammerte mich an diese Hoffnung, auch wenn sie noch so unsinnig war. Ich konnte den Gedanken nicht ertragen, DeeDee nie wieder zu sehen, mich niemals mehr zu ihr hinunterzubeugen, damit sie mich umarmen konnte. Ich hatte mich nie richtig dafür bedankt, was sie für Landon und mich getan hatte, sondern ihr immer nur Ärger bereitet. Und jetzt war es zu spät, um Danke zu sagen.

Eine kleine Hand schloss sich um meine und drückte sie. Elle saß rechts von mir in der vordersten Reihe. Sie hatte meine Proteste einfach niedergeschmettert und war mitgekommen, hatte mich sogar hergefahren, obwohl ich ihr immer wieder versichert hatte, dass ich durchaus selbst dazu in der Lage war. Aber sie war unnachgiebig geblieben. Und um ehrlich zu sein, war ich ihr dankbar dafür. Ich hätte nicht gewusst, wie ich das hier ohne sie durchstehen sollte.

Links von mir saß Landon stocksteif da. Ich war mir ziemlich sicher, dass er sich während der ganzen Predigt kein einziges Mal bewegt hatte, außer um seiner Verlobten den Arm um die Schultern zu legen und sie an sich zu ziehen. Beatrice weinte leise, und auch aus den Reihen hinter uns war vereinzeltes Schluchzen und Schniefen zu hören. So viele Leute hatten sich hier versammelt. Menschen, von denen ich die meisten nicht mal kannte. Aber sie alle hatten DeeDee gekannt, weil sie ihr Leben auf die eine oder andere Weise berührt hatte.

Elle drückte erneut meine Hand. Nur widerwillig riss ich

den Blick von dem Sarg los und sah zu ihr. Ihre Augen waren gerötet, und das Mitgefühl darin, die unverfälschte Trauer, schnürten mir die Luft ab. Sie deutete mit dem Kopf nach vorn, und ich begriff. Der Pfarrer hatte seine Predigt beendet. Jetzt war es an Landon und mir, als Erste Abschied zu nehmen. Mein Bruder war bereits aufgestanden, aber ich weigerte mich. Ich konnte nicht nach vorne gehen und Lebewohl sagen, weil es das endgültig wahrmachen würde. Dann würde ich nicht länger darauf hoffen können, dass alles nur ein völlig durchgeknallter Scherz war, über den wir gemeinsam mit DeeDee und einer Tasse Tee mit Rum lachen würden.

»Luke.« Mein Bruder sah mich abwartend an.

Scheiße. Ich presste die Lippen aufeinander und blickte an ihm vorbei auf den Sarg. Die Blüten darauf wiegten sich leicht im kalten Wind. Es war ein buntes Gesteck, farbenfroh und fröhlich, genauso, wie DeeDee es geliebt hätte. Wenn sie jetzt hier wäre, hätte sie die Blumen abgenickt, aber die Kleidung der Anwesenden kritisiert, da war ich mir sicher. Nur Elles nicht, denn um ihren Hals lag das orangerote Tuch, das meine Großtante ihr geschenkt hatte. Wenn es nach DeeDee ginge, wäre niemand hier schwarz angezogen, sondern würde helle und strahlende Farben tragen, um das Leben zu feiern, das sie geführt hatte.

Aber sie war nicht hier – und sie würde nie mehr zurückkommen.

Ich atmete tief durch, dann stand ich auf und folgte Landon die wenigen Schritte nach vorne. Mit jedem davon hämmerte mein Herz schneller, und mein Magen zog sich zusammen. Ich wollte das hier nicht tun, trotzdem griff ich nach einer der bereitstehenden Rosen und trat an den Sarg.

Alles verschwamm vor meinen Augen, und ich musste mehrmals blinzeln, um überhaupt etwas erkennen zu können. Das hier war nicht fair. Wenn es jemand verdient hatte, ein wildes, verrücktes, hundertjähriges Leben zu führen, dann war es DeeDee.

Ich bemerkte eine Bewegung aus dem Augenwinkel, dann spürte ich Elles Hand an meiner und verschränkte meine Finger mit ihren. Sie sagte kein Wort, sprach keine der unzähligen Floskeln aus, die ich in den letzten Tagen und ganz besonders heute schon so oft gehört hatte. Sie war einfach nur da, hielt meine Hand fest und begleitete mich bei diesem letzten Schritt. Ich atmete tief durch, dann legte ich die Rose auf den Sarg.

Alles fühlte sich völlig surreal an. Wir blieben am Rande der Trauergesellschaft stehen und nahmen die Kondolenzwünsche entgegen. Ich schüttelte Fremden und Bekannten die Hand, nickte und zwang mich zu einem knappen Lächeln, das Dankbarkeit ausdrücken sollte, aber in Wirklichkeit war ich gar nicht anwesend. Erst als ich unter all den Leuten Trevor, Dylan, Emery und all meine Freunde entdeckte, zerplatzte die Blase, in die ich mich unbewusst zurückgezogen hatte. Sogar Tate umarmte mich, und ich konnte ihr ansehen, wie ernst es ihr war, als sie mir ihr Beileid aussprach. Ich nickte stumm, weil ich kein Wort herausbrachte.

Als wir wieder bei der Limousine ankamen und ich neben Elle auf den Ledersitz rutschte, fühlte ich mich innerlich völlig leer. Mein Bruder sah nicht viel besser aus, er war blass, und sein Gesicht wirkte härter und kantiger als je zuvor. Schweigend fuhren wir zurück nach Hause. Am liebsten hätte ich mich sofort in meinen Jeep gesetzt und wäre losgefahren. Völlig egal, wohin, einfach nur weg von hier, weg von all den Leuten, um allein zu sein. Um zu vergessen. Aber ich konnte weder Landon noch Trish im Stich lassen, also blieb ich und ließ die Gedenkfeier in DeeDees Haus über mich ergehen.

Es gab Häppchen und Snacks, die Nachbarn und Freunde meiner Großtante vorbeigebracht hatten. Ich war ihnen dankbar für ihre Hilfe, auch wenn ich es nicht zeigen konnte. Es war mir unbegreiflich, wie sie alle weitermachen konnten, wie das Leben einfach weiterging und die Welt sich weiterdrehte, obwohl ein so wichtiger Teil davon fehlte.

»Luke.« Trishs Eltern kamen auf mich zu. Ihre Mom nahm mich in den Arm. »Es tut mir so leid. DeeDee war ein ganz besonderer Mensch. Ich habe das schon Landon gesagt, aber wenn du irgendetwas brauchst …«

»Danke«, presste ich hervor und kniff die Augen zusammen, um jetzt nicht die Beherrschung zu verlieren und zu heulen wie ein Schuljunge.

Auch Trishs Vater umarmte mich und klopfte mir auf die Schulter. Sie blieben noch ein paar Minuten, zogen dann aber weiter, als sie merkten, dass ich nicht zum Plaudern aufgelegt war. Ich hatte kaum etwas von den Häppchen auf dem Teller angerührt, den Emery mir in die Hand gedrückt hatte. Ich wusste, dass sie es gut meinte, genau wie alle anderen, und ich war ihnen verdammt dankbar dafür, dass sie extra hergekommen waren. Aber ich konnte das hier nicht. Ich konnte nicht einfach weitermachen, weiter funktionieren, als hätte ich nicht eben einen der wichtigsten Menschen in meinem Leben beerdigt.

Ich wollte gerade einen Rückzieher machen und von hier verschwinden, als ich eine Hand auf meiner Schulter spürte. Seit seinem Anruf vor ein paar Tagen hatten Landon und ich kaum ein Wort miteinander geredet, und wenn, dann war es, um die Details zur Beerdigung gegangen. Auch jetzt sagte er nichts, sondern deutete mir nur mit einer Kopfbewegung an, mitzukommen.

Ich folgte ihm die Treppe hinauf und in sein altes Zimmer,

wo er die Tür hinter uns schloss. Auf dem Schreibtisch stand eine Whiskeyflasche, die er aufschraubte und uns etwas daraus eingoss.

»Eigentlich wollte ich damit auf einen ganz besonderen Moment warten, aber ich schätze, wir können das jetzt beide brauchen«, murmelte er und hielt mir eines der beiden Gläser hin.

Ich betrachtete die Flüssigkeit einen Moment lang, dann hob ich mein Glas. »Auf DeeDee.«

Die Andeutung eines Lächelns huschte über sein Gesicht. »Auf DeeDee.«

Ich trank einen großen Schluck und genoss das Brennen in meiner Kehle, das alles andere für einen Moment betäubte.

»Sie hätte das hier todlangweilig gefunden«, murmelte Landon, den Blick auf seinen Whiskey gerichtet.

Ich nickte langsam. »Wenn es nach ihr ginge, hätten wir eine große Party mit Luftschlangen und Ballons geschmissen.«

»Und Rum«, fügte er mit einem trockenen Lächeln hinzu.

»Und Rum«, bestätigte ich und nahm noch einen Schluck von meinem Drink.

Schweigen breitete sich zwischen uns aus, während von unten gedämpfte Geräusche zu uns drangen. Die Stimmen der Gäste, die leise Musik im Hintergrund, das Klirren von Geschirr und Klappern von Besteck. Ich kippte den Rest des Whiskeys hinunter und stellte das Glas ab. Auch wenn ich nicht wirklich nach unten gehen wollte, wollte ich auch nicht hier oben bleiben. Landon sah aus, als würde er gleich zusammenbrechen, und ich war der Falsche, um ihn aufzufangen. Er brauchte Beatrice. Er brauchte seine Verlobte, nicht seinen kleinen Bruder. Im Grunde hatte er ihn immer mehr gebraucht als er mich, und daran würde sich auch nichts ändern.

»Trish ist schwanger«, sagte er plötzlich.

431

Ich war bereits auf dem Weg zur Tür, die Hand nach dem Knauf ausgestreckt, doch jetzt erstarrte ich. Langsam drehte ich mich zu ihm um. »Wie bitte?«

»Trish ist schwanger«, wiederholte er und trank seinen Whiskey in einem Zug aus. »Im dritten Monat, darum haben wir noch niemandem etwas davon erzählt. Aber nach DeeDees ...« Er schüttelte den Kopf. »Wir haben lange darüber geredet und wollten eigentlich auf den richtigen Moment warten, aber ich schätze, das hat sich jetzt erledigt.« Er atmete tief durch, dann hob er den Kopf und suchte meinen Blick. »Wir hätten dich gern als Paten für unser Kind.«

Ich starrte ihn an, unfähig, etwas zu sagen, zu tun oder auch nur einen einzigen klaren Gedanken zu fassen.

»Du wirst immer ihr oder sein Onkel sein, weil du mein Bruder bist, aber Gott bewahre, sollte Trish oder mir etwas zustoßen, möchten wir, dass du dich um unser Kind kümmerst.«

Wieder schien die Welt für einen kurzen Moment einfach stehenzubleiben, wenn auch aus ganz anderen Gründen als am vergangenen Sonntagmorgen. Ich wusste nicht, was ich darauf erwidern sollte. Ich wollte mir diese Möglichkeit nicht mal ausmalen und schüttelte langsam den Kopf.

»Euch wird nichts zustoßen«, brachte ich rau hervor.

»Nein, natürlich nicht. Aber das Leben ist unberechenbar. Ich hätte auch nie gedacht, dass DeeDee ...« Er stockte, rang nach Worten. »Wir wollen die Gewissheit haben, dass unser Kind jemanden hat, wenn wir aus irgendeinem Grund nicht mehr für sie oder ihn da sein sollten. Und wir wollen, dass du dieser Jemand bist.«

Mein Puls raste. Jedes andere Geräusch verblasste neben dem Rauschen in meinen Ohren. Das konnte er nicht ernst meinen, oder? Ich wartete auf den Haken an der Sache, wartete darauf, dass er die Worte sofort wieder zurückzog und sich selbst fragte, was zum Teufel er sich dabei gedacht hatte. Es war Jahre her, seit wir uns nahegestanden hatten. Er gab mir noch immer die Schuld an Moms und Dads Tod. Und jetzt wollte er mich zum Paten seines ungeborenen Kindes machen?

Landon runzelte die Stirn. »Sag endlich ja, bevor wir uns jemand anderen suchen müssen.«

»Ja«, platzte ich heraus, ohne darüber nachzudenken. Weil ich das nicht musste. Dass er nach allem, was geschehen war, so viel Vertrauen in mich setzte, zwang mich schier in die Knie.

Ein Lächeln erhellte sein Gesicht und zum ersten Mal seit einer langen Zeit wirkte es nicht angespannt oder niedergeschlagen, sondern echt und ehrlich und offen. Bevor ich mich versah, war er schon auf mich zugekommen und hatte die Arme um mich gelegt.

»Ich weiß, dass ich Fehler gemacht habe und nicht der große Bruder für dich war, den du gebraucht hättest«, sagte er leise. »Ich habe dir die Schuld daran gegeben, dass Mom und Dad gestorben sind, aber das war falsch. Du kannst nichts dafür, Luke. Du konntest nie etwas dafür. Diese Dinge passieren, egal, wie sehr wir es verhindern wollen. Das weiß ich jetzt.« Er legte seine Hand in meinen Nacken und löste sich von mir, um mich anzusehen. »Es war nicht deine Schuld.«

Ich brachte kein Wort hervor, konnte keinen klaren Gedanken fassen. Das Einzige, was ich spürte, war, wie etwas Schweres von mir abfiel, als hätte ich all die Jahre nicht meine Vergebung gebraucht, sondern seine, weil auch er seine Eltern verloren hatte.

Statt einer Antwort zog ich ihn wieder an mich und nickte zittrig. »Danke«, stieß ich kaum hörbar hervor.

»Nicht dafür, kleiner Bruder. Das hätte ich dir schon längst sagen sollen.«

433

Vielleicht. Doch das hier war genau der richtige Zeitpunkt. Und auch wenn es verrückt klang, so war ich mir trotzdem absolut sicher, dass DeeDee stolz auf uns war. Wo auch immer sie gerade war.

Kapitel 25

Elle

Ich war umringt von Büchern, meinen Mitschriften aus den Seminaren, Klebezetteln von Tate und Textmarkern, bei denen ich schon vergessen hatte, welche Farbe was in meinen Notizen bedeutete, als mein Handy klingelte. Die Melodie übertönte die leise Hintergrundmusik, die in unserer WG lief, obwohl es zwischen meinen Unterlagen verschollen war und ich auf der Suche danach tief graben musste.

Tate warf mir einen warnenden Blick zu, jetzt ja nicht ranzugehen und unsere Lernsession zu unterbrechen. Von Mackenzie bekam ich wenigstens ein Lächeln. Sie hatte sich unserer kleinen Lerngruppe angeschlossen – genauer gesagt war ihr kaum eine andere Wahl geblieben, weil Tate sie praktisch aus ihrem Zimmer gezerrt hatte. Bis vor einer Stunde waren auch Emery und Grace dabei gewesen, hatten dann aber Schluss für heute gemacht, um ins Kino zu gehen. Davon wusste Tate natürlich nichts, sonst hätte sie die beiden wahrscheinlich hier festgebunden und zum Lernen gezwungen, schließlich waren wir mitten in der Prüfungswoche.

Als ich mein Handy endlich unter meinem Handbuch für kreatives Schreiben fand und auf das Display schaute, hätte ich es am liebsten zurückgestopft. Eigentlich hätte mir schon beim Klingelton klar sein müssen, wer dran war, schließlich riefen nur die wenigsten Menschen zum Titelsong von *Halloween* an.

435

Mein Magen zog sich zusammen. Einen Moment lang starrte ich auf das Handy und spielte mit dem Gedanken, es einfach klingeln zu lassen, bis die Mailbox ranging. Doch damit würde ich es nur schlimmer machen.

»Elle …«, murmelte Tate mit einem drohenden Unterton. Sie hielt ihren Stift so, als wollte sie gleich einen auf Michael Myers machen und auf mich losgehen.

»Sorry.« Ich stand auf und nahm den Anruf entgegen, auch wenn ich gerade lieber vor einem Killer davonrennen würde. »Hi Mom.«

»Gabrielle.«

Thanksgiving war schon über zwei Wochen her, und ich hatte seither nichts mehr von ihr gehört. Ein kleiner Teil von mir hatte die Hoffnung gehegt, dass es bis zu Sadies Hochzeit am Wochenende dabei bleiben würde.

Das Datum für die Zeremonie im kleinen Kreis war festgelegt, die Einladungen längst verschickt, und ich hatte sogar mein Kleid schon anprobiert. Sadie hatte sich tatsächlich die Mühe gemacht, es extra hierher zu schicken, damit ich nicht zur Anprobe mit den anderen Brautjungfern nach Hause fliegen musste.

»Wie ich höre, hat Dad die Wahl gewonnen«, sagte ich, um das unangenehme Schweigen zwischen uns zu überbrücken. Ich drückte meine Zimmertür hinter mir zu und lehnte mich dagegen. »Herzlichen Glückwunsch.«

»Das hat er, und Glückwünsche wären schon längst angebracht gewesen. Aber diesen Sieg hat er nicht deiner Hilfe zu verdanken.«

Nein, natürlich nicht. Denn ich war ja nicht die brave Tochter, die an Thanksgiving zurück nach Hause kam und mit ihrer Familie für ein Foto für die Wähler posierte. Das einzige Interesse, das ich an Politik hatte, war, die Wahrheit aufzudecken

436

und darüber zu berichten. Auf keinen Fall wollte ich mittendrin stecken.

»Ich freue mich für ihn«, erwiderte ich und hasste mich dafür, wie schwach ich klang. Aber es stimmte. Auch wenn ich kein Teil von Dads politischer Karriere sein wollte, wusste ich, dass er einen guten Job machte. Selbst wenn unsere Ansichten in einigen Punkten auseinandergingen. »Und das sage ich ihm auch gerne noch einmal persönlich am Wochenende.«

»Mach dir keine Umstände. Du wirst nicht zur Hochzeit deiner Schwester kommen.«.

Sekundenlang konnte ich nur in mein dunkles Zimmer starren und mich fragen, ob ich sie richtig verstanden hatte oder ob meine Ohren mir einen Streich spielten.

»Hast du mich gehört, Gabrielle?«

»Ja«, stieß ich hervor, weil mir das Atmen plötzlich schwer fiel. »Aber ich kann nicht glauben, *was* ich gerade gehört habe. Du willst, dass ich nicht zu Sadies Hochzeit komme?«

»Dein Verhalten ist inakzeptabel. Du bist für dieses ganze Chaos verantwortlich. Bis du hier aufgetaucht bist, liefen die Hochzeitsplanungen völlig reibungslos. Und auf einmal will Alessandra unbedingt ihren Kopf durchsetzen und eine Hochzeit außerhalb der Gartensaison feiern …«

»Ich habe nichts damit zu tun! Hast du schon mal daran gedacht, dass sie vielleicht einfach nur festgestellt hat, dass das, was sie will, und das, was du willst, ausnahmsweise nicht übereinstimmen?«

»Und das soll ihr zufälligerweise ausgerechnet nach deinem Besuch hier einfallen? Du hast einen schlechten Einfluss auf deine Schwester. Bis zu Alessandras Verlobungsfeier warst du zwei Jahre nicht mehr hier, Gabrielle. Zwei Jahre! Kannst du dir vorstellen, wie die Leute reagiert haben, als du plötzlich wieder aufgetaucht bist? Was es für ein Gerede gab? Welche

Fragen man deinem Vater bei den Interviews und Pressekonferenzen gestellt hat?«

»Ich war so lange weg, weil du mich rausgeworfen hast!«, erinnerte ich sie, doch meine Stimme zitterte vor unterdrückter Wut.

Sie gab einen ungeduldigen Laut von sich. »Du solltest inzwischen gelernt haben, dass sich die Welt nicht nur um dich dreht. Ich kann nicht fassen, dass du all deine Verfehlungen auf eine Unterredung vor zweieinhalb Jahren schiebst.«

Eine *Unterredung*? In welchem Universum lebte diese Frau eigentlich?

»Mom …«, begann ich, doch sie unterbrach mich eiskalt.

»Und wag es ja nicht, zu behaupten, dass du es nicht darauf angelegt hast. Deine Zukunft war gesichert. Du hattest einen Studienplatz in Yale, unsere finanzielle Unterstützung und einen Verlobten aus gutem Hause, wenn du seinen Antrag nur angenommen hättest. Stattdessen musstest du ja unbedingt diesen schrecklichen Artikel schreiben, der unsere Familie fast zerstört hätte. Und als wäre das nicht schon genug, trennst du dich von Colin, schmeißt deine berufliche Zukunft hin und studierst etwas, womit du nichts als Schande über die Familie bringen und wahrscheinlich auch noch an einem Hungerlohn zugrunde gehen wirst.«

Ich schluckte. Vielleicht würde ich das, aber dann war es immer noch meine Entscheidung gewesen. Ganz allein meine. So wie es mein Leben war, über das ich selbst bestimmen wollte.

»Wenn du wenigstens nach Harvard, Princeton oder an die Columbia gegangen wärst, aber nein. Du suchst dir ein winziges staatliches College in irgendeiner Kleinstadt in West Virginia aus.«

Ich starrte an die Zimmerdecke und versuchte meine Tränen einzig und allein mit Willenskraft zurückzudrängen. Auf keinen

Fall würde ich jetzt weinen und versuchen, mich zu rechtfertigen. Nicht noch mal. Nie wieder.

Sekunden vergingen, in denen sie nichts mehr sagte, bis ich mich räusperte. »Bist du jetzt fertig?«

»Noch lange nicht. Aber ich habe nicht angerufen, um mit dir über deine falschen Entscheidungen und mangelnde Menschenkenntnis zu sprechen. Mach dir nicht die Mühe, zu Alessandras Hochzeit zu kommen, weder zur Zeremonie am Wochenende noch zur Feier im Sommer nächstes Jahr. Niemand will dich hier sehen, Gabrielle. Nicht nach allem, was du dieser Familie angetan hast.«

Ich schnappte erstickt nach Luft. »Sadie will mich dabeihaben …«

»Nein, das tut sie nicht. Und eines Tages wird sie dankbar dafür sein, dass du nicht da warst. Du hast schon genug angerichtet. Ich bestehe darauf, dass du dieser Hochzeit fernbleibst. Das ist mein letztes Wort, Gabrielle.« Und damit legte sie auf.

Ich starrte auf mein Handy, bis das Display erlosch und mein Zimmer wieder in Dunkelheit getaucht war. Meine Augen brannten, und mein Magen rebellierte. Ob vor Entsetzen oder Übelkeit, konnte ich nicht einmal sagen.

Wie konnte sie hier anrufen und mir befehlen, nicht auf die Hochzeit meiner eigenen Schwester zu gehen? Sadie hatte mich eingeladen, hatte mich zu einer ihrer Brautjungfern gemacht, und sie freute sich darauf. Aber wie es aussah, stand sie damit allein da. Wenn sie sich denn überhaupt noch auf mein Kommen freuen würde, sobald Mom mit ihr fertig war. Allein der Gedanke daran fühlte sich an, als würde jemand ein Messer in meine Brust jagen. Immer wieder. Und es wurde nur noch schlimmer, als ich bei Sadie anrief, aber nur die Mailbox erreichte.

Keuchend schnappte ich nach Luft und stieß mich von der Tür ab. Ich konnte nicht hierbleiben. Die Stille meines Zimmers ließ die Gedanken in meinem Kopf nur noch lauter werden. All die Zweifel und Ängste, die meine Mutter so schön schüren konnte, weil sie genau wusste, wo sie hinzielen musste, waren wieder da. Ich hatte immer versucht, ihr alles recht zu machen, aber ganz egal, was ich tat, es war nie gut genug gewesen. Nicht damals, als ich noch die perfekte kleine Tochter zu sein versucht hatte, und heute erst recht nicht.

Ein letztes Mal wischte ich mir über die Augenwinkel, dann zog ich mir einen übergroßen Sweater und meine Stiefel an. Ich dachte überhaupt nicht darüber nach, wohin ich ging, als ich die Tür hinter mir zuwarf und die Treppe nach unten nahm.

Dylan öffnete mir, bevor ich anklopfen konnte, den Rucksack über eine Schulter geworfen, die Autoschlüssel schon in der Hand. Als er mich erblickte, zuckte er zusammen, dann weiteten sich seine Augen. Kein Wunder. Wenn ich nur halb so beschissen aussah, wie ich mich fühlte, hätte ich mich auch vor mir erschreckt.

»Ist Luke da?«, wollte ich wissen, bevor er nachfragen konnte, was los war.

Wortlos trat Dylan einen Schritt zur Seite und ließ mich herein. Doch die Erleichterung stellte sich erst ein, als ich Luke entdeckte. Er lag auf dem Sofa, einen Controller in der Hand, den Blick konzentriert auf den großen Fernseher gerichtet. Seit dem Tod seiner Großtante war er ruhiger geworden und machte nicht mehr bei jeder Party mit, aber wenigstens ging er mir nicht mehr aus dem Weg. Als er mich jetzt bemerkte, pausierte er das Spiel und setzte sich auf.

»Ich muss los«, sagte Dylan neben mir. Ich spürte eine flüchtige Berührung an meinem Arm, eine kleine Geste des Mitgefühls, dann war da nur noch ein Luftzug, und die Tür fiel hinter mir zu.

»Hey …« Luke ließ mich nicht aus den Augen.

Ich musste nicht an mir hinunterschauen, um zu wissen, wie verwahrlost ich aussah. Ich trug schwarze Leggings, Stiefel, ein langes Top und darüber ein Sweatshirt, das mir mindestens zwei Nummern zu groß war. Mein Haar war zu etwas zusammengebunden, das eine Mischung aus Knoten und Pferdeschwanz war, und mein Make-up mit Sicherheit völlig verschmiert.

Ohne jede Erklärung ging ich zu Luke hinüber, der sich wieder auf dem Sofa ausstreckte. Wie selbstverständlich rutschte er etwas zurück und machte mir Platz, damit ich mich zu ihm legen konnte, den Blick auf den Fernseher gerichtet, über den das Spielmenü flimmerte.

»Willst du darüber reden?«, fragte er nach einem Moment leise.

Ich schüttelte den Kopf. Ich wollte nicht darüber reden, ich wollte nicht mal daran denken. Wenn ich es könnte, würde ich all diese Gedanken, Gefühle und Erinnerungen aus mir herausschneiden, völlig egal, wie blutig und kaputt mich das zurücklassen würde. Alles wäre besser als das, wie ich mich nach dem Gespräch mit meiner Mutter fühlte.

»Okay.« Luke drückte mir einen flüchtigen Kuss aufs Haar, dann griff er wieder nach dem Controller und schlang die Arme halb um mich, um ihn mit beiden Händen festhalten zu können.

Das Spiel ging weiter und stellte eine willkommene Ablenkung dar. Es dauerte eine Weile, bis ich begriff, warum die Leute in dem Haus alle so durchgeknallt waren und Luke vor irgendwelchen Monstern flüchtete, wenn er sie nicht gerade wegballerte. In den nächsten Stunden zuckten wir beide mehr

441

als einmal vor Schreck zusammen, wenn eines dieser Mistviecher plötzlich auftauchte. Aber trotz der Anspannung, mit der ich das Game mitverfolgte, merkte ich, wie sich meine Muskeln nach und nach lockerten und der Knoten in meinem Magen sich zu lösen begann. Und nichts davon hatte etwas mit dem Spiel zu tun.

Ich wusste nicht, wann ich eingeschlafen war, spürte nur, wie mich jemand hochhob. Die Geräusche des Spiels, die Stimmen und das Gemetzel waren nicht mehr zu hören, dafür war da ein gleichmäßiger Herzschlag unter meinem Ohr, und ich lehnte den Kopf an eine warme, harte Brust. Sekunden später lag ich auf etwas Weichem und öffnete blinzelnd die Augen. Luke hockte neben dem Bett und musterte mich besorgt.

»Wie spät ist es?«, murmelte ich und rollte mich auf den Bauch.

»Kurz nach elf.« Er legte seine Hand in meinen Nacken und strich mit dem Daumen über meine Wange. »Schlaf weiter, Süße.«

Ich schüttelte den Kopf, auch wenn das in der aktuellen Position und mit Lukes Hand in meinem Nacken kaum möglich war. Aber er schien die Bewegung trotzdem wahrzunehmen, denn er ließ mich los und setzte sich auf die Bettkante. Diesmal war ich diejenige, die ihm Platz machte. Ich drehte mich auf den Rücken und rutschte zur Seite, bis er sich neben mich legen konnte.

Es war nicht das erste Mal, dass wir zusammen in einem Bett lagen, doch diesmal waren wir beide vollständig angezogen und keiner von uns schien vorzuhaben, etwas daran zu ändern. Vielleicht wäre es einfacher gewesen. Vielleicht hätte ich das Chaos in meinem Kopf und den Schmerz in meiner Brust besser vertreiben können, wenn Luke mir dabei geholfen hätte, noch ein paar Stunden länger alles zu vergessen. Aber das wäre weder ihm noch mir selbst gegenüber fair gewesen. Wir näherten uns gerade erst wieder an und versuchten, die Risse in unserer Freundschaft zu kitten, die wir selbst verursacht hatten.

Sex wäre der einfache Weg gewesen, aber auch der falsche. Und wenn ich ehrlich mit mir war, dann brauchte ich im Moment keinen Sex, um mich besser zu fühlen. Ich brauchte meinen besten Freund.

Ich brauchte Luke.

Luke

Wir redeten nicht miteinander, während wir so dalagen, aber nach allem, was zwischen uns vorgefallen war, fühlte sich das hier trotzdem wie ein Fortschritt an. Wenigstens ein kleiner. Ich hatte keine Ahnung, was passiert war und was Elle so aufgewühlt hatte, dass sie in diesem Zustand hier aufgekreuzt war. Aber ich war froh und erleichtert darüber, dass sie da war. Dass sie sich zwischen all den Menschen, zu denen sie hätte gehen können, für mich entschieden hatte und zu mir gekommen war, als es ihr schlecht ging.

Keine Ahnung, warum mir das so verdammt wichtig war, aber das war es. Ich wollte nicht, dass sie zu jemand anderem ging, sich an jemand anderen schmiegte oder neben jemand anderem auf dem Bett lag, wenn ich dieser Jemand für sie sein konnte.

»Meine Mom will nicht, dass ich zu Sadies Hochzeit komme«, sagte sie schließlich leise.

Ich versteifte mich. »Was hat sie gesagt?«

»Das Übliche.« Ein Schulterzucken neben mir. »Was ich unserer Familie mit meinem Verhalten antue, dass ich ein egoistisches, undankbares Miststück bin und so weiter.«

443

Ich ballte die Hände zu Fäusten. »Du weißt hoffentlich, dass das ein Haufen Bullshit ist.«

»In ihrer Welt nicht, denn da bin ich die Böse, die alles kaputtmacht, weil sie sich nicht an die Regeln hält.« Ein sarkastisches Lächeln lag auf Elles Lippen, aber in ihrer Stimme schwangen so viel Bitterkeit und so viel Schmerz mit, dass der Drang, sie in meine Arme zu ziehen, übermächtig wurde.

Aber ich tat es nicht. Ich wusste nicht, ob sie das wollte, ob sie überhaupt schon wieder bereit für diese Art von Nähe zu mir war. Ob sie es je sein würde, nach dem, wie ich sie behandelt hatte.

»Gehst du trotzdem hin?«, fragte ich nach einem Moment und richtete meinen Blick wieder auf die Zimmerdecke.

Sie zögerte. »Solange mich Sadie nicht selbst auslädt? Ja.«

Sadies Hochzeit. Mit ihrem Anruf wegen der Verlobungsfeier hatte alles angefangen, obwohl die Sache zwischen Elle und mir schon lange vorher begonnen hatte, wenn ich ehrlich mit mir war. Aber in ihrer Heimatstadt in Alabama hatte ich mich das erste Mal als ihr Freund ausgegeben. Was als Notlüge und Hilfe für meine beste Freundin angefangen hatte, hatte sich im Laufe der Zeit zu etwas völlig anderem entwickelt. Etwas, womit wir nicht mehr hatten aufhören können, bis es zu spät gewesen war. Etwas, an das ich seitdem immer wieder denken musste, weil mir ihre Berührungen, ihre Küsse, ihre warme Haut unter meinen Händen und das Gefühl, in ihr zu sein, genauso wenig aus dem Kopf gehen wollten wie Elle selbst.

»Landon und Trish bekommen ein Baby«, hörte ich mich sagen, um mich von meinen eigenen Gedanken abzulenken. Ich suchte Elles Blick. »Sie wollen, dass ich der Pate werde.«

»Wirklich? Also habt ihr euch ausgesprochen?«

»Nach der Beerdigung.«

Elle rollte sich auf die Seite und sah mich mit leuchtenden Augen an. »Das ist toll, Luke. DeeDee wäre so glücklich darüber.«

Ich nickte, da ich auf einmal kein Wort mehr hervorbrachte. Gott, ich hoffte, dass sie recht hatte.

»Warum hast du mir das nicht schon früher erzählt?«

Ich zuckte mit den Schultern, doch in Wahrheit kannten wir beide den Grund dafür: Weil die Dinge nicht mehr wie früher zwischen uns waren. Das konnten sie gar nicht sein, ganz egal, wie sehr ich es wollte.

Ich zögerte einige Sekunden lang, befeuchtete mir die Lippen und sprach die Frage schließlich aus. »Willst du, dass ich dich zur Hochzeit begleite?«

»Nein.« Die Antwort kam schnell und entschlossen und zerstörte jede noch so winzige Hoffnung in mir. Elle tätschelte mir die Brust. »Keine Sorge, du musst nicht noch mal meinen Freund spielen, McAdams.«

Aber ich will es.

Der Gedanke tauchte so plötzlich in meinem Kopf auf, dass mir die Luft wegblieb. Ich richtete mich auf den Ellbogen auf, aber das Gefühl blieb.

»Werden wir je darüber reden, was zwischen uns passiert ist?«, fragte ich langsam.

Sie verkrampfte sich neben mir und setzte sich dann ruckartig auf. »Warum? Damit wir wieder miteinander rummachen können, ohne dass irgendetwas davon zählt?« Sie warf mir einen fragenden Blick zu. »Oder willst du etwas anderes …?«

Ich zögerte, weil diese Frage unerwartet kam. Ich wollte alles mit ihr, wollte meine beste Freundin ebenso sehr zurück wie die verrückten und heißen Momente mit ihr. Aber konnte ich das? Die Sache mit Landon und meinem ungeborenen

Patenkind jagte mir schon eine Höllenangst ein. Was, wenn ich es wieder verbockte? Und Elle? Sie vertraute sich mir gerade erst wieder an. Ich würde es nicht ertragen, sie noch mal zu verlieren, auch wenn sie mir versprochen hatte, dass das nie passieren würde. Aber je öfter ich sie enttäuschte, desto mehr würde sie sich von mir distanzieren. Das tat sie jetzt schon, auch wenn wir beide versuchten, unsere Freundschaft irgendwie wieder hinzukriegen.

»Ich …«, begann ich, ohne zu wissen, wie ich den Satz beenden sollte.

Elle schüttelte den Kopf. »Vergiss es einfach.«

Ich richtete mich ebenfalls auf. »Es tut mir leid.«

Sie war schon an die Bettkante vorgerutscht und wandte mir den Rücken zu. »Was?«

»Dass ich am Morgen danach einfach abgehauen bin. Dass ich dich so behandelt habe, als würdest du mir nichts bedeuten. Ich … Scheiße, ich hatte Angst.«

Sie sah mich immer noch nicht an, sondern starrte auf einen Punkt an der gegenüberliegenden Wand. »Und jetzt hast du keine Angst mehr?«

»Doch. Ich habe eine beschissene Angst davor, dich noch mal zu verlieren, weil ich es versaue, und beim Gedanken daran, irgendwann für einen Minimenschen die Verantwortung tragen zu müssen, falls Land und Trish es nicht mehr können, kriege ich Panik.«

»Das wird nicht passieren. Und ich habe dir doch gesagt, dass du mich nicht verlieren willst. Nicht als Freundin. Nicht solange ich etwas dazu zu sagen habe. Aber das, was wir in den letzten Wochen getan haben … Ich kann das nicht mehr, Luke.«

Ich rutschte neben sie, betrachtete sie von der Seite. »Warum nicht?«

446

»Weil du mich verletzt hast. Wie kann ich dir noch vertrauen, wenn ich mir nicht mal sicher sein kann, dass du am nächsten Morgen noch da bist?« Sie ließ mir keine Chance, etwas darauf zu erwidern, sondern stand auf und ging zur Tür. Dort angekommen blieb sie noch einmal stehen, drehte sich aber nicht zu mir um. »Tut mir leid. Aber was auch immer das in den letzten Wochen zwischen uns war, wird nicht wieder passieren.«

Und dann ging sie.

Kapitel 26

Elle

Am Freitagmorgen stand ich vor meinem Kleiderschrank und beäugte kritisch den Inhalt. Ich musste in keine Kurse mehr, und die nächste Prüfung fand erst am Nachmittag statt. Da ich dank Tates Drillsessions eh nichts mehr an Wissen in meinen Kopf bekommen würde, hätte ich theoretisch also noch im Bett bleiben und ausschlafen können. Aber ich war mit dem dringenden Wunsch nach Kaffee aufgewacht. Einem richtigen Kaffee, nicht dem Pulverzeug, das wir hier hatten. Also musste ich mich wohl oder übel anziehen und raus in die Kälte, da ich nicht dafür zu Luke nach unten gehen konnte ... oder wollte.

Unser Frühstücksritual fehlte mir genauso wie die endlosen Filmabende, unsere Diskussionen über Bücher oder einfach das gemeinsame Rumhängen auf dem Campus oder in unseren WGs. Plötzlich war da diese Lücke in meinem Alltag und ich wusste nichts mit mir oder mit der Zeit anzufangen, von der ich auf einmal zu viel hatte.

Die letzten zwei Monate waren ein einziges Auf und Ab gewesen. Eine Achterbahnfahrt, von der ich nicht mal wusste, wann genau ich eingestiegen war. Und noch immer steckte ich mittendrin und hatte keine Ahnung, wie ich je wieder aussteigen sollte – oder ob ich das überhaupt wollte. Immerhin ging es hierbei um Luke.

Luke, meinen besten Freund und damit den Menschen, dem ich am meisten vertraut hatte.

Luke, der mich wie einen seiner billigen One-Night-Stands behandelt hatte. Als würde ihm unsere Freundschaft absolut nichts bedeuten. Als würde *ich* ihm nichts bedeuten.

Luke, dessen Großtante gestorben und der völlig am Boden zerstört gewesen war, weil er wieder einen Menschen verloren hatte, der ihm nahestand.

Die Beerdigung hatte auch mir zugesetzt, aber ich war froh, dass ich hingegangen war. Und noch mehr darüber, dass unsere gesamte Clique dort aufgetaucht war, um Luke beizustehen. Vor diesen Menschen hatte ich nicht gewusst, was Zusammenhalt und Loyalität wirklich bedeuteten. Ich hätte diese Werte in meiner Familie lernen sollen, aber es war dieser zusammengewürfelte Haufen Menschen, die mir all das beigebracht hatten.

Seufzend warf ich den Pullover, den ich gerade erst aus dem Schrank gezogen hatte, aufs Bett. Es stand nichts Besonderes an, nur ein weiterer Tag auf dem Campus kurz vor den Winterferien, trotzdem hatte ich nicht die geringste Lust, mich anzuziehen und da rauszugehen. Mal ganz davon abgesehen, dass ich noch packen musste. Seit Moms Anruf hatte ich weder mit ihr noch mit Sadie oder sonst jemandem von meiner Familie gesprochen. Und wie ich Luke bereits gesagt hatte: Solange mich meine Schwester nicht selbst auslud, würde ich hinfliegen. Selbst wenn das bedeutete, Moms Zorn einmal mehr auf mich zu ziehen.

Ein zweiter Pulli landete auf dem immer größer werdenden Haufen, dicht gefolgt von einer Bluse, die sowieso zu dünn für diese Jahreszeit war. Vielleicht doch der Pullover mit einem Rock und Stiefeln? Langsam, aber sicher kam ich an den Punkt, an dem mir meine Unentschlossenheit selbst auf die Nerven ging.

Irgendwo klingelte ein Handy. Im ersten Moment achtete ich nicht darauf, da ich so an meine Klingeltöne gewöhnt war, dass ich bei einem normalen Klingeln nicht mehr reagierte. Doch dann bemerkte ich, dass das Geräusch aus meinem Kleiderhaufen kam. Stirnrunzelnd schob ich meine Klamotten beiseite und hob mein Smartphone auf. Tatsächlich. Jemand rief mich von einer unbekannten Nummer aus an.

Ein ungutes Gefühl breitete sich in meiner Magengrube aus. Vielleicht war es nur irgendein Werbeanruf, über den ich mich gleich ärgern würde. Aber nach allem, was in letzter Zeit passiert war …

Ich drückte auf *Annehmen* und hielt mir das Telefon ans Ohr. »Ja?«

Schweigen.

»Hallo?«, fragte ich eine Spur lauter. Ein eisiger Schauer kroch meinen Rücken hinab. Was, wenn es irgendein gruseliger Typ war, der irgendwie an meine Nummer gekommen war?

»Elle.«

Kein gruseliger Typ – aber auch kein Fremder. Mein Herz setzte einen Schlag lang aus, als könnte es nicht fassen, wessen Stimme das war. Damit war es nicht allein, denn mein Kopf wollte es genauso wenig begreifen.

»Colin?«, flüsterte ich. Meine Knie gaben nach und ich setzte mich aufs Bett. Dass ich mich mitten in einem Chaos aus Kleidungsstücken befand und eigentlich dringend einen Kaffee brauchte, spielte auf einmal keine Rolle mehr.

»Hi …« Er zog die Silbe in die Länge, klang unsicher, ganz so, als wüsste er selbst nicht, warum er mich anrief. *Damit wären wir schon zu zweit.* »Entschuldige, dass ich dich so überfalle. Sadie …« Er räusperte sich. »Sadie hat mir deine neue Nummer gegeben.«

Ohne mich zu fragen oder wenigstens vorzuwarnen? Ich würde ihr den Hals umdrehen.

»Oh … okay.« Mein Herz schien sich wieder an seinen Job zu erinnern, denn es pochte in einem beängstigenden Tempo. Warum um alles in der Welt rief Colin an? Jetzt? Nach unserem kurzen Aufeinandertreffen bei Sadies Verlobungsparty hätte ich das ja noch nachvollziehen können. Aber Wochen später? Einfach so?

»Du bist wahrscheinlich beschäftigt und …« Er fluchte leise. Das war ungewöhnlich. In all den Jahren, in denen ich ihn schon kannte, hatte ich Colin nie fluchen gehört. Er war mit der gleichen Anti-Schimpfwort-Politik erzogen worden wie ich. Erst auf dem College hatte ich mein Repertoire diesbezüglich erweitert. »Ich hätte nicht anrufen sollen.«

»Was? Doch, natürlich.« Erst als ich den überraschten Ausruf hörte, wurde mir bewusst, dass ich meine Gedanken ausgesprochen hatte. »Ich meine … Ich bin froh, dass du angerufen hast.«

»Wirklich?«

Ich zögerte. Das Hämmern in meiner Brust wechselte noch immer zwischen Panik, Überraschung und Freude, aber alles in allem? »Ja, wirklich.«

»Gut. Das ist gut.« Er atmete tief durch. »Da ist nämlich noch was.«

Ich wartete, wusste, dass er es mir gleich sagen würde, ohne dass ich nachfragen musste. Das hinderte mich natürlich nicht daran, mir das Schlimmste auszumalen. Oder das beinahe Schlimmste, denn wenn etwas mit Sadie oder dem Rest meiner Familie wäre, hätte mich eine meiner Schwestern oder jemand vom Krankenhaus angerufen. Was ausgerechnet Colin von mir wollte, konnte ich mir beim besten Willen nicht vorstellen.

»Ich bin hier.«

Ich blinzelte, starrte die Weltkarte auf der gegenüberliegenden Wand an. »Du bist wo?«

»Hier.« Wieder ein Räuspern. »In West Virginia. In Charleston.«

»Was?«

Wieso?

»Ich bin geschäftlich hier, weil ich ein paar Kundentermine für meinen Vater übernommen habe. Bis nach Huntington ist es nur eine Stunde und ich dachte, wir könnten vielleicht einen Kaffee trinken und reden. Aber ich verstehe natürlich, wenn du keine Zeit hast. Dein Studium geht vor.«

Sekundenlang starrte ich die Weltkarte an, dann sah ich auf mein Handy hinunter, um sicherzugehen, dass das hier wirklich passierte, bevor ich es mir wieder ans Ohr hielt.

»Nein.«

»Oh. Na gut, also …«

»Nein, ich meinte, ich habe keine Vorlesungen mehr. Nur noch eine Klausur, aber die ist nachmittags«, beeilte ich mich zu sagen.

»Okay.« Ich hörte das Lächeln in seiner Stimme. »Dann sag mir, wo wir uns treffen können. Soll ich zu dir ins Wohnheim kommen?«

»Nein!«, rief ich sofort und vielleicht eine Spur zu laut. Ich sprang auf die Beine und begann in meinem Zimmer auf und ab zu laufen. Ich wollte Colins Gefühle nicht verletzen, aber er konnte auf keinen Fall ins Wohnheim kommen. Wo auch Luke war. »Lass uns … lass uns spazieren gehen. Wir holen uns Kaffee, und ich zeige dir den Campus.«

Was um Himmels Willen …? Ich schlug mir mit der Faust gegen die Stirn. Er würde sicher nicht extra hierherfahren, weil er sich plötzlich für mein College interessierte. Zu meiner Erleichterung stimmte Colin aber zu und wir vereinbarten einen Treffpunkt vor dem Park.

Eine gefühlte Ewigkeit starrte ich noch auf das Handy, obwohl wir schon längst aufgelegt hatten. Dann speicherte ich seine Nummer in meinen Kontakten, wies ihm aber noch keinen bestimmten Klingelton zu. So weit konnte ich im Moment noch nicht denken. Anschließend ging ich duschen, zog mir den Pullover an, den ich zuletzt aus dem Schrank gezogen hatte, dazu Rock und Stiefel, schminkte mich und schnappte mir im Hinausgehen meinen Mantel.

»Wow, steht ein heißes Date an, oder was ist los?«, rief Tate vom Sofa aus. Sie saß an derselben Stelle, an der ich sie gestern Abend zurückgelassen hatte, um schlafen zu gehen. Umringt von Büchern, Laptop, Mitschriften und einem vollgekritzelten Notizblock, nur dass ich jetzt noch die Unterlagen für unseren jährlichen Trip in die Berghütte zu Weihnachten auf dem Tisch liegen sah. Aber während sie mir vorhin keinen zweiten Blick zugeworfen hatte, weil sie Kopfhörer aufgehabt hatte, richtete sie jetzt ihre ganze Aufmerksamkeit auf mich.

»Kein Date«, erwiderte ich und schlüpfte in meinen Mantel. »Ich treffe mich mit Colin auf einen Kaffee.«

»Colin?« Sie runzelte fragend die Stirn, dann breitete sich Erkenntnis auf ihrem Gesicht aus – dicht gefolgt von Schock. »Warte mal, *der* Colin? Dein Ex und früherer bester Freund Colin?«

Ich zog die Nase kraus. Wenn sie das so sagte, klang es furchtbar, aber das machte es leider nicht weniger wahr.

»Genau der.«

Sie setzte sich schwungvoll auf. »Warum?«

»Weil er in Charleston ist und jetzt herfährt, um mit mir zu reden.« Ich schloss den letzten Knopf meines Mantels und hob den Kopf. »Ich bin es ihm schuldig, Tate.«

453

»Fuck, nein. Das ist das schlechte Gewissen, das da aus dir spricht.«

»Ich weiß.«

»Und trotzdem willst du dich mit ihm treffen?« Tate sah aus, als würde sie mir gleich den Hals umdrehen wollen.

»Er ist schon auf dem Weg. Außerdem sollte ich mir wenigstens anhören, was er zu sagen hat, meinst du nicht?«

»Bullshit. Du bist ihm einen Scheißdreck schuldig. Er hat dich fallen gelassen und aus seinem Leben gestrichen, schon vergessen?«

Ich zuckte zusammen. Nein, das hatte ich nicht vergessen. So sehr ich es auch versucht hatte, aber man vergaß nie die Menschen, die einen von sich gestoßen hatten.

Tate warf ihre Lesebrille auf den Tisch und stand auf. »Hat er sich in den letzten zweieinhalb Jahren auch nur ein einziges Mal bei dir gemeldet? Hat es ihn interessiert, was du tust und wie es dir geht?«

»Tate …«

»Die Antwort ist Nein. Es hat ihn nicht interessiert. Und jetzt springst du, wenn er mit den Fingern schnippt?«

Seufzend zog ich meine Handschuhe an. »Ich muss es tun. Außerdem habe ich ihm schon zugesagt.«

»Du machst einen Fehler.«

»Ich weiß. Aber ich kann nicht anders.« An der Tür angekommen, warf ich Tate einen bittenden Blick zu. Sie musste es nicht gut finden, aber sie sollte es wenigstens verstehen. »Das ist das Mindeste, was ich tun kann.«

Sie schüttelte den Kopf. »Du bist viel zu weichherzig.«

»Und du zu hart. Deshalb ergänzen wir uns so gut.«

»Wenn er auch nur ein falsches Wort sagt, kicke ich seinen Arsch persönlich zurück nach Alabama.«

Ich lächelte. »Richte ich ihm aus. Bis später.«

Wir trafen uns vor dem Torbogen, der in den Park führte. Es war ein sonniger, aber auch kalter Dezembertag. Der Himmel war strahlend blau und die Sonne blendete mich trotz Sonnenbrille, was aber auch an dem Schnee liegen könnte, der noch immer auf den Häuserdächern und in den Baumkronen hing, während er sich auf dem Fußgängerweg und den Straßen längst in Matsch verwandelt hatte.

Als ich Colin vor dem Eingang entdeckte, blieb ich einen Moment lang stehen. Er trug einen langen grauen Mantel und hatte die Hände tief in den Taschen vergraben. Dazu eine Bügelfaltenhose und schwarze Schuhe, die nicht mehr ganz so poliert und sauber aussahen wie wahrscheinlich noch am Morgen. Sein braunes Haar war vom Wind leicht zerzaust. Als er mich bemerkte, hellte sich sein Gesicht auf, und er hob die Hand.

Eine seltsame Mischung aus Wehmut, Schmerz und Wiedersehensfreude überkam mich bei seinem Anblick, aber ich gab mir einen Ruck und ging zu ihm hinüber. Bevor er mich zur Begrüßung umarmen konnte, hielt ich ihm einen der beiden Pappbecher hin, die ich auf dem Weg hierher gekauft hatte.

»Immer noch entkoffeiniert, mit Milch und ohne Zucker?«

Er wirkte verblüfft, dann nickte er und nahm den Becher entgegen. »Danke. Aber eigentlich wollte ich dich einladen.«

Ich zwang mich zu einem Lächeln. »Nicht nötig. Du bist hergekommen, da ist ein Kaffee das Mindeste, was ich dir anbieten kann.« Ich schob mir die Sonnenbrille ins Haar und betrachtete ihn einen Moment lang, während sich das Chaos in meinem Inneren langsam wieder legte. »Ich hätte nie gedacht, dich eines Tages hier zu sehen.«

Ein mildes Lächeln. »Und ich nicht, eines Tages hier zu sein.« Er ließ seinen Blick über die Gebäude hinter mir wandern. »Aber ich kann verstehen, warum du dich für dieses College entschieden hast. Es hat Charme.«

455

Wären diese Worte von Mom, Dad oder einem ihrer Freunde gekommen, hätte ich sie für eine hübsch verpackte Beleidigung gehalten. Auch bei Colin glaubte ich das für einen Moment, schüttelte dann jedoch über mich selbst den Kopf. Für solche Spielchen kannten wir uns zu lange, außerdem waren wir immer ehrlich zueinander gewesen. Sogar wenn diese Ehrlichkeit wehtat.

»Danke«, antwortete ich leise. »Läufst du ein Stück mit mir?« Ich deutete auf den Park hinter ihm, der selbst zu dieser Jahreszeit und bei diesen Temperaturen ein schönes Ausflugsziel war. Derselbe Park, in dem Luke und Dylan frühmorgens noch immer joggen gingen.

Luke. Ich zwang mich dazu, die Gedanken an ihn zu vertreiben, sobald sie sich in meinem Kopf ausbreiten wollten. Dafür war kein Platz. Nicht mehr. Doch auch wenn ich meine Gedanken kontrollieren konnte, war ich gegen den Stich in meiner Brust machtlos. Dafür erinnerte ich mich noch zu gut an unser Gespräch gestern.

Ich würde alles dafür tun, um unsere Freundschaft beizubehalten, weil er noch immer zu den wichtigsten Menschen in meinem Leben gehörte, wenn er nicht sogar der wichtigste war. Aber alles, was darüber hinausging? Das konnte ich nicht mehr. Dafür tat es zu sehr weh, zu wissen, dass ich nur die nächste auf seiner langen Liste an Frauen war. Eine Liste, auf die Tate inzwischen sicher schon meinen Namen gesetzt hatte. Es würde nicht lange dauern, bis der nächste und übernächste Name dort auftauchte.

Schweigend gingen Colin und ich nebeneinander her und nippten hin und wieder an unserem Kaffee. Würden nicht mehr als zwei Jahre voller ungesagter Worte zwischen uns liegen, hätte ich die Stille vielleicht als angenehm empfunden. Früher war Colin der Mensch gewesen, dem ich alles hatte erzählen, aber mit dem ich auch problemlos hatte schweigen können. Doch diese Zeit war lange vorbei.

»Also …«, begann Colin nach einer Weile und warf mir einen fragenden Seitenblick zu. »Du hast heute noch eine Prüfung?«

Ich nickte. »Englische Literatur am Nachmittag.«

Er lächelte. »Das schaffst du doch mit links.«

Vielleicht. Mehr Magenschmerzen als die Klausur selbst bereitete mir das Wissen, dass ich dabei neben Luke sitzen würde. Eigentlich sollte zwischen uns alles geklärt sein, aber mein dummes Herz schien das noch nicht begriffen zu haben.

»Ich gebe mein Bestes«, erwiderte ich und zwang mich zu einem Lächeln.

Wir gingen schweigend weiter, unsere Blicke überall, nur nicht auf dem jeweils anderen. Doch irgendwann hielt ich die Stille zwischen uns nicht mehr aus. »Colin?«

»Ja?«

»Warum bist du hier?«

Mein College lag vielleicht fast auf dem Weg, aber er hätte auch einfach seine Termine wahrnehmen und mich nicht anrufen können. Er musste einen guten Grund haben, um sich mit mir treffen zu wollen. Und um über etwas zu reden, das er nicht am Telefon besprechen wollte.

»Deinetwegen.«

Ich blieb stehen. Als hätte jemand einen Schalter umgelegt, wurde jeder Muskel in meinem Körper bewegungslos. Nur mein Herz nicht, denn das hämmerte in einem alarmierenden Tempo in meiner Brust.

Wie hatte Tate gesagt? Es hatte ihn zweieinhalb Jahre lang nicht interessiert, wie es mir ging und was ich tat. Warum also jetzt?

»Wieso …?« Meine Stimme klang auf einmal nicht mehr so normal und abgeklärt wie zuvor.

Ich wollte die Antwort nicht hören. Ich hatte schon lange meinen Frieden damit gemacht, die Schuld daran zu tragen, dass unsere Freundschaft in die Brüche gegangen war. Es hatte eine Zeit gegeben, in der ich geglaubt hatte, nicht ohne ihn leben zu können. Aber jetzt war ich hier, zweieinhalb Jahre später, und ich lebte. Mehr als das. Ich hatte einen Ort und Menschen gefunden, bei denen ich ganz ich selbst sein konnte.

Colin blieb vor mir stehen. Seine braunen Augen waren klar, sein Blick entschlossen und … mitfühlend? »Deine Mom hat mich angerufen und erwähnt, dass du nicht zur Feier am Wochenende kommen willst. Sie klang ziemlich betroffen und meinte, sie könne nicht verstehen, was dich davon abhalten könnte, zur Hochzeit deiner Schwester zu kommen, außer …«

»Dir«, beendete ich seinen Satz tonlos.

Er nickte.

Ich atmete tief durch und wandte den Blick ab, ließ ihn über die frostigen Wiesen und Blumenbeete wandern, über die kahlen Bäume und Schneereste auf dem Boden. Ich brauchte diesen Moment, um meine Gedanken zu sortieren. »Das ist nicht ihr Ernst …«

Er zog die Brauen hoch und zuckte dann leicht mit den Schultern. »Ich war ja sowieso schon in der Nähe, daher habe ich ihr angeboten, das Ganze mit dir zu klären. Ich meine, ich hoffe doch nicht, dass du wirklich meinetwegen …«

Ich schüttelte den Kopf. »Sie hat dich nicht zufällig angerufen, als du gerade in Charleston warst, Colin. Sie muss genau gewusst haben, dass du in der Nähe sein würdest und hat das eiskalt ausgenutzt. Sie *wollte*, dass du herkommst und mich vom Gegenteil zu überzeugen versuchst.«

Und das, nachdem sie mich selbst ausgeladen hatte. Eins musste man dieser Frau lassen: Sie war wirklich gut. Selbst nach all dieser Zeit zog sie im Hintergrund noch immer die Fäden und versuchte, uns alle zu manipulieren.

Colin rieb sich über die Stirn. »Ich dachte mir schon, dass sie irgendeinen Plan ausheckt.«

»Gestern hat sie mir einzureden versucht, dass ich zu Hause nicht willkommen bin und gar nicht erst dort aufkreuzen soll.«

»Wie bitte?« Zum ersten Mal wirkte Colin tatsächlich überrascht. Geradezu fassungslos.

Mein Lächeln fühlte sich bitter an. Anscheinend hatte er vergessen, wozu meine Mutter alles fähig war, und das, obwohl er sie fast genauso lange kannte wie ich. Aber wie hätte er das auch ahnen können? Ich hatte ihren Plan ja selbst erst durchschaut, als Colin mir von ihrem Anruf erzählt hatte.

Schweigen breitete sich zwischen uns aus, während wir langsam weitergingen. Wir mussten nicht über Moms Verhalten reden, das hatten wir in der Vergangenheit oft genug getan. Sie hätte es nicht deutlicher machen können, dass sie Colin und mich zusammen sehen wollte. Damals genau wie heute.

»Es tut mir leid.«

»Schon gut. Das ist nicht deine Schuld. Sie ist ziemlich gut darin, andere zu manipulieren und …«

»Das meinte ich nicht.« Colin blieb stehen und berührte mich am Arm. In seinem Gesicht war nichts als ehrliche Reue zu sehen. »Sondern, dass ich dich damals so aus meinem Leben verbannt habe. Es war nur … leichter für mich, wenn ich dich nicht jeden Tag sehen musste.«

»Du hast mich überhaupt nicht mehr gesehen«, erinnerte ich ihn leise.

»Ich weiß.« Colin starrte auf den Kaffeebecher in seiner Hand. »Das war feige und unfair von mir, und es tut mir wirklich leid. Ich weiß, die Entschuldigung kommt reichlich spät, aber ich hoffe, dass du sie trotzdem annimmst.«

459

Als ich diesmal lächelte, war da nichts Bitteres mehr, nur eine Welle der Erleichterung. »Entschuldigung angenommen, wenn du auch meine annimmst.«

»Wofür willst du dich denn entschuldigen? Dafür, dass du nicht dasselbe empfunden hast?« Er schüttelte den Kopf, dann seufzte er. »Ach, Elle. Du hast keine Ahnung, wie das ist, wenn man sich plötzlich in die beste Freundin verliebt ...«

Ich biss mir auf die Unterlippe. »Ich glaube ...«, begann ich zögernd, zwang mich dann jedoch, die Worte auszusprechen und den Tatsachen ins Auge zu sehen. »Ich glaube, das stimmt so nicht ganz ...«

Schweigend starrte er mich an und ich konnte sehen, wie es in seinem Kopf arbeitete. »Der Kerl, der dich auf die Verlobungsparty begleitet hat?«

Ich nickte knapp, nur um dann mit den Schultern zu zucken. »Wir sind nicht zusammen, wie alle zu Hause glauben. Er ist mein bester Freund ...«

»Und noch so viel mehr als das«, stellte Colin leise fest. Ich schüttelte den Kopf, aber er lächelte nur. »Ich habe auf der Verlobungsfeier bemerkt, wie er dich anschaut, Elle. Wie du ihn anschaust. Und dieser Ausdruck in deinem Gesicht war mir völlig neu, weil du mich nie so angesehen hast wie ihn.«

Tränen brannten in meinen Augen, aber ich kämpfte dagegen an. Zum einen, weil ich nicht hier zusammenbrechen wollte, und zum anderen, weil es Colin gegenüber nicht fair gewesen wäre.

»Es ist nicht so, wie du denkst. Wir sind nicht ...« Ich schüttelte den Kopf, ohne zu wissen, wen ich eigentlich überzeugen wollte. Colin? Oder mich selbst?

Wortlos streckte er die Arme nach mir aus. Diesmal zögerte ich nicht, sondern schmiegte mich an ihn.

Behutsam strich er mir über den Rücken. »Er ist ein Idiot,

wenn er nicht zu schätzen weiß, was er an dir hat«, murmelte er in mein Haar.

»So wie ich eine Idiotin war?«

Ein tiefes Glucksen, dann spürte ich ihn nicken. »Genau.«

Ich lehnte mich zurück und suchte seinen Blick. »Es tut mir leid, Colin …«

»Schon gut.« Lächelnd strich er mir ein paar Haarsträhnen hinters Ohr. »Vielleicht sollte es einfach nicht sein. Vielleicht zu einer anderen Zeit oder in einem anderen Leben. Ich bin froh, dass du jemanden gefunden hast, auch wenn es kompliziert zu sein scheint.«

Ich wusste nicht, ob ich lachen oder weinen sollte. Wie früher schon so oft konnte Colin mehr in mir lesen, als ich mir selbst eingestehen wollte.

»Tu mir nur einen Gefallen. Mach nicht denselben Fehler wie ich, okay? Lass ihn nicht gehen, wenn es schiefgeht, auch wenn es wehtut. Versprochen?«

Diesmal kam ich nicht gegen die Tränen an, die mir heiß über das Gesicht liefen. »Versprochen.«

»Gut.« Mit den Daumen wischte er mir über die Wangen. »Das Einzige, was ich je wollte, war, dich glücklich zu sehen. Und ich hoffe, dass dieser Kerl deine Gefühle wert ist und dich eines Tages glücklich machen wird.«

Ich lächelte erstickt. »Danke.«

Colin beugte sich vor und drückte mir einen Kuss auf die Stirn. »Pass auf dich auf, Elle.«

»Du auch auf dich«, flüsterte ich.

Ein letztes Mal strich er mir über die Wange, dann löste er sich von mir und trat einen Schritt zurück. Sein Lächeln war ehrlich, aber es lag auch etwas Bittersüßes darin, als er mich ansah. »Dieser Typ hat wirklich ein verdammtes Glück …«

461

Ich sah ihm nach, als er den Park verließ. Das Leben konnte ganz schön ironisch sein. Da verliebte Colin sich in seine beste Freundin, die seine Gefühle nicht erwidern konnte. Und jetzt hatte ich mich in meinen besten Freund verliebt. Vielleicht war es Schicksal, vielleicht auch nur Karma, das ich jetzt das Gleiche erleben musste wie Colin mit mir. Aber was auch geschah, ich würde nicht zulassen, dass Lukes und meine Freundschaft daran zerbrach. Ganz egal, wie sehr es schmerzte.

Kapitel 27

Luke

Die letzte Prüfung war überstanden, die Winterferien und unser Trip in die Berge standen vor der Tür, und bald war Weihnachten. Kein Wunder, dass in diesem Club eine Partystimmung herrschte, als hätten wir alle gerade unseren Abschluss geschafft und noch dazu im Lotto gewonnen. Überall um mich herum brüllten Leute und feierten die Semesterferien bereits, bevor sie richtig begonnen hatten.

Normalerweise hätte ich dabei mitgemacht, nein, mich direkt reingestürzt, aber dieses Jahr war nichts mehr normal. Landon und ich hatten darüber geredet, dass wir nach meinem Ausflug in die Berge Silvester zusammen verbringen würden. Außerdem hatten mich Trishs Eltern wie jedes Jahr ebenfalls zum Essen eingeladen. Nur dass DeeDee diesmal nicht mehr dabei sein würde. Es würde das erste Weihnachten und Silvester ohne sie sein, während der Rest der Welt mit ihren Familien feierte, als wäre nichts geschehen. Als würde niemand fehlen.

Auch Elle schien sich für ihre Familie entschieden zu haben, zumindest hatten sie und dieser Colin heute Morgen sehr vertraut gewirkt. Ich hatte sie im Park gesehen, einschließlich inniger Umarmung, und es hatte mich all meine Willenskraft gekostet, nicht dazwischen zu gehen und ihm die Nase zu brechen.

Vor zwei Wochen noch hätte ich vielleicht genau das getan. Oder vielleicht wäre es überhaupt nie zu einem Treffen zwischen Elle und ihm gekommen, weil sie mich hatte, um sie in den Arm zu nehmen, wenn es nötig war. Aber dieses Recht schien ich endgültig verloren zu haben.

Ich trank den Tequilashot auf ex und stellte das Glas klirrend auf den Tresen zurück. Der Drink breitete sich wie Feuer in meinem Rachen und meiner Brust aus, das sich schließlich in meinem Magen niederließ. Ich hob den Finger, als der Barkeeper im meine Richtung sah. Gleich darauf stand er mit der Tequilaflasche und einem neuen Glas vor mir.

»Ich glaube, du hast da etwas vergessen.« Eine hübsche Blondine drängte sich neben mich an die volle Bar und hielt einen Salzstreuer in der einen und eine Zitronenscheibe in der anderen Hand. Ich meinte, sie schon mal irgendwo gesehen zu haben. Wahrscheinlich auf dem Campus. Sie hatte volle Lippen, zu stark geschminkte Augen und große Brüste, die sie jetzt gegen meinen Arm drückte.

»Wozu Salz und Zitrone, wenn ich ihn pur trinken kann?«, konterte ich und hielt mein Glas in die Höhe. Dann nickte ich dem Barkeeper zu, damit er ihr auch einen brachte.

»Stimmt.« Sie lächelte und lehnte sich noch näher, damit ich sie trotz Musik und Stimmen verstand. »Ich mag ihn auch lieber als Body Shot.«

Bei dem Gedanken daran wurde mir wärmer. Aber in meiner Vorstellung war nicht sie es, der ich das Salz von der Haut leckte, sondern Elle. Ich schloss die Augen und fluchte innerlich. Leider tauchte damit auch dieses verdammte Bild wieder in meinem Kopf auf, das sich heute Morgen dort hineingebrannt hatte. Elle und dieser Colin im Park. Wie er sie im Arm hielt. Wie er ihr einen Kuss auf die Stirn gab. Verdammt, warum hatte ich nicht einfach eine andere Route zum Laufen gewählt?

Ich biss die Zähne zusammen und hob den Kopf. Miss Unbekannt ließ mich nicht aus den Augen. Sie lächelte einladend und strich sich mit den Fingerspitzen über den Hals.

»Wie wäre es hier?« Auffordernd hielt sie das Salz in die Höhe.

Ich wusste, dass es ein Fehler war. Meine gesamte Clique schwirrte irgendwo in diesem Club herum und feierte das Ende der Prüfungen, bevor wir morgen zusammen losfahren würden. Keiner von ihnen würde sich etwas dabei denken, wenn sie mich so mit Miss Unbekannt sahen – außer Elle. Aber sie war auch diejenige, die kein Problem damit zu haben schien, einfach so weiterzumachen wie vor dieser ganzen Sache zwischen uns. Scheiße, wahrscheinlich war sie heilfroh, diesen Colin wieder in ihrem Leben zu haben. Und ihre Mutter plante wahrscheinlich bereits die Hochzeit.

Ich nahm der Blondine den Salzstreuer ab und beugte mich zu ihr hinunter, bis mein Mund über ihrem Hals schwebte und mir ihr süßes Parfüm in die Nase drang. Noch berührte ich sie nicht, hob nur den Blick – und sah geradewegs zu Elle.

Mein Herz setzte kurzzeitig aus. Mein Puls donnerte so laut in meinen Ohren, dass er sogar die Musik übertönte. Sie stand nur ein paar Schritte entfernt an einem der Stehtische und hielt meinen Blick fest. Ohne Brent Michaels, neben ihr, anzusehen, nahm sie den Drink aus seiner Hand und kippte ihn auf ex hinunter. Dann kam sie auf uns zu.

Ich richtete mich so schnell wieder auf, dass Blondie neben mir zusammenzuckte. Sie sagte irgendetwas, das ich nicht richtig mitbekam, weil all meine Sinne auf meine beste Freundin gerichtet waren. Sie trug ein ärmelloses weißes Oberteil, das fast schon brav wirkte, wäre da nicht der kurze schwarze Rock gewesen, der jede einzelne ihrer Kurven betonte. Dazu die geschnürten Halbstiefel mit den Killerabsätzen und das lange, leicht gewelltes Haar, das ihr über die Schultern fiel, und sie sah aus, als wäre sie dem feuchten Traum jedes hier anwesenden Kerls entsprungen.

Vielleicht hätte ich mich ganz von Blondie lösen oder sie wegschicken sollen, aber ich tat es nicht. Nicht nach unserem letzten Gespräch. Nicht nach dem, was ich heute im Park unfreiwillig miterlebt hatte.

Elle blieb neben uns stehen. Sie hatte ein Lächeln aufgesetzt, aber in ihren Augen blitzte es wütend. Zu meiner Überraschung wandte sie sich nicht an mich, sondern an die Frau neben mir. »Viel Spaß mit ihm. Du hast ihn noch ungefähr …« Sie zog ihr Handy hervor und schaute auf die Zeitanzeige. »Oh, ganze fünf, sechs Stunden. Mit etwas Glück sogar bis zum Morgengrauen. Aber mach dir keine Hoffnungen auf mehr.« Mit diesen Worten nahm sie mir den Tequila aus der Hand und funkelte mich an. »Er haut ab, bevor es unangenehm werden kann.«

Wie bitte? Sekundenlang konnte ich Elle nur nachstarren, bis sie mit meinem Drink in der Menge verschwunden war, und ich mich noch immer fragte, was hier gerade passiert war. Nicht, dass sie mit ihren Worten unrecht hatte, aber was zur Hölle …?

Ich ließ Blondie ohne ein weiteres Wort stehen und kämpfte mich zu Elle durch. Ich erreichte sie am Rande der Tanzfläche, packte ihr Handgelenk und zog sie mit mir.

»Was zum …? Luke!«

Sie stemmte sich gegen mich und fluchte laut genug, dass sich ein paar Leute zu uns umdrehten. Ich ignorierte es, zog sie an der Schlange vor der Damentoilette vorbei, einen schlecht beleuchteten Flur hinunter, und hätte sogar die Tür zum Hinterausgang am Ende des Korridors aufgestoßen und sie in die eisige Nacht rausgezerrt, wenn Elle sich nicht vorher aus meinem Griff befreit hätte und mich damit zum Stehenbleiben zwang.

»Was zum Teufel stimmt nicht mit dir?«, fauchte sie.

Statt einer Antwort drängte ich sie gegen die Wand im Flur und drückte meinen Mund auf ihren. Der Kuss dämpfte ihren überraschten Laut, und ich spürte, wie sie mich an meinem Shirt packte. Ein Teil von mir hoffte sogar, dass sie mich weg- drückte und mir die Meinung sagte, damit ich endlich damit aufhörte, ständig an sie zu denken und stattdessen meinen ge- sunden Menschenverstand wiederfand. Aber statt mich weg- zuschieben, hielt sie mich fest.

Doch bevor sie den Kuss erwidern und ich vergessen konnte, warum ich sie hierher gebracht hatte, riss ich den Kopf hoch und stützte mich mit beiden Händen neben ihr an der Wand ab. Wir starrten uns an, so schwer atmend, als wären wir bei- de meilenweit gerannt. Ihre Lippen waren feucht und noch immer leicht geöffnet. Es kostete mich meine ganze Willens- kraft, jetzt nicht alle guten Vorsätze über Bord zu werfen und sie noch mal zu küssen.

»Was war das?«, stieß sie heiser hervor.

»Das könnte ich dich genauso fragen«, gab ich rau zurück. »Seit wann stört es dich, mich mit einer anderen Frau zu se- hen?«

»Tut es nicht.« Sie reckte das Kinn vor. »Ich wollte ihr nur einen Gefallen tun und sie wissen lassen, was sie erwartet, damit sie sich morgen nicht bei mir ausheult. Wie so viele vor ihr.«

Ich neigte den Kopf zur Seite. »Zu freundlich …«

»So bin ich.«

»Das habe ich gemerkt. Du und dieser Colin scheint euch ja wieder ziemlich gut zu verstehen.«

Ihre Augen wurden riesig. »Du hast uns gesehen?«

»Komm schon, Elle.« Ich lächelte zynisch. »Erzähl mir nicht, du wärst nicht absichtlich ausgerechnet in den Park mit ihm gegangen, in dem ich jeden Morgen jogge.«

»Das ist nicht ... Es war nicht mal so früh ...«

»Früh genug.«

»Und wennschon. Was kümmert dich das?«, zischte sie und straffte die Schultern. »Du scheinst ja trotzdem deinen Spaß zu haben.«

Mit Blondie? Ich schnaubte.

»Ich habe sie nicht angerührt.«

»Natürlich nicht.« Ihr Lächeln war tödlich. »Du wolltest ihr nur eine Wegbeschreibung geben und nicht gleich an ihrem Hals nuckeln.«

Ich ballte die Hände zu Fäusten. Elle konnte nicht mal ahnen, was mir dabei durch den Kopf gegangen war.

»Du hättest es getan, oder?« In ihren Blick trat etwas so Verletzliches, dass sich etwas in meinem Brustkorb schmerzhaft zusammenzog. Doch es war fast im selben Moment wieder verschwunden. »Du hättest ihren Hals abgeleckt und sie dann für einen Quickie irgendwohin mitgenommen, nicht wahr? Eine weitere Eroberung, genauso bedeutungslos wie alle anderen.«

»Das ist nicht wahr. Du bist nicht bedeutungslos«, entgegnete ich. »Das warst du nie.« Elle schnappte nach Luft, aber ich ließ ihr keine Zeit, etwas darauf zu erwidern. »Du und ich waren schon immer mehr füreinander als nur Freunde. Wir haben es bloß nie ausgesprochen.«

Sie starrte mich fassungslos an, aber ich würde die Worte nicht zurücknehmen. Es war höchste Zeit, dass einer von uns sie endlich aussprach.

Es gab nicht viele Dinge, die ich mit absoluter Sicherheit wusste. Dass ich Elle nicht verlieren wollte, gehörte dazu. Ebenso wie die Tatsache, dass ich es auch nicht ertragen konnte, sie mit einem anderen Kerl zu sehen. Nicht mehr. Das hatte ich heute Morgen auf die harte Tour gelernt. Und sie heute Abend mit Michaels vom Footballteam zu sehen, der schon seit Ewigkeiten um sie herumschwirrte, hatte mich schier wahnsinnig gemacht. Aber statt einzugreifen, hatte ich mich an die Bar geflüchtet und auf den Tequila gestürzt.

Ich stieß mich von der Wand ab und machte erst einen Schritt zurück, dann noch einen. Elle rührte sich nicht, sagte kein Wort, und wenn ich ehrlich war, wusste ich genauso wenig, was ich noch sagen oder denken sollte. Also schüttelte ich nur den Kopf und wandte mich ab.

Hinter mir erklangen Schritte. »Du sagst mir so etwas, und dann lässt du mich einfach stehen und gehst zu deinem nächsten One-Night-Stand zurück?«

Ich erstarrte, als sich ihre Worte in mich hineinbohrten. Für einen kurzen Moment schloss ich die Augen und versuchte, bis fünf zu zählen, um nicht komplett die Beherrschung zu verlieren. Doch dafür war es bereits zu spät.

»Verdammt, Elle!« Ich wirbelte herum, kehrte zu ihr zurück und drängte sie gegen eine Tür, auf der *Privat* stand. »Was braucht es noch, damit du kapierst, dass ich nur dich will?«

Es hatte eine Ewigkeit gebraucht, bis sich diese Worte in meinen Gedanken manifestiert hatten. Bis ich mir darüber klargeworden war, dass ich diese Frau wollte. Alles von ihr. Selbst wenn ich damit riskierte, sie zu verlieren.

»Ich will nur dich«, wiederholte ich, auch wenn diese Worte diesmal wirklich das Ende unserer Freundschaft bedeuten konnten. Manche Dinge konnte man nicht zurücknehmen. Manche Dinge würden immer zählen, egal, wie sehr man sie zu vergessen versuchte.

Ich öffnete den Mund, um noch etwas zu sagen, irgendetwas, um diese Stille zwischen uns zu unterbrechen, brachte

469

aber keinen Ton hervor. Nicht, wenn Elle mich so ansah wie jetzt. Nicht, wenn sich etwas in ihrem Blick veränderte und ich mich so zu ihr hingezogen fühlte, dass ich automatisch den Kopf senkte und ihr näher kam.

Mit hämmerndem Herzen wartete ich darauf, dass sie mich zurückdrückte oder mir mit einem klaren Nein zu verstehen gab, dass sie das hier nicht wollte.

Aber sie tat nichts davon.

Die erste Berührung war nur ein Streichen von Lippen auf Lippen, eine Frage, ein zögerliches Herantasten. Ich rechnete noch immer mit einer Ohrfeige oder Schlimmerem. Doch statt mich auf meinen Platz zu verweisen, spürte ich, wie Elle ihre Finger in mein Shirt grub, um mich festzuhalten. Vielleicht musste sie sich auch selbst irgendwo festhalten, so wie ich mich an der Tür abstützen musste, um nicht völlig den Halt zu verlieren.

Ich hob den Kopf, suchte ihren Blick. Am anderen Ende des Flurs war die Party noch immer in vollem Gange. Die Musik schallte zu uns herüber, darunter die Stimmen der vielen Leute, Lachen, Gläserklirren, der hämmernde Bass aus den Boxen. Ohne Elle aus den Augen zu lassen, tastete ich neben ihr nach dem Türknauf. Wir hatten Glück. Die Tür gab mit einem Klicken nach und ich konnte Elle hineinschieben.

Hier drinnen war es deutlich kühler, aber auch dunkler als im Flur. Es schien eine Art Lagerraum zu sein. Im einfallenden Licht konnte ich Regale ausmachen, die die Wände säumten. Rechts in der Ecke stapelten sich leere Getränkekisten. Schräg gegenüber war ein Fenster, gerade mal groß genug, dass ein wenig vom gelblichen Schein der Straßenlampen hereinfiel und den Raum erhellte.

Ich drückte die Tür hinter uns zu und drängte Elle weiter hinein. Keiner von uns sagte ein Wort, nicht einmal dann, als

470

Elle mit dem Rücken gegen ein Regal voller Kartons stieß. Die Geräusche aus dem Club drangen nur noch gedämpft zu uns, als hätte ich mit dem Schließen der Tür auch unsere Verbindung zur Außenwelt gekappt. Hier drinnen gab es nur uns beide und diese verdammte Anziehungskraft, die einfach nicht schwächer, sondern mit jeder Berührung nur noch stärker zu werden schien.

»Das hier zählt nicht.« Elle griff nach dem Saum meines Shirts und schob es nach oben.

»Oh doch, und wie es zählt.« Ich hielt ihren Blick fest, als ich es mir über den Kopf zog und achtlos auf den Boden fallen ließ. Mein Herz raste, als wäre das hier das allererste Mal.

Elle reagierte nicht auf meine Worte. Als sie an meine Hose gehen und sie öffnen wollte, packte ich ihre Handgelenke und hielt sie auf. Etwas blitzte in ihren Augen auf. Wut? Erregung? Beides? Ich wusste es nicht, wollte nicht darüber nachdenken, sondern es herausfinden, es spüren, indem ich meinen Mund wieder auf ihren presste.

Es war kein leidenschaftlicher Kuss. Wut und Frustration dominierten auf beiden Seiten, trotzdem konnten wir nicht aufhören. Unsere Zähne stießen gegeneinander, unsere Zungen fochten einen Kampf aus. Ich drängte mich näher an sie, schob mein Knie zwischen ihre Beine und diesen verfluchten Rock endlich hoch, der mich schon den ganzen Abend lang um den Verstand gebracht hatte. Elle keuchte an meinen Lippen. Ich konnte ihre Gänsehaut unter meinen Fingern spüren, aber das war nicht genug. Mit dieser Frau würde es niemals genug sein. Mit ihr gab es nur alles oder nichts – und ich wollte alles.

Wieder spürte ich Elles Finger an meinem Hosenbund. Diesmal ließ ich zu, dass sie den Knopf meiner Jeans öffnete und den Reißverschluss herunterzog.

»Merkst du, was du mit mir anstellst?«, raunte ich an ihrem Mund und biss einmal kurz und fest in ihre Unterlippe. »Warum ich dich einfach nicht mehr aus dem Kopf bekomme?«

»Es hat nichts zu bedeuten …«

»Bullshit.«

Ich ließ zu, dass sie meine Klamotten beiseiteschob und die Hand um mich schloss, wie sie es schon einmal getan hatte. Mit einer Hand stützte ich mich neben ihr am Regal ab, mit der anderen hob ich ihr Kinn an, um sie anzusehen, um mir den Ausdruck in ihrem Gesicht ebenso einzuprägen wie das Verlangen in ihren Augen. Weil das alles mir galt und niemandem sonst. Keinem anderen Kerl, keinem Brent Michaels und erst recht keinem Colin.

Gleichzeitig wuchs meine eigene Lust von Sekunde zu Sekunde, bis ich Elles Finger wegschieben musste, damit das hier nicht endete, bevor ich in ihr war und sie ebenfalls auf ihre Kosten gekommen war. Denn es gab nur ein mögliches Ende für diese Situation.

»Es hat *alles* zu bedeuten.« Ich packte ihre Handgelenke und hielt sie über ihrem Kopf fest, während ich meinen Mund wieder auf ihren presste. Elle gab einen protestierenden Laut von sich, der in einem Stöhnen endete. Mit der freien Hand erkundete ich ihre Seite, schob ihren BH beiseite und massierte ihre Brust.

»Luke …«

Ohne den Kuss zu unterbrechen, glitt ich mit der Hand zwischen uns und schob ihren Slip beiseite. Diesmal konnte ich ihr Stöhnen kaum mit meinem Mund dämpfen, während sie mir gleichzeitig mit den Hüften entgegenkam.

Elle so zu sehen, sie so zu spüren, zu riechen und zu schmecken, war mehr, als ich je für möglich gehalten hätte. Nach allem, was geschehen war, hatte ich das nicht verdient, aber ich würde einen Teufel tun und mich deswegen beschweren. Dieses Mädchen gehörte zu mir. Das hatte Elle vom ersten Moment an, aber ich war zu blind gewesen und hatte zu viel Angst davor gehabt, sie zu verlieren, wenn ich mir eingestand, was ich wirklich wollte. Nämlich sie.

Bevor ich wusste, wie mir geschah, hielt ich das Folienpäckchen aus meiner Brieftasche in der Hand, und Elle nahm es mir ab, um mir das Kondom überzustreifen. Ich beobachtete jede ihrer Bewegungen und biss mir auf die Zunge, um mein Stöhnen zu unterdrücken. Es sollte unmöglich sein, wie viel jede noch so kleine Berührung von ihr in mir auslöste. Ich wollte dasselbe mit ihr machen, sie genauso um den Verstand bringen und alles andere vergessen lassen, was nicht mit mir, nicht mit uns zu tun hatte.

Behutsam hob ich sie hoch. Sie schlang die Beine um meine Hüften. Ihr Atem ging schwer, ihr Oberteil war verrutscht, und ihr Blick sagte mir deutlich, was mir blühen würde, wenn ich es jetzt nicht zu Ende brachte.

Ein letztes Mal presste ich meinen Mund für einen kurzen Kuss auf ihren, dann suchte ich Elles Blick und hielt ihn fest. »Ich will dich …«, raunte ich, während ich langsam in sie eindrang. »Nur dich.«

Ihr Körper verspannte sich, aber sie schob die Finger in mein Haar und zog mich noch etwas näher. »Wie soll ich dir glauben, wenn du am Morgen danach immer abhaust?«, wisperte sie an meinem Ohr.

Ich zog mich ein Stück aus ihr zurück und stieß wieder in sie. Sie keuchte auf.

»Lass es mich beweisen.« Ich stützte mich mit den Unterarmen neben ihrem Kopf auf und brachte meinen Mund dicht vor ihren. Bei jedem Wort, jeder Silbe bewegte ich mich in ihr. »Ich will alles mit dir. Jetzt. Morgen. Immer.«

Elle bohrte die Fingernägel in meinen Rücken. Ein feiner Schweißfilm lag auf ihrer Haut und hatte sich inzwischen auch auf meinem Körper ausgebreitet. Es kostete mich alles in mir, nicht zuzulassen, dass wir uns jetzt einfach gehen ließen. Dass wir uns dem Moment hingaben und später allein diesem Rausch die Schuld daran gaben.

»Du weißt nicht mal, was das überhaupt bedeutet«, flüsterte sie, dicht gefolgt von einem erstickten Stöhnen.

Mehrere Sekunden lang war ich nicht dazu in der Lage, etwas zu sagen. Dafür konzentrierten sich all meine Sinne zu sehr auf das, was wir hier taten, auf das Gefühl, endlich wieder in ihr zu sein, und auf diesen Wirbelwind, den das in mir auslöste. Weil es nicht irgendeine Frau war, sondern Elle.

»Stimmt«, gab ich keuchend zu und verlangsamte das Tempo. »Ich weiß nicht, was das bedeutet.« Ich strich über ihre Lippen, leckte ganz leicht darüber und knabberte daran. Dann hob ich den Kopf und suchte ihren Blick. »Aber ich will es herausfinden. Mit dir. Nur mit dir.«

»Luke …« Mein Name klang wie eine Warnung, eine Bitte und ein Befehl zugleich, aber ich verstand sie trotzdem, weil es mir genauso ging. Ich hielt es genauso wenig noch länger aus, konnte genauso wenig einen klaren Gedanken fassen wie sie.

Ich stieß einen Fluch aus, dann küsste ich Elle und gab uns beiden das, was wir so dringend brauchten. Eine Weile war nichts als unsere gedämpften Laute und ein Knirschen vom Regal hinter Elle zu hören. Als ich mich meinem Höhepunkt näherte, schob ich die Hand zwischen uns und sorgte dafür, dass Elles Stöhnen lauter und ihre Bewegungen hektischer wurden. Ich wollte sie nackt und in meinem Bett, auf meinem Schreibtisch, in der Dusche und an so vielen Orten, die mir in diesem Moment nicht mal einfielen. Die einzige Konstante war *sie*, so wie sie in den letzten zweieinhalb Jahren immer meine

Konstante gewesen war, und es auch jetzt blieb, als der Orgasmus über mir hereinbrach und alles andere außer den Gedanken an diese Frau auslöschte.

Elle klammerte sich während ihres eigenen Höhepunkts an mich, grub die Fingernägel in meinen Rücken und presste die Lippen auf meine Haut. Ein heißer Schmerz schoss durch meine Schulter. Es dauerte einige Sekunden, bis ich wieder halbwegs klar denken konnte und begriff, was gerade passiert war.

»Du hast mich gebissen«, stellte ich verblüfft und nicht ohne eine Spur Genugtuung fest.

Schwer atmend lehnte Elle den Kopf zurück. »Das war … keine Absicht.«

Selbst wenn ich es gewollt hätte, hätte ich nicht verhindern können, dass meine Mundwinkel nach oben wanderten. »Dann bin ich also dein Erster?«

»Wie bitte?«

»Der Erste, den du beim Sex beißt?«

Einen Moment lang starrte sie mich nur an, dann begann sie zu zappeln. »Lass mich runter. Ich kann so nicht denken.«

»Du meinst, wenn ich in dir bin? Gewöhn dich besser dran, Baby.« Trotzdem stellte ich sie wieder auf ihre eigenen Füße, entsorgte das Kondom, zog mir die Hose hoch und hob mein Shirt vom Boden auf.

Einen Moment lang funkelte Elle mich nur an. »Du bist echt …«

»Ich weiß.« Ich streifte mir das Shirt über den Kopf. »Aber was ich vorhin gesagt habe, habe ich auch so gemeint.«

»Und was schlägst du vor? Dass wir unsere Freundschaft einfach vergessen und eine Affäre beginnen? Wirst du dann auch jeden Morgen abhauen und mich danach wie Luft behandeln oder ist das nur für deine One-Night-Stands reserviert?« Sarkasmus schlug mir aus jeder einzelnen Silbe entgegen.

475

»Ich habe nie etwas von einer Affäre gesagt.« Ich ging wieder zu ihr, legte die Hände an ihre Taille und lehnte meine Stirn an ihre. »Ich meine es ernst. Lass mich mit zur Hochzeit deiner Schwester kommen und dir zeigen, wie ernst es mir ist.«

Sie zögerte einen Herzschlag lang. »Nein.«

Ich fluchte innerlich und hob den Kopf. »Und dieser Colin? Wird er dich zur Hochzeit begleiten?«

»Was?« Irritiert runzelte sie die Stirn. »Natürlich nicht. Er war nur hier, um …«

»Um was, Elle?« Denn ein Mann fuhr nicht mal eben für eine Frau von Alabama nach West Virginia, wenn ihm diese Frau nichts bedeutete. Allein der Gedanke daran, dass er sie angefasst hatte, machte mich rasend.

»Er war beruflich in Charleston. Meine Mutter hat ihm gesagt, dass ich nicht zur Hochzeit komme und ihm irgendeinen Schwachsinn eingeredet, damit er und ich uns treffen, in der Hoffnung, dass wir es noch mal miteinander versuchen.« Sie zuckte mit den Schultern, als wäre das etwas ganz Normales. Und das war es in ihrer Welt vielleicht sogar. »Sie will uns immer noch unbedingt zusammenbringen. Aber wir haben das geklärt. Wir haben geredet und uns voneinander verabschiedet. Das ist alles.«

Ich runzelte die Stirn. Dieser Unterton, der in ihren Worten mitschwang, gefiel mir überhaupt nicht. »Bereust du es?«

»Ich bereue nur, dass ich nie das für ihn sein konnte, was er brauchte und wollte. Genau wie für ein paar andere Leute«, fügte sie mit einem Anflug von Zynismus hinzu.

»Deine Mutter?«

Sie nickte, ohne mich aus den Augen zu lassen.

Und für mich. Ich konnte es in ihrem Gesicht erkennen, auch wenn sie es nicht aussprach. Mir drehte sich der Magen um. Glaubte sie das wirklich? Dachte sie, nach ihrer Mom und

Colin jetzt auch für mich nicht gut genug zu sein? Bevor ich etwas dazu sagen und ihr diesen Blödsinn so schnell wie möglich ausreden konnte, straffte sie die Schultern und deutete mit einem Kopfnicken Richtung Bar.

»Gehst du jetzt zu ihr zurück?«

Ich konnte nur den Kopf schütteln. »Scheiße, hältst du mich wirklich für so ein Arschloch? Dass ich hier mit dir Sex habe, nur um dann zu ihr zu gehen?«

»Ich weiß es nicht, okay?« Seufzend rieb sie sich über das Gesicht. »Ich weiß nur, dass du es vorhin gar nicht erwarten konntest, mit dem Body Shot bei ihr loszulegen.«

Das stimmte so nicht ganz. Ich hatte gezögert, und in Gedanken war ich nicht bei der Blondine, deren Name ich nicht mal kannte, sondern bei Elle gewesen. Aber das auszusprechen, würde mich in ihren Augen zu einem noch größeren Mistkerl machen, also schwieg ich.

Elle nickte langsam, als würde ihr mein Schweigen mehr sagen, als mir bewusst war, dann lächelte sie langsam. »Tun wir einfach wieder so, als wäre das hier nie passiert, genau wie vorher.«

»Ist es das, was du wirklich willst? Dass es nicht zählt?« Ich musste die Worte mit Gewalt herauspressen, weil ich die Zähne so fest zusammenbiss. Ich hatte ihr gesagt, dass ich es ernst mit ihr meinte und sie … wollte immer noch so tun, als wäre nichts geschehen? Als würde es nichts bedeuten?

Elle zögerte, doch dann nickte sie.

Aber es war dieses Zögern, das sie verriet. Sie wollte genauso wenig wie ich einfach so weitermachen wie zuvor. Sie wollte etwas anderes. Mehr? Mein Herz begann zu rasen. Sie hatte sich schon zum Gehen gewandt, aber an der Tür holte ich sie ein und griff nach ihrem Handgelenk.

»Lass mich los.« Elle sah mich nicht an, aber ich spürte

das Zittern, das plötzlich von ihr ausging. »Wenn dir unsere Freundschaft je etwas bedeutet hat, dann lass mich jetzt bitte gehen.«

Ein Teil von mir wusste, dass ich es tun sollte, da ich sie nicht dazu zwingen konnte, hierzubleiben und diese ganze komplizierte Situation mit mir zu klären, bis wir beide endlich ehrlich zueinander waren. Aber ein anderer, noch viel größerer Teil von mir wusste auch, dass es ein Fehler wäre, Elle jetzt gehen zu lassen. Weil das hier unsere letzte Chance sein könnte.

»Wir sind Freunde«, erinnerte ich sie leise und rieb mit dem Daumen über die Stelle, an der ihr Puls so heftig pochte. Dann ließ ich sie langsam los und trat einen Schritt zurück. »Aber wir könnten so viel mehr sein als das.«

Kapitel 28

Elle

»Du bist hier! Du hast es geschafft!« Sadie fiel mir trotz Hochzeitskleid um den Hals und hüllte mich in einen Traum aus Tüll und weißer Seide.

Ihre Reaktion wischte jeden Zweifel, den meine Mutter trotz meines besseren Wissens in meinem Herzen gesät hatte, beiseite. Freude und Erleichterung lösten das nagende Gefühl in meinem Inneren ab und brachten ein Lächeln auf mein Gesicht. Ich schlang die Arme um meine Schwester.

»Das hätte ich mir doch niemals entgehen lassen«, murmelte ich und lehnte meinen Kopf vorsichtig an ihren, darauf bedacht, ihre kunstvolle Hochsteckfrisur nicht zu zerstören. »Auch wenn mein Brautjungfernkleid schrecklich ist.«

Sadie lachte erstickt und schob mich auf Armeslänge von sich. Tränen schimmerten in ihren Augen. »Das muss so sein. Keine von euch soll heute hübscher sein als ich.« Sie sah zu den anderen Brautjungfern – unseren Schwestern Brianna und Libby und Laura, ihrer besten Freundin seit der Grundschule.

Wie ich trugen sie alle das gleiche lachsfarbene Kleid mit Herzausschnitt. Darüber verlief eine Stickerei, die zwar nicht die Schultern, dafür aber die Arme frei ließ. Während der obere Teil ziemlich eng saß, fiel das Kleid ab der Taille locker zu Boden. Mit unseren blonden Haaren ließ es Brianna und mich ziemlich blass aussehen, dafür rockte Libby es mit ihrer schokobraunen Mähne, die sie genau wie wir auf einer Seite zurückgesteckt hatte.

Ich sah zurück zu Sadie und lächelte sie an. »Heute *kann* überhaupt niemand schöner sein als du.«

Und es stimmte. Sadie schien von innen heraus zu leuchten, ihre Wangen waren vor Aufregung gerötet, und ihrem Gesicht war das Glück deutlich anzusehen. Ihr schulterfreies Brautkleid unterstrich das nur noch. Je nach Lichteinfall glitzerten die Stickereien auf dem Stoff in einem fast schon überirdischen Schimmer. Der untere Teil war weit und bodenlang. In diesem Kleid wirkte sie so anmutig, als wäre sie eine aus einem Märchen entsprungene Fee.

Ich umarmte sie noch einmal und begrüßte meine anderen Schwestern und Laura, dann war es auch schon an der Zeit, den Mittelgang entlangzulaufen. Ich folgte den anderen als Letzte, nachdem ich Dad mit einer kurzen Umarmung begrüßt hatte. Er schien nichts von Moms neuestem Manipulationsversuch zu wissen, und ich würde nicht diejenige sein, die ihn darüber informierte. Hinter alledem steckte nur Moms Wunsch, Colin und mich wieder zusammenzubringen, doch damit war sie ein weiteres Mal gescheitert. Ebenso damit, mich von hier fernhalten zu wollen.

Während ich den Gang entlangschritt und das Blumenbouquet in meinen Händen umklammerte, sah ich fremde und vertraute Gesichter in den Reihen. Alte Bekannte, Leute aus der Stadt, ehemalige Mitschülerinnen und einige Leute, die ich überhaupt nicht kannte. Aber es war trotz allem nur eine kleine Runde, die Kirche gerade mal zu zwei Dritteln gefüllt, und von Journalisten keine Spur. Ich registrierte die bewundernden Blicke auf mir, ebenso wie ich das Tuscheln hörte, als ich an den anwesenden Gästen vorbeiging.

Mom saß in der vordersten Reihe neben meinen Nichten und Daniels Eltern. Als sie mich erkannte, riss sie die Augen auf, nur um sie dann zusammenzukneifen. Im Vorbeigehen bemerkte ich die Ader, die auf ihrer Stirn pulsierte. Ein Glück, dass ich erst kurz vor der Zeremonie hier aufgetaucht war, denn meine Mutter wirkte, als würde sie mich am liebsten an den Haaren hier rauszerren und in einen Flieger zurück nach West Virginia setzen.

Ich blieb neben den anderen Brautjungfern stehen und sah Sadie entgegen, die von unserem Vater zum Altar geführt wurde. Ein Raunen ging bei ihrem Anblick durch die Menge, und die Gesichter hellten sich auf. Die ersten tupften sich schon jetzt mit einem Taschentuch die Augen.

Während der Zeremonie wanderte mein Blick über die Anwesenden. Ich fand Colin zwischen den Gästen, und er nickte mir lächelnd zu. Ich erwiderte sein Lächeln, dann richteten wir beide unsere Aufmerksamkeit wieder auf das Brautpaar.

»… an der Zeit für die Eheversprechen.« Die Stimme des Priesters drang wieder zu mir durch.

Sadie und Daniel fassten sich an den Händen. Von meiner Position aus konnte ich das Gesicht meiner Schwester nicht richtig erkennen, dafür umso deutlicher das ihres zukünftigen Ehemanns. In seinen Augen lagen so viel Wärme, so viel Liebe, als wollte er meiner Schwester die Welt zu Füßen legen. Und ich erkannte eine Zuneigung und Verbundenheit, die ich bei meinen Eltern nie gesehen hatte.

»Sadie …«, begann er rau und räusperte sich, um seiner Stimme mehr Kraft zu verleihen. »Für manche mag es eine überstürzte Hochzeit sein, weil wir uns noch nicht lange kennen, aber ich kann hier und jetzt bezeugen, dass mein Leben erst richtig angefangen hat, als du mir begegnet bist. Du bist meine Vertraute, meine Freundin, meine Seelenverwandte

481

und meine große Liebe. Hiermit verspreche ich feierlich, dich für den Rest unseres gemeinsamen Lebens zu ehren, dich zu schützen, mich um dich zu kümmern, dir zur Seite zu stehen, dich zu lieben und für dich da zu sein, bis der Tod uns scheidet.«

Ich musste blinzeln, weil mir bei seinem Gelübde die Tränen in die Augen schossen. Sadies Schultern bebten, und ich meinte, ein unterdrücktes Schniefen zu hören. Laura hielt ihr ein Taschentuch hin, aber sie schüttelte den Kopf. Ich verlagerte mein Gewicht ein wenig, um einen Blick auf ihr Profil zu erhaschen, als sie das Eheversprechen gab.

»Daniel«, sagte sie sowohl mit einem Lächeln als auch mit einem Zittern in der Stimme. »Du bist mein bester Freund, ganz egal, wie kurz oder lange wir uns schon kennen. Du bist der Mensch, an den ich morgens als Erstes denke und derjenige, neben dem ich jede Nacht einschlafen will. Du warst immer für mich da, ganz egal, wie schlimm oder wie lächerlich es war. Du hast mich in den Arm genommen, mich getröstet, mich zum Lachen gebracht, mich geliebt.«

Sie atmete tief durch, wodurch mir klar wurde, dass ich unbewusst die Luft angehalten hatte. Ich atmete erstickt aus und versuchte gegen die Tränen in meinen Augen anzublinzeln, doch dafür war es zu spät. Sie liefen mir bereits über die Wangen. Nicht nur, weil Sadies und Daniels Eheversprechen mich mitten ins Herz trafen, sondern weil sie mich daran erinnerten, dass das, was sie hatten, etwas Besonderes war. Und dass ich auch so jemanden in meinem Leben hatte, auch wenn er nicht hier war, weil wir uns gegenseitig zu sehr verletzt hatten und ich ihn von mir gestoßen hatte.

Wir sind Freunde. Aber wir könnten so viel mehr sein als das.

Lukes Worte hallten in meinem Kopf wider, obwohl ich seit gestern Abend alles getan hatte, um sie zu vergessen. Trotzdem schienen sie sich eingebrannt zu haben, genauso wie der nach-

denkliche, fast schon verzweifelte Tonfall, mit dem er sie ausgesprochen hatte.

Ich wischte mir mit dem Handrücken über die Wangen und
versuchte mich wieder auf die Zeremonie zu konzentrieren,
konnte aber nicht verhindern, dass mein Blick erneut zu wandern begann. Über die Köpfe der Anwesenden, über die vielen
Gäste, ohne das Gesicht zu finden, das ich unbedingt sehen
wollte.

»Dann erkläre ich euch hiermit zu Mann und Frau.«

Ich sah zu meiner Schwester und meinem neuen Schwager
zurück, die sich in diesem Moment küssten. Jubel brach in der
Kirche aus, die Leute klatschten und standen auf. Ich klemm-
te mir den Blumenstrauß unter den Arm, um ebenfalls zu klat-
schen, bis meine Handflächen wehtaten. So skeptisch ich anfangs dieser Verbindung gegenüber gewesen war, so sicher war
ich inzwischen, dass es niemanden auf der Welt gab, der Sadie
glücklicher sehen wollte als Daniel. Und ich wusste auch, dass
er derjenige war, der alles dafür tun würde, meine Schwester
glücklich zu machen.

Die nächsten Stunden flogen nur so dahin und zogen sich
gleichzeitig unheimlich in die Länge. Die Feier fand in einem
schicken Hotel statt. Sadie tanzte mit ihrem Ehemann, mit
Dad und mit ihrem neuen Schwiegervater, während Daniel genug Charme aufbrachte, um Mom für ganze zwei Songs auf
der Tanzfläche zu beschäftigen. Ich tat mein Bestes, die Fei-
erlichkeiten zu genießen und ihr aus dem Weg zu gehen. Die
meiste Zeit über klappte das ganz gut, bei ihrer Rede weniger. Anscheinend konnte sie sich die Spitze, dass nicht alle ihre
Töchter ein solches Glück und vielversprechendes Leben vor
sich hatten wie Sadie, nicht verkneifen. Ich lächelte nur und
trank meinen Champagner in großen Schlucken aus.

Immer wieder sah ich auf mein Handy, fand aber kaum eine

ruhige Minute, um eine Nachricht zu schreiben. Was sollte ich auch sagen? Was *konnte* ich überhaupt sagen nach allem, was zwischen Luke und mir vorgefallen war? Trotzdem wurde der Drang, seine Stimme zu hören und mit ihm zu reden mit jeder Minute stärker. Ich hielt es aus, bis die Torte angeschnitten wurde, dann entschuldigte ich mich kurz und stand auf.

Mein Herz raste, als ich durch den großen Saal schritt und mein Kleid etwas hochraffte, damit ich nicht darüber stolperte. Als ich die Tür endlich erreicht hatte und aufstieß, war mein Mund trocken, und meine Finger zitterten.

Was, wenn es schon zu spät war? Wenn das gestern Abend unsere allerletzte Chance gewesen war? Wir hatten unsere Freundschaft schon einmal aufs Spiel gesetzt, und dann war genau das passiert, wovor ich so große Angst gehabt hatte: Luke hatte mich fallen gelassen – und wir hätten unsere Freundschaft beinahe verloren. Ich hätte *ihn* beinahe verloren.

Konnte ich dieses Risiko wirklich noch mal eingehen?

Wir könnten so viel mehr sein als das.

Wieder musste ich an seine Worte denken und biss mir fest auf die Unterlippe. Ich hatte ihm keine Antwort darauf gegeben, hatte ihn einfach stehen gelassen, obwohl es sich so falsch angefühlt hatte. Aber vielleicht hatte ich noch eine Chance, konnte es wiedergutmachen und vielleicht … konnten wir tatsächlich mehr sein als Freunde.

Ich trat in die Eingangshalle hinaus, das Smartphone bereits in der Hand und suchte Lukes Nummer heraus.

»Gabrielle!«

Ich zuckte zusammen und hob den Kopf. Mein Finger schwebte noch über dem *Anrufen*-Button meines Handys, als ich mich zu meiner Mutter umdrehte. Beim Anblick ihrer steinernen Miene wurde mir schlagartig eiskalt.

»Auf ein Wort.«

Ich biss die Zähne zusammen. Genau diese Situation hatte ich vermeiden wollen. »Jetzt ist es gerade schlecht. Ich tele…«

Sie ließ mich den Satz nicht zu Ende bringen, sondern packte meinen Arm und zog mich mit sich. Ich war zu überrascht, um sofort zu reagieren, doch dann versuchte ich mich aus ihrem Griff zu befreien.

»Mom …«

»Sei still!«, zischte sie. Ihre manikürten Fingernägel bohrten sich unangenehm tief in meine Haut. »Wie kannst du es wagen, hier aufzutauchen?«

Wie bitte?

»Ich … was?«

Irgendwie gelangten wir in einen Konferenzraum, der abgesehen von einem langen Tisch und Stühlen leer war. Mom drückte die Tür hinter uns zu und ließ mich los. Als sie sich wieder zu mir umdrehte, lag ein wütender Ausdruck auf ihrem Gesicht.

»Was fällt dir ein, hier aufzutauchen, nachdem ich dir ausdrücklich gesagt habe, dass du unerwünscht bist?«

Ich schnappte nach Luft, ohne dass etwas davon in meine Lunge drang. In ihren Augen mochte das vielleicht zutreffen – für sie und vielleicht auch einen Teil der Gäste war ich unerwünscht. Aber ganz sicher nicht für Sadie und Daniel und auch nicht für Dad.

»Gabrielle …« Mit den Fingerspitzen massierte sie sich die Schläfen, als würde meine bloße Anwesenheit ihr einen Migräneanfall bescheren. »Es verletzt mich, dass du nicht sehen kannst, dass ich nur diese Familie zu schützen versuche. Das schließt dich mit ein.«

»Mich?« Ich brachte das Wort kaum hervor, so fassungslos war ich in diesem Moment. Langsam aber sicher glaubte ich wirklich, dass diese Frau in einer völlig anderen Welt lebte als ich. Oder alle anderen. »Wolltest du mich etwa beschützen, als du mich rausgeworfen hast?«

Sie machte eine wegwerfende Handbewegung. »Darüber haben wir doch schon …«

»Nein, haben wir nicht«, unterbrach ich sie. »Ich bin zu dir gekommen, als dieser Artikel so eskaliert ist und nachdem Colin mir die Freundschaft gekündigt hat. Ja, ich habe seinen Antrag abgelehnt und ihm damit das Herz gebrochen, aber er hat meins durch sein Verhalten genauso gebrochen. Ich hätte dich gebraucht. Ich hätte meine Mutter gebraucht. Aber du … du hast mir ein Ultimatum gesetzt, um das wieder in Ordnung zu bringen. Und als ich nicht darauf eingehen wollte, hast du mich aus dem Haus gezerrt und mir ins Gesicht gesagt, dass ich nicht länger zu dieser Familie gehöre.«

Ich konnte mich noch gut an den Abend erinnern. Die Luft war so schwül gewesen, dass ich kaum atmen konnte, und die herabfallenden Regentropfen hatten auf meiner Haut gebrannt. Ich wusste nicht mehr, wie lange ich vor unserer Tür stehen geblieben war, weil ich nicht glauben konnte, dass Mom es ernst meinte. Weil ein Teil von mir davon überzeugt gewesen war, dass sie mich nur bestrafen wollte, weil ich wieder mal ihren Ansprüchen nicht gerecht geworden war und Mist gebaut hatte. Erst als es schon dunkel und ich völlig durchnässt war, hatte ich mir eingestehen müssen, dass sie es ernst meinte. Dass ich nicht länger willkommen war, weil ich ein einziges Mal in meinem Leben auf mein Herz und meinen Verstand gehört hatte, statt es meiner Mutter recht machen zu wollen. Also war ich bei Callie und ihrer Familie untergekommen und hatte alle Pläne über den Haufen geworfen, die bis dahin meine Zukunft bestimmt hatten. Ein neues College und ein neues Berufsziel. Eines, das mich wirklich erfüllte, statt nur meine Eltern zufriedenzustellen.

»Glaubst du, ich wollte, dass es so weit kommt?«, fuhr meine Mutter mich an. »Denkst du wirklich, mein Lebensziel war es, eines Tages in einer teuren Villa in einer lieblosen Ehe zu leben? Mit einer Tochter, die …«

Ich starrte sie mit angehaltenem Atem an. Seit ich denken konnte, hatte Mom niemals die Beherrschung verloren, und sie erhob nur selten die Stimme. Aber sie jetzt in diesem desolaten Zustand zu sehen, mit Haarsträhnen, die sich aus ihrer Hochsteckfrisur gelöst hatten, fahrigen Bewegungen und roten Flecken auf ihrem Hals, war neu. Und erschreckend, weil es sie so menschlich machte.

Sie rieb sich über die Augen und verteilte etwas von ihrer Mascara auf ihrer Haut. »Ich war auch mal jung, Gabrielle. Jung und verliebt.«

»Was ist passiert?«, flüsterte ich.

Sie schnaubte verächtlich. »Das, was immer passiert. Er hat mich betrogen, mir das Herz gebrochen und mich fallen gelassen.«

»Hast du Dad deshalb geheiratet?« Ich brachte die Worte kaum über die Lippen, weil sich alles in mir gegen diese Vorstellung wehrte, aber ich musste es wissen. »Weil er die sichere Wahl war?«

Mom sprach es nicht aus, aber ihr Blick war Antwort genug.

»Verstehst du jetzt?«, fragte sie leise. »Ich habe alles dafür getan, euch zu starken Frauen zu erziehen und euch bei guten Männern zu wissen. Männern, die euch niemals fallen lassen werden und mit denen ihr eine Familie gründen könnt.«

»Und dass es politisch engagierte und reiche Männer sind, ist nur ein netter Nebeneffekt, oder wie?«

Sie presste die Lippen aufeinander. Für einen kurzen Moment hatte sie mir einen Blick hinter ihre Maske erlaubt, auf

487

die Frau, die sie vor langer Zeit einmal gewesen war. Doch dieser Moment war jetzt vorbei.

»Keine deiner Schwestern ist unglücklich«, sagte sie barsch. »Du und Colin kennt euch, seit ihr Kinder wart. Es wäre die perfekte Verbindung.«

Ich schüttelte den Kopf. »Aber es wäre nur ein weiterer goldener Käfig. Er hätte mir Sicherheit gegeben, ja, aber was ist mit … was ist mit Liebe? Was ist mit Spontaneität, mit Freiheit? Ich will das, Mom. Ich will Risiken in meinem Leben eingehen. Und selbst wenn ich dabei auf die Schnauze fliege oder verletzt werde, dann ist das immer noch meine Entscheidung.« Und ich war auf die Schnauze geflogen. Hart. Luke und ich hatten uns gegenseitig mehr wehgetan, als ich es je für möglich gehalten hätte. »Ich will mein Leben leben. Mit allen Risiken, allen Wunden, allen Hoffnungen und Ängsten. Ich will nicht eines Tages aufwachen und mich in einem goldenen Käfig wiederfinden, aus dem ich nicht mehr ausbrechen kann.«

Sie schnaubte. »Du bist einundzwanzig Jahre alt. Du weißt nichts vom Leben, ganz zu schweigen davon, was du wirklich willst. Sieh dir deine Schwestern an. Sie haben die richtigen Entscheidungen getroffen, sind zu wunderschönen jungen Frauen herangewachsen, die fantastische Männer gefunden haben, mit denen sie eine Familie gründen können. Warum musst du nur so starrköpfig sein?«

Langsam schüttelte ich den Kopf. Nicht weil ich ihr widersprechen wollte, sondern weil ich es endlich begriff. So lange hatte ich dagegen angekämpft, ständig das schwarze Schaf oder die wilde Tochter zu sein, wie Dad mich immer wieder genannt hatte. Doch das war jetzt vorbei. Ich *war* die wilde Tochter, und es wurde endlich Zeit, für meine Überzeugungen einzustehen.

»Ich bin nicht wie Brianna, Libby oder Sadie. Ich werde nie

die Tochter sein, die du dir wünschst, und ich gebe es auf, es zu versuchen. Ich mache Fehler, und zwar eine Menge, aber das ist okay, weil es menschlich ist und ich aus meinen Fehlern zu lernen versuche, statt ständig so verdammt vorsichtig zu sein, um ja keine zu machen. Selbst wenn es wehtut. Und es hat wehgetan, Mom. Das wüsstest du, wenn du nur ein einziges Mal *mich* sehen würdest, statt das Bild, das du dir von Tochter Nummer vier gemacht hast. Wenn du das nicht erkennen, wenn du das nicht akzeptieren kannst, dann …«

»Du hast recht.« Ihr eisiger Tonfall peitschte durch den Raum. »Ein solches Verhalten kann ich nicht akzeptieren, Gabrielle. Und das werde ich auch nie. Du hast nichts gelernt. Du bist noch immer eine Schande für diese Familie.«

Ich presste die Lippen aufeinander, bis sie schmerzten. Meine Augen brannten, und ich fühlte mich, als wäre ich wieder die Achtzehnjährige, die sie damals vor die Tür gesetzt hatte. Dennoch nickte ich langsam. »Ich schätze, dann sind wir hier endgültig fertig«, flüsterte ich und wandte mich zum Gehen.

Sie hielt mich nicht auf. Und der winzige Hoffnungsschimmer in mir, dass wir doch noch zueinander finden und wieder eine Familie sein konnten, erstarb ein für alle Mal.

In der Lobby angekommen, vibrierte das Smartphone in meinen Händen. Einen winzigen Moment lang glaubte ich, dass es Luke war, dass er mich anrief, damit wir noch mal über alles reden könnten, aber die Nachricht auf dem Display kam nicht von ihm, sondern von Tate.

Wo steckst du?!

Stirnrunzelnd las ich die Frage ein weiteres Mal, aber sie ergab noch genauso wenig Sinn wie zuvor. Tate wusste ganz genau,

489

wo ich war, schließlich hatte sie mich vor ein paar Stunden selbst zum Flughafen gefahren.

Immer noch auf Sadies Hochzeit. Wo soll ich sonst sein?

Tates Reaktion kam prompt: *Geh raus!*

Mir wurde heißkalt. Bevor mein Verstand überhaupt begreifen konnte, was das alles zu bedeuten hatte, stürmte ich schon aus dem Hotel, ohne einen Gedanken an meinen Mantel oder meine Tasche zu verschwenden. Ich wollte nur noch eine einzige Stimme hören, einen einzigen Menschen sehen.

Luke.

Aber er war nicht da. Was auch immer Tate mit ihrer mysteriösen Nachricht gemeint hatte, was auch immer ich mir erhofft hatte, es trat nicht ein. Ich stand allein vor dem großen Hotel, nur mit dem Concierge neben der Tür, der mich besorgt von der Seite musterte.

Ich machte einen Schritt nach vorn, ging eine Stufe hinunter und tastete nach dem Geländer. Irgendwann in den letzten Stunden musste es zu schneien begonnen haben, denn die Straße vor mir war wie mit einer dünnen Schicht Puderzucker bestäubt. Auch jetzt fielen noch dicke Schneeflocken vom Himmel und schmolzen auf meinen nackten Armen.

»Miss?«, wandte sich der Concierge besorgt an mich. »Soll ich Ihnen ein Taxi rufen?«

Ich schüttelte den Kopf. Ich brauchte kein Taxi und auch keinen Mantel, der mich wärmte, sondern meinen besten Freund. Ich brauchte Luke.

Meine Hände zitterten, als ich über das Display wischte und eine neue Nachricht in mein Smartphone einzutippen begann. Tate war mir eine Erklärung schuldig. Aber zuerst … Ein Klingeln unterbrach mich mitten im Text, und da meine Finger schneller waren als mein Verstand, nahm ich den Anruf automatisch entgegen.

»Hallo?« Mit klopfendem Herzen hielt ich mir das Telefon ans Ohr.

»Wo bist du?«

Beim Klang von Lukes Stimme wäre ich beinahe zusammengezuckt. Gleichzeitig spürte ich ein irrwitziges Lachen in meiner Kehle aufsteigen.

»Warum wollt ihr das auf einmal alle wissen?«

»Weil ich dich nicht finden kann«, antwortete er, als wäre es das Selbstverständlichste der Welt.

Jedes bisschen Atem entwich meiner Lunge.

»Du bist hier?«, flüsterte ich und begann, mich hektisch umzusehen. Doch vor mir gab es nur eine Straße, auf der um diese Uhrzeit nur wenige Autos fuhren. Die Geschäfte auf der gegenüberliegenden Straßenseite hatten bereits geschlossen. Niemand war um diese Zeit und bei diesem Wetter noch unterwegs. »Wo?«

»Das … weiß ich selbst nicht so genau«, antwortete er nach einem Moment.

»Du hast dich verfahren?« Diesmal konnte ich mein Lachen nicht unterdrücken.

»Verlaufen«, knurrte er. »Und das auch nur, weil du nicht im Hotel bei der Feier warst, wo du hättest sein sollen. Und wenn du so weiterlachst, gehe ich zum Auto und fahre wieder zurück.«

Ich klappte den Mund zu und presste die Lippen aufeinander, um mein Kichern zu unterdrücken.

»Ich stehe vor dem Hotel.« Wie um sicherzugehen drehte ich mich zu dem beleuchteten Gebäude hinter mir um. »Wo hast du geparkt? Ich komme zu dir.«

»Nein, das …« Ein tiefes Seufzen, dicht gefolgt von einem unterdrückten Fluchen. »Das war ganz anders geplant.«

Grinsend setzte ich mich in Bewegung. Mein Herz hämmerte, und Adrenalin pumpte durch meine Adern, sodass ich die Kälte kaum wahrnahm. Wahrscheinlich wäre es klüger gewesen, wieder reinzugehen und drinnen auf Luke zu warten, aber ich konnte nicht einfach ruhig stehen bleiben und darauf warten, bis er auftauchte. *Luke war hier.* Er war meinetwegen ein zweites Mal hergefahren, und das nach allem, was zwischen uns passiert war.

»Ich sehe einen Jeep. Ist das deiner?«, rief ich und beschleunigte meine Schritte. Mein Atem kondensierte in der Luft, eine Gänsehaut hatte sich auf meinem ganzen Körper ausgebreitet, und eine Schneeflocke landete auf meiner Nasenspitze, als ich vor dem Wagen stehenblieb. »Wo bist du?«

Ich drehte mich langsam im Kreis, versuchte etwas auf dem dunklen Parkplatz auszumachen. Eine Gestalt löste sich aus den Schatten und kam direkt auf mich zu.

Mein Herz setzte einen Schlag lang aus. Da war er. Das Haar zerzaust, in einer zerschlissenen Jeans, einem schwarzen Pullover und seiner Lederjacke, die er noch im Gehen auszog. Als er bei mir ankam, legte er sie mir um die Schultern, und ich wurde sofort von seinem unverwechselbaren Duft eingehüllt.

»Du bist hier …«, flüsterte ich, ließ das Smartphone sinken und streckte die Hand aus, um mir mit allen Sinnen zu versichern, dass ich mir das hier nicht nur einbildete. Dass er nicht nur ein Produkt meiner Fantasie und Verzweiflung war, weil ich ihn so dringend brauchte.

Luke lächelte dieses jungenhafte Lächeln, das ein Flattern in meinem Magen auslöste. Dann legte er seine Hand an meine Wange und wischte die Feuchtigkeit mit dem Daumen weg, die ich selbst nicht mal registriert hatte. »Komm her …«

Plötzlich lag ich in seinen Armen. Seine Wärme und der Geruch von Sonne und Meer hüllten mich ein und gaben mir zum ersten Mal, seit ich hier war, das Gefühl, endlich zu Hause zu sein. »Ich hoffe, du weinst nicht, weil ich hier bin. Das würde meinem Ego ziemlich zusetzen.«

Ich schüttelte den Kopf. »Meine Mom … Sie hat …«

»Du brauchst sie nicht, hörst du?«, murmelte er in mein Haar. »Du brauchst diese Leute nicht, weil du längst eine Familie hast. Tate, Trevor, Mason, Dylan, Emery – und ich. Wir sind deine Familie, und du kannst dich auf uns verlassen, ganz egal, was passiert. Du kannst dich auf *mich* verlassen.«

Das wusste ich. Das hatte ich immer gewusst, auch wenn ich es nicht immer hatte einsehen wollen, da ich zu verletzt, zu gekränkt und voller Zweifel gewesen war.

Ich vergrub das Gesicht an seiner Brust, während er mir über das Haar strich. »Du bist wirklich den ganzen Weg hierhergefahren?«

Er zögerte. »Eigentlich bin ich hergeflogen und habe mir am Flughafen einen Mietwagen genommen. Aber wenn es mich in deinen Augen heldenhafter macht, wieder durch vier Bundesstaaten gefahren zu sein, dann bin ich natürlich mit dem Auto da.«

Ich lachte erstickt. Das war so typisch Luke, dass es mich gleichzeitig schmerzte und doch so unheimlich guttat. Weil es vertraut war. Weil es zu Hause bedeutete.

»Alles okay?«, fragte er nach einem Moment leise.

Ich nickte, ohne ihn anzusehen. Obwohl es wehtat, hatte ich meine Entscheidung getroffen. Gut möglich, dass es immer darauf hinausgelaufen war und ich es bloß nie hatte einsehen wollen. Aber so sehr ich Dad, Sadie und meine anderen Schwestern liebte, ich war fertig mit meiner Mutter. Wir würden nie auf einen grünen Zweig kommen, aber zum ersten Mal begann ich mich damit abzufinden, statt mich weiter dagegen zu wehren und mich ihretwegen zu verbiegen.

Luke strich beruhigend über meinen Rücken und meinen Hinterkopf, war für mich da, wie unzählige Male zuvor. Denn genau das machte uns aus. Ganz egal, was passierte oder welchen Mist wir bauten, ganz egal, wie die Dinge zwischen uns standen, ich konnte mich immer auf ihn verlassen. Und er sich auf mich.

»Danke, dass du hergekommen bist«, flüsterte ich an seiner Brust. »Aber du bist ein bisschen spät dran, um noch meinen Freund zu spielen.«

»Ich will ihn nicht spielen, Elle.« Behutsam hob er mein Kinn an. »Ich will dieser Mann sein.«

Ich schnappte nach Luft.

»Seit wir das letzte Mal hier waren … Seit diesem Kuss habe ich keine andere Frau mehr angerührt …«

»Moment … Hast du nicht?«

»Nein. Was nicht an mangelnden Möglichkeiten lag, denn … autsch!« Er wich aus, als ich ihm noch einen Klaps gegen den Arm geben wollte. In seinen Augen funkelte es amüsiert. »Was ich damit sagen will: Ich wollte keine andere, weil ich nur dich im Kopf hatte. Weil du die ganze Zeit diejenige warst, die ich berühren, mit der ich lachen, die ich küssen und mit der ich schlafen wollte. Und das bist du immer noch. Das wirst du immer sein.« Er legte die Hände an meine Wangen und lehnte die Stirn an meine. »Ich habe dir schon mal gesagt, dass ich alles mit dir will. Daran hat sich nichts geändert. Ich will …«

»Ja.«

»… nicht nur dein bester Freund sein, sondern …« Er hielt irritiert inne. »Was hast du gerade gesagt?«

Ich gluckste. »Ja. Das möchte ich auch. Ich will, dass du hier bist. Ich will, dass du nicht nur eine Rolle spielst, und ich will, dass wir mehr als Freunde sind.«

»Gott sei Dank!« Und dann küsste er mich.

Es war so überraschend wie unser allererster Kuss auf dem Parkplatz, so berauschend wie der Moment nach der Massage in seinem Zimmer, so heiß wie an meinem Geburtstag, so intensiv wie in unserer ersten gemeinsamen Nacht und so verzweifelt wie gestern Abend in diesem Club. Aber da war noch mehr. Lukes Mund auf meinem zu spüren, war vertraut. Spielerisch knabberte er an meiner Unterlippe, dann schob er seine Zunge in meinen Mund, bis sein Geschmack und die Gefühle, die er in mir auslöste, alles waren, woran ich noch denken konnte.

»Eins noch …« Luke löste sich viel zu früh von mir. Sein Atem ging bereits schneller, als er mich von oben bis unten betrachtete. Ein freches Grinsen breitete sich auf seinem Gesicht aus. »Dieses Kleid sieht furchtbar aus.«

Lachend schüttelte ich den Kopf. »Leb damit. Ich muss es auch.« Kopfschüttelnd befreite ich mich aus seiner Umarmung, aber so leicht ließ er mich nicht gehen.

Luke schlang die Arme von hinten um mich und beugte sich zu meinem Ohr hinunter, um etwas hineinzuraunen. »Nur, bis ich es dir ausziehe.«

Kapitel 29

Elle

Es war ein windstiller Morgen in den Bergen. Ich rieb die Hände aneinander, um sie zu wärmen, und stützte mich mit den Ellenbogen auf das Balkongeländer. Mein Atem kondensierte in der Luft und bildete kleine Nebelschwaden. Die Sonne strahlte so hell, dass ich die Augen zusammenkneifen musste, um etwas in der Ferne erkennen zu können.

Schneebedeckte Berge mit Gipfeln, die in den Wolken verschwanden. Unter mir erstreckte sich das Tal, und auf den Pisten tummelten sich die ersten Skifahrer. Ich zog die Schultern hoch, um mich vor dem beißenden Wind zu schützen, zupfte meinen Schal zurecht und schloss für einen Moment die Augen.

Vor genau einem Jahr waren wir das letzte Mal in Canaan Valley gewesen, doch seitdem schien sich mein Leben um hundertachtzig Grad gedreht zu haben. Na gut, vielleicht nur um hundert Grad, aber das reichte aus, dass mir schwindelig davon wurde. Luke und ich waren einen Tag nach der Hochzeit zurück nach West Virginia geflogen und dann direkt hierhergefahren. Die anderen hatten sich schon vorher auf den Weg gemacht. In diesem Jahr war die Hütte voller geworden, denn neben Emery war auch Masons Freundin Jenny zum ersten Mal dabei. Tate und ich hatten auch Mackenzie eingeladen, aber sie war schon für die Weihnachtsfeiertage fest bei ihren Eltern eingeplant und hatte uns absagen müssen.

Ich hörte, wie hinter mir die Tür zur Terrasse aufging, vom Schnee gedämpfte Schritte, dann spürte ich, wie sich jemand hinter mich stellte und die Hände auf dem Geländer rechts und links von mir platzierte. Der vertraute Duft von Sonnenstrahlen, die auf ein kühles, wildes Meer trafen, mischte sich unter den kalten Wind und brachten mich zum Lächeln.

Luke. Instinktiv lehnte ich mich an ihn, während er sein Gesicht an meinem Hals vergrub, meinen Schal beiseiteschob und einen Kuss auf meine Haut setzte. Genau dort, wo mein Puls nun deutlich schneller schlug als noch vor wenigen Sekunden.

»Guten Morgen, Sonnenschein«, murmelte er an meinem Hals und schlang die Arme um mich. »Wir haben dich da drinnen schon vermisst.«

»Wir?«

Behutsam drehte er mich zu sich um und suchte meinen Blick. Seine Augen strahlten so hell wie der Himmel über uns. »Ich«, sagte er bestimmt.

Ich lächelte und genoss die warmen Wellen, die bei diesem einen Wort durch meinen Körper wanderten. Statt einer Antwort packte ich Luke an der Jacke und zog ihn zu mir hinunter, damit ich einen Kuss auf seine Lippen hauchen konnte.

»Mmmh«, brummte er leise. »Ich sollte dich öfter vermissen.«

Grinsend gab ich ihm einen kleinen Schubs. »Solltest du. Lass uns reingehen.«

Er nickte, ließ mich aber nicht los, sondern schob mich Richtung Tür. Doch bevor ich sie öffnen konnte, hielt er inne. »Sieh nach oben.«

Ich hob den Blick und entdeckte den grünen Zweig mit der roten Schleife, der über mir schwebte. »Ein Mistelzweig?« Ich versuchte, nicht laut zu lachen. »Der war vorhin aber noch nicht da.«

»Stimmt.« Luke klang ziemlich zufrieden mit sich. »Du weißt, was das bedeutet.« Langsam drehte er mich zu sich um.

Mit einem Mal begann mein Herz zu rasen. Ich hätte nie geglaubt, eines Tages mit Luke hier zu stehen. Als Freunde, ja. Aber nicht als Paar. Nicht als die Frau, die er mit Liebkosungen überhäufte und mit der er im selben Bett schlief, obwohl er stets vor dieser Intimität zurückgeschreckt war. Oh, er nervte und ärgerte mich noch genauso wie früher. Wir waren noch immer beste Freunde, aber wir waren auch so viel mehr als das. Genau wie er gesagt hatte.

Lächelnd beugte er sich zu mir herunter, während ich ihm schon entgegenkam. Aus dem Haus ertönte lautes Gejubel, als wir uns küssten. Ich schlang die Arme um Lukes Hals und vergaß alles um mich herum. Den eisigen Wind, das Haus, in dem unsere Freunde saßen, die Schneeflocken, die vom Himmel auf uns herabfielen. Für diesen kurzen Moment gab es nichts, außer uns beiden.

Luke löste sich nur langsam wieder von mir und setzte noch einen winzigen Kuss auf meine Lippen, bevor er den Kopf hob.

Ich brauchte einen Moment, um wieder klar denken zu können. »Und was war das?«, fragte ich leise. »Noch ein erster Kuss, der nicht zählt?«

»Nein, Elle.« Er lehnte seine Stirn an meine und als er die Luft ausstieß, streifte sein warmer Atem mein Gesicht. »Das war unser letzter erster Kuss.«

Ich war mir ziemlich sicher, dass ich bis zu diesem Augenblick nicht einmal geahnt hatte, wie sich pures Glück anfühlte. Doch jetzt wusste ich es. Ich gab ihm noch einen Kuss, dann tastete ich nach dem Türgriff.

»Was ist jetzt eigentlich mein Klingelton?«, fragte Luke wie nebenbei.

Ich schlüpfte aus meinen Stiefeln und der Jacke. »Finde es doch heraus.«

Das ließ er sich nicht zweimal sagen. Mit dem Daumen wischte er über das Display seines Smartphones und hielt meinen Blick fest, während die Verbindung hergestellt wurde. Wenige Sekunden später ertönte der Refrain von *Here's To Us* von Halestorm. Ein Lied, bei dem ich von Anfang an ihn hatte denken müssen. Ein Lied, das uns nicht besser hätte beschreiben können.

Lächelnd ließ er das Handy sinken und zog mich an sich.

»Das wurde aber auch Zeit«, kam es von Tate, als wir das Wohnzimmer betraten. Sie setzte sich auf und streckte auffordernd die Hand aus. »Her mit meinem Gewinn!«

Mit einem amüsierten Schnauben ließ ich mich neben sie aufs Sofa fallen und beobachtete, wie Geldscheine den Besitzer wechselten. Ein Großteil davon landete bei Tate und Mason, während Trevor, Emery und Dylan leer ausgingen. Im Gegensatz zu Luke. Fassungslos starrte ich auf die Dollarscheine in seiner Hand, die jetzt in seiner Hosentasche verschwanden.

»Du hast nicht wirklich dabei mitgemacht, oder?«, fragte ich ungläubig.

»Glaubst du wirklich, ich lasse es mir entgehen, auf uns zu wetten, Süße?« Er zwinkerte mir zu, setzte sich neben mich und legte den Arm hinter mir auf die Sofalehne.

Ich konnte nur den Kopf schütteln. »Du bist so …«

»Unglaublich?«, schlug er gut gelaunt vor.

»Das wollte ich nicht sagen. Eher …«

»Großartig?«

»Definitiv nicht.

»Überwältigend?«

Lachend vergrub ich das Gesicht in den Händen. »Ein Idiot. Manchmal bist du so ein Idiot, Luke.«

499

Er zog mich an sich. »Aber du stehst auf diesen Idioten«, raunte er in mein Ohr. Und er hatte recht.

Ich konnte mich an keine Zeit erinnern, in der ich Luke nicht geliebt hatte, denn um ehrlich zu sein, hatte ich vor ihm nicht einmal gewusst, was dieses Gefühl überhaupt bedeutete. Dabei war es immer da, war stets präsent gewesen.

Genau wie Luke. Und ich wusste, dass sich nie etwas daran ändern würde.

Danksagung

Elle, Luke und ich haben eine lange Reise hinter uns. Als ich mich im Mai 2013 hingesetzt und die erste Szene (auf Englisch) getippt habe, hätte ich nicht ahnen können, wie lange die beiden mich noch begleiten würden und dass sie eines Tages in einem wunderbaren Verlag ein Zuhause finden und so begeistert von den Lesern erwartet werden würden. Daher vielen, vielen Dank an alle, die sich auf Elle und Luke freuen! Ohne euch wäre all das nicht möglich.

Danke an meine fantastischen Agentinnen Gesa Weiß und Kristina Langenbuch Gerez. Ich wüsste nicht, was ich ohne euch tun würde. Ganz sicher nicht so viele Bücher schreiben und veröffentlichen, so viel ist klar.

Danke an meine beiden Lektorinnen Kristina Langenbuch Gerez und Stephanie Bubley, die es immer wieder schaffen, das Beste aus meinen Geschichten rauszuholen. Und Danke an den LYX Verlag, der meinen Romanen ein so schönes Zuhause gibt.

Danke an alle, die eine Fassung von »Der letzte erste Kuss« gelesen, kommentiert und verbessert haben – und von 2013 bis heute gab es viele davon! Rike, Maja, Julia, Gesa, Kristina, Melanie, Yvonne – ihr habt alle dazu beigetragen, dass dieses Buch heute so ist, wie es ist. Vielen Dank für alles!

Danke an Kim. Nur deinetwegen waren Elle und Luke gemeinsam in New York, wo sie die »Nothing Like Us«-Clique kennenlernen durften und Luke dazu gezwungen wurde, sich *Pitch Perfect* anzuschauen. (Er hat mitgesungen und ist ein heimlicher Fan der Filme, aber psst!)

Danke an Mona, die ich so lange mit Schnipseln aus dem Manuskript zuballern durfte, bis sie selbst danach gefragt hat, weil sie Elle und Luke so mochte. (Auch wenn Dymery deine Lieblinge sind.)

Danke an Laura, die während des Lektorats mit mir in Schottland war und mit der es immer wieder eine Freude ist, über Plotfragen zu diskutieren und gemeinsam zu brainstormen.

Danke an meine Eskalationsmädels. Ohne euch wäre die Welt nicht dieselbe. Vor allem meine nicht.

Ein großes Dankeschön geht an Heidi Müller, die Namenspatin von Summerville, Alabama. Vielen Dank für deinen tollen Vorschlag auf Facebook!

Und wie immer Danke an meine Familie und Freunde, die mir stets zur Seite stehen. Selbst wenn ich kurz vor einer Deadline quasi nicht mehr ansprechbar bin. Danke für alles.

Leseprobe

Die letzte erste Nacht

Tate

Trevor Alvarez war absolut nicht mein Typ. Nope. Nie gewesen und würde er auch nie sein. Nicht einmal dann, wenn er so dicht an mir vorbeiging wie jetzt und mir dabei einen Blick zuwarf, den ich nicht recht deuten konnte. Sein Duft hing noch in der Luft, während er sich bereits setzte, und ich musste mich zusammenreißen, um nicht ein weiteres Mal tief einzuatmen.

Zugegeben: Trevor war attraktiv. Nicht auf eine modelmäßige Weise, sondern wenn man auf den geheimnisvollen Latinotyp mit vollem Haar, gepflegtem Bart und Augen stand, die so dunkel waren, dass sie beinahe schwarz wirkten. Dazu eine große Statur, breite Schultern und schöne Hände. Ja, ich gehörte zu den Frauen, die auf wohlgeformte Hände mit langen Fingern standen und die sich nur zu gerne ausmalten, was ihr Besitzer alles damit anstellen konnte. Und vielleicht starrte ich einen Moment zu lange auf Trevors Hände, als er seine Unterlagen auspackte und sich mir gegenüber an unserem Stammplatz in der Bibliothek breitmachte.

Seine Finger waren ein bisschen rau, obwohl ich mir nicht ganz erklären konnte, woher das kam. Ich wusste nur, dass sie ein heißes Prickeln auf meiner Haut hinterließen und sich die

Härchen auf meinen Armen aufstellten, als er darüberstrich.
Und als er die Hände unter meinen Pullover schob …

»Bleibst du oder gehst du?« Trevor sah stirnrunzelnd von meiner gepackten Tasche zu mir hoch.

»Charmant«, murmelte ich und begutachtete eine der roten Strähnen in meinem ansonsten dunkelbraunen Haar, während ich demonstrativ weiter neben dem Tisch stehen blieb. Sie waren nicht mehr ganz so knallig wie noch vor den Ferien. *Kommt sofort auf die To-Do-Liste.* Eigentlich war ich gerade im Begriff gewesen zu gehen, da man nur ein gewisses Maß an Informationen über die verschiedenen Obduktionsverfahren sammeln konnte, bis einem der Kopf platzte. Aber statt abzuhauen, stützte ich mich nun mit beiden Händen auf die Tischplatte, lehnte mich vor und schenkte Trevor ein provozierendes Lächeln. »Willst du denn, dass ich bleibe?«

Etwas flackerte in seinen Augen auf, doch genauso schnell veränderte sich sein Blick wieder, wurde distanziert und ausdruckslos.

»Kein Interesse.«

Ich beugte mich noch ein Stück näher, bis ich seinen Duft überdeutlich wahrnahm. Trevor roch nach etwas, das mich an lange Nächte vor einem Kaminfeuer denken ließ, dazu kam etwas Zitrusartiges und ein Hauch von etwas Scharfem.

»Lügner«, flüsterte ich.

Dieser Kerl war so verdammt schwer zu knacken – dabei könnte alles so einfach sein. Vor allem dann, wenn er damit aufhörte, den Retter für mich zu spielen. Ich hatte einen Aufpasser und großen Bruder gehabt und brauchte keinen zweiten. Doch Trevor schien das nicht einsehen zu wollen und kam mir immer dann zu Hilfe, wenn ich überhaupt keine wollte. Aber wenn ich ihm mehr oder weniger subtil etwas anderes anbot, etwas, das nichts mit Büchern und Lernen oder damit zu tun hatte, auf mich aufzupassen, schaltete er auf blind, taub und stur.

Kopfschüttelnd richtete ich mich wieder auf. »Dann noch viel Spaß.«

Und damit machte ich auf dem Absatz kehrt. Während ich die Bibliothek durchquerte, hätte ich schwören können, dass er mir mit seinem Blick folgte, doch als ich mich kurz vor dem Ausgang noch einmal umdrehte, war Trevor bereits in sein Buch vertieft.

Mistkerl.

Ich stieß die Tür mit mehr Gewalt auf als nötig und hätte sie damit fast einem Kommilitonen an den Kopf geknallt, der gerade hereinkommen wollte. Ich ignorierte seinen verdutzten Gesichtsausdruck und rauschte wortlos an ihm vorbei, raus aus der gut beheizten Bibliothek in den eisigen Januarnachmittag. Dunkle Wolken hingen am Himmel und tauchten alles in ein graues Licht, aber die Sonne würde ohnehin bald untergehen, und es würde wieder Nacht sein.

Ich mochte den Winter nicht. Zu viel Dunkelheit. Zu viele Abende, die man nur im Haus verbringen konnte, mit zu viel Zeit zum Nachdenken. Ich wünschte, ich hätte meine miese Laune auf diese dämliche Jahreszeit schieben und damit abhaken können. Aber ich hatte an jenem Tag aufgehört, mir selbst etwas vorzumachen, als Mom und Dad mich aus dem Unterricht geholt hatten, um mir zu sagen, dass mein Bruder gestorben war.

Im Gehen zupfte ich an meinem bordeauxfarbenen Pullover und zog den Reißverschluss meiner Lederjacke ganz hoch. Die Hände schob ich in die Taschen der Jacke und beschleunigte meine Schritte. Als ich heute Morgen in meinen ersten Kurs im neuen Jahr gegangen war – ausgerechnet Soziologie –, hatte ich wieder mal Handschuhe und Schal in der WG vergessen.

505

Wahrscheinlich lagen sie dort inzwischen öfter, als dass ich sie trug – aber hey. Immerhin besaß ich so etwas überhaupt.

In den Winterferien hatte es ordentlich geschneit, und auch wenn heute keine dicken Flocken mehr vom Himmel fielen, lag noch genug Schnee, um alles wie ein Winterwunderland aussehen zu lassen. Oder um meine Kommilitonen wieder in Kinder zu verwandeln, die sich gegenseitig mit einer Handvoll Schnee einseiften. Ich kam nicht gegen mein Lächeln an, als ich Luke und Mason schon von Weitem auf der Grünfläche zwischen den Wohnheimen entdeckte. Zwischen den vier Gebäuden standen Tische und Bänke, die in den wärmeren Monaten mehr zum Chillen als zum Lernen genutzt wurden. Jetzt dienten sie diversen Leuten als Deckung, und der Platz darum herum hatte sich in ein Schlachtfeld verwandelt.

Unbeeindruckt von dem Gejohle und Gefluche ging ich daran vorbei, hob jedoch warnend die Augenbrauen, als Luke mich entdeckte, in den Händen einen frisch geformten Schneeball. Selbst im tiefsten Winter und vor dem grauen Himmel war er mit seinem dunkelblonden Haar und der guten Laune ganz der Sunnyboy. Er holte aus. Ich blieb stehen und starrte ihn finster an. Grinsend zwinkerte Luke mir zu, machte eine halbe Drehung und warf den Schneeball auf Mason. Der kniete hinter einer Bank, starrte allerdings abgelenkt auf sein Handy und schrie auf, als ihn der Schneeball im Nacken erwischte.

Treffer versenkt.

Kopfschüttelnd ging ich weiter. Aber noch bevor ich die Glastür erreicht hatte, die in mein Wohnheim führte, fing es plötzlich an zu regnen. Hinter mir begann ein Gekreische der ganz anderen Art, als der eisige Schneeregen die Schneeballschlacht unterbrach und alle Leute an mir vorbei in die Häuser stürmten. *Ganz toll.* Ich schob mir eine feuchte Haarsträhne aus den Augen und ging langsam weiter.

Mein Atem kondensierte in der kalten Luft. Ich wollte dieses ganze verdammte Thanksgiving-Essen zu Hause nur noch vergessen und mich in meine Bücher stürzen. Genau wie Trevor offenbar, der vor den verschlossenen Türen der Bibliothek stand. Regen prasselte auf uns herab, während wir wie ausgesperrte Kinder vor dem Haus mit den dunklen Fenstern standen. Anscheinend hatte keiner von uns damit gerechnet, dass die Bibliothek wegen des Feiertags noch geschlossen sein würde.

»Kaffee?«, fragte ich und wischte mir das feuchte Haar aus dem Gesicht.

Er nickte und wir machten uns auf den Weg zum nächsten Café.

Obwohl wir uns seit etwas mehr als zwei Jahren kannten, war es das erste Mal, das wir allein waren. Ohne unsere Freunde. Ohne, dass einer von uns – meistens ich – angetrunken war. An einem verregneten Nachmittag auf dem völlig verlassenen Campus …

Jemand rempelte mich von hinten an. Ich kam nicht mal dazu, ihm eine Beleidigung hinterherzurufen, weil er schon im Wohnheim verschwunden war. Mit zusammengebissenen Zähnen folgte ich den anderen hinein.

Es war, als würde ich eine Sauna betreten. Auf keinen Fall würde ich mich mit all den Leuten in diese Streichholzschachtel von einem Aufzug quetschen, wenn die Luftfeuchtigkeit dort drinnen der im kolumbianischen Dschungel glich. Stattdessen nahm ich widerwillig die Treppe nach oben, zog mir währenddessen bereits die Jacke aus und schob die Ärmel meines Pullovers hoch. Trotzdem war ich nicht nur klitschnass sondern auch verschwitzt, als ich endlich in unserem Stockwerk ankam und die Schlüsselkarte hervorkramte.

»Hey«, begrüßte mich Elle, die gerade aus ihrem Zimmer kam, als ich die WG betrat. Sie hatte ihre Tasche umgehängt und schien auf dem Sprung zu sein, blieb jedoch stehen und betrachtete mich aus zusammengekniffenen Augen. »Was ist passiert? Abgesehen davon, dass du aussiehst, als wärst du in einen See gefallen, meine ich.«

»Nichts.« Ich pfefferte Tasche und Jacke neben das Sofa, schüttelte mich, stapfte zu unserer Kochnische hinüber und riss den Kühlschrank auf.

»Sicher?«, hakte Elle nach. »Du bist noch grimmiger als sonst im Winter. Und das will was heißen.«

Ich schnaubte und schloss die Kühlschranktür wieder, ohne etwas herausgenommen zu haben. Doch Elle war noch nicht fertig. Das Mädchen konnte wie ein Pitbull sein, wenn sie eine Story witterte – oder es einem ihrer Freunde nicht gut ging. Genau das, was ich jetzt gebrauchen konnte. *Nicht.*

Wortlos kehrte ich zum Sofa zurück, ließ mich darauf fallen und begann mir die Stiefel auszuziehen. Sie waren nass, dreckig und kleine Kieselsteine hingen in den Sohlen fest. Noch ein Grund mehr, den Winter zu hassen.

»Warst du in der Bibliothek?«, fragte Elle, während sie ihre eigene Tasche ablegte und zwei Tassen aus dem Schrank nahm, als hätte sie alle Zeit der Welt.

»Jepp.«

»War es sehr voll?«

Ich zuckte mit den Schultern. Ob voller Leute oder ganz leer interessierte mich nicht, solange ich in Ruhe lernen konnte und mir niemand auf die Nerven ging.

Das Gurgeln des Wasserkochers erfüllte den Raum, während Elle ein paar Löffel Instantkaffee in die Tassen schüttete. »Trev war sicher auch da, oder?«

Ich presste die Lippen aufeinander, um all die Worte zurückzuhalten, die mir auf der Zunge lagen. Mein Leben lang war es mir leicht gefallen, Geheimnisse für mich zu behalten. Sei es das Versteck meines Tagebuchs als Kind oder Mom und Dad nichts zu verraten, wenn Jamie sich nachts rausgeschlichen hatte. Wir hatten immer zusammengehalten, waren eine Einheit gewesen, bis … bis wir es nicht mehr waren.

»Tate?«

Ich räusperte mich und betrachtete meine Fingernägel. An der Nagelhaut klebten noch ein paar Farbreste von meinem Ausflug in den Kunstsaal gestern Abend, genau wie an meinem linken Daumen. »Trev ist noch da und hat einen Tisch ganz für sich, falls du lernen willst.«

Elle warf mir einen vielsagenden Blick zu. *Richtig.* Das Mädchen schaffte es irgendwie, sich durchs College zu mogeln, indem sie alle Hausarbeiten nur eine Nacht vorher zusammenschrieb und etwa genauso früh für Prüfungen zu lernen begann. Wie sie das machte, war mir ein Rätsel. Ich musste mich wochenlang auf alles vorbereiten … aber dafür führte ich die Punktetabelle auch regelmäßig an. Und nur darum ging es mir.

Elle stellte eine dampfende Tasse vor mir auf dem Sofatisch ab. Ich griff danach, atmete tief ein und war überrascht, neben dem Kaffeeduft eine Spur Zimt wahrzunehmen. *Huh.* Anscheinend fuhr meine beste Freundin die harten Geschütze auf. Sie war so ziemlich die Einzige, die um meine Schwäche für Zimt wusste.

Dann setzte sie sich mir gegenüber auf das andere Sofa, mit einer eigenen Tasse in den Händen. Das honigblonde Haar hatte sie zu einem dicken Zopf geflochten, der ihr elegant über die Schulter fiel. Der Blick aus ihren grüngrauen Augen war geduldig. Abwartend.

Ich begann mich zu winden. Elle sagte kein Wort, während sie vorsichtig an ihrem Kaffee nippte und das Schweigen zwischen uns sich immer weiter in die Länge zog. So lange, bis ich gar nicht anders konnte, als den Mund aufzumachen.

»Ich habe mit Trevor geschlafen.«

Da. Jetzt war es raus. Die Worte, die mir schon seit Wochen auf der Zunge brannten und die ich immer wieder runterge-würgt hatte. Aber nach den Winterferien war ich jeden Tag mit diesem Kerl konfrontiert worden, mit meinen Erinnerungen an jene Nacht – und vor allem mit der Tatsache, dass er sie offenbar am liebsten vergessen wollte.

»Wie bitte?« Elle ließ beinahe ihre Tasse fallen und starrte mich mit großen Augen an. »Du hast mit Trevor geschlafen? Mit unserem Trevor?«

»Nein, mit dem schwulen Trevor aus dem Basketballteam und dem hundert Jahre alten Professor für Archäologie«, knurrte ich. »Natürlich mit *unserem* Trevor!«

»Okay.« Beschwichtigend hob sie die Hände.

»Wir … Keine Ahnung, was da über uns gekommen ist.« Ich nestelte an meiner Tasse, stellte sie auf meinem Oberschenkel ab und nahm sie dann doch wieder in beide Hände. »Es war ein Ausrutscher.«

»Wart ihr betrunken?«

Ich zuckte zusammen. »Nein …«

»Oh.«

Ich seufzte und ließ den Kopf gegen die Lehne hinter mir fallen. »Es war nach Thanksgiving. Ihr wart alle noch weg, und wir standen beide vor der geschlossenen Bibliothek, also sind wir zum Lernen in ein Café gegangen.«

Und waren von dort irgendwie in seinem Bett gelandet. Völlig logisch, oder nicht?

Elle bedachte mich mit einem seltsamen Blick. »Ich dachte mir schon, dass irgendwas war, weil du nach Thanksgiving so komisch reagiert hast. Aber ganz ehrlich? Damit habe ich nicht gerechnet.«

Irgendwie brachte ich ein Lächeln zustande. »Wahrscheinlich warst du zu sehr damit beschäftigt, vor aller Welt geheim zu halten, was da zwischen Luke und dir lief.«

Sie öffnete schon den Mund, um zu protestieren, überlegte es sich dann aber doch anders. Ihre Wangen wurden rot. Hastig trank sie einen Schluck von ihrem Kaffee, aber ich bemerkte ihr Lächeln trotzdem.

Ich warf ein kleines Sofakissen nach ihr. »Hör auf damit.«

Sie wich nicht mal aus. »Womit?«

»So ekelhaft verliebt zu sein. Erst Dylan und Emery, jetzt du und Luke. Und Mackenzie schwebt sowieso schon jedes Mal auf Wolke sieben, wenn sie von einem Besuch bei ihrem Freund zurückkehrt.«

»Oder er hier war«, fügte Elle trocken hinzu und erinnerte uns beide daran, dass unsere Mitbewohnerin nachts genauso laut sein konnte wie ich. »Okay, aber zurück zum Thema. Die Sache mit Trevor war ein One-Night-Stand, oder?«

Ich verstand ihre Schlussfolgerung, schließlich war ich bekannt dafür, nur One-Night-Stands zu haben. Zumindest, solange es sich bei meinem Bettpartner nicht um Jackson aus dem Footballteam handelte, aber das war eine andere Geschichte.

Ich seufzte tief.

Elle musterte mich fragend. »Wo ist das Problem? Soweit ich weiß, hat niemand etwas bemerkt. Keiner von euch hat sich irgendwie anders verhalten als sonst.«

»Das Problem ist …« Ich stellte die Tasse ab und knetete meine Finger, dann lachte ich auf, was in meinen Ohren allerdings eher verzweifelt als belustigt klang. »Das Problem ist, dass es gut war. Wirklich, richtig gut. Und dass ich es noch mal tun will.«

»Ahh …«, machte sie. »Lass mich raten: Trev stellt sich quer?«

511

»Genau. Er schläft nicht mit Mädchen, mit denen er befreundet ist. Was für ein Gentleman.« Ich schnaubte verächtlich. »Als ob diese Regelung bei dir und Luke funktioniert hätte … Außerdem sind wir nicht mal Freunde.«

»Was seid ihr dann?«

Ich zuckte mit den Schultern. Für Trevor und mich gab es keine Bezeichnung, zumindest keine nette. Unsere Freunde nannten uns TNT – und sie hatten Recht damit. Wenn Trevor und ich aufeinandertrafen, konnte jeden Moment etwas in die Luft gehen. Meistens war ich es, die explodierte, weil er wieder mal den Ritter in strahlender Rüstung spielen und ich ihm dafür den Hals umdrehen wollte.

Dabei hatte er das gar nicht nötig. Schließlich ging es ihm gar nicht darum, mich zu beeindrucken – ich war mir sogar ziemlich sicher, dass er mich nicht mal besonders leiden konnte. Was auf Gegenseitigkeit beruhte. Das einzige Mal, dass wir uns überhaupt verstanden hatten, war in seinem Bett gewesen. Aber ausgerechnet dort hatten wir uns *unglaublich* gut verstanden.

»Wenn er Nein sagt, bleibt dir nichts anderes übrig, als das zu akzeptieren. Du kannst ihn schlecht ans Bett fesseln und dazu zwingen, mit dir zu schlafen.«

Hmm. Meine Gedanken begannen ganz von selbst zu wandern, doch leider kannte Elle mich zu gut.

Warnend hob sie den Zeigefinger. »Oh nein, denk nicht mal dran!«